高戈里 ○ 著

心路沧桑

从国民党六十军到共产党五十军

四川人民出版社

图书在版编目（CIP）数据

心路沧桑：从国民党六十军到共产党五十军/高戈里著.
—2 版. —成都：四川人民出版社，2017.10（2024.6重印）
 ISBN 978−7−220−10326−1

Ⅰ. ①心… Ⅱ. ①高… Ⅲ. ①纪实文学−中国−当代
Ⅳ. ①I25

中国版本图书馆 CIP 数据核字（2017）第 245174 号

XINLU CANGSANG CONGGUOMINDANG LIUSHIJUN DAO GONGCHANDANG WUSHIJUN
心路沧桑
——从国民党六十军到共产党五十军
高戈里　著

出 版 人	黄立新
营销策划	张明辉
责任编辑	董　玲　谢　寒
封面设计	象上品牌设计
版式设计	杨　潮
责任校对	蓝　海
责任印制	祝　健
出版发行	四川人民出版社（成都三色路 238 号）
网　　址	http：//www.scpph.com
E-mail	scrmcbs@sina.com
新浪微博	@四川人民出版社
微信公众号	四川人民出版社
发行部业务电话	（028）86361653　86361656
防盗版举报电话	（028）86361661
照　　排	四川胜翔数码印务设计有限公司
印　　刷	成都兴怡包装装潢有限公司
成品尺寸	170mm×240mm
印　　张	29
字　　数	487 千
版　　次	2017 年 11 月第 2 版
印　　次	2024 年 6 月第 9 次印刷
书　　号	ISBN 978−7−220−10326−1
定　　价	59.80 元

■版权所有·侵权必究

本书若出现印装质量问题，请与我社发行部联系调换
电话：（028）86361656

目 录

心路沧桑 从国民党六十军到共产党五十军

引　子　反思，从落实起义人员政策回溯 …………………………………… 001

第一章　中共争取滇军的努力 ………………………………………………… 001
 1. 共产党与滇军的早期离合 ／ 001
 2. 中共地下党安然渡过两次险情 ／ 007
 3. 第一八四师海城起义 ／ 013
 4. 毛泽东、朱德、刘少奇亲派策反要员 ／ 022
 5. 中共地下党结束潜伏"翻江倒海" ／ 028

第二章　将军为啥犹豫 ………………………………………………………… 033
 1. 幕僚提醒卢汉：鱼和熊掌不能兼得 ／ 033
 2. 卢汉密授家将：今后打仗要多个心眼儿 ／ 041
 3. 师长怒责女儿：老子绝不许你骂卢汉 ／ 049
 4. 刘浩转告陇耀：朱总司令希望你弃暗投明 ／ 054
 5. 军长告诫官佐：六十军是跌下石岩的小狮子 ／ 060

第三章　长春起义 ……………………………………………………………… 069
 1. 第六十军退守孤城吃尽苦头 ／ 069
 2. 解放军释俘耐心策反 ／ 075
 3. 三将军七次密谋倒戈 ／ 084
 4. 毛泽东急电为曾军长解围 ／ 096

5. 义举同力不同心 / 105

第四章　探索改造起义部队的新路 ……………………………………… 117

1. 安东整训 / 117
2. 石人车站叛变事件 / 130
3. 兴隆整训 / 140

第五章　组织调整为思想改造开道 ……………………………………… 153

1. 萧劲光拍板：暂编五十二师不能缴械 / 153
2. 东北滇军地下党员会师九台 / 159
3. 不是冤家不聚头 / 164
4. 环环相扣的组织调整 / 168
5. 叛变事件与清洗工作 / 172

第六章　泪血大控诉 ……………………………………………………… 179

1. 抵触情绪在控诉中荡然无存 / 179
2. 控诉：地主盘剥血泪多 / 183
3. 控诉：榨干油水抓壮丁 / 187
4. 控诉：扇耳光、打军棍 / 191
5. 控诉：棒杀、活剐逃兵 / 197
6. 控诉：喝兵血 / 200
7. 控诉：旧军队太黑暗了 / 204
8. 残杀逃兵的团长 40 年后如是说 / 208

第七章　洗心革面的改造，脱胎换骨的变化 …………………………… 215

1. 士兵：当初我们认主子啊 / 215
2. 少校：我是被改造过来的 / 222
3. 思想还家运动 / 229
4. 孕妇不敢吃豆腐 / 238

5. "你指导员还打人?" / 246

第八章　南下参加解放战争 ……………………………………………… 257
　　1. 轻取蒋介石御林军 / 257
　　2. 整编蒋介石嫡系陈克非兵团 / 261
　　3. 融编袍哥舵把子范哈儿"挺进军" / 266

第九章　抗美援朝，壮怀激烈五十军 …………………………………… 275
　　1. 曾军长负气要当炊事员 / 275
　　2. 血肉之躯拼坦克 / 279
　　3. 第四四二团最先攻占汉城 / 285
　　4. 战场记过处分 / 288
　　5. 十八勇士夜袭水原城 / 292
　　6. 十八忠骨白雪埋 / 298
　　7. 战士，让怯战者无地自容 / 300
　　8. 血战白云山 / 305
　　9. 中美战史聚焦"血岭" / 315
　　10. 汉江50昼夜阻击战感动统帅 / 327

第十章　心路缘何苍茫 …………………………………………………… 339
　　1. 准尉未了情 / 339
　　2. 团参谋长末了路 / 347
　　3. 军长终身憾 / 352
　　4. 团长半个世纪的人生梦 / 360

第十一章　人生何以沧桑 ………………………………………………… 371
　　1. 少将的死刑与撤判 / 371
　　2. 副师长苦拉板车 / 384
　　3. 副军长代诉疑案 / 392

4. 保护小丰满电站的历史功臣　／　402

   5. 军政委"文革"蒙难　／　412

跋　历史的曲折应该历史地反思 ……………………………………… 425

   1. 反思的前提：正视两个基本的历史事实　／　426

   2. 反思的关键：掌握三个基本的思想方法　／　432

   3. 反思的价值：发掘三个领域的思想资源　／　440

   4. 反思的感喟：心路沧桑，奠定辉煌　／　447

引用、参考的主要史料目录 ……………………………………………… 451

引子：反思，从落实起义人员政策回溯

20世纪已经逝去，对20世纪中国革命的历史反思，却跨越时空延续着。

俯视者审视：那是炎黄子孙血浸泪泡无以复加的苦难。

仰视者凝视：那是华夏儿女天翻地覆无与伦比的辉煌。

辉煌也好，苦难也罢，古人云："阴在阳之对，更在阳之内。"自帝国主义的舰炮轰开我们闭锁的国门，苦难的祖国每前行一步，无一不以一批又一批先驱者的腥血酸泪做艰难步履的铺垫，无一不为历史演进准备着一轮又一轮沥血淌泪的人生代价。

中国共产党对国民党第六十军的争取与改造，是一段浓缩了的阶级斗争史。当我们启开亲历者记忆的闸门，翻开尘封的历史案卷，沿着四维时空的运行轨迹溯源而上，置身当年的泪血环境和荣辱氛围，跌跌撞撞地寻觅前辈坎坎坷坷的心路历程时，所感受的心灵震撼是难以言喻的！

1948年10月16日夜，国民党第六十军中将军长曾泽生于辽沈战役关键时刻，动员并率领所部在长春市举行了战场起义。

两天前，曾泽生将解放军释放回来做策反工作的团长张秉昌、副团长李峥先派出长春城，向解放军围城兵团接洽起义。这一天，正是东北解放军实施战略决战之初、对锦州城发起总攻之日，由于围城兵团多数将领不相信曾泽生的诚意，起义请求最初被拒绝了。

当时长春的战场态势对敌我双方都异常严峻。早在辽沈战役开始时，东北解放军根据毛泽东"置长春、沈阳两敌于不顾"的电报指示①，将主力集中到辽西，执行围困长春任务的一线部队只剩下第十二纵队和独立第六、第七、第八、

---

① 毛泽东：《一九四八年九月七日给林彪、罗荣桓、刘亚楼的电报》，《毛泽东军事文选（内部本）》，中国人民解放军军事科学院编，中国人民解放军战士出版社1981年版，第472页。

第九、第十、第十一师，守城和围城的兵力都是十万人。半个多月前，为确保顺利攻克锦州，第十二纵队被调至开原、通江口一线担负机动作战任务。一周前，发现长春守军有突围动向，东北解放军总部急调第六纵队（欠第十七师）等部东返，加入准备堵截长春突围之敌的战斗序列。鉴于兵力不足，围城兵团首长决定将部分围城部队撤至烟筒山、四平一线，准备以运动防御层层侧击、堵截突围之敌。

曾泽生的起义请求，后来经兵团政治部联络部部长、中共东北局滇军工委副书记刘浩和兵团副参谋长、起义将领潘朔端当面力陈原委，引起兵团司令员萧劲光的重视。萧劲光说服众将领，接受了曾泽生的请求。

第六十军战场起义大大缓解了东北解放军的战场压力，犹如一把尖刀，直刺东北蒋军后背！

已被解放军围困五个月之久的长春守军，为国民党新七军、第六十军以及吉林保安旅、骑兵保安第一旅和第二旅、长春警备司令部编成的第一兵团，兵团司令官由东北"剿总"副总司令官郑洞国兼任。全城以中山马路为界，东守备区由第六十军防守，西守备区由新七军防守，游杂部队多部署在外围据点。

10月16日，蒋介石第三次严令郑洞国速率部突围并告之：已派青年军第二〇七师进至清原接应，蒋本人亦在沈阳等候。

郑洞国随即部署长春守军：16日午夜开始行动，17日晨四面出击，18日兵分两路绕过中长铁路，转进东南，向沈阳方向突围。

17日凌晨2时，新七军第一线团正向南郊突围出发阵地展开兵力，郑洞国突然得到第六十军战场起义的密报，于是，急令部队中止突围行动，撤回原防并迅速向第六十军方向派出警戒。17日午夜，第六十军向解放军交防。新七军官兵一觉醒来，发现半个长春城已被解放军占领，军心彻底崩溃。由此，相继放下武器，向解放军集体投诚。19日上午，长春宣告和平解放。

长春解放前夕，鉴于东北解放军正集中兵力会战辽西，毛泽东"最担心的是沈敌从营口撤退，向华中增援"，致使"封闭蒋军在东北加以各个歼灭"的战略意图落空，因为此时这一带无解放军的主力部队。[①] 长春解放当日，毛泽东急电

[①] 毛泽东：《一九四八年十月十八日二十三时给林彪、罗荣桓、刘亚楼并告东北局的电报》《一九四八年二月七日二十时给林彪、罗荣桓、刘亚楼并告朱德、刘少奇的电报》，《毛泽东军事文选（内部本）》第486、457页。

东北解放军首长：

沈敌似已决心撤退，退营口的可能性很大。你们目前第一要紧的部署是：立即令萧劲光、萧华率长春各独立师大部（留两个至多三个独立师在长春一带即够）及十二纵，兼程从抚顺以东进至营口及其以西以北地区，堵塞敌人退路。①

遵此电示，长春围城兵团主力迅即南下。11月2日，解放军攻占沈阳、营口，辽沈战役胜利结束，歼敌47.2万人，东北全境解放。14日，毛泽东为新华社撰写《中国军事形势的重大变化》一文，修正了两个月前中共中央对战争进程的预测，郑重宣告：

原来预计，从一九四六年七月起，大约需要五年左右时间，便可能从根本上打倒国民党反动政府。现在看来，只需从现时起，再有一年左右的时间，就可能将国民党反动政府从根本上打倒了。②

11月18日，中央军委命令东北解放军立即结束休整，提前入关，参加平津战役。解放战争进入了"无边落木萧萧下，不尽长江滚滚来"的加速度进程。

长春起义，避免了对垒两军二十万将士的厮杀，保护了一座东北名城，推进了解放东北及全中国的战争进程。

在奔腾不息的历史长河中，当我们回首早已载入史册的往事，进入视野的，不仅有时代的辉煌，还有印在岁月中的斑斑血迹、点点泪痕。

国民党军第六十军起义不久，即成建制地改编为中国人民解放军第五十军。政治整训期间，中国共产党发动了轰轰烈烈的控诉运动，启开了士兵们泪腺上的闸门。面对串串泪珠、涟涟泪水汇成的泪河，少数军官竟日惶惶，终日戚戚，狼狈不堪。

两年后，其中一部分人在新中国的镇压反革命运动中被追究了既往的"历史

---

① 毛泽东：《一九四八年九月十九日二十二时给林彪、罗荣桓、刘亚楼的电报》，《毛泽东军事文选（内部本）》，中国人民解放军军事科学院编，1981年12月版，第488页。

② 毛泽东：《中国军事形势的重大变化》，《毛泽东选集》合订本，人民出版社1966年版，第1301页。

罪恶"，付出了血泪浇铸的人生代价。

又过了二三十年，中国共产党依据当年"既往不咎"的政治承诺，相继给被判刑、管制的起义人员落实了政策。

于是，有人批评当年对国民党起义部队的改造工作"左"了。

接着就是一些"知识精英"对中国共产党"左祸横行"的抨击。

然后，就是这帮书斋秀才借"文化反思"，指责20世纪中国选择了革命而没有选择改良是"百年的疯狂与幼稚"，并且使这种思潮向整个社会扩散。

再后，就是被颠覆了的史实以及由此生成的否定中国革命的思潮统统被收入西方意识形态武库，进而为其实施"颜色革命"的战略出击服务。

然而，让许多人难以想象、难以理解的是，那些饱经沧桑的国民党起义人员虽然在共产党的铁窗里，在无产阶级专政的管制下，备尝苦楚，但有怨无悔，至死不改当年追随曾泽生将军的人生抉择！

反思历史，不能孤立地看一人一事，不能静止地看一时一刻，也不能机械地评判功过得失。改造国民党起义部队的历史曲折，应该放到当时国民党起义部队改造史的大背景中，用历史唯物主义和辩证唯物主义的思想方法去反思。

历史，是一条漫长而曲折的大河，有深谷、激流、回湾，有礁石、沙渚、险滩，每一段河道的水势和流向，都是其依山顺势的自然选择。

作为大禹的后代，我们没有理由不去认认真真地解读，在历史的长河中，是什么，层层叠叠地阻挡了奔涌不息的江水一泻千里的东行流向？是什么，将桀骜不驯汹涌澎湃的激流导入险象环生百折九曲的回湾？又是什么，让千万支涓涓溪流汇聚成烟波浩渺的大江，裹沙挟石，撞山荡谷，绕过重重峰峦，越过座座礁岛，穿过莽莽原野，历尽曲折，最终投入大海的怀抱？

还是让一幕幕已经逝去并为晚辈陌生的历史画面来展示：中国共产党对国民党起义部队的改造，何以既有万众同归的历史必然，又有落实政策的历史曲折。

第一章
中共争取滇军的努力

滇军曾是一支有着反清重九起义、反袁护国起义及抗日救国英雄历史的部队。

中国共产党在与滇军三度离合中所做的工作，为争取、改造这支部队的主力成为人民军队奠定了基础。

1 共产党与滇军的早期离合

国民党军第六十军是地方军阀"云南王"龙云、卢汉争雄起家后又精心培植、严加控制的一支地方武装。

滇军，始建于民国初年。

1909年，护理云贵总督沈秉堃为培养军事人才，大量起用日本士官学校毕业生为教官，创办云南陆军讲武堂。远在四川仪陇的朱德得知后，与好友结伴徒步赶往昆明，考入该校。不久，因成绩优异编入特别班，与朱培德、范石生等为同班同学。

1911年8月，特别班提前毕业，已秘密加入同盟会的朱德被分配到蔡锷领导的新军第三十七协七十四标第二营任司务长。10月30日（农历九月九日，又称重九），蔡锷等革命党人响应武昌起义，在昆明发动反清起义。其间，朱德被指定为第七十四标第二营左队队官（连长）。11月16日，反清重九起义后成立的云南军都督府组织"援川军"进军四川。次年5月"援川军"回师昆明后，朱德调讲武堂任学生队区队长兼教官。此时，后来的两代"云南王"龙云、卢汉刚刚入校，为第四期生。

1915年底，袁世凯在京准备窃国称帝。为维护共和，反对复辟，蔡锷、李烈钧、唐继尧等于同年12月发动反袁护国起义。初组的护国军以云南陆军讲武堂的教官、毕业生为骨干，编为三个军：蔡锷兼任第一军总司令，出兵四川；李烈钧任第二军总司令，出兵广西；唐继尧任第三军总司令，镇守云南。朱德时任第一军第三梯团第六支队上校支队长。

护国运动兴起不久，袁世凯在全国一片唾骂声中惶惶西去，洪宪王朝寿终正寝。"护国"各军由此失去共同的斗争目标，于是，军阀内部的矛盾随着军阀私欲膨胀而表面化，开始军阀混战。追求富国强兵之路并屡立战功的朱德，此时虽已晋升为少将旅长，但还是"陷入了一种怀疑和苦闷的状态"。

1922年端午节后，朱德抛弃高官厚禄，毅然踏上寻求真理的征程。同年11月在德国柏林，朱德由中国共产党旅欧总支部负责人张申府和周恩来介绍，加入了中国共产党。

出省的滇军于军阀混战中几经演变，到1925年，在国民革命军的建制中留下了朱培德、范石生、金汉鼎的三个军。其中朱培德、范石生两部，北伐期间被先后编为国民革命军第三军和第十六军。从1925年5月起，中共向这两支滇军派去了几十名共产党员，协助开展政治工作。1927年国共分裂后，以朱德为首的一部分中共党员率部参加了南昌起义，其余党员相继撤出。

在随后的土地革命战争中，朱德等领导中国工农红军一部在粤北、湘南等地，开展了对范石生部的统一战线工作并经历了曲折。

朱德的军旅经历奠定了他在滇军的前辈地位，为日后亲自领导争取滇军的工作创造了有利条件，积累了丰富的实践经验。

1927年2月，中共广东区委派黄埔军校政治教官王德三带着从朱培德第三军政训班毕业的部分学员，回云南组建中共云南省委。8月，龙云登上"云南王"宝座。新组建的中共云南省委利用龙云部各师要组建政治部的机会，将从第三军和第十六军撤出的中共党员陆续派去，其中张致中担任张冲第一〇一师政治部主任。

龙云上台后，为巩固自己的地位，逐渐向蒋介石的南京中央政府靠拢。蒋介石亦派亲信李宗黄来云南游说、拉拢龙云。1928年1月17日，龙云被蒋介石任命为云南省主席，几天后，兼任第十三路军总司令。为回报蒋介石的支持，龙云立刻公开打出反共旗号，成立"清共委员会"，下达戒严令，禁止一切党派活动，通缉31名中共党员和国民党左派人士，电令各师撤销政治部并逮捕中共党员。

卢汉、朱旭、张冲几位师长没全听龙云的，只解散了政治部，而将中共党员全放走了。

龙云大规模捕杀共产党人和进步人士的活动由此开始。仅1928年，云南全省就处决了400多名共产党员和进步人士。在地处边疆的云南，这是一个很大的数字。1930年，捕杀活动达到高潮，中共云南特支书记李鑫、中共云南省委书记王德三等一大批中共党员先后被杀害，致使1935年重建中共云南省委时，有联系的党员由5年前的300多人锐减至六七人。

龙云赶走了共产党。他怎么也想不到，未及十年，共产党人又回来了。

1937年七七事变爆发，全国各族人民在抗日民族统一战线的旗帜下同仇敌忾，奋起抗日。8月中旬，蒋介石在南京召开最高国防会议。会上，龙云欣然应命先出一个军开赴前线。龙云回云南后，即着手将滇军主力编成第六十军，卢汉任军长，辖第一八二、第一八三、第一八四师。旧历重阳节，第六十军在昆明南郊巫家坝隆重举行誓师大会。10月10日，四万三迤（清康熙、乾隆年间置迤东、迤西、迤南三道，民国时合并为云南省）子弟踏上北上抗日的征程。

出发前，第一八四师师长张冲将十年前的师政治部主任张致中找来："我这个师编制上有政训处，主任还是你来当。"

张致中当年离开张冲师后，1930年因叛徒出卖被捕入狱。张冲闻讯，求见了龙云："张致中家与我家有仇，杀了他，家乡人会说我挟私报复，坏了我的名声。这人是个书呆子，把他放了吧！"连唬带骗将张致中保了出来。

在云南民国史上，张冲是个传奇人物。小学读书时，爱打抱不平的张冲曾救过少年好友赵光廷。赵光廷落草为寇后，受官军围剿，连累了张冲，迫使张冲也干起打家劫舍的行当。落草后被拥立为"少大人"的张冲，立志要做古典小说《水浒传》里林冲式的好汉，他不但把自己的原名张绍禹改为张冲，还经常用《水浒传》的故事教育手下的绿林好汉并约法三章："富人豪绅差我钱，中等之人莫照闲，穷人来和我过年。"1924年，已拥兵六百余众的张冲被唐继尧招安，在胡若愚部当上了营长。数年后，升任团长。1927年，龙云和胡若愚兵戎相见，张冲于关键时刻带着一团人马和胡若愚收买他的大笔银圆投奔龙云，助龙云登上统治云南的宝座。张冲旋即被提升为师长。

绿林出身的张冲不贪财，讲义气，意识深处根植的是"解民于倒悬"的豪侠情操。然而，置身腐败的国民党官场，张冲渐渐感悟以往追求的只能是天边虚幻

的海市蜃楼，而共产党的追求才是真正的"大义"。

张致中受命后，急忙去找重建后的中共云南省委书记李浩然。不巧，李浩然不在昆明。意外碰上的另一位同志告诉张致中：到汉口后，可以找读书生活出版社经理黄洛峰联系。并且介绍共产党员刘孟田穿上军装，给张致中当勤务兵。

几乎同时，中共云南省委的另一负责人费炳指示将刚从国民党南京工兵学校毕业的杨重（音zhòng）通过关系进入第一八四师。

1937年10月10日，第六十军由昆明出发，经贵州、湖南、江西奔赴抗日前线。部队到达江西德安后，张冲找来张致中："部队的政治工作太有必要了，你们政训处才三四个人，这怎么行？听说武汉集中了大批流亡学生，你去给我网罗些人才来。"行前，又私下叮嘱："设法给我联系上共产党！"

张致中到汉口后，找到了黄洛峰，转达了张冲的迫切要求。不久，张冲由张致中陪同赴汉口，在黄洛峰的安排下，先后秘密会见了八路军武汉办事处负责人罗炳辉和叶剑英，当面提出了参加共产党和请八路军派员来第一八四师工作的要求。对张冲的请求，中共领导人婉言相告：国共合作期间两党有约，故暂不能接受你入党，但彼此可建立密切的合作关系。

不久，中共先后从八路军武汉办事处和延安派去了蒋南生、张天虚、周时英、杨华（后改名尹冰）等云南籍中共党员，还有曾留学苏联的薛子正（化名薛孤帆，新中国成立后任中共中央统战部副部长等职）。在此基础上，中共在第一八四师成立了第一个地下党支部，周时英任支部书记。

中共干部的到来，正好赶上第六十军参加徐州会战。

徐州会战包括两个阶段：

前一阶段，日军第十师团以第三十三旅团为基干，组成濑谷支队沿津浦路南下，于1938年3月16日向滕县发起进攻；中国军队在第五战区司令长官李宗仁的指挥下，"以十师之众，对一师半之敌"（蒋介石4月5日致汤恩伯手令），战至4月7日，于台儿庄地区围歼濑谷支队一万余人，取得台儿庄大捷。

台儿庄大捷后，日军发现中国军队在徐州地区集结了重兵集团，于是，迅速调集华北方面军第五、第十、第十四、第十六师团从北面向陇海路进攻，调集华中方面军第九、第十三师团从南面策应华北方面军作战，企图一举消灭中国军队主力。与此同时，蒋介石也决定"扩大台儿庄战果"，将精锐部队大批调往徐州，使第五战区总兵力由29个师增加到64个师另3个旅，约45万人。

与前一阶段相比，会战后一阶段敌我双方投入的兵力更多，战争规模更大，伤亡更惨重。

第六十军本来归第一战区指挥，4月20日开进途中，因台儿庄前线吃紧，被急调第五战区台儿庄前线。4月22日拂晓，部队刚渡过运河，先头第一八三师杨宏光旅即以行军纵队与敌人遭遇于陈瓦房、邢家楼、五圣堂一线。原来，汤恩伯部和于学忠部阵地在第六十军到达前被日军突破，致使两军接合部出现宽大缺口，日军两个步兵联队由20余辆坦克引导乘虚而入。4月22日至27日，第六十军在台儿庄以东约20平方公里的地区与敌人逐村争夺，反复厮杀。

最先与敌人遭遇的潘朔端团尹国华营，为掩护主力展开，全营五百官兵除士兵陈明亮一人撤下阵地，其余全部与阵地共存亡。

旅长陈钟书亲临前线指挥冲锋时，高呼："弟兄们，向鬼子冲啊！虽死能进忠烈祠！"头部中弹后，被旅参谋主任白肇学背负送往后方，当晚壮烈牺牲。

团长龙云阶在用手枪与敌人搏击时，被日本兵刺刀刺死。

团长董文英率部反击时，振臂高呼："弟兄们，今天是我们献身报国的时候了，冲啊！杀啊！"饮弹阵亡。

团长莫肇衡在负伤后送途中，以自身鲜血在道旁石头上手书："出师未捷身先死。"旋即气绝。

第一八二师和第一八三师在无险可守的平原与日军血战8天，稳定了台儿庄被突破的防线。至4月28日，战斗转为禹王山阻击战。整整二十昼夜，第六十军一八四师坚守阵地岿然不动！坚守禹王山山顶的第一八四师五四三旅一〇八六团步兵第三连连长李佐回忆：上阵地时全连286人，战至第7天，全连的排长全部阵亡，士兵仅剩30余人。团里给该连补充近百名新兵后，战至5月15日，又伤亡90余人。战斗最激烈的时候，增援的士兵来不及修复工事，就利用烈士的遗体做依托，抗击日军。

5月18日，第六十军奉命撤下阵地，成为第五战区放弃徐州最后撤出日军重围的部队。是役，第六十军少将旅长三分之一伤亡，上校团长三分之二伤亡，全军参战4万余人，死伤逾半。撤离战场后，全军由战前12个团缩编成5个团。

徐州会战前后，中共党员被派入第一八四师，通过加强政治工作，提高了士气。会战前，著名音乐家冼星海、任光及女诗人安娥深入部队教唱抗日救亡歌曲，并且为第六十军谱写了一首《六十军军歌》：

我们来自云南起义伟大的地方，
走过了崇山峻岭，
开到了抗敌的战场。
弟兄们用血肉争取民族的解放，
发扬我们护国、靖国的荣光！
不能任敌人横行在我们的国土，
不能任敌机在我们的领空翱翔。
云南是六十军的故乡，
六十军是保卫中华的武装！
云南是六十军的故乡，
六十军是保卫中华的武装！

在中共地下党支部的领导下，以中共党员为骨干的政工队深入连队，演出《放下你的鞭子》等宣传民主思想的戏剧，教唱《义勇军进行曲》等救亡歌曲，张贴抗日标语，组织抗日演讲，提高了官兵的抗战热情。政训处还创办了由中共地下党员张天虚等主编的《抗日军人》和《前卫》两份油印小报，及时报道前线英雄事迹，鼓舞将士浴血杀敌。

徐州会战结束后，师政训处指导部队以八路军的"三大纪律八项注意"教育官兵爱护老百姓，组织纠察队检查部队驻地的卫生和群众纪律。在湖北麻城，还组织官兵帮助老百姓收割稻谷。驻湖南浏阳期间，政训处举办了一期"政治战士训练班"，抽调年轻、有文化、有进步倾向的士兵，将他们培训成文艺活动、战时宣传鼓动工作、做群众工作的骨干。《新华日报》、艾思奇的《大众哲学》、毛泽东的《论持久战》、高尔基的小说等进步书刊也相继流入部队。

1938年7月，第一八四师移驻湖北王桥地区，为加强地下党员力量，八路军武汉办事处调来了张子斋，中共湖北省委分两批派来了黄致和、黄致平、林和顺等9名中共党员，此外，还陆续发展了特务连连长张士明、参谋处参谋宁坚、工兵营排长王立中、政工队的蒋南生等人入党。仅一年，全师中共地下党员人数由出征时的3人发展到24人。

1938年10月武汉失守后，出省抗战滇军合编为第三十军团（后改为第一集团军），辖三个军，其中新三军由第一八四师和新十二师组编，张冲升任军长。

与此同时，第一八四师的中共地下党组织关系由周恩来、叶剑英安排，转至新四军湖南平江通信处。鉴于战场形势，张冲和地下党的同志商议，准备在驻地沦陷时，将第一八四师留在九宫山地区坚持敌后游击战。不料，因龙云反对而告吹。

上述工作推动了张冲将军和第一八四师的进步，但也暴露了中共地下党，引起滇军反共军官的警觉。一些团长在代理集团军司令官高荫槐等人的煽动下，相继向龙云、卢汉告状。对于最初的谗言，龙云、卢汉不仅不为所动，反而劝诫：要加强我们滇军内部团结，不要为他人所乘。

两个月后，日军沿粤汉铁路南下，第一集团军在崇阳一带阻敌失利，第五十八军军长孙渡等将领为推卸责任，再次状告张冲。早在武汉失陷前，八路军武汉办事处负责人探望张冲时曾被特务偷拍了照片。这一次，蒋介石总算有了话柄，一纸军令将张冲撤职查办。后经龙云、卢汉力保，调回云南任了个中将参议的闲职。

张冲被挤走后，第一八四师调回第六十军，集团军代理司令官高荫槐在醴陵召集曾泽生、潘朔端、杨宏元、余建勋等，联名发电报给统帅部和龙云，再告张冲"通共"。电报由集团军司令部机要秘书、中共地下党员吴禾生经手发出。

醴陵会议后，张致中被撤职调往军部软禁。军政治部主任彭祖祜（出卖王德三等中共云南省委领导的叛徒，新中国成立后被镇压）派陈荫昌接任第一八四师政训处主任。殊不知，这位酒囊饭袋到职后，把政训处的经费装入私囊，日嫖夜赌，监视共产党活动的任务根本没装在心里。副师长曾泽生无奈，只好亲自罗织张冲"通共十大罪状"，安排师政训处秘书杨钧召集师、团政工人员开会传达并强令与会人员个个签名盖章，秘密寄给龙云。由于有中共地下党员参加了该会议，此信很快被地下党员宁坚以"忘盖关防"印章名义截了下来。

不久，部队驻地附近发生震惊全国的"平江惨案"，直接领导第一八四师地下党的新四军平江通信处受到四川军阀杨森部突然袭击，通信处负责人涂正坤等六同志遇害。面对突变的风云，为避免新的不测，张致中、周时英、薛子正等多数党员相继离去，留下来的党员锐减至9人，思想很不稳定。

2 中共地下党安然渡过两次险情

1939年10月，第六十军参加江西奉新、高阳战役后，在江西宜丰、上高地区整训待命，中共地下党的组织关系转至八路军桂林办事处，归中共南方局秘书长李克农直接领导。一天，李克农把办事处党支部书记方正找来："你把工作交代一下，组织决定派你去国民党第六十军，负责那里党的工作。"

方正于1937年1月在燕京大学读书时入党，从延安抗日军政大学毕业后，刚分配到国民党统治区工作，他痛痛快快地领受了任务："坚决服从组织！"

几天后，李克农安排方正和第六十军中共地下党前一任支部书记在八路军桂林办事处驻地交接了工作。鉴于滇军有排挤外省人的传统，方正又是河南开封人，李克农对方正进入第六十军做了周密安排：借第一八四师政训处话剧团团长、党员培养对象杨永新来桂林招收话剧团团员的机会，让方正以流亡学生身份报考。就这样，方正改名方文彬，顺利进入了第一八四师，以话剧团副团长的职务为掩护，成为中共在第一八四师的新任支部书记。

方正的到来，给陷入迷茫的地下党员带来了希望。根据李克农的指示，方正在支委会上对党员提出了新的工作任务和要求：第一，安下心，稳住阵脚，通过干好本职工作，取得上级和同事的信任，坚持长期斗争；第二，广交朋友，多帮助人，少议论是非，不争私利，不盛气凌人；第三，搜集全军营以上军官的政治态度、军事才干、个人生活和个性特点资料，不定期向组织汇报；第四，支部委员和党员之间单线联系；第五，除杨永新外，暂不发展党员。

暂停发展党员，是为了"隐蔽精干，长期埋伏"，没想到，例外发展的杨永新入党没多久，就捅了一个大娄子。

杨永新当年是一位理想主义情怀很强的青年，1937年底由滇黔绥靖公署第一期政治训练班毕业时，坚决请缨上阵杀敌，被分配到第一八四师政训处。可他在张致中领导下没干几个月，就不想干了，要去延安。杨永新的要求理所当然地受到了张致中的批评："门前就有孔夫子，何必到处去求经！"回过神来，杨永新很快与周围的中共党员建立了极为密切的关系。

1938年底，中共地下党准备发展杨永新入党，上报长江局后，因中共六届六中全会有过不在友军发展党员的决定，未能批准。直到1940年3月，张子斋调重庆新华日报社工作，请示南方局同意后，方被批准。

杨永新入党不久，受领了起草《一八四师纪念七七事变三周年告军民书》的任务。熟读毛泽东文章的杨永新奋笔疾书，中共1939年"七七宣言"中提出的"坚持团结，反对分裂；坚持抗战，反对投降；坚持进步，反对倒退"三大政治口号①，一字不改，跃然纸上。随后，逐级上报。结果第九战区政治部一个电话追查下来："这个异党分子的东西是谁写的?"轻而易举地查到了杨永新头上。

接着军政治部主任王林星写信给第一八四师师长万保邦，要他逮捕"异党分子"杨永新。

杨永新从军部一位朋友处及时得知了消息，立刻向党支部临时负责人汇报。杨重和张士明当机立断，决定将杨永新紧急转往中共在广东的东江纵队。

第二天一大早，杨永新收拾好行装，刚要起身，忽听门外一声："报告!"开门一看，是师长的卫士。一刹那间，杨永新一身冷汗。

"报告长官，师长刚从云南回来，让我牵马来接你。"

杨永新的逻辑思维在大脑语言区飞快地运行推理：是吉？不像！王林星要逮捕我的信万保邦肯定看到了。是凶？也不像！既然要逮捕我，怎么只来一个士兵？这个"接"字推不脱，躲不掉，就算是个"鸿门宴"，也只有硬着头皮去啦！

到了师部，杨永新向万保邦行了个军礼。万保邦迎过来，拍了拍杨永新的肩膀："你肯定不是共产党。"说着，随手把王林星的信递给杨永新："你那份宣言我看了，有啥子嘛！打鬼子，不反投降，不反分裂，咋要不得嘛？六十军出滇抗战，全部装备都是我们自己从法国人那里买的，没要中央一分钱，本来是一片忠心，可老蒋还是不相信我们，硬把我们内战时的死对头胡若愚这小子派到军部，以'协助指挥'名义监视、制约我们。王林星这小子也趁火打劫，专整老子的人。你在我这里好好干，不要理他们，有事我担着!"

由于万保邦出面担保，"宣言风波"化险为夷。

万保邦是一位比较复杂的人物。他有强烈的抗日救国意识，与张冲关系好，对主张团结抗战的共产党无恶意，但贪财，爱享受。带兵，万保邦喜欢独断专行，脾气很大，动不动就踢人，素有"火腿"之称，却又十分爱才。中共派来的人能力都很强，蒋南生是战地歌手，擅长鼓动演说；张子斋写得一手好字和好诗，祭奠阵亡将士的幛联和碑文多出自他的手笔；张天虚是作家，写过不少战地通讯报道，都很受万保邦赏识。张冲被撤职后，这些人鉴于身份已经暴露，准备撤离，万保邦就是不想放他们走。

安然度过"宣言风波"后，地下党支部将万保邦列入重点统战对象，同时结

---

① 毛泽东：《和中央社、扫荡报、新民报三记者的谈话（一九三九年九月十六日）》，《毛泽东选集》合订本，第554页。

合贯彻中央对国统区党组织提出"隐蔽精干,长期埋伏,积蓄力量,以待时机"的十六字方针,向党员提出了"同流而不合污"等生活上的要求。

转变工作方针后,地下党开展了一轮相当成功的统一战线工作。

1940年9月,日军占领印度支那半岛,危及云南。龙云将新组建的5个旅开赴滇南设防。鉴于兵力不足,经龙云、卢汉向蒋介石再三要求,11月,第六十军率第一八二、一八四师回师滇南。不久,组建第一路军和第二路军,起用张冲任第二路军总指挥。

第一八四师移驻蒙自后,一天,万保邦将工兵营副营长兼工兵连连长杨重找去:"我屏边老家需要盖一栋新房子。另外再做一点生意,你一并给我安排了。"

杨重马上将情况向方文彬作了汇报,并且谈了自己的想法:"万保邦一心想捞钱发财,光宗耀祖。我准备亲自带人给他干,以博取他对我的信任。"

"对!一定帮他多赚钱,盖好房子,让他高高兴兴地把保护伞给我们撑起来。听张子斋说,万保邦很宠爱他的小老婆王少华,你可以让你夫人借此机会多接触她。"方文彬批准了杨重的计划。

几天后,杨重亲自带一个排以运送军需品的名义,押着几十匹军马赴河口中越边境一带走私食盐、香烟等货物,暗中夹带鸦片。另外两个排由副连长带队,前往屏边县给万保邦家盖房子。屏边在蒙自与河口之间,杨重走私往返途中,又可以顺路检查工程质量和进度。

行前,杨重带着夫人李静梧拜见了万保邦一家。李静梧借机告诉王少华,杨重赶马帮走私时,可以给她弄点"私份子"。喜出望外的王少华当即下厨,亲自招待了杨重夫妇。从此,李静梧成了万保邦家的常客。万保邦不在家时,她还去与王少华伴寝。两家处得十分亲热。

不久,杨重被提升为工兵营营长,地下党员王立中也随之由排长升任连长。

地下党员与中、下级军官的交友活动也十分活跃。

杨重在滇军土生土长,他从同学、同事中选取了20多名交友对象,其中重点结交了思想比较进步并掌握情报的参谋李佐、通信营营长孙璞等。平时,几家人经常在一起聚餐、打牌、聊天,联络感情。杨重为万保邦走私时,常常给他们捎点私货,帮他们赚钱。在建立了深厚感情的基础上,杨重有选择地找些进步刊物给他们看。

更多的中共党员是利用军队流行拜把兄弟的形式,来团结周围的人。

担任第二路军特务营营长的张士明,在军部机关和直属队的营、团级军官中拜了一个"大把子"。其中赵国璋于解放战争初期秘密入党,朱光云于1948年5月初被确定为党员发展对象,与地下党两次策划了所属第五四五团单独起义。

地下党员黄致平在张士明营当上士军需,职务较低,只能拜个"小把子"。他周围团结的主要是下级军官、军士和士兵,其中龙于湘等离开滇军后,参加了边纵游击队,郑南信、田自然等于解放战争中秘密加入了中国共产党。

担任师政治部干事的方文彬是招考进来的外省籍知识分子,交友面不可能宽,便在笔头上做文章。当时师政治部负责人杨钧是个贪图名利地位的官僚,他见方文彬是个大学生,能埋头苦干"唯命是从",逐渐器重起方文彬,除了日常公文,一些秘密文件也让方文彬看。

一次闲聊,方文彬趁机试探:"我们一八四师有没有异党分子?"

杨钧见四下无人,便十分神秘地告诉眼前这个中共地下党支部书记:"有!他们都是些异乎寻常的人,不仅思想激进,而且很有本事。前些日子走掉的张子斋是一个,再一个就是师部军械处处长常绍群。"地下党员只被杨钧猜中了一位。常绍群为人耿直,钦佩共产党,仅仅是党员的交友对象。

赏识方文彬的还有几位团长。第五五二团团长余建勋甚至当众提出:"我看你还聪明能干,又有文化,我送你上陆军大学吧?"

这本是他人求之不得的大好事,方文彬却吓了一大跳,因为一旦真上了陆军大学,就得编造国民党党员身份,相当危险。方文彬开了个玩笑,把话岔开了。

由于在中共中央提出"十六字方针"前半年就顺利完成了党的工作方针的转变,六十军中的地下党组织在"皖南事变"后的国民党第二次反共高潮中,安然渡过了"林和顺"事件造成的又一次险情。

1941年初,撤出第六十军留在湖北抗日游击区的地下党员林和顺被熊式辉部抓住,严刑拷打后,招出了张子斋、杨华等已撤离第一八四师的地下党员以及似是而非的一串名字。国民党第九战区司令官薛岳据此电告云南省主席龙云,要其查明严惩。龙云随即给万保邦师长转去薛岳的追查电:"据俘供,一八四师有异党分子段明、李蒸二人,另有姓张、姓杨各一人,名不详,希查处!"

万保邦虽然是个一心想捞钱的主儿,但不糊涂,接到电报就嘟囔开了:"段明生活浪漫,哪像共产党?李蒸满脑子都是儿子、银子,更不像共产党了。"于是,喊来师部副官段明和参谋李蒸,先骂一顿,再让段明找来其当县长的父亲,

让李蒸找来其在第二路军当军需处长的堂兄出面担保，具结完案。

接下来就是查处"张某"和"杨某"。最初的怀疑对象包括中共地下党员张士明、杨重、杨永新以及不是中共党员的师部参谋处上尉参谋张维孝。

由于段明的父亲当过龙云的秘书，段明又是地下党的交友对象，所有地下党员都及时得到了通报。

一天，杨钧突然来问杨永新："你说，张某是张士明还是张维孝？"

早有准备的杨永新镇定回答："张士明一天到晚嘻嘻哈哈，如果是，那共产党就太多了！张维孝嘛，我看也不像。"

这帮人查来查去，最后，将张维孝定为"异党分子"，由国民党桂林行营将刚进入桂林参谋训练班的张维孝抓了起来。

剩下一个"杨某"，万保邦让副师长兼政治部主任曾泽生查办。曾泽生召开了一次秘密会议，亲自布置刀进德、吕文亮二人分别监视考察杨永新和杨重。刀进德是师政治部工作科科长杨永新手下的科员，是杨永新的交友对象，他不但向杨永新透露了会议内容，还告之："吕文亮明天视察工兵营。他说，只要抓住证据，不论是同学还是亲戚，都要报告曾副师长，格杀勿论！"

杨永新闻讯大吃一惊，因为杨重被派到河口做生意去了，此时工兵营尚有不少革命标语，"中山室"还摆放着进步书刊。急中生智的杨永新决定以攻为守，他记得杨钧在桌上摆放过进步书刊，于是，来到杨钧宿舍，随手翻出艾思奇的《哲学大纲》："这本书借我看看。"

果然，杨钧狡黠地一笑："你不是也有一本吗？"

"咱们是老同学了，如果有人暗害我，我得找个陪杀的啊！"杨永新一句玩笑话吓得杨钧面如土色。镇住杨钧后，杨永新回到家里，趁四下无人，把家里的进步书刊全部烧了。饭后，又谎称肚子痛要解大便，甩掉监视自己的人，跑到工兵营，将情况告诉了工兵连连长王立中。

第二天，已于途中得到通报的杨重，一回来就直奔万保邦家交账。看到花花绿绿的钞票，万保邦喜上眉梢："我不管他哪党哪派，只要给我好好干就行！"

杨重心里有底了。回到营地，将前来视察的吕文亮尊为上宾。两人都是贵州人，又套上了"老表"关系。吕文亮贪财，喜欢吃喝玩乐，杨重就投其所好，授意夫人经常准备好酒好菜，三天一小吃，五天一大宴，再送一些红包礼品。一日，酒足饭饱的吕文亮醉眼惺忪地拍着杨重的肩膀："老兄，别见怪，我是奉命行事。咱们不打不相识。你对我够朋友,我看你也不像异党分子。你这个老表没说的,够意思!"

从此,杨重被解除了监视和审查,得到了曾泽生的信任。曾泽生升任军长后,杨重被提升为军部副官处处长兼特务营营长。

中共地下党组织潜伏成功!

3 第一八四师海城起义

在几度经历了国民党顽固势力排挤、打击和捕杀威胁之后,中共在国民党第六十军的党组织被迫停止活动,转入长期潜伏。当这支部队被蒋介石诓到东北内战前线时,早已播下的革命种子在黑土地上意想不到地萌发了。

1946年5月30日,国民党第一八四师少将师长潘朔端率师部直属队和第五五二团(欠第三营大部)在辽宁海城举行了战场起义。

海城起义首开东北战场国民党战术兵团起义之端,像一道闪电,撕破了笼罩在滇军官兵头上的阴霾,似一声春雷,震撼了背井离乡后苦无出路的三迤子弟即将苏醒的心灵,如一场透雨,浸润了一块将要开垦的灵魂改造的沃野荒原。

潘朔端1901年出身于云南省威信县长安乡一户家境较为殷实的农户家庭,早年就读于云南省立第一中学,1925年初中毕业后,考入黄埔军校第四期,次年毕业后,留校任第六期入伍生队排长。1927年春,潘朔端被派往国民革命军第三军八师工兵营任党代表,随部参加北伐战争。不久,国共分裂,潘朔端因言行过激被清洗。此后两年,潘朔端与曾泽生等流落上海滩,以帮人开车为生。

就在潘朔端、曾泽生等落魄他乡之时,龙云登上了"云南王"宝座。1929年,为培养干部改造滇军,巩固权力,龙云派卢浚泉赴上海将曾泽生等20余人请回昆明,举办第十三路军军官候补生队,卢浚泉任队长,曾泽生任队附,潘朔端等任中队长。由此培植了一批执掌滇军兵权忠肝义胆的"龙卢家将"。

抗战爆发后,云南组建第六十军开赴前线,潘朔端任该军第一八三师五四一旅一〇八一团团长。台儿庄一战,作为全军前卫的潘朔端团以行军纵队与敌遭遇,被迫在平原地区顽强阻击由坦克引导蜂拥而至的敌寇,为掩护军主力的战役展开赢得了宝贵时间。是役,潘朔端团伤亡惨重,潘朔端也身负重伤。

荣获宝鼎勋章的潘朔端在武汉养伤期间,与八路军驻武汉办事处中共党员苏

石泉住同一病房，随后又结识了八路军驻武汉办事处负责人罗炳辉。推诚相见的交往，使潘朔端对中国共产党的政策、主张，有了初步了解。

伤愈归队后，潘朔端参加了武汉保卫战、赣西会战。当战功卓著的潘朔端准备升任第一八三师师长时，却因内部派系之争，赴职遭到阻止，继之，被编遣回滇。在昆明赋闲两年中，潘朔端有个侄子在昆明邮电检查所负责检查、扣压禁书、禁刊，通过这条渠道，潘朔端阅读了大量进步书刊，开阔了眼界。

1942年，日军自缅甸侵入云南龙陵、腾冲一带，驻军第六旅旅长龙奎元不战而退，所部趁机掳掠百姓，民怨鼎沸。龙云将龙奎元撤职后，起用潘朔端出任第六旅旅长。1944年，第六旅改编为暂编二十三师，潘朔端任师长。

抗战胜利后，蒋介石为实现集权统治，先将滇军八个师调往越南受降，随后在昆明进攻五华山，威逼龙云下台，接着又把在越南的滇军八个师缩编为第六十军和第九十三军两个军六个师。潘朔端于整编期间，被调任第一八四师师长。

1946年4月，第六十军和第九十三军被调往东北内战前线。到达东北后，这两个军名义上归第一集团军司令官、滇系将领孙渡统辖，实际上，却被东北保安司令长官杜聿明分割使用——第九十三军被遣往辽西锦州地区；第六十军被分散配置在"中长铁路"沿线及路东地区，其中第一八二师归新一军指挥，担任"中长铁路"铁岭至昌图段防务，第一八四师归新六军指挥，接替"中长铁路"鞍山至营口段防务，暂编二十一师由长官部直接指挥进驻抚顺，军长曾泽生身边只剩下军部和军直属队。

第一八四师在新六军指挥下，其第五五一团驻防鞍山，师部及第五五二团（欠第三营大部）驻防海城，第五五〇团（欠第一营）驻防大石桥，第五五〇团第一营和第五五二团第三营（欠第九连）驻防营口，全师像铁道钉沿着铁道一线配置下去，分散、孤立。不仅如此，长官部还派来一名姓张的少将参军和一名姓彭的少将参军（兼海城县县长），带着一支39人组成的谍报组，携带一部电台，常驻第一八四师，监视其行动。

让滇军将领感受到的不仅仅是被监视，还有被歧视、被排挤。

第一八四师抵达东北后，在沈阳设立留守处，接收了一栋日本人修建的三层楼房，用以存放不便带往前方的物资并接待往来人员。

可没几天，这栋楼房被时与潮报社看中，他们倚仗后台老板梁华盛是东北保安副司令长官兼沈阳警备司令，不顾阻拦，硬将报社的牌子挂在第一八四师留守处门口，企图强行霸占这栋小楼。

留守处值勤卫兵"寸土必争"，摘掉牌子，摔到马路当中。

对方恼羞成怒，当晚用卡车运来两个排的全副武装士兵，架上机枪，将第一八四师留守处团团围住，强令交出房产。

那天，正好潘朔端和曾泽生军长都在沈阳。曾军长随即找到梁华盛，"请梁司令查一查"。

此事虽然以梁华盛出面赔不是而化解了纠纷，但笼罩在潘朔端心头上的阴云却难以消散，他告诉侍从副官王世臣："你看，我们在前方给他们卖命，保住后方一个留守处都这么难，这些接收大员还想来占！他们根本没把我们放在眼里！"

嫡系不把这支杂牌部队放在眼里，这种歧视随处可见。

潘朔端在沈阳办完事后，乘装甲列车返回海城，途经辽阳时，下车拜见新六军军长廖耀湘。谈完公务，吃完饭，廖耀湘派车将潘朔端一行送回火车站。

潘朔端下了汽车，按照国民党官场惯例，让卫士白占云拿出东北流通券1000元交给了廖耀湘的司机。相比之下，9个月后曾泽生军长为本军阵亡团长徐济民的遗属向东北保安长官司令部争取来的抚恤金，却只有东北流通券1500元。

潘朔端登上专列正要返回海城，不料，辽阳火车站军代表置"前方战事"于不顾，怎么说都不放行。潘朔端火了，当即要通廖耀湘的电话，告了一状，让廖耀湘在电话里骂了军代表一通，然后带着随从，坐上装甲列车，气冲冲返回海城。

一天中午，曾泽生军长和杨炳麟副军长来海城视察部队。曾泽生、杨炳麟、潘朔端当年参加徐州会战时都是团长，交情颇深。曾泽生与潘朔端有金兰之交，二人更是无话不谈。

几个月前，在越南受降并刚升任军长的曾泽生被蒋介石电召赴渝觐见并接受了赏赐。回到越南，曾泽生把潘朔端单独找去推心置腹，要潘朔端"看势头，随大流"，并列举西北军被蒋介石解决后，吉鸿昌等将领"不服从中央，最后自取灭亡"的下场，提醒潘朔端"识时务者为俊杰"，还设身处地地劝说："孝沅（潘朔端的字），我们都是中年人啦，要为下半辈子打算打算了。年轻时那股革命豪杰的劲头都是血气方刚时的幼稚行为。"对曾泽生的劝诫，潘朔端没说二话。

这一次，蒋介石嫡系将领欺人太甚，这满腹牢骚不吐不快。在一个私下场合，潘朔端一腔怨愤脱口泻出："军座，我们八年抗战为了什么？还不是为了有个康平盛世,让百姓安居乐业?蒋介石把我们骗到越南,再赶龙主席下台。把我们骗到东北,说是为了收复东北失地,实际上是让我们来打内战。这还不算,部队开到东北后,又被拆得七零八落。老蒋分明是要政治手腕,借内战消灭异己!朔端跟随军座多年,知道军座也是从夹缝中熬过来的,可事已至此,我们总不能眼睁睁地看着几万云南子弟去做无谓的牺牲吧?这种受人摆布的日子我受够了!军座,我们得替全军官兵着想,要有一个求生存的主意啊!"

听了潘朔端的话,一旁的杨炳麟点头赞同:"潘兄的话有道理,有道理!"

不料,曾泽生却板起面孔,将潘朔端的进言堵了回去:"孝沅,你我都是国军将领,这话说出去要影响士气!退一步说,老长官卢汉只身从越南回滇后,处境也不妙。我们若在东北出现什么差错,卢汉省主席的位置就难保,而一旦滇人不能主滇,势必殃及三迤父老。还是冷静些,看看形势吧!"

潘朔端对曾泽生的态度是不满意的:看看形势?形势就是老蒋企图借内战消灭异己!还冷静?冷静下去就是任人宰割!

不久,国民党东北保安司令长官部在沈阳召开作战会议,其间,潘朔端向本军反蒋情绪最强烈的暂编二十一师师长陇耀再次倾吐了心中的积怨:"去年在昆明把老主席赶下台的是杜聿明,如今他却成了我们的顶头上司,真是冤家路窄!杜聿明根本不信任我们,他把滇军部队肢解配置,分散使用,打的什么主意?不能不防!老蒋嫡系将领骄横跋扈,盲目轻敌,我看前景不乐观,非打败仗不可!倘若曾泽生、卢浚泉两位军长委曲求全,再不拿出对策,我就请长假(即长期请假,暂辞现职)回云南,决不在东北打内战了!"

陇耀一向敬重潘朔端的耿直正派,潘朔端一席肺腑之言也表达了自己心头上的怨恨和担忧,但陇耀对解甲归田,却不以为然:"潘师长,打内战本不是你我初衷。老蒋势大气粗,听他调遣来东北也是不得已而为之。说服曾、卢两军长采取对策,不能再听凭宰割,我同意,但丢掉一万家乡子弟不管,只身回云南,何以见老长官卢汉?"

上级军长、同级师长都把部队命运的缆绳交给了远在西南的卢汉,而卢汉为保住自己的权位,又把它拴在了蒋介石的反共战舰上。在东北的滇军仿佛成了大海中任惊涛骇浪无情拍打的一叶轻舟,在汹涌的波涛中颠簸起伏。

为孤舟掌舵,潘朔端有自己的主意。

早在从越南起航向东北开进途中,潘朔端就经常到船长舱打开船长的收音机，收听旧金山"美国之音"关于中国内战的广播。

师参谋长马逸飞大革命时期加入过中国共产党，曾是昆明学生联合会主席。大革命失败后，中共云南党组织遭全面破坏，马逸飞脱离了党组织。此时的马逸飞虽然脱党多年，但了解中共的纲领、政策。他发现潘朔端的举动后，主动建议："师座，要做到知己知彼，就应该直接收听延安的广播。"

稍事停顿，马逸飞又表示了遗憾："唉！只可惜我们自己没有收音机。"

"没关系，把美式收发报机拿来用就是了。"潘朔端很痛快地接受了建议。

部队到东北后，潘朔端索性指定侍从副官王世臣每天晚上收听、记录延安新华广播电台的新闻，整理成文后，装入机密卷宗，送师部将领阅读。

一次，王世臣正在收听延安广播，被师部参谋主任肖湘贤发现。肖湘贤一边破口大骂，一边举拳向王世臣打去，正好被潘朔端撞上。潘朔端火冒三丈："肖湘贤！你当着我的面打我身边的人，岂有此理。放肆，放肆！"

肖湘贤急忙辩解："师座，他收听敌人广播，违反军纪。"

"是我叫他收听的，违反什么军纪？我要收听什么广播，你有什么资格干涉？"潘朔端秉持旧军队基于旧道德得以畅行的"长官至上"的"情"与"理"，压住了肖湘贤及其强调的反共"法"。

据副师长郑祖志回忆：大家凑在一起时，潘朔端总要提出一些问题引导大家讨论，诸如我们称共产党是"共匪"，但老百姓为什么拥护共产党？蒋介石发誓要剿灭共产党，为什么共产党越剿越大？究竟怎样才能民主救国？等等。

此时的潘朔端只敢发发牢骚，提提疑问。第一八四师是滇军的主力，抗战八年，曾泽生在该师当团长、副师长、师长，袍泽关系十分紧密。潘朔端虽是一师之长，但到任才三个月，根基不稳，稍有不慎，就会招来杀身之祸。

为了专心考虑部队的前途，潘朔端索性将大部分防务工作交给副师长郑祖志，弄得郑祖志丈二和尚摸不着头脑。一天，郑祖志终于忍不住问道："师座，战事这么紧，你不问防务，不察工事，整天收听延安广播，摆弄地图，找人谈话，万一这仗打不好，我们怎么生存？如何向家乡父老交代？"

"老郑，我正是为弟兄们寻求一条生存之路呢！"潘朔端回答。

郑祖志抗战时期就是潘朔端的副团长，与潘私交颇好，他似乎察觉了什么，出于关心，好言相劝："现在形势还看不清，不要偏听偏信，延安离我们还远，杜聿明却在我们头顶上，还是识时务吧！"

"延安虽远,但东北共军就在我们面前呀!"潘朔端的回答让人捉摸不透。

1946年5月,东北国民党军在北满向东北民主联军大举进攻,并且在四平地区展开激战。为打乱国民党军北进部署,配合北满作战,东北民主联军第四纵队配属辽南第一军分区保安第二团、第三团,向"中长铁路"南段发起了"鞍海战役"。

5月24日4时,战役首开于鞍山。战至25日晚,守军第五五一团除团长张秉昌带少数人逃脱外,其余尽数被歼。

5月28日下午,第一八四师指挥所值班副官禀报:"报告师座,共军派来一挂马车,将五五一团的三名士兵送回来见师长。他们说,五五一团全完啦。"

突如其来的消息使在场的人都惊呆了。

周启龙等三名士兵被副官带入指挥所后,其中一位上前报告:"师座,共军韩先楚将军让我们捎来两封信。"说完,呈上东北民主联军将领写给潘朔端的信。

潘朔端展开信函,几行清晰的字迹跃入眼帘:"……潘将军应认清形势,率部弃暗投明,与人民携起手来,共同反对内战,这才是你们的唯一出路。"

潘朔端读完信吩咐副官:"带他们下去休息,注意他们的安全,要保密。"

据记载,鞍山战斗结束后,民主联军第四纵队敌工部李显部长在被俘、投诚官兵中选拔30多人相继派回海城,做守军的策反工作。

此时的潘朔端心情异常沉重。两天前,鞍山刚打响,潘朔端就急电长官部,请求火速增援。按说,鞍山若失,不但海城孤立,沈阳也门户洞开,沈阳城内又无正规部队,这危险,亲临沈阳督战的蒋介石不会不知道。然而,潘朔端等来的却是一道"战至最后一人一枪"的严厉电令。虽然他被告之长官部已决定派新一军(欠第五十师)和第六十军一八二师(欠第五四四团)等部队于5月26日前开赴辽阳集结,增援鞍山、海城守军,但来得及吗?新一军肯出力吗?

战局的进展印证了潘朔端的担忧。

第一八二师是自家兄弟,受命后,迅即收拢部队,在昌图搭乘火车,星夜南下,于26日抵达首山,而后弃车,兵分两路,分别由军长曾泽生和副师长陈开文率领向鞍山疾进。结果刚进至鞍北大沙河一线,就遭到民主联军顽强阻击。

新一军是蒋介石苦心经营起来的"五大主力"之一,军长孙立人毕业于清华大学,曾留学美国,正春风得意,不服杜聿明指挥,接到增援命令,他直赴沈阳求见蒋介石,以新一军"刚刚攻下德惠,全军将士疲惫不堪"为由,请求"休整三日"，得到蒋氏应允。叫苦不迭的杜聿明只好再次电令潘朔端死守海城。蒋介石对嫡系的"特别关照"，为民主联军再战海城提供了宝贵时间。抉择命运的时刻，始料不及地降临在潘朔端面前。

5月28日黄昏，民主联军对海城守军的外围防御阵地发起进攻，19时，攻取海城东北的双山子高地。次日，弃守双山子的第五五二团二营五连连长赵授周被枪决。

对这件事，有文章认为是潘朔端尚在负隅顽抗，有文章说是潘朔端慑于长官部督战官的严令和监视，还有人著书把这事演义成潘朔端借机除掉"特务"的壮举。据马逸飞回忆：赵连长放弃双山子阵地逃回城内的消息是次日早晨传到师指挥所的，潘朔端和郑祖志闻讯后都大发雷霆，当即下令将赵连长枪决。此时，督战官们并不在师部。督战官们是下午才拥到师部来的。①

潘朔端此举，实际上展示了战争年代的残酷现实：杜聿明的一道电令，将潘朔端置于与海城共存亡的绝境。潘朔端则以赵连长的首级血祭督战刀，毁掉了所部各级带兵长官的所有幻想并把他们也推上了退则杀、战则死的绝路。由此，才奠定了随后各级带兵官长共同的绝处求生的认识基础。

29日下午，城东玉皇山告危，一部分民主联军已兵临城下，城内异常混乱。这时，沉默多日的潘朔端将担负实际指挥的副师长郑祖志拉到一边，趁四下无人，悄悄说道："这个仗不能打了，现在是时候了，我们趁此起义，投共产党！"

郑祖志大吃一惊，忙追问："在越南时，你和曾军长他们商量过没有？"

"只是一般的讨论，没什么明确决定。"潘朔端如实相告。

郑祖志犹豫了："我们现在单独干，会不会给曾军长他们带来不利影响？"

潘朔端决心坚定："现在情况变了，杜聿明叫我们在铁路线上给嫡系站岗，弄得军长不能指挥三个师，师长不能指挥三个团，撤不能撤，守无法守。我们没别的路可走，不必考虑他们！"

郑祖志很为难，师长和军长都是自己的老长官，"背主求生"即便正义也为旧军队的旧道德所不容，于是，顾虑重重地说："怕对不起军长。"

潘朔端把郑祖志肚子里的话听出来了，他虽不情愿，但已同意自己的决定，只不过在"道义"上缺少一个能减轻情感重负的理由做台阶。于是，补充一句：

---

① 据时任国民党第五五二团二营营长万炳麟回忆，五连连长赵授周放弃的阵地不是"双山子"，而是海城外约一公里的"教军山"，又叫"教军台"。对于赵授周被枪毙的原因，万炳麟等另有一说。

"过了此山无鸟叫。这是个机会,我们先干,给他们闯出一条路,再慢慢争取他们走我们这条路。"

这样一说,郑祖志同意了:"既然如此,干就干吧!"

潘朔端见郑祖志表明了态度,马上提议:"你去和参谋长、团长他们谈谈怎么样?"

决定起义,郑祖志本来就勉强,如何再去劝说别人?他坚辞:"你是一师之长,由你去动员他们比较适宜。"

回到作战室,潘朔端劈头就问参谋长马逸飞:"如果玉皇山失守,如何办?"

马逸飞从陆军大学毕业归队才两个月,与潘朔端互不摸底,只能按军事常识回答:"玉皇山顶距城内师指挥所仅一千米,炮火够得着。玉皇山若失,则海城不能守。若要守,就必须夺回玉皇山。"

这话,显然不是潘朔端愿意听的。

见师长沉默不语,马逸飞到译电室翻出两份杜聿明发来的电报,摊到桌上,一份要潘朔端"死守待援",另一份告之"明日将从辽阳派出援军四个团"。然后,为师长分析出路:"就算陈开文率援军准时抵达首山堡,他得先攻取鞍山,才能与我们会师,这至少要三天。而玉皇山一旦失守,海城一天都守不住。若突围,一部分人也许能突出去,但从长官部对咱们滇军的一贯态度来看,既要你死守至一人一弹,若弃海城而走,则师座罪责难逃。这叫既不能守,也不能走!"

马逸飞分析的利害得失,久历沙场的潘朔端早已掂量过了。潘朔端紧追不舍继续发问:"可有第三条路?"

"有,你自己决定!"马逸飞的回答,既坚定,又含蓄。

接下来,是做第五五二团团长魏瑛的工作。在海城,没有实力派魏瑛的首肯,就是停止抵抗也难。魏瑛被请到师部,一进门潘朔端就给他一个咄咄逼人的发问:"仗打到这个程度,你看怎么办?"

"怎么办?"一向视死如归的魏瑛扯开嗓门吼了起来:"要打就拉出去打,几个团都到牛庄集结,拼个你死我活。蒋介石、杜聿明排斥异己,把我们当作交通警察沿铁路布防,指望新一军来援救我们?靠不住!他们巴不得我们早点被消灭。守海城就是束手待毙!除了我这个办法,难道同共军说不打了?"

"对,就是不打了!"潘朔端心中虽然七上八下,但仍然以平静的语气接上了话茬。

魏瑛愣了，半晌，回过神来，压低嗓门问道："想定了没有？"

"想定了，走高树勋的路！"

"那得赶快和共军联系！"

当日18时，众将领统一认识后，潘朔端亲自写了封短信：民主联军第四纵队司令勋鉴：贵军倡导民主，实为潮流所需，我滇军健儿，远涉数千里，为黩武者牺牲毫无价值。贵军如能谅解，愿步高树勋将军后尘。潘朔端

信写完，由马逸飞负责通知玉皇山守备分队停止射击，并且派人与民主联军联系起义。但晚了一步，玉皇山一个加强连的守军在民主联军第四纵队十旅二十八团第二营一昼夜的反复攻击下，已经被歼灭了。

这时，魏瑛提议："政训处小张很钦佩毛泽东、周恩来冒着风险赴重庆谈判，还说过蒋介石打内战不得人心。让他去。"

谁知，这小张纯属"叶公好龙"，一听说要起义，顿时吓瘫了。气得魏瑛狠狠踹了他一脚："呸！亏你还是一个当兵的！你他妈的靠边站，不准乱动，要是乱动，老子一枪敲掉你！"

魏瑛派人把小张看管起来后，又向潘朔端举荐了机枪二连连长高如松和运输连连长陈正富。

"这两个人怎么样？"潘朔端还是有点不放心。

"他俩好赌钱，胆子大，没问题！"魏瑛脱口而出的两条执行政治任务的用人标准，在今天看来，似乎荒唐。旧军队就是这样，不需要什么觉悟，好汉不怕死，义气走天下。赌徒通常都是胆大妄为执着信义之辈，凭这两条，长官就敢派他们出生入死，赴汤蹈火！

众将领同意后，魏瑛喊来两位赌徒："老蒋南兵北调，让我们打内战、当炮灰，为他卖命。这样下去对不起家乡父老。老子不干了，要干你们干！"

两位连长互相对视了一下，赶快接上了嘴："团座干什么，我们就干什么！"

"我要去当八路！"魏瑛说。

"我们也当八路！"二人附和。

"我不信！"魏瑛豹眼圆睁，投射出两束犀利的目光。

这如刀似剑的目光，直刺得两位连长心里发怵，"扑通"一声跪了下来："团座平时对我们这样好，我们如果说假话，就叫冷枪打死我们！"

两位连长一赌咒发誓，魏瑛放心了。找来一床白被单，一撕两半，每人一

块,做联络旗。然后,帮他们换上便衣,带到师指挥所。潘朔端师长稍作交代后,将写给民主联军前线指挥员的信交给陈正富,再由魏瑛亲自把二位送出城外。

据陈正富回忆,出城没多远,跟在后面的高如松就不见了,于是,坐在一块大石板上等候。一连抽了三支烟,还不见人影,只好一人提着二十响驳壳枪"顺着狭窄的山沟"往一座"闪着半明半暗灯光的小山村"方向摸去。在接近村子时,被民主联军哨兵发现,这才见了第四纵队副司令员韩先楚和参谋长蔡正国,面交了潘朔端的亲笔信。

第四纵队首长用电话向上级请示后,下令停止炮击,按潘朔端信中约定,吹响了联络军号,而后派作战参谋邓东带上韩先楚的警卫员,随陈正富返城谈判。

此时,第一八四师将领已经做好了战场起义的准备,副师长郑祖志负责诱捕、扣押所有可能阻碍起义的人,师参谋长马逸飞负责与民主联军的联络和谈判,团长魏瑛负责掌握部队。

终于,枪炮声渐渐停了下来,黑夜中盼来了战场上难得的寂静。这北国之夜的短暂宁静,瞬间又被一阵清亮的军号声刺破。

"开始行动!"潘朔端下达了战场起义的命令。

一辆摩托车从师部疾驶而出,师部特务连手枪排排长将潘朔端召开"城防会议"的请柬送出。随即将长官部派来的两名少将参军,以及谍报组、交警总队的军官和骨干五十余人一网打尽。

5月30日晨,按照双方协定,潘朔端率第一八四师师部直属队及第五五二团官兵撤出海城,由东北民主联军第四纵队十旅二十八团护送,向解放区析木城开进。

一轮红日,冉冉升起,把阳光洒在起义官兵前行的路上。

一道电波,刺破长空,将起义通电播向四面八方:"朔端籍隶云南,少年从军,每以卫护桑梓救国救民为己任……"

4 毛泽东、朱德、刘少奇亲派策反要员

当海城上空积雨云中迅速聚集的两极电荷突然释放出惊人的能量,冲破空气的束缚,以一道耀眼的白光迅即撕裂遮天蔽日的云层,用一声震耳欲聋的炸响撑走料峭的春寒时,一位肩负着紧系国民党第六十军数万官兵前程使命的中共党

员，从黄土高原宝塔山下的革命圣地，携来了和煦的春风，准备为沃野千里的松辽平原即将萌发的百草、吐蕊的春花，播撒潇潇春雨、融融暖意。

这是一位中共领袖们钦定大名，亲自接见，面授机宜后，派往东北直接领导策反国民党滇系部队工作的特命秘密使臣。

1946年4月26日，正在延安中央党校二部学习的刘健接到中央组织部通知，说朱德总司令要在王家坪约见他和他的妻子禄时英，立即就去。当刘健夫妇快步赶到王家坪八路军总部时，几位云南籍干部已经等候在那里了。

一会儿，朱德来了，一跨入门槛，就伸出手与大家一一相握："你们都是云南人，我在滇军待了13年，算半个云南人。"

以暖暖乡情化解了大家拘束后，朱德开门见山："中央决定派你们几位云南籍同志去东北做滇军的策反工作。"

话题紧接着转到东北战场上的形势："日本投降后，蒋介石在美帝国主义支持下，向东北大量运兵，企图对我解放区形成南北夹击的战略态势。针对蒋介石这一图谋，中央决定向北发展，向南防御，派出近三分之一的政治局委员、近四分之一的中央委员和近三分之一的中央候补委员，率两万干部、十一万军队挺进东北。今年1月，国民党方面坚持停战协议排除东北。在已经部署四个军正规部队的基础上，上个月又把滇系两个军从越南调往东北并命令东北国民党军迅速抢占战略要地。"

接着交代了任务："滇军受蒋介石歧视，与中央军矛盾较深。这几年，我党与龙云建立了统战关系，加上地下党的工作基础，在东北战场争取滇军大部或一部起义是可能的。今天把大家请来打个招呼，过几天还要专门布置这项工作。"

当晚，朱德热情挽留各位就餐。席间，朱德一边给分坐在他两旁的刘健和禄时英夹菜，一边问禄时英："听说你父亲是云南省宪兵司令禄国藩？"

禄时英不好意思了："是的。我出身不好！"

朱德爽朗地笑了："小鬼，三十年前'护国起义'时，我和你父亲在蔡锷领导下的第一军供职，是同僚，你听说没有？"

"父亲说过。那时，他是第五支队的支队长，总司令是第六支队的支队长。"

"我还听说你们姐妹几个很有本事，偷看宪兵的捕人名单，然后报告地下党。有这回事吧？"

禄时英惊讶了，中央领导怎么知道得这么详细？她急忙解释："是妹妹在父亲办公桌上看到了名单，得知宪兵要搞一次大逮捕，由我转告刘健通知了地下党组织。"

就像摆家常，越摆朱德兴致越高，索性以滇军老前辈身份摆开了滇军的家族史："龙云和卢汉是表兄弟。龙云上台后，多起用出身滇东北彝族土司家庭的人进入上层军政界，由此在云南形成了以龙云、卢汉为首的龙、卢、安、陇四大家族。当然，还有五大家族、六大家族之说。这六大家族就把你们禄姓也圈进来喽！听说你们与九十三军军长卢浚泉、六十军暂编二十一师师长陇耀是亲戚？"

禄时英点了点头。

朱德侧过身，告诉刘健："你是云南人，做过地下工作，又有这样一层社会关系可以利用，中央相信你一定能完成任务！"

4月29日，刘健夫妇按照中央组织部的通知来到枣园，由朱德带到毛泽东的窑洞。经朱德介绍，毛泽东高兴地和刘健夫妇握了手："你们的情况总司令已经和我讲了。策反滇军是一项艰巨的任务，也很光荣，你们去东北一定要做好。中央关于滇军的工作由总司令和少奇同志管，具体任务由他们向你们交代。"

毛泽东的接见时间虽然短暂，但刘健感受到自己作为历史巨人战略布局中的一枚棋子，责任重大！

告辞毛泽东后，朱德带着刘健夫妇来到刘少奇的窑洞。刘健此行的任务，由中共中央五大书记中的两位亲自具体布置。

刘少奇的白区工作经验十分丰富，他交代："对滇军的工作，一要充分发挥我党地下组织的作用，广泛结交朋友，从滇军内部做好工作；二要依靠我军的军事力量和党的政策，在前方积极开展对滇军的政治攻势；三要利用各种关系接触上层将领，直接策反。总之，工作要从各方面去做，争取或迫使滇军大部起义。"

朱德先介绍了滇军的人脉：龙云成为云南王之后，要偏安一隅，巩固军权，需要培植自己的干部，改造旧滇军并抵制蒋系"黄埔生"掺沙子。碍于老蒋已明令各部队不得自办军官学校，便改头换面于1929年在云南讲武堂旧址举办第十三路军军官候补生队，但开办不久，被蒋介石借故派人查封了。由于各部队培养军士的集训队不被禁止，军官候补生队多数学员转入卢汉任师长的第九十八师军士队。在云南，卢汉、朱旭、张冲、张凤春四位师长是为龙云打天下的台柱子。卢汉虽然是表兄龙云一手栽培起来的，龙、卢一系，但龙、卢之间仍有芥蒂。1931年，因龙云削减将领们的兵权，卢汉等四位师长曾发动倒龙政变。政变平息后，龙云虽然恢复、调整了与卢汉的关系，但卢汉私下对龙云培植"太子党"，重用"舅子团"，以及对有功之臣实行不给钱、不给官、不给面子的"三不给主义"仍然不满。抗战胜利后，蒋介石利用矛盾，一石三鸟，先把龙云撑下台，让率部入越受降的卢汉离开军队，回云南当空头省主席，再将滇军主力全部调往东北参加内战。卢汉离开军队前，与蒋介石达成交易，继续掌握第六十军和第九十三军的人事调整权，并且在两军开赴东北前，将其军、师主官做了较大的调整，使这两个军的团以上主官多为当年卢汉起家时的第九十八师军士队的干部、教官和学员。

朱德再次叮嘱刘浩健"做上层将领的工作要充分利用自己的社会关系"后，点出了策反重点：在东北滇军，第九十三军军长卢浚泉和该军暂编二十二师师长龙泽汇、第六十军暂编二十一师师长陇耀三人，因同族亲戚关系成为这两个军实际上的核心。这三人的核心，是卢汉的幺叔卢浚泉。此人是当年军官候补生队的队长，暮气较少，喜欢启用年轻人，治军提倡革新，重视部队的文体活动，在滇军将佐中威信较高。1941年初，中央将朱旭的侄子朱家璧从延安派回云南，途经重庆时，周恩来同志指示他："你到过延安，进过抗大，人家会知道的。你回云南后，只能以进步的面貌出现。"朱家璧回到云南后，很快被滇军第一旅（后改为暂编十八师）旅长卢浚泉重用，任该旅第二团三营营长，至1945年初升任第一方面军特务团团长。遗憾的是，1945年10月，蒋介石突然电令卢汉："朱家璧等人同越共有勾结，着即查办。"朱家璧被关押一个多月后，已升任第九十三军军长的卢浚泉亲自打电话给卢汉，安排军参谋长严宗英等，将朱家璧保出"就医"。

说到第六十军将领，朱德特别强调："陇耀虽然地位没军长高，但他是龙云、卢汉同族亲戚，又是当年军官候补生队的学员，加上性格豪爽，疏财仗义，敢作敢为，成为滇军的中坚。龙云、卢汉就是用陇耀来笼络这批候补生的，陇耀因此而有'卢汉的人事处长'之称。"说完，把写给卢浚泉、曾泽生等滇军将领的亲笔信递给刘健。

这时，刘少奇提醒刘健："你打入敌军后，现在的名字和在云南用的刘若坚都不能用了，你得再改个名字。"

"就改叫刘浩吧！浩气长存的浩。"刘健说。

"好！中央给你立个案，以后你的报告就用刘浩这个名字。朱家璧虽然被迫

离开了滇军,但滇军的地下党组织没被破坏。中央已通知南方局,东北滇军地下党员的组织关系改由你负责联系。你到东北后,在东北局直接领导下开展对滇军的工作。过些日子,中央还要抽调刘惠之、苏民、徐克、左仲平、李竞、司维等云南籍干部赴东北参加这项工作。"

这次谈话持续了两个小时。握别时,刘健坚定地表示:"困难肯定很多,但我可以克服。请中央放心,就是牺牲生命也要完成任务,决不辜负中央首长的期望!"

5月6日,刘浩从延安出发,绕道转至承德,由冀热辽边区派人,将刘浩护送至距国民党军第九十三军最近的辽西支队。南方口音的刘浩再扮成农民的哑巴儿子,乘送粮马车进入敌占区,与暂编十八师第三团副团长、中共地下党员张士明接上了关系。张士明再派地下党员黄致平,把刘浩送往驻扎抚顺的第六十军军部。

就在刘浩费尽周折寻找东北滇军地下党时,对方正为失去了与上级党的联系,急得像热锅上的蚂蚁。可是,到哪去找上级党呢?按组织关系,滇军地下党归中共南方局领导,南方局在数千里之外,况且,潜伏六年之后,他们只能坐等上级党派人来布置任务。但坐等的结果,是坐视工作良机的一次次错过,该发展的新党员不能发展,该送出去的情报不知送往哪里。这望眼欲穿的急切期待,这心急如焚的焦虑急躁,终于导出了一场若干年后令经历者们忍俊不禁的误会。

误会,是晚年在中国人民解放军军事科学院大百科全书编审室担任第二室主任的孙公达引起的。1944年冬,这位昆明西南联合大学的学生受中共云南省委派遣,隐瞒了大学学历,改用化名,进入国民党第六十军。

部队调往东北时,没来得及与上级取得联系,巧的是孙公达在越南海防碰见了曾在云南日报社工作过的白麦浪。两人约定,由白麦浪请示上级派人赴东北与他们联系,联络暗号为孙公达手拿一本《水浒传》,回答:"我看的是《水浒传》。"

部队到达东北后,军部驻扎辽宁抚顺,孙公达被安排到军部参谋处当谍报组长。于是,他几乎天天手拿一本《水浒传》逛大街走小巷。溜达了一二十天,连个接头人的影子都没碰到。杨重、孙公达几人一合计:既然左等右盼不见上级派人来,干脆我们自己去找。"军调部"不是在抚顺派驻了一个监督停火的执行小组吗?那里有我方代表,就住在暂编二十一师防区内。对,就去找他们!

一天晚上，孙公达身穿美式罗斯福呢军服，大摇大摆地来到中共代表团驻地，先去警卫班打招呼："几位弟兄辛苦啦！本人是军部参谋处谍报组长，来了解一下共方的活动情况。"

士兵们得知是军部的中尉长官，又是云南老乡，待人挺和气，马上热情地介绍了中共代表的活动规律。警卫班长还告诉孙公达："那些招待员负责监视、盯梢、搜集情报，白天他们寸步不离，只有晚上不在这里。"

警卫班长带孙公达来到会客室，中共代表团的王首道出来接见。待警卫班长退出，孙公达把身子探过去，压低声音说："我是六十军地下党组织派来的，要同上级党组织取得联系。"

没想到，王首道拍案而起："你不要给我来这套，这种把戏我见得多了！"说完，丢下目瞪口呆的孙公达，拂袖而去。

孙公达碰了一鼻子灰，十分沮丧地打道回府向杨重复命，大家这才反应过来：太莽撞，太冒失了！人家凭什么相信你这个国民党军中尉？再说，即使信了，也不能接头，因为人家是代表"军调部"来执行"监督停火"特殊任务的。

不久，杨重、孙公达他们望眼欲穿企盼的亲人，终于突然降临。

那天，时任第六十军副官处上校处长的杨重正伏案办文，门外悄悄进来一个人，伸出一只左手："杨重，你看我是谁？"

杨重抬头一愣，这不是从事地下工作的刘若坚吗？当年在云南罗平板桥相约再见面时紧握彼此左手的，不正是他吗？杨重"呼"地蹦了起来，张开双臂扑了过去，紧紧抱住刘浩："哎呀呀，刘若坚，刘若坚，你可把我们想苦了！"

"嘘——我现在叫刘浩。"刘浩提醒杨重。

六十军地下党员心中的愁云终于被刘浩从枣园窑洞里携来的春风扫得无影无踪。

当晚，刘浩与杨重彻夜畅谈，并且确定了东北滇军地下党组织的八项工作：第一，迅速发展具备条件的新党员；第二，党员争取掌握带兵实权；第三，广泛开展交友活动，更多地团结中、下级军官；第四，利用敌人内部矛盾，煽风点火、泄气搭桥；第五，积极搜集军事情报，配合我军外线作战；第六，建立与解放区的交通联络，内线与外线配合开展工作；第七，东北滇军地下党分为两个独立活动的支部，由杨重和张士明分别担任第六十军和第九十三军地下党的支部书记；第八，积极慎重地策反上层将领，争取在滇军内策动规模尽可能大的反蒋

起义。

在谈到最后一项任务时,刘浩特别传达了中央首长的指示:滇军将领和其他国民党军将领一样,从自身阶级立场出发,看不到人民的力量,必然眼界不宽,目光短浅,只迷信优势装备和美国人的支持,目光也只能停留在眼前战场上双方兵力对比的暂时现象上,不到走投无路,不会低头认输。只有在我军强大的军事压力下,迫使其政治上失败,军事上无望,争取其起义才有可能。因此,必须立足于长期耐心的工作,一方面,大力搜集军事情报,积极配合我军外线作战,不断消灭敌人有生力量;另一方面,继续开展广泛的交友活动,团结更多的中、下级军官,利用矛盾,动摇军心,制造有利于起义的内部气氛,在此基础上,抓住一切有利时机开展对上层将领的策反工作。

第二天,刘浩不顾一夜疲倦,约见了孙公达。两人抗战时就相识于昆明,见面第一句话几乎是异口同声:"啊?原来是你!"望着自己苦苦期待的同志,孙公达内心翻滚着激动的浪花,进入滇军虎穴卧底快两年了,自己虽然不是党员,但组织上始终把自己当成党员来使用。他迫不及待地再一次提出了入党请求。

几天后,孙公达实现了自己梦寐以求的夙愿。

为了便于开展工作,杨重利用职务之便给刘浩弄了一套罗斯福呢翻领军装,佩上少校军衔,用"赵振华"的化名,为刘浩在军部副官处签发了一张盖有第六十军关防印章的少校军需官通行证。从此,刘浩以办公务或做生意的名义,畅行于国民党军第六十军和第九十三军中。

不久,刘浩前往锦州会见了第九十三军军长卢浚泉,面交了朱德的亲笔信。是年八九月间,刘浩再次会见了卢浚泉。鉴于卢浚泉的态度一次比一次冷淡,由刘浩提议,经叶剑英批准,地下党对滇军工作的重点由第九十三军转到第六十军。

5 中共地下党结束潜伏"翻江倒海"

《西游记》中的美猴王钻进铁扇公主的肚子,让骄矜的女魔难忍揪心扯肝的剧痛,不得不甘拜下风,乖乖地交出铁扇。地下党一旦结束潜伏,放开手脚,便在国民党第六十军的一个个重要岗位上,演出了一场当时令曾泽生等将领肝肠寸断恼怒不已,起义后恍然大悟钦仰备至的"活报剧"。

吸收孙公达入党后，地下党组织又相继发展了军部机要室译电员赵雄、军部人事课课员陆飞、第五四五团副团长范啸谷、暂编二十一师中校参谋赵国璋、军补充团连长俞建昌（回解放区后改名［下同］俞光）、第五四四团排长詹玉填（詹伟）、军特务营排长詹玉佩（詹羽）、军特务营营部书记李时泰（李涛），以及杨重的传达兵黄建能等同志入党。加上原有的老党员杨重（杨滨）、王立中，地下党员数达到 12 人（不含从解放区派入的党员）。

东北军区联络部还派来化名李继生的同志担任地下交通员，由孙公达安排在军部参谋处谍报组当谍报员。李继生在旧军队干过多年，1942 年参加革命，对敌斗争经验丰富。建立地下交通线后，地下党在曾泽生眼皮底下搜集到的情报，被源源不断地送给曾泽生战场上的对手。

1946 年 10 月，国民党东北保安司令长官部为实现"南攻北守"的作战计划，将第六十军（欠重建的第一八四师）从抚顺调往永吉至长春、梅河口两条铁路附近的狭长地带，归长官部副司令长官兼吉林省主席梁华盛指挥。吉林市是长春战区面向东满解放区的前哨，为了把吉林市建成"进可攻退可守的坚固战略要点"，梁华盛要求第六十军移防前，拟制吉林市全城的防务规划图。

军部副官处处长兼特务营营长杨重是工兵出身，曾泽生便将勘察、设计和拟制吉林市防务规划图这一绝密任务交给了他。

受命后，杨重带上地下党员王立中和七八个参谋，坐上吉普车，把吉林市城里郊外跑了个遍。在实地勘察基础上，确定了阵地编成、兵力部署、火器配置、工事构筑、障碍物设置以及支撑点工事的位置、结构和强度等。然后，测绘制图，造表预算。经一周夜以继日的努力，如期完成了任务。杨重精心拟好的吉林市全城防务规划图和工程实施计划，经曾泽生、梁华盛审批后付诸实施。

当曾泽生夸奖这位埋头苦干的亲信时，他怎么也想不到，杨重熬更守夜编拟的所有资料均一式两套，一套向曾泽生交差，另一套由刘浩派地下交通员秘密送往解放区，交东北军区联络部并由东北军区印发给吉林市外围各部队。

这年入冬后，曾泽生又"赏"给了孙公达一次建功立业的机会。

潘朔端起义后，长官部为控制部队，派来一个视察组常驻第六十军，并且在军部参谋处临时布置了一个作战室，把作战计划、各种图表、无线电台的呼号和频率规定等机密文件都放了进去。

北国的冬天冰封雪覆，朔风砭骨。生长在热带、亚热带地区的云南官兵头一

次领略了这银装素裹的奇冷世界。早在驶往东北的途中,不少官兵就听说,北方的寒冬腊月冰凌垂挂,撒一泡尿都要用棍敲。如今身临其境,虽然恍然大悟这撒尿拿棍敲的戏言纯系"燕山雪花大如席"一类的生活夸张,但滴水成冰,呵气成霜,却是亲眼所见。

此时,家家户户生起了火炕、火炉,人们躲在屋子里取暖聊天,很少外出。新设的作战室取暖设备尚未安装,参谋们都不愿意蹲"冷宫",就把差事派给了情报组长孙公达。

孙公达在值班室住了一周,每至夜深人静,便插上门,裹上大衣,奋笔赶抄重要资料,随后,通过地下交通员送往解放区。

东北保安司令长官部也给杨重安排了一次获取重要情报的机会。

1947年2月,败绩连连的东北国民党军为重整旗鼓,组织了一个"校阅团",由长官部一名少将担任团长,要各军派两三名将校级军官参加,到辽东、辽西、辽南廖耀湘兵团所属各部和保安部队巡回视察,以总结经验教训,鼓劲打气,虚张声势。由于杨重兼任了军官训练大队大队长,曾泽生指定他代表第六十军参加"校阅团"。杨重带上军部特务营排长、地下党员詹玉填前往沈阳报到。

"校阅团"有一百多人,分编为作战、通信、军务、战勤、炮兵、骑兵、工兵、文书等十多个小组。在确定分组时,各军代表都争着去各专业组,费力事多的文书组无人问津。"校阅团"团长见第六十军代表坐在一旁没吱声,就把这个苦差事甩给了杨重,让他负责统筹综合整理各部队的有关资料。面对这正中下怀的"美差",杨重暗自高兴,但仍谦虚了一番,表示勉为其难才承担下来。

"校阅团"开始活动后,每到一处,杨重都要布置文书组一式三份整理各种材料,待"校阅团"结束使命,杨重将两套材料送长官部交差,留下一套材料带回去通过地下交通员转送东北军区联络部。这批情报包括辽宁省境内廖耀湘兵团所属各部及保安部队的实力、装备、兵力部署、工事构筑、训练素质、战役战斗经验教训总结、各部队主官名单等极为重要的机密内容。

杨重归队后,曾泽生专门召集全军团以上主官及军部八大处负责人听取汇报。杨重借题发挥,将一部分参观内容删繁就简,一带而过,着重介绍在凤凰城观看民主联军伏击国民党第二十五师的战场实况,绘声绘色地渲染了沿途破车烂炮、横尸遍野的狼狈景象,巧妙宣传了民主联军出色的作战指挥、果敢顽强的战斗作风、擅长打歼灭战的作战能力以及战区民心所向。在场军官一个个听得目瞪口呆。杨重名正言顺地又开展了一次卓有成效的"泄气"活动。

对滇军工作的重点转到第六十军后，1947年5月，刘浩带报务员张文喜、译电员李竞和警卫员刘生，携一部电台，再次进入第六十军。此时，正赶上军部移防，杨重立即找来国民党军服给他们换上，并且把他们送上随军部移防的火车。

到达吉林市后，杨重将军部副官处设在一家中药店里，让"少校军需官"刘浩和"勤务兵"刘生与自己同住二楼，张文喜和李竞二人被安排在军部修械所所长、地下党员王立中家里，接替刚被送去学技术的两名勤务兵的工作，电台藏在修械所楼上一间小屋里。张文喜和李竞白天替少校所长做家务，夜深人静后再上小楼，搬出电台和解放区联络。遗憾的是电台坏了，又不敢拿出去修，只好把电台埋藏起来，张文喜先回解放区，李竞继续潜伏。

说来也巧，刘浩一行刚到吉林市，地下党又搜集到一份重要情报。这一次，硬是让曾泽生、陇耀他们心如刀绞五内欲崩！

1947年5月13日，东北民主联军发动夏季攻势，28日攻占梅河口，全歼重建的第一八四师。驻扎距梅河口仅30公里海龙县的暂编二十一师，一下子孤立、突出起来，处境极其危险。曾泽生唯恐其重蹈覆辙，遂向长官部请示，打算让暂编二十一师撤离海龙，向吉林市收拢。杜聿明拖了两天，批准了曾泽生的请示。曾泽生急忙拟写撤退命令，责令机要室主任亲自监督电台发出。

这天，杨重正要找军部通信营营长孙璞聊天，刚好碰上这位交友对象从报房里出来，便迎了上去："伙计，这几天你怎么这么忙？"

孙璞走近杨重，附在耳边神秘地说："老兄，情况不妙啊！军长叫暂编二十一师放弃海龙喽！"

杨重马上意识到这是个"得来全不费工夫"的重要情报，于是，装作若无其事："这里又没外人，你偷偷摸摸地干啥子嘛？"没等孙璞回话，又接上一句："你忙你的，我不打搅。"转身走了。

杨重没走多远，碰上正到处找他的孙公达。原来，曾泽生亲拟的电报稿正好由担任译电员的地下党员赵雄翻译。赵雄在机要室主任的监督下译完电报稿，借口上厕所，急匆匆赶到谍报组，把电文内容转告了孙公达。鉴于秘密电台故障无法排除，刘浩书写短信一封，派警卫员刘生和地下党员陆飞迅速送往解放区。

根据这一重要情报，东北民主联军总部及时派出独立一师、独立二师和东满独立师沿途追堵，并且急调主力第六纵队奔袭90公里，在烟筒山西南吉昌镇堵住了暂编二十一师，将其大部歼灭。陇耀在几名亲信的护送下，换上便衣，甩掉部队，才狼狈逃回吉林市。

有趣的是，曾泽生电令暂编二十一师撤退的第二天，又命令撤向吉林市的第一八二师邓应斌团留下韩维忠营占领烟筒山，执行掩护接应任务，之后又派杨重带8个火车头，多拉一些敞篷车，到烟筒山火车站接运暂编二十一师。

杨重受命后犯愁了！我要是被"共军"抓住怎么办？和刘浩一商量，干脆带上地下党员俞建昌和刘浩的警卫员刘生一同前往。

杨重带车到达烟筒山车站后，一直等到黄昏，忽然听到五六里外一声巨响，用望远镜一看，原来是铁路被游击队破坏了，十多个身穿朝鲜族服装的游击队员正往山上爬去。韩维忠营见势不妙，沿铁路向口前方向撤退。杨重遂下令丢下机车各自逃命。这时，几位火车司机来问："炸不炸机车？"

杨重恨不得把曾泽生的家当全都留下，敷衍道："来不及了，你们逃命吧！"

杨重随韩维忠营向双阳方向撤退。逃了一夜，天亮时，部队停在一座村庄里休息，士兵抓鸡煮饭。没等饭煮熟，警戒人员报告：大路远处开来一支队伍。

韩维忠用望远镜一看，放下心说："这是暂编二十一师的队伍。"

大家正要吃饭，又发现左山脚有一个排飞跑而来，韩维忠大叫一声："不好，都是共军！"丢下饭碗就跑。杨重、俞建昌、刘生三人见状果断避开大部队，从另一条路逃回吉林市。

当杨重向曾泽生汇报"接应暂编二十一师"经过时，曾泽生那悲苦哀伤的神态，与当初听说潘朔端率部起义时一个模样。

第二章
将军为啥犹豫

"这个部队不是为政治（纲领而聚集起来）的部队，它是以老长官、老部下的关系联系起来的。"——滇军某上校团长

1 幕僚提醒卢汉：鱼和熊掌不能兼得

第六十军是龙云、卢汉起家的部队，也是龙云、卢汉明里暗里另起炉灶与蒋介石中央政府分庭抗礼的台柱子。

龙云、卢汉均出身于凉山奴隶主世家。龙云出世不久，父亲去世，龙云随母亲回云南昭通外祖母家居住。龙云的外祖母是卢汉的姑祖母，两位表兄弟都在这位被他们尊称为"老祖婆"的家里长大，从小就建立了胜似亲兄弟的感情。龙云长大后，学了一手好拳法，后因家境沦落，流浪于金沙江两岸。辛亥年云南重九起义不久，云南都督蔡锷组织"援川军"进入四川，龙云、卢汉加入其第一梯团。1912年"援川军"回滇，龙云、卢汉被保送到云南陆军讲武堂第四期学习。

龙云从讲武堂毕业后，当上唐继尧的侍从副官，由此发迹，仅八年便升任第三十八军军长、昆明镇守使。卢汉也一步步升任师长。1927年2月6日，龙云联合其他三位镇守使发动倒唐政变，取得了对云南的联合统治权。当年6月14日，龙云又粉碎其他三位镇守使联合发动的倒龙政变，由此登上"云南王"宝座。

龙云上台后，立即改组军队，直接向法、德、比、捷等国购买军火，重新装备了完全忠于自己的新滇军，战斗力也大为提高。为保住自己苦心经营的地盘，龙云一方面依附蒋介石，借力巩固自己对云南的统治，另一方面又与蒋介石保持一定距离，离心离德。

1937年七七事变不久，蒋介石将滇军主力调往前线。日军攻占印度支那后，

蒋介石再以保卫大后方和印缅国际交通线为借口，派大批中央军和特务机关进入云南，而出省抗战的滇军三个军只允许第六十军率两个师回防家乡。

蒋介石的这一部署就像下围棋，等于在龙云势力范围的"眼"内下子，使其成为"假眼"，待时机一到，就断其"外气"，叫吃龙云的全部"棋子"。为实现这一图谋，蒋介石向时任第五军军长的杜聿明秘密授意："对龙云要绝对服从，要如同服从我一样，就是龙云有不对的地方，为了整个计划，也要委曲求全。"

龙云预感到蒋介石的图谋，一面拼命扩军，组建并扩编了七个暂编师和大量地方团队，一面与西南其他地方势力派结成联盟，并向民主阵营靠拢，以求得与蒋介石分庭抗礼的力量平衡。

针对龙、蒋之间的矛盾，中共云南省工委根据中共南方局指示，向龙云提出了坚持抗战、支持民主运动、警惕蒋介石中央军、搞好社会秩序和办好地方经济等十条建议，为龙云基本接受。

由于龙云的宽容态度，昆明的民主运动在中共地下组织的领导下蓬蓬勃勃地开展起来。一时间，昆明成了抗战后期大后方的"民主堡垒"。其间，国民党中央曾多次要求龙云对民主运动采取限制和镇压措施，都被龙云敷衍过去。

1943年，中共南方局领导周恩来、董必武派华岗到龙云身边工作。通过华岗、张澜、罗隆基、缪云台等人的工作，龙云与民主同盟建立了密切的联系，政治上给予保护，经济上给予支持。1944年底，龙云秘密加入民主同盟。

龙云坐地云南，拥兵自固，形成从政治、经济、军事到人事都自成体系的独立王国，本来就为蒋介石所忌，其日益偏左的政治态度更不能为蒋介石所容。

1945年4月初，蒋介石密召昆明防守司令官兼第五集团军司令官杜聿明，当面交代了以武力解决龙云的意图。

同年8月，日本无条件投降。蒋介石立即命令已于3月就任第一方面军总司令的卢汉率云南境内的滇系正规部队全部开往越南执行受降任务。

鉴于中央军麇集云南，中统、军统特务遍布全省，龙云为自身安全着想，曾提出把长子龙绳武任师长的暂编十九师、潘朔端任师长的暂编二十三师、次子龙绳祖任师长的暂编二十四师留驻云南。蒋介石只同意暂编二十四师留驻昆明。在民族大义的招牌下，龙云只好吞下这颗令自己心惊肉跳的苦果。部队开拔前，龙云特意向卢汉密授机宜："如果后方有事，闻讯即火速回师。"

本来，按盟军最高统帅划分的受降区，在北纬16度以北越南境内归中国军队受降的日军不到 3 万人，入越受降滇军的兵力已绰绰有余，但蒋介石仍以"受降重要"为名，加派中央军第五十二军、第六十二军、第九十三师和荣誉第一师。部队入越后，第九十三军驻河内及附近地区，第六十军分散远驻南定至顺化、土伦一带。中央军则布防在滇军驻地附近或以北地区。到解决龙云时，又急调第五十三军到云南河口一带，并向越南推进，形成中央军 10 个师监视防堵滇军 8 个师的态势。

此时的昆明，龙云的"家丁"仅剩龙绳祖师和宪兵团、警卫大队，而蒋介石的部队有第五军、第二〇七师、宪兵第十三团、云南机场守备司令部四个团。

完成调虎离山兵力部署后，9 月 27 日，蒋介石、宋美龄离开重庆，飞抵西昌，坐镇邛海边竹木掩映的西昌新村特宅，遥控杜聿明在昆明发动武力倒龙兵变。

当日，蒋介石派空军副司令王叔铭密飞昆明，给杜聿明带去亲笔信，告之：日内将颁布命令，免除龙云在云南的军政本兼各职，调其任军事委员会军事参议院院长。最好一枪不发，照命令限期送龙云到重庆。万一龙云不接受，立刻攻击省政府所在地五华山。并且叮嘱，对龙云以长官之礼相待，绝对保证其安全。

10 月 1 日，陆军总司令何应钦以视察受降为名，突然飞抵河内，掌握部队。

10 月 2 日下午，王叔铭亲自驾机将何应钦、李宗黄、关麟征送到昆明并带去蒋介石的手令三件：第一件，免去龙云军事委员会云南行营主任、云南省政府主席等本兼各职；军事委员会云南行营撤销，行营所属人员由中央统一安排；云南地方部队交昆明防守司令官杜聿明接收改编；云南省政府交卢汉接收，卢汉到任前，由云南省民政厅厅长李宗黄代理。第二件，任命龙云为军事委员会军事参议院院长。第三件，任命卢汉为云南省政府主席。

当晚，杜聿明召开所属团以上军官会议，传达蒋介石手令，部署行动方案。次日凌晨 5 时，杜聿明所属各部队准时向龙云及其所属部队发难，经约 50 分钟交火，除五华山省政府所在地的部队外，龙云所属部队皆被缴械或围困。

那天午夜刚过，居住昆明市内威远街公馆的龙云接到市警察局打来的电话："龙主席，事情不对，不知有什么意外，防守司令部对市区戒严了……"话没讲完，电话线就被切断了。

一会儿，副官报告："公馆被包围了，门前柳树巷设有机枪掩体，附近街口均被封锁，交通也中断了。"接着门外一伙儿持枪带臂章的军人从门缝塞进一封

信。龙云拆开一看,是杜聿明和李宗黄告之奉命改组云南省政府的缘由。

龙云见大势不妙,带着副官从后门出逃,上了省政府所在地五华山。随后,龙绳祖和张冲也来到五华山,指挥山上两个警卫连护驾抵抗。上山后的龙云怒气冲天,立即发出戡乱电报,宣布"杜聿明叛变",电令卢汉率部回师,电令云南各县大兴"勤王"之师,攻打杜聿明部。由于通信线路皆被切断,所有电令均被杜聿明截获。

就在杜聿明动手的同一天,王叔铭又飞抵河内,给卢汉送去蒋介石的亲笔信:

永衡(卢汉的字)吾兄勋鉴:抗战胜利,国家急需统一军令政令。为加强中央,巩固地方,特任志舟(龙云的字)为军事参议院院长,调中枢供职,以全志舟兄晚节。并委兄为云南省主席,委李宗黄为民政厅长,在兄未到任前,由李宗黄代理。盼晓谕所属,以安众心。并望在越受降事竣,来渝一叙。顺颂勋祺。中正手书十月二日

正专心受降事宜的卢汉,骤临剧变,思想毫无准备,他马上与方面军参谋长马锳、军法处处长范承枢、人事处处长朱仲翔紧急密商:"你们看看这封信。"

据范承枢等回忆,几位高级幕僚一看来信,均呼:"大有问题!"

范承枢一针见血:"司令官本在第一方面军任职,但此信只说'委兄为云南省主席',而不是兼省主席,'为'、'兼'虽一字之差,却谬以千里。不言而喻,老蒋是要解除司令官的军职。而一旦当上了无兵权的省主席,就等于将自己置于任老蒋摆布、宰割的危险境地。这是此信的关键,也是老蒋最毒辣的一着!"

朱仲翔则从任免程序上提醒:"省主席一职既不见正式任命,又未即刻公布,也没提及何时就职,只说'在越受降事竣,来渝一叙',至于叙什么,没说。这葫芦里,老蒋肯定没卖什么好药!"

幕僚们越说越气:"李宗黄是什么人?卖身老蒋的政客!老蒋派他回来,名为代理,实为代替。司令官很可能成为其过渡到省主席的陪衬。他主滇,三迤父老准没好日子!"

范承枢的分析一语中的,朱仲翔的判断也一叶知秋。事实确实如此。两个月前,日本尚未投降,蒋介石就召见了李宗黄,面授机宜:"国军反攻即将展开,

卢汉将随何总司令出征。过渡期间，暂以卢汉负云南省主席的名义，而以兄任民政厅长兼代主席，到了相当时刻再为真除。这样做法对政略的运用较有裨益。"

10月2日，李宗黄临赴昆明前，蒋介石又吩咐："卢汉赴越受降一时回不来，你可放手做。"

蒋介石假任命卢汉以调离龙云，确实老谋深算。对龙云，以卢汉为省主席，不但地方势力可以安抚，连龙云得知以卢汉为继任时，也只能无可奈何地骂道："既是卢永衡接任，何必多此一举，做得如此卑鄙？"对卢汉，给一个省主席的位置，便是在苦药外面裹一层糖衣，由此瓦解卢汉"破釜沉舟"的念头，阻止其以武力声援龙云。卢汉一旦卸去军职，摆布滇军易如反掌。这一石三鸟的谋划，对蒋介石来说，可谓之政治舞台上一着出手不凡的高着儿。

面对蒋介石暗伏杀机的安排，幕僚们为卢汉分析了可能的三条路：第一条，按龙主席交代，率驻越滇军打回云南。这条路兵力处于劣势不说，劳师远袭，既无后方，又难补给，而有备之敌以逸待劳，故取胜的可能性极小。退一步说，就算打回了云南，以家乡为战场，不仅桑梓生灵涂炭，龙主席也性命难保。第二条，卢汉坐镇越南，按兵不动，以8个师的实力声援龙云，迫蒋收回或变更成命。这也是一着死棋，因为这正好给蒋介石提供了求之不得的借口，使他可以名正言顺地大兴讨伐之师，在一举剿灭驻越滇军的同时，让李宗黄顺理成章地坐上省主席宝座，一劳永逸地解决云南问题。到那时，司令官鱼和熊掌什么都得不到了。剩下第三条路，就是偃旗息鼓，暂时接受摆布。只要滇军主力还在，创造条件改变处境，等待时机东山再起，不是没有可能。

卢汉接受了幕僚们的分析和忠告，遂不动声色，镇静处之。

10月5日，卢汉应何应钦的要求，亲笔修书一封，让飞回昆明的方面军办公厅主任杨茂实面呈龙云。满怀希望坐等卢汉率部"勤王"的龙云见了卢汉的信，知道大势已去，只好在宋子文、何应钦陪同下，凄凄然怏怏离开昆明。

几天后，蒋介石把杜聿明召到重庆面谕："你解决龙云对国家立了功，可得罪了龙云，你应该为国家背过。我表面上先公布将你撤职查办的命令，实际上调你到东北当保安司令长官。"10月16日，国民党《中央日报》以头号标题发布了蒋介石"对杜聿明处理云南问题失当，着即撤职查办"的命令。

龙云被逼出一己私利的小王国后，开始从过去未曾有过的大视野，来关注中国共产党的主张、政策，以至于这位曾举刀屠杀过共产党人的旧军阀，日后竟有

了"此路不通，去找毛泽东"的牢骚。

卢汉则不同，蒋介石给他留下了一个省主席的宝座，虽然前途渺茫，但毕竟能吊一吊胃口。

1946年1月，蒋介石在重庆召开"复员整军会议"。卢汉知道此行关系自己今后进退，十分重视，行前又一次召集幕僚商议对策。

一位幕僚重提"鱼和熊掌不能兼得"："六十军和九十三军他调已成定局，如坚持不放，不但徒劳，而且影响老蒋对司令官的安排，有龙主席前车之鉴，后果不堪设想。老蒋不愿司令官继续统兵，司令官若一味坚持，也相当危险。战场风云多变，若有差池，军职被撤不说，省主席位置也将失去。所以，军政二权不可兼得，只能舍军以就政，虽不能得熊掌，尚可得鱼。只要六十军和九十三军还在，军政尚可遥相呼应，两俱有利。从军、从政二者相较，后者比较稳固，况且从政后，还可扩充军力东山再起。"

"对！坚辞到北方指挥部队，舍军就政，让远离家乡的两军将士有个放心的依靠。"另一位幕僚赞同道。

卢汉没吱声，默默地点了点头，继续屏息静听。

幕僚们继续建言：老蒋本意，先让司令官挂名当无兵无卒的光杆省主席，然后让李宗黄取而代之。李宗黄长期外任，在云南没有根基，一到任就任用亲信，将龙主席用过的人一律排挤并制造血案，弄得人声鼎沸。目前，昆明已经形成拥卢（汉）、倒关（麟征）、驱李（宗黄）声势，老蒋一时还离不开司令官。不如以退为进，向老蒋请辞本兼各职，探探他的态度。若接受，则坐视李宗黄出丑，待其被家乡父老轰下台再说。若不接受，则趁机索取军权。具体方案，就是撤销中央军进入云南后设立的省警备司令部，另设由省主席兼任司令官的省保安司令部，指挥境内武装，负责全省治安。

卢汉眼睛一亮，侧过头问范承枢："你意下如何？"

范承枢想了想，抛出了确保核心利益步步为营的讨价还价对策："别的我都赞成，只是具体方案蒋介石能不能接受，需要斟酌。老蒋解决龙主席的目的，是为了控制云南，焦点是军队。老蒋既然把龙主席赶出云南，就决不允许云南出现第二个龙主席。我看可否设上、中、下三策——以撤销云南省警备司令部方案为上策；若老蒋不允许，则提出另设由省主席兼司令官的云南省保安司令部，统辖地方团队，是为中策；若老蒋两不允，只让当个无一兵一卒的光杆省主席，就是下策了。上策，事有可为。中策，事犹可为。如老蒋逼行下策，则坚决不干，以免贻患将来，对外，也落得个清高。"

三个方案确定后，卢汉飞赴重庆。一见蒋介石，卢汉即递上辞呈。

蒋介石低估了卢汉被幕僚们重新结构了的脑袋，他本以为卢汉会提出保留军队或者调一个军回云南的要求，万万没想到卢汉会来这么一手，忙说："我不是找你来辞职的，现在还不是退休的时候。李宗黄在云南搞得不洽人意，需要你回去就任省主席之职，安定地方。方面军是对日作战机构，受降完毕，即行结束，六十军、九十三军将来调防山东胶济铁路沿线，仍由你指挥。"

见蒋介石执意不受所辞，卢汉顿时眉舒目展，但还是言辞恳切地重申前请，蒋介石始终不准。当卢汉呈上辞呈时，蒋介石将辞呈交还卢汉："永衡兄，以国事为重，打消辞意，我们改日续商有关军政事宜。"

几天后，蒋介石设午宴招待卢汉。已大致摸到老蒋底牌的卢汉抱定"舍军就政"，坚辞到北方指挥部队。蒋介石不愿卢汉回滇主政，怕其坐地势大，仍然不准："滇军别人不易指挥，还是由你赴任为好。"

卢汉马上抛出一个早已商议好了的方案："我保举孙渡。他抗战初期担任过第五十八军军长，在滇军能孚众望。"见蒋介石没反驳，卢汉进一步提出："我准备将六十军和九十三军的人事做一次调整，保证部队服从孙渡的指挥。"

蒋介石以为，卢汉坚辞军职是要挟他改变北调两个军的部署，于是，让了一小步："这两个军需要抽调一个去北方。"

卢汉清楚，这两个军既被骗出云南，蒋介石就断然不会放虎归山，当即慷慨让出一大步："部队是国家的，全部调去好了！"

这一让，大大出乎蒋介石的意料，他高兴地赞许道："好，好！永衡兄，你真是模范军人！"

卢汉趁热打铁，言辞婉转地摊开自己的让步条件。自然，蒋介石更有心计。双方几经讨价还价，蒋介石同意卢汉对第六十军和第九十三军拥有人事调整权；同意云南省政府厅长、委员人选由卢汉与行政院长会商办理；允许设立云南省保安司令部，但不撤销警备司令部。这场政治交易的结果，卢汉以滇军主力开赴东北为代价，基本实现了赴渝前准备的"中策"。

蒋介石放卢汉回滇，虽有养虎遗患之虞，但滇军主力调往东北后，通过省民政厅厅长李宗黄和警备司令关麟征，仍然可以从一政一军挟制卢汉。

蒋、卢之争虽然得以暂时缓和，但矛盾并未解决。搅在这权力斗争旋涡里的滇军将领，最初不但茫然无知，而且一个个无忧无虑，兴高采烈，喜气洋洋。

抗战胜利后，蒋介石为剪除云南地方势力，欲擒故纵，先大造舆论，佯称"滇军抗日有功，理应出国受降"，再为卢汉戴上一顶金光炫目的桂冠，令其全权主持入越受降，并将滇军扩编升格，以战胜国受降部队名义派往越南，调虎离山。

一时间，滇军将领一个个美滋滋乐陶陶弹冠相庆，然后，神采奕奕地率领部队跋山涉水，向受降地进发。9月28日，当滇军将领们威严肃穆地站在原法国驻越南总督府大礼堂内，目睹往日耀武扬威凶残暴戾的日军第三十八军司令官土桥勇逸中将毕恭毕敬地在投降书上签字的时候，这些从台儿庄尸山血海中出生入死过来的云南汉子，眼湿润了，血沸腾了，仿佛那压在心头的百年耻辱一扫而光，这门庭显赫几世的荣耀一刻生成！

他们哪里想得到，蒋介石喂给他们的是一颗裹着糖衣的苦果，仅仅过了5天，就饱尝了难以下肚的苦涩。

当杜聿明指挥中央军围攻五华山的消息传来时，滇军将领才如梦初醒，有的连呼"上当"，有的咒骂老蒋，少数将领甚至提议"打回云南老家"。

首先跑到卢汉官邸请缨的是暂编二十一师师长陇耀："蒋介石背信弃义，在我们后背捅了一刀。这五华山之仇不雪，我们云南子弟何颜以见家乡父老？总司令，只要你一声令下，打回云南，我陇耀甘当先锋，虽肝脑涂地，在所不辞！"

"啪"，卢汉把桌子一拍，勃然火起："胡闹！身为带兵将领，岂可如此鲁莽？率部造反是要杀头的！"

"砍头不过碗大的疤。士可杀而不可辱！"陇耀昂首挺立在卢汉面前，两行热泪在如炬如剑的目光下夺眶而出，顺着绷紧的双颊，"啪哒啪嗒"滴落了下来。

男儿有泪不轻弹，陇耀愤怒怨恨的泪水也浇到了卢汉伤感多日的心头。卢汉被感动了，他放下总司令的官架子，像一位宽厚的兄长，张开双臂，把陇耀按在沙发上："陇耀啊，陇耀！我素知你的侠义，也感佩你的忠心。我清清楚楚地知道，老蒋推我出来当空头省主席，实为剥夺我的兵权，给我送来的是一杯苦酒。可事已至此，这酒再苦，我也得把它喝下去！"

卢汉来回踱了几步，收住脚，坐了下来，心平气和地继续开导："老蒋在滇越边境早就部署了重兵，断了我们回师之路。举兵反蒋无疑自投罗网，我卢汉身首异处不说，数万云南子弟将被剿灭，龙主席的脑袋也将不保，家乡更难免一场血腥屠杀。这条路走得吗？我听说，你在全师军官会上大讲五华山事件真相，鼓动云南子弟打回云南，以雪五华山之仇，有这事吗？"

未等陇耀回答，卢汉继续劝道："目前，你我都不能意气用事，不计后果。只能按老蒋的命令行事，我回云南当空头省主席，部队听候调遣。只要你们抱成一团，保存实力，打好仗，为我争气，我在云南就能与老蒋平分秋色，也为两军将士保住一块可靠的后方基地。这可谓无路之中的出路啊！"

老长官的一席肺腑之言，说得陇耀心服口服。这位刚烈的彝族汉子，至此也只有忍气吞声，于无路中"摸着石头过河"了。

2 卢汉密授家将：今后打仗要多个心眼儿

无论是蒋介石与龙云之间的明争，还是蒋介石与卢汉之间的暗斗，矛盾的焦点始终如一：蒋介石要坚持独裁一统天下，全仗着武力；龙云偏安一隅割据称侯，依赖军队；卢汉忍辱负重费尽心机与蒋介石讨价还价索要的，还是兵权。

在半封建半殖民地的旧中国，自给自足的小农经济为封建军阀割据奠定了经济基础，传承千年的专制理念和独裁政体为军阀割据开辟了思想和政治上的通道，而帝国主义划分势力范围的分裂剥削政策，则加剧了这种世界独有的军阀政治。在这块"有枪就是草头王"的土地上，旧中国的政治舞台由枪炮支撑起来，征战沙场的"丘八"是选民，"丘八"手里的枪炮是选票，枪声炮响是军阀的竞选宣言，而竞选目标无一不是累累白骨堆砌起来的个人权力宝座。

这种军阀政治的基础是军队私有化。维系军权私有的精神家园是传承千年的"忠义道德"。几乎每一支旧军队都有着用"忠义道德"编织的私属人脉。蒋介石以黄埔师生和江浙同乡为骨干，组建并不断扩大了效忠自己的嫡系部队。龙云靠以血缘、姻亲为纽带的彝族上层集团，控制了云南军政大权。卢汉则通过当年第九十八师军士队培养的一批对自己唯命是从的将佐，填补了龙云被逐后的权力真空。

卢汉的算盘，抓住效忠自己的军队，蒋介石就不敢过分剥夺自己的权力。有了权力，不但可以为前方作战的滇军经营一块稳定的后方，还可以通过对官职的任命，维系将领们对自己的忠诚，最终维持那摇摇欲坠的小朝廷。

重庆整军会议后，入越受降的滇军八个师被缩编为两个军六个师，撤销了暂编十九师和暂编二十三师。与此同时，卢汉报经蒋介石批准，对第六十军和第九十三军进行了大幅度的人事调整，使两军的军、师长清一色为卢汉当年任师长时该师军士队的师生。

然而，无论在实力上，还是在权谋上，卢汉都不是蒋介石的对手。蒋介石表面许诺卢汉对第六十军和第九十三军的人事进行调整，暗地里却采取一系列措施削弱卢汉的权力。除入越受降部队被缩编外，还将在安徽安庆等地的滇系第一集团军所属第五十八军和新三军合并改编为整编第五十八师，隶属徐州绥靖公署。不是有人妄想"打回老家"吗？就让你离云南越远越好！最初并不说远调东北，只说缩编后的三个军统归第一集团军指挥，调往胶东半岛，等部队开到港口集结待运时，再临时变更命令。

对滇军北调和卢汉回云南当空头省主席，龙云非常生气。1946年1月，第六十军和第九十三军的军、师长们到重庆开会，龙云利用请吃饭、看戏的机会，两度约他们谈话："蒋介石为了消灭各省杂牌部队，达成其清一色的法西斯统治，历来主张哪个省的军队不准驻扎在哪个省，哪个人带过的部队不准再由哪个人带。他总是想方设法扩大嫡系部队，嫡系有一个师，不久就会扩编为辖两个师的乙种军，接着又扩编为辖三个师的甲种军，再有一个师后，又扩编为各辖两个师的两个军。当年蒋介石的第一军就是这样不断扩编、膨胀到今天的。而杂牌部队不但不会扩编，相反，会军变成师，师变成旅，最后被吞并或编遣，让嫡系拿着你的番号去成立新部队。我们滇军北伐期间有朱培德、范石生、金汉鼎的三个军，后来三个军变成三个师，不久，范石生的第五十一师又被吞并。剩下第七师和第十二师，到抗战末期也遭吞并。这次老蒋整编滇军，险恶用心就在这里。"

对于从权力宝座上一落千丈的龙云，包括卢汉在内的滇军将领，始终格外敬重，尽管龙云不再担任省主席一职，但大家还是以"老主席"尊称这位昔日的"云南王"。云南人重感情，更何况哪一位将军不是他老人家一手栽培起来的？

见众将领洗耳恭听，龙云更加滔滔不绝了："根据我参加的一次军事会议，独夫蒋介石正在布置发动内战。五华山事件就是内战第一枪。北调滇军目的是借刀杀人，让滇军在内战中被消灭，或者被吞并。蒋介石历来纵容嫡系吞并杂牌。滇军被吞并之日就是你们解甲归田之时。指望李宗黄来收容你们吗？云南子弟千万不要给蒋介石当炮灰，应该开回云南，不能听任李宗黄、关麟征蹂躏地方！"

晚饭后，龙云又约卢浚泉、曾泽生两位军长上楼密谈："卢永衡卖主求荣，你们不必管他。让他去做那个空头省主席好了。我有事就派秘书刘宗岳向你们传达，你们照办就是了。"当夜，龙云起草了一份驻越滇军回师救乡的行动方案，指定卢浚泉为总指挥，于次日派秘书刘宗岳送到重庆机场，交给卢浚泉和曾泽生。

曾泽生知道卢浚泉是卢汉的幺叔，论关系与卢汉更近，他不但是第九十三军的军长，还当了第六十军的半个家，于是恭恭敬敬地顺水推舟："我一定按老主席的指示干，你拿去给卢军长看吧！"

卢浚泉看信脸色骤变，拿出打火机，按照"阅后付丙"的要求把信烧了。

站在一旁的刘宗岳见卢浚泉没说话，追问："有什么回话？"

"请告诉老主席，信收到了。"卢浚泉说罢，和曾泽生登上了飞机。

刘宗岳复命后，龙云方久梦初醒：滇军改姓卢了！

1946年4月，美国善后救济总署拨来一批救济物资，驻越滇军每人领到一个背囊，里面装有一条被子、一条围巾、一套衬衣衬裤、一双胶鞋、一双皮鞋和一套美式军装。虽说大部分是旧的，但对于长期身穿土布军装、脚蹬草鞋的滇军士兵来说，已经相当阔气。军官穿上罗斯福呢翻领军装后，更显得神气。

没人知道，神气之后将是晦气、憋气、丧气。

4月，第六十军分四个梯队从越南海防分批登上美国军舰，启运东北。第六十军在辽西葫芦岛登陆后，按蒋介石"分割使用"的授意，名义上归第一集团军司令官孙渡统辖的三支滇军全部被拆散，第九十三军被遣往辽西锦州，第六十军被派至"中长铁路"沿线及其以东地区，整编第五十八师留在华中。接着是进一步分割，第六十军三个师被分别划给蒋介石嫡系新一军、新六军和长官部直接指挥。

面对被分割使用的局面，喜欢抱团的滇军将领极为不满，一个个怨气冲天。

曾泽生此刻的心情也不好受，但毕竟已经远离了血气方刚的年龄，且多年官场倾轧宦海沉浮，早已将这位"夹缝里苦熬出来"的非彝族滇军将领表面上的棱角磨平。无事可做的曾泽生整日寡言少语，每每听到军官们的牢骚，总是好言相劝："部队前来收复东北失地，任务艰巨光荣。身为党国军人，以服从为天职。部队既由长官部节制，一切就应听从杜聿明长官的，切不可乱讲！"

然而，曾泽生忍气吞声依然难保平安无事。部队抵达东北不到两个月，东北民主联军发动"鞍海战役",第一八四师一部被歼,另一部起义。

杜聿明将军新中国成立后撰文说:"一八四师的覆灭,特别是潘朔端将军的临阵起义,震撼了整个国民党军队。"当时,熊式辉、杜聿明等国民党高级将领虽然纷纷指责孙立人自私自利,贻误救援战机,但由于蒋介石包庇,只有不了了之。

无可奈何的杜聿明只好收拾残局,将驻防铁岭、昌图的第一八二师急调抚顺归建,以示对滇军的信任,同时封锁海城起义的消息,防止动摇军心。但纸包不住火,海城起义的消息还是通过各种渠道不胫而走。长官部见欲盖弥彰,便以第一八四师"哗变投敌"的罪名知照全军,企图以此消除不利影响。

海城起义的消息似骤起的狂飙,在第六十军上上下下搅起了轩然大波。暂编二十一师政治部主任张第东曾摸底调查过将佐们的态度。

暂编二十一师参谋主任杨肇骧解释:"听说马逸飞是共产党员,潘师长被骗,受了里应外合的诡计造成的。"

暂编二十一师参谋长赵从云直言:"详情不知,说法不一,有说自动起义的,有说被迫投敌的,不管怎样,到了迫不得已,也只有这样。何况上面不是和别的部队一样对待我们啊!"

暂编二十一师师长陇耀敷衍:"实际情况军长也不大清楚,隔得这么远,是真是假还不能断定。"

第一八二师师长白肇学痛陈:"说七说八,谁知道是个啥样?军人打仗就应分清是非,有个气节!"

军参谋长倪晓清辩解:"不管他们说好说歹,反正不是军长亲自指挥的,出了事,责任不在我们。"

最能"集中代表中上层人员想法"的是副军长杨炳麟所言:"一八四师事件是个教训,不能怨谁,只能怨长官部。同共军打仗可不是那么容易呀!明明是牺牲我们保存他们嫡系,拿我们去白白送死,弄得家破人亡,无名无誉。反正我们不能替蒋介石死卖命!"

军长曾泽生综合各方面的情况后,叮嘱政工部门密切注意动向,禁止"流言"外传并指示:这件事,对内说是"孤立无援,被迫如此",对外说是"受了奸人参谋长马逸飞搞的鬼"。

对潘朔端的选择,曾泽生心里有数。

说蒋介石和杜聿明"有意葬送滇军",曾泽生未必同意,因为即使他们要削弱滇军,也不会在大敌当前自己又兵力不足之时,蠢到主动配合"共军"去改变敌我力量对比的地步。但是,当嫡系和杂牌部队都受到威胁时,被牺牲的只能是他们本不放心的杂牌。

凭着二十多年的交情,曾泽生知道,潘朔端并非贪生怕死之辈,血战台儿庄的伤疤和荣获宝鼎勋章就是明证。潘朔端实属不甘任人宰割被逼上梁山的。

曾泽生对自己的结义兄弟有同情,但更多的是抱怨。

北伐时期,曾泽生和潘朔端同在黄埔军校担任过区队长,进入国民革命军后,均因思想激进离开部队,流落上海,先学机工,后改驾驶谋生。1929年,龙云派卢浚泉把流落上海的云南籍失业军官招回昆明,组建军官候补生队,卢浚泉和曾泽生分任队长、队附,潘朔端任中队长。大家在龙云、卢汉麾下苦心经营一二十年,才有了这份家业。可如今,潘朔端却把队伍拉给了共产党,确实对不起老长官!虽然,即便潘朔端不走这步棋,"共军"也不会给老主席、老长官留下几个兵,但你潘朔端既然知道老蒋有心借内战消灭异己,难道就没想过,你率部一哗变,长官部很可能会借故编散或改编我们六十军?走到这一步,让众多官佐重蹈你我当年流落上海滩的厄运,让老长官卢汉在云南的地位岌岌可危,合适吗?

为了卢汉,也为了自己,曾泽生决定利用东北进入"停战"机会,进行一次整军,以期通过组织整顿、军事训练和反共教育,稳定军心,恢复士气,消除蒋介石、杜聿明对第六十军的疑虑。

"抚顺整军"开始不久,一天,曾泽生忽然接到报告:"杜聿明长官已亲临抚顺。"曾泽生迅速集合团以上军官赶往火车站"迎驾",不料,扑了个空,杜聿明已被接走,"参观煤矿"去了。杜聿明不宣而至,至而不见,使滇军将领们本已平静下来的心情再次被打破。

这一次,曾泽生他们多虑了,蒋介石、杜聿明也在总结教训。五华山事变后,本来滇军将领就与"中央"离心离德,戒心很重,相逼太急,再出一个"潘朔端"怎么办?杜聿明本想来摸摸底,并且安抚将领稳定军心,但专程视察又怕人家多心,于是自称:"久慕煤都,抽空来参观,顺便看看六十军。"

中午,在抚顺煤矿俱乐部举办的接风宴会上,曾泽生带两位师长同抚顺政要作陪。席间,忐忑不安的曾泽生准备接受杜聿明的训斥,没想到,杜聿明不但对

海城"哗变"闭口不谈,反而面带笑容地说:"抚顺乃东北最大的煤矿,你部要严加保护。来,为劳苦功高的六十军将士干杯!"

曾泽生明白了,杜聿明不揭第六十军的疮疤是顾忌"逼则兵反",而顶头上司的猜忌恰恰又是曾泽生最惧怕的。应该公开表明自己的心迹!曾泽生主动站了起来:"杜长官,一八四师哗变……"

"坐下,坐下,坐下!"杜聿明打断了曾泽生的自责。他需要表现自己的大度宽容:"不要顾虑,胜败乃兵家常事。曾军长,委员长可记得你是黄埔军校第三期学生队的上尉队附。白师长,委员长也知道你是黄埔军校第四期入伍生队的排长。我们都是校长的学生,今后要精诚合作,共图党国戡乱救国大业!"

杜聿明这一手的确厉害。他用黄埔军校这块"天子门生"才有资格打出来的金字招牌拉拢曾泽生和白肇学,是极有诱惑力的,成了,对卢汉是釜底抽薪,不成,至少可以稳住他们。

曾泽生不明白,杜聿明的一番漂亮话是不是几个月前蒋介石对滇军欲擒故纵把戏的重演。但不管是不是,曾泽生在此之前揪紧的心确实放松了许多,他接上刚才被打断了的话题,态度诚恳地表明心迹:"从我最近了解到的情况,一八四师哗变,确属潘朔端受了参谋长马逸飞的挑唆和挟持。六十军全体将士还是绝对拥护委员长,服从杜长官的。我保证,本军绝不会再有哗变!"

听了曾泽生的心迹表白,杜聿明高兴了:"曾军长,有你这句话我就放心了!委员长是信任六十军的,一八四师的番号继续保留,你们要抓紧时间重新组建一八四师,武器装备由长官部拨补,兵员由卢主席从云南征调。"

曾泽生军长愣了!白肇学师长愣了!陇耀师长也愣了!本以为第一八四师的番号就此撤销,能保住其他两个师不被吞并就阿弥陀佛了,哪承想,杜长官竟赏给了如此慷慨的许诺。

午饭后,杜聿明乘车返回沈阳,行前给第六十军留下了两名少将高参。转忧为喜的第六十军将领,没几日,又转喜为忧了。

杜聿明回沈阳不久,长官部批准第一八四师在营口重建,师长由原第一八二师副师长陈开文升任,同时以"新组建部队官佐缺额大"为由,提出从青年军第二〇七师抽调一批中下级军官补充第六十军,以示对第六十军建设的"关心"。

两位师长闻知后,相继来找曾泽生军长进言。

陇耀生性耿直,一见军长就一吐为快:"长官部不会给我们好果子吃!今天掺沙子，明天就要偷梁换柱，反客为主！"

"应该谨慎对待！"白肇学也反对接收这批归属蒋经国太子党的"天之骄子"。

曾泽生无可奈何地摇了摇头："你们说的我不是没想过，但硬顶行吗？不但我们损失的实力恢复不了，处境会更加困难。"

果然，曾泽生得到的"果子"并不好吃。长官部对重建第一八四师做了煞费苦心的安排：为师、团两级委派了军衔较高的政工主任，为每个团派去了一名营长，为每个营派去了一名连长，为每个连至少派去了一名排长。这些人，经常在一起互通情况，通过师、团两级政工主任向长官部报告情况，俨然以一个独立的系统，在几乎清一色云南子弟的滇军扎下了根。不仅如此，第一八四师刚一恢复，就配属新六军，第六十军仍无权指挥。

就政治权术、政治手腕、政治阴谋而言，蒋介石堪称亘古难觅的一代大师。第六十军经他老人家这么一调理，弄得几位兵权在握的将军们有恩主却不便公开效忠，有牢骚却不能肆意发泄，有怨恨却不敢率部反抗，有扩编的机会却抓不到权柄，最后不得不违心地随着他的指挥棒在内战的炮火中给他老人家当炮灰！

为了进一步拢住滇军官兵，1946年8月上旬，蒋介石派卢汉率昆明市市长裴存潘、副官长曾恕怀等一行七人，携带宣威火腿、大头菜、大重九香烟等云南特产飞抵东北，慰问第六十军和第九十三军。

蒋介石的招招都厉害！滇军不是效忠卢汉吗？那就把他请出来。只要卢汉还有继续当省主席的官瘾，就决不会让他的部下去"投八路"，而滇军要想保住他们的老长官，只能老老实实地当炮灰。卢汉赴东北，往坏处想，充其量私下授意滇军将领保存实力。那也没啥，战场军法无情，生杀大权掌握在我蒋介石的手里，不怕有人打滑头仗！

卢汉到抚顺第三天，曾泽生在抚顺第二中学礼堂召集全军云南籍排以上军官，请卢汉训话。站在主席台上，卢汉的心情极不平静，这是一支自己起家的部队，这支部队最灿烂的历史紧系着自己最显赫的功绩，如今，这支部队构成了自己立足于政治舞台的政治资本，并且仍然支撑着自己雄踞故里的显赫地位。望着自己感情无时不依恋着的军旅，在军官们的一片热烈的掌声中，卢汉开始了他的训示："弟兄们，云南弟兄们，我这次来抚顺是奉蒋委员长之命，受家乡父老之托，特意来慰问大家的。你们背井离乡，来东北接收领土主权，责任重大，劳苦功高。我在云南主政，无时不牵挂着六十军的将士。今天能与大家相见，我卢汉

甚为欣喜，尤为宽慰，很是放心，放心啊！"

对老长官的嘉慰，官佐们回报以热烈的掌声。卢汉兴奋了，兴奋得竟忘记让军官们落座："中央接收东北主权乃天经地义。共产党勾结苏俄阻挠接收，破坏国家政令军令统一，应该讨伐。虽然，一八四师在马逸飞等坏人的欺骗和煽动下发生了哗变，可蒋委员长并没有怪罪我们，还允许我们重建一八四师。希望大家拥护中央，服从命令，报效党国。共军没有三头六臂，并不可怕。你们既远来东北，不打仗怎么行呢？只有打好仗，才有成绩，才能有光宗耀祖的锦绣前程！"

晚上，卢汉在会客室召见曾泽生、白肇学、陇耀等高级将领："老蒋排斥滇军由来已久。在昆明闻知潘朔端海城出事，我坐卧不宁，寝食不安，放心不下，未得蒋的指示又不能来。一八四师哗变势必增加蒋、杜的怀疑，你们的处境会更困难。潘朔端他们跟共产党干是半路出家，没多少好处。老蒋要打内战，苦于兵力不足，不得不借助滇军，只要实力在，他们对你们就不敢轻举妄动。"

接着，又转到了权力话题："老蒋把龙主席赶下台时，我的心情也不好受。我和他手足兄弟，虽然他主滇时专断了点，但毕竟苦心经营了我们的家园，堪称我们德高望重的领袖。老蒋让我去接他的位置，我是于心不忍、左右为难啊！"

众将领知道卢汉为自己开脱，便七嘴八舌附和："滇人主滇是老主席的一贯主张。老长官接任省主席，也是众望所归！"

卢汉继续争取将领们的同情心："是啊！家乡父老怕滇政旁落，再三敦促，我只好勉为其难。说实话，我主滇的日子也不好过。改组后省政府9个委员、厅长，老蒋钦定3人，蒋经国推荐1人，陈果夫推荐1人，我只能安排4人。由于李宗黄等人制约，人事上我至今不能完全自主。省保安司令部本是老蒋同意成立的，但军政部以统一军权为由，将新成立的4个保安总队和我带回来的警卫营都划归关麟征的警备司令部，几经争取，才保留了我对警卫营的管理权。去年年底，李宗黄因为制造昆明'一二•一'惨案被老百姓轰走，我的日子才好过了点。"

几位将领告辞前，卢汉再次叮嘱："表面上，一定要与杜聿明搞好关系。对杜聿明的话不能不听，不能全听。今后作战要多长个心眼儿，对共军要灵活，固守不可死守，要力保部队实力。内部要加强团结，严防奸人把队伍拉走。我这个省主席的位子牢不牢，就看你能不能既保住实力，又多打胜仗了。"

卢汉抚顺之行，虽然向滇军将领私授了"保存实力"的密旨，但客观上，通过安抚将士稳定军心，帮了蒋介石大忙。在东北战场，蒋介石太需要炮灰了！

3 师长怒责女儿：老子绝不许你骂卢汉

1946年10月，借停战机会，东北国民党军确定了"南攻北守，先南后北"的作战方针，企图先消灭东北民主联军南满部队，再集中兵力进攻北满。根据这一部署，第六十军（欠新组建的第一八四师）归第四绥靖区司令官兼新一军军长孙立人指挥，军部及军直属队进驻吉林市，所属第一八二师部署在沈（阳）吉（林）铁路吉林至磐石及其以东地区，暂编二十一师配属新一军担任吉（林）长（春）铁路的警备任务。新组建的第一八四师归长官部直接指挥，驻防营口。

此时的陇耀经卢汉当面安抚，心情已平静下来，正雄心勃勃地准备打几个漂亮仗，为在家乡主政的老长官卢汉争一口气，也为自己肩上的将星增添一份光彩。

但是，"抚顺整军"后，暂编二十一师战绩并不如人意。

11月，东北民主联军北满部队渡松花江南下，围攻德惠、农安两县。暂编二十一师奉杜聿明之命，派第三团团长李树民率所属第一、二营从九台驰援农安。农安解围后，又奉命向西出击。不料，先头第二营到达伏龙泉镇次日，就在民主联军优势兵力突然围攻下全部被歼，营长冯永昌等官兵被俘。

与此同时，国民党军对南满解放区的进攻也不如人意，新开岭一役赔光了第二十五师。于是，杜聿明调整部署，将暂编二十一师调往沈吉铁路，归还第六十军建制。陇耀率师部和第二团驻防海龙县，第一团驻朝阳，第三团驻梅河口。

年底，陇耀在北京上学的女儿陇若兰来了。随后，妻子潘霭真携子从昆明也前来探亲。时值数九寒天，瑟缩着的万物冰封雪锁，亲人到来，却给陇耀的寓所带来了浓浓亲情、融融暖意。

晚饭后，一家人围坐火炉旁。"来，摆一摆咱们彝家大秀才的见闻。"出于对老长官能否继续主滇的关注，陇耀格外留心家乡的政治局势。

陇若兰没有多想便话如泉涌，从一年前国民党制造震惊全国的"一二·一"惨案讲起，越讲越激动，索性开始劝说父亲："昆明市人口不到30万，惨案却唤起了15万人参加长达八天的公祭活动。蒋介石独裁专制人心丧尽，他们不但血腥屠杀手无寸铁的学生和著名学者，还要消灭一切异己力量，包括你们这些杂牌部队。"

见女儿慷慨激昂，陇耀皱起了眉头。女孩子卷入无情的政治旋涡总不是吉兆。他打断了女儿的话："你还是个孩子，以后对政治上的事少插嘴。休息吧！"

陇若兰不高兴地噘起了小嘴，怅然若失地离开了客厅。

几天后，陇耀寓所里来了帮拜年的，寒暄中自然少不了溜须拍马阿谀奉承的陈词滥调，也掺杂着诅咒共产党的信口狂言。

客人走后，陇若兰厌恶地问父亲："这都是些什么人呀？"

陇耀笑了："有县党部的党棍，有特务，有民团头头。怎么，你看不顺眼？"

"就是不顺眼！"陇若兰没好气地说。

"你爸爸就像三国里的刘备，什么样的人都要应付。"陇耀越说越得意，得意之中，又把女儿当成小孩子了，也于无意之间，或多或少地伤了女儿的自尊。

陇若兰的小嘴又噘了起来："蒋介石人心丧尽，你跟着他走有什么出路？"

见爱女摆出很懂事的架势，陇耀耐心解释："我不是替蒋介石卖命。现在我之所以忍辱从蒋，实际上是竭力掩护卢汉当省主席，以报答卢汉的救命之恩。"

陇耀1908年3月出身于四川省金阳县一户彝族奴隶主家庭，与龙云、卢汉的家仅隔一条金沙江。因为同族、亲戚关系，1928年，刚满20岁的陇耀投奔龙云，当上了随从卫兵。1929年，龙云送陇耀进军官候补生队培训，毕业后分到滇军第九旅任排长，从此陇耀在龙云的栽培下青云直上，历任特务连连长、警卫营营长、特务团团长、副师长，到1945年，升任暂编二十一师少将师长。

龙云主滇期间，云南有龙、卢、安、陇四大家族之称，陇耀的陇姓家支算是一系。在滇军，尤以出身于滇东北彝族奴隶主家庭的将领为核心。正因如此，陇耀与龙云、卢汉结成了血脉相通的感情纽带，命运相依、荣辱相连的利益联系。

龙云和卢汉不仅精心栽培陇耀，还竭尽全力帮他躲过了血光之灾。

1938年12月，出省抗战的滇军扩编为第一集团军。卢汉当上集团军总司令后，提拔陇耀为集团军特务团团长。不久，陇耀出事了。第一八三师的营长王世高是陇耀的把兄弟，此人在江西驻防期间娶了一位夫人。一天，部队突然传出消息，说这位夫人被陇耀打死了。夫人娘家人闻讯不服，一纸诉状告到第九战区司令长官薛岳处，要求杀人抵命。于是，薛岳传令逮捕了陇耀。殊不知，陇耀刚被捕，王世高就从前线赶了回来，挺身而出，也主动承揽了责任。

回昆明养病的卢汉得知陇耀和王世高被捕，关押在长沙，立即飞抵重庆求见蒋介石，经蒋氏应允，将二人带回云南"治罪"。陇耀和王世高双双化险为夷。

陇耀第二次遇险，是因为五华山事件。陇耀当时的态度被特务密报后，军政部部长陈诚要以"谋反"罪追究陇耀。又是卢汉出面担保，陈诚才罢手。

陇耀痛说家史，本指望能使女儿理解为父的艰难处境和拳拳苦心，但没想到，父女之间人生价值评判的立足点已经有了千里之遥的距离，他更没想到，女儿正是基于这种本质不同的立场，不但不受感动，反而情绪激动地嚷了起来："爸爸，你为什么不做人民的英才，却偏要甘当卢汉的奴才？"

人，都有自己的人格阵地。当一个人信守的人品被他人否定时，通常会作出强烈的情绪反应。陇耀人格防线的后面，是知恩图报的忠诚，是坚贞不渝的义气。陇耀万万想不到，攻击自己人格阵地、践踏自己心灵净土的，竟是亲生女儿。火冒三丈的陇耀暴怒了："混账话！你给老子听着，你可以骂任何人，甚至可以骂自己的亲生父母，但老子绝不许你骂卢汉！卢汉对你父亲有救命之恩，没有卢汉，就没有你父亲，更没有你这个大学生的今天！"

女儿没再说啥，泪水像断了线的珍珠，扑簌簌地滚落在小夹袄上。

起义后陇耀才知道，女儿寒假探亲，实际上是受了中共云南省工委负责人侯方岳的派遣，专门执行策反任务。不是爱女辜负了为父的拳拳苦心，而是为父的辜负了女儿的苦苦期待。

陇耀先天出身给了他出人头地的机遇，后天形成的价值观念却为他命运的选择套上了一副难解的精神枷锁。起义后的陇耀于1952年8月调重庆第二步兵学校任物资保障部副部长，1955年转业到四川省乐山地区行政公署任副专员并担任省政协委员、省人大代表，1977年8月在乐山病逝。陇耀投身人民阵营后，对当年的自我做了深刻的灵魂反省：

> 在这宦海沉浮的艰难生涯中，龙云给了我荣华富贵，卢汉对我有救命之恩。因此，我对龙、卢抱有特殊感情，对他们视若父母，报之以忠义，一切以龙、卢之命是从。为保龙、卢"小朝廷"的利益（当然也包括我自己的利益），我可披肝沥胆，出生入死。我与龙、卢的这种关系，始终指导着我在旧军队的一切政治行动，它像一条绳索紧紧地束缚着我，使我在东北内战的战场上，在光明与黑暗、生与死的选择上，一直动摇不定，犹豫不决，几乎葬送了自己。

陇耀的性格是很典型的。与西方人重视生活对个人的价值不同,中国人重视个人对他人(家庭、团体、社会、历史)的价值。在军权私有行政专制的旧军队,主子应该施恩,奴才接受了主子赏赐的权利,就得知恩图报,就要付出更高的权利代价,否则就没脸见人。旧军队忠义观念这种鲜明的阶级属性,是反思传统文化的历史学家、社会学家应该正视的基本史实。

愚忠的政治观念必然导致愚鲁的政治选择。死要面子的陇耀,在愚忠观念的支配下,赶走了爱女,他下决心,一定要打好仗,为卢汉争光!

1947年1月底,东北国民党军再犯临江,暂编二十一师奉命向吉(林)梅(河口)铁路以东地区扫荡,掩护正面进攻部队翼侧安全。结果进入解放区后,非但没"扫荡"到"共军",反而第一团的一个营被吃掉,团长徐济民阵亡。

2月16日,东北国民党军出动五个师分四路三犯临江,暂编二十一师被编为左纵队,所属第三团归第七十一军九十一师指挥。当第三团孤军深入柳河地区时,陇耀深恐嫡系部队指挥不公,葬送该团,遂将师山炮连和工兵排加强第二团,由团长魏玉权指挥东进,策应第三团。殊不知,民主联军第三纵队七师和九师连夜行军,于18日赶到金川以南的通沟,包围了魏玉权团。

陇耀接到魏玉权的告急电,一面命其突围,一面命令第三团星夜驰援。

当李树民团长率第三团赶到距第二团被包围地点约十公里处时,枪声已经稀落下来。他长叹一声:"完了,来晚了!"

因为副团长何尔寿带着前卫第二营还在前面约两公里处,李树民即以无线报话机与他们联系。正要通话,前方几百米处传来云南口音喊话:"暂编二十一师第三团弟兄们,第二团被消灭了,你们也被包围了。不要再受蒋介石的蒙骗打内战了,只要放下武器,我们就亲如手足,云南人不打云南人!"

李树民一听,慌忙通过无线报话机告诉何尔寿:"我们钻进共军口袋了,你们也赶快突围!"

"我们出不来啦!"报话机那头只传来这几个字便中断了联系。

暂编二十一师铩羽而归。

陇耀头痛了。头痛的事情又岂止是全师兵力折损近半?

徐济民团长阵亡后,徐妻专程从云南飞抵东北奔丧,一到师部便号啕大哭,向陇耀追索无法复生的丈夫:"徐济民本不愿来东北,抗战胜利了,还打什么内战呀!是你叫他来的,你还我的丈夫!"

面对徐妻的哭闹，陇耀无言可以劝慰。徐济民是自己邀请来的。抗战期间仅台儿庄一战，第六十军就阵亡了旅长一名、团长五名，伤旅长一名、团长四名，营以下军官伤亡过半，眷属无一人闹丧。为民族独立解放进"忠烈祠"，那是家眷子孙的骄傲！可如今，让徐济民为滇军的仇人打天下争社稷而死，出师不名啊！

徐济民是第六十军开赴东北后头一个阵亡的团长，曾泽生军长为安抚将校级军官，以军部名义向长官部申请抚恤金，但只获批1500元东北九省流通券。一位军官见陇耀被缠，便拿出抚恤金为陇耀解围。没想到，徐妻抓过流通券，"哗"地一撒："我丈夫的命就这么不值钱？你们也太拿军人的生命当儿戏了！"

陇耀万般无奈，只好搬出徐济民亲属帮助劝解并向军部申请军、师两级公积金3000元，额外馈赠，还答应将徐济民灵柩运回云南安葬，这才平息了风波。

"徐妻闹丧"风波过去了，但风波泛起的涟漪却在陇耀的脑海里留下了深深的印记。在自己"打好仗，为卢汉争气"的幻想破灭后，他不能不思考自己和滇军前程难卜的命运。

不久，被民主联军放回来的俘虏给陇耀带来一封中共萧华将军的亲笔信，信中劝说：仅通化地区，国民党军不到三个月就被消灭了46个营。国民党军在东北战场已经转入守势。据潘朔端介绍，陇师长对参加内战是不满意的。现在蒋介石把滇军摆在前头充当内战炮灰，你应该当机立断，学习潘将军站到人民一边。

共产党在两军对垒中能客观评价战场对手，不能不使这位万事"义"字当头的彝族汉子有所触动。虽然他还不能接受共产党的主张，但起码在这件事上，他钦佩共产党的宽宏与大度。如今，暂编二十一师几遭打击，又孤立突出，一旦走投无路，如何死里逃生，陇耀也不得不开始考虑。

一天，曾泽生来了，陇耀递上萧华的信，准备进言。曾泽生看完信，安慰陇耀："你刚吃亏，新败之余，他们就趁机威胁你。不要听他那一套！"

陇耀不满意了：我陇耀并非胆小如鼠。通观全局，东北国民党军已转为守势，替老蒋打仗，若一味顺从长官部，部队的实力消耗光了怎么办？"共军"既然拉我们，为什么我们不能做点保存实力的事情，为几万云南兄弟一旦被逼上绝路时留一条死里求生的后路？

此时的陇耀虽不敢把话挑明，但对曾泽生委曲求全早就憋了一肚子的气，于是懊恼地回了一嘴："不管是威胁还是利诱，眼下时局对我们不利，如此下去，

既不能保住实力,还将遭到更大的损失。军长若不采取措施,请准我回家,我不干了!"

见陇耀撂挑子,曾泽生脸色陡然涨得通红:"我无权准你长假,你直接请示卢汉!"说完,抬腿走了。

副师长任孝宗、团长李树民闻讯都来劝说:"军长是我们的老长官,师座这样顶嘴,有点驳面子。大家背井离乡,又处处受气,理应抱成一团,有事好商量。"

很快,厄运不容"商量"就再次降临到听天由命的滇军将领的头上。

东北民主联军经"三下江南""四保临江"作战,于1947年5月13日转入战略进攻,发起强大的夏季攻势。5月24日下午,东北民主联军第四纵队十师配属第三纵队七师和九师各一个团、两个炮兵团,突然向新调防梅河口的第一八四师发起进攻,激战至28日,将重建不到一年的第一八四师全歼。

第一八四师被围期间,曾泽生曾令陇耀派两个团增援。陇耀亲率第三团前往,途中遭到民主联军有力阻击,第一团亦被牵制。曾泽生只好向长官部呼救。新六军距梅河口最近,长官部也曾两次电令增援,但廖耀湘总以"四(平)梅(河口)沿线防地均被共军包围,部队正在激战中"为由,始终未发一兵一卒。

滇军将领与蒋介石嫡系又结一怨。

4 刘浩转告陇耀:朱总司令希望你弃暗投明

重建的第一八四师被歼后,驻防海龙的暂编二十一师孤悬突出。曾泽生急电长官部,请求将其北撤吉林市。杜聿明拖了两天才批准。曾泽生立即亲拟电文,命令陇耀率部沿沈吉铁路撤至吉林市并告之:已派第五四六团在磐石接应。

曾泽生拟好的电文,由地下党员赵雄译成密码,交电台发出。

东北民主联军总部接到地下党送来的情报,立刻命令第六纵队各师放弃对桦甸守敌的攻击,迅速转移兵力至伊通、双阳地区截歼北逃的暂编二十一师,同时命令独立一师和独立二师分别向双河镇、磐石前进,配合主力侧击、截歼该敌。

曾泽生给陇耀的电报发出后,意识到该部署可能贻误撤退时间,遂重新电告所属各部自定撤退路线和撤退时间,以尽快北撤吉林市,同时派人押运火车到烟筒山、双河镇接运暂编二十一师。

第五四六团接到第二封电报，立即东走桦甸，再转向西北撤退，到达柴河火车站后，除留第一营在烟筒山、双河镇掩护列车接运，团主力乘火车撤回吉林市。

暂编二十一师于5月30日夜出发后，未能收到军部的第二封电报，仍按第一次电令行动。31日上午11时到达磐石，由于没见到第一次电报明确的接应部队，陇耀下令停止前进。等了六个钟头，不但没等到第五四六团，反而与民主联军地方部队接上了火。陇耀见势不妙，急令第三团殿后掩护，师主力兼程北撤。

当日黄昏，暂编二十一师撤至磐北马鬃岭。部队经一昼夜连续行军作战，十分疲倦，但刚宿营，就被民主联军独立一师追上。陇耀指挥部队死守附近山头，激战一夜，顶住三面围攻，于次日拂晓突出重围。

6月2日中午，暂编二十一师到达吉昌镇，迎面来了几辆马车。一打听，赶马车的说："前面不远的明城车站有许多国军。"

陇耀大为振奋，以为是接应部队，正庆幸，明城方向响起了枪声，师部几位长官以为发生了误会，只安排一位参谋通知前卫团"注意联络"。

枪声越来越密，几位长官越听越感觉不对头，一查，遭了，刚把"共军"独立师甩掉，又陷入"共军"主力第六纵队等部的重围。

陇耀仍寄希望于曾军长派来接应部队，主张就地抵抗，等候援军。第一团团长何文洲强烈反对，力主继续北撤。统一认识后，陇耀留下第一团和第三团掩护，自己率师部和第二团急行军钻进山沟，向双阳方向撤退。

6月3日拂晓，陇耀率师部和第二团到达烧锅街。由于连日不分昼夜行军作战，官兵极度饥饿疲劳，一进村庄，不少士兵躺在大街上就睡着了。这时，民主联军独立二师突然从天而降，整个部队顿时乱作一团，相当一部分士兵还在做梦，就迷迷糊糊地被喊起来当了俘虏。陇耀见败局已无法挽回，命令师参谋长赵从云等率警卫连护卫师部和家眷北撤，自己带几名贴身卫士悄悄离开了部队，来到一个小村子里，用重金向老百姓买来几套便衣，化装逃回了吉林。

赵从云等率领残部一边撤退一边收容，第二天到达岔路河时，才遇上军部派来接应的部队和汽车。第一团和第三团完成掩护任务后，在烟筒山西南吉昌镇被民主联军第六纵队等部围歼。

就在民主联军打扫战场时，发生了一起后来令众人捧腹不已，唯独陇耀笑不起来的笑话。

原来，民主联军总部发出追歼暂编二十一师命令时，要求有关部队注意寻找并优待师长陇耀。战斗结束后，一位干部发现一位个子不高富态十足的军需官符合陇耀的外观体形特征，于是将他拉出俘虏队伍问道："你是不是陇耀师长？"

胖军需一听吓呆了：要是把我当成师长架出去崩了，岂不冤枉？"不是，不是，我不是陇耀师长！"胖军需像拨浪鼓一样摇着头辩解。

民主联军干部就是不信，索性喊来一副担架，硬把胖军需请了上去。

走着走着，遇见几位相识的军官。他们以为胖军需负伤了，一问才知道，连皮都没擦到，于是不解起来：这胖子好好的，怎么坐上了担架？

民主联军干部一听，发觉口气不对，这几位最高不过是个营、连级军官，怎么对师长如此不恭？想到这里，才向一位军官问道："担架上的是个什么官？"

"军需。"俘虏军官这才恍然大悟："原来这胖子被当成陇师长啦！"

暂编二十一师经此番打击，辎重山炮全部丢光，第一、三团大部被歼，全师逃回吉林市的官兵不足三千。三位团长两负伤，剩下的第二团团长张铭修一回吉林就主动辞职，解甲归田了。元气大伤的暂编二十一师从此一蹶不振。

狼狈逃回吉林市的陇耀恼怒异常，大骂长官部：一八四师被围，老蒋的嫡系就在附近，为什么不出兵援救？叫一八四师守5天就算完成任务，可是守了将近10天也没见长官部一兵一卒的援兵！梅河口4月28日就失守了，为什么拖了两天才准许我们撤退？没有这两天的机会，刚刚吞掉一八四师的"共军"，能腾出手来对付我们吗？长官部分明不怀好意，借刀杀人！

对曾泽生军长，陇耀也是一肚子气：说好了让五四六团在磐石接应我，为什么临时变更部署？我要不在磐石傻等六个小时，哪会被"共军"包围？全军撤退，部署说改就改，各定各的时间，各走各的路线，自然谁走在最后谁倒霉！

恚恨难忍怨气冲天的陇耀，成天骂人发脾气，就连军长曾泽生来探望也不能自制："我受不了这个窝囊气，不干了！"后来，索性闭门拒客。

谁都不想见的陇耀，连他自己也想不到，十天后，他约见了一位来自敌对营垒差点把自己送上西天的中共代表。

再次潜入敌营的刘浩，想在猛烈的军事打击之后，向陇耀发起一次政治攻势。

最初，刘浩的想法受到地下党多数同志的强烈反对：陇耀历来唯卢汉马首是瞻，让他战场倒戈，等于让他背叛卢汉，至少目前可能性极小。再说，他刚吃败仗，情绪极不稳定。策反陇耀，身份无法隐蔽，万一他翻脸怎么办？

刘浩十分感激同志们为他担忧，但他还是据理力争："我坚持陇耀的工作非做不可，并非拿自己的生命做赌注。第一，陇耀虽然唯命是从于卢汉，但他豪爽义气，我将个人生死置之度外，给他指条光明之路，即便他拒绝，也不大可能背信弃义，杀我这个来使。再说，我是禄国藩的女婿，陇耀不敢轻举妄动；第二，东北战场敌我态势已经发生质的变化，陇耀不会看不到的，而一旦对蒋介石政权的幻想发生动摇，他就有了给自己也给甘苦与共的把弟兄们留条后路的政治需求，不至于把事情做绝；第三，争取陇耀是朱总司令的指示，是东北局、东北军区交给我的任务，必须完成；第四，目前六十军处境困难，这正是我们利用矛盾促其迷途知返的机会，即便见面不解决问题，建立彼此之间的联系也好。"

刘浩的分析言辞恳切，鞭辟入里，说服了大家。接下来，杨重提出了一个较为稳妥的方案："这几天，暂不安排见陇耀，由赵国璋同志负责观察他的状态，每日向我报告一次，待陇耀情绪好转、身边无外人时，再做安排。"

6月中旬的一天下午，暂编二十一师代理参谋主任赵国璋给杨重打来电话："今天不错，处长可以来了。"

杨重放下电话，跳上美式吉普，驾车直驱陇耀的寓所。

陇耀虽说个性很强，但由于是卢汉的亲信，素有执东北滇军牛耳之雄心，所以，平日很注意笼络人心，以建立个人威信。此时，距海龙兵败已十天有余，该发的气也发泄得差不多了，心态有所恢复的陇耀开始上师部办公。

陇耀见军部副官处杨处长来见，便客气地迎入客厅，让勤务兵沏了杯云南香茶端上。寒暄后，杨重悄悄禀告："师座，从共区来了个云南人，说是带有潘朔端给师座的信，一定要面交。请示师座，是见，还是不见？"

"来人怎么认识你？"陇耀警觉地追问了一句。

"我并不认识他。是张冲和潘朔端要他来找我转报你的。我不敢擅自推辞，只好向师座如实转报。"

陇耀沉默片刻后，小声答复："明天上午9点你带他来见我。注意保密。"

第二天上午8点，杨重正准备找车送刘浩，刚出门，碰上了李佐。"老杨，今天你有事吗？"杨重一愣，脱口就是一句"没事"。此时心里装着的事情当然不能说，别的一时又编不出来。

"没事就好。走，带上嫂夫人，到中州旅馆玩去！"

军部的宴饮应酬，副官处多安排在中州旅馆。自然，这里又是杨重开展交友活动搜集情报的一处重要场所。李佐与杨重私交极深，除了地下党工作，几乎无话不谈，但同来的还有军参谋处作战课课长李蒸，"没事"的杨重只好一同去了。

路上，李佐通报："长官部已批准再次重建一八四师，师长由去年10月从八路那里逃回来的杨朝纶担任，军长和陇师长都找我谈了，让我当副师长并叫我举荐五五〇团和五五一团的团长。我举荐了二位仁兄，他们同意了。"

李蒸闻知喜上眉梢，连声道谢："感谢老兄提携，感谢老兄提携！"

一旁的杨重却没吭声。

李佐好生纳闷：下去当团长是杨重自己提出的，他咋又不高兴了？

李佐猜不透杨重的心思，干脆直言相问："喂，老杨，你要是不愿下去，我可以向军长和陇师长禀报一下，再换个人。"

党员争取带兵实权是地下党组织的要求，杨重岂有不愿之理。但此刻，杨重正为如何脱身着急。李佐的问话提醒了杨重，他马上恢复了常态，脸上堆起了笑容，学着李蒸的调子也客套了一番。

抵达中州旅馆后，杨重开了个房间，借来麻将，然后对李佐说："老兄，我出去办点事，用一下你的车，一会儿就回来。"接过李佐递来的钥匙，对妻子交代："静梧，你先陪二位，今天我们做东。"

上午9时，杨重将刘浩准时送到陇耀住宅。等候在家中的陇耀亲自把刘浩迎入楼上小客厅，然后客客气气地招呼："先生，请坐。"

此时，按照陇耀安排，上尉副官龙鹏腾腰佩手枪带着一名卫士在楼梯口和走廊警戒。龙鹏腾记得，当时陇耀交代："如果有人硬往上闯，你就给我开枪打！"

楼上小客厅里，刘浩一落座，就亮出了自己的身份："我叫刘浩，从哈尔滨来，代表中共中央东北局和东北军区首长特地来拜见陇师长。"说罢，递上林彪和潘朔端等写给陇耀的信。

陇耀接过来信，先拆开潘朔端的一封，仔细辨认了笔迹，确认出自潘朔端亲笔之后，才放下心来："好！欢迎刘先生光临！"

刘浩微微一笑："禄时英，不知陇师长还记得不？"

"是不是禄国藩的女儿？听说她思想很激进。怎么，刘先生也认识她？"

刘浩笑了："她是我妻子。"

"哦？我们还是亲戚呢！"陇耀也为之一笑，随即解除了严肃紧张的神情。

刘浩开场一段渐进的自我介绍是精心设计的。本来，双方分属敌对营垒，心理隔阂很大。刘浩、杨重根据滇军官兵普遍重乡情，先用难割难舍的乡情拉近彼此感情上的距离，再借潘朔端的亲笔信贴近滇军将领把兄弟的圈子，最后通过认亲拆除心理上的屏障，接近宗族集团的小圈子。

刘浩先分析第六十军的处境和前景，然后直截了当地提醒："六十军替蒋介石打内战注定没有出路。潘朔端起义后被任命为民主同盟军第一军军长。陇师长如果走潘朔端的路，也会受到人民的欢迎。希望尽早站到人民一边。"

有所触动的陇耀随即表示："打内战不是我们的初衷。老蒋把我们骗到东北，存心借刀杀人。贵党不计旧怨，深明大义，对我如此厚待，只要时机成熟，我会走朔端兄之路弃暗投明。"说到这里，陇耀停顿了一下："不过……"

刘浩没吱声，静候陇耀将要提出的条件或要求。

果然，陇耀提出："海龙兵败后，部队缺额很大，只能等人员和装备补充完毕再相机行事。目前，我有个要求，请贵军尽快释放我师被俘官兵，特别是军官，否则蒋介石从嫡系部队抽调军官安插进来，我们的处境就更困难了！"

刘浩当即答复："陇师长的要求我完全理解。我将尽快向军区首长报告。"

随后，刘浩继续探问："去年8月，我去锦州见了卢浚泉，曾托他转交一封朱德总司令写给您的亲笔信，不知陇师长收到没有？"

"没收到。信里讲了啥？"陇耀眼睛一亮，很感兴趣地追问。

刘浩追忆了信的内容，继续劝说："朱总司令认为你是一位有爱国思想、讲义气、重信誉的将领，要我登门拜访。希望你早举义旗，不负朱总司令的厚望。"

陇耀若有所思，回告："你是否再去见见幺老者？如果我们两个军一起行动就好了。"卢浚泉是卢汉的幺叔，陇耀推出"幺老者"来执掌反蒋大旗，显然，是因为他难以割舍与卢汉的封建关系，更不愿意独自背上"叛滇"的罪名。

刘浩告诉陇耀："我是要去见卢浚泉。不过，我想先见见曾军长。"

"不行，不行，不行！军长周围有人监视，你千万不要去，今天的谈话内容我会转告他。"陇耀摇着脑袋，一口回绝。

刘浩无法坚持，只好起身告辞。回去后，杨重立刻转移了刘浩的住处，安排他到军部修械所所长、地下党员王立中家里住了下来。

翌日，为摸清陇耀的反应，杨重找了个借口，又来到陇耀家。陇耀一见杨重，劈头就问："你昨天带来的人住在哪？"

杨重早有准备，镇定地回答："我曾问过，他不肯讲，下车后自己走了。"

陇耀没再追问，只是告诉杨重："我看他是个云南青年，说话处事还算实在。要是那种不三不四的，我非把他抓起来不可！"

见杨重没有异常反应，陇耀又改口道："现在我的部队正在补充。从目前东北战局看，国军有美国支持，共军有苏联支持，谁胜谁负尚未见分晓，我们要慎之又慎，三思而后行啊！你说呢，杨处长？"

"还是师座有远见！"杨重怕话多失言，附和了几句，就起身告辞了。

经过杨重、赵国璋多日静候观察，发现陇耀谈话后情绪明显好转，刘浩才返回解放区。不久，东北民主联军吉林军区根据上级的指示，按预定联络方法，将120名暂编二十一师被俘军官释放回吉林市。

5 军长告诫官佐：六十军是跌下石岩的小狮子

陇耀气恨难平的时候，曾泽生的处境和心境也极糟糕。

这是第二次进驻吉林市了。1946年10月初，第一次进驻吉林市时，第六十军归东北保安副司令长官兼吉林省主席梁华盛节制。梁华盛自恃"天子门生"，不但歧视这支杂牌部队，还借口所辖地区有限，兵员征补、给养采购、财政税收都有困难，硬是将第六十军挤出吉林市。不仅如此，还通过任命嫡系新一军新三十八师师长李鸿为吉林市城防总指挥，将中将军长曾泽生置于少将师长李鸿的约束之下，并在报纸和广播宣传时，把李鸿的名字排在曾泽生前面。

这一次退守吉林市，梁华盛对第六十军的成见更大了：出关作战才一年，一八四师先是叛敌，重建后又被打光了，暂编二十一师也让共军打得差不多了，真他奶奶的六十熊！给他们补兵？是白送礼，还不如搞地方武装可靠。地盘都让六十军丢光了，断了我的税源、兵源，还好意思找我要给养，要补兵？不给！兵，让他们找卢汉要！粮食，让他们自己下乡采购！省属公房一律不许他们进驻！

对梁华盛的飞扬跋扈，曾泽生一直委曲求全，这并非懦弱，实出于唯恐实力被进一步削弱而惴惴不安的无奈。部队刚吃败仗，残破不堪，即便长官部不追究作战失利责任，第一八四师建制能否恢复，暂编二十一师兵员、装备能否得到补充，都得仰仗长官部诸位长官高抬贵手。小不忍则乱大谋。

作为一军之长，曾泽生不仅在上级面前要忍气吞声，面对下属，他也有难言之隐。按常理,陇耀打了败仗,几乎丢光部队,不管怎么说,作为师长总有责任,可陇耀却大动肝火,怨天尤人,连军长的面子都不给。陇耀要撂挑子,曾泽生不但不能批准,还得好言劝慰他留任。

起义后,曾泽生告诉军政治部主任王振乾:"这个部队封建势力根深蒂固,我名义上是军长,实际上人事调动任免都是云南方面通过陇耀转告我执行。"

曾泽生的难言苦衷是实情。

由于军权私有,旧中国的军阀政治有着浓重的家族主义色彩,不仅军队内部的统治方式复制了家族主义的等级秩序和伦理纲常,其内部结构也体现了家族主义的血缘纽带。在军阀统治集团内,其亲疏关系通常分为三层:居于核心的是亲属圈;第二层是类亲属圈,圈进来的主要是那些能以孝悌等家庭伦理来规范的人际关系,如义父子、结义兄弟、师生等;第三层,是亲信圈,包括同乡、同学等。

在龙云、卢汉严密控制的滇军,进入核心圈的将领多出身于滇东北的彝族奴隶主家庭并与龙、卢有亲戚关系。卢浚泉、龙泽汇、陇耀就是这个核心圈里的将领。曾泽生虽然也是滇东北人,但他是汉族,与龙、卢无亲戚关系,所以,不能进入核心圈,对陇耀,也就不能不另眼看待了。

曾泽生进入龙、卢的类亲属圈,是由于他为龙、卢滇军的兴起效过大力。

曾泽生出生于云南永善一户地主家庭,中学毕业后,立志要出人头地,光宗耀祖,遂投笔从戎考入军校。由于思想激进,曾泽生在云南讲武堂和黄埔军校均未能立足,于北伐战争结束后,离开军界,留居上海,学技工和驾驶谋生。

1929年春,已取代唐继尧登上"云南王"宝座的龙云,为改造旧滇军成为自己封建割据的资本,派卢浚泉到上海、南京等地,罗致曾泽生等20余人回云南,在云南讲武堂旧址举办第十三路军军官候补生队,任命卢浚泉为队长,曾泽生为队附,下设六个中队,潘朔端、李韵涛等为中队长,招收学员一千余人,陇耀、李佐、李树民等,都是首期学员。

曾泽生的命运由此发生转折,从一个流落上海滩的失业青年,一跃而成"云南王"割据一方的干将,进而奠定了曾泽生受之于卢汉恩宠的人身依附关系。

曾泽生耿耿忠心换来了地位的回报。卢汉取代龙云后,委任曾泽生为第六十军军长,而龙云长子龙绳武仅当上副军长,这使曾泽生的耿耿忠心又一次得到了强化。

曾泽生虽然进入了卢汉的统治集团，得到了高官厚禄，但在明争暗斗杀机四伏的官场，仍不能高枕无忧。曾泽生不仅要唯卢汉马首是瞻，在东北滇军受制于第九十三军军长卢浚泉，在第六十军受制于暂编二十一师师长陇耀，而且还必须在蒋介石和卢汉之间保持一种平衡，既要听命于卢汉，为老长官着想，又不能开罪于蒋介石，否则蒋、卢二人都能轻而易举地摘去他的"顶戴花翎"。对蒋介石，曾泽生的态度也很矛盾，一方面他有比较浓厚的盲目崇蒋思想，认为蒋介石是孙中山的"接班人"，手里有几百万军队，背后有美国人支持，是当然的"正统"；另一方面曾泽生与卢汉基于历史上的联系，彼此更相依为命。唯一可行的办法，就是时时处处都以能为蒋介石和卢汉共同接受的国民党"正统"思想，来规范自己的一言一行，约束部属的一举一动。

曾泽生严守"正统"坚决反共，并非出于道义上的追求，本质上是为了确保自身的既得利益，而明哲保身，但求无"过"。

曾泽生谨小慎微，但命运又一次捉弄了这位以服从命令为天职的旧军人。

1947年6月11日，东北民主联军集中主力攻打四平市，因兵力不足及攻城战术失误等原因，战至30日，主动撤离。杜聿明被暂时胜利冲昏了头，命令"各路国军乘胜兜剿残共"。梁华盛遂令第六十军出兵双阳地区。

此时的第六十军刚刚损失了一个半师，驻防吉林市的兵力都不足，哪还有力量与民主联军正面作战？更何况是在敌情不明的情况下，到远离城市依托的地区，寻找飘忽不定擅长野战、运动战的民主联军主力。但梁华盛的命令又不能违抗，曾泽生只好派白肇学师长率第五四四团和第五四六团出兵双阳。

7月3日，第一八二师进入双阳，一连十多天，始终没看到"残共"的影子，部队既无从进攻，梁华盛又不让撤回，只好在双阳东南的鸭子架、裤裆沟、大酱缸等地，白天向南"扫荡"，晚上北撤回来，像个无头苍蝇，盲目乱窜。

就在第一八二师苦于找不到"残共"时，"残共"却掌握了第一八二师的活动规律。7月16日，民主联军集中了3个独立师趁夜暗向第一八二师发起突然进攻，激战至次日，全歼第五四四团第一营和第二营全部以及师直属队大部，击毙第五四四团团长岳嘉祥，俘虏副团长李峥先以下140人。白肇学师长率残部仓皇撤回双阳，再绕道长春，乘火车返回吉林市。

这次兵败，不但为梁华盛歧视、排挤第六十军提供了新的口实，也引起了第六十军内部官兵的不满。从双阳撤回后，有人用"扫荡残共"时反复经过的地名，编了一首在部队内部广为流传的打油诗：出兵不离"鸭子架"，"裤裆沟"里来回钻；白天前进夜间退，几乎全落"大酱缸"。

就在这一时期，蒋介石为挽回东北战场败局，撤换了东北行辕主任熊式辉和东北保安司令长官杜聿明，调参谋总长陈诚任东北行辕主任兼新成立的东北剿匪总司令部（简称"剿总"）总司令。

陈诚一到任就撤销了东北保安司令长官部，独揽军政大权。不久，到长春传见长春、吉林两地的军、师、团官佐。陈诚训话时，先把新一军表扬了一番，然后话锋一转，不点名地训起了第六十军："据我了解，有些部队军纪很坏，强占民房，砸戏园子，平时又不认真训练部队，一打就败。以后再这样，我就取消它的番号，把它编掉。到时，别怪我陈某不客气！"

第六十军将领挨了一顿骂，心里都明白：分明是梁华盛告的刁状！省属公房你梁华盛过去让新一军住，如今却不准我们住，难道你非让我们全军官兵都露宿街头？"砸戏园子"有其事，那是因为梁华盛的执法队焦队长在吉林新庆戏园仗势欺人，寻衅殴打我部伤兵引起的，怎么全来怪罪我们？

回吉林的路上，第六十军师长、团长们有的闷闷不乐，有的大发牢骚。陇耀是个直性子人，自然少不了不满情绪的发泄："我们就像小媳妇，哪个婆婆来都要挨骂，还有个好？继续当这个受气的小媳妇，还有什么前途？"

情绪一向不轻易外露的曾泽生瞥了陇耀一眼，没让他把话说完。回到吉林，私下劝道："我们的处境不同，事事要谨慎，否则日子更难过。"

此时的曾泽生不仅担心隔墙有耳，也害怕悲观情绪在部队蔓延，动摇军心。但曾泽生害怕的恰恰是不以人们意志为转移的事实。第六十军退守吉林不到半年，仅团长就有张铭修、王国祥两位先后辞官归故里了。

一天，暂编二十一师参谋长赵从云向陇耀进言："国军在东北的兵力部署呈等边三角形态势，吉林为等边三角形之顶端。如今六十军被置于内战触角，共军必先解决触角之敌，厮拼的结果，是六十军被歼，共军亦有损伤。所以，应采取求全之计，以符卢汉'审时度势'之语。六十军与九十三军不同，九十三军在锦州，地处北平、沈阳之间，若轻举妄动，必遭两面夹击。所以，我们六十军应派深谋远虑之士回昆明，将此情面呈卢汉，以应付可能发生的事变。"

陇耀听了以后，颇为赞赏，随即向曾泽生军长禀报。经过反复计议，第二天，曾泽生授意陇耀，安排赵从云"请长假"离队回滇。

就在滇军将领们苦闷之时,张冲将军于1947年夏由延安抵达哈尔滨市,就任东北民主联军高级参议兼北满解放区松江省政府副主席,从事策反滇军工作。张冲将军是趁国民党召开"国民大会"的机会,于1947年1月偷偷跑到延安的,同年4月1日在朱德、刘少奇、周恩来亲自关怀下加入了中国共产党。

张冲的到来提醒了蒋介石:若相逼过甚,滇军将领必增异心,后果不堪设想!

蒋介石不愧是运用权谋的一代大师。他先派空军副司令王叔铭亲自驾机,搭载蒋经国飞往吉林市,对第六十军"临空慰问"。这一招,对看重人身依附关系的旧军队将领是很有魅力的。从设在吉林北山饭店二楼的对空联络台回来,曾泽生极不平静:总裁依然挂记着我这个杂牌部队将领曾是他的黄埔门生呢!

9月19日,蒋介石借曾泽生为"陆军第六十军出关绥靖阵亡将士公墓"举行落成典礼之机,再次派卢汉来到东北,抚慰滇军官兵。

参加完公墓纪念碑揭幕仪式,卢汉在玉皇阁前广场召集军、师机关军官和直属队连以上军官宣昭"总裁口谕"。卢汉此行,虽然梁华盛依然傲慢无礼,但卢汉仍在公开场合反复叮嘱第六十军将领:"一定要与梁华盛搞好关系,同心协力,共渡危艰,严防张冲派人进入军队策动叛变。"

私下,卢汉却悄悄向军、师长授意:"局势日渐严重,你们的日子会更不好过。今后作战要多长个心眼,注意保存实力,留条后路。"接着长叹一声:"唉!我是顾不上你们了。你们也不必顾虑我,万不得已之时,你们各自掌握命运吧!"

卢汉此番交代,虽然没明确"后路"留在哪里,"命运"如何掌握,但他毕竟主动解开了将领们拴在"云南王"宝座上那根无形的绳索。尽管出于无奈,但还是使将领们或多或少得到了精神上的解脱。尤其是陇耀,海龙兵败以来,始终怀着愧对老长官的沉重心情,听了卢汉的一番话,才如释重负。

与陇耀不同,系在卢汉这头的精神绳索松解后,曾泽生又被蒋介石套上了另一根诱人的绳索。这次卢汉来吉林,带来了蒋介石给曾泽生的亲笔信,对第六十军出关后的败绩只字不提,而对其较为成功的战绩却表示了赞誉,许诺对曾泽生将委以重任,希望曾泽生与梁华盛以大局为重,捐弃成见,为"戡乱救国"卓著殊勋。信中,蒋介石居然与曾泽生称兄道弟起来,表示了一种格外的亲近和恩宠。

蒋介石还赏给曾泽生一批更具有诱惑力的礼物:许诺重建第一八四师;为暂

编二十一师和第一八二师补充兵员、装备；将东北第四保安区改编的暂编五十二师与吉林铁路警务处并编，然后划归第六十军指挥；新三十八师西调长春后，原吉林警备区改组为吉林守备军司令部，任命曾泽生兼守备司令官。

蒋介石玩的是一种典型的政治骗术：重建的第一八四师远驻辽西，不归你曾泽生指挥。划归第六十军指挥的暂编五十二师，"人事、经理（指经费管理等）自成一系"，你曾泽生无法控制。为暂编二十一师和第一八二师补充兵员、装备，任命曾泽生为吉林守备军司令官，是让第六十军在铁路经常被切断的情况下，为日薄西山的东北国民党军守住最北端、最孤立、最危险的一座残破不堪的堡垒。剩下的，便是不值一文套近乎的褒奖言辞。

蒋介石投入了政治骗术，产生了预期的效果：曾泽生的情绪很快地稳定了下来，第六十军的士气也有所提高。

卢汉帮蒋介石的忙还不仅仅于此，受蒋介石之托，还布置了"清洗张冲旧部"。

东北滇军中共地下党组织恢复活动后，遵照中央的指示，主动争取党员掌握带兵实权，经过积极"跑官"，此时，已经形成了较为有利的党员分布态势：

在第二次重建的第一八四师，杨重调任第五五一团团长后，把陆飞、俞建昌、李时泰、詹玉填、黄建能等地下党员调到该团任职。该师副师长李佐，思想进步，与杨重的私交极深。第五五〇团团长李蒸与杨重、李佐关系也不错。

在第六十军军部，孙公达任参谋处谍报组组长，赵雄任机要室译电员，王立中任军械所所长，詹玉佩在特务营任排长。在第一八二师，范啸谷任第五四五团副团长，该团团长朱光云是范啸谷的重点交友对象。在暂编二十一师，赵国璋代理参谋主任，该师师长陇耀曾表示过时机成熟时愿意率部起义的态度。

在第九十三军，张士明任驻防辽西义县的暂编二十师第一团团长，宁坚任暂编二十二师参谋长，黄致平任该师政工室干事，郑南信任军部参谋处参谋，李茂春、高翔在军部特务营分别担任连长、排长，还有几位在基层工作的官兵，如田自然、曾世翔、赵耀辉、杨思泽、陈世泽等。另外与第六兵团司令官孙渡有同乡、姻亲关系的杨守沫，在兵团部新闻处任中校宣传科科长。

由于蒋介石有意削弱第六十军的实力，第二次重建的第一八四师部署在远离第六十军的辽西北镇、沟帮子一带，归第六兵团直辖，所以，杨重团和张士明团相距仅50公里，这就为日后互相呼应共同起义创造了空间条件。

鉴于上述有利态势，东北军区决定派冀察热辽军区联络部部长王乃天带一部电台和一名报务员打入第九十三军，相机组织适当规模的战场起义。按当时的设想，第一套方案，让杨重团和张士明团在民主联军策应下就地起义；第二套方案，以这两个团为基本力量，再争取或挟持一些团队，在民主联军的包围中逼迫其起义。

不料，就在地下党员们跃跃欲试时，1947年9月初，杨重突然接到曾泽生的一纸手令："着派杨重、李蒸带足旅费，马上离开部队，赴昆明带新兵。"第一八四师副师长李佐也接到了与第一八二师副师长舒秉权对调的命令。

接到调令，李蒸喜出望外，杨重却十分纳闷：6年前，万保邦师长曾经断言"李蒸满脑子银子和儿子，不可能是共产党"，若此令是清洗共产党，怎么会有他？但若是清洗张冲旧部，怎么没有李佐？

杨重左思右想，始终琢磨不透，无可奈何，只好开具通行证，领足旅费，做好离队准备，同时，派詹玉填前往吉林市，向第六十军地下党通报情况并把妻子李静梧接来，再派俞建昌赶赴第九十三军，向张士明通报情况。

俞建昌赶到北票时，张士明正在军部参加部署打通锦州至古北口通道的作战会议。第二天，张士明刚回到团里，也收到了要他回云南接新兵的调令，新团长随文到任并限他三天交职，到军部报到。张士明一面应付调令，一面将俞建昌连夜派往解放区，向上级紧急报告事变情况和敌军作战部署。

俞建昌从张士明团防区出来后，先诓骗了在外围活动的国民党军便衣谍报队，然后，冒着倾盆大雨跋涉了一夜，于第二天9时遇到了东北民主联军的部队，随后被送到军分区，堵回了带着电台和报务员正准备打入锦州的王乃天部长。

根据地下党员俞建昌和黄致平分别送出的情报，冀察热辽军区在杨家杖子全歼了暂编二十二师。担任师参谋长的地下党员宁坚在作战中故意制造混乱，瓦解其抵抗能力。战斗结束后，宁坚留在冀察热辽军区辽西联络部工作。俞建昌完成任务后，前往哈尔滨，向东北局敌工部报到，由李立三部长亲自面授新任务。

在另一条线，第六十军地下党组织从吉林市派出李竞，直接回哈尔滨紧急汇报。根据李立三安排，李竞返回吉林市，再转锦州，分别向两军地下党传达了东北局的指示：杨重和张士明如果不能继续留在敌军，就立即撤往解放区，不要回云南；第六十军和第九十三军地下党支部分别由孙公达、杨守沫负责。

受杨重和张士明被突然调离的影响,第六十军有4名、第九十三军有6名地下党员先后撤回解放区。地下党的力量被削弱了,第六十军的战斗力却再一次得到加强。

1947年9月14日,东北民主联军发起秋季攻势。作战计划之一是围攻吉林之敌,吸引国民党军主力新一军和新六军出援,然后予以各个歼灭。

10月16日,民主联军第六纵队强行军六七十公里,分别奔袭吉林西、南面的桦皮厂、九站和口前。桦皮厂守军闻讯逃跑。驻守九站的暂编五十二师第二团一部被歼,大部逃回吉林。驻守口前的第一八二师五四五团第一营等部被歼。

在扫清吉林市外围据点完成战役包围后,10月20日,民主联军第六纵队配属第二纵队五师、第十纵队二十九师、独立第四师及特种兵所属炮兵全部、战车一部,开始围攻吉林守军。由于北山屏障和松花江天险易守难攻,城郊战斗主要在暂编二十一师防守的龙潭山和第一八二师五四六团防守的西团山两个方向展开。

暂编二十一师以龙潭山为主要防御阵地,构筑了六个大碉堡群,每个碉堡群由母堡和三四个子堡组成,配置守备分队两个排或一个连的兵力。

东北民主联军第十纵队八十六团对龙潭山发起进攻后,很快攻占第56、57、58、59号堡群。为稳住阵地,陇耀下令枪毙擅自放弃第57号堡群的第一团搜索排排长杨本恕,给予擅自放弃第58号堡群的师部搜索排排长郭伯勋"祀杀一次,戴罪图功"处罚。

东北民主联军调整部署后,于26日至29日攻克第60号堡群和第61号堡群,占领龙潭山主阵地。

在吉林市西南方向,守军在东西长约400米,南北宽约300米的西团山构筑了坚固的支撑点防御阵地,由第一八二师五四六团两个加强连防守。

10月29日,民主联军第六纵队集中榴弹炮、山炮16门,掩护该纵队十七师五十一团主攻西团山。攻击部队连日轮番冲击,曾四次突入敌阵,均被守军反击回去。

31日,第六纵队调整部署,以第四十九团接替第五十一团主攻西团山。11月1日17时,该团先以猛烈炮火压制西团山守军,掩护工兵分队在阵地前沿障碍物中开辟通路,随后,第三营实施攻击,战至当日21时,攻克西团山。下半夜,曾泽生命令第一八二师夺回西团山,但反击屡屡受挫。

西团山失守后，国民党新一军主力由四平北调长春，摆出东援架势。东北民主联军鉴于"硬攻无把握"①，乃于11月5日结束秋季攻势。

是役，第六十军伤亡3600余人。

第六十军守住了吉林孤城，蒋介石和陈诚都来电嘉奖，随后，被评为该年度战绩"甲等"的部队，获东北流通券6000万元奖励。可是，东北国民党报纸从不宣扬第六十军的战绩，一位姓汪的记者采写了一篇通讯《一支沉默的军队》，也只能拿到北平登载。此时的曾泽生又为第六十军未卜的前途担忧了。

在全军营以上军官战役检讨会上，曾泽生挂出一幅古画，心情沉痛地告诫与会官佐："这是一幅驯狮图。画中的大狮子考验、训练小狮子的办法，是把小狮子从石岩上推下去。小狮子坠岩后如果不死，大狮子就承认它是好儿子，把它领走。如果跌死了，大狮子会毫不怜惜地弃尸远去。如今，六十军的处境就像画中的小狮子，在吉林这座孤城里，我们接受了上级最严酷的考验，如果我们不坚强，就会被毫不留情地消灭在这里。所以，我们必须团结振奋，迎接更严峻的考验。"

蒋介石把第六十军"推下去"的险恶用心曾泽生虽然意识到了，但此时的他更渴望"大狮子"能把侥幸活下来的"小狮子"领回去。

---

① 林彪：《1947年11月8日致毛泽东并朱德、刘少奇电》，转引自军事科学院军事历史研究部编著《中国人民解放军全国解放战争史》第三卷，第237页。

第三章
长春起义

说到国民党军队的战场起义，有人关注解放军兵临城下的武力威逼，有人专注中共地下党组织的精心策反，有人留心起义将领的个人觉悟或生存抉择，实际上，相当一部分起义将领义举之初，萦绕心头搅扰思绪最难抉择的，是将佐圈子里与利益得失和"正统"观念搅在一起的袍泽情义。

1 第六十军退守孤城吃尽苦头

1947年12月至1948年3月，东北人民解放军发起声势浩大的冬季攻势。国民党当局唯恐吉林、长春两地守军被各个击破，趁解放军合围四平之际，于1948年3月7日晨，派东北"剿总"副总司令郑洞国和参谋长赵家骧飞抵吉林市，对第六十军下达当日向长春紧急撤退的命令。

当日午夜，第六十军（含暂编五十二师）和吉林省保安旅分三路向长春仓皇撤退。110公里整整走了3天，沿途几经解放军地方部队截击，官兵死伤899名，被俘3240名；遗弃火炮30门，步、机枪8401支（挺）以及全部汽车、辎重。

第六十军狼狈退缩长春后，非但没受到指责，曾泽生还再次收到蒋介石的亲笔信，信中除了称兄道弟外，特别将吉林撤退与第二次世界大战最著名的大撤退相提并论，誉为"东方的敦刻尔克"。对"吉林保卫战"，蒋介石则称赞为"现代战争中保卫大中城市的范例"。蒋介石还下令将暂编五十二师正式划归第六十军建制，将防守长春城的第六十军与新七军编为第一兵团，司令官由郑洞国兼任，晋升曾泽生军长兼任兵团副司令官。

面对蒋介石诱之以高官厚禄，动之以手足之情，曾泽生又被感动了。可没多久曾泽生就发现，蒋介石让第六十军步入的是一座坟墓般的孤城，一道万丈深渊。

抗战胜利后，中共东北局逐渐在长春市建立了十几条地下工作线，其中松江军区司令员陈光直接领导的松江军区前线指挥部还获取了长春外围永久工事图、市区地下水道图等大量重要情报。

1948年3月下旬，东北解放军总部在哈尔滨召开军事会议，决定攻打长春。4月13日，原辽东军区前方指挥所改称东北解放军第一前方指挥所。6月，该指挥所与松江军区前线指挥所和吉林军区前线指挥所合并组成东北解放军第一前线围城指挥所（后改为第一兵团），萧劲光任司令员，萧华任政委，陈光（不久离任）、陈伯钧任副司令员，唐天际任副政委兼政治部主任，解方任参谋长，统一指挥围攻长春。5月24日，以第一、第六纵队等部试攻长春，在歼敌6000余人后，攻占大房身机场，切断了长春守军除空投外的所有补给通道。从6月15日起，围城指挥所指挥第十二纵队三十四师、三十五师，第六纵队十八师，独立第六、第七、第八、第九、第十师和炮兵第四团，改用"军事围困、经济封锁、政治瓦解"三位一体方针，对长春实施严密封锁。

无粮不聚兵。为确保守军粮食供给，国民党长春市政府于4月中旬进行了一次户口清查和余粮登记，统计结果，全市存粮只够吃到7月底。国民党军第一兵团和吉林省政府遂紧急颁布《战时长春粮食管制暂行办法》，规定只准许市民留自吃粮食到9月底，余粮一律由市政府"议价收购"，"以供军需"。该《暂行办法》公布不久，市政府就枪毙了三名"倒卖粮食者"并告示以诫民众。

长春城内严重的粮荒，加深了杂牌部队与嫡系部队的矛盾。

第六十军要求补充撤退长春时损失的装备物资，东北"剿总"指示将新一军留下的物资就近调拨，但把持这批物资的新七军不是推说库存少，就是谎称已损坏，有时干脆说没有。经多次交涉，才拨给一辆小轿车、三辆吉普车和几辆已经瘫痪了的卡车，致使曾泽生军长在相当长的一段时间里不得不乘马车出行。其他物资的拨补更是微乎其微。相比之下，新七军的营长都有吉普车，军、师长们还有很漂亮的轿车，部队的装备，吃、穿、用的，都比第六十军优裕。面对一样卖命、两种待遇，第六十军官兵恼怒异常。曾泽生有苦难言，一再忍让。

在军粮方面，新七军不仅吃大米、白面，存粮也比较多。新七军不少军需官私自囤积了大量粮食，怕部队行动难以携带，更怕在市场上倒卖被没收，纷纷求助富源长制米厂（地下党根据陈光司令员指示开办）为其办转账手续，以确保落入私囊。第六十军的粮食是现吃现买，开始以高粱、黄豆为主食，后来快要断炊了，曾泽生硬着头皮找新七军军长李鸿，好说歹说才借到一些喂马的豆饼。

大房身机场失守后，长春的补给只能依靠空投。入秋后，飞机空投给西城区新七军的粮食多被西北风刮到东城区，第六十军官兵知道新七军囤积了尚可维持过冬的粮食，又不肯多借，所以，对本来就不多的空投粮食，能抢就抢走，绝不相让。新七军极为不满，两军经常为抢夺空投粮食大打出手。

郑洞国为调和两军抢粮矛盾，成立了由两军合署办公的"空投给养统一收集指挥部"，统一收集、分配空投粮食。可是，由于兵团部指定的粮库均在新七军防区，由新七军看管，吃亏的还是第六十军，两军抢粮摩擦依旧不断。有的连队一见飞机临空，就让伙房生火烧水，抢到粮食就下锅，待"空投给养统一收集指挥部"来人时，生米已成熟饭。一群官兵一边吃，一边嚷："既然当官的叫我们打仗，吃顿饱饭再去死，总不算过分吧？"呛得来人无话可说。

空投之初，第六十军官兵每人每日定量粮食一斤半。7月份减到一斤，不久又减到二三两，士兵主要靠配给的酒糟、豆饼、麸子充饥，不足部分发给"粮代金"，由各连队自行"购买"。

严重的粮荒导致长春市粮价暴涨。每斤高粱米3月份值东北流通券1000元，10月中旬涨至3亿元，上涨了30万倍！一个金镏子只能换到一个馒头，一捆钞票甚至买不到一捆马草。

银行为解决军队"购粮"开支发行面额1万元的钞票，没几天就不管用了，于是，被迫发行大额本票。本票最初面额100万元，后来逐渐递加到数百亿元。"中央银行"长春分行抽出上百名职员通宵达旦开本票，还是忙不过来，因为今天开的本票，明天就不能用了。许多人不懂什么叫本票，至今还认为当年银行发行的是"写钱儿"——在一张纸上，银行给你写多少钱就是多少钱。

据《民国日报》驻东北特派记者杨治兴回忆，长春滥发大额本票坑害了老百姓，而国民党在长春的高级军政头目却大发横财。他们通过长春银行，把成百亿、上千亿的款子汇往北平、上海、南京、湖南等地，在长春只值几斤、百斤高粱米的钱，竟可以换成几十两、几百两黄金。后来关内银行无法继续支付如此巨款，蒋介石得到报告后，才严令郑洞国自1948年9月起制止此类汇款行为。

长春被围困后，由于无法出城抢粮，国民党吉林省政府组建"军粮筹购委员会"统一组织在城内"挖粮"，以供军队食用。7月份后，索性把毫无信用的大额本票发给军队，任由军人去老百姓家"搜购"粮食。一些起义官兵回忆这段往事至今还惭愧：那时，连队隔三岔五地派一些士兵闯到老百姓家里搜粮，搜到粮食，丢下谁都不肯要的"写钱儿"，把粮食留下一半，拿走一半。老百姓家里的存粮本来就不多，今天这个连队来"搜购"走一半，明天那个连队来"搜购"走一半，没几日就所剩无几了。还有少数胆大的老兵专门观察老百姓的烟筒，发现有冒烟的，就三五成群地闯进去把锅里的饭哄抢吃光。

40年后，郑洞国先生回忆道："那时，最头痛的是粮食问题。"

城内燃料也奇缺，部队向兵团部请示，得到答复："自行设法解决。"于是，砍树的，拔电线杆的，挖掘棺木的，挖马路沥青的，"八仙过海，各显其能"。到后来干脆拆房子。先拆无人照管的公房，再拆民房。一幢三层楼的民房，拆屋顶时，把三楼的人赶到二楼；拆三楼时，再把楼里的人全赶到底层；最后拆二楼时，索性把楼里所有的人统统赶到露天，任你大人哭、娃娃叫，无人理会。有的地方整街整巷被拆毁，到处破瓦颓垣，满目凄凉，老百姓苦不堪言。

令曾泽生头痛的，还不只是粮食和燃料问题。

一天，陇耀怒气冲冲地来到军部："军长，长春报纸指责驻扎警察第三分局管区内六十军部队纪律太坏。士兵见谁家烟囱冒烟，就去谁家抢粮食，还动手打人，搞得老百姓不敢举炊。"

"警察第三分局管区内驻扎的是暂编五十二师，该师虽已划归我军建制，但他们自成一系，经常直接与兵团部联系，我又奈其何？"曾泽生似乎已经知晓。

"我不是这个意思。六十军有功他们不宣传，现在各个部队的纪律都难以约束，凭什么专臊我们脸皮？"陇耀对暂编五十二师也看不惯，但这关系到本军的面子，不能无动于衷。

"不瞒你说，我已经去兵团了。郑司令官说，文章是长春市市长尚传道组织人写的，不是兵团部的意思。目前，老百姓对部队抢粮、拆民房反应很强烈，地方舆论批评一下是可以理解的。"

陇耀一听，火气又上来了："抢粮？是兵团部把银行本票发给部队，让部队自行解决，怎么能怪罪弟兄们抢粮？拆房也是兵团部指示自行设法解决燃料所致。怎么都怨到我们头上了？再说，嫡系部队存了那么多的粮食，还要拿到黑市上倒卖，他们管了多少？所谓抢粮、拆民房之类勾当，新七军不见得比我们好到哪里，他们为什么不说？新七军新三十八师——二团运输连派人到城外以极低的价格强行收购老百姓的粮食，不卖就打，然后将抢购来的粮食偷运到城内高价出售，从中牟取暴利，他们为什么不报道？吉林省保安司令部副司令官李寓春勾结奸商倒卖军粮，他们为什么不处分？哼！光天化日之下肆无忌惮地抢粮、拆房大有人在，就是被兵团部赶到郊外驻防，任其自生自灭的游杂部队。兵团部不为其解决供给，人家要生存，不抢粮吃啥？不拆房烧啥？这样的事实他们敢正视吗？"

陇耀的怨言曾泽生也有同感，但他不愿这种情绪在下面蔓延，于是劝道："算了，郑洞国并非偏袒嫡系，只不过想调和各方之间的矛盾。他是个好好先生，遇到这样的长官不容易，不要再为难他啦！这些事，都是那些党棍搞的。"

曾泽生以息事宁人的态度劝走了陇耀，但他内心并不平静，他似乎感觉到舆论背后有一只无形的手，把第六十军这只"小狮子"又驱赶到陡峭的悬崖边。

在20世纪上半叶中国的政治舞台上，蒋介石精研政治力学，他在以种种诡计吞并或驾驭地方军阀的私人武装，实现政治力量有利于自己的消长方面，有着极深的城府与造诣。然而，从西安事变起，与中共领袖群相比，蒋介石在政治力学上的得分，却屡屡名落孙山。这并非智商差别，蒋介石有着因阶级属性而无法克服的政治弱点：同为加强自己的政治力量，蒋介石只会在少数军阀头目身上打主意，而中共领袖却主张在敌人营垒中广大官兵身上做文章。

1948年6月5日，林彪、罗荣桓、谭政联名下达《围困长春办法》。6月15日至20日，围城指挥所在吉林市召开师以上干部会议，部署解放长春采取"久困长围，展开政治攻势和经济斗争，使其粮弹俱困、人心动摇时再攻"的方针。6月28日，根据围城总方针，围城指挥所召开第一次政治工作会议。会议分析了长春守军的特点，本着"攻心为上，攻城为下，心战为上，兵战为下"方针，具体部署了各部队政治攻势的各项任务。

一场大规模的群众性的政治攻势在各围城部队迅速展开。

围困长春期间，解放军印制了《告长春市蒋军官兵书》《告六十军官兵书》等宣传品百万余份，通过多种渠道，大量带入长春城。

尤其是"蒋军投诚官兵通行证"，纯粹是心理战的宣传品，可不少国民党兵却把它当成"护身符"，一旦投诚，非亮出来给解放军看看。暂编二十一师第二团团长李家桢曾感叹："好多弟兄都秘密收藏共军散发的'蒋军投诚官兵通行证'，这个兵咋带？"

围城解放军还开展了强有力的阵前喊话。由兵团政治部联络部将敌人各部队长官和部分士兵的情况搜集整理,加上客观评语,刻印成稿子,作为喊话内容发给各围城部队。每当夜深人静,各个阵地便响起了指名道姓的喊话。

解放军还通过国民党军官家眷开展政治攻势。

第六十军从吉林撤退时,遗留家眷三十多人。解放军进入吉林市后,立即把她们收容起来,供给生活必需品,组织学习。暂编五十二师师长李嵩的侄子李泰然营长①的太太在慌乱中丢失了孩子,痛哭不已。解放军得知后,马上派人帮她把孩子找了回来。

这批家眷被解放军送回长春后,在国民党守军中引起了强烈反响,国民党污蔑共产党"共产共妻"一类的宣传不驳自倒。此后,有十多名军官派人秘密送信给解放军,赞誉解放军是"军旅师表",有的还提供了军事情报。李泰然来信说:"国民党抓住你们的家眷不是扣作人质,就是活埋枪毙。解放军对我们的家眷以礼相待,使我合家团圆,真乃仁义之师。"他还表示,争取早日投向人民。从6月到长春解放前,李泰然三次派心腹士兵给解放军送去重要军事情报。起义后,又主动站出来现身说法声泪俱下地表示拥护共产党对起义部队的改造。

对化装成难民逃出长春城的军官家眷,即使被投诚官兵认出来,也一视同仁接待,按规定发给粮食和路费。7月中旬,第六十军副官处处长张维鹏少将的太太带着一个10岁的女孩,被一位投诚的排长认出来后,解放军工作人员不但没有声张,还通知去沈阳沿途的各接待站予以关照。这些家眷逃到沈阳后,又将沿途所见所闻通过一封封家书,由国民党军用飞机空投传回到死寂的长春城。

前沿的解放军还破天荒地发明了"战地联谊"活动。

国民党军官兵愿意携械投诚的欢迎;暂时不愿投诚,打着小白旗三三两两过来吃顿饱饭再回去也行。边吃边谈,走之前还要叮嘱几句:"都是穷苦人出身,欢迎弟兄们下次再来。"熟了以后,干脆告诉他们:"下次来不用打小白旗了,只要说一声'弟兄们饿坏了,过来要点吃的'就行。"

1948年中秋节前后,围城部队成功地展开了一次"政治攻势突击周",发动干部战士给敌军写慰问信,宣讲形势,朗诵思乡的诗歌,吹奏云南《绣荷包》等家乡曲调。中秋节的次日,第六十军五四五团就有31名官兵跑过来投诚。

面对解放军凌厉的政治攻势,长春守军十分恐慌,连续举办了数期军官训练

---

① 此前的资料都说李泰然是李嵩的弟弟。原暂编五十二师代理师长李佐在接受笔者采访时纠正:李泰然是李嵩的侄子。

班，企图通过加强反动宣传稳住军心。在此基础上，实行严厉的军法管制：部队各级均配备政工官员，监督官兵行动。实行"连坐法"，每三人编为一组，一人逃跑，其他两人受罚，两人逃跑，另外一人枪毙；连队逃跑三人以上，其连长送军事法庭严办。所有军政人员凡越过哨卡30米者，一律格杀勿论。

上述措施实施之初，执行得相当严厉。暂编二十一师第二团有一个班的士兵对蒋介石逼滇军到东北打内战发了一通牢骚被告密，第二天，兵团部派来一个宪兵排，未经军长、师长许可，就将其排长和全班士兵捕回兵团部全部枪决。

长春守军"应付共军心战之措施"，不仅未能控制军心日益瓦解的趋势，反而加剧了官兵们与日俱增的逃跑。暂编五十二师第一团第二连连长奉命带领全连在长春火车站附近拆民房时，有5名士兵逃跑，连长怕自己被抓去按"连坐法"惩办，干脆率全连携械向解放军投诚。

长春和平解放后，在缴获"军官训练班"政治小组编写的一份机密材料上，有这样一段评语："共军宽待俘虏的伎俩确实是心战中十分毒辣的一招，对此，国军既无法仿效，又无能为力，若对下镇压过激，恐会适得其反。"

据统计，从6月25日到9月底，围城解放军共接收国民党投诚官兵13500余人，其中新七军3700余人，第六十军3300余人，土杂部队6200余人。

按照兵团司令官郑洞国的"连坐法"，杀得过来吗？

2 解放军释俘耐心策反

早在1928年井冈山斗争初期，毛泽东就为刚创建的工农革命军制定了四项俘虏政策：不打，不骂，不杀，不虐待；不准搜腰包；受伤给治疗；去留自愿。由毛泽东首创的俘虏政策经过20年的发展，到解放战争后期，已近完美无瑕。

1948年1月，中国人民解放军召开全军第一次敌军工作会议。中共中央书记处书记兼中国人民解放军总政治部主任刘少奇主持了会议，并且作了《关于目前形势及处理俘虏问题的报告》，在如何具体处理俘虏军官问题上，刘少奇分析了统统杀掉、关起来、待为上宾、强迫劳动和释放五种方法，明确提出"放，是唯一正确的办法"并规定了释放的原则。[①] 中共领袖独具匠心的俘虏政策，在争

---

① 姜思毅主编：《中国人民解放军政治工作史》，解放军政治学院出版社1984年版，第429页。

取第六十军反蒋起义的漫长过程中,发挥了不可替代的历史作用。

在此会议前,中共东北局在哈尔滨也召开了一次敌军工作会议,会议决定将东北局敌工部改为城市工作部,负责城市工作;东北军区联络部专管敌军工作。会议还根据罗荣桓的提议决定成立东北军区政治部前方办事处,任命刘浩为处长,方正(方文彬)、杨滨(杨重)为副处长,下设敌工、宣传、俘管、总务四个科,负责瓦解、策反第六十军的工作,同时检查前线部队执行俘虏政策情况。会后不久,东北军区政治部前方办事处在吉北缸窑成立,对第六十军的宣传、情报、策反和俘虏工作,很快进入新的高潮。

1948年5月,东北解放军吉林军区根据全军敌军工作会议精神,释放了最后一批国民党第六十军被俘的尉级军官100多人。行前,召开了隆重的欢送大会。会场主席台上方,悬挂着一副醒目的横幅:"六十军解放军官欢送大会"。

"解放军官",一个很有社会心理学研究价值的称谓。本来,俘虏就是俘虏,中国共产党却在你死我活的内战中,明令各部队一律将俘虏兵改称"解放战士",将俘虏军官改称"解放军官",将战俘营称"解放战士教导大队"或"解放军官教导团"。在中国人的传统观念里,"被俘"是一种耻辱,"解放"却是一种新生。一词之改,体现了对俘虏人格的尊重,更体现了中国共产党人对理想的追求。

100多位被俘军官由围城部队安排,从东桥国民党第一八二师防区进入长春市。不知什么原因,他们一进长春就让宪兵堵住了。由于国民党各行辕及战区均奉命建立了青年训导队,除训导"共军"俘虏外,对被俘过的国民党军官兵亦一律编队训导。于是,他们全部被押到国民党设在长春市励志社的"青训队"关了起来。

这一关,军官们又有了进一步的比较:吃的,"解放团"天天管饱,每周还改善一次伙食,吃大米,打牙祭;"青训队"每天只给喝一顿稀粥,饿得肚皮都贴到脊梁骨上去了。穿的,在"解放团"夏有夏服,冬有棉衣、棉鞋,棉衣面子、里子、棉花三新;在"青训队",直到入夏,还穿着共产党发的棉衣,无奈之下只好掏空棉花凑合着穿。住的,在"解放团"每人都发了被褥,冬天取暖有火炕、火墙;在"青训队",几十个人一间大屋子,铺点麦草,席地而眠。

还得一个一个"过大堂"。

"在匪区,你们都干了些什么?"

"还能干啥?吃饭、睡觉呗!"

"我问的是吃饭、睡觉以外!"

"哦!上课,讲八路军是人民军队,实行军民一致、官兵平等和宽待俘虏。讲社会发展史,猴子变人,共产主义一定取代资本主义。还讲战场形势,宣传共军必胜,国军必败……"

"胡说!不许替共匪宣传!我再问问你,你们参没参加共匪组织的活动?"

"活动?参加了。八路组织我们下乡参观土地改革,让我们了解地主怎样剥削农民,农民怎样在土地改革中分到土地……"

"我问的不是这个。他们当官的找你们谈话没有?都讲了些啥?"

"刚进解放团时,是东北民主联军副司令员周保中讲话。他说蒋介石把六十军和九十三军骗往越南,部队前脚一走,蒋介石就派兵攻打五华山,把龙云赶下了台。六十军和九十三军到东北后,又受到蒋介石嫡系的歧视、排挤。周保中说他也是云南人,云南人应该团结起来打回老家去,报五华山之仇……"

"不要讲这些。你给我老实交代,共军为啥放你们回来?"

"说是要让广大国民党官兵见识一下共产党的俘虏政策,看看谁在造谣?"

"好了,好了,好了!他们放你们回来时讲了些啥?"

"八路说,将来攻打长春时,请我们枪口抬高一寸,打不下去的时候就投降,或起义,顺便宣传一下解放军的俘虏政策。讲实话不造谣就行。"

"住嘴!"

所有这些答话,"青训队"反动军官都不愿听,但又不得不听,因为这是所有被俘军官亲身经历的事实。只要讲事实,就是解放军期待着的政治宣传。

长春市的国民党当局对这批俘虏军官伤透了脑筋:重新教育一番?不成!"共军"内部官兵平等,国民党军能吗?"共军"宽待俘虏,国民党军敢吗?"共区"展示的民心所向,"国统区"有吗?共产党宣传的那些基于事实的道理,想驳倒,容易吗?放他们回部队?也不成!不说别的,单是"共军"宽待俘虏那一套,要是让官兵们都知道了,以后怎么打仗?杀了他们?更不成!那会激化部队内部矛盾,酿成大祸并给"共军"挑拨离间更多的口实。百般无奈,只好先关着再说。

一个月后,少尉排长赵谦改变了大家的命运。这位国民党中央军校第十九期毕业生是海龙撤退时被俘的。那天,几位军校同学正发着"还不如给共军当俘虏"的牢骚,赵谦突发奇想:"听说陇耀师长仗义疏财,一向维护部属,咱们写封信,求他把咱们保出去怎么样?"

几位同窗连声附和。当天,赵谦起草短信一封,几位同学按通行惯例,合伙凑了一只金镏子,塞给担任看守任务的宪兵,买通他把信捎给陇耀。

几天后,陇耀亲自出面,将其中属于本师的80余名军官全部保了回去并在师部接见了他们:"弟兄们辛苦了!你们失散一年多,我也很惦记你们。回来就好!原来是哪个团的还回哪个团去。职务嘛,被俘前干啥回去还干啥。有啥困难尽管找你们团长。"

被俘军官不但没受到歧视,反而感受到了一丝温暖。

暂编二十一师第一团团长李树民刚从第三团调来,他把本团的军官领回去后,先问赵谦:"你被俘前在哪个连队?什么职务?"

"报告团座,被俘前我在三营七连六〇炮排任少尉排长。"赵谦利利索索地以一个军校生标准的军人姿态,给了团长一个干干脆脆的回答。

李树民把赵谦打量了一番,满意地点了点头:"好!你到一连当中尉排长。"

赵谦愣住了:当了一年的俘虏,反而晋升了一级军衔,是不是听错了?

见赵谦没反应,李树民追问了一句:"有困难吗?"

赵谦回过神来,瞧着同行弟兄们的狼狈相,赶紧禀报:"除了身上穿的,啥都没了。这6月天,身上穿的还是共军发的棉衣。"

"副官,通知军需马上给这些弟兄每人发一条美国军毯、两套军装,再预支点零花钱。"和陇耀一样,别的话,李树民既没说,也没问。

回到连队,没有任何人向赵谦打听或询问共产党那边的情况。原因很简单,暂编二十一师是被歼后重建的,用赵谦的话说:"大家都差不多。"

几乎在释放100多名尉级被俘军官的同时,东北军区政治部副主任周桓亲自安排,还另外专门释放了原第一八四师五五一团团长张秉昌、第一八二师五四四团副团长李峥先、暂编二十一师第三团副团长何尔寿、第一八二师辎重营营长张士勋、第一八二师五四五团第一营营长杨福、团附夏绍文。放他们回去,是明确指示他们做中高级将领的策反工作。这其中,最重要的人物是张秉昌。

张秉昌1929年进入曾泽生任队附的"军官候补生队",与陇耀同学,毕业后分配到卢汉的卫士大队任职,在暂编二十一师当副团长时,经陇耀保举才提拔到第一八四师当团长,属于卢汉"亲信圈"、陇耀"类亲属圈"中的人。

1946年5月24日,第六十军到东北刚一个月,驻守鞍山的第五五一团遭到东北民主联军猛烈进攻,战至26日下午,张秉昌实在招架不住了,遂下令弃守阵地，带着500余人逃出鞍山。

6月下旬，长官部派新一军"收复失地"，命令张秉昌率第一八四师残部参加战斗。出乎预料，民主联军不仅主动放弃鞍山，还将第五五一团被俘官兵两百来人，包括张秉昌的堂弟二营副营长张福林放了回来。

张秉昌心想，现在远离家乡，不管怎么说云南子弟都比外人可靠。于是，安排军官一律官复原职，士兵回原班、排，根据需要还提升了少数官兵的职务。

接着重建第一八四师，原第一八二师副师长陈开文调来当任师长，张秉昌继续担任第五五一团团长。

不久，第五五一团又打了一仗。一个月后，被俘官兵又被放了回来，其中第八连连长王福昌是第二次获释。这一次，张秉昌还是照老办法安置了他们。

一天，张秉昌被叫到师部，他本以为有任务，没想到师长陈开文却告诉他一件犹如晴天霹雳的大事："你那个八连连长王福昌，刚才被我派人抓来毙了！"

"什么？"张秉昌不相信自己的耳朵。

"有人报告，说他在下面公开说共军的好话，被我枪毙了。"

"太过分了！"张秉昌跳了起来，冲着陈开文大发雷霆："你抓我的人，杀我的人，事先也不和我商量。既然你不相信我，我不干了！"

陈开文知道张秉昌的根底，不敢过多得罪，便强忍不满向张秉昌解释："王福昌说共军好话，我不杀一儆百，形成风气怎么办？这么大的事，本来该先告诉你一声，但这事一旦让你知道了，恐怕就下不了手喽！"

1947年5月24日，东北民主联军在刚刚发起的夏季攻势中，以迅雷不及掩耳之势将重建后驻防梅河口的第一八四师包围。战至28日上午，第五五〇团伤亡惨重，副团长张荫义率残部缴械投降；第五五二团团长曾邦本阵亡，所属官兵多数当了俘虏。见败局已定，张秉昌想起了堂弟张福林被民主联军释放回来时说的话："二哥，人家共产党军队真乃仁义之师，对俘虏不打不骂，不侮辱，不搜腰包，生活上给予优待。"此时，张福林的话拨动了张秉昌意识深处的心弦。

中午，陈开文从师部给张秉昌打来电话："共军攻势太猛，我连勤务兵都派出去抵抗了，没人了。我要到你们团部去。"

张秉昌放下电话，把代理第一营营长的团附（团附职务比副团长低）蒋文暴派去接应。蒋文暴只身摸进师指挥所的掩蔽部，一见陈开文就说："师座，共军已经从四处攻上来了，不能再打了！你要是不能走，我背你出去。"

心路沧桑
从国民党六十军到共产党五十军

陈开文刚被接到张秉昌的团指挥所,就冲着张秉昌吼了起来:"快组织力量坚守待援!蒋文暴不可靠,把他枪毙了!"

张秉昌没好气地顶了他一句:"他说不能打是实情,我也不想打了!"说罢,喊了一声:"司号兵,吹号,停止战斗。"

顽固的陈开文被民主联军战士用绳子绑走了。在解放军官教导团,陈开文放弃了敌对立场。第六十军长春起义后,陈开文调到东北军大第十一期第五团任第一营副营长,直接参加了对起义军官的改造工作,为人民做出了贡献。

张秉昌被俘第二天,民主联军用吉普车将张秉昌等人送往通化解放区,途中,正准备在一个小村庄的农舍里吃晚饭,一位衣着朴素、头发略有些灰白的中年军人走了进来。蒋文暴见中年军人十分和气,便悄悄地问身旁押送他们的民主联军干部:"这位长官贵姓?"

"姓萧。"

蒋文暴一愣,又悄悄问道:"是不是萧华长官?"

中年军人听到后,笑着告诉大家:"我也姓萧,但不是萧华,是萧劲光。"

被俘军官感动了:堂堂的东北民主联军副总司令,一点官架子都没有!

几分钟后,萧劲光邀请几位被俘军官共进晚餐。席间,萧劲光说起滇军历史,论及滇军与蒋介石及其嫡系之间的矛盾,谈到第六十军军、师、团主官的简历、思想特点,甚至各自的性格、嗜好。张秉昌越听越惊奇,不由地暗自钦佩起来:"共军"工作太细致了,我们几次吃败仗,甚至当了俘虏,始终没弄清对手的番号和指挥官的姓名,相比之下,我们能不打败仗吗?

听着听着,对方摆开了张秉昌的"龙门阵":"你张团长嘛,从小家境贫寒,15岁从军,多年来一直在云南境内带兵。你有爱国思想和正义感,同我们前世无冤后世无仇,有什么理由刀枪相见呀?六十军到东北打内战,是蒋介石把你们骗来的,逼来的嘛!国民党不得人心,注定要失败。现在,我以朋友身份请你们认清形势,站到人民一边,为解放东北和全中国做些事情。当然,你们眼下的任务是去解放区学习,觉悟提高了,你们会自动提出要求的。"

面对打败自己的中共高级将领给予自己人格的尊重,面对"新朋友"推心置腹寄予的厚望,张秉昌的心灵不能不感受极大的震撼。

在铁厂子解放大队,原张秉昌的勤务兵被留了下来,继续照顾张秉昌的饮食起居并被允许单独外出购买生活用品。张秉昌开始还心安理得,可没多久就发现，解放大队的共产党干部连做煤球一类的劳动都要带头参加，从不特殊。两种军队，两相比较，这见微知著的感受，不能不使张秉昌扪心自问：谁能解救中国的穷苦百姓？谁能使国家富强？

带着这些问题，张秉昌参加了解放大队的学习。除了听课、听报告外，每位被俘军官还得到了《中国革命战争的战略问题》《论持久战》等毛泽东军事著作，以及《中共整风文献》、中共第七次代表大会的政治报告和军事报告等。

转到哈尔滨解放军官教导团后，一天，张秉昌领到毛泽东写的《目前形势和我们的任务》。如饥似渴的张秉昌翻开一看，吃惊不小。他急匆匆地带着小册子去找教导团政委贺群："贺政委，这本小册子上印有贵军的十大军事原则，这可是军事机密呀，怎么能随便发呢？"

见张秉昌质疑，贺群微微一笑，翻开小册子："你看看毛主席是怎么说的。"

一段不同凡响的文字跃入眼帘：

> 我们的战略战术是建立在人民战争这个基础上的，任何反人民的军队都不能利用我们的战略战术。在人民战争基础上，在军队和人民团结一致、指挥员和战斗员团结一致以及瓦解敌军等项原则的基础上，人民解放军建立了自己的强有力的革命的政治工作，这是我们战胜敌人的重大因素。[1]

见张秉昌如堕烟海，贺群索性与他促膝交谈："那咱们就从东北战场讲起。你们六十军到东北不久，我军就重新确立了'让开大路，占领两厢，建立巩固的东北根据地'的指导方针。随后一万干部深入农村，发动群众，野战军抽调三分之一的兵力分散剿匪，创建根据地。从此，战争局势向有利于我的方向发展。这'让开大路，占领两厢'，就是十大军事原则中的第二条原则'先取小城市、中等城市和广大农村，后取大城市'。你想想，国民党能这么干吗？"

"不能。国民党军占一座城市就要留一支部队守备，占一条铁路就要设一串据点，哪里还有兵力去占领乡村？即便有机动兵力，中国乡村那么大，如何占得过来？就算占得过来，他们也不愿去。乡村太穷，没搞头。国民党接收大员来东北，有几个不做着房子、车子、条子、案子、婊子这'五子登科'的美梦？难怪

---

[1] 毛泽东：《目前形势和我们的任务》，《毛泽东选集》合订本，第1192页。

老百姓都骂他们是'劫收大员'。"张秉昌对国民党的腐败太熟悉了。

"共产党为什么要把根子扎在国民党军队不愿去的广大农村?"贺群再问。

"都说共军在农村征兵就像在地上抓一把土一样容易,不像国民党,抓壮丁不用绳子绑不行。"张秉昌的回答依旧直观。

"共产党军队生活苦,装备差,力量又小,为什么在农村征兵扩军反而比国民党军容易?"贺群继续发问。

张秉昌愕然了。

贺群一语中的:"全心全意为劳苦大众谋利益是我党的唯一宗旨,我军的一切军事原则都源于这一宗旨。在中国,占人口绝大多数的是受剥削、受压迫的贫苦农民,我们解决了他们的土地问题,就得到了他们的拥护。问题就这么简单!"

张秉昌若有所悟:"素有'小诸葛'雅号的白崇禧说过:'不怕共军转,就怕共军站!'看来,怕的就是这一条。"

"我再举一例,第四条军事原则'每战集中绝对优势兵力,四面包围,力求全歼,不使漏网',从整个东北战场看,我军并不占优势,但两次围歼你们一八四师时,你们的友军近在咫尺,我们却能在你们重兵集团的鼻子底下形成局部战场的绝对优势,进而全歼你们。你想想,这是为什么?"

"嫡系部队有意保存实力,见死不救!"张秉昌依旧耿耿于怀。

"没错!国民党军队都是军阀的私有财产,嫡系要借刀杀人,杂牌便'服管不服调',大家都打保存实力的小算盘,怎么不打滑头仗?军队的私有化决定了属于不同派系的部队在战场上不可能同心协力。我军在局部战场上每战集中优势兵力各个歼灭敌人的战法,正是利用了国民党军内部这种难以克服的矛盾。"

张秉昌一寻思:是这个理呀!过去战场吃亏,总要怨天尤人,就是没有往"军队私有化"这条根子上想。

"我军就不同,除了劳苦大众的利益,没有别的目标,因此,有着国民党军无法比拟的牺牲精神,因此,我们可以放手发动群众,在幅员广阔的地区纵横驰骋,力求在运动中歼灭敌人。这一切,不是人民军队自然学不去的。"

茅塞顿开的张秉昌服了:"与君一席话,胜读十年书!"

几乎所有的国民党军官在解放战争初期和中期,由于迷信武器装备,特别是迷信美国人的支持,都不相信共产党会取得胜利。一旦看到人民的伟力,张秉昌的思想觉悟就有了根本性的转变,他想到了"立功赎罪",想到了被俘第二天萧劲光将军对自己的殷切期望，于是，他向贺群政委郑重提出："如果贵军相信我，我要求回六十军，劝曾泽生、陇耀、白肇学他们弃暗投明。"

机会终于到了。1948年4月的一天，张秉昌、李峥先等6名第六十军被俘校级军官和两名家属，被东北军区政治部副主任周桓派车接到军区。滇军起义将领张冲、潘朔端，军区联络部的刘浩、陈方、司维等参加了接见。

一见面，周桓先介绍了全国战场形势，接着讲到东北战场："经过1947年夏、秋、冬季三次攻势后，东北国民党军虽然尚有五十余万兵力，但被分割、压缩在长春、沈阳、锦州三块互不相连的地区，我军兵力已超过敌人，东北解放指日可待。六十军的唯一出路就是投向人民。你们几位学习得不错，多次要求参加革命工作。现在，组织上需要派人进入长春做策反工作，你们敢去吗？"

"敢去！"几位军官异口同声。张冲在一旁爽朗地笑了："我早就和周桓同志说了，用不着征求意见，为家乡父老争光，三迤子弟决不会当孬包！"

"好！那就决定了。你们回长春要给亲朋好友多讲讲形势和你们的所见所闻。特别是曾泽生军长，他拖着根大尾巴在云南，拖着根小尾巴在辽西。你们告诉他，不要怕，六十军要是走潘朔端将军的路，蒋介石不会把卢汉怎么样，卢汉已经操纵不了六十军的命运了，蒋介石处理卢汉没借口。蒋介石现在缺兵少将，对杂牌部队依赖越来越大，他若平白无故整卢汉，那么多的杂牌部队会怎么看？不加速分崩离析才怪呢！至于卢浚泉，就更不用考虑了，九十三军远在辽西，六十军和他们根本无法采取一致行动。"

周桓的话，说得张秉昌他们几个频频点头：到底共产党人高瞻远瞩，把曾泽生他们的心都摸透了，一针见血！

作为老长官，张冲对自己的旧属依然保持着昔日坦荡的行伍豪气："我给他们几位都写过信，没有一人给我回话。你们告诉曾军长，这回他要是不行动，我就是进去拉，也要把他拉出来！如果把几万三迤健儿白白丢在东北，全国解放了，我看他怎么向家乡父老交代！"

潘朔端与曾泽生有过金兰之交，他的话似乎有几分沉重："请转告曾军长，全国解放已是大势所趋，云南也不例外，要站高一点，看远一点。"

这样的谈话连续进行了几次。最后一次，周桓叮嘱："你们回去说话一定要慎重。六十军驻防吉林时，我们派去一位原一八四师的副营长，由于说话太直率，在小丰满被他们杀害了。所以，策反工作一定要讲究策略，不管是谁，他态

度不明朗，你们就不能暴露意图。不过，也不要顾虑太多。这一次和前几次不同，战争局势已发生根本转变，曾泽生他们不能不为自己留一条后路，加上你们几个职务都比较高，他们不敢轻易下黑手了。总之，一切都要相机行事。"

几天后，六位军官随刘浩先到九台卡伦，再由东北军区政治部前方办事处干部将他们送至长春外围，然后，进入第一八二师五四六团李增荣营的防区。团长邓应斌得到李增荣的报告后，避开顶头上司白肇学，转报陇耀。由陇耀安排，张秉昌等人换上国民党军服，乘汽车驶入市区，在军部军官大队住了下来。

住下之后，张秉昌、李峥先立即前往暂编二十一师师部。见到陇耀，张秉昌递上刘浩写给陇耀的信，随后探问："陇师长，尊意如何？"

张秉昌与邓应斌、陇耀都是当年军官候补生队的同学，属陇耀"类亲属圈"中的"把兄弟"。陇耀待人豪爽，对"圈"内的人，一向无所避讳："我没什么，这事要曾军长点头才行。这样吧，你们先去见见军长，再相机行事。"

本来，行前周桓曾反复嘱咐，一定要摸清对方的态度，再说有关策反的话。但张秉昌被陇耀的爽快冲昏了头，见面寒暄之后，就直截了当地说："萧劲光、萧华、周桓、刘浩等解放军首长让我们转告军座，东北局势已经明朗，六十军要坚守长春不可能，突围也办不到，唯一的出路就是反蒋起义。请军座明鉴。"

曾泽生一愣，冷冷地回了一句："这边倒倒，那边倒倒，这样的事我搞不来！"说罢起身，让副官送客。

从军部回来后，碰了一鼻子灰的张秉昌老大不高兴："哼！早晚有你曾泽生苦头吃。你不听？我们给下面的弟兄们讲去。"于是，今天拜会某团长，明天看望某营长，后天再去连、排长中去转转。反正没安排职务，不访亲探友干啥？

几十年后，从解放军西藏军区某师师长位置上离休下来的原国民党军暂编二十一师第二团的营长杨树云记得，当年张秉昌和李峥先亲口告诉他："在解放区那边有三大好处：其一，宽大，只要放下武器，一律既往不咎；其二，一视同仁，没有等级压迫，内部关系不像国民党那样钩心斗角，今天你整我，明天我整你；其三，开个条子就可以找到工作，就能生活，不会失业。"

每每回忆到这段往事，杨树云总要开怀大笑。

3 三将军七次密谋倒戈

曾泽生有意冷落了张秉昌、李峥先，但冷落没有持续多久。一天，张秉昌串门回来,李峥先告诉他:"军长派乔副官请我们明天吃饭。"

"不去!要去你们去。萧劲光、萧华他们哪个不比他官大?人家对战俘就像朋友。他倒好,对我们这些流血卖命的弟兄们倒摆起了架子。"

李峥先笑嘻嘻地凑了过来:"嗨!你怎么能跟军长计较呢?他一向办事谨慎,你又不是不知道。作为一军之长,凡事需要照顾的头绪很多,没有十分的把握,他能轻易表态吗?周桓、刘浩再三嘱咐我们要耐心,是有道理的。"

见张秉昌没再反对,李峥先继续劝道:"乔副官说,军长很给了我们点面子。前年10月,在大石桥被俘的杨朝纶带着几百个弟兄逃回来后,受到了蒋介石和长官部的褒扬。可他到了吉林,几次求见,军长就是不理他。对杨朝纶如此,对其他被俘人员就更不用说了。我看,这是个信号,表明军长的态度已经开始转变。"

这一次会面,张秉昌、李峥先事先做好了思想准备:问啥答啥,有啥说啥,适当诉点苦,瞅准时机再绕山转水地劝几句。

也许是曾泽生想补偿点什么,宴会气氛很和谐。"听说,有些人被俘后参加了八路。你们怎么回来了呢?"曾泽生问。

"八路太苦,官兵待遇差不多,没搞头。我们学习也不积极,人家不要我们。"

"都学了些啥?"

"学习共产党的文件,学毛泽东和朱德的文章。相当一部分时间是讲形势,让我们多想一想,现在解放区的解放军官教导团已经有好几个了,每个团几百人或千把人,这么多的被俘国民党军官是从哪里来的呀?为什么越来越多呀?"

这话,曾泽生不愿听,他关心的是将领的处境:"张冲在那里干啥?"

"当松江省副省长。"

"真的假的?"曾泽生一惊。

"我们都见到他了。他用咱们云南的竹烟筒'咕噜咕噜'吸水烟,还递给我们吸呢!他要我们转告军座,共产党得天下已成定局,你若继续为蒋介石卖命,把三迤子弟都丢在东北,将来如何见家乡父老?"

"听说潘朔端被弄到北大荒开荒种地去了?"

"哪儿的事呀!人家潘朔端师长提起来当军长了,在北安训练干部。我们见到潘师长了,他也托我们带话……"

"哼！什么训练干部？一八四师的干部全让共产党编散了！陈开文师长、新五军陈林达军长在解放团的日子过得怎么样呀？"

"副团职以下官佐吃中灶，正团以上的吃小灶。既不挨打，也不挨骂，就是整天学习。"

"我听说，还让他们擦地板、扫茅房（厕所）？"

"有这事。共产党的干部说，要培养劳动观念，改造好逸恶劳的剥削阶级思想。谁都得干，连解放团的八路都不例外。不干，自己都过意不去。陈开文打扫茅房比谁都积极。"

"有没有从解放团逃跑的？"

"有。我们那个团就跑过几个，被儿童团、妇女会抓住后，送回来了。"

"谁抓的？"

"就是娃娃、妇女。在解放区，共产党连娃娃和妇女都组织起来了，到处站岗、放哨，很负责任。"

"抓回去杀了？"

"没有。"

"打了一顿？"

"也没有。就开了个大会，认认错，检讨检讨，然后回到原来的班组，继续参加学习。"

一桌人边吃边说，谈着谈着，就扯到了曾泽生的两根"尾巴"的话题上来了。当张秉昌、李峥先一五一十地转达了周桓对曾泽生的分析和期待后，曾泽生诧异了："我和卢浚泉十九年前在军官候补生队的情况，他们怎么知道？"

曾泽生一惊一诧，把被俘军官全逗笑了："咱们六十军营以上干部情况，包括你在黄埔军校当过区队长，人家一清二楚。"

曾泽生与陇耀不同。

自海龙败师后，陇耀十分留心了解共产党的主张、政策，解放军每次释俘，他都要找机会问问情况，有时还弄几本书看看。张秉昌他们回来后，陇耀不止一次请他们吃饭，自然，也提问了一些自己关心的问题。陇耀提问不像曾泽生，提问之后，他只听，从不评价共产党好坏，也没有那么多诧异。只是私下才告诉张秉昌："我早就打算唾弃蒋介石这条恶棍了！放心，兄弟我一定找机会向老曾进言，说服他抛开一切顾虑，弃暗投明！"

曾泽生是在国民党官场钩心斗角尔虞我诈的"夹缝"里苦熬出来的，在军内外和上下级之间，他身受多重制约，不能不顾忌四周的耳目，也不得不随时随地一丝不苟地以"正统"观念严格规范自己的一言一行、一举一动。

在海龙，陇耀曾拿着萧华的信探问过曾泽生，被曾泽生以"不要听他那一套"的话堵了回去。

在长春，李佐曾告诉曾泽生："在吉林团山子作战受重伤被俘的李仲文连长被放回来后，说共产党不像我们宣传的那样，人家纪律很好，很得民心！"

曾泽生听完立即交代："你叫李仲文来见我。"

李仲文见了曾泽生后，就被关进了"青训队"。

面对如此一本正经效忠"党国"的军长，谁敢多言？

张秉昌等人回长春之后，曾泽生改变了不见被俘军官的态度，也渐渐开始了解以往不敢过问的事情。而这所见所闻，正悄悄地改变曾泽生的人生走向。

推动曾泽生态度转变最根本的因素，是东北战场的形势。1948年9月12日，辽沈战役在北宁路打响，一场决定东北命运的大决战，将一个紧悬着数万人命运的题目，不由分说地摆在了曾泽生军长的面前：第六十军何去何从？

9月22日夜，在中长铁路局理事会大楼第六十军军部的军长办公室里，焦灼多日的曾泽生拿起电话机，接通了第一八二师师部："白师长吗？你马上到我这来，10点钟一定要到！"接着又给陇耀师长挂去了同样的电话。

10点钟，两位师长准时赶到。"军座，有情况？"陇耀进门就问。

曾泽生摇了摇头，指了指沙发，示意两位请坐。

"跟新七军又发生冲突了？"白肇学见曾泽生双眉紧锁，关切地问。

"什么也不是。找你们来，是想随便谈谈。"曾泽生回答道。

两位师长茫然了：这都入夜了，把我们喊来，就为了"随便谈谈"？

沉默、揣摩、思索、期待，构成了一段难熬的寂静。终于白肇学按捺不住了："军座，我们共患难多年，平日推心置腹，难道今天还有什么不好讲的吗？"

"不是顾虑。这几天我想得太多了。锦州战端一开，咱们六十军的前途就到了最后关头。请你们来，就是商议一下该怎么办？"曾泽生挑开了话题。

"现在还能有什么别的办法？你若舍不得你的位置，就坐小飞机走，部队我们会找出路！"陇耀对曾泽生吞吞吐吐始终拿不出决心，很不满意，都什么时候了，还婆婆妈妈的！

曾泽生闻言失色，但很快克制了不快："别激动，有话好好说，讲你的办法。"

"反蒋起义！"陇耀斩钉截铁。

"放下武器，解甲归田。"白肇学神情沮丧。

"什么？带着几万人马去投降？让弟兄们当俘虏？不行！我们六十军这些年来受蒋介石嫡系的气太多了。分割、监视、排挤、歧视，装备差，待遇低，送死打头阵，撤退当掩护，赏是他们领，过是我们背。这样的窝囊气早就受够了！我们要发表讨蒋起义宣言，以雪五华山之仇！"陇耀"义"字当先，越说越气。

"光宗（陇耀的字）老弟，别太天真了！你我手上都有共产党的鲜血，投奔共产党就那么容易？说不定哪一天，脸也丢了，命也没了！"白肇学顾虑重重。

"共产党有'既往不咎'的政策。"陇耀试图化解白肇学的顾虑。

"你就那么相信共产党的宣传？退一步说，就算共产党不杀你我的头，他们能让我们继续带兵吗？别忘了，共产党要兵不要官。"白肇学反唇相讥。

双方针尖麦芒，各执己见，争辩一直持续到凌晨3点钟。

曾泽生怕再争下去伤了和气，便劝止双方："事关重大，大家回去再想想，今天决定不下来，我们改日计议。"

白肇学的思想，在国民党官佐中是很有代表性的。

白肇学小曾泽生一岁，却有着与曾泽生不相上下的资历，1925年他就当上了黄埔军校第四期入伍生队第一团一营二连的排长，随后迅速升迁，到1927年5月，白肇学升任第六期入伍生队第一营营长。在黄埔军校，白肇学是右派的骨干，1927年蒋介石发动"四一二政变"，他毫不犹豫地亲自布置全营大搜捕，将共产党员和进步青年70余人投入监狱。1934年秋，蒋介石第五次围剿江西苏区时，他带兵在赣南寻乌一带与红军作战，屠杀过苏区群众。1937年，白肇学从滇系老三军调入第六十军后，特别是在东北战场，为了"党国的利益"，也为了来之不易的高官厚禄，他虐杀过解放军战俘，处死过"叛变"的官兵。

除了这些历史，还有更深刻的利益原因。受儒家"天下主义"的影响，白肇学少年时代曾确立"报国救民，御侮安邦"的人生抱负，成年后，养成了不赌博、不沾烟酒、不近女色的"道学遗风"，但是，正如儒家"大同"理想在私有制下不可能真正实现一样，出身地主家庭得到高官厚禄的白肇学，置身等级森严腐败透顶的旧军队，不可避免地沾染上慕名位、贪钱财、爱享受的利益追求和生活习惯，也自然而然地将自己的既得利益与现存社会制度紧密地联系起来。白肇学吃空饷是出了名的。在内部，他公开吃各团的空额，尤以吃他的老底子第五四五团最多。第一八二师是白肇学的天下，谁敢说二话？

在国民党军队，对白肇学还有更诱人的东西。第二次重建的第一八四师被调往辽西后，东北"剿总"曾考虑以该师为骨干，再编入一部分保安部队，扩编为一个军。当时，"剿总"副司令官兼第六兵团司令官孙渡曾保荐白肇学出任军长。

丰厚的既得利益奠定了白肇学阶级立场的物质基础，也凝固了他的政治观念。他怕"共产"，更怕当"穷八路"。白肇学不否认国民党腐败，但他更不愿意共产党取而代之。他幻想能有第三种政治势力，既能保住将佐的财产，又能实现"清明政治"。因此，对共产党的政策主张，出于一种本能的抗拒，白肇学常常戴上有色眼镜去辨析其耀眼的光泽，并且以"共产党的把戏我最清楚"自诩。

一年前，当共产党大批释放战俘时，白肇学自告奋勇，把一二百名被俘军官领到吉林北山的"陆军第六十军出关绥靖阵亡将士公墓"，慷慨陈词：共产党说只有他们才能救中国。靠什么救？靠阶级斗争？在场的多数都是农家子弟，也走南闯北去过不少地方。中国的国情你们都知道，真正的大地主虽然各地都有，但土地占有总量并不多，没收他们的土地解决不了什么问题。在中国，为数众多的土地占有者是中、小地主，他们的土地多数是几代人积蓄的钱购置的。你们当中不少人当上军官以后，家里不是也逐渐置了几亩地吗？哪来的钱？还不是弟兄们枪林弹雨中用血汗换来的？共产党搞阶级斗争弄得这些人家破人亡，太残酷了！内乱一起，外患纷至，列强就来欺负我们。所以，共产党在窝子里搞阶级斗争，是国家的心腹大患，蒋委员长提出"戡乱救国"，就是这个道理！

在曾泽生之后，白肇学也宴请过张秉昌、李峥先他们，就态度而言，白肇学比曾泽生更糟糕。张秉昌、李峥先等人的话他不但不听，反而还滔滔不绝地向他人灌输："八路耍的花招还不是为了骗人？什么'不拿群众一针一线'，他拿西北风养活军队？蒋介石独裁？共产党实行集权主义更独裁！"

张秉昌等见状不敢多说，只好恭维几句："师座高见，师座高见！"打几个"哈哈"，把场面应付过去了事。

白肇学在走投无路时还不愿起义，"面子"也是一层因素。

中国人生而处于复杂的伦理义务网络中。在旧军队，这个伦理义务就是对上尽忠，对下、对左右仗义。唯其如此，才能获取标志社会地位、社会形象和社

会价值的"面子"。"面子"至高无上,争"面子"就是争高低、争自尊,有时甚至可以超越争生存。当曾泽生、陇耀提出反蒋起义时,和许多国民党军官一样,白肇学不能不想到:背叛我们往日誓死效忠的"党国",掉转枪口对准昔日生死相依的袍泽故旧,来日在他人跟前,我的脸面往哪搁?

曾泽生凡事不轻易表态,一旦决定,就有一种坚持不懈、百折不挠的韧性。

两位师长走后,曾泽生在床上辗转反侧,久久不能入眠。身为军长,虽统辖三个师,但信得过的只有两个师,这其中暂编二十一师是被歼后重建的,战斗力较差,要反蒋起义,没有第一八二师这个主力师是不行的。可是,又怎么说服白肇学呢?曾泽生一直想到天亮。

清晨,曾泽生坐上汽车直奔白肇学住处。疲惫地斜倚在沙发上的白肇学,像害了一场大病。他告诉曾泽生:"昨夜回来,一直睁着眼,想到天亮。"

曾泽生关切地问道:"想得怎么样了?"

"放下武器是打不赢了。打不赢共军的,又不仅仅是我们六十军,蒋介石的五大主力哪个没败在共军的手下?可起义就是叛变呀!下半辈子若背上附逆这样的罪名,活着还有啥意思?我不是铁石心肠,这心早已伤透了。我决心不干军队了。"白肇学很苦恼地为自己的主张申辩。

曾泽生绕过话题问道:"你记不记得咱们《六十军军歌》的第一句歌词?"

"记得,'我们来自云南起义伟大的地方'。"白肇学不假思索地回答。

曾泽生再问:"我们滇军有过反清重九起义和反袁护国起义的历史,你们一八二师的前身经历过。你听没听说有谁指责过这段历史?"

"没有哇!那是受人尊敬的历史。"白肇学眼睛一亮,似乎感觉到了什么。

曾泽生接着又问:"你看,当今的蒋介石比袁世凯如何?"

"更坏!"

曾泽生这才端出结论:"既然如此,对蒋氏王朝,我们还有什么忠义而言?"

白肇学哑然了,沉默了一阵子,长长叹了一口气:"唉!我少年从戎,本想报国救民,御侮安邦,没料到,几十年来都是自相残杀。如今,共产党把我们当成内战的罪人了。"

曾泽生听出来了,白肇学还在担心共产党"既往不咎"的承诺不算数。于是,继续劝解:"不瞒你说,这些日子,我脑袋里整天盘旋着六十军的三条出路:死守?结果是城破被歼。突围?必然于途中被歼。只剩起义一条路了。和你一样，对这条路走不走，怎么走，我也曾顾虑重重。你想的问题我都想过，想这些问题很痛苦。张秉昌、李峥先他们带回了潘朔端的话，劝我们站高一点，看远一点，并非没有道理。这天下早晚是共产党的，我们不仅是给自己找出路，也是为数万家乡子弟找出路。退一步说，就算共产党过河拆桥，算我们的旧账，只要我们带出来的弟兄们有了出路，我们即便一死，也瞑目了！"

曾泽生说到这里，动了真情，两行热泪滚出了眼眶。

泪水顺着曾泽生微微颤抖的脸颊，滴到了白肇学的心头上，溶解了他那僵化了的念头。白肇学猛然站了起来，含着热泪紧紧握住了曾泽生的双手："军长，我听你的，反蒋起义！"

曾泽生以"舍一己以全三军"的道义追求说服了白肇学，不知不觉地开始了旧有"忠义"观念的升华。尽管这种升华是初步的、朦胧的、不自觉的，但它毕竟把数万官兵领入一个历史发展必然呈现的崭新境界。白肇学起义后被任命为解放军的师长，1952年转业后任云南省人民政府参事室参事、省政协委员，直至1971年在昆明病逝，这段历史都是白肇学人生的骄傲。

按道理，曾泽生、白肇学、陇耀对反蒋起义统一认识后，就应该尽快付诸行动，以防夜长梦多。但是，从第一次密谋算起，整整过了22天，三位将军才向解放军派出联络起义的代表。

这，又是个未解之谜。说起来还真令人难以置信，力主暂缓起义的，是当初起义态度最为坚决的陇耀。

打通白肇学的思想后，三位将军于9月26日、30日又举行了两次秘密会商。作为重感情讲义气的彝族汉子，陇耀身处北国，却心悬着万里之遥昆明城里的恩主卢汉，那是第六十军的缔造者，是数万云南子弟家乡的守护神，是众将领恩重如山的老长官，也是自己至死难忘的救命恩人。陇耀提醒曾泽生："咱们六十军一旦起义，蒋介石很可能采取措施，把卢主席赶下台。倘若换上李宗黄一类的蒋氏亲信爪牙，又要蹂躏你我的故里桑梓。公情私谊，于心不安啊！"

受陇耀启示，白肇学从另一角度陈述了自己的顾虑："一八四师海城起义后，主要将领的眷属均受牵连，财产也没收了。现在军座的家眷在北平，其他人的家眷在沈阳、云南。我们一旦举事，家眷肯定遭殃，财产不没收也得查封。"

接着，大家你一言我一语又摆了一大堆起义要面临的难题：

新七军兵力数量、武器装备都占优势，他们阻挠起义怎么办？

暂编五十二师虽然已正式划归本军建制，但他们的将领都来自嫡系部队，从不让我们过问其内部事务，反蒋起义他们能干吗？

多年来，我们一直向部属灌输反共思想，强调军人气节。如今，突然来个一百八十度大转弯，各级官佐能接受吗？就算能接受，也需要一个酝酿过程呀！

这几年，杜聿明、陈诚等多次以"关心六十军建设"为借口，先后从各嫡系部队派来100多名下级军官，安插到各基层单位，这些人捣乱怎么办？

全军上下有一个政工系统，其使命有特务性质，军政工处处长姜弼武一向爱吹他与军统特务头子戴笠等人的交往，他们中有人向特务机关告密怎么办？

军参谋长徐树民也是从外面调来的，属于孙渡系统的人，曾怂恿曾军长"走陈诚路线"向蒋介石靠拢。陈诚被免职调走后，又劝曾军长通过暂编五十二师师长李嵩"走俞济时路线"，想利用往日蒋介石侍卫长的关系挤上蒋介石的贼船。此人一直盯着副军长的位置，若告密成功，岂不一步登天？

难题多着呢！

曾泽生一向办事谨慎，他征求两位师长的意见："你们看该怎么办？"

"看辽西决战。现在老蒋坐镇葫芦岛，调集华北傅作义和沈阳廖耀湘的重兵，配合锦州十万守军，试图东西对进，中心开花，夹击乃至于消灭东北共军主力。我主张，如果辽西决战共军失利，我们就暂缓起义，反之立即起义。唯有如此，上对得起卢主席，下对得起数万家乡子弟。"陇耀的算盘始终都要为卢汉打。

白肇学点了点头："对，对，对！选择起义的时机很重要，选好了，可以减少阻力，避免内讧，防止流血。"

曾泽生同意暂缓起义。万万没想到，这一缓，竟然缓出了后来解放军部分高级将领高低不相信曾泽生会反蒋起义的一个重要理由。

10月3日，郑洞国奉蒋介石指令亲自指挥新七军的两个团，在猛烈炮火支援下，向长春西南方向做试探性突围。打了两天一夜，都让解放军挡了回去。次日下午，郑洞国将曾泽生召到兵团部，要第六十军抽一个团配合新七军出击。

这正是曾泽生最不愿意做的，于是，极力推脱："目前士气低落，城外共军围得又紧，根本突不出去，出击只能徒增伤亡。"

郑洞国听了不以为然，反问："难道我们就坐以待毙？"

此时的曾泽生，一方面想推脱出击任务，另一方面也想试探一下郑洞国的态度，便悲观地强调："反正我们六十军没有希望！"

郑洞国属于那种对上比较忠诚、对下比较忠厚的国民党将领,他知道曾泽生叫苦是事实,没反驳,但又觉得军人的职责就是服从命令,效命沙场,别无选择,于是强调:"谋事在人,成事在天。你我身为党国军人,理当尽心竭力!"

因为有自私、褊狭、霸道的前任长官梁华盛作参照,曾泽生对颇为厚道的现任长官有一份知恩图报的感情。第六十军若单独起义,必将郑洞国置于死地,曾泽生于心不忍。为了寻求解脱,也为了尽量避免火并,曾泽生想拉郑洞国入伙儿,让这位嫡系将领执掌义旗。但是,郑洞国坚决要求出击的态度,绝了曾泽生一厢情愿的念头。

曾泽生勉强受命而返。回到军部,急忙找两位师长第五次密商:"我们已经决定起义了,再与八路交火实属不当。事到如今,军情紧急,你们看怎么办?"

"怎么办?现在动员起义也来不及啦!与八路尚未联系,在中、下级军官中的酝酿也不成熟,对新七军的情况还没进行详密的调查,暂编五十二师的态度不明,好多准备工作还没做呢!"心直口快的陇耀摆出了一大堆马上起义的困难。

"是啊!仓促起义,恐出意外,还是先敷衍一下吧!"白肇学也无可奈何。

商议结果,派第五四五团协助新七军敷衍出击。

偏偏第五四五团团长朱光云在4个多月前已经秘密接受共产党的领导,他更不想"打八路"。受领任务后,朱光云和地下党员赵国璋副团长把情况一分析,真有点哑巴吃黄连的味道:这次试探性突围,郑洞国、曾泽生、白肇学都要亲临团指挥所督战,非打不可!

但进一步分析,他们又意识到:目前,全军编制较完整、战斗力较强的,就数得上我们五四五团了。主力团要是吃了败仗,对全军都会造成心理上的压力。

出击第一天,朱光云和赵国璋极力延误时间,仅以配属本团的美式4.2英寸化学迫击炮实施无目标射击,部队则与解放军对峙。郑洞国、曾泽生几次电话追问战斗进展,朱光云都连连叫苦:"共军工事、火力太强,无法推进!"

时近黄昏,白肇学打来电话,告诉朱光云:"打了那么多的炮弹,要是还打不下来谭家营子,对上级就不好交代了!"

朱光云无奈,只好只派步兵第三连发动一次冲锋,结果伤亡10余人,被打了回来。攻击受挫后,朱光云抓起电话立即向白肇学报告:"共军工事坚固,火力密集,我团第一营进攻再次受挫,伤亡两百多人。"然后,继续叫苦:"师座,现在官兵体力这么差,即使把全团拼光了,也达不到目的。"

第二天一大早，军长曾泽生、师长白肇学、副师长李佐陪同郑洞国亲临第五四五团指挥所督战。一阵猛烈的炮击之后，李佐爬上房顶一看，任凭冲锋号吹得震天响，士兵们趴在地上就是不动。从房顶上下来，李佐悄悄告诉白肇学："士兵都趴在地上睡大觉，根本不给你冲锋，这仗不能再打啦！"

朱光云也趁机进言："官兵在半饥饿中挣扎了半年多，许多弟兄两腿甚至全身浮肿，军心可虑！好多士兵身上不仅藏有八路油印的传单，还保存了'蒋军投诚官兵通行证'。眼下，无论守还是走都不容乐观，请军座、师座三思。"

这次督战，白肇学就坐在电话机旁，哪里都不去，一句话也不多说。曾泽生则利用新七军军长李鸿陪同郑洞国前来查看战斗进展的机会，摸了新七军的底。

一次，与李鸿单独相处，曾泽生装作很愁苦的样子，探问李鸿："目前，我军士气低落，兵无斗志。贵军如何？"

说到士气，李鸿实言相告："士气低落，大概皆相同。"

曾泽生再问："你看，我们能守下去吗？"

李鸿更是愁苦："困难太多！"

曾泽生继续探问："突围，我们六十军是没希望了，你们还可以。"

见李鸿摇头，曾泽生看出李鸿对突围也信心不足，但到什么程度还不清楚。新七军的主力是新三十八师，曾出国参加过远征军对日军作战，战斗力最强，暂编六十一师是保安支队改编的，战斗力其次，由伪满部队改编的暂编五十六师战斗力最差。曾泽生索性从最差的师问起："暂编五十六师能不能突出去？"

没想到，不问则已，一问问出了李鸿一肚子忧愁："暂编五十六师？不行，不行！连暂编六十一师、新三十八师都靠不住。现在师长有师长的算盘，士兵有士兵的想法，简直是离心离德！眼下是圈在城里还能守着，出去就散了！"

曾泽生心里有底了：新七军上上下下已经颓丧不振，很难阻止六十军起义。

10月7日，在曾泽生和李鸿的一致要求下，郑洞国只好下令停止突围行动。

然而，曾泽生被揪紧的心依然放不下来。一连几日，蒋介石从南京派来的视察员李克庭、中统局长春区区长张恩明、军统局北满站站长项乃光、长春警备司令部督察处处长张国卿一帮特务头子，接二连三地来第六十军"征询对军事形势的判断"，"了解官兵的士气"。

来者不善，不能不防。曾泽生意识到：起义，不能再拖下去了。

推动曾泽生把起义决心付诸行动的，还是东北战场的形势。

辽沈战役打响后，为了稳住滇军，蒋介石为第九十三军暂编第十八、暂编第二十、暂编第二十二师分别授予第二六三、第二六四、第二六六师，为第六十军暂编第二十一、暂编第五十二师分别授予第二六五、第二八六师之正式番号，但其诱惑力已经大打折扣了。

东北解放军主力很快切断了锦州之敌的陆路交通，完成了战役分割。接着清扫外围据点。10月1日，攻占了第九十三军之暂编二十师防守的义县。

由于国民党当局封锁消息，曾泽生得知暂编二十师被歼、师长王世高被俘的消息，已晚了几日，但还是受到很大震动。那天，他一改往日矜持，破口大骂蒋介石："哼！今天要我们坚守待援，明天要我们坚守待援，援去援来连个鬼影子都没见到。下一步就轮到我们完蛋！再也不能相信他的鬼话了！"

动了真气的曾泽生把这些年请人装裱并精心保存的几封蒋介石亲笔信，从樟木箱子里全部翻出来，三把两把撕得粉碎，狠狠丢进纸篓。对蒋介石彻底绝望了的曾泽生，再也容不得蒋介石了。

形势，也容不得曾泽生再拖延起义了。

10月8日晚，曾泽生约白肇学、陇耀在铁路宾馆进行第六次密商，决定：分别对新七军各师、团情况进行调查，制定防范新七军阻挠起义的对策；考察暂编五十二师主官可能的态度，若争取不成，则采取断然措施；逐一征询第一八二师和暂编二十一师各团团长的意见。上述工作于10月9日开始，限四天完成。

鉴于对新七军和对暂编五十二师的摸底未发现异常，本军各团长均赞同起义，10月13日22时，曾泽生、白肇学、陇耀举行了最后一次密商。这一次，三位将领的意见极为一致：起义条件已完全成熟，发动起义刻不容缓！

经过周密研究，起义决定正式形成：一、向解放军联络起义的信由白肇学主笔，三人签名后，派张秉昌、李峥先送给解放军；二、接洽妥当后，预定16日夜在全军（不含暂编五十二师）动员起义并立即向新七军布防，但决不先开第一枪；三、布防完毕，对新七军将领分别致函，劝其共襄义举或不以武力干预本军行动，对士兵用喊话方式说明本军意志；四、先行扣押暂编五十二师的师、团长，然后挟持该师就范，并以第一八二师和暂编二十一师各一个营向该师布防；五、派出纠察队维持市区治安；六、安置好伤病员和后方人员。

10月14日清早，陇耀派了一辆欧式双座马车把张秉昌、李峥先接去，屏退左右后，郑重告之："军长、白师长和我商量好了，决定反蒋起义，准备派你俩

做全权代表,敢不敢去?"

"嗨!那咋不敢去呀?"两人既高兴,又暗自好笑:我们回来就是做这个买卖的,还有啥敢不敢的?

陇耀把联络起义的联名信交给张秉昌:"敢去就好。你们办好事情,速去速回,不能有辱军命!"

"有条件吗?"李峥先觉得起义不会这么简单。

"没条件。"话一脱口,陇耀似乎又想起了什么:"要说条件嘛,起义后,不要把部队编散了。除此之外,后勤补给,他们不会不给的。"

吃过早饭,陇耀又叮嘱了一番:"你们换好便衣,立即出发,从李家桢团的防区出城,我在电话上和他们已经讲好了。别人问起,就说去沈阳。"

将二人送上车后,陇耀双手抱拳胸前一举:"事关重大,拜托了!"

张秉昌、李峥先从李家桢团骆士奇营前沿步哨线出去后,进入解放军的前沿阵地。一见解放军,张秉昌即按刘浩事先规定的联络办法告诉他们:"我们从长春出来,有任务要到东北军区政治部前方办事处,请帮助解决交通工具。"

一个多小时后,一位解放军干部带着一辆胶轮马车把张秉昌、李峥先送到了前方办事处设在穷岗子的敌工站。二人将曾泽生等人的联名信交给了前方办事处敌工科科长李竞,而后被带下去休息。

接下来,是整整一天难熬的等候。

4 毛泽东急电为曾军长解围

原中国人民解放军总政治部主任萧华上将曾评价长春起义:

长春市兵不血刃地和平解放,开创了在解放战争中迫敌整军起义,实现大城市和平解放的光辉战例。这次起义对于进一步瓦解蒋军,解放沈阳,夺取辽沈战役的全面胜利,进而加速解放战争在全国胜利的进程,都具有极其重要的历史意义。

谁能想到,这意义重大震惊全国的义举,当年差点因解放军有关将领拒绝接受,在张秉昌、李峥先难熬的一天中死于胎腹。

据李竞的日记记载，10月15日凌晨3点，熟睡中的李竞被人喊醒，告之独立第九师送来两个"关系客人"，要马上见东北军区政治部前方办事处负责人。李竞一看，原来是张秉昌和李峥先，便迫不及待地问："城里的情况怎么样？"

张秉昌、李峥先争着告诉李竞："事情成功了，六十军全体起义。曾军长派我俩当全权代表，带来了曾军长、陇师长、白师长三人亲笔签名的联络信。"

曾泽生、白肇学、陇耀的联名信，在表明起义态度的同时，提出了请求答复的事项：一、暂编二十一师开到拉拉屯、石碑岭地区集结待命；二、一八二师开到兴隆山附近集结待命；三、暂编五十二师开到二道河子待命；四、军、师佐属及伤病员原地待命；五、各师开到以上地区后，听从对方指示行动；六、行动时间和联络记号由对方决定；七、部队起义后要求保留建制，不要编散；八、官兵愿意回云南的发给路费，资送回籍；九、部队行动后即发给全军过冬的服装；十、留守伤病员及家属请予保护；十一、行动之前请绝对保密。

李竞接过联名信马上抄了一份，附上说明，凌晨3点30分，叫两名骑兵通信员送往兵团部。天亮后，李竞又派了两名骑兵通信员，把联名信原件送往兵团政治部联络部。

兵团政治部联络部部长由刘浩兼任。据刘浩回忆，他接到联名信后，立即转送兵团副政委兼政治部主任唐天际。唐天际看完信，派人把兵团副参谋长潘朔端找来，问道："你们怎么看？"

"六十军与蒋介石及其嫡系矛盾一直比较深，利用这些矛盾，我党对六十军做了长期的争取工作。去年6月我在吉林市会见了陇耀。他表示，待时机成熟，愿与我们联络起义。从目前整个战场局势和长春守军的处境看，我认为，六十军起义是瓜熟蒂落，水到渠成。我们应该马上接谈，必要时，我可以进长春。"刘浩很有把握地回答。

潘朔端调该兵团任副参谋长后，在政治部同刘浩一起做策反工作。他接过联名信仔细辨认后告诉唐天际："签名是曾泽生、白肇学、陇耀的亲笔，信是白肇学写的，我完全同意刘浩同志的看法，不会有假。"

唐天际点了点头："你们的分析我都同意，但如何处理，要与司令部电话联系了再定。"

不料，电话联系后，唐天际告诉刘浩和潘朔端："他们认为六十军是假起义，真突围，曾泽生写信耍滑头，意在麻痹我军！"

刘浩、潘朔端顿时惊呆了。

唐天际接着解释:"司令部刚刚得到情报,长春守敌根据蒋介石的电令,准备趁我军主力南下北宁线之际,倾巢向沈阳、营口方向突围。曾泽生等人在联名信中提出六十军起义后集结待命的地域,恰恰是我军长春以东前沿主阵地。另外六十军参加了前几天未遂的突围行动,炮火相当猛烈。"

"唐副政委,是不是再打个电话,详细介绍一下近两年我们对六十军的策反工作,以及我们的判断?"刘浩心急火燎地问。

唐天际也意识到事态的严重性和紧迫性,冷静吩咐:"事态发展到这个地步,我已经很难说服他们。这样,你俩坐车到司令部去,当面向他们详细汇报。"

刘浩点了点头。

潘朔端却提出了疑问:"要是他们还坚持原来的意见怎么办?"久历戎行的潘朔端意识到,在战场上,要改变指挥员的判断和决心,并非易事。

唐天际又沉思了片刻,提议:"刘浩同志,你不是兼任东北军区政治部前方办事处处长吗?就以这个身份直接向东北局和东北军区报告六十军要求起义的情况,以及兵团司令部和政治部在判断上的分歧。"

刘浩奋笔疾书了紧急报告,郑重提出:"请批准我进入长春,即使牺牲生命,也要完成党交给的任务。"附上联名信抄件,派人搭乘火车,送往哈尔滨。

信送走后,当日17时,刘浩和潘朔端驱车赶往兵团司令部。到达时已是深夜,一位参谋告诉他们:司令部正在研究部署围堵长春守军突围的作战行动。目前,长春的战场态势十分严峻,辽沈战役开始时,根据中央军委"置长(春)沈(阳)两敌于不顾"的电报指示,我军主力全部拉到锦州一带,故执行围困长春任务的一线部队只剩下刚由三个独立师升级组建的第十二纵队和独立第六、第七、第八、第九、第十、第十一师。围城和守城的兵力大体相当,都是十万。半个多月前,为确保战役第一阶段顺利攻克锦州,总部调第十二纵队南下,第六纵队所属第十七师参加锦州攻坚战,第十六、十八师进至开原、通江口一线,担负机动作战任务,故一线围城兵力只剩下六个独立师。一周前,当发现长春守军已有突围动向后,总部急调第六纵队(欠第十七师)等部东返,加入准备堵截长春突围之敌的战斗序列。鉴于兵力不足,兵团首长已决定将部分围城部队撤至烟筒山、四平一线,采取运动防御,层层侧击、堵截突围之敌。

刘浩、潘朔端见状未敢打断这火烧眉毛的作战会议,一直耐心等到会议结束，才走进会议室，将联名信呈交兵团首长。

刘浩、潘朔端担心的事还是发生了。一位副司令员看完信，恼怒地将信甩到地上："骗人！连章都不盖，对新七军的态度一句也不讲，谁信？兴隆山、拉拉屯、石碑岭是我们的前沿主阵地，让他们开上去，不放一枪就占领，然后突围？没那么容易！不理他们！"

刘浩捡起信，递给萧劲光，一束强烈的期待目光也随之投了过去。

萧劲光早年与周恩来、邓小平等一起留学法国勤工俭学，北伐时期担任国民革命军第二军第六师中将党代表兼政治部主任，红军时期做过国民党第二十六路军起义后的改造工作，政治斗争经验极为丰富。他摆了摆手，示意大家都坐下来，耐心听取刘浩的详细汇报。

刘浩说完，潘朔端补充："我辨认过联名信，签名确系曾泽生、白肇学、陇耀的亲笔。按照国民党军队的习惯，亲笔文书大多是不盖章的。我同意刘浩同志的分析，六十军起义的可能性极大。如有必要，我也愿意进城执行谈判任务。"

萧劲光听完汇报，冷静地表明了自己的态度："我同意刘浩和潘朔端两位同志的意见。从战场形势看，六十军欲求生存，除起义外，别无出路。我们大家可以想一想，六十军若真的起义，不仅对解放长春有决定性的意义，还将加速东北解放的战争进程。我们不应放弃任何一次机会。退一步说，就算曾泽生要滑头，寻机突围，也没什么了不起的，大不了多打几仗。锦州已被我军攻克，战争的主动权已经掌握在我们手里了嘛！"

听了萧劲光简明透彻的分析，一位将领率先表态："同意。六十军若真起义，就叫他们配合我们消灭新七军。"众将领一致赞同。

萧劲光当即决定：派兵团参谋长解方与曾泽生的联络员接谈起义事项，同时将曾泽生联络起义情况和兵团的处置意见，报告东北局及东北解放军总部。

几十年后，当第六十军起义官兵得知这小小的历史插曲时，无不对萧劲光将军高屋建瓴的分析判断抱有一份景仰，无不对他优容果断的大将风范怀有一种感佩。一位起义将领告诉晚辈：六十军此时虽已走投无路，但由于内部封建关系比较紧密，官兵服从性强，官佐中又不乏一批忠义之士、亡命之徒，一旦官长号令云南子弟抱成一团，殊死相争，虽然必败无疑，但仍有一拼。如果走上这一条路，数万官兵在历史大潮下将是另一番命运了。

10月16日早上，解方、潘朔端、刘浩乘车来到穷岗子。解方先向张秉昌、

李峥先表明欢迎第六十军起义的态度，指明在当前战场形势下这是唯一出路，然后话题一转："曾军长要战场起义，提条件了没有？"

李峥先抢先回答："就说起义后不要把部队编散了。"

"新七军怎么办？"

"没说。"

"长春的老百姓怎么办？"

"没说。"

"治安呢？仓库物资呢？乱起来怎么办？"

解方一连提了好几个问题，两位代表都没答上来。也难怪，他俩回长春后没再任职，七次密商又都没参加，哪能知道内情？

解方见状不再追问，直截了当地提出了解放军方面的要求："请转告曾军长，我们非常欢迎六十军起义，但起义后部队的集结地域和行动路线应由我军规定。如果是假起义真突围，我军会采取坚决行动彻底消灭你们！为了表明你们的起义态度，我们要求六十军沿中山路对新七军布防，然后，配合解放军消灭他们。还要先行扣押特务和反动分子，强制暂编五十二师随军起义。社会治安、物资仓库、重要设施、老百姓的生命财产都要考虑好。另外还要重派职务高一些的正式代表出城谈判，并且把蒋军的全部行动计划告诉我们。"

解方说一句，张秉昌答一句："回去传达。"

说到最后，李峥先耐不住性子了："曾军长是真心起义，让我们全权代表，队伍拉出城就算了呗！"

一句不耐烦的话把大家全逗笑了。刘浩边笑边解释："你们两位是我们派去做策反工作的，回去后又没任职，怎么能代表六十军呢？"

没办法，二位代表只好原路返城复命。

张秉昌、李峥先出城前，陇耀曾约定15日早上务必返回，可是，一直等到16日中午，还没见到两人的影子。曾泽生心里焦灼不安：是他俩未能与东北民主联军联系上？是东北民主联军不接受本军起义？是途中出了意外？还是二人被兵团部捉去了？

两位师长也焦急，不断打电话向曾泽生军长询问。

16日中午，曾泽生正吃午饭，副官乔景轩报告："兵团部电话，郑司令官请军座马上去。"

曾泽生吓了一大跳，他随口回话："告诉他，我在吃饭。"

没过5分钟，电话铃又响了，乔副官拿起听筒一听，马上转过身来向曾泽生报告："郑司令官请军座讲话。"

"曾军长，有要紧事，你马上来一趟。"郑洞国的声音很急促。

曾泽生想延宕时间，回了一句："我正在吃饭。"

"情况很紧急，你马上来！"郑洞国的态度很坚决，这是少有的。

郑洞国催得越紧，曾泽生越是疑惑，但还得敷衍着答应下来："好嘛，我吃完这碗饭就去。"

与郑洞国通完话，曾泽生立刻接通了两位师长的电话，得知郑洞国没要他俩去兵团部，这才稍稍放下心来，吩咐道："我还是去兵团部。在我回来前，就是天塌下来，你俩都不许离开部队。我若被郑洞国扣押，你们仍按原计划行动。"

忐忑不安准备了最坏变故的曾泽生，一到兵团部便问："桂公（郑洞国字'桂庭'，'桂公'是尊称）找我有什么事，这么急？"

郑洞国穿着一件美式夹克，拉链敞开着，半身陷在沙发里，面容憔悴，见曾泽生神色慌张一反常态，有点诧异，但也没多想，告之："锦州的消息昨天断绝了，情况不明。"说着，将蒋介石的亲笔信和"国防部代电"递给曾泽生："总裁刚刚派飞机空投了手令，'剿总'也来电要我们立即突围。"

曾泽生揪紧的心总算放松了，他看过电报和信，问道："桂公准备怎么办？"

"只能遵命。我计划今晚开始行动，明日出击，18日突围。"郑洞国回答。

此时，曾泽生还想拉郑洞国一把，特意说了句泄气话："好吧！不过，部队士气低落，突围，我们六十军是没希望的。"

曾泽生本想把郑洞国的绝望情绪套出来，然后见机行事做工作。遗憾的是，面对绝境，郑洞国仍放不下对蒋介石的耿耿忠心。见劝说无望，曾泽生又问："计划从哪条路走？"

"从伊通、双阳这条线走，突不出去就拉上长白山。"

曾泽生哑然失笑："你还想在共产党的天下打游击呀？"

郑洞国没再吱声，只是不断地唉声叹气，大口大口地吸烟。

曾泽生起身告辞："下午开会讨论如何行动，我派参谋长参加，他可以代表我决定一切。一切听从司令官的决定。"

出了兵团部，曾泽生又驱车新七军军部，看望正患伤寒病发着高烧的军长李鸿。对李鸿，曾泽生的内心相当矛盾。虽说滇军与蒋介石嫡系之间存在着长期的利益矛盾，但并非势不两立你死我活。用李佐的话来说，这一矛盾被后来不少写军史的人夸大了。特别是摊上了郑洞国这位"老好人"长官后，两军矛盾被化解了许多，两军将领的交往也比梁华盛统领时密切了不少。由此，曾泽生决定起义时，就不能不考虑如何对得起新七军的朋友。加上李鸿曾表示了对坚守和突围都无信心的绝望情绪，兄弟之间拉一把，不是没有可能。

可是，曾泽生一走近李鸿的病榻又犹豫了：让嫡系造老蒋的反，他们能干吗？

走出李鸿的卧室，曾泽生又于心不忍：背叛朋友，煮豆燃萁，在往日的自家兄弟的背后捅一刀，情义上说不过去呀！

终于，当曾泽生再次犹豫时，被门外冷风吹醒了：新七军将领与蒋介石关系太深，我们起义还没有联络妥当，这关系到几万人的性命，还是稳妥些好。对，等完成了对新七军的布防再说。

回到军部已是下午两点多钟，张秉昌、李峥先还没回来，突围行动晚上就要开始，曾泽生越想心里越急，越觉得时间长得难熬。好不容易挨到黄昏，张秉昌、李峥先终于回来了。曾泽生顾不上平日的矜持，主动上前紧紧握住两人的手急迫地问道："联络上了吧？"

没等他俩开口，兴奋得难以自制的曾泽生又自问自答："一定是联络上了！"

不料，曾泽生脸上刚刚挂出笑容，李峥先就直筒筒地禀报："人家有条件！"

曾泽生瞬间收住了笑容，急忙问道："什么条件？"

"第一，维持好治安，保护好老百姓的生命财产和仓库物资。"

曾泽生松了一口气："我们都安排了，没问题。"

"第二，扣押暂编五十二师的师长、团长等反动分子和特务，交给解放军。"

"我们有计划。"曾泽生胸有成竹。

"第三，六十军要就地配合解放军，解决郑洞国和新七军。"

曾泽生不满了："这哪办得到？郑洞国是个好好先生，能忍心对他下手吗？新七军军长现在病重，我们总不能乘人之危嘛！再说，部队动员起义本来就怕人心不齐，指挥不动，中间还夹带了暂编五十二师，能拖出城就不错了，弟兄们饿了半年肚子，谁愿打新七军？"

没好气的曾泽生接着问道："还有什么？"

"说我俩回六十军后没任职,不能算正式代表,请军座另外派职务高一点的长官出城正式谈判。"

曾泽生更窝火了:"我能去吗?两个师长能走开吗?陇师长最初主张李佐副师长去。可他是空投给养统一收集指挥部副指挥长,每天都要和新七军的副指挥长一起去兵团部上班,他也走不开呀!"

这一肚子的气,曾泽生最后全发泄到张秉昌、李峥先两人身上:"你们两个外交辞令不行,全权代表没当好!"

李峥先见张秉昌瞅了自己一眼,壮着胆子又冒一炮:"我在城外有一位八路老乡,叫李竞,他说八路14号发起对锦州的总攻,仅31个钟头就占领锦州城。军座,不能再耽搁啦!"

曾泽生一怔,急忙问:"叫我重新派人,你们说,我派谁?"

"是不是请两个师的副师长再走一趟?"张秉昌建议。

"去,去,去!赶快把两位副师长找来。李峥先,你就陪着他俩再跑一趟。"

李佐和任孝宗一到,曾泽生开门见山:"我派出去联络起义的张秉昌和李峥先刚回来,说八路要你俩当正式代表,出城商谈起义的具体事宜。"

接着,曾泽生拿出蒋介石的突围手令和卫立煌指示信:"这是徐参谋长下午到兵团部开会时,我要他以'需要向师、团官佐传达'为由,从郑洞国手里借来的,你们拿去交给八路。另外转达三点意见:第一,六十军起义后,部队如何整编,师以上军官怎样安排都可以,只是希望不要把部队编散了;第二,六十军宣布起义后,是留在长春协同八路解决新七军,还是撤出长春,请明确;第三,沈阳国军主力已由廖耀湘统帅驰援锦州,建议八路挥师南下,夺取沈阳。"

曾泽生的三点意见,出于旧军人内心深处固有的道义责任。

第一八四师起义后,滇军官兵中流传了许多关于共产党对待起义部队政策的说法,其中影响最大的,一个是说"共产党要兵不要官",另一个是说"共产党把一八四师全编散了"。如果共产党对起义部队真的实行这种政策,大批军官将面临失业,数万云南子弟就可能处于任人宰割的境地。作为一军之长,打着"给弟兄们找出路"的旗号,若把部队引到这条道路上,对不起鞍前马后跟随自己出生入死多年的众弟兄,日后也无颜以见家乡父老。

要第六十军"配合解放军解决新七军",在曾泽生看来,不但"不好做人",下面的弟兄也难情愿。本来嘛,让往日患难与共的袍泽故旧同室操戈,谁心甘情

愿？但八路非要我们"对新七军表明态度"，又不能抗拒，只好装糊涂，用"是……还是"一类的请示，力图再试探一次，尽量避免"不好做人"的尴尬。

最后一点是为前两条意见服务的。八路不是不相信我曾泽生吗？那我就把老蒋的底牌全翻开给你看，让你们相信我的诚意。将心比心，我曾泽生在战场上帮了你们的大忙，从义气上讲，你们也不该过于为难我和我手下的弟兄！

曾泽生没敢把话说白，但毕竟以曲折的方式，表达了自己在历史转折关头的复杂心态。

李佐、任孝宗、李峥先受命后，从朱光云团的防区出城，到了解放军哨卡，挂电话与刘浩取得了联系，等了约一个小时，刘浩乘一辆中型吉普车把三人接到了兵团政治部。

在兵团政治部，唐天际在潘朔端、刘浩陪同下接见了曾泽生的正式谈判代表。李佐向唐天际转交了蒋介石的手令和卫立煌的指示信，转达了曾泽生的三点意见，然后特别说明：曾军长已按兵团首长的指示，下令一八二师和暂编二十一师对新七军布防，并且准备扣押暂编五十二师师长李嵩等人，但担心部队刚起义，恐人心不齐，不好指挥，故配合解放军消灭新七军有困难。

奇怪的是，唐天际当时没有表态，只是安排起义谈判代表在这火烧眉毛的关键时刻去睡大觉。

直到翌日天明前，才把几位代表喊起来，由唐天际明确答复曾泽生的三点意见："一、六十军起义后，保持原建制编入解放军序列，起义官兵愿意留下来的一视同仁，量才使用，不愿留的发给路费回家；二、解决新七军我们有足够的力量，六十军被围半年多，官兵健康状况不良，交防后即撤出长春，不必参加解决新七军的战斗；三、曾军长的建议很好，我们已向上级反映。另外我军决定派刘浩同志为代表，进城与曾军长具体商谈有关交接防事宜。"

起义后，第六十军的将领们才知道，唐天际之所以拖了整整一晚上才答复谈判代表，是在等候中共中央的复电。

中共东北局、东北军区转来中共中央的"十万火急"电报，东北解放军第一兵团是10月16日午夜收到的。中央指示电为曾泽生解除了作为旧军人在旧时代最后一次旧道义上的尴尬。中央的指示电如下：

东北局，林罗刘：你们两处铣电及转来一兵团删电均悉。你们争取六十军起义的方针是正确的，一兵团对六十军的分析及处置也是对的，惟要六十军对新七军表示态度一点，不要超过他们所能做的限度。吴化文退出济南战斗时，曾以电话告诉王耀武说，我不能打了，但我也不打你等语，这是军阀军队难免的现象。只要六十军能拖出长春，开入我指定之区域，愿意加入解放军序列，发表通电表示反对美国侵略，反对国民党反动统治，赞成土地改革及没收官僚资本，拥护共产党及人民解放军，也就够了。你们应当不失时机和六十军代表加紧商谈，并注意这些代表。张冲应速去一兵团。如果曾泽生愿意见潘朔端，则潘可秘密见曾谈判。如果六十军能照上述办法拖出长春，则一兵团（加十二纵）便应攻入长春解决新七军，即使不能一下解决，也可逐步解决之。中央铣亥①

数十年后，起义官兵才知道，这份入情入理独具匠心把曾泽生琢磨透了的电文，出自千里之外居住在河北省平山县西柏坡小山村简陋农舍里与曾泽生未曾谋面的一位历史巨人——毛泽东的手笔！

5 义举同力不同心

就在曾泽生等人背着郑洞国悄悄向解放军联络起义时，第六十军地下党组织和朱光云团长也在背着曾泽生等人，准备把第六十军主力师的主力团——第一八二师五四五团拉给共产党。

朱光云幼年家贫，父母早丧，曾是寄人篱下的孤儿，1935年考入国民党中央军校昆明分校，毕业后参加了抗日战争，从少尉排长一步一个台阶熬到了令人羡慕的上校团长。按说，朱光云应该以耿耿忠心报效"党国"，可他偏偏具有爱国心和正义感，厌恶国民党的腐败。

1946年10月，第五四五团奉命驻守吉林小丰满水电站。一天，团长朱光云接到电话通知，说东北保安司令长官部要员要来参观电站，并视察部队。

第二天，朱光云同电站站长及总工程师过江到火车站迎候。专车进站后，三人恭恭敬敬依次上车，一进车厢，全傻眼了：将军们每人都搂着一两个妖艳的女人靠在沙发上调情，不理来者。这帮男女游览完松花湖和发电站，便相挽相依登

---

① 毛泽东：《不失时机争取六十军起义（一九四八年十月十六日）》，《毛泽东军事文集》第五卷，军事科学院出版社、中央文献出版社1993年版，第92页。

车扬长而去。

回到驻地，两位留过洋的水电专家连连摇头叹气："成何体统？长此以往，国将不国了！"

朱光云接过话题，也愤愤骂道："这帮达官贵人心中只有房子、车子、位子、条子、婊子，哪里还有国家和民族？吉林省主席梁华盛经常派人寻找年轻漂亮的姑娘陪他消遣，禽兽不如！唉，这样下去，只有死路一条！"

朱光云的牢骚是随口发的，但身边的副团长、地下党员范啸谷却认认真真地听进去了。从此，范啸谷经常找一些共产党的书刊"送团座审查"，有时说是"收缴的"，有时说是"别人给的"。

朱光云记得，他看的第一本书是毛泽东的《论持久战》，仅看了一遍，就情不自禁地拍案叫绝起来：战争的进程完全在毛泽东的预料之中嘛！接着又看了毛泽东的《论联合政府》，两遍看下来，对共产党的宗旨和目标体会更深了。最令朱光云折服的是《中共整风文献汇编》，共产党人揭露自己内部的主观主义、个人主义、宗派主义太无情了，国共两党没法比！

不久，刘浩再次进入第六十军，在搭乘移防的军列上，意外碰到了朱光云。二人虽然在云南就相识，但彼此都没说话。不过，根据朱光云的眼神，刘浩判断自己被认出来了。一到吉林，刘浩立即把与朱光云相遇一事向范啸谷通报。范啸谷却很平静地安慰道："朱光云已经给我讲了。此人思想比较进步，靠拢我们，勿多虑，会妥善安排。"

从此，朱光云被列入地下党重点争取对象。

不幸，范啸谷于1948年1月25日在吉林口前执行任务时，中弹牺牲。

范啸谷牺牲后，师长白肇学两次推荐副团长人选，均被朱光云婉拒。

朱光云看中了地下党员、暂编二十一师代理参谋主任赵国璋。

国民党军队非常讲究人脉关系。赵国璋已故的叔父是参加过辛亥革命的滇军师长。因为这层关系，加上赵国璋的人品、才能，1946年4月赵国璋在中央军校高教班刚毕业，陇耀就写信叫他来暂编二十一师任职。此时的赵国璋虽然已于半年前被任命为军部辎重营中校营长，但还是被喜好延揽人才的陇耀截留在身边，所以，当朱光云来挖自己的爱将时，陇耀自然要问："你俩什么关系？"

朱光云如实禀告："军校十一期炮科同班同学。"

陇耀生性豪爽，当即表态："没问题。我这来了个好厨子，过几天我请你们白师长来吃顿饭,把这件事情说定。"

地下党对朱光云的考察和争取工作,由此得以继续。

1948年5月初的一天,赵国璋来到朱光云的宿舍。一进门,他一反常态把门关上,然后,严肃地告诉朱光云:"我代表中国共产党的组织找你谈话。组织上早就开始了对你的考察,认为你有爱国思想和民族气节,追求进步,向往光明。希望你弃暗投明,站到人民一边。"

朱光云先是一惊,再是一喜,原来共产党就在身边!当即表态:"我听共产党的,只要对国家、民族有利,即使个人牺牲一切,亦在所不惜!"

"好!解放军即将发起解放长春的战役,党要求你到时把本团防区作为总攻的缺口让出来,为迅速解放长春,减少人民生命财产损失创造条件。"

朱光云慨然应允。

当晚,朱光云展开长春城防图,与赵国璋一起拟订了配合解放军总攻长春的起义计划。随后,通过第六十军地下党负责人孙公达,交给地下党的交通员、长春长白师范学院讲师阎其铭。为确保朱光云团顺利实施起义,孙公达从军部参谋处调到第一八二师任上尉情报参谋。

不幸的是阎其铭出城途中被国民党情报部门逮捕。他销毁了随身携带的一切材料,在敌人严刑拷打下坚贞不屈,英勇就义。

赵国璋生前给子女讲过:得知阎其铭被捕的当晚,作为地下党员,既不能擅离职守,又要做好牺牲准备。整整一夜不敢入睡,枕边放着子弹上膛的手枪和一枚手榴弹。险情是军参谋长徐树民解除的。他在次日主持召开"防谍会议"时通报并警告:"共产党交通员宁死不屈,被打死了。他的下线无从查找,可能就在我们中间。"说罢,指了指会议室墙上的标语——当心,敌人的奸细就在你面前!

此后,朱光云和赵国璋一面等候上级指示,一面随时准备为解放军攻打长春让开突破口,从5月一直焦灼地等到10月。

10月9日深夜,刚刚组织试探性突围并谎报战况哄骗上级的朱光云辗转难眠了,他穿上衣服来到赵国璋寝室:"老赵,种种迹象表明,长春守军要弃城突围。一旦行动,我们团举事就相当困难,能不能请示上级尽快批准我们起义?"

第二天,孙公达来了:"说说你们的打算。"

朱光云和赵国璋已有腹案:"我们打算在一个夜晚下达紧急命令,全团分两路撤出防地,一路出东大桥,一路由东安屯正面渡河,向新地界地区集结,而后

集中有关干部说明意图,再带领部队撤离长春。"

"有人反对起义怎么办?"孙公达问。

"这就需要解放军配合了。我的意见,请新地界白房子附近的解放军先后撤一步,扫清附近的障碍,而后集中一倍以上的兵力潜伏在八里堡和火车东站附近,对我团集结地域形成口袋,迫使其就范。"朱光云成竹在胸。

"行动时间?"孙公达又问。

"夜长梦多,越快越好。考虑到各方面的准备,最好在18号夜。不过,这需要解放军来确定。"

孙公达点了点头:"好吧!你们马上写报告,我安排人送出去。"

赵国璋执笔的战场起义计划,由军部机要室译电员、地下党员赵雄送出长春。因沿途双方部队盘查,赵雄两三天后才返回城内。赵雄一到,立即向地下党组织和朱光云传达了刘浩和杨滨的指示:鉴于曾泽生已派人出城联络起义,朱光云团应放弃单独起义计划,转而支持全军起义。若曾泽生变卦,再相机单独起义。

10月16日晚,曾泽生将李佐、任孝宗作为正式代表派出长春城后,立即向两位师长通报了情况。两位师长十分振奋,特别是陇耀,抑制不住心头的兴奋,冲着电话话筒就喊了起来:"军长,现在就动手干吧!"

"我马上去你那里。"曾泽生也等不得解放军答复了,干起来再说!

暂编二十一师师部,营以上军官坐满了小会议室。

曾泽生扫视了会场,语调沉重:"今天,把你们找来是要告诉大家,我们六十军的命运已到最后关头。诸位都知道,共军主力展开辽西决战的意图是要截断东北国军撤回关内的退路,将数十万大军一网打尽。一个月来,共军在辽西节节取胜,傅作义的东进兵团和廖耀湘的西进兵团被共军阻于两端。10月1日,暂编二十师防守的义县被共军攻克。14日,共军对锦州城发起总攻,战至昨日,锦州与外界的联系全部中断。老蒋今天上午派飞机空投了他的手令,命令我们立即突围。空投一断,守下去就得饿死。但突围也不容易,共军在锦州得手后,主力必将回师北上,我们突围等于自投罗网。更何况,弟兄们饥饿了半年,体力不支。所以,今天来和大家商议于死路中寻求生路的办法。请诸位发表意见。"

会场片刻沉寂后,开始了三三两两的交头接耳。很快满屋子都是"嗡嗡"的议论声。过了一阵子,有人说:"请军座给弟兄们做主!"

官佐们随即一致附和："对！军座怎么下命令，我们就怎么办，绝对服从！"

曾泽生知道，滇军官兵素来服从意识极强，弟兄们把话说到这份上，已经表明与会官佐对自己的崇敬和遵从，但他还是坚持征求大家的意见："这不是下命令的事，关系到几万官兵的前途，应该大家来说，以免将来有二话。"

"军座下命令吧，就是上刀山下火海，弟兄们也不会有怨言！"

"如果单靠下个命令就能解决问题，还召集这个会议干啥？"曾泽生不由分说。

见军长的脸沉了下来，一位素以"亡命"著称的副团长站起来："军座，我们突围吧！死里求生。"

"走不到沈阳，我们就会被共军消灭。"曾泽生一口否定。

"死守长春，等待援兵。"有人提议。

"尽忠党国，战至最后一人！"又有人主张。

就是没有人提议反蒋起义。

曾泽生明白了，自己多年来向全军官兵灌输的思想，是视国民党政府为"正统"，视共产党为"匪""逆"。起义，就是"叛逆"，是平日想都不敢想的弥天大罪。在公开场合提起义，即便有此心，也未必有此胆。曾泽生只好一步步启发大家："突围，是自投罗网。死守待援，无异于等死。蒋介石对我们滇军欺凌宰割，和我们只有怨仇，毫无恩德，我们何必为他尽忠？"

终于，第一团团长李树民站了起来："现在弟兄们饿得连路都走不动了，坚守和突围都是死路。要求生，只有学潘朔端师长。"

全场人的头像被一道强大的电流吸引，一下子全都愕然地转向李树民，醒悟之后，再把目光茫然地投向曾泽生军长。

这时，有人嘟哝了一句："要干，就军长带着大家一起干，光我一个团，我是不干的。"

不容再沉默了。曾泽生当即表态："这是唯一的活路，我赞成！"

会场气氛陡然活跃起来了。曾泽生不失时机地高声逼问："你们同意吗？"

"同意！"回答声高低不一，参差不齐，却是一致的。

陇耀顺势而为："报告军长，暂编二十一师赞成起义，请下命令！"

在场全体军官"哗"地随陇耀起立、立正，以整齐、标准的军人姿态，等待那历史性的庄严一刻。

曾泽生也站了起来："现在我正式宣布：六十军反蒋起义，陇师长立即指挥暂编二十一师向新七军布防！"

从暂编二十一师师部出来，曾泽生直奔第一八二师，在第五四六团团部召开了该师营以上军官会议，做了完全相同的起义动员，经历了完全相似的动员过程，取得了完全一致的动员效果。

曾泽生没有从政治上批判国民党反动统治，而是紧紧围绕全军官兵的出路，循循诱导，通过启发对蒋介石的怨仇，打消军官们对当"叛逆"的顾虑，一步一步把大家引导到反蒋起义的道路上。也正是这种调子极低的"最低纲领"，避免了分歧，保证了在最大范围内统一认识，实现了步调一致的反蒋义举。

也有超越"最低纲领"进行动员的。据刘云涛回忆，暂编二十一师上校军需主任汪文弼从军前是教师，思想比较进步，从师部会议室回来，立即将军需室二十多名官兵全部从热被窝里喊出来，然后，站在楼梯口，尽情抒发自己的认识："蒋介石政权祸国殃民，人心丧尽。现在，许多大学生毕业就失业，连大学教授都吃不饱饭，民不聊生已经到了极点。军长带领全军反蒋起义，投共产党，掉转枪口打老蒋。你们要服从命令，随时准备行动，每个人保管的文件资料一张都不能丢，丢了就杀头！"

汪文弼式的动员在长春起义中是鲜见的。更多的是李树民式的动员："我们六十军替老蒋打仗，已经没出路了。守，没吃的；突围，又突不出去。军长给弟兄们找了个活路，带着大家投八路，反蒋起义。你们回去以后，做好下面的工作，掌握好部队。要是少了一兵一卒、一枪一弹，我唯你们连、排长是问！"

最耐人寻味的是陇耀在师直属队的动员："六十军反蒋起义共产党非常欢迎，我也早有考虑。为什么不早带你们起义呢？因为如果早起义，你们会骂我，甚至会杀我。现在你们都看到了，留在长春没活路，突围也突不出去，除了起义，无路可走。请大家放心，我陇耀是在为弟兄们寻找一条活路，不会对不起大家！"

起义动员没有士兵的份。旧军队历来"兵随将转"，当官的叫打谁，就打谁。打谁都吃一样的军粮，都一样卖命。

要保证最大限度地实现全军步调一致的反蒋义举，不仅要实施"低调"的动员，还要采取一些必要的非常措施。

在完成对暂编二十一师、第一八二师和军部直属队的起义动员后，曾泽生返回军部，接通暂编五十二师师长李嵩的电话："李师长吗？今晚11点钟，你带三个团长到我这开作战会议，要准时到达。"

"是，一定准时到达。"李嵩回答很干脆。

放下电话，曾泽生叫来军部副官处处长张维鹏："起义行动准备就绪，只是暂编五十二师还没安排。李嵩平日就拒绝我过问他们内部情况，不会同意起义，是起义的障碍。叫你来，是安排你去解决这个问题。"

"怎么解决？"张维鹏问。

"我已通知李嵩带着三位团长于今晚11点钟到军部开会。他们到达后，由你和军政工处主任姜弼武、副主任张第东以作陪形式将其留住。11点钟准时动手，先解除武装，将其扣押，再把我的信交给李嵩，通知他们六十军已经反蒋起义。然后，打电话传来欧阳午副师长和三位副团长，叫他们听从指挥，随军起义，否则就要他们师长、团长的命！"

曾泽生这一招是很厉害的。在旧军队，由于军权私有、行政专制，任用私人不仅是公开、普遍的，也是合情、合理、合法的。当长官的，哪一个身边没有忠心耿耿的几大"金刚"？哪一个手下没有效死卖命的一帮"太保"？而一旦扣押他们尊崇的长官，扣作人质，就不怕他们不听话了。

曾泽生的这一招，也是针对张维鹏、姜弼武、张第东他们的。因为张秉昌、李峥先谈判归来，还带回解放军的一项特别要求：扣押内部的特务分子和高级政工官员，以确保起义万无一失。

解放军的要求并非没有根据。在国民党军队，高级政工官员通常由国民党中央委派。这些人军衔高，后台硬，手眼通天。各级政工官员不仅负责具体实施反共宣传，清理"变节"官兵，查捕"匪谍"分子等一系列党务、特务活动，还负责监视同级长官言行。

曾泽生就任第六十军军长后，深感部队政工官员至关重要，于是，借部队赴越受降之机，安排军、师两级政治部主任回家探亲，然后，找到在黄埔军校高级教育班时结识的第九十三军暂编十八师政治部少将主任姜弼武，商请其代为物色能力较强资历适当的云南同乡三人，分任第六十军所属三个师的政治部主任。

姜弼武承命后，于1946年2月邀请黄埔五期同学张维鹏、张第东赴任。曾泽生立即报请第一方面军政治部主任陆效伊，先行任命张维鹏为第一八二师政治部少将主任、张第东为暂编二十一师政治部少将主任，造成既成事实。鉴于张维鹏、张第东均为蒋介石的黄埔门生，又都在中央系统工作过，国防部很快补发了

正式的委任状。一个月后,曾泽生乘军政治部主任彭可健探亲未归队之际,又把姜弼武调来代理军政治部主任,随后,补办正式任命手续,顶走了彭可健。

不久,国防部派来一批中央军校应届毕业生,姜弼武遂亲自主持开办了一个训练班,将这批军校生和原来的政工人员集中培训,结业后,大部分充任连队政治指导员,把国民党政工系统的触角延伸到全军各基层单位。

在健全组织基础上,姜弼武等组织全军政工人员对部队官兵进行了一系列反共教育。部队每到一地,布置张贴反共标语,鼓吹"戡乱救国"。部队每次换防,还要对外清查户口,设卡盘查行人,搜捕可疑分子;对内清查亲共人员,收缴"共匪"的宣传品,并定期向上级政工部门汇报本级官佐动态,以强化对部队的思想控制。为对付共产党的"心战",军部专门成立了"青训队",关押解放军释放回来的俘虏,进行"甄别"和"洗脑"。对于有"异端思想"、有"瓦解军心"言行的官兵,一经发现,立刻予以严厉制裁。

第六十军退守长春后,根据郑洞国兵团部的要求,所有部队每个班都要设一名政训人员,监视官兵言行,同时实行残酷的连坐法。该连坐法实施之初,受连坐的官兵基本上都是因这帮政工官员告密被处决的。

姜弼武虽然在东北尽职尽责地搜捕"共匪",但他未曾想到,他的夫人何玉民却支持子女们走上了相反的道路——长子姜存礼、长女姜存敏在昆明先后秘密加入了中国共产党及中共外围组织。云南解放不久,担任云南省新平县政府副主席的姜存礼与叛匪作战牺牲。

政工官员所作所为强化了官兵的反共态度,也引起官兵的反感。不仅士兵和中、下级军官对他们畏而远之,高级将领也防着他们。本来嘛,滇军是地方势力很强的系统,将领们岂容他人僭越手中的权力?曾泽生军长通过安插军需陈长庚等旧属,在军政工处掺沙子。陇耀更绝,张第东就任师政治部主任后,只准其在有关报告、报表上签字盖章,内部事务概不许过问。

1948年初,国民党军撤销军、师两级政治部,改设军政工处、师政工室,姜弼武改任军政工处处长,张第东调任军政工处副处长,张维鹏调军政工处任教官。姜弼武的职权缩小了,张第东、张维鹏则被"请"出了第一八二师和暂编二十一师。这次人事调整,张第东的面子还好看点,虽说是个副职,好歹挂了个"长"。张维鹏就难受了:当教官?分明是把我这个少将"晾起",充当官场角逐的牺牲品。索性不去履职,关在家中生闷气。

这时，曾泽生任命张维鹏为军部副官处处长。这个职位编制军衔最高只能到上校，正团职，但由于兵权、财权都有，又随侍军长左右，是一个很让人眼热的肥缺。所以，张维鹏一接到任命，马上对有知遇之恩的曾泽生感激涕零。

尽管如此，曾泽生下决心起义后，对这几位有蒋氏系统印记的高级政工官员仍不放心，因为他们不仅与兵团部的政工部门有直接的业务关系，与新七军军长李鸿还是黄埔五期同学，和暂编五十二师师长李嵩的关系也不错。

为慎重起见，曾泽生在住处召见了他们，打算摸摸他们的态度："现在吃的、烧的、用的越来越困难了，找你们来是想听听你们的想法和意见。"

在这种场合，先开腔的自然是官大的姜弼武："这些天我也在想，想来想去只有两条路，一条是和新七军密切配合一同打出去；第二条路，若突不出去，就死守待援。"

曾泽生再问张维鹏，得到答复："我没有什么办法，同意姜主任的意见。要是军座有好办法，我听军座的。军座说怎么办就怎么办！"

曾泽生转向张第东："你呢？"

张第东叹道："唉！前几次突围，不但没突出去，还付出了很大代价。"

"前几次兵少，只有三四个团，要是我们两个军齐头并进，拼命往外打，我看还是可以突出去的。"姜弼武插言。

张第东争辩："今年3月，我们从吉林撤往长春，才两百多华里并没碰到共军主力，还受那么大损失。此去沈阳，路远一两倍，人家有四五个纵队，以逸待劳，以多对少，以强敌弱，突得出去吗？"

"共军主力只在长春附近，我们勇猛突破这一带，往前就好对付了。"姜弼武固执己见。

"你怎么知道人家沿途没摆队伍？"曾泽生一句话问得姜弼武哑口无言。

张第东接着说道："沈阳距此六七百里，全靠两条腿走，就算一路无阻击，不绕道，日夜兼程也得走四五天吧？每个士兵至少要带一支七九步枪、一百发子弹、五六斤粮食，再加上水壶、手榴弹、毯子等东西，少说也得三四十斤。现在还没出发，士兵一个个已经饿得精疲力竭了……"

姜弼武再次打断张第东的话："逃命带那么多的东西干啥？带枪和子弹就行了嘛！共产党从江西逃到陕北，路那么远，走了一年，还不是走一地，吃一地？"

"就吃苦耐劳、能征善战而言，我们的部队和人家能比吗？"张第东反问。

第三章　长春起义

"照你这么一说，只有守喽？"姜弼武也反问。

"守？眼下，军部吃的都是黄豆、豆饼。就这个也快没了，我们能熬到年底或明春吗？"张第东能把退路看绝，就不可能不思索绝处求生之路，但在这种场合，又不能把话说白，于是采用一串反问语引导他人去说自己不敢说的话。

果然这一串反问启发了张维鹏，他接过话茬："是啊，剿总说机油两缺，难以继续空投，才要我们突围嘛！"

姜弼武"哼"了一声："你的意思是突围不行，死守也不行。我看不至于这么悲观，剿总绝不会让我们饿死！"

曾泽生没再理姜弼武，两眼死死盯住张第东："你说怎么办？"

张第东可谓聪明绝顶，他对国民党官场看得很透，马上推说："我也想不出什么好办法。军座明了并掌握全局，总会有妥善办法。我一切听从军座的。"

曾泽生此番摸底，已有两人明确表态"一切听从军座的"。但一向谨小慎微的曾泽生在数万人生死攸关的紧要时刻还是不敢轻信他们，何况姜弼武的态度不可靠，更何况八路有言在先。但若扣押他们，又于心不忍：这几位是我请来的，若经我手断送前程，那就太不仗义了。

为这事，酝酿起义行动方案之初，曾泽生相当犯难。后来曾泽生、陇耀他们想出了一个两全的办法：派张维鹏执行扣押李嵩等人的任务时，让姜弼武、张第东作陪。然后，另外派人盯着他们，以防不测。只要扣押李嵩等人、挟持暂编五十二师随军起义成功，就不怕他们不上我们的"船"。对他们来说，这是一次立功的机会。事成之后，向八路也好有个交代。

张维鹏、姜弼武、张第东果然不负曾泽生一片苦心、一番厚望。当夜 11 点 30 分，张维鹏准时向曾军长复命：暂编五十二师师长、团长及其随行卫士均已缴械扣押，该师副师长欧阳午带着 3 个副团长在师长、团长面前受领了随军起义的命令并明确表示："坚决服从军长指挥，拥护起义！"

接着，曾军长派侍从副官乔景轩少校带着 1 个手枪班，拘押了不可靠又不听军长招呼的军参谋长徐树民少将。

10 月 17 日凌晨 1 时，曾泽生的军指挥所转移到朱光云团团部。天亮后，曾泽生派姜弼武给郑洞国送去亲笔信，恳言力劝郑洞国"共襄义举"。上午，解放军代表刘浩进驻第六十军军部。第六十军与解放军的直通电话线随即拉通。当日午夜，第六十军向解放军交防后，撤出长春城，开往九台县。

114

新七军一觉醒来，发现半个长春城已被解放军占领，其军心彻底崩溃了。由此，相继放下武器，向解放军投诚。19日上午，长春宣告和平解放。

当年第五四四团八连副班长黄金明记得，本来枪口是对准八路的，16号午夜稀里糊涂地掉过来指向了新七军，17号午夜又迷迷糊糊地和八路换了防。换完防，连长集合连队宣布："八路给我们让了个口子，我们马上撤出长春，愿走的跟我走，不愿走的留下。"

出城时，守卡子的八路告诉大家："你们起义了，到九台去准备接受整编。"

一听说整编，乱七八糟的议论更多了。说整编就是"把部队整散"。怎么个"散"法？要枪不要部队，或者要兵不要官，再不，官兵都不要。"散"到哪里去？好的，放你回家；坏的，统统整死。

当年第一八二师通信连士兵龙培记得，那天晚上副连长宣布："今晚换防。"别的什么都没讲。

换防的时候，当兵的全傻眼了：这不是换给八路了吗？

出城路上，与一队队八路擦肩而过，一名新兵忍不住问了一句："不打啦？"

不问则已，一问，问得班长火冒三丈："哪来那么多的屁话？当官的叫你打你就打，没让你打你就不要管那么多！"

后来，一位老兵悄悄告诉龙培："反正啦！"

龙培一下子犯愁了："哎呀！我们天天打八路，反正了以后，连一封信都通不成了，更不要想回家。这辈子，不就交代了吗？"

听了龙培的话，班长不再发脾气，老兵也垂下了头。

黄金明、龙培起义后，都被培养成共产党的优秀干部，20世纪70年代转业前，分别为中国人民解放军第四四四团副参谋长和第四四二团副团长。可起义之初，他们和所有的士兵都一样茫然。

长春义举虽然同力，但不同心，有人追求光明，有人寻找出路，有人听天由命，有人不得已，还有人……

一场惊心动魄的灵魂大革命，等在后面。

第四章
探索改造起义部队的新路

国民党第六十军起义后,解放军东北军区陆续调集数百名熟悉该军的云南籍干部前往九台,任各级政治工作干部,随即展开了轰轰烈烈脱胎换骨的改造。

一切都预做准备。这准备,始于两年多前对海城起义部队的改造。

1 安东整训

1946年5月30日凌晨,前往民主联军第四纵队谈判起义的国民党第一八四师参谋长马逸飞回到师部后,向潘朔端师长传达了第四纵队副司令员韩先楚的指示:欢迎一八四师起义。部队起义后,于30日6时撤出海城,到析木城等候辽东军区派人前来指导。

清晨6时,部队准时在城南门外轻装集合,潘朔端师长宣布命令:迅速撤离海城,执行特殊任务。

浩浩荡荡的行军队伍中,一辆美式吉普载着潘朔端缓缓前行,一路传话:今晚在析木城宿营。

析木城在海城东南30公里外。官兵们奇怪了:方向不对呀!

炮筒子魏瑛冲着打探消息的官兵扯起洪钟般的大嗓门:"中央军是娘养的,我们是蛋抱的。蹚倒水,起义啦!"魏瑛说的是大实话。第一八四师海城起义时,东北民主联军正在国民党军大举进攻下北撤实行战略转移,在当时的战场形势下,反蒋起义恰似逆水而上。

起义没有动员,但起义消息却迅速在行军纵队中传播,这在军官中不能不掀起轩然大波。

有人大失所望:拿着吃国民政府俸禄的军官不做,却要落草为寇,当穷八

路,以后吃喝玩乐的开销从哪来,家小如何养活?

有人痛哭流涕:什么起义?分明是可耻的投降!身为"党国"军人,当马革裹尸效命疆场。潘朔端将我们置于如此不仁不义之地,日后何颜以见人?

有人怨恨不已:他妈的,潘朔端投降"共匪",把我们骗了!

一位下级军官在整训后期坦白:当初看到潘朔端坐在吉普车上把我们带去投八路,真想往他车上丢颗手榴弹。

士兵,多半惦记着回家:赶走了日本鬼子,天下是国民党的,投了八路,给家里寄封信都寄不回去,回家就更不可能了。

行军纵队中,开始了官兵最初的逃离,特别是军官的逃离。

对于军官的大量逃离,马逸飞认为原因有三:一是旧军队实行薪饷制,起义后改为收入微薄的供给制,吃喝玩乐惯了的军官们自然要留恋旧的生活;二是认为国民党有两百个师的正规军,装备精良,有美国人支持,共产党打不赢国民党,跟着共产党没前途;三是滇系部队第六十军和第九十三军还在国民党那边,逃回去有"家"可归。

稳定官兵的思想情绪刻不容缓。

5月31日,潘朔端在析木城草拟了起义通电,派人送往岫岩县邮电局发向全国。接着,在析木城一所学校礼堂召开了军官大会,师长潘朔端、副师长郑祖志、团长魏瑛,还有前来慰问起义部队的民主联军辽东军区司令部秘书长李毅分别讲了话。

然而,在敌强我弱的形势下,要转变官兵们的政治立场,并非易事。

当晚,师部副官主任凌发启向潘朔端请了"长假",揣上潘朔端赠送的烟盒,带三名副官离开了析木城。也是当晚,师通信连连长刘承先召集全连准尉以上官佐开会,会上异常沉痛地告诉大家:"什么起义?分明是投降!我们都没脸见人了,我这个连长也不想当了,各位弟兄各奔前程见机行事吧!"讲完就散会。第二天,刘承先带头逃跑了。随后,该连军官陆陆续续跑了一大半。

更有甚者,几位血气方刚的青年军官密谋暗杀起义将领。

师部参谋主任肖湘贤是一位"正统"观念极浓的青年军官。他较早得知了起义真相,一出海城就煽动:"狗屁特殊任务!潘朔端把我们卖给共产党了!"

据魏瑛回忆,到达析木城当晚,肖湘贤窜到师部特务连与部分军官密谋,准备派几名士兵用手榴弹炸死潘朔端,同时安排手枪排排长干掉魏瑛,而后率部逃回国民党阵营，邀功请赏。不料，肖湘贤与特务连连长杨英发生了矛盾，杨英将肖湘贤的图谋报告了魏瑛。待魏瑛派人捉拿时，他们先一步逃跑了。

鉴于官兵们的思想波动，辽东军区首长到达后，魏瑛主动提出："是不是先把部队的枪收起来，待部队稳定下来再配备？"

辽东军区副司令员曾克林一口回绝："不行，不行！你们是反内战部队，枪不能收。这涉及起义部队的尊严和政治影响，我们负不了这个责任！"

辽东军区副政委莫文骅安慰道："告诉大家，部队将开赴解放区腹地，民主联军部队一路护送。同时加强师、团两级的保卫工作。军区已通知沿途各地组织群众欢迎、慰问起义部队，估计对稳定官兵情绪能起一定作用。"

海城起义，中共中央极为重视，很快发来了指示电：

一八四师起义有很大意义，如继续有一两个师起义，即可破坏敌之北攻计划，改变战争形势，望予以热烈欢迎慰问，并要该师师长副师长，照高衔发宣言通电，反对蒋介石坚持内战、消灭异己，借美国空军运兵发动昆明事变。……号召东北国军，尤其滇军，反对内战退出战斗，并立即组织该师进步分子，派到六十军、九十三军其他各部去活动，发动起义或退出内战运动。①

中共中央的指示电，确定了改造起义部队必须着眼于争取更多的国民党军队，特别是争取滇军走潘朔端将军之路这一基本方针。

最先派入起义部队的民主联军代表李毅，在北平师范大学读书时参加过"一二·九"运动，1936年10月入党，抗战时期在八路军第一一五师政治部工作，离休前为中国原子能研究院党委书记。他回忆说，鉴于极为严峻战场形势，当时的工作重点放在扩大政治影响上，没有急于消化改造这支起义部队。

为了扩大政治影响，中共对这支起义部队采取了两项特殊的措施。

一项是将兵力不到半个师的起义部队扩编为一个军，所部军官几乎个个"见官升一级"。用这一招让"阔国军"当"穷八路"，在起义官佐觉悟提高之前，不失为稳定军官的一个办法。

李毅等人回忆说：当时有个腹案，准备以兵员缺额大为由，编入一些地方部

---

① 中共云南省委党史研究室编：《中国共产党在滇军的工作》，云南人民出版社1993年版，第33页。

队,在组织融编基础上,消化、改造这支起义部队。这本来是个省时、安全的好办法,但形势不允许。一方面四平保卫战失利后,我军抽调大批主力部队化整为零,扩大地方武装;另一方面抽调大批干部下乡解决农民的土地问题,建立农村根据地,所以,不但融编改造方案未能实施,派去的政工干部也很少。

另一项措施是授予该部队一个中立的番号——民主同盟军第一军。

不少海城起义亲历者一直不清楚当年为什么使用民主同盟军番号。魏瑛的一篇回忆文章说,这个名称是他提出来的。

实际上,当年的共产党人是深谋远虑的。1946年的东北敌强我弱,公开争取国民党军队"投奔共产党"比较困难,但利用其内部矛盾,从走"中间路线"的角度,号召他们中间的一部分退出内战,从而最大限度地瓦解国民党军,却有可能。由此谋略,中共同意起义部队打出"民主同盟军"这面旗帜。

在当年的政治舞台上,中国民主同盟是中间偏左的在野党,主席张澜早年参加过辛亥革命,在西南各省地方实力派中很有威信。中共与张澜一直保持密切的统战关系。抗战后期,张澜亲自吸收了云南的龙云、四川的刘文辉和潘文华等秘密入盟,并且得到了他们在政治和经济上的暗中支持。鉴于民主同盟的政治主张在滇军官佐中有一定的市场,起义部队使用"民主同盟军"的番号,既可以对外昭示"本军命名之义",又可以对内暗示第一八四师起义是退出内战,仅仅是叛蒋,而未叛滇。这对稳定部队和扩大政治影响都有好处。

为了与这种"中立"的番号相适应,起义部队军、师、团均未设政治委员,只设形式上隶属于军、师、团长的政治部(处)主任。

6月23日,经中央军委批准,新华社播发了《潘朔端将军率国民党反内战官兵成立民主同盟军》专电:

> 反内战起义之滇军一八四师全体官兵,及最近陆续携械来归之反内战官兵,于本月十八日整编为民主同盟军第一军,下属新一师及一八四师两个师,全体官兵公推潘朔端将军为军长,郑祖志将军为副军长兼新一师师长,马逸飞将军为军参谋长,原五五二团魏瑛团长晋升为一八四师师长。该军于整编就绪后,致电中国民主同盟及全国各界,坚决表示为和平民主奋斗到底。

整编后的民主同盟军第一军辖第一八四师和新一师,在原有2712名起义官兵的基础上，又将民主联军歼灭的该师第五五〇团等部官兵补充进来，全军近四千人。其中第五五二团扩编为第一八四师，其原属三个营依次扩编为第五五〇团、五五一团、五五二团，团长分别为陈家兴（起义时任一营营长）、梅鑫（起义时职务不详，后改名钟勇）、张文蔚（起义时任副团长）；师直属队大部合编为军直属混成团，团长由原师炮兵营营长升任；新一师为空番号。

与此同时，东北民主联军总部和辽东军区任命东北军政大学政治部主任徐文烈为民主同盟军第一军政治部主任、李毅为军政治部副主任兼第一八四师政治部主任、田麟勋为师政治部副主任，段希远、于春芳、黄凯、王健、赵蕚分别担任四个团和第一八四师直属队的政治处主任，所属营、直属连配备了教导员和指导员。全军政治工作干部仅30多人。

在组织整编的基础上，起义部队开始了政治整训。

起义部队不用共产党的番号，却要改造成共产党的队伍，难度可想而知。

脱离人民群众的国民党军军官，有几人看得到蕴藏在阶级压迫之下能排山倒海的革命力量？有几人相信写在共产党旗帜上翻天覆地的革命前途？基于政治上的近视，有几人愿意丢掉丰厚的官薪，抛舍诱人的"油水"，与士兵为伍，干"穷八路"？又有几人愿意放弃"正统"的阶级地位，离都市，钻山沟，吃苦受累，"落草为寇"，当"没脸见人"的"叛逆"？

共产党说的是"愿意干的留下，不愿干的不勉强"，可回去的军官一旦多了，岂不应了国民党说共产党"要兵不要官"的宣传？留下来，就得改造！

在完成组织整编后，民主同盟军第一军在安东（今丹东市）的东坎子，举办了军官轮训队，计划举办三期，因国民党进攻，实际上只举办了两期，每期用一个月的时间集训100余名军官。

离休前曾任西南财经学院党委副书记、成都科技大学副校长的卢昭，当年是军官轮训队的政治教导员。这位时年27岁的小伙子，抗战之初，就读于云南省立昆华农业职业学校，1938年，步行几千里，进入陕北抗日军政大学，来民主同盟军前，任挺进东北的新四军第三师八旅二十四团营教导员。

卢昭说，军官轮训队通常是上午学文件、上课、听报告，下午讨论。一般课程由卢昭和一位专职干事负责。作报告的多是徐文烈、李毅，有时也请萧劲光、萧华、莫文骅等民主联军高级将领作报告。潘朔端曾联系国民党抗战时期的腐败现象，为首期军官轮训队宣讲过毛泽东的《论联合政府》。

据李毅回忆，教育内容主要是揭露蒋介石积极反共、消极抗战的罪恶事实，揭露蒋介石排除异己、消灭非嫡系部队的阴谋诡计，揭露蒋介石在美帝国主义援助下发动反革命内战的图谋，分析战争的前途和中国的前途等等。

上课通常很顺利，听就是了。颇费周折的是讨论。一开始，讨论没人发言。卢昭很奇怪："你们怎么不讲话呢？"

军官们一个个大眼瞪小眼：讨论？什么叫讨论？只听说过讨饭、讨口、讨赏，没听说过讨论呀！

卢昭只得耐心解释什么叫讨论，如何讨论。解释完了，军官们还是不发言。即便发言，也是按官阶大小排序，追随长官的腔调，众口一词，千篇一律，应付差事。

卢昭再问。原来是不理解：真新鲜，当兵的讨什么论呀？军人以服从为天职，长官说啥是啥。说了不听，还叫什么军队？

可如此，卢昭他们就着急啦！讨论不发言，你就摸不透军官们想啥，也不知道上课的效果。无的放矢是政治教育的大忌。于是，循循诱导：知无不言，言无不尽；屡屡启发：灯不拨不亮，理不辩不明。

渐渐地，有那么几个胆大的人讲话了。不过，最初大都是比较谦恭地发问：这个问题我们怎么还不明白？那个问题我再问问行不行？哎呀，是不是这个看法？我斗胆地说一句成不成？

话匣子一打开，军官们的政治情绪和思想认识便随之流露，逐渐有了思想观点的交流，有了政治立场的交锋。几乎每一期轮训队都是到最后一个星期，军官们才习惯共产党的学习讨论，有时学员之间还会发生激烈争论。

当时，实行供给制曾是每一期轮训队争论不休的热门话题，而争论又远远超过了"供给"的范围。引出"供给"话题的，是一串令部分军官百思难得其解的疑问。一次讨论，一位军需官提问："这供给制都供给些啥呀？"

卢昭伸出左手，然后一个一个地扳手指头："吃的、穿的、学习和工作用的，都是组织供给，还发点零花钱。零花钱有时发几角，有时发几元。"

"几元钱能干啥？"军官们都大吃一惊。

"省着点花也够了。你看我，刷牙从不用牙膏，用无敌牌牙粉。"卢昭解释。

"一个营级干部，未免太抠了吧？"一位军官"嘿嘿"一笑。

卢昭皱了皱眉头，平心静气地继续解释："八路军就是这样，军里的徐文烈主任用的不也是无敌牌牙粉嘛!"

军官们愕然了:"徐主任那么大的官,他就不怕人家笑话?"

这一问,轮到卢昭笑了:"谁笑谁呀?共产党为劳苦大众谋利益,提倡艰苦奋斗。毛主席在延安抗日军政大学做报告时,就穿着打了补丁的裤子。"

军官们笑不起来了。

这时,一位军官又冒出来一个问题:"家眷咋个供给啊?"

"是啊!能不能给这位仁兄供给个老婆?"有人趁机打趣。

一阵哄笑。卢昭也笑了。

性,从来都是军营热血汉子的永恒话题。对性的约束,则构成了维护军队纪律和战斗力的永恒难题。难题的求解,有军事的,有政治的,也有文化的。日本军国主义和美国大兵都有各自的求解方式。国民党军队也不容强奸民女,但在多数情况下,对性却很少约束。有钱,可以随处买到一夜春宵,宣泄生机勃勃涌动不息的春潮;有势,可以娶上三房四妾,满足秋去春来纳新尝鲜的情欲。

军队性约束的比较是一个深奥的学术难题。卢昭没想那么远,他只是透过玩笑感觉到军官们对八路军苦行僧式生活的不理解。卢昭收住了笑容,严肃地告诉大家:"眷属如果随军,与军人一样供给,有标准。如果没随军,则由地方政府照顾。国民党骂我们'共产共妻',其实我党对婚姻的约束相当严格,1946年初东北局有一个'二八七团'的规定,即男同志结婚须具备年龄在28岁以上、党龄在7年以上、职务在团级以上三个条件。你们看,我不就是一条光棍吗?"

几位军官摇头了,他们觉得这太不近情理:男大当婚,女大当嫁。不孝有三,无后为大。人家给你们共产党卖命,流血牺牲,坟头香火都不让续上一支,说得过去嘛?

说得过去说不过去都得说。卢昭没停口,继续告诉大家:"对婚姻以外的男女关系,八路军、新四军是绝对禁止的。"

几位军官的头摇不动了:这不但不合情理,而且不可思议!孔老夫子都说"食色,性也"。七尺壮汉,哪个体内不涌动着奔腾的精血?哪个内心不流淌着绵绵的春情?憋得住吗?堵得了吗?

那位喜欢打趣的军官冷冷地问了一句:"两相情愿的事情总不会干涉吧?"

"不行!这是纪律,违反了要受处分。我们主张一夫一妻制,并且要坚决取缔娼妓制度。共产党不仅要建立没有剥削的公平世界,还要纯净民风,真正实现

孙中山先生'天下为公'的'大同'理想!"

按照共产党的纪律约束起义官兵们的性行为,是改造旧军队的一个必备的内容,一个颇费口舌的难题。

卢昭说,起义军官在起义之初,真正了解、钦佩共产党、八路军的是少数,真正仇视、反对共产党、八路军的人也是少数,多数军官都是随大流,他们不愿"干八路"是因为八路太苦,吃的、穿的、用的、玩的,都不如国民党军,又没钱花,更不许沾女人,受不了,熬不住。特别是战场形势,共产党被国民党撵得到处跑,这"土八路""穷共产党"还有啥干头?任凭你口干舌燥地给他们宣讲共产党的理想境界,要改变由物质利益奠定基础的政治观念,太难!

每一期军官轮训队,都要围绕这些问题争论得一塌糊涂。自然,在共产党的鼻子底下的争论,坚持共产党主张的,当"赢家"多。魏瑛在回忆文章中说,他主持的讨论还总结出"供给制比薪金制优越多了"的四个特点,登在黑板报上:

伙食民主,油盐均匀天天有。衣鞋合身,旧的未烂又换新。
理发洗澡,吃饱穿暖有零钱。笔墨纸张,学习课本经常发。

这四条,对士兵来说是实实在在的,但多数军官能服气吗?
不服气的地方多了。

说"国民党消极抗战",最初就没有一人服气:卢沟桥全面抗战第一枪是谁打响的?抗战时期最著名的大会战,淞沪会战、徐州会战、南京保卫战、武汉保卫战、太原保卫战、长沙会战、浙赣会战,哪一仗国民党官兵不是尸骨成山血流成河?国民党打日本鬼子都打出了国境,远征印缅,美国人、英国人都竖起大拇指,"OK,哈罗"叫个没完没了,消极到哪了?

更有军官甚至扯开衣襟,挽起裤腿,"啪啪啪",几巴掌往上一拍:"消极?这枪眼,这刀疤,难道是狗咬的?"

第六十军经历了刚刚结束的八年抗战,数万三迤健儿在台儿庄、在赣西北,用惊天动地的厮杀声,为这支有着辛亥重九起义和反袁护国起义光荣历史的部队,奏响了一曲惨烈、悲壮的华彩乐章!

这是鲜血凝聚刻骨铭心永志难忘的情结。阴在阳之对,更在阳之内。

如果把改造国民党起义军官视为一场攻坚战斗的话,那么,对国民党抗战的评价，则构成了军官们内心世界抵抗改造的防御支撑点，一个用鲜血凝筑前沿障碍，用尸骨垒砌阵地堑壕，用中国军人的气节构筑核心堡垒的坚固支撑点。这个支撑点护卫着的，是军官们内心深处的"正统"观念：八年抗战是国民党打的，是蒋委员长领导的。赶走了日本鬼子，你一个专干劫富济贫勾当的"共匪"，有什么资格和国民党争社稷、夺天下？

尽管此时，中共在战场上对国民党所做的"武器的批判"，尚不足以颠覆其"正统"地位，但共产党人还是拿起了"批判的武器"，对军官们护卫"正统"观念的坚固支撑点，发起了正面进攻。

军政治部主任徐文烈1935年4月参加中国工农红军后，长期从事宣传教育工作，对宣讲中国共产党抗日战争的历史和理论，尤其是对毛泽东反驳国民党的一系列精辟论述，有着驾轻就熟的造诣。在一次座谈会上，他结合第六十军徐州会战的悲壮经历，提出了这样一个问题：六十军是在台儿庄大捷结束半个多月后，临时紧急调往台儿庄前线的，当时是想"再打一个更大的台儿庄战役"，这个作战意图为什么没实现？

一位对战史颇有研究的参谋回答：敌情变了。徐州会战初期，在辽阔的中国战场，日军犯了平分兵力错误，他们不仅在华北、华中两大战场上平分兵力，其华北方面军又在津浦、平汉、同浦三条铁路沿线继续平分兵力，每一路伤亡一些，占领地驻守一些，再向南发展，兵力自然不足。台儿庄大捷后，日军发现徐州地区集结了我重兵集团，遂汲取教训，集中华北、华中两大集团主力，从南北两个方向分六路全力合围徐州地区的我军。徐州地处平原，便于敌机械化部队展开和攻击，以我之劣势装备与敌进行大规模的阵地战消耗，势必重蹈京沪战场败师失地之覆辙。

徐文烈顺势引导：对！但这只是客观原因。战争不仅是物质技术力量的对抗，更是指挥艺术的较量。台儿庄大捷后，有人主张在徐州地区与日军进行战略上的"准决战"，蒋介石接受了。众所周知，中日战争是大而弱的国家被小而强的国家攻击，战争初期，如果在正面战场上硬拼，中国不是对手，对此，蒋介石并非不懂。他之所以在台儿庄大捷后，又往徐州地区增调了一倍多的兵力，是因为他把中华民族的命运押在西方列强为其远东利益出面干涉这一线希望上。

潘朔端点了点头，证实了徐文烈的分析："听老长官卢汉说，当年六十军开赴抗战前线，他先期赴南京时，蒋介石告诉他：'英、美、法几个大国决不会让

日本独占中国,我们只要打一下,国际联盟就要出来干涉,你们不必多虑。'他找何应钦联系补给时,何应钦也说:'战事不会打好久,现在国际联盟正在开会,日本不会再增兵,你们用不着多打算,六十军有一个营的补充编制足够了。'"

徐文烈将眉头一扬,展开了更深入的分析:毛主席认为,战争的伟力之最深厚的根源存在于民众之中,主张实行全国人民总动员的全面抗战。蒋介石不信任人民群众的力量,把希望寄托在帝国主义列强的干涉或与之对抗上。也正基于这种幻想,1931年九一八事变后,蒋介石才采取不抵抗主义,向侵略者拱手相让东三省;1937年七七事变后,蒋介石的抗战态度虽有所转变,但很不彻底,其战略方针依然立足于幻想列强出面干涉上,致使其战争初期实行了一条处处设防、节节抵抗、阵地硬拼的单纯防御方针,并组织了淞沪会战、南京保卫战、徐州会战、太原保卫战等一系列打又打不赢、守又守不住、败师失地的阵地消耗战。

"请教徐主任,你认为这仗该怎么打?"一位军官以谦恭的口吻婉转地表达了内心的不服:正面战场不抵挡日军进攻行吗?

对这类提问,徐文烈胸有成竹。从七七事变后第15天起,毛泽东陆续发表了一系列关于抗日战争战略问题的文章和讲话,其中尤以《论持久战》成就最高。这些闪耀着理性光芒的论述,徐文烈早已烂熟于心。他侃侃而谈:中日战争在军力、经济力、组织力方面,日本强于中国,但中国是大国,其战争是进步和正义的,会得到全国人民的支持和全世界多数国家的援助,在这些方面,中国又优于日本。中日战争的这一基本特点,规定了和规定着双方政治上的政策、军事上的战略战术,以及战争的前途。一方面,战争初期和中期,我们应坚决避免战略上的决战,以土地换取时间,在战略上以持久战消耗敌人;另一方面,敌以少兵临大国,只能占领一部分城市、交通沿线,于是,给我们开展运动战和游击战留下了广阔的空间。由此,在战略防御阶段,战役战斗形式应该以运动战为主,辅之以游击战和阵地战,利用我地广、兵多两个长处,主力兵团采用灵活的运动战,以战役战斗外线速决的进攻战,积少成多,遏止敌人进攻。进入战略相持阶段后,我军应以游击战为主,辅之以运动战,除正面防御部队外,我军应大量转入敌后,发动民众,向敌占领地开展广泛和猛烈的游击战,并尽可能调动敌人于运动中歼灭,逐步改变敌我力量对比,为转入战略反攻创造条件。

徐文烈从容地把军官们的思绪从战役战术领域引到战略领域,稍事停顿,又将他们的眼界拓展到政治领域：蒋介石之所以采取消极、片面的抗战路线，完全基于政治上的短视。从一般军事常识上看，我正规兵团要在长的战线和大的战区采取流动性很大的运动战，必须在战区内解决给养、兵员的就地补充，解决制造、捕捉战机时的隐蔽性和突然性问题。在敌人眼皮底下，不发动民众，军队能源源不断得到供给和补充吗？能有效地封锁消息、掩护军队出其不意的行动吗？要发动民众，农民备受盘剥、士兵挨打受骂、官僚腐败、专制独裁等一系列社会问题就得解决。但革新政治，将动摇现存的社会制度，蒋介石能干吗？抗战时期，国民党政府也曾颁布过"二五减租"法令，但国民党统治区基本没实行过。蒋介石也曾向敌后派遣了近百万大军，由于他们不依靠和发动群众，由于他们坚持反共方针，结果经不起敌寇"扫荡"，1941年崩溃于中条山，1942年败溃于浙赣，1943年覆没于山东，到1944年，除零星武装外，敌后国民党军基本瓦解。在此期间，国民党投敌部队近50万人，投敌将官58人、中央委员20人。事实证明，任何脱离人民的军队都无法汲取真正的力量源泉。

说到这里，一位军官还是提了一个问题："徐主任，我想再冒昧地问一句，共产党在抗战时期，除了平型关战役和百团大战，还打了哪些大仗？"

徐文烈知道，军官们长期受国民党反共宣传的影响，要转变观念，并非轻而易举。他摊开了朱德的《论解放区战场》，耐心解释：抗战之初，共产党军队只有三四万人，改编成八路军、新四军不久，蒋介石政府就断绝了一切补给，然而，到抗战胜利前夕，发展到正规军91万人、民兵220万人。共产党若真的"抗而不战""游而不击"，武器从哪来？人民群众又如何把子弟送来参军？事实上，从1937年9月到1945年3月，共产党领导的人民军队总计对敌作战11.5万余次，毙、伤、俘敌伪136万余人，缴获1028门炮、7700余挺机枪、43万余支步马枪，攻克据点1.1万余座。在1945年全部侵华日军（满洲不在内）40个师团58万人中，共产党军队抗击了22个半师团32万人，占56%，抗击伪军则占95%。没有共产党发动广泛的游击战争，国民党正面战场根本支撑不下去。

为了进一步说明问题，徐文烈翻出了一份缴获的日本华北派遣军司令部昭和十八年（1943年）度综合战果报道，念道：

敌大半为中共军，与蒋军相反，在本年交战一万五千次中，和中共军的作战占七成五。在交战的二百万敌军中，半数以上也是中共军。在我方所收容的十九

万九千具敌遗体中,中共军也占半数。但与此相比较,在我方收容的七万四千俘虏中,中共军的比率只占一成五。这一方面暴露了重庆军的劣弱性,同时也说明了中共军交战意识的昂扬。①

徐文烈接着说:游击战在抗日战争中占有重要的战略地位。国民党在敌后站不住,共产党靠自己的力量挺进国民党丢掉的大片领土,建立敌后根据地,发动广泛的游击战争,配合正面战场作战,其辉煌成就国民党不但视而不见,反而极尽诋毁,其根本原因就在于共产党广泛发动群众,革新政治,会从根基上动摇蒋介石的专制统治。也正因如此,1938 年武汉失守后的战略相持阶段,国民党政府本来有条件准备反攻,可他们不但很少发起较大规模的对日作战,反而对陕甘宁边区陈兵 50 万,并发起三次大规模的反共高潮。所有这些,都是蒋介石政府消极抗战无可争辩的事实!

徐文烈在军官们的唯唯诺诺中结束了他慷慨激昂的发言。从表面上看,军官们的抵触情绪似乎消止,也确有一些军官被徐文烈的宏论折服,但对于多数军官来说,多年来在国民党军队里形成的那浸着鲜血、系着乌纱的"正统"情结,就那么容易在区区可数的几堂政治课中被化解了吗?

感性批判虽然难以达到理性批判的深度,但却有着理性批判难以企及的力度。在社会大变革中,摧毁阻碍社会进步根深蒂固的旧观念,首先需要的是批判的力度,而巩固这一思想革命的成果,则需要批判的深度。这是一个有待于进一步论证的心理学、社会学命题。

两天后,在一次关于解放区民主制度的讨论中,一位军官一边频频点头,一边提出了一个令卢昭始料不及的怪问题:"哦,民主,民主!解放区有几种报纸?"

卢昭有点丈二和尚摸不着头脑:"好像只有《东北日报》。"

"大后方有几种报纸?"军官继续问道。

"别的地方我不知道。我离开昆明的时候,昆明有《中央日报》《民国日报》《云南日报》……"

"现在就更多了,还有《大公报》《平民报》《正义报》《扫荡报》……有十来

---

① 朱德:《论解放区战场》,《朱德选集》,人民出版社 1983 年版,第 148 页。

种吧？"另一位军官插话。

卢昭纳闷，他问这个干啥？

提问者狡黠地一笑，伸出了一个手指头："大后方有多种报纸，各党派可以通过舆论随时监督、批评中央政府。你们解放区只有一种报纸，这能叫民主吗？"

现实生活中的民主是具体的，不同的民主诉求通常有着不同的社会基础：别墅里要维持"小朝廷"利益的龙云、卢汉，更关注权贵精英的"参政议政权"；军官宿舍里有文化又有点"余钱剩米"的下级军官，更关注基于自我感受而直抒胸臆的"话语权"；而草棚里整日挨打受骂的广大士兵群众和他们备受盘剥的家人，更关注有口饭吃、不被随意残杀的"生存权"。

卢昭年幼时曾患有口吃，参加八路军后，经常深入群众，在众目睽睽之下演讲抗日救国的道理，日久天长，练就了机关枪似的"铁嘴"。军官的提问使他又张口结舌了，上下嘴唇颤了好一阵子，始终没吐出一个字来。

军官们都笑了。

这一笑，刺激了卢昭敏感的自尊。惊醒的自尊又激活了大脑深处瞬间被抑制了的思维细胞，他几乎一口气将一串连珠炮式的反问"回敬"了对方："土豪劣绅残酷地盘剥贫苦农民，解放区有吗？讨小老婆、发国难财的贪官污吏，共产党内有吗？抓壮丁、买卖壮丁、吃空额、喝兵血、打骂士兵、残杀逃兵等封建旧军制，八路军、新四军有吗？国民党统治区的报纸固然比解放区多，但在这些最基本的问题上，他们给过人民群众多少权利？这些最基本的生存问题不解决，空谈舆论监督，于人民群众何益？"

军官都不笑了。提问的人，无言以对。

那年头的共产党人，都这样理直气壮！

卢昭经历的"民主"之争对于研究中国革命的道路，有着重要的学理意义。

对此马克思、恩格斯早有规劝迷者的至理箴言——"共产主义不是教义，而是运动。它不是从原则出发，而是从事实出发。""过去的一切运动都是少数人的，或者为少数人谋利益的运动。无产阶级的运动是绝大多数人的，为绝大多数人谋利益的独立的运动。"无产阶级运动所要遵循的"人类历史的发展规律"，是"历史为繁芜丛杂的意识形态所掩盖着的一个简单事实：人们首先必须吃、喝、

住、穿,然后才能从事政治、科学、艺术、宗教等。"①

2 石人车站叛变事件

1946年10月20日,东北国民党军集中8个师10余万人,分三路进攻南满解放区。鉴于敌强我弱,东北民主联军总部决定,将尚未改造就绪的民主同盟军第一军撤至北满解放区继续整训。消息传来,在起义部队中引起了不小的震动。

自然界的地震是地球表层不同板块相对运动造成的。板块边界是地球构造运动最活跃的地方。1946年的政治舞台,起义部队靠近两大对立营垒的边缘,在你死我活的内战中,不仅要承受最为剧烈的政治动荡,还要承载每一位起义官兵于震荡中最终完成非此即彼的政治倾斜。

自然界的地震是有前兆的。石人车站事变之前也曾有过种种迹象。早在起义之初,就出现了不少叛逃,还有未遂的暗杀活动。部队到达安东后,国民党曾派来一名双枪手特务,悬赏3000元暗杀起义将领,被安东市公安局抓获枪毙。据李毅回忆,另一名特务勾结第五五一团二营营长田开贵、三营营长李根耀酝酿叛变,被察觉后,在潘朔端将军的坚决要求下,逮捕法办。

据士兵殷跃庭回忆,李根耀后来奇迹般地逃脱了制裁,回到了国民党新组建的第一八四师,并于1947年5月在梅河口火车站作战时被民主联军俘虏。

安东整训虽然做了大量的思想工作,但多数官兵的政治立场并未转变。

在军官轮训队,相当一部分军官虽然也承认国民党腐败,但看到国民党拥有全国政权和几百万正规军,有美国人支持,根本不相信共产党能打赢国民党。讨论时,常常发生激烈争论,针尖麦芒,唇枪舌剑。共产党干部在场时,辩论的言辞还比较委婉,而一旦争论在"内伙子"里展开,理性的讨论有时甚至会演变成激烈的情绪对抗,个别军官甚至扬言要杀掉学习积极分子。

当起义部队在国民党军大举进攻下接到转移的命令后,一些军官开始把自己和部队放在战场形势的天平上,重新衡量当初那茫然被动的政治选择。军直属混成团刘团长的撤退动员就很典型:"国民党正在向共产党进攻,安东将成为双方

---

① 恩格斯:《共产主义者和科尔·海因岑》,马克思、恩格斯:《共产党宣言》,《马克思恩格斯选集》第1卷,人民出版社2012年版,第291、411页;恩格斯:《在马克思墓前的讲话》,《马克思恩格斯选集》第3卷,人民出版社2012年版,第1002页。

争夺的战场，谁胜谁负与我们无关，我们是民主同盟军，要撤离这个战场。"

起义部队10月21日从安东出发，经宽甸、桓仁，步行7天到达吉林辑安（现改名集安）。

离开安东的次日，国民党第五十二军进占安东。几乎与此同时，国民党另一支部队进犯吉林通化，企图切断民主联军南满部队与后方长白山区的联系。国民党第六十军此时也调至通化以北地区，遂行"剿共"任务。

10月30日，民主同盟军第一军在辑安登上火车，第一八四师乘第一列火车，军部和混成团乘第二列火车。两列火车一前一后，趁夜暗向临江方向行驶。火车经过八里沟车站时，通化方向战场上的枪炮声已经听得清清楚楚。

耄耋之年的李毅每每回首流逝的岁月，脑海中总要浮现那一幕幕惊心动魄的记忆。他说，部队一上火车，看到先遣人员把筹集来的玉米面窝窝头随车装运时，一些起义官兵震惊了：国民党节节胜利，共产党正在败退，前途难测！

临近通化时的枪声炮响，更是把起义部队已经低沉的情绪引至谷底。

31日清晨，第一列火车到达八道江车站，鉴于天已大亮，为防空袭，火车停在隧道内，部队下车分散到山坡上隐蔽。此时，全师政工干部只有十来个人，没有自己的警卫，没有通信工具，对周围情况也不了解。一种不祥的预感紧紧地笼罩在李毅的心头。借下车机会，李毅召集各团政治处主任开了一次紧急会议。

"部队的情绪很低，牢骚怪话特别多。说什么长白山冰天雪地，人死了装玻璃棺材，撒尿用棍敲，能吃上窝窝头就不错了，等等。"一位主任汇报说。

"我们团也是，但营、团干部大都沉默寡言。我发现，军官们下车后，三两个一伙儿，四五个一团儿，似乎在商量着什么，我一到，马上又摆出若无其事的样子，极不正常。"另一位团政治处主任也有同样的担心。

眉头紧锁的李毅听完汇报，镇定地告诉大家："大家说的情况，我也有所察觉。这次北上转移，沿线有部队掩护，这里地处解放区，再往里走就更安全了。最坏的打算要有，但必须镇静以处，宁可冒生命危险，也决不能擅自脱离部队。我们要做好团结和稳定情绪的工作，争取安全抵达临江。"

李毅等人的担心并非无中生有。

策划并组织叛变的头子，是5个月前率部驻守大石桥的第五五〇团团长杨朝纶。潘朔端率部起义后，派师部作战参谋郑竹书前往大石桥，送去令杨朝纶随师起义的手令。师参谋长马逸飞亦前往处置此事。但此时的杨朝纶已接到长官部让其代理师长的密令，于是假借谈判拖延时间，企图固守待援并把郑竹书关押起来。鉴于谈判无效，东北民主联军于6月2日黄昏发起攻击，战至3日10时，第五五〇团除驻守营口的第一营外，全部被歼，杨朝纶不光彩地当了俘虏。

当杨朝纶被押到安东时，辽东军区首长就"要不要杨朝纶"，征求了潘朔端的意见。潘朔端考虑到杨朝纶抗战时期就是郑祖志的副手，关系较深，同意将其留下，遂被提升为民主同盟军第一军一八四师副师长。杨朝纶团的部分被俘官兵也被编入起义部队，其中连以上军官28人。梦寐以求飞黄腾达的杨朝纶，代理了两天国民党的师长后，又戏剧性地成了共产党的副师长。

按说，共产党对杨朝纶不杀不辱不计前嫌并委以重任，他理当知恩图报，但杨朝纶不这么想。在国民党军，诱人的薪水、闪光的肩章，以及由此带来说得出口说不出口的种种利益，在"共军"那里，别说当副师长，就是当军长、当司令，也没有哇！更何况，眼下国民党军大军压境，"穷八路"还能蹦跶几天？杨朝纶暗自庆幸过，本人与潘朔端、魏瑛不同，他们是起义的主谋，马逸飞本来就是共党分子，只能死心塌地跟共产党往死胡同里钻，毫无退路。我是战败被俘，"暂借虎穴来栖身"。共产党利用我，我何尝不可先韬光晦略，静观其变，待时机成熟，再拉走队伍，戴罪立功？

由于杨朝纶伪装了自己，被派去担任军官轮训队班主任。事后人们才醒悟：这个职务使杨朝纶能在轮训中摸清所有军官的政治态度，于暗地里煽阴风，点鬼火，悉心网罗了一批叛变骨干。

多少年后，李毅还在叹息："那时我们工作的重点是潘朔端和魏瑛。对杨朝纶，我们忽视了，给了他一次机会。唉！"

10月31日天亮后，借部队在八道江下车隐蔽的机会，杨朝纶等便开始了实施叛变的串联和动员。

整个叛变的策划与组织瞒过了魏瑛，因为魏瑛起义后曾公开表明过自己的坚定立场："弟兄们都知道，我在国民党那里也算是一个小小的军阀，起义后，国民党把我老婆关起来了，还没收了家里的财产。共产党的师长我是干定了！"

是日午夜，当列车行驶到石人车站时，杨朝纶先期派到火车头上的亲信根据杨朝纶发来的信号，强迫火车司机"停车加水"。火车一停，火车司机就被捆了起来，车厢外立刻有人一个车厢一个车厢地喊："下车集合，上山防空。"于是，各个车厢正在酣睡的士兵被连拉带扯地喊醒、赶下车，一个个又睡眼惺忪、懵懵懵懵地跟着人流往山上跑。

魏瑛在师部车厢里听到外面吆喝声，发觉不对头，打开车门，冲着人流吼了一声："喂！你们干啥？"

"师长命令，集合上山。"人流中有人应声回答。

"放屁！老子就是师长。都给我站住！"魏瑛一听，火冒三丈。

见没人听，魏瑛准备下车制止，不料，前脚还没落地，就被几名贵州籍士兵扯了下来，随后，五把刺刀对准了他的胸膛："副师长请你到田坝头去！"

魏瑛一怔，这才醒悟过来，大难临头了！他使劲挣扎着被扭住的双手，像一只被拴住的雄狮暴跳起来："要杀就杀，老子不去！"

这时，乱糟糟的人流卷来了师部军需主任李明德，见师长遭遇非礼，他大吃一惊，厉声喝道："放肆！这是师长。都给我放手！"

李明德一边吼，一边上前解救师长。魏瑛趁机挣脱几双铁钳般的大手，在李明德与士兵抓扯中，一头钻到车厢底下。

魏瑛爬到车厢那头，正庆幸逃出虎口，突然，背后一只手抓住了他的衣服，惊魂未定的魏瑛又吓了一大跳。他刚要挣扎，那人轻声说道："魏师长，是我！"

定睛一看，注意到了那人鼻梁上的眼镜，是李毅。

李毅是从车厢另一侧下车的，身边只有一个秘书。但魏瑛却把他看成了救星："杨朝纶策动叛变，差点把老子给绑架走。部队乱套了，你有什么办法？"

"你是师长，全师应该听你的号令。"李毅提醒。

对呀！杨朝纶假传我的命令，不正说明我还有号召力嘛？魏瑛随即喊来随身警卫"护驾"，冲着人群吼道："我是师长！大家不要动，一律上车待命。"

可是，听话的人不多，人流还在往山上拥去。借着车站微弱的灯光，魏瑛看到师部警卫连秦连长背着一个小白布包包也在人流中，于是连喊了几声。见对方不理睬，魏瑛跳起来大骂："你这个混蛋，解放区老乡白喂了你这条狗！你跑吧，总有一天会把你抓回来！"据魏瑛回忆，该连长于1952年被镇压。

后来，魏瑛让司号兵出去吹了三次号，才把队伍后边的人招回来一些。

那个不祥之夜，在所有亲历者的脑海里都留下了清晰的记忆。

师通信连司务长吴兴芳回忆，那天晚上火车一停，梦乡中的官兵一个个全被车厢外面的人喊醒了，许多东西都顾不得拿就被吆下火车，然后，是站台上的军官不停地催促："快跑，往北，别掉队！"

官兵一下车，建制就乱了，大家都不知道发生了什么事情，又唯恐落后，只有稀里糊涂地跟着乱哄哄的人流往山上跑。跑了十多里，吴兴芳累了，见20多人坐在路边休息，多数都认识，于是也坐了下来。这时，大家才定神相问：为啥下车？往哪里走？干啥？发生了什么事情？

结果，大眼瞪小眼，谁都说不出个所以然来。听师警卫连的士兵说，师长和李主任还在车上，吴兴芳提议等一下他们。等了半个钟头，不见师长他们的影子，大家又急了，你一言我一语，有人主张往前走追部队，有人提出回车站找师长，众说纷纭，莫衷一是。这时，士兵杨炳光提议："都别争了，现在这里就吴兴芳官最大，我们都听他的怎么样？"士兵们一致同意。

吴兴芳不好推辞，他一琢磨，干脆我也找官大的，于是吩咐："我们一起转回去，找师长和李主任吧！"大家同意了，跟着吴兴芳往回走。

回到车站，没等吴兴芳表功，魏瑛劈头盖脑地训了起来："杨朝纶叛变，你们跟着跑什么？"

吴兴芳一肚子委屈。幸好李毅在旁安慰了一番："回来就是好同志，回来就是好同志！"

杨朝纶策动叛变，也有拖不走的官兵。据时任民主同盟军第一军一八四师五五一团警卫排副排长张珩回忆，那天午夜，火车在石人车站停下来，听到"下车集合"的喊叫声后，他正要下车探察，被团长梅鑫厉声喝住："都不要动！"第五五一团警卫排就这样完整地留了下来。

事后分析，在石人车站叛变事件中，留下来的中高级起义将领大体分三类：完全不知情的潘朔端、马逸飞、魏瑛算一类，郑祖志算一类，而梅鑫很可能是最有文化反思价值的一类——他事先知情，但坚持"你走你的阳关道，我过我的独木桥"，既互不强求，也互不相害的军旅旧道德。

被欺骗、挟持的政工干部，有的发觉情况不对头，悄悄地脱离了部队，藏了起来；有的是因执行监视、押送任务的士兵不忍心相害，私下把人放了。天亮之前，他们都陆陆续续回到了车站。第一八四师在石人车站停了两天，才继续乘火车前往临江。全师剩余人员被缩编成两个连。据记载，第一八四师在石人车站有"1300人在副师长杨朝纶带领下叛变"，"朝辉南方向走去"。

杨朝纶拖走部队后，安排30多人的督战队端着机枪驱赶被欺骗、裹挟来的官兵，他本以为计划周密，定会大功告成，没想到解放区的老乡根本不给他真心带路，整整4天，一直在方圆30公里的山沟里打圈子。

当叛变部队进入柳河县境内，在回头沟遭到柳河县大队副大队长陈本立率部阻击，随后又在10里外的石门岭陷入我东北民主联军第三纵队七师一部和辽东军区独立第二师五团的围堵。一经军事攻势和政治喊话，叛变部队顷刻瓦解。放下武器的叛兵后来被编入独立第二师等老部队。

据马逸飞回忆，"除逃窜途中被我地方部队截击和收容外，随杨叛逃者，约七百人"。

图谋叛变的，还不止这些。

据马逸飞回忆，起义部队撤离安东时，原打算让军官轮训队由安东过江，经朝鲜到东满解放区的图们，不料，军官们在杨朝纶的策动下联名要求随部队转移，获得了潘朔端、郑祖志的许可。

当杨朝纶在石人车站策动部队叛变时，军部和混成团乘坐的第二列火车正因火车头动力不足，爬坡失败，停在途中的老岭下。得知起义部队在石人车站发生叛变的消息后，辽东军区急电第二列车上的徐文烈、潘朔端、郑祖志、马逸飞，速乘火车头返回辑安开会，"研究防止再度发生叛变的办法"。

当夜，在潘朔端的追问下，郑祖志坦白：杨朝纶事先和他谈过，他既未制止，也没报告。

另据乘坐第二列火车的军部特务连上士班长李某后来证实，在老岭下停车后，部分军官趁机策动叛变："走，我们回去找曾军长！"他们还得知：组织叛变的事，郑祖志副军长知道。

李某从老岭逃回国民党第六十军不久，被提升为军官。

郑祖志已于20世纪80年代落叶归根。新中国成立后他曾写过一篇盛赞潘朔端将军率部起义的文章，但对石人车站事变只字未提。

现在有些文章出于"统战"的客观需求或"正名"的主观愿望，将一些起义官兵改造前的思想觉悟人为拔高，这在客观上有意无意地否定了改造旧军队的必要性和历史必然性。实际上，当年中国共产党改造旧军队是很艰难的。据民主同盟军第一军政治部1946年10月6日的统计分析，在中下级军官队伍中，"进步分子"如营长黄德昌，连长易锦章、李嘉荣，排长赵霖芝、李荣耀、林家保等，仅占15.6%左右，而"落后分子"达32.6%，以至于撤离安东前，军政治部不得不要求"每团争取一个营长，每营争取一个连长，每连争取一个排长"。

部分高级将领的思想觉悟也成问题。副军长郑祖志在叛变事件发生后的坦白,并非"表现了他对党忠诚老实,襟怀坦白的革命胸怀"。事实上,经过批评教育后,他在干部会上是这样进一步坦白的:自己也曾有过拉队伍叛变的打算,以至于"一天之内几次做圣贤,几次做禽兽"。鉴于郑祖志是主动交代的,辽东军区对其未予处分。起义部队后来开赴前线时,他被暂留后方。

为防止再度发生叛变,辽东军区首长在征求起义将领的意见后,决定收缴第二列火车上的部分武器,并另派警卫随行护送。

起义部队就地整顿后,经临江、长白,借道朝鲜,于11月下旬到达汪清县。为了稳住这支部队,一方面,将几名政治上不可靠的团、营带兵军官调离。另一方面,当地党政军领导组织了热烈的慰问活动:各界群众隆重集会欢迎;吉林军区派出文工团慰问演出,还为起义官兵们发放了全新的棉衣、棉被;附近老乡从四面八方用爬犁送来了各式各样的慰问品,有白面、粉条、烧酒,有猪肉、牛肉、狗肉,还有官兵们从来都不敢奢想的鹿、狗熊、狍子、野猪等猎物。

在万物萧条风号雪加的北国,远离热带、亚热带家乡的云南子弟感受到了意想不到的温暖。一连几日打牙祭顿顿管饱,山珍野味吃了个够。打娘胎里蹦出来,经历如此热烈的场面,许多人还是头一回,以至于几十年后仍不忘跷起大拇指不住地夸赞:"真够场面!真够气氛!真够意思!"

起义部队跌入谷底的士气在热热闹闹的慰问中基本稳住了。然而,将领们依旧沉浸在冷峻的反思之中。这冷峻的反思,在东北民主联军副总司令兼吉林军区司令员周保中、东北民主联军政治部主任兼中共吉林省委书记陈正人主持的总结改造起义部队经验教训的专门会议上,化成了痛定思痛后的批评与自我批评。

魏瑛,16岁从军,十几年你死我活血淋淋的战争,不仅铸就了他刚烈的性格、火暴的脾气、铁石般的心肠,也使其洞察了旧军队人事更迭与兵权归属中,决定个人毁誉的那一层层解不开、理不顺、剪不断、弃不得的盘根错节的人际关系网。纵观一部民国内战史,哪一个军阀粉墨登场之初,不清洗异己,提拔亲信,以此控制部队?没有几个忠心耿耿百依百顺的部下,如何号令三军,攻城略地,称雄一方?龙云戴上"云南王"桂冠时,不是清洗了唐继尧的旧属,换上了一大批出身于滇东北彝族奴隶主世家的三亲六故吗?卢汉取代龙云时,不是把滇军的军长、师长统统换成清一色忠肝义胆的卢氏家将吗?

这位坦荡耿直的云南汉子,说话从来都是直杠杠、响当当、硬邦邦的:"我说，就不该留用杨朝纶。当初在大石桥，潘军长派人送去让他起义的手令，他宁可当俘虏也不执行。这种人，你就是给他再大的官，他也不会真心干。像他这样的坏蛋军官队伍里还有。所以，早在析木城时我就提议，先把部队的武器收缴了，徒手整训结束后再发还。民主联军首长出于对起义部队的信任，照顾对外政治影响，未采纳我的建议。但是，我们自己不能放松警惕呀！"

魏瑛的意见是冲着郑祖志和潘朔端去的：坏就坏在郑祖志的把兄弟身上，就怪你们留下了祸根！

马逸飞的发言，反映了他回归人民阵营的急切心情："教训，我认为首要的一条，是要明确共产党的领导。军队名称是一面旗帜，民主同盟军这个名称太含混，一些官兵参加革命三心二意，这是个原因。少数军官居心不轨策动叛变，也是钻了这个空子。不然，就不会出现混成团刘团长那种荒唐的转移动员了。在共产党领导下改造旧军队，不一定要编师编团，既然参加了革命，就不能计较个人的名利地位，应该编成大队，上战场去锻炼。"

马逸飞的急切心情与他的曲折经历有着密切关系。据马逸飞本人回忆，1926年他在昆明就读高等师范时加入了中国共产主义青年团，翌年转为中共党员，担任了省城学生联合会主席兼共青团云南省委学委。1928年，马逸飞被派往云南蒙自地区从事农民运动。三年后，由于中共云南省委被龙云彻底破坏，马逸飞与党组织失去了联系。之后，被迫流落川军。1938年，马逸飞在武汉通过黄洛峰引见，向八路军驻武汉办事处负责人罗炳辉将军汇报了自己脱党后的情况，并请求归队。根据罗炳辉的指示，马逸飞进入第一八四师工作，同时接受地下党的审查。张冲被撤职后，地下党被迫停止活动，对马逸飞的审查也就搁置下来。1946年3月，马逸飞由重庆陆军大学毕业，分配回第一八四师任参谋长。

一些官兵记得，马逸飞刚到东北时，戴一顶很显眼的貂皮帽子，所以，下面的人给他起了个绰号，叫"狮子头"。海城起义时，马逸飞骑一匹青色的高头大马，在行军纵队中十分活跃，一路宣传："都看看，老百姓对我们多好！共产党得人心，跟着共产党走不会错的！"

只要他一出现，就有人嘀咕："狮子头又来替共党宣传了！"

也正因如此，海城起义后，曾泽生曾一口咬定："马逸飞是共匪打入六十军的奸细。潘朔端是被马逸飞欺骗和利用了。"

起义后，马逸飞多次请求恢复党籍。中共安东省委书记江华主持了审查。

1946年10月初，中共东北局批准因故脱党15年的马逸飞重新入党。

对马逸飞的政治审查和结论，有着深深的历史痕迹。战争年代，中共对敌人营垒的分离者极为宽容，但对自己的党员却有着一尘不染近乎冷酷的苛求。在残酷的战争年代，共产党要战胜强敌，这，也许是必须的选择。

共产党对马逸飞的要求是严格的。总结石人车站事变的教训，马逸飞也没给其他起义将领留半点情面："潘军长、郑副军长用人不当，都有无可推卸的重大责任！魏师长也是，太麻痹了！"

在主动承担了责任之后，潘朔端也诚恳地提出了自己的看法："坏人要清洗，但改造起义部队最主要的环节是思想改造。"

在众多的起义将领中，潘朔端的觉悟程度是公认的。民主同盟军第一军秘书长刘惠之评价潘朔端"不像当过国民党将军的人"。李毅也认为，潘朔端"不同于一般的国民党军队高级将领"。

不少亲历者都说：那个年代的共产党干部平等意识都很强，对部分旧军官身上的旧习气真看不惯啊！特别是那套封建旧礼——在上级面前点头哈腰，唯唯诺诺，经常"吹吹乎乎"，"有些话当领导的听了都肉麻"；同级之间称兄道弟，讲究无原则的江湖义气；在下级和老百姓面前，只要是个官，就一定要拿个架子，把威风抖够。还有，喜欢吃吃喝喝，好像酒杯之外无情趣，酒桌之外无友情似的。

而这，正是当年毛泽东旗帜下的中国共产党人立志要改造的已传承千年的国民性——"对于羊显凶兽相，而对于凶兽则显羊相"（鲁迅：《忽然想到》）。

潘朔端与众不同还不止这几条。据李毅和刘惠之回忆，潘朔端爱学习，读起书来如饥似渴，还爱和政治工作干部聊天，讲起国民党的腐败和国家的命运前途，总有说不完的话，非常投机。

对潘朔端，军政治部主任徐文烈心中有数。他刚来不久，就问马逸飞："我想找潘朔端单独谈一次话，但需要避开郑祖志。你看，什么时候最合适？"

马逸飞说："潘朔端每天起床都比郑祖志早，你早晨找他。"

从那以后，潘朔端郑重地提出了加入中国共产党的请求。

在马逸飞重新入党之后，部队撤出安东之前，经徐文烈、李毅介绍，报总政治部批准，由辽东军区副政委莫文骅当面宣布，潘朔端终于在东北内战中共产党最艰难的时期，实现了自己的愿望。入党时，潘朔端的话不多，但掷地有声：

"军队和我个人都属于党,一切听从党安排!"

受旧军队军旅道德熏陶多年的国民党将领在起义不久,能说出这样的话是鲜见的。潘朔端之所以能跳出家乡子弟、军旅袍泽、同窗好友、老长官、把兄弟一类小圈子,把自己和自己拖出来的队伍都无条件地交给人民解放的大事业,这思想境界的飞跃得益于读书和恳谈。

基于认识上的飞跃,潘朔端从更深层次总结了教训:"政治整训的核心工作是思想改造,应该配备足够的政治工作干部。可我们全军政工干部只有三十来人,只配到营以上单位,太少了!旧军队是个人说了算,唯长官意志是从。杨朝纶他们策动叛变,就是利用了这种旧军制。所以,我们应该向老部队那样,把军队置于党的绝对领导之下。党指挥枪的原则,过去徐主任给我讲过,但没理解。这次教训,使我幡然醒悟。另外我个人体会,读不读书大不一样。军官都有文化,最好组织他们系统学习革命理论,转变了世界观后,再让他们回来带兵。"

面对起义将领推心置腹的发言,徐文烈、李毅颇受感动,仅此,足以证明参加改造起义部队的政治工作干部在十分困难的条件下,已经取得了很大的成绩。

可当时,许多政治工作干部更多留意的,是明摆着的叛变事件。

第五五一团一营教导员李维禧当时就对团政治处主任一肚子意见。出事那天早上,部队在八道江下车隐蔽,李维禧发现营长和各连连长都不见了,一问,说是在山上开会。怎么不告诉我一声?怪事!发觉苗头不对,李维禧急忙找自己的直接领导:"主任,连以上干部开会你知不知道?"

"没听说啊!"主任回答。

"二营曲教导员也不知道。部队在这边分散休息,他们却跑到那座山头上去开会,还背着我们,恐怕要出事吧?"

"不要大惊小怪好不好?梅团长还在嘛,我也没听说开会的事。对起义军官要相待以诚,信任他们。党的政策就是通过我们耐心工作才体现出来的嘛!随便疑神疑鬼,传出去影响不好。要有政策观念。"主任硬是把李维禧熊了一通。

叛变事件发生后,团政治处主任们也批评了上级"右倾":安东整训四个月,为什么不彻底清洗不可靠分子?为什么不从组织上彻底改造起义部队?带兵,为什么还让那些没改造好的旧军官说了算?

有的甚至抱怨:要是把起义部队和老部队混编,再有十个杨朝纶也不敢叛变,哪还会出这么大的乱子!

究竟应该如何评价安东整训？李毅说："安东整训不能孤立地看，评价历史事件不能离开历史背景。当时敌强我弱，工作重点应该放在扩大政治影响上，改造起义部队必须服从这个大局。"

当年军部保卫科科长华文的看法和卢昭、李维禧一样：我们最困难的时候出现杨朝纶叛变事件，再正常不过了。让国民党军官放弃能吃喝嫖赌的日子，过八路军苦行僧式的生活，不叛变才不正常呢！在旧军队，军官图升迁，士兵盼回家。更何况国民党有美国支持，随你怎么宣传，要他们相信共产党能打赢国民党，难！所以，争取士兵也非易事。

军政治部主任徐文烈对石人车站叛变事件总结的教训主要是两条：一是组织上对军官，尤其是对团营两级军官争取不够，对少数占据重要职位的反动分子清洗也不够；二是政治上尚未彻底改造这支部队，在旧军制下军官压迫士兵、士兵盲从军官的反动思想传统没有被打垮。

解放战争期间，国民党军队起义后，大多发生过或大或小规模的叛变，尤其在战争初期。与同时期起义的郝鹏举部、高树勋部相比较，潘朔端部能成建制地改造到这种程度，已经很不简单了。

然而，中国共产党人仍不满足，他们在追求完美理想的历程中，注定要最大限度地发挥自己的主观能动性，寻找改造起义部队最有效的方式！

如果把改造起义部队当作一场具有历史意义的政治战役，战役的突破口就应该选择在对方最要害、最薄弱的地方。

在哪儿呢？

3 兴隆整训

起义部队在汪清县休整了一个来月后，于12月下旬乘火车北上抵达北满松江省巴彦县兴隆镇继续整训。

兴隆整训，是中国共产党改造国民党起义部队的一个全新的起点。直接指导兴隆整训的，是中共中央委员、中共东北局委员兼东北局敌工部部长李立三。

据李毅回忆，石人车站叛变事件发生后，政工干部队伍思想波动很大，个别干部甚至请求调离。李立三耐心细致地做了许多说服教育工作。他告诉大家："东北还有十几个军的国民党部队，把这支起义部队改造好了，会有很大影响，等于在另一条战线上与国民党作战，意义不亚于在前线拿枪打仗。改造旧军队要有一个过程，不能因为出现叛变就灰心泄气。急躁不行。我过去就是因为急躁才犯了错误。"

李立三还亲自做一些起义军官的思想工作。军部通信连反映连长李荣贵有军阀作风，李立三就找他谈话："你以后急事缓办，缓事急办，磨炼一下就好了。"后来李荣贵改正了旧习气，成为全军政治整训中起义军官的先进典型。

李立三的到来，还亲自部署了一项重要工作：在总结安东整训经验教训的基础上，用发动士兵群众开展诉苦运动的方式，来彻底改造这支起义部队。

安东整训有一条改造旧军队非常重要的经验，就是"倒过来讲"。

据民主同盟军1947年的工作总结，安东整训后期，徐文烈等政工干部通过调查发现，多数士兵对国民党统治集团无敌意，却痛恨乡、保长和恶霸地主。鉴于初期的政治教育多从正面宣讲国民党"卖国独裁""压迫人民"，结果不但与起义士兵亲身感受距离太远，还与其"正统"观念相冲突。于是，根据民主联军辽东军区司令员兼政治委员萧华指示的"大胆开放民主，大胆发动群众"，争取"士兵翻身"的改造方针，以及"自上而下的合法斗争，自下而上的民主斗争"的"工作方式"，改过去"讲大道理"先从士兵所受的具体剥削压迫讲起。果然一"倒过来讲"，几乎是瞬间，起义士兵就彻底觉悟了。

遗憾的是，我政工干部刚"摸到一些头绪"，"反省诉苦坦白综合性的大会""正轰轰烈烈起来"，就因国民党进攻我南满解放区而被迫中断。

关于新式整军的意义，一年后，毛泽东有过很高的评价：我们从中央苏区起，就想找一个教育俘虏兵的好形式，这次"诉苦三查"的办法把这个问题解决了！①

1947年元旦刚过，当晶莹剔透的雪花纷纷扬扬回归大地母亲的怀抱，银装素裹了冰封的千里北国，营造了洁白无瑕的人间景象时，起义官兵在共产党领导下，于另一条战线开始了一场洗心革面的思想风暴、脱胎换骨的灵魂洗礼。

整训开始前，部队抽出150余名校、尉级军官，由第五五〇团政治处主任段希远带队，前往北安县，编入东北军政大学总校，为干部九队。然后，在兴隆镇组建了两个军士训练队，从班长和士兵中抽调200多人参加集训。

---

① 转引自姜思毅主编：《中国人民解放军政治工作史》，解放军政治学院出版社1984年版，第409页。

组织调整后,政治整训在起义部队、军士训练队和东北军大九队同时展开。

绝大多数士兵和一部分军官都出身于贫苦农民,都是被抓来、逼来的壮丁,谁没有一肚子苦水?谁没有一把辛酸的眼泪?

林家保起义前是师部通信连无线电排的副班长,家居云南省姚安县大新庄村,从祖父那一辈起,一直靠租佃地主的田地维持一家人的生计。祖父和父亲都是一个大字都不识的"睁眼瞎",一辈子老老实实耕田种地。祖父比较开明,他认为没有学问就要被人欺负,主张家里再穷也要供一个孩子读书。

终于,林家保九岁那年,背上了母亲用自己的一条破裤子改成的书包,打着赤脚,高高兴兴地上学去了。

一天,林家保刚放学,远远看见村头围着一群人,挤进去一看,是几名乡丁正在围打一位交不出"杂派钱"的老头儿。

那时,国民党的苛捐杂税奇多,什么"抗日税""公路捐""人头费""壮丁款"等等,多如牛毛。常常刚收走一笔钱,没几日又要收另外什么名目的钱。到后来,连催款的乡丁都搞不清楚催款的名目了,于是,统称"杂派钱"。往往上面派下一笔款子,下面各级贪官污吏趁机加码,摊派给老百姓,收上来后,层层截留,中饱私囊。到最后,老百姓被搜刮得一干二净。

挨打的老头儿是林家保的邻居,穷得连草鞋都穿不起,哪还交得起什么"杂派钱"?老头儿被打得死去活来。没人敢为老头儿说话,因为多数人家都欠着"杂派钱",乡丁打人是"杀鸡给猴看"。

乡丁们发完淫威,又催了一道款,此时再交不出"杂派钱"的,便用绳子一一捆走,让各家拿钱去乡公所赎人。林家保的父亲也被捆了去。

回到家里,泪痕满面的林家保怯生生地拉住了母亲的衣角:"妈,我不读书了,用学费把爸爸赎回来吧!"

"啪",母亲的巴掌重重地抽在林家保干瘦的身上:"没出息!"眼泪却夺眶而出,像断了线的珠子,落在儿子身上。让林家保读书,寄托了一家人的希望。

当晚,疲惫的母亲从外面回来,告诉一家人:没借到一分钱。

第二天,母亲把家里唯一没打补丁的被子送进当铺,赎回了家里的"顶梁柱"。一家三代七口人只剩下三条补满补丁的破被子。这一切,在林家保幼小的心灵里埋下了仇恨的种子。

种子在无合适的温度和湿度等条件时,其内部唯一有生命的胚胎被由多层厚壁组织构成的种皮紧紧地裹着。裹着贫苦农民仇恨的"种皮",是"认命"。

年幼的林家保痛恨为富不仁的地主老财,痛恨为官不义的乡长、保长,痛恨为虎作伥的乡丁打手,有时甚至恨不得上去咬他们一口!但对眼前的一切,他又想不出什么道理,只有跟着大人用"命好""命坏",来诠释人间的不平。

1940年,给地主当长工的父亲在为地主盖房子时,被倒塌的高墙砸死,地主非但不予抚恤,还赖掉了父亲的工钱。

父亲死前,林家保的大哥被抓了壮丁。父亲死后,家里失去了劳动力,上有70多岁的祖父、祖母,下有不满10岁的弟弟、妹妹,母亲又患病,一家人生活十分艰难。一年后,得知家中噩耗的大哥从军队开了小差。由于家里欠"杂派钱"太多,大哥开小差回来的情况被乡公所报告了军队,于是,军队派了一名排长带着几个士兵来抓大哥。为了支撑这个残破的家,大哥躲进了深山老林,未满14岁的林家保被抓到军队顶替了大哥。

当国民党兵苦啊!吃饭要抢,吃不饱不说,还常常吃不上盐。盐贵着呐,一斤盐要用一斤鸦片来换。睡觉没有被子,更没有褥子。夏天好办,冬天只能靠在地上铺点稻草来取暖,说一句不好听的,当兵的就像一窝没娘的小猪在稻草上挤成一团,你拱我,我拱你。

如果仅仅是生活苦还将就,穷人苦惯了。难以忍受的是挨打受骂。

第一次挨打,因为地没扫干净。班长大发雷霆,让林家保平伸手掌,抡起扁担,左右手各打三扁担,两只手都打肿了,痛了一个多星期。

第二次挨打,是因为一次全团集会,正在打摆子发高烧的林家保不但得不到治疗,还不能休息,偏偏长官讲话又臭又长,讲了一个多小时,林家保站得两腿发抖,浑身直冒虚汗,一阵天昏地暗的眩晕后,不由自主地瘫了下去。

"狗×的起来!"排长压低嗓门吼了一声,揪着林家保的衣领,把他提了起来。散会后,排长集合全排,将林家保拽出队列,按在地上,然后,照着林家保的屁股上,"噼噼啪啪"地打了十扁担,屁股都打破了,痛了一个多月。

"那个×排长,根本不给你讲什么道理!"

受再多的气也得忍,不能开小差,否则自己被杀事小,要是把大哥抓去,一家老小就没指望了。既然当了兵,就甭想活着回去,不是战死,就是病死。活一天算一天,好在家里有哥哥、弟弟,祖坟上的香火不会断。

在全连军人大会上,上台诉苦的接二连三,一个比一个苦。台上一人哭诉,

第四章　探索改造起义部队的新路　143

台下百十号人跟着流泪,说到伤心之处,有的七尺汉子甚至号啕大哭。

诉苦运动是一步一步展开的。"倒苦水"是第一步,接下来就是"算细账"。结合驻地附近的土地改革运动,先算"剥削账"。

由于中国幅员广阔,小农经济又相对封闭,各地计量单位多种多样,地主剥削方法五花八门,所以,从史料上看,当年改造起义部队政治整训时的"算细账"很难做到非常科学、准确。不过,其大方向不容置疑,因为即便按照当时国民党政府的法规,旧中国各地的地租剥削率也是很惊人的。

1932年,国民政府颁布的《租佃暂行条例》十九条规定,缴租"最高限度不得超过当年正产物收获额千分之三百七十五"并禁止包租、预租和押金。由于国民党统治集团与地主阶级的血肉联系,该条例自始至终都是一纸空文。

地主的地租是多少?士兵多是农家子弟,一问都知道,少则对半开,收获的粮食农民自己留一半,另一半交租;多数是四六开,农民留四成,六成交租;剥削最重时三七开,农民只能留三成,七成归地主。高利贷就更不用说了。

不算账不知道,一算账气得跳:原来穷人受苦受穷都是地主剥削造成的!

政治工作干部不失时机地教唱秦寄萍创作的革命歌曲《谁养活谁》:

谁养活谁呀?大家来看一看,
没有咱劳动,粮食不会往外钻,
耕种锄割全是咱们下力干,
五更起,半夜眠,一粒粮食一滴汗。
地主不劳动,粮食堆成山。
谁养活谁呀?大家瞧一瞧,
没有咱劳动,棉花不会结成桃,
纺线织布没有咱们做不了,
新衣裤,大棉袄,全是咱们血汗造。
地主不劳动,新衣穿成套。
……

士兵越唱越爱唱,越唱越响亮。

算完"经济账",再算"政治账":看看周围的屯子,地主、富农占多大比例？不超过10%。劳动人民占人口绝大多数。只要穷人团结起来，地主老财没有打不倒的！再看国民党军队，士兵有几个不受压迫？一旦懂得了革命道理，谁不愿争取翻身解放？共产党依靠人民，发动人民，一定能打倒国民党反动派！

第三步是"挖苦根"：云南的地主剥削人，东北的老财也剥削人，为什么？万恶的剥削制度就是劳动人民的"苦根"！

从敬畏地主到痛恨地主，从痛恨地主到痛恨蒋介石，在启发诱导起义官兵们实现思想认识的一个个飞跃中，民主同盟军的政工干部娴熟地运用了中国化的马克思主义思想武器，组织部队开展了令人叹服的一个又一个单元的政治教育。

说起来似乎不可思议，这些道理在安东整训时，翻来覆去不知讲了多少遍，但听进去的人不多，听进去的话也不多，不然怎么会有那么多的人跟着杨朝纶跑？诉苦以后就不一样了，共产党的什么话都能听进去了，句句都说在心坎里，越听越愿听。诉苦的泪水还没擦干，一个个就心甘情愿地做共产党的忠诚战士。

伴随诉苦运动进入高潮，中共在海城起义部队中发展了第一批秘密党员。林家保就是其中的一个。

林家保十多年前见过共产党。那是1936年4月的一天，村里突然传说"共产共妻"的"共匪"来了。全村的人都躲上了山，林家保家只留下了老祖母。

父亲惦记着耕牛，那是全家的命根子。第二天，叫8岁的林家保下山去看看。林家保回家一看，牛、羊和粮食都在。一打听，周围几家穷人都一样。"共匪"只把富户人家的粮食吃了，猪杀了，牛也杀了。再一打听，方圆几里都这样，"共匪"专吃平日骑在贫苦农民头上作威作福的富户。回到山上，林家保把村里的情况一说，大人全乐了：好哇！我们回家。

红军大队人马从村上过了三天。到林家保家的"共匪"，凡是吃了粮食、烧了柴，都给钱，没钱就送东西。开始，家里人不敢要，"不杀人就行了"，但架不住人家硬给。后来，祖父收下了一个装旱烟的皮烟盒和一套旧军装。

红军走后，村里穷人流行一种说法：要报仇，就去"爬龙背"。

"爬龙背"就是当土匪，爬上了龙背，借着龙威，谁敢欺负你？从前的土匪在人们心目中是啸聚山林打家劫舍的强盗。自从见了"共匪"，直觉告诉穷人，"共匪"值得一当，虽然他们说不出什么道理。

每每家里贫困窘迫，或家人受欺负时，母亲总是抚摩着林家保的头，喃喃地说："快快长吧，长大了好去爬龙背！"

从国民党六十军到共产党五十军

林家保当上国民党兵后,因为读过五年书,在士兵中可谓凤毛麟角,当兵第二年就被送去学了3个月的有线通信技术,又学了8个月的无线电通信技术。到了第四年,熬上了无线电排的副班长,就是一部电台的副台长,准尉军衔。

1946年4月,林家保随部队在葫芦岛登陆,参加东北内战。初进海城,他看见满街"共产党万岁"的标语,好生奇怪,便问身旁的军官:"共产党是谁?"

"共产党就是共匪。"军官淡淡地回答。

"哦!"林家保恍然大悟:"共匪改名了。"

潘朔端率部起义后,有的军官来找林家保:"我们不能当共匪,跑吧!"

林家保客客气气地告诉对方:"你跑你们的,我不跑。"

要跑的人并非都是"思想反动",只是觉得共产党打不赢有美国人支持的国民党,跟着共产党"没前途"。林家保也并非有什么远大理想,只是隐隐约约地感觉"共匪"人好,旧军队那一套太没意思。再说,干"共匪"又不只是自己,再说家里有人传宗接代,自己就是死在外面,也没有什么了不起的。

留下来的林家保一步一步接受了共产党的教育。

那是林家保一辈子都忘不了的日子。往日指导员曹一民找人谈话,多是拉家常,讲革命道理,启发士兵觉悟。他给起义官兵的印象是读书多、见识广、思想深刻。其实这位印刷工人出身的老八路文化程度并不高,只不过他宣传的革命道理给了那些深受奴化教育的起义官兵以耳目一新没齿难忘的人生启迪。

这一回,曹一民没有多谈,他先提问:"经过诉苦教育,你有什么感想?"

"决心革命到底,就是潘朔端不革命了,我也决不动摇!"一米七五的云南汉子给了指导员一个痛痛快快的回答。

曹一民点了点头,将谈话引入正题:"你想不想加入中国共产党?"

不料,林家保很不以为然地告诉曹一民:"我早入党了!"

曹一民一惊,难道他是地下党员?于是,急忙追问:"你啥时入党的?"

"我起义参加八路不就是共产党了嘛?"在林家保看来,给共产党扛枪自然也就是共产党员了。

恍然大悟的曹一民"哈哈"大笑,边笑边说:"不对,不对!八路是八路,共产党是共产党,不能混为一谈。八路军是共产党领导的人民军队,参加八路军的人不一定都是共产党员。只有那些革命坚决,冲锋在前,退却在后,吃苦在前,享受在后的先进分子,才有资格成为共产党员。"

林家保恍然大悟："当个共产党还有这么大的学问！"

是学问就得学。曹一民给林家保开了党课"小灶"。

几天后，军政治部组织科科长卢华和一位女同志蔡娥代表上级党组织来军部通信连考察林家保并找其谈话。整整两个晚上，卢华和蔡娥了解了林家保的身世，也提了不少问题考察他的思想觉悟和政治态度。有个颇有趣味的问题，林家保至今没忘：一位战士兜里装着一枚铜板，作战时，一块弹片飞过来被铜板挡住，战士没有受伤。这是不是因为他命大？

这是考察党员发展对象思想是否觉悟了的一个很艺术的提问。当时，林家保的脑子转了好几个圈：从小到大，周围的人都算"命"、讲"命"、认"命"，按从前的说法，这无疑是"福大、命大、造化大"，可自从学习了社会发展史后，虽说还不是很懂，但多少明白了些"破除迷信"的唯物主义道理。

思考了一会儿的林家保犹犹豫豫回答："不是命大，是偶然碰巧，所以这位战士才捡了一条命。"

林家保并不知道自己的回答得了满分，他担心了好几天：要是回答错了，这无产阶级先进分子岂不就当不成了？

1947年2月13日，军党委批准林家保加入中国共产党，候补期半年。

种子的种皮通常在种子吸水膨胀后被撑破，此后，氧气大量进入，种皮内的胚才能萌发新的生命。

共产党运用诉苦运动启开了起义官兵泪腺上的闸门，让泪水浇胀了埋在他们心底的仇恨的种子，再撑破那长期愚弄劳动人民的宿命论"种皮"。人格的觉醒，人权的渴望，就像胚的萌发需要吸进大量氧气一样，推动着共产党昔日的战场对手贪婪地吸吮着曾经被视为敌人的"共匪"提供的精神养料。

觉悟了的起义官兵只听共产党的话。这支部队除了共产党，谁都拖不走了！

兴隆整训期间，混成团三营营长王正坤和七连连长王嘉觉企图杀掉教导员、指导员等政工干部，组织叛变，被觉悟了的士兵检举揭发。据士兵汤汝松等回忆，王正坤和王嘉觉被逮捕后，部队专门成立了一个士兵法庭，其成员由民主选举产生，士兵官天佑担任审判长，汤汝松等人担任陪审员。徐文烈、李毅等领导当顾问。审判过程中，士兵面对面地揭发他们，还出示了物证。审判结果，营长王正坤被判处死刑；连长王嘉觉则由士兵尹大忠等押往哈尔滨，交民主联军总部处理。

诉苦带来的变化，标志着起义部队政治改造的成功。用马逸飞的话来说："经历了兴隆整训，部队才算真正起义了！"

1946年下半年，东北战场的东北民主联军处于明显劣势。国民党第一八四师起义后，既没被编散分给各战斗部队，也没有投入战场，而是让他们集中撤往北满大后方学习整训。显然，在战场形势十分严峻、战争资源极为紧缺的情况下，中共耗费大量宝贵的人力、物力和精力去彻底改造这支起义部队，并且下大力气在起义官兵中培养一大批共产党的干部，其着眼点在战略上。

1946年7月，起义部队改编为民主同盟军第一军不久，东北军政大学辽东分校便招收了160多名官兵入校系统培训。

辽东分校设在安东，校长由辽东军区司令员萧华兼任，全校共四个队，一队、二队是军事队，起义官兵被编为三队，是政治队，四队是女生队。

为稳定起义官兵情绪，辽东分校破例给予三队特殊待遇：一队、二队和女生队住校部，睡在铺了稻草的水泥地面上，平时吃粗粮，每周改善伙食时，才吃上一餐细粮；三队住一所日本寺庙里，睡榻榻米，餐餐大米饭，菜金也比较多。

起义前在师部担任上尉书记的何庆昌和少尉司书的陈雨田后来撰文说："对我们这批人的改造是相当艰苦的。"

相当一部分学员，特别是国民党中央军校毕业的军官，入校之初抵触情绪都比较大，只要一讲到"国民党反动派"，他们就反感。

八路军的传统，人走到哪里，歌声就在哪里响起。辽东分校只要集会，一队、二队和女生队便互相拉歌，歌声此起彼伏，十分热闹。最初，夹在中间的三队学员有些尴尬，会唱的歌不多，唱得也不整齐。后来校政治部专门为三队学员印发了歌集，逐渐地三队学员不但能唱，也敢和别的队拉歌了。但有一首《国民党反动派一心要把中国害》的歌，三队学员始终不唱。

谁都没想到，奇迹几乎在一瞬间发生。

9月的一天，东北民主联军文工团来辽东分校慰问演出歌剧《血泪仇》。剧中贫苦农民王东才被抓壮丁后一家人的悲惨遭遇，在众多出身贫苦的三队学员中引起了极为强烈的感情共振。看完剧，不少两眼红肿的学员饭都吃不下了，回到宿舍，一头倒在床上。起义学员这才开始咀嚼入校后所学歌词的真正内涵。感情上的共振引发了思想认识上的共鸣，起义学员终于心悦诚服地接受了中国共产党根植于泥土地上的阶级斗争理论，也真正理解了共产党干部孜孜不倦的教诲。

第二天上大课前，三队文娱委员、起义学员中军衔最高的何庆昌，红着双眼站起来指挥三队唱歌："同学们，今天我们唱一首《国民党反动派一心要把中国害》，大家说，好不好？"

"好！"三队学员齐声回答。更准确地说，是响彻云天的齐声怒吼！歌声，仿佛是三队学员与旧军队、旧制度彻底决裂的宣言书，刚唱两句，就博得了讲台上下全校师生一片热烈掌声。

"向三队学习！""向三队致敬！"口号声随之而起。

一个月后，校方给予三队生活上的特殊照顾被逐步取消了，但三队学员与共产党的距离却贴近了。

中共在海城起义官兵中培养的干部真不少——有150多名校、尉级军官被送往东北军政大学总校学习，编为干部九队，学期9个月；有200多人被编入军士训练队一队和二队。至此，算上辽东分校培养的160名学员，共有500余人接受了系统培训，占起义部队后期官兵总人数的近四分之一。

中国共产党这笔巨额的"人才投资"，在国民党军第六十军起义后，作为改造起义部队的干部准备，得到了圆满的预期回报。

回首这段历史，人们不能不感慨、敬佩当年中国共产党人基于崇高理想的博大胸怀和远见卓识。如此改造以往敌对营垒的旧军队，如此将昔日兵戎相见的战场对手培养成革命战士，国民党军队做不到，苏联红军做不到，充当"世界警察"的美国大兵更做不到！可以肯定，在世界数千年血腥的战争史上，这不仅仅是历史奇观、战争奇观，也是值得西方"人权卫士"正视、值得东方社会科学专家深入探讨的根植于华夏大地无与伦比的人文奇观！

成都军区某干休所有两位师职离休干部，一位叫臧其祥，起义时是师部通信连总机班班长，另一位叫浦绍林，起义时是第五五二团通信连总机班的守机兵。当年，两人同进军士训练队二队学习，被编在同一个班。

军士训练队的学习内容，有社会发展史、阶级与阶级斗争、共产主义与共产党、战争的性质和任务、人民军队的性质任务和优良作风、军队的领导原则与政治工作、战略战术原则和战斗作风、中共党史等等。自然，又是诉苦开道，认识随感情升华。

军士训练队在教育的后期，由队长姚宗堂、指导员王锡令带队，加入到1.2万干部下乡的行列，到黑龙江省宾县农村参加农村土地改革运动。全队每四五人一组，编入各土改工作队，深入贫苦农民中，与贫下中农同吃、同住、同劳动，一边学习，一边发动群众。说起来真不可思议，几天前还是被改造、被教育的对象，转眼间就成了农民敬佩的土改工作队队员。

农民发动起来后，便组织农会，斗争恶霸地主。接着分地、分房、分牲口。再往后，就是这些几年前被国民党用绳子捆来的"壮丁"挨家挨户动员翻身农民参军：翻身不能忘本，要打倒蒋介石，解放全中国所有受苦受难的老百姓！

一个月下来，学员们不仅看到贫苦百姓过上梦寐以求的"三十亩地一头牛，老婆孩子热炕头"的美好生活，也亲身感受了共产党领导穷人翻身解放排山倒海的革命力量。

东北军大干部九队150名学员的经历与军士训练队学员的经历差不多，所不同的是改造的侧重点，除了理论启蒙外，更注重军官们与旧我的彻底决裂。

刚入校时，校方对这批特殊学员给予了特殊照顾，破格安排他们吃中灶伙食，还组织全体学员到医院全面检查了身体。对少数患有梅毒、淋病等性病的学员，学校不惜用重金购进"九一四""六〇六"等昂贵的进口药品为他们治疗。

经过系统的理论学习，特别是经历了那场惊心动魄的诉苦运动和赴北安县奉天屯考察土地改革运动，绝大多数学员的阶级立场都相继发生了根本转变。

1947年7月1日，东北军政大学副校长何长工亲自主持九队召开"忠诚坦白大会"。会场正中悬挂着中国共产党党旗和毛泽东主席、朱德总司令肖像，两侧垂悬"忠诚坦白最光荣，放下包袱一身轻"的巨幅标语，气氛庄重、严肃。学员一个个主动报名上台，坦白家庭的政治经济情况，交代自己的全部历史，特别是做没做过对不起人民的坏事，并汇报自己思想转变的过程。

8月底，东北军政大学总校第九队学员毕业，起义学员分三批分配工作，第一批分配回已开赴前线的民主同盟军各支队，第二批分配到东北军区后勤部队工作，第三批回国民党统治区工作。

按说，将起义官兵改造到这份儿上，已经创造了史无前例的奇迹，但共产主义远大理想不懈的实践者们并不满足，一定要带着教育、改造好了的起义官兵回到烽火连天的战场，去接受火与血的洗礼、生与死的考验、苦与累的磨炼、知与行的提高。中国共产党人的目标，是要在起义官兵中培养一大批忠诚于共产主义事业的云南籍干部，再通过他们去争取更多同乡故里的兄弟回归人民阵营，投身解放全国劳苦大众的伟大斗争！

1947年3月下旬，兴隆整训尚在进行之中，东北民主联军总部决定民主同盟军组建第三支队，派往吉林执行对国民党军第六十军的作战、策反等任务。支队长由军参谋长马逸飞兼任，军部秘书长刘惠之兼任政委，黄德昌任副支队长，卢昭任副政委。支队暂设一个区队，区队长兼指导员由老八路李维禧担任。支队的日常工作由卢昭和李维禧具体负责。

组建第三支队带有试验性质，140名成员多数来自军士训练队一队，少数来自军警卫连和军通信连，还有东北军大九队分配回来的几名提前毕业军官。挑选第三支队首批成员十分严格，家庭成分高的不要，思想转变慢的不要，不是自愿报名的不要。第三支队归东北局敌工部和东北军区联络部直接领导，带有武装工作队性质，其主要任务：第一，从事策反国民党军第六十军的有关工作，如传递宣传品和策反书信，抓俘虏，转送俘虏，释放俘虏，阵地前瓦解敌军的喊话，开辟并掩护地下工作的交通线等；第二，配属吉北军分区对吉林国民党守军（主要是第六十军）作战；第三，配合地方政权开展土地斗争，巩固和扩大解放区。

经东北军区参谋部和联络部派员授课集训近一个月后，5月初，第三支队开赴吉林以北30公里的乌拉街一带开展活动。

林家保有幸成为首批精心挑选的优秀成员，并且担任第一排排长。几十年后，当林家保讲述此后七八个月的战斗生活时，还保持着亢奋的情绪：那日子，苦是苦，但很有意思。敌人来了，先看看多不多，不多就设个埋伏，吃掉他们；要是敌人多了惹不起的话，拔腿就跑，找咱们的大部队来收拾他们。敌人住下了，就去袭击他们，"哒哒哒……"放一阵枪，敲掉一部分敌人，再撒腿往回跑。

那时，第三支队经常派小分队到解放区和敌占区交界地带活动。因为怕敌人摸到我方的活动规律，一个地方常常住不了两三天就得转移，几乎天天行军，遇岭翻山，遇河蹚水，行军一身汗，下雨浑身泥。一到宿营地，派好警戒，吃完饭，衣服不脱，绑腿不解，一头扎在老百姓的炕上就睡。常常一个星期都顾不得解开一次绑腿，时间一长，绑腿都把腿捂烂了。

如果不打仗，在一个地方待上十天八天，就发动群众，斗地主，分田地。群众纪律也特别好，每到一地，都要帮助老乡挑水、扫院子、干农活。第三支队是整个民主同盟军的标兵，得时时处处以八路的最高标准来要求自己，可自觉了！

因为懂得了为谁扛枪、为谁打仗的道理，官兵作战特别勇敢。出师吉北第一仗兰屯战斗，就生俘敌团长1人、士兵40人，缴获机枪3挺、步枪30支、骡马

12匹、马车3辆。支队侦察班奉命袭击梁华盛的保安团，班长陈家才不但完成了任务，还抓到一名俘虏，是塞进麻袋从几里之外背回来的。

也牺牲了一些很好的同志。1947年6月初，支队驻扎蔡屯，正吃午饭，敌还乡团来了，仗着人多势众，包围了屯子，"嗷嗷"地往里冲。为了掩护全支队突围，班长王练长带领全班战士据守一座民宅，打死打伤敌人40多名。在子弹打光、全班战士大部分牺牲后，躲在民宅房梁上的王练长和孙小毛毅然拉响手榴弹，与4名敌兵同归于尽。战后，王练长和孙小毛分别被追记特等功，当年的《东北日报》专门报道了他们的英雄事迹。

第三支队开赴前线后，兴隆整训进入高潮，在第三支队频频捷报的鼓舞下，起义官兵纷纷请缨，要求上前线杀敌立功。

1947年6月，民主同盟军又组建了以魏瑛为支队长、田麟勋为政委、华文为政治处主任的第六支队，辖两个大队六个中队，共800余人，开赴辽西执行对国民党军第九十三军的策反和作战任务。为扩大政治影响，第六支队一到辽西，就公开了海城起义部队的番号。

此时，受命再次重建国民党第一八四师并担任师长也率部驻防辽西的杨朝纶得知第六支队抵达辽西后，曾悬赏三千元要魏瑛的人头，结果，在北镇一带，反被第六支队和民主联军其他部队打得丢盔弃甲，狼狈败逃。

同年9月，民主同盟军又组建了以姚宗堂为支队长、段希远为政委、高林为副政委兼政治处主任的第九支队，辖两个大队四个中队，共450余人，开赴吉南，加强对国民党第六十军的作战和策反。

在组建第六、九支队的同时，民主同盟军对第三支队进行了三次扩编，使其由出征时的一个连140余人，扩编成两个营四个连600余人（经多次作战减员，补充后的人数）。

至此，在兴隆镇的起义官兵除少数老弱病残留守屯垦外，全部上了前线。

经过实战锻炼，许多海城起义官兵都光荣地加入了中国共产党，一大批优秀的云南籍干部被相继培养出来。中国共产党注定要在自己的辉煌历程中，为来自敌对营垒的海城起义官兵，安排一项堪称奇迹永载史册的神圣使命！

第五章
组织调整为思想改造开道

改造国民党起义部队的基本经验之一是"实行必要的可能的组织改造为思想改造开辟道路"。

1 萧劲光拍板：暂编五十二师不能缴械

国民党第六十军起义后，于10月17日午夜撤出长春，进驻九台，所属第一八二师、暂编二十一师、暂编五十二师分驻附近的饮马河、桦皮厂、火石岭子。中共东北局和东北军区随即派来文工团慰问演出，还派来东北电影制片厂拍摄了新闻纪录片《民主东北》第九集。

为稳定起义官兵的情绪，做好部队改造的前期准备，中共东北局和东北军区在派来刘浩之后，又迅速派来了潘朔端、郑祖志、马逸飞、魏瑛等海城起义将领，以及杨滨、宁坚等原滇军地下党员。张冲和东北军区政治部联络部副部长王央公等领导也前来指导工作。

国民党部队起义之初，军心都不稳定。第六十军起义后，最不稳定的是暂编五十二师。这支部队是师长李嵩一手拉起来的。1946年8月，时任第十九旅副旅长的李嵩受老长官冯圣法之邀，赴东北筹建东北交警总局吉林警务处。李嵩赴任时，从原部挑选了一批官兵带去安插其中。1947年12月初，吉林警务处与暂编五十二师并编，原暂编五十二师部队被缩编为师直属队和第一团，警务处部队被缩编为第二团和第三团，李嵩旧部又熬上了国民党军队的番号，装备、给养也大为改善。

旧军队军权私有，愚忠道德浓烈，个人荣耀与富贵倚仗官长的赏识与恩赐，在奠定了丰厚的物质基础后，军人就要用知恩图报的忠诚与义气来维系上下级之

间的人身依附关系。基于常识,在师长李嵩和三位团长于起义期间被扣押送走以后,一部分起义将领和共产党干部不能不担心:该师的军官能服吗?

对一部分士兵也不放心。并编前的暂编五十二师,由原国民党东北保安司令长官部所属第四保安区的四个保安团改编,其前身多系地主的护院武装,成分比较复杂,有伪满时期的军官、警察、宪兵、特务,有收编的胡匪,还有一些因解放区实行土地改革而逃来的流亡地主,部队内部还有帮会和特务组织。这些人不仅政治立场与起义宗旨对立,兵痞习气也比较浓。

果然,在东北军区政治部文工团慰问演出时,出事了。给其他单位演出歌剧《白毛女》时,剧场十分寂静,不时传出同情的哭泣声。给暂编五十二师演出中,当地主黄世仁念到台词"共产党就像草上露水、瓦上霜,太阳出来就没啦"时,个别官兵突然鼓掌叫好。一位解放军干部呵喝:"你们要干什么?简直反动透顶!"鼓掌的官兵非但不听,反而更加嚣张:"你骂哪个?"冲过来就打。剧场秩序大乱。

事情发生后,曾泽生连夜将共产党干部请来,研究对策:"暂编五十二师自划归六十军建制后,虽然作战行动尚听指挥,但自成一系。起义前不久,剿总曾越过我,直接给该师空投了一批武器弹药。我假装糊涂,把这批武器弹药分给了一八二师和暂编二十一师。李嵩知道后,手持剿总电报,硬要将这批武器弹药全部要回去。我怕激化矛盾贻误起义大计,才将就了他。这次暂编五十二师随军起义并非情愿,实属我们扣了他们的师长、团长做人质,强迫随从的。起义后,我最担心的就是这个师发生哗变。请诸位来,主要是商谈防患于未然的措施。"

一根肚肠通到底说话从来直言不讳不拐弯抹角的魏瑛放了头炮:"这样的部队咋个要得?把它解决了才行。要我说,先把他们的枪缴了。"

"这个意见可以考虑。我们一八四师起义之初,老魏就提过类似建议,曾克林副司令员表示相信起义部队,没同意。结果杨朝纶策动叛变后,部队的枪还是得变着法地收缴上来,很被动。"潘朔端投了魏瑛的赞成票。

"反动分子主要集中在军官中。有兵好做官,无兵便没势。我看,要搞就搞彻底,先把官兵分开,等老部队派来政工干部后,再搞新式整军运动,不愁改造不了他们。"在所有的起义将领中,马逸飞的思想一直最激进,这并非他在下意识地弥补脱党15年的遗憾,杨朝纶叛变的刺激太大了。

依曾泽生戎马生涯20年所见所闻,缴械、编散不放心的队伍天经地义。龙云是这样，蒋介石就更不用说了。但此刻他怕城门失火殃及池鱼，日后再缴械其他两个师怎么办？如今是跟共产党干，先听听党代表的意见再说。曾泽生把目光投向刘浩和杨滨。

先开口的是杨滨。作为滇军的老地下党员，对旧军队相当熟悉，他赞同缴械。马逸飞的主张并非不好，只是难解燃眉之急。官兵分开了，谁来带部队？改造起义部队的解放军干部正在调集，要有一个过程。从其他两个师抽调？安排一个师长、三个团长好办，众多的营、连、排长怎么解决？其他两个师起义军官的思想也不稳定，同样需要改造，能把自己的队伍掌握住就不错了，到哪去找那么多可靠的基层干部去接管暂编五十二师？部队无人带就散了，散兵扰民啊！

刘浩刚接到兵团部的电话，得知中央对改造第六十军有一个电报指示："改造是必须坚持的方针，但不应操之过急。"① 他想，解放战争已呈加速度发展态势，中央却来此电报，恐怕担心我们欲速不达。将暂编五十二师缴械或官兵分开固然有利于防止意外，但与党的一贯政策多少有些背离。这两年策反滇军之所以这么费力，一个重要原因就是许多军官都认为"共军要兵不要官"，不然，曾泽生起义时怎么会提出"不要把部队编散了"？缴械、编散了暂编五十二师，其他两个师的军官会怎么想？一旦有了唇亡齿寒的感觉，形成对立情绪，下一步改造工作又如何做？作为六十军的首任党代表，刘浩不能不从全军的角度考虑问题，但此时，又顾忌自己的看法与多数人相左，更何况，自己是在场唯一没带过兵的军人。于是提议："我接到通知，第一兵团主力已经南下，萧劲光司令员离开长春前要来看望部队，是不是等请示了他再说？"

曾泽生支持了刘浩的意见，毕竟这关系数千人的命运。

人们离去后，刘浩告诉曾泽生："暂编五十二师的人事安排，上级原则上同意你的意见，先让李佐代理师长，同时为其第一、二、三团调配代理团长。"

几天后，萧劲光来了。这位中共老资格的高级将领，早在土地革命时期就担任过由国民党第二十六路军改编的中国工农红军第五军团首任政委，对改造国民党起义部队有着丰富的实践经验。

萧劲光和曾泽生在第六十军起义后见过一面，和海城起义将领则有两年多的交情，寒暄之后，开始听取将领们的汇报。当谈到暂编五十二师的问题时，地下

---

① 《军委关于对长春取胁迫政策争取郑洞国起义的指示（一九四八年十月十八日）》，《中共中央文件选集》第十七册，中央档案馆编，中共中央党校出版社1992年版，第404页。

党员和海城起义将领仍坚持缴械或官兵分开的意见。萧劲光本来还想听听曾泽生的看法，但紧锁眉头的曾泽生一言未发。

萧劲光没有为难身边的曾泽生，转过脸问稍远一点的李佐："李副师长，曾军长提议你代理暂编五十二师师长，你的意见呢？"

曾泽生提名李佐代理暂编五十二师师长，基于多重考虑：起义前，李佐就是第一八二师副师长，这是资历上的考虑；李佐与地下党负责人杨滨的私交极深，这是政治上的考虑；还有一层人缘上的考虑。李嵩被押往哈尔滨之前，曾泽生就人事安排征求过李嵩意见。李嵩告诉曾泽生："欧阳午副师长掌握不了部队，我看李佐代理师长合适。"既然李嵩举荐，估计李嵩旧部不会为难李佐。

曾泽生军长的这一安排事先征求过李佐的意见。李佐之所以接受了这个职务，是因为他在担任军部军官训练大队大队长时，与暂编五十二师的官佐们保持了良好的人际关系。直觉告诉李佐，到整编五十二师代理师长不会有太大的麻烦。他马上表明态度："如果要我代理师长，最好不要将官兵分开，也不必收缴武器，这样会给军官以信任感，下一步的工作能好做些。"

见带兵的将领有与自己意见一致的，刘浩也开口表态："部队起义后，内部流传'共产党要兵不要官'的说法，我们多次解释，始终没打消军官们的顾虑，如果我们将暂编五十二师缴械或官兵分开，第一，与党的一贯政策不符，国民党当局和起义部队内部的坏分子会趁机攻击我党政策是欺骗宣传；第二，这种不信任情绪会波及其他两个师，使下一步改造工作的难度增大。"

萧劲光听后，拍板支持了分歧中的少数："我同意李副师长和刘浩同志的意见。"然后提问："你们可知道，六十军起义后，国民党怎么宣传的？"

"肯定要造谣，就像一八四师海城起义时那样。"魏瑛快人快语。

"一点不错。六十军起义第四天，国民党《中央日报》发表长春战报称：'长春守备部队六十军军长曾泽生十七日被俘后，所部即被包围缴械。'大家可以想一下，我们若把暂编五十二师缴械了，不正应了国民党当局的造谣宣传吗？人家很希望我们把起义部队缴械了，这样，他们就可以借题发挥：'你们看，投共有什么好处，不是照样被共军缴械了吗？'所以，对起义部队的改造必须着眼于解放全中国这个大局，严格执行党的政策。"

说到这儿，萧劲光对曾泽生微微一笑："记得谈判起义时，曾军长曾向我们提出'师以上干部听从分配，但希望部队不要编得太散了'。"

曾泽生不解其意，茫然地点了点头，解释道："六十军多系云南子弟，背井离乡，官兵们都希望能聚在一起，彼此关照。"

萧劲光收住笑容，向曾泽生坦言："部队中的流言我知道。坦率地说，在我党历史上确实有过这种'左'的做法。十七年前，我们改造宁都暴动的国民党第二十六路军时，就曾不恰当地强调阶级成分，将一些本来可以通过教育留用的军官打发回家，由此削弱了我们的敌军工作，破坏了党的统一战线，也给部队内部带来了不良影响。改编后编入红一军团的红十五军后来发生混乱，部分人反水，错杀起义将领季振同、黄中岳，都与这种为渊驱鱼、为丛驱雀的错误做法有着必然的因果联系。正是基于这血的教训，才有了今天的政策。"

说到这里，萧劲光微微一笑："曾军长不必多虑，国共两党在北伐、抗战时期有过两次合作，如今，我们是一家人了。我党对起义官兵的政策是一贯的。当初改造一八四师时，我们就着眼于争取六十军起义。现在改造六十军，还要着眼于打回六十军的云南老家，解放全中国。请放心，中央已决定在保留完整建制的基础上将六十军改编为解放军的一个军。我们还将为各级配备政治工作干部。"

曾泽生虽然重义气，但他与陇耀不同。陇耀的义气有着浓烈的感情色彩。曾泽生的义气则多一份理性的权衡，以及在矛盾夹缝中对自我生存态势的把握。虽然曾泽生动员起义时有言在先："不是我当军长的不愿为弟兄们做主，因为起义事关大家的出路，征求了意见，免得日后有二话！"但说是说，一旦共产党真的"要兵不要官"，官佐们没了出路，往后何颜以见袍泽旧属？毕竟当初自己是以"找出路"来动员并号令全军的。

此时，曾泽生心中的疑虑被萧劲光的坦诚化解了，他似乎舒了一口气。

但萧劲光却又严肃起来："有一点必须明确，我们改造起义部队绝不会像蒋介石吞并异己那样狭隘，我们不仅要彻底转变官兵的阶级立场，还要彻底革除部队内部贪污、腐化、欺辱百姓、压迫士兵的旧习气，使官兵真正回到人民的怀抱。要是采取缴械的方法，暂编五十二师的起义性质就打上了问号，不利于下一步的改造工作。"

萧劲光一席话说得海城起义将领频频点头。潘朔端感叹："是啊！当年我们投笔从戎，高唱'打条血路，引导被压迫民众'的黄埔校歌，企盼张扬民众武力之大义。可在国民党军队，谁都做不到。起义后，共产党帮助我们做到了！"

对潘朔端的经历和体会，正步其后尘的曾泽生非常重视。但曾泽生并没意识

到，在折服了萧劲光推心置腹的帮助，认同了潘朔端那无可指责的道义追求后，在道德坐标系上，自己的价值取向已经下意识地开始发生悄悄的变化。

白祖诗先生《揭开中国人心灵的奥秘》指出：与西方人强调个人的权利不同，中国人的价值取向是强调个人的义务。这种以义务为本位体的价值观，将义务看成是第一性的，将权利看成义务的派生物。

起义之初，曾泽生内心世界承受的伦理责任，是维护全军将士特别是将佐们的既得利益，然而，与中国共产党一心一意为劳苦大众谋解放这更大范围的伦理责任相比，曾泽生的义气便显得狭隘。这空间差，便是日后思想改造所需缩短乃至于消除的距离。不管曾泽生意识到没有，萧劲光坦诚恳切的交谈，鞭辟入里的分析，以及潘朔端他们两年经历的感受，已经潜移默化地推动曾泽生在实现思想境界飞跃的征途上开始启程。

老祖宗为子孙们制订了"义务本位"的价值坐标，这价值坐标又为起义官兵预留了境界升华的通道。共产党既然如此真心实意为起义官兵着想，曾泽生不能不为共产党考虑。他主动表态："我完全拥护共产党对部队的改造，也希望改造部队的政治干部能尽快调来。不过，眼下部队确有少数人思想依然顽固，对他们是否着手清洗，如何清洗，萧司令员有何见教？"

这是一个很敏感的话题，萧劲光回答依然十分坦然："对绝大多数军官，我们将按不低于原职的原则继续录用，对顽固坚持反动立场的人则必须清洗。至于如何清洗，当年改造国民党二十六路军时，毛主席针对当时的错误做法，曾经告诫过我：对起义官兵要通过教育改造争取他们革命，在这个过程中，只能采取'剥笋'的办法，将真正反动的剥掉，而不能用'割韭菜'的办法，不分青红皂白地搞一刀切。这可是领袖真传啊！"①

说到这儿，曾泽生的担心并未完全解除，但他又不敢多说，不是怕说错了授人以柄，而是怕说不到正调儿上丢了面子。他欲言又止。

倒是魏瑛又放了一炮："坏人不及时清洗，像杨朝纶那样策动叛变怎么办？"

"完全可能。"萧劲光肯定了魏瑛的担心，但仍不同意缴械的办法："从一般常识来看，一旦起义部队发生叛变，会导致流血。但是，为了在今后解放全中国的战争进程中避免更多的流血，我们必须坚持党的一贯政策，并且不怕流血牺牲。从最

---

① 萧劲光：《萧劲光回忆录》，解放军出版社1987年版，第108页。

坏处设想，即使他们拖走一个团也没什么了不起的。辽沈战役即将结束，蒋介石顾不上他们。整个东北广大农村已经或正在实行土地改革，到处都是觉悟了的翻身农民，个把团叛变翻不起大浪，我们有足够力量可以马上歼灭他们。"

萧劲光在九台稍事停留，便匆匆南下。

目送渐行渐远的美式吉普车，曾泽生伫立喃喃赞叹往日的沙场对手："大将风度，大将风度，大将风度！"

2 东北滇军地下党员会师九台

送走萧劲光将军，曾泽生的情绪稳定多了。他开始急切盼望共产党早日将政治工作干部派来，以尽快完成部队的政治整训。

然而，第一批报到的共产党干部着实让曾泽生大吃一惊。

最初惊异万分的并不是曾泽生。

第六十军撤出长春第二天，在卡伦宿营。曾泽生的少校侍从副官乔景轩一到驻地，先查看食宿安排。一看，不仅完全符合军长的生活习惯，军部八大处及直属队也都安排得妥妥帖帖。他好生纳闷：他们怎么这么熟悉我们的情况？

吃饭的时候他更惊讶了：端饭上来的，竟是原军部副官处处长杨重夫妇！他两口子是什么时候被俘的？堂堂的国民党军上校，竟干起勤务兵的差事！

见乔景轩发愣，曾泽生告之："人家杨重是共产党的地下工作者！"

面对当年身居要职的老地下党员，与其相识的起义官兵没有不吃惊的。

1947年1月在吉林口前的一天，杨重夫妇正同第一八二师辎重营营长张士勋夫妇在家里搓麻将，忽闻窗外人声鼎沸，张士勋妻子赵国璧好奇地趴在窗子上一看，告诉大家："外面抓了三个共产党。"

张士勋比妻子更好奇，把麻将一推："我去看看共党是个啥子模样！"

几分钟后，张士勋带着一副大失所望的神情回到了麻将桌旁："原来共产党就是这个样子，和老百姓没得啥子区别嘛！"

当年年底，在吉林被俘的张士勋夫妇被押至哈尔滨解放军官教导团后，在东北军区联络部与几个月前的牌友重逢，眼瞅着这位再熟悉不过的共产党人，好奇的张士勋夫妇比后来的乔景轩还要惊讶，连声赞叹："太了不起了！"

曾泽生在卡伦见到杨滨时并不吃惊。七年前曾泽生曾怀疑过杨重，只不过他

派去考察杨重的吕文亮是个十足的酒囊饭袋,让这位"异党分子"滑脱了。

安然"蒙混过关"的杨重,事后打探到当时师长万保邦对他的态度:"满脑子儿子、银子的人,绝不会是共产党!"从此,为了伪装自己,杨重在生活上不得不带有更加灰暗的色彩。

20世纪90年代初播出的电视连续剧《长夜春晓》曾借剧中人之口说杨重:"吃喝玩乐,无所不会,就是喝酒不醉,逛窑子不睡!"这话并不夸张,杨重还曾为长官走私。

最初,杨重带着一个排利用军马为师长万保邦做走私生意,经组织批准,干脆趁机捎带着"为自己捞银子"。师部一些军官见走私利润丰厚,便主动要求"搭份子",杨重是有求必应,借机在滇军中巩固了交友对象,扩大了交友范围。

当年第一八四师工兵营少尉附员俞建昌（回解放区后改名俞光）曾跟着杨重为万保邦赶过马帮。他说起这段历史颇有感触：曾泽生把我们逼到这条道上,给我们带来了意想不到的好处。除伪装了地下党员的政治面貌、巩固扩大了交友对象外,还解决了地下党的经费问题。

那时,杨重当营长薪水并不高,但开支却很大：交友,需要经常吃喝玩乐,小气了不行；抓兵权,打入要害部门,需要"跑官",而巴结上司,请客送礼,出手少了不行；安插地下党员和进步学生,需要打通各个关节,没有足够的钱是万万不能。此外,维持地下党的工作联系,掩护、隐藏一部分在地方工作暴露了的地下党员,接济生活困难的同志,都需要经费。

特别是1942年日军攻占东南亚邻国后,中共云南省委利用第二路军总指挥张冲做保护伞,动员了大批进步青年到地下党员张士明任营长的第二路军特务营接受培训,准备在日军攻陷滇南时将这支武装力量拉出去,在红河地区开辟抗日游击区或抗日根据地。这个计划后来因日本投降被取消,所培训的进步青年多数在解放战争中成为中共滇桂黔边纵队的骨干,少数留在滇军继续从事地下工作。

在旧军队,多数带兵的军官为了自己捞钱,其兵员往往故意不按编制编满,以便将空额军饷、经费装入私囊。张士明营不仅齐装满员,还多出几十人,只好在编制以外另成立一个"青年学生整训排"和一个"幼年排",由地下党员白华等人负责。当时,杨重、张士明、俞建昌他们几位地下党员拿自己的积蓄做生意赚的钱,绝大部分都补贴到这里了。

依多年经验,杨重深知,长期身居虎穴与敌为伍,光凭机智善断不行,还必须耳聪目明，广泛与各色人物攀故交友，于灯红酒绿中周旋，才能及时获取有价值的情报。

杨重巧妙的伪装，后来得到了印证。

1946年4月下旬，第六十军由越南乘船至葫芦岛登陆，进驻新民时，杨重来找军副参谋长兼参谋处处长李佐："老李，特务营有几个学生，窝在底下可惜了，想推荐给你们参谋处，如何？"这几位学生，一位是西南联合大学的孙公达，另外两位是云南大学的赵雄和陆飞。1944年冬，他们先后被中共云南省委派到六十军从事地下工作。

对杨重所求之事，李佐一向不含糊："我不成问题，不过军参谋长倪晓清刚到职，此事得他点头。放心，包在我身上。"

5月上旬，军部移驻抚顺后的第二天早上，李佐借汇报工作机会，向倪晓清提出："参座，有三位随军来东北的云南青年，要求到我们参谋处工作。"

"能力如何？"倪晓清问。

"都是学生，没问题。"李佐回答。

"他们是怎么认识你的？"倪晓清似乎有点警觉。

"杨重介绍的。"李佐如实报告。

倪晓清紧锁的眉头立刻松了下来："好吧！谁介绍，谁负责。"想了一会儿，他接着又问："他们适合搞什么工作？"

李佐建议："他们文化程度都很高，适合搞情报、译电之类的工作。"

倪晓清点了点头："行，就由你去安排。"

二人聊到内部人员的素质，突然，倪晓清发起了感慨："有的人冒充共产党，谈何容易？叶挺跟共产党那么多年，死后还不是共产党！"

李佐听出来了，倪晓清暗指杨重，因为五年前曾泽生审查的"异党分子嫌疑"如今只剩下他一人。可倪晓清刚到职没几天，过去又不认识杨重，何以发此怪论？于是，以恭维的口气打探："参座刚走马上任，便能明鉴是非。"

倪晓清实话相告："部队内部的情况嘛，军长已向我做了介绍。"

李佐明白了，这是曾泽生的判断。看来，曾泽生把杨重抗战初期比较激进的言行看成是标榜进步"冒充共产党"了！

杨重杰出的伪装工作为党的地下工作赢得了回报。1945年底，曾泽生由第一八四师师长提升为第六十军军长后，杨重也随之被提升为曾泽生身边的军部副

官处处长兼特务营营长。自然，其他地下党员也跟着"沾光"。

在反共气氛浓厚的国民党军队，杨重能成功地潜伏下来，并且闯过顶头上司的严格审查，实属不易。作为一个贵州籍布依族青年，从一个没有靠山、没有背景的外省籍普通军官晋升为随侍曾泽生军长左右的"亲信"，在讲究后台、看重乡土圈子的滇军，更是难得。杨重做到了。抗战初期，第六十军的地下党员最多时达24人，到1946年开拔东北时，只剩两人。也正是这两名党员，出色地发挥了种子作用，不到两年，又陆陆续续发展了10名中共党员。

然而，杨重最终还是没有摆脱被曾泽生清洗的噩运。

1947年9月初，曾泽生根据蒋介石"清洗张冲旧部"的指令，将杨重免职，令其回昆明"带新兵"。杨重临行前，与李佐畅谈了整整一个通宵，一方面，通过分析全国战场形势的变化，启发这位至交看清形势；另一方面，也想通过李佐了解调令的幕后真相。

几天后，李佐专程赶往吉林市晋见陇耀。李佐与陇耀交情深，讲话也随便："师座，原来讲好了让我当一八四师副师长，怎么又把我弄去当一八二师副师长？要是不相信我，我就不去军部报到，索性回老家算了！"

陇耀素有豪侠之气，对信得过的人他一向会敞开心扉："前不久，共产党将张冲从延安派到东北。老蒋知道后很不放心，托卢汉带话，要我们清理张冲旧部。你不仅是张冲旧部，而且马逸飞曾写过一封策动你叛变的信，落到了曾军长手里。考虑到你1935年在贵阳阻击红军、1938年在禹王山阻击日本鬼子战功卓著，又是首期军官候补生队的老同学，处理你似乎说不过去，但远放辽西，又怕张冲、马逸飞继续纠缠你，这才把你调到白师长身边，以便就近关照。不管怎么说，你提升了职务，又留了下来，说明对你还是信任的，切不可再胡思乱想了！"

"那杨重他们呢？"李佐问。

"老蒋有令，老曾总得处理几个吧！"陇耀漫不经心地回答。

这时，细心的李佐发现，陇耀嘴角好像挂着一丝难以捉摸的笑意。果然片刻后陇耀又开口了："前不久，王国祥团长辞职。回云南前，杨重的太太托王国祥给母亲带话：'以后有没有信来都不用挂牵，一两年没信也没关系。'你想想，身在国军，用得着担心通信中断吗？有必要一两年不给老母亲写信吗？所以，王国祥推断：杨重是共产党，到了共军那边，至少可以当个副师长。这话，王国祥只向我一人提及。我知道你俩十分要好，才告诉你，对别人从未透露。"

陇耀说的是实话。这不仅出于义气,更重要的是,一旦杨重暴露,导致被捕,有可能殃及陇耀,因为陇耀密见中共代表刘浩是杨重一手安排的。

陇耀的态度很值得玩味。此时,他已猜到了杨重的身份,但既没捕杀杨重,又没向曾军长告密,说明在为自己预留后路。但他又没设法留住这位将来能牵线搭桥的要员,说明他对杨重有戒心:把滇军的主力拉给共产党,老主席龙云和老长官卢汉的日子如何过?弟兄们想不通怎么办?国共胜负尚未见分晓,留下杨重,他私送情报,私下策反,把家底打没了怎么办?日后给谁干都得有队伍做本钱呀!

部队起义后,对杨重的暴露,陇耀也一直守口如瓶。在他看来,是杨重把自己引上了康庄大道,对不顾个人安危行侠仗义的人,绝对不能以怨报德!世间的事往往看破不说破,说破就惹祸。共产党一旦知道李静梧意外暴露身份的事,那将是杨重违反地下工作纪律的责任,人家受处分怎么办?共产党可不徇私情。出现这种情况,我陇耀可就伤天害理了!

陇耀为自己预留了后路,也为杨重两次敞开了"华容道"。

杨重撤回解放区后,改名杨滨,于1948年1月担任东北军区政治部前方办事处副处长,从事策反工作。

在此期间,他就围困长春中的问题,给上级写过一份报告,建议有计划地大量接收出城的长春难民。林彪、罗荣桓刚就此问题给毛泽东发了电报,看到这份报告,不等毛泽东回复,立即于9月11日电令围城兵团等:"从即日起,阻于市内市外之长难民,即应开始放行。凡愿出来者,一律准其通过……对出城之难民,应发动地方党和军队力量,尽一切可能组织救济,宣传慰问,对老弱走路无力者帮助人力及马车的输送……"[①]

此举,挽救了长春城内一大批平民的生命,因为国民党政府颁布的《战时长春粮食管制暂行办法》,准许市民留自吃粮食到9月底。

长春城外的杨重虽然改名杨滨,但城内的第六十军将领还是知道了。

一天,第五四六团团长邓应斌向师长白肇学报告:"有几位从共军那边逃回来的弟兄说,他们在城外见到了杨重。"

"这小子在城外可不是好兆头!"白肇学的双眼透过眼镜镜片射出一道凶光:"你派人去把他宰了。事成之后,定有重赏!"

---

① 原件存军事科学院图书馆,转引自刘统:《东北解放战争纪实》,东方出版社1997年版,第637~639页。

邓应斌受命而返。回到家里,犯难了。本来,他只想提醒白肇学提防杨重瓦解士气,离间军心,引诱叛逃,没想到他倒安排自己去干这么一件杀人差事。邓应斌是从尸山血海里闯过来的汉子,心肠早已硬得像铁石一般,他并不怕流血,可是如今整个长春城被"共军"围得铁筒似的,谁敢出去?谁能出去?即便出去了,这暗杀的差事干得成吗?就算干成了,回得来吗?派亲信去,凶多吉少,赔进去不合算。派亲信以外的人,"肉包子打狗"岂不更亏?再说,这年头,谁不为自己留个后路?杨重与我是军官候补生队的同学,又是李副师长的至交密友,和陇耀的关系也不错,凭什么让"白瞎子"瞎指挥,由我去当恶人?

邓应斌想通了。他一边敷衍白肇学,一边把白肇学的指使透露给李佐。

曾泽生得知后,私下叮嘱:此事不可张扬。否则会动摇军心,而且一旦让上头知道了,不但要追究用人失察之责,还可能借机撤换我们一大批军官。

白肇学没能杀害成杨滨。生龙活虎的杨滨隔着一道道战壕,龙腾虎跃地把策反工作做得热火朝天。

据李竞的日记记载:1948年10月15日晨,当杨滨从李竞口中得知曾泽生将军派张秉昌、李峥先前来联络起义时,这位副师职领导当着下级的面,无论如何也按捺不住自己大喜过望的情绪,几乎像孩子一样欣喜若狂地跳了起来!

长春起义部队改编前,军政委徐文烈通知杨滨:"按原任职务你应担任副师长,但考虑到部队复杂,让你当副师长不如让你实际掌握一个团作用发挥得大。另外组织上需要提拔几位起义军官,以稳定军心,所以,决定让你暂时屈就第四四二团团长,在白肇学师长领导下工作。"杨滨愉快地服从了。

杨滨,是中共派往起义部队的第一批党员干部。这第一批党员干部又何止杨滨一人,原国民党军第六十军和第九十三军的地下党员绝大多数都来了,大约有23人,被安排到起义部队一系列关键岗位。

当曾泽生得知这一情况时,愕然一惊,呆呆地怔了好一阵子,才吐出他匪夷所思的感叹:"怎么这么多中共地下党员!"

3 不是冤家不聚头

中共派往九台参加改造起义部队的首批干部不仅仅是在东北的滇军的地下党员。

一年前，中共东北局为加强对第六十军的策反，成立了两个滇军工作委员会：一个由中共中央委员、中共东北局敌工部部长李立三兼书记，李立果、刘浩任副书记，其前方办事机构吉北联络处设在吉北缸窑镇，由陈少中、方正分别担任正副处长；另一个由吉林军区司令员周保中兼书记，刘浩和吉林军区联络部部长陈方任副书记，其前方办事机构吉南联络处设在吉南磐石，处长左仲平。

1947年底，中共东北局决定东北敌军工作统归东北军区政治部领导。随后，吉北联络处一部分调归长春工委，另一部分调归东北军区政治部，另组建前方办事处。吉南联络处亦同时调归东北军区政治部，改称东北军区联络部第二联络处。

1948年3月，第六十军撤至长春后，东北军区政治部前方办事处移驻长春东北的卡伦，第二联络处移驻长春东南的新安堡。两个办事机构除设置敌工、宣传、总务等科、组外，还开设了蒋军投诚官兵招待所，并于6月25日至9月30日累计接待了1.35万名国民党投诚官兵。

这两个办事机构的成员，有中央从延安派来的左仲平、李竞、司维等云南籍干部，有从国民党军第六十军撤出来的杨滨夫妇、王立中、俞光、詹伟等地下工作者，有单独起义的营长封维然等，还有高树春、张健等东北籍干部，其武装工作队成员多数是从民主同盟军第三支队选调的云南籍起义官兵。

第六十军起义后，上述人员几乎是一锅端到了九台。

为了成建制地将这支起义部队改编成人民解放军第五十军，东北军区选调有改造滇军第一八四师经验的东北军政大学政治部主任徐文烈担任军政委，有改造东北军第一一一师经验的辽北军区政治部主任王振乾担任军政治部主任。

徐文烈接到调令后，坐镇哈尔滨，以东北军区政治部名义，首先从各个部队调集已培养成为党员干部的海城起义官兵。徐文烈太熟悉这些同志了。

海城起义官兵经过兴隆整训脱胎换骨，先后组建了三个支队开赴前线。其中第三支队于1948年1月编为吉林军区独立第八团，担负训练新兵补充主力部队的任务。完成任务后，排以上干部全部调回吉林军区重新组建独立第五团。1948年8月，独立第五团再次补充主力部队，编入第六纵队第十八师。由于东北军区有意要在海城起义官兵中保存一批骨干，所以，这批起义官兵，特别是骨干，多数没编入战斗频繁伤亡较大的主力部队，大家一直引以为憾。当第三支队官兵正式编入第六纵队后，一个个可得意了："我们现在是正牌的八路主力了！"

得意了两个多月，调令到了。李继先记得，当时不少同志都不愿回起义部

队,但又不能不服从命令,所以,到了哈尔滨,一肚子牢骚怪话全发给了徐文烈。

徐文烈对付这一类牢骚最有办法,脸一板,反问:"共产党花那么大的本钱把你们培养起来,干啥?"仅此一问,发牢骚的干部一个个舌头都打了结,啥牢骚都发不出来了。

就拿李继先来说,起义时仅仅是个一等兵,才两年,就被培养成正连职指导员。还有林家保,起义时是电台准尉副台长,不满两年就当上了营教导员。

林家保虽然没说不愿去,但心里七上八下嘀嘀咕咕的话与大家没啥两样:云南人重乡情不假,我们是共产党改造过来的再去改造别人有经验也不假,但现在我们和他们不再是一伙儿的啦!不但不是,还在战场上拼杀过呢!

打得最激烈的一仗,在吉林大荒地。

1948年1月4日,第三支队刚扩编为独立第八团,行军途中,就与出来抢购粮食的国民党暂编二十一师第二团在大荒地遭遇。敌人从村庄里往外打,第三支队从村庄外往里攻。此时,第三支队刚补充了一批翻身农民,军装和子弹还没来得及发,第三营的新兵甚至枪都没发,只背着几颗手榴弹,打仗主要靠第三支队的老兵。由于每个连队只有两三挺轻机枪,火力太弱,上半夜第一营几次攻击未果。双方在雪地上反复冲杀,均未得手占先,不得已,转入对峙状态。

后半夜,第二营上去接替第一营。四连指导员林家保随主攻排摸到村庄边,一听,院墙里说话的是云南口音。上级不是经常讲"要争取六十军起义"吗?去试一下,能争取过来一个算一个。林家保带着通信员摸到距敌四五十米的土坎下,扯起喉咙喊道:"六十军的弟兄们,你们被包围了,放下武器,共产党宽待俘虏!我们都是云南老乡,我们一八四师起义后,共产党对我们很信任。"

院子里沉寂了一会儿,一个大嗓门突然吼了起来:"妈个×的,潘朔端带着你们投降,当叛徒,给云南人丢脸,还好意思来喊?"

"你们想想,蒋介石是怎样把龙主席赶下台的?又是怎么把滇军骗到东北的?六十军受嫡系的气还少吗?不要再给蒋介石卖命了,投奔共产党吧!"上面有交代,做六十军的工作,要多讲蒋介石和他们的矛盾。

"去你妈的吧!"院里的"大嗓门"不听劝,接连丢出几枚手榴弹。

林家保换了个地方,接着喊:"里面当兵的听着!你们在家受财主、乡保长的欺压,在国民党军队整天挨打受骂。八路军这边官兵平等,不打骂士兵。解放区实行土地改革，给穷人分田分地。过来参加穷人自己的队伍吧！"

经这么一喊，院内叫骂的底气不足了，但扔出来的手榴弹却多了起来。

天亮后，双方转入对峙。下午，敌军撤回吉林市。

血战大荒地，双方都付出了惨重代价。第三支队仅第一连就牺牲了连长赵志平、副指导员郭跃智、5名正副排长、13名正副班长，战士伤亡过半。第四连连长李惠也牺牲了。

林家保想到这些，不由自主地叹了一口气：唉，这下子总算体会到老指导员曹一民当年改造我们时那种提心吊胆的心情啦！

先到九台的是营以上干部。林家保被分到第一八二师五四五团一营任教导员。到任那天，团长朱光云设宴招待"老八路"。饭后，林家保应邀到副团长赵国璋宿舍里去坐坐。这一坐，意外发现赵国璋的床头放着一本中国共产党的《整风文献》。林家保吃惊不小："哟？你们在长春还能看到这种书？"

"不光《整风文献》，我什么都有！"

"哦？"林家保更惊奇了。

"不瞒你说，我，地下党。这书，组织上发的。"

林家保恍然大悟，难怪赵国璋脸上始终洋溢着一丝得意的笑容，原来是这么回事！他急忙追问下去："朱团长呢？"

"朱团长虽然不是党员，但他是党员培养对象。长春解放前，我们曾两次策划单独起义。前一次，因为联络人员出了事，没成。后一次是上级没同意，叫我们转为支持全军起义。"

赵国璋的话，立刻卸掉了林家保心上的石头。他紧紧握住赵国璋的双手，说话也随便了许多："真没想到，搞了半天，原来你们是地下党！"

然而，林家保心上的石头刚放下没几天，又提上来了。上级决定，起义部队正式整编前，要对全军的政治工作干部重新调整，调林家保到暂编二十一师第一团一营任政治教导员。

万万没想到，在新单位，自己的搭档竟是一年多前的"冤家对头"杨福！

1947年10月17日晚，民主联军第六纵队十七师包围了吉林市外围的口前，经一夜激战，全歼国民党军第一八二师五四五团第一营、师辎重营、师工兵营，俘第五四五团一营营长杨福、师辎重营营长张士勋以下1000余人。

战斗一结束，东北军区政治部发来电报，要吉北联络处派人将被俘的三名营长和他们的太太押解至哈尔滨。这项任务落到了民主同盟军第三支队一区队一排排长林家保肩上。行前，领导交代：给你派一挂马车，让他们坐在上面，你带一个班跟车押送。不准绑，不能让他们跑了，死了也不行。

一上路，有的战士就发开了牢骚："这些当官的在旧军队压迫士兵，被俘了还有车坐。我们倒背着个枪，跟在他们屁股后面受累。"

"算了，算了！党有政策，不要乱说。"林家保摆了摆手，制止了牢骚。

岂知，到了吃午饭的时候，林家保的"大度"荡然无存。

端上来的高粱米饭，他们六位就是不吃，非要吃大米不可！

"没有！八路军官兵平等，别说营长、团长，就是师长、军长也没你们这样挑剔！不吃？不吃就饿着！"林家保嘴巴硬，心里盘算：三天行程，要真的不吃饭，还不至于把他们饿死吧？

到了晚上，三对夫妻把林家保围了起来，要求三家人各住一间房子。

林家保犯难啦：执行押送任务的，算上自己总共才八人，晚上要放哨，每一班哨至少要两人，明哨在门口，暗哨在远处。要是给他们安排三处房子，我们几个还睡不睡觉了？明天还走不走路了？

吃罢晚饭，林家保将三对夫妻带到一间房子，指着一铺七尺宽的炕："今晚你们几个就在这上面挤着睡吧！"

一下子炸了锅，男的、女的都嚷开了："你这个云南老乡，好不道德！"

"有啥子不道德的？吹灯前，看准自家的被窝，不会'不道德'的！"

第二天一上路，三位营长没说啥，三位太太不依不饶林家保。

林家保反唇相讥。一路走，一路闹，一路笑。

第四天，到了黑龙江省五常县火车站。正在等候他们的东北军区联络部干部开了个收条："兹收到吉北联络处送来国民党六十军营长杨福、张士勋等六人。"林家保拿到收条，带着人，坐上马车，回去交账了。

杨福和张士勋经过教育，思想发生了转变，7个月后，被派回长春做策反工作，为争取国民党第六十军战场起义做出了贡献。起义后，经刘浩与曾泽生商定，杨福等派遣人员全部被委任了职务，具体掌握部队。

4 环环相扣的组织调整

对起义部队的组织调整，实际上开始于解放军干部到来前。

萧劲光离开九台后，曾泽生与刘浩、潘朔端等人即商定了对暂编五十二师的组织调整：派李佐代理师长；派5个月前回来策反的被俘军官到该师代职，其中夏绍文代理师部参谋主任，李峥先代理第一团团长，张士勋代理第一团副团长，何尔寿代理第二团团长；将军直属辎重团与暂编五十二师并编，令辎重团团长凌发启、副团长黄忠尧分别代理该师第三团团长和第二团副团长。

为安全起见，曾泽生让李佐带一个警卫连履职，被李佐婉言谢绝，他只带两名警卫员走马上任。

李峥先没有李佐那么洒脱，要他与基层官兵直接打交道："就我一个人去咋行？"非多带几人不可。于是，从第五四四团调来军需官黄成忠接任团部军需主任，调来一名解放军释放回来的排长接任团部警卫排排长，还调来一名警卫员和一名马夫。

李峥先于11月2日刚到职，麻烦事就来了。

辽沈战役结束后，九台县各界召开祝捷大会。暂编五十二师少数反动官兵混进会场，高呼"蒋主席万岁"，撕毁游行队伍的红旗和毛主席画像，还在铁道附近架起两挺机枪，对空射击，威胁游行群众，并致一妇女被乱枪击伤。

当时，九台县正值土地改革运动高潮，该师第一团高副官带人持枪抢劫了头道沟子农会主席的家并撕毁了农会的账册。还有十余名士兵来到张家烧锅村，将该村妇女会成员拉出来，让地主婆打，地主婆不敢打，就强迫妇女会成员互相打耳光。一些土改积极分子甚至被暗杀。当地土地改革运动被迫陷入停顿状态。

该师第一团直属机枪排派人到头道沟子沙正家，压价买猪不成，便动手打人。区长劝阻无效，请示县政府后，将凶手扣下并押送县里。途中，凶手逃脱。当晚，该排17人全副武装包围了区政府，将区中队强行缴械，并痛打了区长和中队长。然后将区长拽到院子里，宣称要枪决，经群众苦苦哀求才未执行。这伙人离去前，又诈称丢失大衣、棉衣各一件，勒索两百万元现款和一头猪才了事。

类似几件涉到第一团的事情，李峥先几次派人赴现场调查，不是查不出来，就是查出来了，但肇事者早已闻风逃匿。

一日，李峥先正在犯愁，驻地区长带着一位助理员来报告：有一个自称是团部副官的军人，到老百姓家捉鸡、抢猪，老百姓不让，反而将老百姓打了一顿。

李峥先立刻集合全团，再带着受害群众一一辨认，当场将肇事者揪出队列。原来是团部的一名传达兵。

随后，李峥先向代师长李佐报告并力主："严惩不贷，以儆效尤。"

见李峥先要开杀戒，李佐没同意："还是以抚为主好，能不杀尽量不杀。"

李峥先一听，嗓门提高了八度："不行，不行！这些坏家伙把毛主席像都戳烂了，破坏我们起义部队和解放军的声誉，不杀一个，这股坏风气咋压得下来？"

"请示一下军里再说吧。"李佐还是持谨慎态度。

李峥先的建议，得到曾泽生军长的批准。

第二天，李峥先集合全团召开公审大会，暂编五十二师直属队和其他两个团都派来了代表。李峥先当众历数肇事者罪状后，宣布执行纪律。

杀了肇事者后，光天化日下的反革命活动和害民、扰民行为表面上被压了下去，但问题并没解决，李峥先急切地期待着解放军早日派来政治工作干部。他问曾泽生："解放军干部啥时来？来多少？"

曾泽生心里也没数。如何改造起义部队，特别是如何从组织上改造起义部队，是所有起义官兵十分关心，又十二分猜不透的谜。

11月12日，根据东北局和东北军区电示，刘浩陪曾泽生、白肇学、陇耀赴哈尔滨汇报起义情况，并研究下一步部队改造事宜。

耐人寻味的是，他们在哈尔滨一住就是1个月。其间，参加了一些欢迎、参观活动，拜会了高岗、李富春、周桓等东北局和东北军区领导，写下了8000余字的《反蒋起义的经过前因后果计划行动步骤》，于11月29日发表了《告国民党军官兵书》。东北军区副政委李富春还就师以上军事干部的配备，让曾泽生提出名单，而后由刘浩起草一份电报，以刘浩的名义上报中央。

如果仅仅因为上述几件事，让三位将领脱离刚刚起义尚不稳定的部队长达1个月之久，是没有必要的。真正的目的，是出于实行组织调整的策略考虑。

云南人重乡情，滇军官兵更珍重裹着乡情的袍泽义气。这种被共产党人称之为"封建关系"的人际关系纽带，在策反时，是共产党离间杂牌军与蒋介石及其嫡系部队的策略武器；在动员起义时，是曾泽生等将领笼络军心的法宝。如今，共产党要在组织上改造这支起义部队，它，却成了实施改造的障碍！

共产党也需要忠心耿耿、肝胆相照，但绝不是对个人或小集团，而是对劳苦大众的解放事业。对起义军官的"去"与"留"，共产党要坚持原则，以对待人民事业的觉悟程度为唯一准绳；起义将领需顾及"情面"，尽量关照鞍前马后的老部下。于是，有了让三位将领"回避"起义部队组织调整的策略。

当然，这种回避是有积极意义的。东北军区政治部副主任周桓给他们送去了《整风文献》，有针对性地介绍了中共延安整风反对宗派主义的理论和实践。周桓、刘浩还告诉他们：组织调整主要是将大部分军官抽出来送东北军政大学学习，改造思想。不学习不行，解放军干部都要轮训，何况起义干部。

后来，转变了观念的曾泽生、白肇学、陇耀回到部队，对尚未结束的组织调整均给予有力的支持。最重义气的陇耀，还亲自做过副营长马金亮等人的工作："我们起义了，不能像从前那样，要听共产党的话，以大局为重，服从调动。"

中共对起义部队的组织调整是环环相扣的。刘浩陪起义将领一到哈尔滨，即与徐文烈办理了工作交接。此时，徐文烈对改造这支起义部队早已胸有成竹，他很快开列出首批调用180名干部的名单，上交东北军区政治部后，即带领华文、黄凯、周启龙等五名同志赶赴九台开展先期的摸底工作。徐文烈等人11月25日一到九台，先将一名干部留在军部和军直属队，其余五人一竿子分散插到三个师及其所属单位，然后，马不停蹄地找各级官佐和士兵分别谈话。

在掌握大量第一手情况后，徐文烈向东北军区政治部提出了进一步的干部调配计划。随后，解放军干部陆陆续续前来报到。

首批解放军干部调来后，先整理警卫分队，调该军地下党员王立中和俞光（俞建昌）、东北军区政治部前方办事处干事张健等干部，分别担任军警卫营的营、连、排长等职务。警卫营非云南籍、当兵年头久并有兵痞习气的士兵，一律不要。换下来的军官集中到军官队，换下来的士兵调往基层连队。

调来的解放军干部尽量先满足基层单位的需要。绝大部分调入的干部都与起义部队有缘。老人们记得，那些日子，每隔几天就会遇上几位熟人，彼此首先问候的话几乎都一样："呦，你也来啦！"

到正式整训时，一共调入干部410人，其中军职3人、师职11人、团职28人、营职26人、连职136人、排职206人，基本配齐了单职的政治工作干部，配备了部分后勤干部和少数机关干部。

对起义部队的组织调整，主要是对军官的调整。调整方针是"审慎使用，积极团结教育，使之逐步发展成为人民军队的干部"。在此方针指导下，对军官区别不同情况，采取少数清洗、多数调学、部分留队等方法。

清洗工作，早在10月16日动员起义时就开始了。先行扣押的徐树民、李嵩、胡家驹、周曙初、谢绍贤等人，起义后，移交解放军。这是起义后剥去的第

一层"笋壳"。剥去的第二层"笋壳"是政治身份复杂人员。部队一到九台,各级国民党政工人员和谍报人员立即集中,有特务身份的,送往哈尔滨解放军官教导团,其余人员送往齐齐哈尔东北军政大学,边组织学习,边甄别考察。剥去的第三层"笋壳",是指清洗或遣散了一些特务、警察、宪兵、土匪、恶霸。

此外,对一些不愿意留队的军官,曾泽生在解放军派干部来九台之前,曾网开一面,准其离队。对暂编五十二师,网开得更大,愿走的,如果交出武器,还奖励东北流通券。政策一宣布,仅第一团就走了约三分之一的军官。

至此,第六十军尚有军官2714名,其中中将1名、少将5名、上校25名、中校59名、少校210名、上尉402名、中尉604名、少尉884名、准尉524名。

解放军干部到齐后,先宣布取缔一切反动组织和封建组织,同时以精简整编形式取消军、师两级八大处,在全军团以上单位重新编组司令部和后勤部,建立政治机关,配备连以上各级政治工作干部。在此基础上,抽调多数军官、部分军士和士兵计2490人,分批送东北军政大学学习,200余名眷属亦随之同往。

留队的军官多数是云南人,有地下党的重点交友对象或党员发展对象李佐、朱光云等;有执行过策反任务的派遣人员张秉昌、李峥先、何尔寿、夏绍文、杨福、张士勋等;有被解放军释放回来表现较好的军官,如暂编二十一师第一团代团长周庆三、第一八二师五四六团连长李仲文等;有思想比较进步或军阀作风较少的军官,如暂编二十一师第二团二营营长杨树云等。

对留队军官,再区别情况采取"夹带""搬家"等不同方法,将一部分不会妨碍部队改造的军官留在原单位,通过解放军干部具体"传帮带",边工作,边随队改造;对一部分封建关系紧密或军阀作风较重的军官,调动其工作岗位,让其在新单位随队参加学习和改造。

5 叛变事件与清洗工作

按说,组织调整到这一步,似乎可以高枕无忧了。不!解放军干部仍放不下那悬吊吊的心,尤其在暂编五十二师。

离休前担任沈阳军区炮兵副司令员的华文,当时在暂编五十二师第三团和第一团都当过政委,他说,那时,每天晚上睡觉都把手枪压在枕头底下,子弹上膛,关上保险。他带了两名警卫员、一名马夫,全是党员,轮流值班,以防万一。

日子最难过的是连队指导员，几乎天天都有"叫苦"的。一些官兵偷鸡摸狗、调皮捣蛋算小问题。有个老兵拿着一把雪亮的匕首，在指导员面前晃来晃去，非让指导员回答"这是啥东西"。还有个老兵拿着一枚手榴弹让指导员"看看"，没等指导员回过神来，"啪"的一下拉掉拉火绳，往十米开外一丢，然后，看着指导员"紧急避险"的狼狈相，一阵狂笑，扬长而去。也不是成心要杀你，就是吓唬吓唬你，出出你的洋相，让你难堪，他好出一口气：国民党军的武器装备比八路好多了，凭什么投降？不变着法子搞点恶作剧，这面子往哪儿搁？

也有动杀机的！

海城起义的陈家才和李德钰，在暂编五十二师第二团三营机枪连分别担任连长和指导员。一天晚上，两人一同查哨，刚出村庄，不知从哪儿飞过来一枚手榴弹。二人迅速往路旁沟里一滚，躲开了。事后，一直没查出是谁干的。

海城起义的周启龙调到该团八连当指导员不久，发现副连长私卖连队多余的六十多套冬装，遂严厉批评。副连长恼怒万分，当夜安排勤务兵等在老乡后院挖坑，准备活埋周启龙。幸好发现及时，逮捕了副连长，周启龙才免遭灭顶之灾。

几天后，该师第一团四连发生了叛变事件。

据该连指导员高汝云回忆，那是 1948 年 12 月下旬，他到连队才一二十天，整训还没开始，自己的工作主要是找官兵谈话、摸底，稳定部队。连队的军官只有一名姓张的连长，湖南人。在高汝云面前，张连长经常美言共产党，什么"清正廉明"啦，什么"一心为老百姓着想"啦，什么"政策好"啦，等等。但出事前几天，张连长却又常和一些老兵背着高汝云鬼鬼祟祟议论些什么，并且一连几日扔下连队不管，不知到什么地方去了，天天很晚才回连队。

高汝云将张连长的情况向团长李峥先作了汇报，希望引起团领导的重视。不料，李峥先很不当回事："哎，这些军官吃个小灶，出去玩玩，在旧军队习惯了，很正常。张连长是被解放军俘虏后放回来的，你要相信他！"

高汝云相信了张连长，张连长却辜负了高汝云的信任。一天，张连长外出，再也没回来。就是这天晚上，高汝云刚刚入睡，士兵乔纪友跑来："指导员，指导员，出事了，好多人要跑！"

高汝云"嗖"地从床上蹦下来，边穿衣服边问："为啥要跑？"

"我也不知道。我站岗，看见二排副排长刘清顺和好多人在一间大屋子里开会，叫大家跟他们走。"

第五章　组织调整为思想改造开道　│　173

高汝云棉裤都没来得及穿，说了句："跟我来。"

大屋子里乱哄哄的，刘清顺正振振有词地叫嚣："国民党已经在葫芦岛登陆了，很快就能打回沈阳。我们必须尽快回国民党那边！"

高汝云是"打甩手"来的，没带武器。来了以后，上级也没给他发枪。全连的武器弹药分散在各班、排。此时，高汝云唯一的"武器"就是一张嘴。他进屋后，只能劝说："不要走，东北全境都解放了，你们已经起义了，还往哪里走？"

"妈个×的，不要听他的赤色宣传！国民党有美国人支持，美国是世界上最强大的国家，第三次世界大战一打起来，别说你那几个共军，就是苏联也得完蛋！"刘清顺大放厥词，继续煽动。

美国人是不是要进攻东北，第三次世界大战能不能打起来，高汝云也不清楚。但他知道，美国支持国民党打内战已不是一天两天了，并不可怕。他毫不畏惧，继续宣传："共产党为穷人谋利益，国民党专欺负穷人，你们回那边干啥嘛？"

高汝云的话还没说完，被刘清顺打断。随后，几把刺刀对准了高汝云的胸口："妈个×，再说就捅死你！"

没一会儿，从老部队派来的一排许排长也被绑来了。

刘清顺是国民党三青团骨干，老兵痞子，在连队十分霸道，经常打人骂人。也许是因为畏惧他，当他煽动叛变时，多数人都趁夜暗四散了。

当夜，刘清顺等劫持了高汝云和许排长，带着二十来人逃离了驻地。经一夜行军，拂晓时，在一座村庄住了下来。然后，派出岗哨，封锁村庄，只准进，不准出，准备到天黑时再走。往南，刘清顺幻想到不了葫芦岛就能碰上美国"救世主"。

第二天晚上，当他们宿营时，叛兵骨干因行军路线发生了分歧，在一间屋子里争执不休。被绑在另一间屋子的高汝云趁机做起两名看守士兵的工作："东北国民党几十万大军都被消灭了，你们还能跑到哪里？把绳子解了，放我回去！"

看守高汝云的，一位是乔纪友，另一位是连部勤务兵马凤仪。由于高汝云在连队待了一二十天，他深入群众的作风颇得士兵好感，一路上，除了几个骨干，稀里糊涂跟着跑的多数士兵对高汝云挺和蔼，乔纪友和马凤仪在吃饭、休息时，对高汝云还能照顾一下。所以，当高汝云要乔纪友和马凤仪放了自己时，两人立刻解开了绳子，边解边说："指导员，你把我们带回去吧。"

高汝云当然求之不得。

两人的小包裹在另一间屋子，舍不得丢，回去取时，被刘清顺发现扣住。等到他俩偷偷跑出来时，高汝云已经先一步逃走了。

逃出来的高汝云一直跑到天亮，估计叛兵追不上来了，才敲开一家老百姓的门。正巧，主人是村农会主席，一听介绍，急忙把高汝云拉进屋里："知道，知道！县里已经通知各乡组织农会放哨了。公安局的同志刚走，大家都在到处找你呢！快快快，先上炕暖和暖和。"

高汝云在农会主席家吃了顿饭，然后穿上农会主席借给他的棉裤和大衣，坐上农会主席亲自赶的一挂大马车，回九台去了。

回到军部，军首长那个热情呀，甭提了！先代表部队谢了农会主席，再为高汝云领了一套新棉服军装，军长、政委还陪他吃了顿饭。

高汝云说："曾军长和徐政委都把我当成小孩子了，问寒问暖，安慰来安慰去，把我安慰得都不好意思了。"

曾泽生一个劲儿地道歉："哎呀呀！实在对不起，让你受惊了，受苦了……"

徐文烈则握着高汝云的手摇了又摇："回来就好！回来就好……"

两位首长告诉高汝云："你什么都不要说了，情况我们都知道。先在军里休息两天，顺便协助军保卫部把这件事处理一下。"

军领导对高汝云的临危表现是满意的。挨批评的是团长李峥先。那天晚上，李峥先得知发生了叛变，一边紧急集合部队，一边打电话向军首长请示："我亲自带人去把他们抓回来！"

电话那一头是徐文烈，口气又急又严厉："算啦，算啦！你带人去追？你对你那个团就那么放心？'肉包子打狗'怎么办？把家里的部队照顾好就行了，其他的事不用你管！该灵活的，你得给我灵活点！"

高汝云逃脱后，叛变分子不敢久留，继续南窜，天亮时，被地方公安局下属县大队截住，击毙一人，其余缴械投降，随后被送往吉林市监狱关押。

被绑架的许排长在高汝云逃走之前，先一步逃走了。

私放高汝云的士兵马凤仪、乔纪友逃跑后，顺着大道往回走，天亮后，被当地农会群众当作坏蛋抓住。饱尝国民党军劫掠之苦的翻身农民根本不听解释，把他俩吊上房梁，用鞭子狠狠地抽了一顿才交给县公安局。

高汝云在军部只住了两天就主动要求回连队了。他告诉军首长："这个连队我熟悉，士兵不像人们想象的那么坏。"

连队陆陆续续回来了六七十人,有的是躲过刘清顺的威逼后自己回来的,有的是半路被地方武装或农会群众抓住送回来的。

几天后,高汝云专程看望被关在吉林监狱里的叛兵。士兵们对高汝云的到来都很意外,也颇受感动:"哎呀,指导员,我们都到这个地步了,你还来看我们。"

在旧军队,开小差是死罪,叛变就更不用说了,由此推论,他们都认定:"我们这些人全完了!"刘清顺耷拉个脑袋,一句话也没说。一位安徽籍班长吃了后悔药:"指导员,当时真不该不听你的话。现在该我们倒霉了!"

离开监狱时,高汝云从被关押的士兵中挑选了七八人带回连队,其中有马凤仪、乔纪友。高汝云说:"这几个人我了解,都是好同志。旧军队嘛,只讲服从,长官叫干啥就干啥。长官鼓动叛变时,跟着跑很自然。我完全有把握把他们教育好。"带回去的人,经过政治整训,大都成了连队的骨干,有的当了班长,有的当了副排长,有的还加入了中国共产党。

后来,当由暂编五十二师改编的第一五〇师被撤销后,高汝云连被编入第一四九师四四七团,改称第五连,高汝云调该团一营任教导员。在抗美援朝战争中,五连在汉江南岸坚守白云山主峰,打出了国威、军威。此战后,经志愿军总部批准,五连所在团被授予"白云山团"荣誉称号。高汝云从监狱里带回的同志,多数都壮烈牺牲在白云山上。

马凤仪活了下来,转业到公安军工作后,1957年给高汝云寄去一张照片,背面写道:"赠给高指导员,我真挚的首长和战友。"高汝云只给马凤仪当了半年指导员,马凤仪却一辈子不改口。

留在监狱的,不久全部被押回九台,在部队驻地召开了由军政治部主任王振乾主持的公判大会,首要分子副排长刘清顺和两名班长被枪决,其余人员全部释放,有的资遣回家,有的编入连队。

高汝云连叛变事件的震动,首先波及的是基层政治工作干部队伍。

派入暂编五十二师第二团机枪连任指导员的刘绍云记得,发生叛变的第二天早上,全师各连指导员不约而同地聚集到师部"要枪":"没有枪咋要得?叫人干掉了,都不知道是谁干的!"

师政治部主任李冠元知道来者是"醉翁之意不在酒",可这些干部刚来自各部队,自己认识的不多,于是,摆上几个桌子,上了瓜子、糖和香烟后,李冠元招呼:"吃,吃,吃!没通知你们,就都来了。有哪样要求?说!"

海城起义的刘绍云在东北军大辽东分校三队学习时，李冠元任辽东分校副校长。见没人敢开腔，李冠元索性拿最熟悉的人"开刀"："刘绍云！"

"到！"刘绍云迅速起立。

"你入党了吗？"

"报告李主任，我入了。"

李冠元把桌子一拍："既然是党员，叫你当指导员，你为什么不愿干？"

刘绍云吓着了，小声嘟囔："叫我当排长、连长、营长，我都可以干。我没文化，指导员干不了。"

李冠元严厉批评道："你入党咋宣誓的？党指到哪你就打到哪。你怕死吗？"震住大家的情绪后，李冠元再循循诱导，做通了思想工作后，这才具体布置眼下的稳定部队工作。

半个多世纪后，刘绍云说起这段"杀鸡给猴看"的挨训往事，开怀大笑不已。

鉴于暂编五十二师的复杂性，徐文烈、曾泽生、王振乾等军领导报经东北军区领导同意后，对全军组织改造的工作部署作了紧急调整：将该师第一团和第三团的团政委对调，让参加过改造海城起义部队、经验丰富的华文，到问题最严重的第一团代理政委。从第一八二师和暂编二十一师各抽出三分之一的解放军干部，调往暂编五十二师，限期一个月完成对该师官兵中不可靠人员的清洗。

浦绍林刚到九台时，被分配到第一八二师，找他谈话的是军政治部组织部组织科科长曹一民。浦绍林一听说让自己担任连队副指导员，急忙摆手："不行，不行！我干不下来！"浦绍林不是谦虚，是胆怯：自己虽然在旧军队待过，也经历过改造旧军队，但刚19岁，一个人去改造百十人，哪儿干得下来？

曹一民对这类情况见得多了，他不容浦绍林解释："你干不下来也得干。不要说了，服从组织！"

第二天，浦绍林硬着头皮正准备赴任，师政委陈一震通知大家："军里临时决定，你们这批干部全部调往暂编五十二师。"

浦绍林被分到暂编五十二师第三团二营四连。连长是留队的起义军官，对浦绍林很热情，叮嘱勤务兵："这是新来的指导员，好好侍候。"小勤务兵很听话，打水、迭被子、洗衣服、盛饭、洗碗，还拖浦绍林去和连长一起吃小灶。

浦绍林受不了了：共产党干部哪能这样？我得学老指导员，和战士打成一片。

从旧军队过来的浦绍林知道，脚往哪儿迈，才能在连队站得住，话如何说，才能印在士兵的心坎上。他一头扎到士兵堆儿里，天天拉家常：当兵前干啥？家里有几亩地，几口人？粮食够不够吃？怎么来当的兵呀？当兵后挨过打没有？

不到一周，全连八九十人的情况摸得八九不离十了。一些士兵开始主动靠近浦绍林，并告诉他，连长经常背着你和哪些人一起吃吃喝喝。最初，浦绍林没介意，旧军官嘛，讲究吃喝玩乐很正常，我又不去，人家喝酒没人陪着咋行？

不料，一天早上，梦乡里的浦绍林被小勤务兵唤醒："指导员，指导员！昨晚连长他们叽叽咕咕地在外面不知说了些啥？今天一大早，人就不见了。"

浦绍林一惊，第一个念头就是摸枪。一摸，冲锋枪还在被窝里，手枪还在枕头下。穿上衣服下班排一查，连长拖走了12人，武器也带走了！

又过了几天，营教导员王俊林得到报告：六连连长正在组织叛逃！于是，以开会形式，布置海城起义干部曹子建下了他的枪，将其逮捕，送交上级处理。

一连几件事发生后，清理步骤加快了。留队军官又调出一批，进军大或军教导队学习。须清洗的士兵按师、团统一部署，在各连指导员摸底后，分批处理。凡当过警察、宪兵、特务、土匪的一律不要。吸大烟的和老弱病残，精简资遣。隔几天上面布置一次，名额分配到各连队，每次少时处理三五人，多时处理10来人。每人发50公斤高粱米的钱做路费。被处理走的士兵也高兴，回家了嘛。

对暂编五十二师的组织清理按期完成了。浦绍林所在连只剩下40余人，所在团由原来10个连缩编为5个连。部队纯洁了。至正式整训前，全军共精简1839人，清洗1047人。

1949年1月2日，中国人民解放军总部发布命令，将曾泽生率领起义的原国民党军第六十军及所辖3个师成建制地改编为中国人民解放军第五十军及步兵第一四八师、第一四九师、第一五〇师，任命：曾泽生任军长，徐文烈任军政委，叶长庚任副军长，王振乾任军政治部主任；白肇学任步兵第一四八师师长，陈一震任师政委，邓应斌任副师长；陇耀任步兵第一四九师师长，李桂林任师政委，任孝宗任副师长；李佐任步兵第一五〇师师长，李树民任副师长，李冠元任师政治部主任；耿万福任军后勤部部长，刘峰任军后勤部政委。

1月29日，东北军区副司令员周保中来九台主持了隆重的中国人民解放军第五十军授名典礼。

一场惊心动魄、轰轰烈烈的灵魂大革命，此时，刚刚拉开序幕！

第六章
泪血大控诉

国民党政府军令部长徐永昌1944年记述："人人言我国兵好官不好。"①

曾获普利策新闻奖的美国著名记者白修德著书痛斥："中国军官们对待士兵好像对待畜生。"②

1 抵触情绪在控诉中荡然无存

1949年1月26日，中国人民解放军第五十军在吉林九台召开了全军团以上军政干部会议，军政委徐文烈作了题为《关于部队教育方针及教育计划大纲》的报告，详尽部署了起义部队政治整训的方针、原则、内容、步骤、方法和政策。

这里，需要特别说明该报告形成的背景：1948年11月25日，徐文烈率首批政工干部到达九台后，仅仅两个月，不仅要迅速熟悉部队，接收并分配从各老部队陆续调来的410名干部，组建政治机关，重建司令部及后勤保障机关，考察并选送2490名起义官兵进东北军大学习，调整部分随队改造的军官的岗位，清洗政治成分复杂人员，精简老弱病残，还要组织供给，协调军政和军民关系，稳定部队，平息叛变，处理部分官兵违法乱纪事件，还要完成对全军官兵的思想摸底，组织全军正式整训前的思想动员和临时教育，而此时军政治部缺编三分之二，除主任外，总共只有九名干部。

虽然，这份《关于部队教育方针及教育计划大纲》仓促成文，但却蕴含着博大精深的思想资源。其中，徐文烈明确提出了国民党士兵的"人权保障"和"启

---

① 《徐永昌日记》第七册，[台北]"中央研究院"1991年版，第432页。
② [美]白修德、贾安娜：《中国的惊雷》，新华出版社1988年版，第155页。

蒙教育"问题。与否定中国革命启蒙作用的"知识精英"们不同，徐文烈们实施启蒙教育的主要内容，不是艰深烦冗的学理，而是"战士本身及其家庭所曾亲身经历耳闻目睹的被压迫剥削的痛苦事实"这一"生动的现实的活教材"；其主要方法不是像居高临下的书斋秀才那样好为人师，而是发动和依靠群众"放手民主"，反对"教条的灌输"。

还需特别说明，在教育实施过程中，全军政治工作干部没有拘泥于大纲最初规定的控诉运动、诉苦运动、土改教育、战争观念教育四个单元内容，而是将其拓展为属于改造性质的"三个运动"和属于建设性质的"三个教育"，即对旧军阀制度的控诉运动，反对封建地主的诉苦运动，思想还家的阶级自觉运动，以及战争观念观教育、团结内部教育和政策纪律教育。

半个世纪已经过去，在笔者采访时当年最年轻的士兵都已步入了古稀之年，不饶人的岁月使老人忘却了许许多多如烟往事，然而，所有亲历者对这场政治整训，尤其是对那涕泗滂沱的泪血大控诉，无一不留下铭心镂骨的记忆。

起义士兵人人感慨：从此，我们才知道自己不是奴隶，是人，应该做人！

起义军官个个叹服：控诉运动这个办法好啊，不是人民军队学不去！

解放军干部更是兴奋：控诉运动之后，不再担心挨黑枪了，部队也好带了！

的确，对于旧中国血淋淋的阶级压迫，在控诉运动前，绝大多数起义官兵把自己的过去都归咎于命穷、祖坟风水不好、闹鬼、天灾、疾病等。士兵夏云和家里有一块地，契约是地主儿子写的。地主儿子欺负夏云和家里无人识字，在契约里颠倒黑白，结果后来打官司时，以契约为凭的法院判夏云和家输了官司。然而，在诉苦之初，夏云和却认为：官司输了，"怪父亲当时做事不仔细"。

对于控诉运动前的政治教育，不仅部分军官不服，一些士兵也有所抵触。

一位姓杨的班长，起义前，在从吉林撤往长春的途中，曾以刺刀威胁强奸民女。然而，当他良心发现时，却如此推卸责任："不是我要搞你，是当官的叫我们来搞。我们当官的说了：'共产党共产共妻，我们为什么不能？'"就是这位杨班长，起义之初，依然相信这套反动的欺骗宣传。

当年的营教导员林家保记得：在民主运动之初的酝酿阶段，根据军里的统一部署，除了开展两种军队的对比教育，即比民主思想和作风、比行政管理和经济生活、比官兵关系和作风、比军民关系和作风外，还要鼓励起义官兵主动暴露思想、讲真话。你知道人家想啥，才好有的放矢地进行思想教育嘛！

话一说出去，五花八门的问题全提出来了。

有的对起义"充分理解"："在长春快要饿死了，跑又跑不了，就得起义。当兵的只要有饭吃，给谁扛枪打仗都一样。"

有的对起义满腹疑团："过去上上下下都说'做人要有骨气，死不投降'，现在怎么又起义了，不成软骨头了吗？"

有的认为起义是奇耻大辱："咱们六十军台儿庄的功劳，这回全丢光了！"

还有人对正在进行的解放战争大发感慨："国民党和共产党打仗，都是为了抢地盘、争天下。共产党有苏联支持，国民党有美国支持，谁也消灭不了谁，打不出个结果来。蒋介石和毛泽东都想当皇帝，神仙打仗，百姓遭殃。"

有位老兵还说："我打了十多年仗，也没打出什么名堂。国民党胜也好，共产党胜也好，早点结束就好，我好回家。"

林家保记得，当时争论最多、最大的话题是：如何评价国民党在抗战时期的作用。

争论的背后，是维护还是颠覆国民党"正统"地位及道义根基的思想较量。

话题是由学习朱德《论解放区战场》一文引起的。学习中，一说国民党消极抗日，就有人不服气，一些参加过抗战的老兵甚至"哗"地扯开衣襟，露出伤痕，然后"啪啪啪"地用巴掌一拍："这伤，难道是狗咬的？"

对指导员们说"抗日战争是共产党领导的"，更不服气："我们在台儿庄、赣南、滇南流血牺牲，是你们共产党下的命令吗？"

其实，朱德《论解放区战场》并没否定国民党抗战事实，文章是在承认事实的前提下，指出国民党抗日"从压迫人民、奴役士兵出发，从消极抗战以至观战、专靠外援出发，从保存实力、准备内战出发，从排除异己、破坏团结出发"，从而"构成了一条反人民的失败主义的单纯防御的军事路线"。

这批海城起义干部多数是从士兵或下级军官中提拔起来的，文化程度都不高。海城起义后虽然接受了一系列政治教育，但那时主要着眼于阶级立场的转变，理论问题并未深究。战争年代，客观上没有条件也不允许在理论上耗费过多精力。更重要的是，当他们一旦觉悟到国民党政权是劳苦大众受剥削、受压迫的总根子时，无可遏制的阶级仇恨必然引导他们彻底地否定国民党的一切所作所为。

关于国民党抗不抗日的争论反映到军部以后，由徐文烈亲自作了解释，林家

保记得，当时要求"分开讲"：把蒋介石统治集团和国民党军队的广大官兵区分开来。

果然，这么一分，硬顶的没有了。谁愿意、谁敢把自己和蒋介石划到一堆儿？但实际上，这些人嘴上不说，心里依然不服。

对这些人，徐文烈、王振乾他们心中相当有数，胸有成竹地告诉基层的同志：不怕，等控诉运动一搞起来，这些认识问题都会迎刃而解。

当年的指导员说：那年月，我们这批海城起义干部能有多高的理论水平？能有多大的能耐？还不是靠朴素的阶级觉悟，靠老指导员、老政委言传身教？

就拿酝酿控诉运动阶段的工作来说，最初，一些连队布置"为什么要有民主"一类比较原则、抽象的讨论题，士兵们不是费解就是没兴趣。在上级首长的启发下，把原来的讨论题换成"在旧军队你最寒心最痛恨的事情是什么""上级打骂我们是不是为我们好"一类具体的讨论题后，话匣子才一下子全打开了。

控诉运动部署得相当周密。据军政治部主任王振乾回忆：为了有的放矢抓好部队的思想教育，先对3个师各1个连开展了摸底调查，为指导全局工作提供了依据。各连指导员在控诉运动开始前，先深入班、排，找士兵逐个谈心，从中发现并挑选控诉典型，做好工作后，逐级向上推荐。

控诉运动通常先以团或营为单位召开控诉大会，进行"典型引路"，造成浩大声势和浓烈气氛，再转入以连为单位的普遍控诉。控诉大会的会场布置得都十分庄严肃穆。当年第四四二团一营教导员刘进昌回忆：控诉大会召开之前，团政委王锡令把他带到三营的会场："你看看人家，会场布置得像灵堂！"

控诉开始后，登台者没有不哭的，轻者掩面而泣，重者号啕大哭。常常是台上一个人哽咽难言撕心裂肺地恸哭，台下是连成一片令人窒息的抽噎。

第四四四团参加诉苦的1147名官兵，有989人哭了，占86.2%，其中哭病了的78人，占6.8%。

控诉运动那段时间，东北军区抽调了几支文工团天天给部队演戏，《白毛女》《血泪仇》《王家大院》三出歌剧反复演。每一次演出，台下都要汇集一片呜呜咽咽的哭泣声。那个时候，所演的戏太贴近生活了，看入戏的人真不少，怒不可遏的官兵甚至失去了控制，有的当场举枪要打死舞台上的"坏蛋"，有的冲向戏台要替喜儿或王东才报仇。

成都川棉一厂离休干部徐树礼、李开国说：为了安全起见，后来看戏，一律由干部将子弹收起来，再逐一验枪，干部、骨干分散在队列里，以便及时制止入了戏、情绪失控的士兵误伤演员。

不少亲历者都记得，每次看完戏，都有几位士兵哭得几天吃不下去饭。遇到这种情况，指导员便亲自打饭送到床前。指导员不劝还好些，一劝，有的士兵反而哭得更厉害："在旧军队，当官的不把我们当人看。参加了解放军，共产党干部把我们当亲人。可我，过去还打解放军，骂共产党……"

每每控诉大会或演戏进入高潮，指导员就领着大家呼起了口号。那声音，完全是怒吼，震耳欲聋，直刺苍天！口号是预先统一布置的，振臂一呼，人们便不由自主地把个人仇恨顺着口号内容，汇集到声讨阶级压迫制度及其维护者这个政治方向上来。

政治情绪的转变直接带动了政治立场的转变。那位曾经强奸民女并咒骂共产党"共产共妻"的杨班长，在控诉大会上更是捶胸顿足失声痛哭，一边诉说自己母亲、姐妹所受的苦，一边自责自己"忘本"，"对不起老百姓，对不起共产党"。从此，换了个人样。几个月后，杨班长在南下参加解放战争中加入了中国共产党，并在鄂川战役期间荣立战功。又过了一年，壮烈牺牲在抗美援朝战场上。

群体政治情绪的转变还造成了人人皆骂国民党浓烈的舆论氛围，此后，再没人替国民党、替蒋介石说半句好话！

也正是在整个社会认知层面明晰了旧中国阶级压迫血泪史的背景下，觉悟了的亿万人民才以无可遏止的群情激奋，顺理成章地推动着舆论界和史学界对国民党、对蒋介石作出一些"极端评价"。

如今，有人把新中国成立后大陆的这些"极端评价"说成是纯意识形态的"左祸横行"，并试图以此彻底否定使亿万劳苦大众得以翻身解放的中国革命。

这，又是一个需要史学、心理学、社会学解析并完成学理创新的学术课题。

2 控诉：地主盘剥血泪多

九台政治整训就其事先部署，是以控诉旧军队专制黑暗的民主教育在先，控诉旧社会地主阶级剥削、压迫农民的阶级教育在后。由于起义士兵绝大多数出身于贫苦农民，他们在旧社会受的苦和在旧军队受的苦是一个完整、连续的过程，所以，士兵诉苦往往是从在家受地主恶霸的剥削、欺压讲起。

在旧中国，农业生产方式主要是封建地主占有大量土地，再将其占有的土地租佃给无地或少地的农民耕种。1947年10月10日中共中央《关于公布中国土地法大纲的决议》指出：占乡村人口不到10％的地主富农占有70％～80％的土地，占乡村人口90％以上的雇农、贫农、中农及其他人民却总共只有20％～30％的土地。地主阶级凭借其对土地的占有权，对农民实行封建的地租剥削，地租额一般要占收获物的五成至六成，最高可达七成。

林家保是云南省姚安县人，云南解放前，他家有几亩山坡薄地，但养活不了一家九口人，只好租地主的地，收获四六开，他家得四成，地主得六成。一家人起早贪黑，年景好了，勉勉强强能熬过去，年景不好，就要断一两个月的粮。家里穷得连盐都买不起，一斤盐要用一二十斤粮食来换。

回忆这段家史，林家保十分感慨："唉！说起来，连我儿子都不信。我9岁才穿上哥哥穿小了的裤子，裆还是破的。9岁以前，不管天多冷，一直光屁股。冬天太阳一出来，我们这帮光屁股的放牛娃特别高兴，可以烤太阳了！"

齐云戈是吉林省德惠县人，他家乡的地租也是四六开。若遇上春荒没粮吃，就得找地主借，春天借一斗，秋天得还一斗三四升。若还不起继续欠着，就是"驴打滚"的利息。穷人被逼得无路可走，最后只好卖儿卖女，乞讨他乡。

地主对农民除了地租剥削，还有许多名目繁多的额外剥削。

云南省禄劝县普模乡彝汉杂居区的尹大忠，家里没有地，完全靠租彝族土司的几亩收成很低的坡地维持生活。地租，按年成最好时收获的50％交纳，受不受灾不管。土司每年都要到佃户家里催一次租子，每次催租，佃户都要给他烤一头小乳猪吃。逢年过节，遇婚丧嫁娶，还要给土司送礼，一个猪头或者两条猪腿。若不按土司的规矩办，土司就要带人上门找碴儿，甚至把地收回去。

有一年，遇到天灾，庄稼歉收，租子没交够，土司带着家丁登门问罪。

这位土司是方圆几里赫赫有名的土霸王、活阎王，他家的佃户等于半个奴隶，他想骂就骂，想打就打。尹大忠的父亲是个老实巴交的庄稼人，平时见到土司都要打抖，此时更没了主意，半晌才哆哆嗦嗦地求饶："老爷，今年遭灾了，家里口粮都不够。行行好，让我们明年补交吧！"

"补交？哼！你懂不懂规矩？不交租子就到老爷家当两年娃子（奴隶）抵债。"家丁一边呵斥，一边把手中的铁链子抖得"哗啦哗啦"作响。

"老爷，宽限宽限吧！租子明年一定补齐。"尹大忠的父亲给土司跪下了。

"年初说好了，不管年成好坏，租子一粒不少。你还想耍赖？给我把人拉走！"土司不耐烦了。家丁把铁链子往尹大忠父亲的脖子一套，拉起就走。

尹大忠母亲扑了上去，哭喊："老爷，开开恩放了他吧，我家确实没粮啦！"

土司回过身来，飞起一脚踹在尹大忠母亲的胸口上："给老子爬开！"

尹大忠父亲被拉到土司家后，先挨了一顿鞭子，然后被铁链锁在一根木桩上。后来，尹大忠母亲忍着痛，把家里仅有的一点口粮给土司背去。土司派人到家里又翻了个底朝天，没再翻出一粒粮，这才把拴了多日的尹大忠父亲放回去。幸亏亚热带地区有挖不完的野菜，这一年，一家人全靠吃糠咽菜才活了下来。

贫苦农民不但要受地主剥削，还要遭受人身的虐待与凌辱。

云南省石屏县宝秀乡的罗珠成，他家租本村地主的田，收获的稻子七成交租，三成归自己。罗珠成父亲很能干，不辞辛劳地经营租来的田。一家老小都要干活，孩子也不例外，割草、喂猪、放牛、挑水，只要能干的都得干。由于地租太高，全家人一年苦干下来，依然过着衣不蔽体食不果腹的贫困生活。

罗珠成七八岁时，就独自上山砍柴了。砍柴路上，他连草鞋都舍不得穿。夏天，石板路被太阳晒烫脚了，才把草鞋穿上，石板路一过，脱下草鞋挂在担子上，继续挑柴赶路。

罗珠成 13 岁时，父亲为省下一个人的口粮，也为了给家里挣点买盐扯布的钱，托人将他送到本村大户家里当长工。

大户人家姓张，主人在路顺（今澜沧）县当县长。罗珠成到路顺的第二天，就开始干活，实际上是给张县长的 3 个孩子当保姆。做饭、洗衣、倒便盆、收拾房间、挑水、劈柴、接送孩子上学，什么都干，根本不让闲着。

一天吃午饭，14 岁的老大边吃边看书，6 岁的老三边吃边玩，时间一长，饭菜凉了，守在一旁的罗珠成便把饭菜端回厨房，热了再端上桌。谁知，老三正玩在兴头上，心不在焉地吃了一口，这一口烫着了，"哇"的一声哭了起来。

县长太太闻声跑了过来，扯着罗珠成的耳朵拽到县政府院坝里，往地上撒一把黄豆，叫罗珠成跪在上面，饭也不让吃，从烈日当头一直跪到夕阳西下。

小小年纪的罗珠成，眼泪"啪嗒啪嗒"地夺眶而出。他不敢哭出声，怕挨打。也不能求饶，因为这是县太爷的家规。

有的恶霸地主还肆意残杀农民。

云南省巧家县的齐开文，一家几代人都给本村同姓财主当长工。财主每年都要想方设法克扣工钱。齐开文10岁那年，一天，父亲要下地干活，财主家的大少爷将一把已经裂口但裂缝被泥巴糊住的锄头借给了他。齐开文父亲不知情，干活时一用力，把锄头挖断了。大少爷找到了扣工钱的借口，要齐开文父亲赔。

齐开文父亲急忙申辩："大少爷，你家的锄头原来就是坏的，有裂缝。你看，这锄头上的断口早就生锈了。"

"锄头是在你手里弄断的，你就得赔！"大少爷横不讲理。

齐开文父亲也倔了起来："我就不赔！"

大少爷一个耳光抽了过去："你还有没有王法了？"接着又拳脚相加。

齐开文父亲忍无可忍，一拳还了过去。也仅此一拳，惹下杀身大祸。当晚，大少爷领着家丁破门入室，将齐开文父亲捆走了。

第二天，两个家丁把五花大绑的齐开文父亲从祠堂内拖了出来，强按在土台上跪着。然后，财主向全村男女老少历数齐开文父亲的"罪状"。

台下的人一个个把头低了下来，惶恐地避开财主咄咄逼人的目光。

被家丁反绑着双手的齐开文父亲仰起头，"啊，啊——"地叫了起来。

人群中的齐开文急了，拽着母亲的衣襟摇了摇："我爹怎不说话呢？"

母亲把齐开文紧紧地揽在怀里，眼泪扑簌簌地撒到齐开文的额头上。

齐开文偷偷往台上一看，吓呆了：父亲浓密的胡茬下，有一根细铁丝将父亲的舌头和下巴捆住。之后，惊呆了的齐开文只记得一个家丁用梭镖捅了父亲的心窝一枪，父亲倒在血泊中的同时，母亲惊叫一声昏了过去。

几年后，尚未成年的齐开文被抓了壮丁，去了抗日救国的战场。

第四四五团一营有一位云南宣威籍士兵，控诉运动开始后，每天啥话都不说，一个劲儿地"呜呜"直哭，两天粒米未沾。经指导员反复动员，他才倒出难以启齿的苦水。原来，这位士兵的父亲病故不久，母亲和姐姐就被保长强奸了。不久，这位根本不够服兵役年龄的孩子也被"光荣"地送去抗日救国了。

第四四二团三营教导员王世臣还记得，该营机枪连一位士兵的母亲被恶霸强奸，父亲被保长和保丁活活打死。在控诉大会上，他哭得话都说不出来了。

几乎一模一样的经历，第四四四团三连二排有一位，第四四九团还有一位。

起义官兵中苦大仇深的又岂止这几人。据当时对4个营、两个连、1个教导队控诉情况的不完全统计，起义官兵家属被地主恶霸残害致死的有392人，被奸污霸占的有105人。

3 控诉：榨干油水抓壮丁

国民党士兵几乎都吃过被抓壮丁的苦头。

根据国民政府1939年颁布的新兵役法，各省设立庞大的兵役机构，按人口征兵。当时，云南省设军管区司令部，滇东、滇西分设师管区司令部，其下再设团管区，专司征兵和新兵训练。

在国民党的兵役制度下，征兵是乡长、保长和兵役官员榨取钱财的良机。兵役制规定"三丁抽一""五丁抽二"，有钱人可以行贿，免去兵役。如果有钱无势，虽然第一年能花钱逃脱兵役，第二年还要被敲诈，直到油水榨干为止，到那时还得去当兵。

家住云南省洱源县的李继先，家里三兄弟，他排行老大，17岁时就被拉去检查身体，一连三年，均因个头小、体质弱被刷了下来。

1942年，李继先"验上兵了"。李继先父亲卖了一匹牲口，给负责征兵的乡长、保长和县兵役科的人送去两百块银圆。几天后复查身体时，县兵役科的人找了个理由将李继先打发回家。

一年后，征兵又派到了李继先头上。李继先父亲找到保长："去年我家已经花过钱了，今年怎么还派我儿子？再说，我儿子刚结婚。"

保长做出无可奈何的样子："我也没办法，今年来我们这征兵的换了个大官，是大理师管区的一位少校视察官。人家按户口本查到你儿子头上了。"

李继先父亲知道躲不过去了，又问保长："能不能再通融一下？"

"可以，不过今年不比以往，人家明码实价，四百块大洋。""嘿嘿"一笑后，保长又说："嫌钱多？我有个花钱少的办法。这次征的兵多数要送往前线，少数留在离咱这只有几十里的大理师管区。你先让你儿子去当兵，然后给少校视察官送去百把块钱，求他把你儿子留在师管区不就行啦？"

李继先上路那天，父亲将一头骡子牵给他，嘱咐："到了大理，你把这头骡子卖了，卖的钱你自己少留一点，买个衣服什么的，其余的钱全部给视察官。"

上路第一天的晚上在旅馆住下时，视察官来问李继先："你带了多少钱？"

"没带钱。就牵了这头骡子，准备卖了以后再把钱给你，自己少留点。"

"嗯？说好了四百块大洋，这匹骡子值几个钱？"视察官火了。

李继先牵来的骡子后蹄是往后翻的,当地叫"滚蹄骡子",虽然有毛病,但百十块大洋还是值的。视察官见李继先傻站在那里,便把缰绳抢了过去:"妈个×的,说好了四百元,为啥不带?回去弄钱去。"

李继先回家后,没有送钱去,视察官也没来找。

又过了一年,征兵的又来了。李继先闻讯躲了起来,风声过去才回家。保长得知后,登门来找李继先:"征兵的都走了,因为你不在,所以没派你的壮丁。不过,你得跟我们到县兵役科去解释一下,我也好交个差。"

保长和李继先多少有点亲戚关系,李继先没多想,跟着去了。岂知,一到县城,李继先就被县兵役科的人捆了起来,送进警察局的牢房。本来,从各乡抓来的壮丁都关在玉皇观大庙里,由县保安团派兵看守。李继先没有被送进玉皇观,是因为保长和县兵役科的人想吃钱。

果然,第二天来了个当官的,把李继先提出牢房,直言不讳:"你愿不愿出钱?愿出,就捎信叫家里送钱来。不愿,我们立刻把你送往玉皇观。"

几天后,父亲来了,愁眉不展好一阵子才开口:"家里情况你都知道,一个妹妹、俩弟弟,你媳妇带着儿子,奶奶还有病。这几年,为你逃兵的事,每年都要花出去几百块钱,如果你再不去,把东西都卖光了,全家八口怎么生活?"

万般无奈的李继先只好进了兵营。

由于当保长有权有势,还能通过抓壮丁捞钱,不少财主纷纷拿钱买官。

军辎重营大车二连刘桂文家乡的刘子义,花钱当上保长后,将刘桂文的哥哥抓去当壮丁没几个月,又来抓刘桂文并宣称不去当兵就得给一匹骡子。

刘桂文父亲被逼无奈,只好卖了两亩地,凑了120块大洋给保长送去。仅仅过了半年,保长又把壮丁"派"给了刘桂文。

已无地可卖的刘桂文当兵后,七岁的妹妹在保长家的地里采了两片豆子叶,被保长看见,硬说她是"偷豆子",将其活活打死,丢到河里。刘桂文父亲告到县里后,保长急忙给县长送去了六支火腿和一大笔钱,打赢了官司。

刘桂文的哥哥闻讯开了小差,不料被抓回枪毙。之后,保长又借口刘桂文哥哥"携枪逃跑",要家里"赔枪",又把刘桂文父母抓去关死在监狱中。

管兵役的乡长、保长,有的笑里藏刀连唬带骗,有的不露声色敲骨吸髓。

云南省嵩明县阿子营乡乡长、保长则是凶相毕露、明火执仗地勒索钱财。该乡龙家村的龙培回忆:那年月,乡长、保长叫谁去当壮丁,谁就得去。不去?保长带着一帮五大三粗的凶神恶煞,三天两头到你家去抓人。一去,这家人就得管饭,吃差了不行。吃完饭,把嘴一抹,再伸手管你要"草鞋钱":到你家抓人,扑了空,总不能让这哥儿几个白跑吧?每人一块银圆!贪得无厌的乡丁接过银圆,走之前还要丢下一句话:"过几天,我们再来看看。"用不了多久,这家人的财产就要被折腾得一干二净。整垮了几家后,再也没人敢躲避壮丁了,或者按保长开的价出钱,或者去人当兵送命,别无选择。

龙培17岁那年,本不够兵役年龄,但由于出不起"草鞋钱",被抓了壮丁。

抓壮丁通常的办法是先打听好情况,趁人在家时派去乡丁,把人堵在家里,然后绑走。还有一种十分普遍的方法,就是把壮丁的父母抓去关起来当人质,逼着你要么交现大洋,要么当壮丁,要么背上"不孝之子"的恶名。

1944年冬征兵时,云南省武定县已衣乡17岁的李开国走亲戚,乡公所便把李开国的父亲抓去关了起来。李开国闻讯赶回,到乡公所换出了牢房里的父亲。

父亲出牢房就被拉去训了一顿,临回家前,流着眼泪嘱咐儿子:"到了队伍上,千万别开小差。开了小差,你就是死罪,咱家也会被整得倾家荡产。"

李开国被关进牢房时,里面只有一个年轻人和一个老人。当人质的老人本该关在另一处,因为塞不下了,才关到这里。当牢房里集中了14个年轻壮丁后,乡公所便派乡丁押他们上路。从乡公所到县城要走两天,乡丁怕壮丁逃跑,行前要用绳子把壮丁捆在一起,正要捆时,一位大个子壮丁嚷了起来:"你们抓我们父母,逼我们来,说好了开小差就要整得我们倾家荡产。不行,绑了我们就不走!"乡丁没道理可说,又有点畏惧这位大个子壮丁,只好作罢。

上路后李开国才知道,大个子壮丁是个专吃"壮丁饭"的"壮丁油子",难怪如狼似虎的乡丁们都让他三分。那年月,不少富家子弟为了逃避兵役,除了行贿,还有一种办法,就是花钱雇穷人冒名顶替。于是,有些胆大的流氓无产者就操起了以自己生命为本钱的"生意",先把自己卖给富户当壮丁,到了部队,再开小差逃回来。逃回来后,再卖。越卖,胆子越大,越跑,路子越熟。

这种人本来家里就穷,根本不怕乡、保长的敲诈。那位"壮丁油子"家里唯一的亲人是白发苍苍的老母亲,老母亲守着的财产只有一间四壁透风的破草棚和一口破锅,乡、保长拿他没办法。每次抓壮丁,只要在自己手上不跑就行,交给师管区后,被人整死也好,逃回家也罢,都与自己无关。

当然,这些吸血鬼也不傻,面对张冠李戴活生生的冒名壮丁,他们虽然闭上一只"秉公执法"的眼睛，但另一只"生财有道"的眼睛却睁着，不但睁着，还目不转睛地盯着人家的口袋："要我不说破这欺骗国家的勾当？可以，拿钱来！"

穷人、富人，两头的钱全吃！

在县里，壮丁通常都挤在一些很大的房子里，躺下去翻身都困难，窗子是封死的，只留个门洞，屋子中间放一只解大小便的马桶，屋里臭气熏天。关人的房子若不够，一些壮丁就被绑在木桩上。等到壮丁集中得差不多了，再捆成一串一串的，派人持枪押送到师管区或部队。

也有逃跑的。跑了的壮丁一旦被抓回，很少有人能活下来不去见阎王。没逃跑的，也有被送去见了阎王。

安徽省肥西县三河乡周家小村的黄金明，1947年夏天被乡公所"派"了壮丁。黄金明不在家，黄金明父亲就被抓去关了1个月，一直关到黄金明祖母把黄金明找回来，再由乡公所把黄金明送到合肥师管区后，才把黄金明父亲放出来。新中国成立后黄金明才知道，他家两兄弟都未成年，本来壮丁应该派到一户地主家，地主行了贿，才抓到他头上。

壮丁集中后，交给合肥师管区押往上海。途中，一个班的壮丁捆成一串，用枪押着。行军、吃饭、睡觉，绳子都不解开，拉屎也是一串一串地去。

"妈个×的，狗×的国民党根本不把我们这些当兵的当作人！"说到这段历史，黄金明几乎每说上一二十句话，就要咬牙切齿地痛骂一句国民党。路上吃的、住的，连猪狗都不如。壮丁生病走不动路了就打。个别壮丁病魔缠身，上路没几天就不行了。军官索性割断绳子，把奄奄一息的壮丁丢在路旁，不管死活。

黄金明说，有个壮丁被扔在路旁后，大家见他哼哼叽叽的还有口气，就央求："长官，他还没断气呢，丢在路旁就活不成了，让我们背着他走吧！"

军官嫌生病的壮丁带着麻烦，吼了一声："不行！"

黄金明所在的壮丁连有一百七八十人，他亲眼看见被扔在路旁不管死活的壮丁有六人。

到达上海登船后，全部壮丁被塞进底舱，拉屎、撒尿都不让上来。撒尿必须班长批准。若班长不高兴，叫你憋着，你就得憋着。实在憋不住了，就往自己的鞋子里撒。不能撒在地上，因为大家都在舱内躺着、坐着，拥挤不堪。

壮丁被集中之初，每人发了顶草帽，白天遮阳挡雨，晚上垫在身下。登船后又多了个用途，就是当便盆。壮丁拉屎只能拉在自己的草帽上，拉完以后，再把草帽上的大便倒掉。草帽还得捡回来,不捡回来,下次解大便怎么办?

由于舱门不让打开,舱内空气十分污浊,加上潮湿,不少人都生了病,又得不到治疗。押运壮丁的军官怕传染病流行,所以,只要他们认为"不行了",就派人把生病的壮丁活活扔进大海。黄金明亲眼看见有五人被扔进大海。

有一个壮丁被抬上甲板的时候,一边哭叫,一边求饶:"长官,求求你们,不要把我扔了!你们不管我不要紧,我自己回家,我会要着饭回家!"

"要饭?要什么饭?去你妈个×吧!"军官边骂边把壮丁掀下大海。

"我们这些人看见了都掉泪啊!今天是他,明天搞不好就是自己。谁知道自己什么时候完蛋?妈个×的,真不把我们当人呀!"当黄金明用愤怒的咒骂来宣泄心中不平的时候,他语言的重音落在"真"字上,仿佛老人担心晚辈会把他的诉说当成天方夜谭的"瞎话"!

黄金明还讲述了一件更令人发指的事情。

合肥师管区的军官把壮丁押运到吉林后,交给第六十军新兵团。新兵团验收新兵,刷下来一些身体不好的壮丁。本以为他们能回家了,哪想到合肥师管区的军官们嫌麻烦,更不愿出路费,借月黑风高,把他们全部枪杀在山沟里。

本来这事做得很隐秘,但那些军官平日不把壮丁当人看已经习惯了,开枪后懒得验尸,结果一位枪伤未致命的壮丁又活了过来,爬到老百姓家,被老百姓又送回到了第六十军新兵团,于是这件事情才在军营里悄悄传开。

当然,进了军营的壮丁仍然逃脱不掉生存过程中的噩运,等待他们的,还有残酷的封建军阀制度培育出来的人间活阎王!

4 控诉:扇耳光、打军棍

凡是当过国民党兵的,没有一人不诅咒旧军队的专制与暴戾:"那哪儿是人过的日子?整天挨打受骂,人都被打'木'了。"

"兵是打出来的",这是旧军官信奉的一条带兵法则。

挨打最多的时候是训练。

队列里,你没站正,当官的挥起胳膊就是一耳光。正步,你踢腿力量不够,当官的飞起一脚就踢了过来。射击、刺杀、投弹若达不到标准,军官要么挥起拳头打你几砣子,要么用手中的棍子朝你身上抽几棍。

对那些太笨的兵，实在教得不耐烦了就罚。有时是罚站，让你站在一堵矮墙上，两手举起来，一站就是个把小时。有时是罚蹲，叫你两脚分开与肩同宽，两膝弯曲，两臂平举，成"骑马蹲裆"式，一次少说也得蹲上半个小时。

几乎每一位国民党兵都有挨打的辛酸经历，"三拳两脚一个大耳光"，太寻常了，太家常便饭了，他们只记得那些重打。

原国民党第五四六团特务排士兵徐树礼在越南河内时，一次站岗打了瞌睡，查哨的副排长发现后，卸下徐树礼所持七九步枪上的刺刀，让徐树礼伸出左手，"啪啪啪"就是三下，打完就走。

徐树礼说："打上去痛啊，肿了好几天。"

士兵站岗履行了职责，有时也要挨打。

该团1947年驻防吉林桦甸时，一天，来了一个人要见团长。团部特务排卫兵见他虽衣冠楚楚，但没穿军装，便把他挡住，要按规矩禀报了再说。

来人大发雷霆。团长出来后，一面赔礼道歉，一面卸下卫兵的刺刀，当着来人的面，一边打卫兵手板，一边骂："妈个×，你个不知高低的东西！"

事后，团长"埋怨"卫兵："这些人，你得罪得起？"怕卫兵不长"眼力"，又补充一句："你看他穿的是啥衣裳？以后有派头的，你就得给我客气点！"

在国民党军队，打人、压迫人的，不仅仅是军官，军阀制度通行的"规矩"是一级侍候一级，一级压迫一级。新兵地位最低，谁都可以欺负。

李继先在国民党军第六十军辎重团一连当新兵时，一次给班长打洗脚水，仅仅因为水烫了，班长就飞起一脚将李继先踹倒，然后把洗脚水泼到李继先身上。

还有集体"连坐"挨打的。

国民党军暂编二十一师第二团在越南时，魏团长的收音机坏了。团部胡副官将团部传达班12人全喊到院子里站成一列，喝问："说，收音机是谁整坏的？"

12名士兵你看看我，我看看他，无一人吱声。没吱声是没吱声，心里都在嘀咕："团长大人的房间，除了副官和团长贴身勤务兵，谁敢进？"

见没人说话，胡副官脸一沉，鼻孔一扇："哼！不说？好，让大家都陪着你受罪！"找来一根扁担，让全班每人都把手伸出来，从正副班长开始打，正副班长被各打了20扁担，其余士兵被各打了10扁担。

士兵刘金有（起义后改名刘云涛）排在第九个，打到他时，扁担已经断了两根。胡副官下手之狠，是难以想象的。

打完后，刘金有的手痛得好几天不能干活。老兵告诉他："你挨打时，手掌是伸平的。应该放松肌肉，窝起手掌。"

国民党军第五五二团通信连士兵张珩双手被打手指骨折后，有位老兵告诉他："你得用手接尿，然后，使劲用尿揉手。不然，你的手就废了。"据查，人尿的结晶体中医称之为"人中白"，有清热、降火、消瘀功效。

旧军队的许多老兵，都有减轻挨打痛苦的经验。令人悲哀的经验！

原国民党军暂编二十一师第三团机枪连士兵龙培，也有"连坐"挨打的经历。起因是大扫除时士兵刘应生的一副绑腿藏在墙洞里没洗，让排长发现了。集合全班后，排长的手指向副班长一挥："去，给我找根扁担来！"也不问绑腿是谁的，全班一个不落，正副班长左右手各打4下，其余士兵左右手各打3下。

龙培有生以来第一次挨了这么重的打，两只手全肿了，哭了整整一天。排长听了更火："哭，哭你妈个×！再哭老子还打你！去，给我打点洗脚水来。"

打骂士兵在第六十军相当普遍，但比较而言，起义士兵最深恶痛绝的，是补入第六十军前，在师管区集训时遇到的那帮"阎王"。

云南省武定县的李开国曾回忆说，被抓壮丁后，先在昆宜师管区基干团第二营五连二排集训。排长是湖南人，中尉军衔，姓何，叫何什么德记不清了，只记得当兵的背后都咬牙切齿地骂他"何疯子"。那是个地地道道不折不扣的活阎王。

新兵一到，"何疯子"第一次训话："你们现在穿的是公家的衣裳，吃的是公家的粮食，你们都是公家的人啦！公家的人，就要以服从长官为天职。"从此以后再也不讲什么道理了。

该连有三个排长，新兵最怕"何疯子"，只要他值班，大家怕得打哆嗦。

从连队驻地到营部操场有五六里路，每次去都是跑步，回来时，走一段齐步，踢一段正步，稍微走不整齐，"何疯子"就先叽哩呱啦地大骂一通，然后下口令让全连跪下。动作慢了要重跪，专往有石头的地方跪。回来的路上起码要跪七八回，膝盖都跪破出血。

该连九班有一位哈尼族新兵，汉语说不好，人又笨，报数总报错。每次报错，"何疯子"都要扇他耳光。越挨打，哈尼族新兵越怕越报不好数，"何疯子"打得就越凶。营里会操，怕哈尼族新兵去了出丑，就罚他在营房附近跪碎石，一直跪到全连收操。一两个小时跪下来，双膝上的鲜血把裤子都浸透了。

在旧军队，处罚，有一种比较郑重也比较残暴的做法，就是"打军棍"。

说郑重,是因为它是旧军队早期典范令中明文规定的一种处罚方式。抗日战争爆发后,新的典范令虽然删去了这种肉刑处罚方式,但不论是国民党的中央军,还是各地方军阀部队,依然流行着这种野蛮的治军方式。

说郑重还有一层意思,打军棍时,一般都要集合部队,先公布罪状,一顿军棍打完之后,当众验伤,再叫人抬下去,以求"杀鸡给猴看"的治军效果。

说残暴,是因为军棍打过之后,轻者皮开肉绽,重者一命呜呼。

打的时候用什么做军棍,打在什么具体部位,都有一番讲究。

若往死里打,就不管那么多了,打到咽气时为止,或打得差不多的时候,不管他还有没有气,拖下去埋了了事。把被打成奄奄一息的士兵拖下去活埋,有时还算"人道",因为如果丢在荒郊野岭喂野狗,或让他慢慢咽气,遭罪更多。

打军棍的时候,若想饶他一命,就用扁担做军棍。扁担宽,打下去时,单位面积承受的冲击力相对要小些,伤到骨头或神经的可能性也相对小些。

打军棍比较规范的动作是:被打者趴在地上,两条腿绞起,一条腿在上,一条腿在下,规定的棍数打了一半之后,再将两条腿反绞过来,打另外一侧。

军棍的抡打方法也有一番讲究,分拖打和弹打两种。

拖打时,扁担下去的瞬间,要就势拖一下。这种打法,打不了几下,皮就被打破了,血也流了出来,不懂门道的人,以为打得很重,或者叫住手,或者来求情。在做戏给他人看时,拖打往往能使被打者少挨若干军棍。

弹打,就是扁担打下去的瞬间,顺着反弹力马上把扁担弹起来。这种打法,皮肤不容易被打破,但以皮下瘀血见多,常给外行人以打得比较轻的错觉。若不把瘀血及时排挤出来,那就惨了,几天之后,大量瘀血之处会发炎、化脓,表面上又看不出来。这种病灶俗称"溏心儿蛋",就像蛋煮过后蛋黄没有完全凝固那样,外面光光生生,里面稀稀溏溏。而一旦"溏心儿蛋"里面流出了浓血,挨打之处已经烂成了一个洞,相当难治。这种情况,还可能把人命收走。

从医学常识讲,出现大量皮下瘀血后,如不及时将瘀血排挤出来,皮下瘀血和坏死的血液便要经机体代谢吸收,再通过肾脏从泌尿系统排出体外。这不仅会增加肾脏负担,受伤肌肉还会分解出一种叫铁卟啉素的毒素,造成微循环障碍,影响肾小管的吸收和排泄,而一旦肾功能异常,其中严重者将发生以急性肾功能衰竭为特征的继发性休克,并且会在抢救不及时的情况下导致死亡。

对上述医学常识,旧军队的士兵虽然不懂,但在老兵中却流传着一些代代相传的民间治疗方法。通常，如果棒伤处没怎么破，就用新瓦敲成大小均匀的瓦块，放上去使劲用脚踩，让碎瓦刺破皮肤的同时吸去污血。如果棒伤处破了，就直接排挤瘀血。有钱的，买点草纸垫在伤口上，踩几下后，把脏草纸扔掉，换上新草纸又继续踩；没钱的，找来新瓦片垫在伤口上吸污血。消毒，有的是喷烧酒，有的用盐水洗，有的将老百姓家锅底的黑灰刮下来，碾成细末涂在伤口上。

不管采取哪一种方式治伤，对受伤者来说，都比挨打还痛苦。当官的打完士兵，是不管死活的，少一个兵，以后还能去抓，治伤的事谁爱管谁去管。

棒伤经过上述治疗后，要等烂肉全部结痂，新肉长出来以后，才能痊愈。这个过程，少则个把月，多则两三个月。

打军棍的理由应该是违反军纪，但实际执行时，有很大随意性。

原国民党军第五四六团五连一排一位姓张的云南兵，有一次赌钱赢了。排长闻讯后，向这位姓张的士兵"借钱"，士兵没借。排长气得七窍生烟，集合全排，宣布此人"参与赌博违反军纪"，将他按倒在地，打了一顿军棍。

在旧军队，有时长官猜疑士兵"想违反军纪"，也会把士兵拖去痛打一顿。

黄金明被送到第六十军新兵团不久，一天训练间隙，几名安徽肥西的老乡正在闲聊，被排长撞上："好哇，你们几个密谋开小差！"

新兵都知道开小差是死罪，急忙申辩："我们是在说，南方人到北方不习惯，吃不来高粱米。还说不知什么时候打仗，也不知自己什么时候会死。"

"我就知道你们生活不习惯，怕死，才打开小差的主意。说，谁是头儿？"

几名新兵你看看我，我看看你："我们没有头儿啊！"

"不敢好汉做事好汉当是不是？"当下，集合全连，挑出其中好像有点头脑的三位，拉出队列，按在地上，打了一顿扁担。

挨打的有黄金明，因为他长得精神。黄金明被抬回去后，一位老兵告诉他："我也挨过打，知道怎么治伤。"老兵找来烧酒和黄草纸，把烧酒烫热，喷到黄草纸上，再把热乎乎的几层黄草纸往伤口上贴，待黄草纸把污血"拔"出来后，又换新的黄草纸。每天要换四五次，一直到伤口不流黄水，结了痂。

挨了打的黄金明，一个多星期后才能走路，一个多月后才一瘸一拐得出操。从那以后，新兵们连聚在一起说个话都不敢了。

军棍，不光打士兵，有时也打下级军官。

原国民党军第五四四团副团长李峥先回忆："1939年在江西抗战时，我当连

长，一次，一位排长不听我的话，被我叫出队列，喊来两名士兵把排长摁倒在地，另外两名兵抡起扁担轮打，一共打了20多下。打完了，气出了，我再吩咐：'把你们排长拖回去，休息！'"

李峥先回忆这段往事感慨良多："那时候，当个连长权威着呢！这是旧军队的性质决定的。哪像解放军，还发动士兵给干部提意见。"

军官挨打，有时是为了做做样子。由此，又有些手脚可做。

原国民党第五五二团通信排排长李荣贵一次违反纪律，团长下令集合全团，军棍处罚。挨打之前，李荣贵找来一双胶鞋，捆在裤子里面的屁股上。这一次打下来，伤轻多了，以至于第二天李荣贵照常带队出操。

在国民党军队，打人是家常便饭。据统计，第一八二师有1个连，全连97名士兵，没挨过打的只有2人，平均每人挨重打6次，最多的挨重打31次，挨一般的打，不计其数。军官也好不到哪里去。原国民党第五四四团参加政治整训的军官，过去只有1人没有挨过打。

打人，不仅仅是滇军的恶习。

解放军第五十军南下参加解放战争期间，曾补入了大批起义、投诚或俘虏的国民党官兵。抗美援朝战争中成为帽落山战斗"英雄机枪手"的田文富，补入前，在国民党军罗广文兵团第一一〇军直属辎重团人力运输连当了四年兵。田文富说，罗广文的部队每个连队都有一套刑具，有铁链子、皮鞭、绳子，还有两三尺长的青枫棒，专门用来打屁股的。

田文富当新兵的时候挨过一次打，每只手挨了3军棍，"手都打泡了"。挨打的原因是没打扫厕所。田文富说，不是自己偷懒，每天训练完了，还得侍候班长，给他打饭、打洗脸水、洗衣服，根本忙不过来。

田文富连有个士兵，仅仅因为顶撞排长，就被打了24军棍。打完，也不给治伤，关进禁闭室，逼着他口头保证"不再反抗长官了"还不行，非得在一份"悔过、保证书"上咬破手指头按上血手印，才放他出来。

有人说，蒋介石嫡系部队打人更厉害。刘进昌就这样看。

原籍陕西省的刘进昌，1944年被抓壮丁，补入荣誉第二师，哪个团他记不清了，只记得分到九连六〇炮班。"真他妈的活地狱！"刘进昌一辈子都在诅咒这支军官们引以为自豪的蒋介石嫡系部队。

刚去那天在连部门口，没惹谁，更没做错事，二排长上来就踢了他两脚。

"你怎么随便打我呀?"刘进昌不满地问了一句。

"啪啪啪"几个耳光又扇了过来。"老子想打你,怎么着?"

二排长走后,一位老兵告诉刘进昌:"二排长就这德行,经常无缘无故打人,你千万别惹他,否则有你吃不完的苦头!"

训练开始后,刘进昌发现,比二排长更"阎王"的,是一位姓冉的四川籍副排长。每次打靶,冉副排长都要搬一块石头坐在士兵旁边,手里握一根树条,你若打不中靶子,他就"啪啪"抽你几下:"狗×的,教了半天还打不中!"

你若打中了靶子,他照抽不误:"狗×的,抽你几下就打中了吧!"

不管你打没打中靶子,你都要挨打。

最残忍的一次,是在向越南开拔的途中,一位四川兵发痧(中暑)走不动路了。冉副排长一脚把四川兵踹到水田里:"你狗×的是想借故开小差吧?老子送你回家!"说罢,抄起一把军用铁锹,当着全连的面,将发痧的四川兵活活砍死。

刘进昌后来因不堪忍受当官的无端打骂,在越南境内跳火车逃离了这支阎王部队。开小差的刘进昌跳车后,碰上了第六十军五五二团迫击炮连的人,被带去见了该连连长李宝衡:"报告连长,捡了个小兵,让他喂马吧!"

被留下来的刘进昌由此有了比较。他认为,第六十军打人比嫡系部队少,主要是因为他们的成分不像嫡系部队那么杂,都是家乡子弟兵,乡里乡亲的,就像地方保安团,一个连队是一个窝子,彼此之间多少还有点乡情。

当然,好坏是相对而言,再好,也逃不脱挨打受骂的命运。

5 控诉:棒杀、活剐逃兵

在旧军队,私有军权靠"主奴秩序"来结构,靠任意宰割士兵来维持,其军权利益构成的基础是兵员。开小差,不仅违反军纪,破坏既有的"主奴秩序",更危及带兵长官的既得地位,是死罪。

犯死罪的逃兵怎么个死法并不重要,重要的是让留下的人不敢开小差。于是,有了"杀鸡给猴看"的治军需求。至于怎么个杀法,无一定之规,完全凭行伍中通行的惯例或军官的嗜好。

通常是集合部队,公布罪状后,当众枪决。1946年冬,原国民党军第六十军暂编二十一师直属队在吉林九台处罚了3名逃兵,采用的就是这种方法。一年多前，该师第三团准备开赴越南时，在驻地"宰"了两名逃兵，其中一名被斧头砍掉脑壳，一名被刺刀戳穿胸膛，另有一名被活活吓死。

还有其他方法。

田文富所在的国民党军第一一〇军辎重团，有一天，抓住一名逃兵，绑在大树上，用青冈棒活活打死后，还要继续绑在大树上"示众"多日。

1944年冬的一天，云南昆宜师管区基干团二营五连正赶上"何疯子"值班。全连新兵被带到连部门前，"何疯子"派人将两名逃兵从临时牢房中拖出来，亲自用绳子反绑两名逃兵的双手，然后，将逃兵吊在半空。接着又叫人搬来8块砖头，用细麻绳每两块捆一坨，拴在每个逃兵的每一只脚拇趾头上。

这一次，"何疯子"亲自执棒，一直打到逃兵屙出一裤子屎尿臭气熏天的时候才罢手。昏迷不醒的逃兵被拖下去埋了。不埋也活不成，遍体鳞伤不说，骨头也断了几根，加上内伤，根本活不了几天。

与"何疯子""杀鸡给猴看"相比，还有更残忍的残杀逃兵方式。

抗战末期，原国民党军第一八四师某团驻防云南屏边时，一次，抓到3名逃兵。那天早操，全团官兵集合在一个大操场上，前台上是杀气腾腾的值星官，两侧由荷枪实弹的团部特务排警卫。新兵站在前排，老兵和军官站在后面。显然，这种刻意的安排是要给所有不知军营深浅的新兵们一个下马威。

值星官整队完毕，团长亮开了洪钟般的大嗓门："把三个怕死鬼拉上来！"话音刚落，三名早已魂不附体的逃兵被拖上前台。

团长朝他们鄙视地扫了一眼，随即下令："让他们日土！"

几个大汉一拥而上，有人按手，有人按脚，每个逃兵身体两侧各站一人，抡起军棍"噼啪噼啪"轮打。也不知打了多少军棍，团长喊了一声"停"，叫人抬走了其中两人。台下的士兵都以为留下来的一人要被枪毙示众，没想到团长竟然命令逃兵所在新兵连100多名新兵，每人都要端起步枪去捅逃兵一刺刀！

瞬间，新兵们一个个呆若木鸡全都愣了：昨天还是朝夕相处的患难兄弟！

一时间，新兵们的腿又全抖了起来。谁忍心下手？不忍心也得下手。

第一名新兵上去，照逃兵的非要害部位捅了一刺刀，逃兵惨叫一声。第二名新兵还是捅在逃兵的非要害部位上。100多名新兵，以他们违心不忍的方法，为逃兵选择了最难以忍受的死亡过程。

按照团长吩咐，死去的逃兵被脸朝下埋掉了，怕死鬼是不能再见天日的。

这还不算最残忍的。

也是抗战末期,国民党军暂编二十一师第二团二营机炮连士兵罗珠成在云南省个旧市卡房镇驻地,目睹了一场更令人发指的惨剧。

那天,该营抓住一名逃兵。这一次没打,但比打还残酷,是活剐!逃兵被扒光衣服绑在柱子上,柱子前摆一张桌子,桌上放着一把匕首、一只铁盆、一块铁板,铁板上有比铜钱稍大的圆洞。全营集合后,军官宣布:由逃兵所在连每人用匕首从逃兵身体上旋下一块肉,标准就是铁板上的圆洞那么大。

头一刀由军官示范。随后,100多名士兵一人一刀,谁也别想躲脱。

到最后,逃兵身上的肉几乎被割光,白骨外露,肠子也掉了出来,殷红的鲜血淌了一地。逃兵被折磨到这个地步还没死,一双痛苦的眼珠还在动。

据九台政治整训统计资料,旧军队残杀逃兵的方法达100多种,有枪毙、刀杀、火烤、开膛、破肚、扒皮、抽筋、勒死、活埋等等,其中尤以由交警部队和地方保安武装改编的暂编五十二师最为残酷。该师第三团某军官抓住逃兵后,先挖一个深坑,里面铺满生石灰,将绑住手脚的逃兵推入坑内,再去浇水,让士兵活活烫死。该团某连长把逃兵绑在柱子上,用刀破腹后,扯出肠子,叫人往外拉,连长则用小刀从逃兵的前额上开始往下剥脸皮,一直把脸皮拉到嘴角,死都不给人一个痛快。该团还有一位军官将逃兵吊在半空中,下面用火烤,烤得士兵浑身流油,一直烤到人油滴尽,通体焦黑死去时为止。用火烤逃兵时,有一种特别的吊人方法,就是把绳子拴在逃兵身体一侧的手拇指和脚拇趾上,再吊起来。不知哪个"有文化"的"学究",给这种吊人方法取名叫"凤凰单展翅"。

这还不算最残忍的。

据记载,个别军官甚至将逃兵身上的肉割下来切碎煮熟,而后强迫士兵分食,军官则吃人脑。笔者在云南石林采访的起义士兵刘益,抗战期间在云南屏边驻防时,就被强迫喝过"人肉汤"。他说,那一次军官强调:"喝了人肉汤,就不会开小差了。"不喝就挨打,打了以后还得喝。

这还不算最残忍的。

据《董其武回忆录》(中国文史出版社1993年版)和《高克林回忆录》(内蒙古出版社1987年版)记载,在某国民党军队,有一位逃兵被抓回后,杀了37刀。逃兵的肝肺被挖出来后,还要强迫死者的父亲去吃!

参加过控诉运动的起义官兵都说:类似的惨剧太多、太多,根本记不过来受

害人的姓名和单位,也根本没想到,这不争的事实几十年后会有人质疑。

6　控诉:喝兵血

如果说,打骂残杀士兵是旧军队的悲剧,"吃空(kòng)"则是闹剧。

所谓"吃空"又叫吃空额,就是虚报兵员人数并冒领、贪污其兵饷、粮代金和武器装备。吃空的方法通常是有意不把部队的兵员按编制编满,在向上级申报领取各项经费时,所报的兵员数多于实际兵员数,其空缺的兵饷、粮代金和被装则为带兵长官私吞。空缺的武器装备军官也敢贪污。贪污之后,拿去倒卖或送人,并安排在作战之后上报损失予以销账。

"吃空",一般吃基层连队和独立排的。连队的空额不光是连长自己的,还有上级长官的。上级长官也不是每个连队的空额都吃,所部的空额有的吃得到,有的吃不到,有的吃得多,有的吃得少。暂编五十二师"人事、经理自成一系",上司就吃不到该师的空额。当然,长官吃下属的空额也不白吃,对吃得多的单位,他会运用自己的权力,在兵员、经费、装备的拨补上,在职务的提拔上,在作战部署等方面,多关照他们。

军官究竟能吃多少空额,没有完整的资料记载,只能根据一些零星文献、口碑资料和当事人的回忆,了解一个梗概。国民党军独立第九十五师有"赵子龙师"之称,是蒋介石的嫡系。据该师师长张伯权回忆,解放战争后期,国民党华北"剿总"副总司令陈继承一人就吃800个空额,仅在独立第九十五师就吃150名空额。国民党军队的"兵员只及报表数的百分之六十"。

基层官佐也能"吃空"。排长赵谦说:他所在连队有15个空额,据说这是陇耀师长规定的,让连长们吃了空额以后,就不要再克扣士兵的粮饷了。

原国民党军第五四六团特务连一等兵李开国起义后不久,调到该团五连任文书,接原文书开小差后丢下的工作。他一上任就发现:五连花名册上的士兵有150余人,可是实际上还不到100人。起义后开小差的充其量也就十来个人。

开小差的文书后来无处可去又回到连队,他告诉李开国:五连花名册上有四十来人是按照当官的吩咐乱编的名字,叫空额。

经老文书这么一指点,李开国想起来了,部队从吉林市仓皇撤到长春市时,武器装备大量丢弃。国民党国防部在为其拨补武器装备前,曾派人前来点验。点验要数人头，抽花名册当场呼点。为了应付国防部大员，第五四六团临时拆散了一个营，将士兵分配到其他两个营和团直属队。每个临时分去的士兵都被按照花名册安上了个假名字，喊到假名字时，顶替者必须答"到"。拆散了的这个营，对国防部大员则以"在城外执行守备任务"为由予以搪塞。其实点验第五四六团时，该团的守备早已被其他团接替。

很难说这个把戏不会被识破，蒋介石的钦差大臣再笨也笨不到哪里。"吃空"在国民党军队比比皆是，太司空见惯了，不"吃空"反而不正常，不然国防部还派人来点什么验？不过，这也没什么难处，有钱能使鬼推磨，安排好国防部大员吃喝玩乐，再塞点钱，不愁他不闭上一只眼睛。

这次点验第六十军破费了多少，不得而知。众所周知的是，各级长官在众目睽睽之下向蒋介石撒了个弥天大谎，狠狠地捞了他一把。不捞白不捞！

分队长官也撒谎。国民党军的长官与他们的对手不同，很少深入基层。上级长官于光天化日之下敢欺上瞒下，连长们何尝不能也干点瞒天过海的勾当？上行下效，背着上级长官发点小财，顺理成章。于是，军、师、团长们不时地也要点验所属分队，抽查人数。空额可以吃，但兵也不能太少了，否则谁来打仗？

遇到这种情况，连长们也要借兵。通常是连队之间互相借。若不成，则找来一些老百姓，给他们套上一身军装，管两顿饭，最多给点小钱，完成冒名顶替任务，再扒下军装放他们回去。

"吃空"还有一种方法，就是隐瞒作战阵亡士兵数。据暂编二十一师代参谋长杨肇骧著文回忆，1947年秋"吉林保卫战"结束后，国民党军第六十军少报了数百人的伤亡，一方面是为了邀功请赏，另一方面也是为了多领经费、粮饷。

第六十军兵员经上上下下各级长官这么一折腾，部队的军事实力只能是一本说不清道不明的糊涂账，军长、师长说不清，解放军干部派来后，也只查了个大概：长春起义时，全军报称2.8万人，实际进驻九台2.3万人，其中还包括空额、冗员、冒名顶替者及大批眷属。解放军干部全部到达后，对混乱的部队进行了彻底清查整理，实际人数仅为1.9万人。由于部队起义后的逃亡人数难以统计，上述数据只能概略地反映国民党第六十军"吃空"的大致情况。

空额，由带兵长官掌握、开销。团以上部队长官的空额由于数量较大，通常交军需部门经管，列入特账收支。

纳入暂编五十二师师长李嵩特账的空额，在1948年1月至少有142名，其

中在由吉林警务处部队改编的所属第二团和第三团分别有52名和12名,在师直属辎重营有78名。

李嵩的特账不分公私,其收入来源,有制作符号剩余款、购买大车剩余款、行军锅灶剩余款,上级拨发的犒赏费、防寒费,还有从东北交警总局吉林警务处带到暂编五十二师的滚存结余款等等。在所有资金来源中,通过空额吃进来的饷项结余和结余粮代金占半数以上。

上述所有款项的开支均由师长一人说了算。这种私有性质,在旧军队天经地义。李嵩师长的伙食费、购买服装、留声机、苏联毛毯、字画、鹿茸等私人物品的费用,支汇妻子蔡凤仪和长沙亲友李世辉等人的款项,均从这里开支。

上述款项虽然归师长任意支配,但师长并不独吞。有些公务活动也要从其中开支,如特支费、犒赏费、招待费、补贴部分军官的医药费、副官处购买汽车材料汽油费等等。不过这类开支只占10%左右,且其中多数款项后来又转到临时费中去了。军长给的犒赏费,犒赏到部下头上的仅占13%左右。

特账还有一项较大的支出,就是给部分军官送钱,予以补贴。送钱的对象一般是副职或没有经济权的军官。当然,都是用得着的人。至于钱送谁,送多少,无一定之规,完全凭师长个人的喜好,想送谁就送谁,想送多少就送多少。

各级长官对部队经费的公开侵吞和占有,强化了他们手中随心所欲的权力。各级长官对这些不义之财的任意支配,强化了内部封建的忠义道德,而一旦培养出一批感恩戴德的部属,自然不愁打起仗来没人为自己冲锋陷阵。军队的私有性质,随着金钱与地位的循环、流动、交换,不断被强化下去。

在国民党军队,"吃空"虽然比比皆是,但又是最低级的贪污。基层军官的空额不是少吗?贪财者自然会挖空心思打一些在士兵身上榨取油水的鬼主意。

李开国记得,在昆宜师管区基干团这个人间阎王殿里,他从未吃过一顿饱饭,每顿只给一碗稀饭,还掺了不少稻子、沙子,吃下去直拉肚子。就这样的饭,还限制时间,5分钟一到,哨子就响了,没吃完也得把碗放下,说是"锻炼军人的战斗作风"。

最初,大家都以为是上级拨的粮食不够吃。一次出公差扛米,李开国才听说,士兵每人每天定量一斤半,而士兵们吃到嘴里连一斤都不到。原来,每次到粮店买米,连队管伙食的特务长(即司务长)都要单独挑几个兵跟着他,别人扛一包米回连队,只跑一趟,这几个兵却要进粮店里扛两三次米,而扛回连队的只有一包。显然，一部分大米被他们扛去倒卖了。

转业到成都市煤建公司任副经理的齐云阁，长春起义前两个月，因没饭吃，被迫到暂编五十二师第三团通信排当兵。他记得，那段时间，长春一个玉米面窝头能卖18亿元东北流通券。排长家在长春城内，经常背着大家偷偷把克扣下来的粮食拿到黑市上去换金银首饰，起义后，带着他的金银财宝开小差了。

军官剥削士兵还有一个办法，就是扣饷。在国民党军队当兵，士兵该发多少饷，在笔者采访的起义士兵中，竟无一人说得清。

龙培，在暂编二十一师第三团重机枪连和第一八二师通信连都待过，他说："旧军队士兵的饷少得可怜，按规定应该每月发一次，但实际上，当官的想起来就给你发一次，想不起来就不发。发饷是一级发给一级，连长发给排长，排长发给班长，班长给我多少是多少，根本不敢问。不打你、骂你，就很不错了，谁还敢惹他们自找不痛快？是不是层层克扣了，只有他们自己知道。"

原暂编二十一师第二团士兵罗珠成说到发饷就来气："发饷？发个屁！饭都不让你吃饱，里面还掺了沙子。在旧军队，肚子经常饿得'咕咕'叫，想买个红薯的钱都没有。我不记得发过什么钱。不但没发钱，还倒拿走我从家里带来的3块银圆！"

16岁那年，罗珠成刚分到连队时，班长就问："你带了多少钱？"

"三圆。"罗珠成老老实实地告诉了班长。

"交出来，我替你保管。不把这个钱收起来，你会开小差的。"

罗珠成无可奈何地交出了银圆。这3块银圆被班长永远"保管"下去了。

在旧军队，多数是以欺骗手法谋人钱财，赌博就是最常见的方式。

浦绍林当兵时，口袋里装着几枚大洋，一到部队就被几位军官盯上了，高低拉他去赌钱。其中一个还拍起了胸脯："放心，跟着我，不会错的！"

拗不过他们的浦绍林只好跟着去了。赌博的方式是摇骰子，猜单双。没用多少时间，浦绍林兜里的钱输了个干净。

浦绍林说："在旧军队里要学坏太容易了。我之所以没有学坏，是因为遇到了好人。我一到连队，赵霖芝、张子新他们几位就叮嘱我这个小老乡：'不许跟周围的人学坏！'那一次，他们把我好一顿臭骂：'你小小年纪，怎么也学赌钱？那几个人专吃新兵和生人的钱，谁和他们赌，都是输的多，赢的少。'"从那时起，浦绍林就对赌钱产生了一种发自心底的厌恶，不但自己不沾，也不许家人

沾,打麻将赢点小钱也不行!

与某团长相比,芝麻官要发点小财的确不易。在越南执行受降任务时,该团长"劫收"了一笔让全团官兵都眼热的洋财,货真价实的"大洋财"。

那是一个日本人的保险柜,里面放着金条。该团长不知从哪搞来的,钥匙也没有。那天晚上,他亲自带着团直属迫击炮连的十来个人,将保险柜抬到河边,借着"哗哗"河水流动声做掩护,让士兵轮流用军用十字镐刨,干了一晚上,才将保险柜五六层铁板一块块刨开。

这些金条后来带到了东北。1947年5月,当部队向吉林市撤退时,因为驮马走失,该团长用指挥刀的刀背狠狠地砍了勤务兵殷乎加一通,大家都以为驮在马背上的金条也丢了。事后殷乎加告诉同乡徐树礼:"金条没丢,一直装在一个大望远镜盒子里,由我背着,肩膀都勒出了红印子。"

国民党军队公开贪污,不胜枚举,人称:喝兵血!

军官的贪污直到起义后,还胆大包天地保持着惯性力。原国民党暂编二十一师第一团二营某军官起义后,贪污解放区发行的东北流通券4158.6万元（旧币）。原国民党暂编五十二师第二团炮兵连李连长起义后,贪污、盗卖解放军供给的大米290斤、高粱米900斤、皮大衣6件、棉大衣8件、鞋子7双……还不只这些,全是士兵觉悟后揭发的。

7 控诉：旧军队太黑暗了

在旧军队,被残杀的不仅仅是逃兵。

一位叫张秋生的揭发,士兵邓秋发患病后,蔡队长不但不安排治疗,反而派人将邓秋发扔进马厩。一夜之间,邓秋发被军马踏烂,拖出去时,连肉和衣服都分不出来了。

在旧军队,一些长官不仅不把士兵当人看,就是下属军官的性命有时也可以随意索取。

1948年7月,长春警备司令部督察处第二巡查队潘队长与上尉队附关向荣发生矛盾,关向荣向长春警备司令部告发潘队长"克扣士兵粮饷,挥金如土"。

长春警备司令部督察处是军统特务机构,内设4个巡查队,其职责除了搜捕"共匪"、检查过往行人的国民身份证及有无携带违禁品外,还包括取缔黑市、没收东西。没收物品拍卖后，按惯例可提百分之二十奖给检举人和检查有功人员，其余充作警备司令部的经费开支。不难看出，巡查队长即便"秉公执法"，也是个很肥的差事。

第二巡查队是从暂编二十一师调过去的，潘队长是军参谋长徐树民非常器重的同乡。关向荣告状后的一天晚上，关向荣接到传令："军长有请。"

关向荣急随传令兵赶到军部，但没见着军长。露面的徐参谋长不容关向荣问个明白，更不容申辩，只说一句："你违法！"便让人拖下去制裁。

当晚 8 点 20 分，关向荣被押解至火车站附近枪决，身中三弹。

杀掉关向荣后，徐树民一面以"关队附伙同士兵通共，故已枪毙"的谎言搪塞长春警备司令部，一面编造"关队附患急病已送野战医院诊治"的假话欺骗其家人。直到第三天，才派人通知关向荣妻子："关队附已病故，由医院安葬了。"

关向荣的妻子阮爱媛是关向荣赴越受降时在驻地娶的越南人，在长春举目无亲。关向荣一死，她的生活便无着落。关向荣的同学黄祥麟、苏文元等四处托人说情，将关向荣的"上尉底缺（领薪处）存留在暂编二十一师"，并且从潘队长处要了两个士兵的"空额"，才临时解决了关向荣遗孀的生计。

"通共"，在国民党军中是杀无赦的重罪，因"通共"被杀的，多数其实并未"通共"，只不过说了几句评价共产党的大实话。

国民党军第五四六团 1947 年驻防辽宁昌图时，团长就曾集合全团官兵，下令用刺刀挑死一名从东北民主联军释放回来的士兵，罪名是"替共匪宣传"。其实，这个士兵只是讲了几句大实话："共产党把我俘虏后，既没挖我眼睛，也没砍我脚杆儿，挺客气的，说愿意干的可以留下来，不愿干的发路费放你回去。"

送信的也是"通共"。军参谋长徐树民的勤务兵被俘经解放团教育后，于 1948 年放回长春，并且给徐树民带去一封劝其弃暗投明的信。徐树民信也不看，一把扯得粉碎，喊来副官，当下就把这个勤务兵拉出去毙了。

这些人，杀共产党的战俘和地下工作者更不手软。

通常，杀证据确凿的共产党地下工作者，要张榜公布，以造声势。国民党第六十军的一般公文由军参谋长决定，以军长名义签发，盖上军长印鉴。重要案件由军长决定。1947 年第六十军驻防吉林市时，军参谋长徐树民亲笔批示了枪决东北民主联军吉林军区派出的工作人员孟××，执行之日发布杀人公告，四处张贴。对于证据不足的嫌疑人员，则在严刑拷打后秘密杀害。

心路沧桑
从国民党六十军到共产党五十军

1948年3月14日,第六十军从吉林刚撤到长春市,暂设在长春二道河子一家饭馆内的军部闯进一位乌拉街的小学教员,上到楼梯一半时,被卫兵截住,正好又被下楼的军参谋长徐树民撞上。徐树民一口咬定此人是"八路探子"。

小学教员大呼"冤枉",申辩自己"不知道饭馆里驻了兵"。

徐树民喊来军部副官处张处长:"把他给我拉下去教训教训,让他招供!"

此时的东北尚天寒地冻。张处长把小学教员拖到室外,将他的衣服剥得只剩下衬衣、裤衩,然后就是拳打脚踢,直到把他的一只眼珠子打出眼眶,还是没逼问出来什么名堂。当晚,徐树民下令用刺刀将这位小学教员挑死在老百姓的羊圈内。杀这位小学教员,没有公告。

无公告杀人多了,特别是杀战俘。还有活埋战俘的。

1947年,国民党第五四六团驻防昌图时,抓住一名民主联军的侦察兵,团长亲自审讯:"你们来了几个人?"

"两个半。"

"带了几条枪?"

"三条半。"

团长火了:"妈个×,死到临头了,你还敢跟老子吊儿郎当的?来人,把他给我拖下去埋了!"

抱着机枪在附近警戒的团部特务排士兵徐树礼,至今仍清晰地记得侦察员慷慨赴死的悲壮场面:侦察员不求饶,不叫喊,一双眼睛向团长投射出一束极度鄙视的目光,犀利逼人,直到最后一锹黑土埋没头顶,他还顽强地在土里拱,在土里挣扎!

还有残害手无寸铁的老百姓的。

依然是这个团,1947年驻防吉林桦甸时,驻地来了一老一少背着三弦琴沿街卖唱的父女,姓刘的副官硬说他俩是"八路探子",拷问父亲没有得到满意的答复,又去拷问那个姑娘:"是谁派你来的?不说?不说就扒了你的衣裳!"

女孩子吓得"呜呜"直哭。被反绑双手的父亲,"扑通"一声给刘副官跪下了,一边"砰砰砰"地磕头,一边用呜咽嘶哑的声音哀求。

刘副官一脚把老头儿蹬开,然后走近被反绑双手的女孩,托起她的下巴:"嘿嘿,还是不说?那我可就扒衣服啦!"说罢,就把手伸过去解她的衣扣。

"还不说?"刘副官动怒了:"来人,到猪圈给我拔几根猪鬃。"猪鬃拔来后,刘副官一手捏着女孩子的乳头,另一只手捏着猪鬃直往乳腺里捅……

起义官兵都说,旧军官玩女人太常见了,不吃喝嫖赌反而不多见。逛窑子通常是一些最下级的军官和老兵油子干的事,一般士兵没这个钱,也没这个机会,白天要训练,晚上要站岗、守碉堡,根本出不去。

国民党军也不准逛窑子,部队每驻防一处,都要派出纠察队上街巡逻,妓院自然在纠察范围内,但这种纠察多流于形式。一位当年的纠察队员说:外出纠察都由军官带队。每次纠察到妓院门口,带队军官常常一人进去"喝茶",士兵在外面等候。军官的"茶"喝完了,再继续"纠察"。

有时也进妓院"抓人",但一般不真抓,因为这是个捞外快的机会。通常先破门而入,呵斥一通,把口袋里的钱搜去,再赶他们散伙滚蛋。

有的下级军官不但自己逛妓院,还带上几个士兵去"有福同享"。这也是笼络士兵的一种手段。

逛妓院的官兵多数要染上性病,遇到这种情况,就得花更多的钱去买一种叫"九〇四"的药去洗,还不一定能治好。

不少国民党军队起义后,解放军的卫生部门都要拿出一大笔款子,去购买贵重药品,为起义官兵中的性病患者治疗。

连以上军官很少去妓院,那地方太脏,又下贱,不屑一顾,但也偶尔为之。也有相对"专一"的,搞一个临时夫人到兵营里同居,走哪儿带到哪儿,不想要了,借部队换防溜之大吉。

还有娶几房姨太太的。

原沈阳军区副政委艾维仁离休前讲过一个"笑话",是他刚从辽南军区独立第二团调到九台改造起义部队时,听起义官兵讲的。

那是起义前的一天,团直属队会操,某团附突然发现队列里有个乳臭未干的毛孩子,顿时怒目横眉,愤然作色:"这是哪来的兔崽子?"

一旁的副官悄悄禀报:"是二太太昨晚介绍的,来咱们这儿找碗饭吃。"

该团附"哦"了一声,眉舒目展后,给自己找了个台阶下:"个子是小了点,但挺精神,精神!"

官再大一点的,搞这个行道更威风了,有皮条客伺候,还有武装警卫。

据地下党员赵国璋生前笔记记载,1946年10月他途经沈阳时,住在某师办事处小楼里的某军需主任就曾得意宣称:"老赵,你来迟了,8月间某总司令来

的时候,有一天晚上突然要找个日本姑娘陪他睡觉,大家没办法,结果还是我来拉了这个皮条……"

这些事,整训之初,起义官兵都不当回事:人家双方都是自愿的嘛!不但不当回事,还拿出来炫耀。类似事情,是经过指导员、教导员和政委们的教育,广大起义官兵才觉悟:这是凭借手中的权力和金钱摧残妇女!

8 残杀逃兵的团长 40 年后如是说

不少中国人习惯于非此即彼黑白分明的认知方式,现实生活并非这样绝对。

曾经残杀逃兵的某团长,后来率部反蒋起义。

在随后的政治整训中,该团长与两位解放军政工干部组织了全体官兵"对事不对人"的控诉大会,并一起坐在主席台上。该团长这位一辈子铁骨铮铮的汉子,当年与日本鬼子浴血厮杀时没有畏惧过,残杀逃兵时没有手软过,此时,却在士兵群众的哭诉中,浑身上下发抖了!

该团长的灵魂是用士兵泪水彻底洗涤干净的。他的思想反省与灵魂革命又是在士兵群众予以谅解的掌声中通过的。几个月后,在上级领导的特别教育和关怀下,曾多次申请加入中国共产党的该团长实现了夙愿,随后率部开赴前线。

新中国成立后,该团长转业到地方工作,为党为人民工作,鞠躬尽瘁。

1984 年,一位当年面对血淋淋的杀人场面吓得浑身发抖的小新兵,登门拜访了从前望而生畏的老长官。来人提着五粮液和板鸭,先做自我介绍:"我以前是你手下的兵,今天专程来看望当年带领我们参加革命的老首长。"

"你叫什么名字,先不要说,告诉我你现在的职务。"老长官威严依旧。

"师政委。"来人答道。

"霍"地一下,76 岁的老长官从沙发上猛然站了起来,一把握住来人的手:"唉呀呀!我早就听说我们团出了个师政委。没想到,没想到,真没想到,师政委就在我的面前!你是我们团的骄傲,给我们起义官兵争气了!"

"不敢,不敢!起义时,老首长掌握主要实力,没有你的支持,起义不可能成功。"来人接过话,赶紧把荣誉还给了当年率领自己参加革命的老长官。

"对呀,对呀,对呀!"老长官的爽快依旧不减当年,不掩饰,不做作。

这一天,老长官特别高兴,亲自下厨房为客人炒了几盘拿手的家乡菜。

趁着老长官兴致盎然，席间，师政委斗胆地吐出了憋在心里40年的疑团："老首长，你那个时候杀逃兵怎么那么狠呢？"

"不狠咋行？不杀一儆百，部队没法带。都跑光了，谁来打鬼子？"

"那也不能太狠啦！"师政委还是没想通。

"咳！在旧军队你没带过兵，你不知道。不那样，行不通，吃不开！国民党军队和共产党军队本质不同，国民党治军习惯这个，也只能靠这个，没什么道理可讲。唉，都过去了。算了，算了，算了！"

感谢老长官的坦诚，他为晚辈留下了一把打开认识旧军队大门的钥匙。

"不狠，吃不开！"这样的话，不少起义官佐都说过。

国民党军官带兵的"狠"，不能绝对地、片面地理解为人性的冷酷与残忍。在旧军队里，作为严厉的惩戒手段，它维系官长的权威，维护部队的纪律，也维持内部的秩序。在通常情况下，是用于约束所有官兵的，有时对最亲近的人也不例外。

暂编二十一师军需官梁启义，据说是师长陇耀的亲戚。1948年困守长春时，梁启义丢失一张面额不小的本票。陇耀得知后，在师部驻地的电力局礼堂集合师直属队全体军官，下令师部副官处胡主任责打梁启义50军棍。胡主任再三求情，陇耀执意不允。50军棍打得梁启义皮开肉绽，养了一个多月才慢慢好起来。

旧军队的军官，也不是个个嗜打成性，也有不打士兵，不克扣士兵粮饷的。

第六十军起义后，一部分军官留在九台随部队参加政治整训。这部分军官多数军阀作风较少，否则面对众多士兵的泪血大控诉，他们根本待不下去。

在国民党军队内部有一个通行的惯例：士兵可以自行跳槽。跳槽方式，有的是作战受伤治愈后，发一个归队证，归到哪个具体部队就不管了，士兵往往借机名正言顺地换一个打人少、能吃饱饭的连队；有的是自己偷偷跑到一个新连队，悄悄干上一段时间，既成事实后，再抛头露面。

士兵跳槽之所以合法，是因为它能带来皆大欢喜的效果。士兵的原连队少了一个兵，连长可以多吃一个空额；士兵的新连队捡来一个兵，在编制内能据实增补粮饷；在上面看来，只要总兵力不减，何必自找麻烦？

李佐1938年参加徐州会战时是连长，步兵连编制180人，他的连队实有286人。战役结束后李佐升任营长，步兵营的军士编制最多一百七八，他那个营里的军士多达300余人。李佐说，从外单位跑来的兵大部分是伤愈归队的。开始，自己还挺高兴，可是超编后上面又不增发粮饷，找了好几次都没解决，跑来的兵赶又赶不走，只好消极地等待作战减员，恢复编制数。

某重机枪连士兵龙培在辽宁抚顺时，一天遇到一位老乡，老乡当下就劝龙培："你不要在下面待了，一天到晚打仗，今天不知明天是死是活。来来来，到我这儿。我在师部无线电台，工作就是用手摇发电机，成天干活都在屋里。"龙培就这么随随便便地跳了槽，半年后移防吉林才开始露面，原部队长官见了也没说啥。

在国民党军队，打杀士兵的军官也绝非都是那种不仁不义之徒。

某团长年少时父母早丧，家乡的县太爷可怜这个聪明伶俐又无依无靠的孤儿，便资助他读书，并在他军校毕业后，将爱女嫁给了他。在东北的一天，该团长正集合部队，准备枪毙一名逃兵。得知团长太太在本团任上尉军医，逃兵的同乡急忙上门跪求。团长太太二话不说，急匆匆赶到刑场，硬是当着全团官兵的面，把枪毙逃兵的事给搅黄了。

这事，若拿到今天来拍成影视作品，一些书斋秀才准会把团长太太的话推演成当代版的"普世说教"。

历史的原生态不是那么回事儿，旧军队奉行长官至上的旧道德。当年团长太太如果拿士兵的"生命价值"说事，根本说不通，要刀下救人，只能把长官的利害得失放在首位："咱俩到现在还没有孩子，你不积点德，杀什么人嘛！"

龙培的经历也说明了军官并非个个都是凶神恶煞。他当新兵时，曾挨过排长扁担，痛得哭了整整一天，差点又挨排长一顿打。排长叫岳炳清，贵州人，参加过徐州会战，作战经验和生活经验都非常丰富，别看他带兵严厉，不苟言笑，却是面冷心热。

1945年底部队驻防越南时，龙培患上了"赶水病"，就是猩红热，一连发烧半个多月，无医无药，又吃不下饭，人都瘦成了一把骨头。一天，排长岳炳清又到龙培床边："小龙，起来，跟我走。"

龙培不知排长要干啥，欠了欠身："排长，我病得不行了，实在走不动了！"

岳排长火了："妈的×，叫你起来你就起来，磨蹭什么？"说罢，一把将龙培从床上提了下来。排长把龙培拉到营房外，见四下无人，拿出自己的烟枪递给龙培："你抽点大烟，病就好了。"

龙培吸了两次，病真的就治愈了。龙培说："要不是岳排长，自己可能活不下来。"

国民党第五四六团邓团长，下面的兵都说他杀人不眨眼，见了他，一个个噤若寒蝉，大气都不敢出。他也有仁义的一面。长春被围困后期，部队普遍缺粮，士兵几乎天天以豆饼充饥。邓团长下令将全团坐骑全部杀掉，自己的也不留并集合全团宣布：所杀骡马全部分给士兵，任何军官不得克扣。

在国民党军队，有些军官打骂士兵虽然凶狠，但外人要动他手下士兵一根指头，那可不行：我的兵，老子想怎么打就怎么打，但绝不能让他在外面受欺负。

士兵在外面打架是不允许的，可一旦打了，就只准打赢，不准打输：我的兵，决不允许当软蛋！出了事我顶着，大不了替你们挨一顿板子。若是有人欺负了你们，告诉我，我来替你们出气。在我手下，不会让你们吃亏！

国民党第六十军的云南籍士兵，几乎都有一个共同感受：部队到东北后，军官打士兵明显少了、轻了，伙食也大为改善。

有的士兵猜：是不是军、师长们向各级提过这方面的要求？

军官们异口同声：从来没有。

实际上，自离开家乡那天起，官兵们就不约而同地油然而生了"西出阳关无故人"的情绪感受，在浓郁乡情的基础上，强化了彼此间互相依赖、相依为命的行为趋同。军官们认为，我的兵，还是家乡人可靠。士兵们则幻想，要回家，要想少吃亏，只有跟着当长官的老乡。

有人问：国民党军队内部存在如此严重的阶级压迫，又怎么能打仗？

这话，需要既有西方学理功底又能摆脱西化教条束缚的本土心理学家和社会学家来解释。很可能，解析的过程能完成前所未有的学术创新。

对于滇军内部何以盛行打骂士兵的风气，起义将领李佐是这样解释的：滇军起源于云南陆军讲武堂，早期讲武堂启用的教官多为留学日本士官学校的毕业生，自然承袭了日本军阀野蛮的治军方式。

实际上，这其中还有着更深刻的社会、历史和文化上的原因。

金观涛先生的《在历史表象背后》（四川人民出版社1984年版）把中国封建社会的结构概括为宗法一体化结构。家庭，不仅是组织国家的基本单元，也是国家组织的一个同构体。

在宗法观念和宗族势力极强的旧中国，控制和管理私有属性的军队，必然是色彩浓重的宗法家族式统治。长官是家长，士兵是家族成员。长官对士兵有不容动摇的统治权和支配权,士兵对长官只有盲从的义务。在维护阶级森严、个人权利极不平等的统治秩序的前提下,各级长官才肩负起维护"家族"整体利益或"家族成员"个人利益的道义责任。

由于官兵之间缺少平等的利益基础,更缺少公平的理想目标,彼此自然"没有多少道理可讲"。由于"没有多少道理可讲",不同阶层的人权,只能在"弱肉强食"的生存竞争中,按"物竞天择,适者生存"的"丛林法则"排序。于是,统治者残暴的施虐心理与被统治者麻木不仁的受虐心态,在蛮荒的生存环境里滋生起来,强化下去。于是,几乎所有的旧军人都习惯于依自己的社会地位,按照既定的权利和义务规范其行为模式,扮演相应的社会角色,并且麻木于主子对奴才人权血淋淋的践踏。

由此,不仅心狠手毒者有了畅行无阻的通行证,身体力行"仁义"道德的"夫子",也难以脱离这种野蛮的行为轨道,甚至投身伟大的反侵略战争,也摆脱不了这种腐朽制度下的行为模式。

抗战初期,国民党第六十军由昆明出征抗战。全军4万将士由云南经贵州入湖南,徒步跋涉50余日,行程2000余公里,部队所到之处,买卖公平,借物归还,露宿郊野,不进民宅,更不准有丝毫扰民害民行为。

部队开拔时,军、师、团均组织纠察队检查纪律执行情况。尤其是安恩溥师长,平素极力推崇孔孟的"仁义"说教,对部属要求最为严格。若有人借物不还,铺草不捆,只要被发现,"安老夫子"都要唯带兵军官是问,喊来营、连长,当众就是一顿皮鞭。营、连长们回去之后如何"传达贯彻",不言而喻。

国民党军"习惯"的带兵方法,靠其自身力量是难以革除的。

长春起义后,曾泽生军长将军部直属辎重团与暂编五十二师并编,任命原辎重团团长凌发启为该师第三团团长,掌握、控制这支他很不放心的部队。

凌发启的经历颇为曲折。刚到东北时,他是第一八四师师部副官主任。潘朔端率部起义后,他向潘朔端告假离队。回到第六十军不久,为曾泽生重用。

山不转水转,凌发启转了一大圈,又转回到两年多前他不愿前行的起点。他未尝未有"早知潮有信,嫁与弄潮儿"一类的懊悔。这一次,他下决心,军长派他带一个团,他要把队伍牢牢掌握在手里,再完完整整地交给解放军。

凌发启上任伊始,遇到的头一个难题,就是逃离部队的士兵急剧增加。一天,连队抓住一名开小差的东北籍士兵,请示团长怎么办。凌发启犯难了,按起义前的办法，理当借他的脑袋祭刀，以震住其他鞋底抹油——想溜的士兵。可如今起义后是给共产党干，能行吗？他心中一片茫然。为慎重起见，他请教共产党派回来的李峥先："八路对开小差的枪毙不？"

"解放团开小差的被俘军官抓回后都不枪毙，八路自己的逃兵，我想就更不会枪毙了。"李峥先猜测。

"抓住以后怎么处理？"凌发启再问。

"教育，讲道理。怎么讲道理？老实告诉你，我也不会。我现在是新旧方法一块用。"李峥先能传授给凌发启的只有这些。他虽然是解放军派回来的，但派回之前他只在"解放军官教导团"里待过。

凌发启取不到真经，只好跟着李峥先的感觉走，集合全团，押上逃兵，以军棍大刑"侍候"。一顿军棍下来，逃兵的命没丢，但屁股被打得血肉模糊。

第三团开小差的减少了。然而，共产党并不买凌发启毒打士兵的账。

共产党要的，不是炮灰！

第七章
洗心革面的改造，脱胎换骨的变化

在中国革命的战场上，中国共产党需要的，不是炮灰，不是打手，更不是奴才，是有人格尊严并懂得为劳苦大众权利也为自身权利奋斗的自觉战士。国民党军没有，也培养不出来这样的战士。"将贵智，兵贵愚"是数千年来华夏神州滚滚烽火中通行的治军带兵古训，继承了这一封建传统的国民党军队只能培养出人格扭曲、奴性十足、权利意识荡然无存的战争机器。

1 士兵：当初我们认主子啊

"当初我们这些当兵的认主子啊！就跟电影《末代皇帝》溥仪身边的奴才一模一样。"当过四年勤务兵的罗珠成，对泪血大控诉前夕的往事与旧我，对意识形态领域里的那场荡涤灵魂重塑自我惊心动魄的大革命，记忆犹新。

在旧军队，罗珠成是"认主子"的奴才。"认主子"的奴才，又何止罗珠成一人？旧军队数百万士兵，有几人不是任人宰割忍辱待毙的战争工具？旧中国几万万百姓，有几人、有几家不是祖祖辈辈麻木无知的奴才？

16岁那年，罗珠成被抓了壮丁，新兵训练结束后，被分到了暂编二十一师第二团。这时，罗珠成父母听说本村张财主的少爷在该团二营机炮连当连长，便登门相求，请财主写信叫张少爷关照罗珠成。

张连长接到父母大人来信后，从本连选了一名年轻力壮的新兵把罗珠成换来，给自己当勤务兵。

罗珠成跟上了张连长，每天侍候主子，与在班、排当兵比较，饭能吃得饱一点了，挨打、挨骂也少多了，他很满足。然而，没多久，"暂时做稳了奴隶"的罗珠成又"想做奴隶而不得"（鲁迅：《灯下漫笔》）了。

1947年5月部队移防吉林市，张连长已升任卫生队长，罗珠成仍是他的勤务兵。一天，住在一户老百姓家里的张队长突然发现自己藏在箱子里的几两大烟土丢了。他怀疑的第一个人，就是跟随、侍候自己的勤务兵，于是，一把揪住罗珠成的衣领，厉声喝问："是不是你偷的？"

罗珠成一听，吓得面如灰土，像半截木头戳在那里，僵僵地站在张队长面前好一阵子，才"哇"的一声哭了："不是我偷的，不是我偷的！"

"我的东西只有你知道放在哪儿，不是你偷的，怎么不见了？你个吃里爬外忘恩负义的东西！"张队长气得揎拳捋袖，"啪、啪"两耳光扇了过去。

"在老百姓家，我未必天天给你看着箱子？"罗珠成这样想，但绝对不敢这样说。当兵的几时有过说话的自由？越辩，越挨打！

罗珠成捂着火辣辣的面颊，抽抽噎噎地回答："我，我也不知道是谁偷的。"

张队长见问不出什么名堂，索性把罗珠成关了起来。

当晚，九台籍的文书来到禁闭室，悄悄告诉罗珠成："小罗，快逃吧，队长要枪毙你！"

罗珠成大吃一惊，良久才将信将疑地嘟囔："不会吧？我俩是一个村的。"

文书急了："什么一个村不一个村的，别信那一套！人家当官的看重的是钱。他要杀你是我亲耳听到的，就在今晚半夜，地点是松花江大桥下。一般杀人都在那里，杀死后，往江里一蹬，尸体就被江水冲走了。你快逃吧，再不逃就没命了！当官的杀个人就跟杀个小鸡似的，你又不是没见过。"

当夜，罗珠成逃离了部队，躲进吉林市内一户老百姓家里。

张队长有一位拜过把子的军校十四期同学，叫王仕乾，与张队长在同一个团当营长。那天，他找上门来："听说你要把你那个勤务兵杀了？"

"我的大烟土丢了！"

"是这个娃儿偷的吗？"

"就算不是他偷的，他当勤务兵也有责任。"

"唉！"王仕乾沉下脸了："你这个咋要得？他不是别人，好赖你俩是一个村的，你就下得了手？日后还乡，他父母问起，你咋说？乡亲们咋看？"

见张队长理屈词穷，王仕乾索性以大哥身份替老弟做了主："杀他干啥？听我的，别杀他了！"

张队长点了点头："好！我听大哥的。可是他已经跑了，我也不知道他躲到什么地方去了。"

王仕乾和张队长的谈话被候在外屋的文书听到。文书抽出身,设法转告了罗珠成并劝道:"队长的气已经消了,不杀你了,快回去吧!"

罗珠成回部队后,张队长没再提丢大烟土的事。见长官没记仇,罗珠成颇为感动:到底是一个村的,我要是落在别的长官手里,哪还会有今天?

为报答这不杀之"恩",罗珠成侍候张队长更勤快了。为谁扛枪,为谁打仗,罗珠成从来没想过。他想的,只是走到哪里,都要跟好这位同村长官,做什么事情,都不能忘记张队长的不杀之"恩"。

张队长出身于地主兼官僚的家庭,父亲、哥哥都在外做官,路顺县的张县长是他的叔叔,所以,当曾泽生将军率部举起反蒋义旗后,张队长不干了。他找到陇耀师长,要求辞官还乡,得到了批准。

获准还乡的张队长回到部队驻地,正打点行装,罗珠成凑了上来,磨磨叽叽地央求:"队长,带我一块回家吧,路上我好侍候你。"

张队长愣了一下,感慨地拍了拍罗珠成的肩头:"唉!到了这种时候,难得你还愿意跟着我。好,我这就去找师长,他若同意,你回家的路费我掏。"

罗珠成的要求被陇耀师长拒绝了:军官不干的可以走,士兵一个都不放。

张队长带着忧郁、失望的心情离开了部队。在与朝夕相处四年的小同乡分手时,他似乎动了点感情:"小罗,以后你只能自己关照自己了。将来不管跟谁干,都要听话,勤快点,灵活点。不然,你要吃亏。"

送走对自己有不杀之"恩"的主子不久,罗珠成被送进东北军大学习。

国民党第六十军起义后,多数军官被送进设在齐齐哈尔的东北军政大学学习,同去的还有一部分军士和勤务兵。进入东北军大的起义官兵共2490人,被编为第十一期第五团,下设3个营和1个女生大队。第一营辖4个连,第一连为将校官连,第二、第三、第四连的学员主要是中尉和上尉军官。第二营和第三营的学员主要是少尉、准尉军官以及军士和士兵。

东北军大对起义官兵打乱原建制重新编组,是为了因人施教,也是为了从组织上割断他们之间封建关系。这种封建关系在入学之初,相当紧密。

住在东大营的士兵,没事就往北大营跑,去军官队探望长官,结识同乡,并主动为军官干点洗洗衣服、跑跑腿的差事。军官对士兵也比往日和气,官兵关系进入了一个前所未有的"蜜月期"。用罗珠成的话说:"彼此之间热乎得很呦!"

从国民党六十军到共产党五十军

此时的官兵关系虽热,但并非基于血肉相连的平等关系。士兵企盼的,不是解下锁链,而是在锁链下多得到点主子赏赐的权利。"认主子",正是从苦力奴才向贴身奴才晋升的通道。这是不少中国人祖祖辈辈认同了的行为方式。

中国人的这种奴性,戊戌变法的刀光剑影不曾触及,辛亥革命的枪声炮声未有震撼,五四运动一代精英的泪血呐喊也没能唤醒,却在中国共产党领导的人民革命中彻底动摇了。

程世平先生在《文明之源——论广泛意义上的宗教》(四川人民出版社1997年版)中指出,鲁迅把社会改造的关键归结于国民性的改造,毛泽东在这一问题上与鲁迅是相通的,只不过鲁迅只有文人的手段,弄文以抗世而已,而毛泽东则付诸亿万人民改天换地的社会实践。

从文化层面看,控诉运动正是从根基上改造了国民传承千年的奴性。

起义官兵的"蜜月"关系在东北军大的学习正式开始后,很快昙花一现,成了过眼烟云。

对起义学员的教育内容,先是新旧社会、新旧军队的对比。刚开始,没几个人听得进去。罗珠成对自己所受的苦也一样持麻木态度:张县长老婆罚我在太阳底下跪黄豆是过分了,但咱吃人家的饭啦!张队长虽然动过杀我的念头,但后来人家开恩了嘛。要不是靠上他,说不定自己早就死在战场了!

随着教育的一步步深入,士兵们那一根根麻木了的神经开始苏醒。在指导员穆益轩的启发下,罗珠成从张县长三少爷白花花的饭碗里,看到了自己被富豪权贵吞咽的汗珠;从张队长黑洞洞的枪口下,窥见了自己被吞噬的人身权利。

罗珠成说:穆指导员讲的道理现在看来平淡无味,可当时听起来却闻所未闻,越听越爱听,越听越想听。听了之后,耳目一新,大梦初醒。

起义官兵的关系随即进入"速冻"状态。那些一向勤快听话的勤务兵再也不愿往北大营跑了。控诉运动开始后,这种冷漠的关系很快演变为剧烈的对抗。

就控诉运动的组织,东北军大与九台起义部队是不同的。在九台,徐文烈政委部署全军教育时明确规定:"不准在官兵之间搞面对面的斗争,个别矛盾一时不易解决的,把干部调离原单位,实行回避政策。"东北军大则不同,控诉运动一开始,就选取了十来个典型作为两千多名起义学员批判斗争的对象。

两个单位受东北军区统一领导,这似乎是个悖论。对此,有人解释,东北军大的学员以军官为主,用一般的办法很难把群众发动起来,很难把那些反动的思

218

想和情绪压下去。这话，不管是否猜中了组织者的意图，但从实际效果看，这种面对面的控诉与斗争确实发挥了事半功倍的神力。

第五团全体学员的第一次控诉大会在学校大操场上召开。主席台上就座的，除第五团政委外，没有一位校、队领导，全是各连民主选举的革命军人委员会主任，有校官、尉官，有士兵，还有女生大队的两位家属学员。

站在主席台前接受批判的，多数是军阀作风严重的带兵长官。

控诉大会由谁控诉，控诉谁，控诉了些什么，亲历者都记不过来了。深深印在脑海里的，是捶胸顿足的哭嚎，是咆哮如雷的愤恨，是怒不可遏不顾一切扑向主席台的复仇！像一座座猛然爆发的火山，喷出一道道直上九霄的烈焰。

开初是哭，台上诉苦的人先哭，哭得呜呜咽咽泣不成声，随即传染了台下的听众，由闷头抹泪，到掩面而泣，待抽抽搭搭的哭泣声连成一片时，有人便忍不住失声痛哭。2000多人，什么样的哭声都有。准确地说，不是哭泣，是哭喊、哭嚎、哭骂、哭吼！

当台上台下的人哭得天昏地暗的时候，会场上喊起了口号："反对剥削，反对压迫！""彻底摧毁黑暗的封建军阀统治！""向万恶的旧社会、旧军队讨还血债！""打倒蒋介石，解放全中国！""坚决跟着共产党革命到底！"

当年的学员们说，那口号喊得"嗷嗷"的，惊天动地。

口号一喊，泪水就干了，悲与愤的转化在一瞬间完成。

记不清是什么时候，更不知道是谁带头，有人冲向主席台，非要亲手痛打受批判斗争的起义军官。

"揍他！""打死他们！"叫声，喊声，随即而起，几近疯狂。会场秩序大乱。

参加控诉大会的解放军干部都离开了座位，堵在通道上，制止着冲向主席台发疯似的起义学员。可是他们人太少，每连只配备一名指导员、一名文化干事，根本堵不住。紧急关头，突然跑来一大批解放军官兵，把冲击主席台的人流死死地堵在主席台前。

第六连的士兵罗珠成说："那个义愤呀，谁都按不下来。要是张队长在台上，我也要冲过去揍他！他凭什么因为丢失几两大烟土就要杀我？"

第四连的中尉赵谦说："堵在主席台附近的八路，一个连有了，没有一个连堵不住。"

第一连的中校王伟略说："要是没有八路保护，主席台上那十来个人都会被

打死,一个也跑不脱!"

控诉大会是怎么结束的,亲历者们记不大清楚了,只记得人流冲过来推过去,军政大学的干部们一个个嗓子全喊哑了。

台湾师范大学张春兴教授所著的《现代心理学》(上海人民出版社1994年版)认为:构成人的神经基本单位的神经元,其兴奋性具有一种很特殊的现象,当刺激强度未达到某一程度时,即无神经冲动之发生;当刺激强度达到某种程度而能引起冲动时,该神经冲动立即达到最大强度。此后的刺激强度纵使再继续加强或减弱,对已引起的冲动强度不再发生影响。此种现象称之为"全有全无律"。

"全有全无律",对改造起义部队的教育方法具有很强的解释力。正面教育固然能缓和矛盾冲突,但由于刺激强度不够,很难在转变立场上达到期望的教育效果。控诉运动则不同,它能在短暂的时间里刺激起人权意识的大觉醒,并且长久保持难以消磨下去的强度。

东北军大第五团的控诉大会结束后,学员们余怒难消。每当士兵学员连队与军官学员连队,或尉官学员连队与将、校官学员连队在校园相遇,总有人不顾一切冲出队列,去寻打仇人!每当全团集会,即使带队干部死死看住自己的连队,仍有人往军官学员连队,往将、校官学员连队扔石块!

于是,校方采取措施,尽量避免有关的学员连队相遇。凡是看电影、看戏或是集会,指导员先一个个搜身,检查口袋,再另外安排人员将会场附近石块捡干净。很快又规定集会不准穿大衣,怕石块藏在大衣里面检查不出来。然而,还是有人在看电影的时候用小板凳砸了一位军官。后来校方又规定,小凳子也不准带了,看电影一律背背包,以背包代板凳。

学员们的怒气依然不消。一次看剧,看了一半又躁动起来了。从前是指导员、教导员带着呼口号,这次是学员自己呼。呼着呼着,一帮士兵学员就控制不住自己了,要冲过去寻打仇人。冲到过道一看,早已坐满了"八路"。气得一个个跳着脚骂!那场面,哭的哭,闹的闹,叫的叫,跳的跳,乱得一塌糊涂,就像发疯似的。这事,现在说起来觉得好笑,可当时谁都笑不出来。

从这以后,学员转入社会发展史教育。罗珠成记得他们六连文化教员隋成西以本连控诉的真人真事画了许多宣传画,贴在食堂里,生动形象地描绘了地主怎么剥削农民,士兵如何受欺压。

那时,学员中要求枪毙几个以平民愤的呼声很高,穆指导员有针对地疏导大家:"只要参加起义,就一个也不能杀。杀一个,国民党就要大造舆论,以后谁还敢起义?"

共产党不知哪来那么多办法,先发动控诉运动,把士兵群众的阶级觉悟激发起来后,再搞一个内部官兵团结教育,化解个人矛盾。指导员穆益轩给大家上课:旧社会穷人受剥削,旧军队士兵受压迫,不是个人造成的,根子在社会制度上。只要人剥削人、人压迫人的制度在,叫我们在座的人去当官,平心而论,恐怕也要学坏。所以,要把仇恨记到旧的社会制度上,记在国民党反动政权上。这些军官,只要放弃过去的立场,共产党还用他们。

罗珠成说:"我们那个时候,共产党的什么道理听着都新鲜,都入耳。文化教员的画,一看就懂。指导员的话,一讲就通。"

道理懂了,思想通了,士兵和军官恢复了来往。士兵夺回了个人尊严,放弃了个人仇恨。军官则放下了架子,谦虚多了。起义官兵中一种全新的官兵关系、上下级关系开始形成。

内部官兵团结教育在九台整训的起义部队也搞了,在此基础上,还开展了一个民主评干运动。从抽样情况看,到了这一阶段再不被战士们信服、需要调离或调训的干部已经是极少数了——第四四二团只有排级3人、班级4人,第四四五团二营只有副排长2人、班长4人、副班长1人,第四四九团只有连级2人、排级3人、班级7人。

罗珠成在控诉运动期间加入了中国共产党,从东北军政大学毕业后,分回解放军第五十军,在军教导团任排长,1951年调齐齐哈尔步兵学校任副指导员,1964年转业回昆明,离休前任云南省水利水电厅基建处副处长。

1995年春节,罗珠成回云南石屏老家探亲。无巧不成书,一进村,就在村头碰见了当年自己的顶头上司张队长。

张队长辞官还乡不久,云南即告解放。随后,在土地改革运动中,其田产被分给了贫苦农民,张队长本人则在本村当了一名民办小学教师,以此自食其力,维持生活。据说,在无产阶级专政下,张队长因执教认真,颇得村民好感,在历次政治运动中基本上没怎么受冲击,后半生过得还平安。党的十一届三中全会后,张队长被落实了有关起义人员的政策。

张队长重逢当年为丢失几两鸦片差点死于自己枪口之下的小勤务兵,十分尴尬。三十年河东,三十年河西,站在自己面前的,已不再是那个任凭呼来唤去可以任意宰割的孩子,而是一位令自己敬畏的共产党县团级离休干部。面对落花流水春露秋霜,这位比罗珠成大十来岁的老长官不能不百感交集。他郑重地登门道歉了:"当时东西丢了,怀疑是你偷的,即使不是你偷的,也觉得你有责任,所以才动了那个念头。后来念头打消了。这件事对不起你了!"

48年后的道歉,一个风烛残年步履蹒跚老人愧悔当年的、心虔至诚的道歉!

这一年,罗珠成66岁,他还能说什么呢?

沧桑的历史,历史的沧桑。

2 少校:我是被改造过来的

中国共产党对起义士兵的改造,侧重于人权的启蒙、人格的觉醒,从某种意义上讲,其着力点在于感性的顿悟。与改造士兵相比,对起义军官的改造,则更多着力于理性的觉悟。在所有的政治课中,社会发展史教育课对他们启发最大。

杨协中起义时是国民党第六十军炮兵团少校营长,现家居昆明,已经离休。75岁那年,老人诚挚、坦荡依旧当年:"有些人在国民党那边反动得很,一过来,马上就进步了。我不,我从不隐瞒自己的真实思想。刚起义时,我的思想很反动。我是被改造过来的,是学了社会发展史才转变的。"随即又坦言道:"说起来,还真有点好笑。撤出长春,刚进入解放区那天,我第一次看见毛主席像就觉得很不顺眼——这就是共产党的领袖?土里土气的,还想统治全中国?"

当年杨协中心中崇拜的领袖是蒋中正:身着笔挺的呢质特级上将大礼服,腰挎珠宝镶柄的礼刀,胸佩赫赫勋章和金质宽辫饰绪,双肩金星闪耀,仪态肃穆威武,目光炯炯锐利。再看看毛泽东:穿的是粗布衣服,胸前、肩上空荡荡的,没有一点闪亮的饰物,哪像建功立业的统帅?头上戴的帽子也是皱皱巴巴的。尤其是帽檐,看着最不顺眼,又短又软又无光泽,扣在脑袋上,毛泽东就像个穷当兵的。还有,仰着个头,笑嘻嘻的脸,全然没有鹰扬虎视八面威风的领袖风采。风纪扣也没扣。从容貌到仪态,都是地地道道的农民形象!那位朱德总司令也是一个样子,彻头彻尾的乡巴佬,不折不扣的土包子!土包子农民还想坐天下?还能统治中国?

根植于杨协中心底的国民党"正统"思想,最初是在日本鬼子铁蹄搅起的狼烟中熏陶出来的。1936年10月,15岁的杨协中正在云南大理中学读书,适逢举国上下各界人士踊跃捐款，支援国家购买飞机，为蒋介石五十大寿献礼。为答谢全国人民在"献机祝寿"活动中表现出来的爱国热情，蒋介石于10月31日发表了生日感言《报国与思亲》。当北方流亡来的老师哽咽着声音为学生们朗读《报国与思亲》时，一个高高大大的民族英雄形象在杨协中的心头矗立起来。

1939年杨协中投笔从戎，报考中央军校昆明第五分校。从此，"一个主义（三民主义）、一个政党（国民党）、一个领袖（蒋介石）"的政治主张在杨协中思想深处生了根。直到起义，杨协中还认为：中国之所以落后挨打，就是因为内部一盘散沙。蒋委员长领导"剿匪戡乱，实现统一"，那是强国富民的正道。

所以，当杨协中进入解放区看到一幅"欢迎六十军弟兄参加革命"的标语时，很有点火冒三丈：我们打鬼子不算革命吗？国民党喊革命，共产党也喊革命，究竟什么是革命？从今往后，我是什么命都不革了，我当我的老百姓去！

想解甲归田的杨协中没能回家，他被告之要进东北军大学习。杨协中漫不经心地想，无非是洗脑、毕业、失业一类的流水程序，去就去。此时的杨协中，百无聊赖，万念俱灰，无所皈依的心，冷得像数九天里冰封的江河、雪裹的大地。

进东北军大之后，杨协中冰冷的心逐渐回暖了。暖流源于共产党人与起义学员平等的人格交流。杨协中回忆说，入校第一天自己就被感动了。从齐齐哈尔火车站下车，已是深夜1点，到营房还有一里来路，大家背着行装，踩着半尺积雪，"咔嚓咔嚓"地埋头走着，一路猜度冰天雪地"劳改营"的滋味，情绪低极了。一进营房，却意外看到学校的各级领导在等候从敌对营垒走来的新学员。食堂做好了热饭热菜，宿舍烧好了热炕火墙，直到大家入睡，领导们才离去休息。

关心部属生活本是共产党各级领导天经地义的寻常职责，但杨协中却从中看到了两种军队人际关系的巨大反差，这在讲究阶级身份、强调阶级服从、严格阶级秩序的国民党军队，是无法想象的。

杨协中被编入第五团一营一连，即"将校官连"。不久，因为一次小小的误会，杨协中引起了指导员陈田夫的注意。

一天，陈田夫找杨协中谈话："你是党员吗？"

"是。"杨协中以平静的表情坦然回答。

"什么时候入的党？"

"民国二十八年。"其实杨协中心里并不平静，他时刻准备接受审查。

陈田夫很有些吃惊，继续追问："你的介绍人是谁？"

"没有介绍人,一千多人集体入党。"

"集体入党?在什么地方?"陈田夫诧异了。

"中央军校第五分校。"

陈田夫笑了,他发现了彼此的误会。原来,一天前,士兵学员连通报过来一个情况:有几名士兵学员已经知道了共产党的土地政策,一问都说是营长杨协中讲的。这事引起了学校干部的猜测,于是有人以为杨协中是单线联系的地下党员,或者是以某种方式进入国民党军队的解放军干部。谁知一问才发现,杨协中仍然是一位尚未开窍的国民党党员。

杨协中告诉陈田夫,起义第二天,部队撤出长春城途中在卡伦吃饭,他见到了杨滨,杨滨送给他一本小册子。出于好奇,杨协中阅读了其中的《中国土地法大纲》,并且摘要地在全营集合时念了一遍。他怎么也不会想到,中共"家居乡村的国民党军队官兵、国民党政府官员、国民党党员及敌方其他人员,其家庭分给与农民同样的土地及财产"之规定,在士兵中引起了强烈反响。

杨协中关注共产党的《中国土地法大纲》还有更深一层的原因,他的家庭也属于"无地、少地"的贫苦农民。杨协中的做法完全符合情感与注意的自然流动方向。陈田夫知道,国共两党多年交恶,国民党中央军校毕业生对其校长蒋介石的崇拜,非三言两语的灌输教育所能清除。杨协中虽然起义了,但彼此的心依然隔着一道很深的鸿沟。要与杨协中沟通,就必须选择一个能引起杨协中同感与共鸣的认知层面,作为彼此感情与思想交流的平台。

陈田夫的思想工作是从解剖自己开始的。他告诉杨协中:西安事变时,自己也在中学读书,听说蒋委员长被扣,曾痛哭了一场。那时,蒋介石在自己的心目中是一个伟大的民族英雄。参加八路军后才知道,在中国,蒋介石维护的是一种少数人剥削压迫多数人的旧制度,它必将被一种民主与平等的社会制度所取代。

听了陈田夫的自述,杨协中吃惊不小:怎么共产党的团级干部也同情过蒋介石?还敢对我讲?

惊异后是感动:人家信得过我杨某人,才把心里话掏出来!

将心比心,杨协中下意识地解除了设置已久的心理防线,并把自己的身世也告诉了陈田夫。

杨协中父亲是位贫苦农民,因为穷娶不起媳妇,便做了一户有钱人家的上门女婿。按当地习俗,入赘是给丈人家当儿子,等于断自家一支香火,出门在外抬不起头，居家过日子也一样的命。

父亲入赘后，每日披星戴月为亲戚家种田，生活却与亲戚家人截然两样，吃的是一日两餐，穿的是四季两单，比长工好不到哪里。

上小学三年级时，一天，杨协中放学回家，像往常一样，放下书包就进了豆腐房，端起一盆豆渣去马厩喂马。不知为啥，那天有匹儿马（没骟的公马）特别焦躁，杨协中刚把豆渣盆端上马槽，还没来得及拌草料，它就伸过头来抢食，杨协中端起盆子往后一闪，儿马抢食不成，上来就是一口，咬在杨协中的手臂上。"咣当"一声，豆渣盆被打翻，豆渣撒了一地。

见杨协中血淋淋的手臂，亲戚夫妇当时都没有说啥。然而，晚上父亲收工后，杨协中却从门缝窥见一幕揪心至极的景象，父亲跪在亲戚夫妇面前，低三下四地乞求："豆渣，我当牛做马赔你们。求求你们一定供孩子把书读下去。"

一吐为快的杨协中正要把自己的身世讲下去，不料，陈田夫的一句插话将他的思绪完全打断："杨协中同志，你的父亲，就是你亲戚家变相的奴隶啊！"

尽管陈田夫的插话语气平缓，却像一声炸雷，震撼了杨协中麻木的心灵。在国民党军队，受尊敬的是有钱、有势的人，穷人没地位。杨协中从来不敢也不愿向别人提及自己寒酸的家世、贫苦的家境和屈辱的家史，怕人笑话，怕人瞧不起。可此刻，指导员不但没耻笑自己，反而给予同情。这同情不是廉价的怜悯，是不带铜臭、没有功利色彩的人格尊重。杨协中用自己的良心，在道义的天平上，掂出其价值分量。特别是杨协中第一次听到共产党干部称自己为"同志"时，不能不更为之一惊：我已经告诉指导员，我什么命都不革了，只想回家。他不但不斥责我顽梗不化，反而给予信任，称为"同志"，这又是为什么？

杨协中一夜没睡。翻来覆去辗转难眠的杨协中虽然对共产党尚有"十万个为什么"式的不了解，但他的心已经被共产党干部平等的人格交流感化了。

第二天，杨协中振作了精神，他决心遨游共产党的理论海洋，去求解心中的"十万个为什么"。

东北军大的社会发展史教育，是在摸准了起义学员的思想脉搏后，对症下的药。当第五团政委曹孟朴上课讲到人类社会经历了原始社会、奴隶社会、封建社会、资本主义社会、社会主义社会这样由低级形态到高级形态的发展过程时，一个个都听呆了。

认同了人类社会由低级向高级形态发展的必然趋势，学员们就不能不去思

索：苦难的祖国，前途在哪里？迷茫的自我，出路又在何方？

中国共产党奋斗的目标，是实现没有剥削，没有压迫，人人平等，各尽所能，按需分配的共产主义社会。杨协中摸着手臂上的伤疤，想着父亲屈辱的泪花，认同了共产党的无私追求。他认同的不是一己私利，是中国数万万穷苦百姓生存的权利、人身和人格保障的权利，这在道义上，有着无可抗拒的精神感召力。

杨协中还记得，学到这一阶段时，仍有人不服，但不服的不是共产党的最终理想，而是实现理想的道路：共产党说中国民主革命的任务，是对外推翻帝国主义压迫和对内推翻封建地主阶级压迫，这也是国民党的政治主张。国民党之所以没能实现自己的理想，就是因为外辱内患，战乱纷纷。

这种曾经在起义军官中一统天下的政治观点，学习了社会发展史后，被一批又一批战场起义者逐出了思想阵地：

国民党"平均地权"的民生主义，在其统治区有过实际履行吗？没有！连"二五减租"都没有兑现。广大农民得到的，是封建地主年复一年的沉重盘剥，是贪官污吏日甚一日的欺凌压榨！

国民党"节制资本"的民生主义，在国计民生的重要领域实现了吗？没有！抗战胜利后，那么多国民党军政大员借接收日伪财产之机，大肆贪污、侵占，发"劫收"财，由此膨胀的官僚买办资本有几个受到了"节制"？

国民党关于民主自由权利为"一般平民共有，非少数人所得而私"的民权主义，兑现给谁了？远的不说，就讲国民党军队，士兵的人格什么时候受到过尊重？士兵的权利什么时候有过保障？

空谈民权主义和民生主义的国民党政权，必然要失去民众，而没有民众基础的政权，在抵御外来侵略的民族战争中只能仰洋人之鼻息。于是，九一八事变后，有了拱手相让东北权益的不抵抗主义；七七事变后，有了战争初期丧师失地的单纯防御，有了战略相持阶段积极反共、消极抗日的方针，有了敌后游击战的百万国民党大军崩溃的崩溃，投降的投降，所剩无几的悲剧。如此的"民族主义"又有多大实际意义？

在反复阅读了毛泽东的著作后，杨协中有了醍醐灌顶通体舒泰的感受，他不仅由衷钦佩毛泽东关于中国民主革命道路的理论，更为毛泽东哲学思想所折服。

在国民党军校，有人讲授过蒋介石的哲学思想——万变中有不变，以不变应万变。如今与毛泽东的《实践论》《矛盾论》一比，学识深浅不言而喻。重要的是，杨协中从中发现了蒋介石与毛泽东在为"中国之命运"选择道路时，其世界观、方法论上的根本对立：蒋介石强调事物发展的静止状态，毛泽东强调事物发展的运动状态。由此，有了维护与推翻旧制度的斗争。

成为毛泽东的崇拜者后，再看中共领袖像，杨协中有了截然相反的感受：你看共产党领袖，那么高的地位，穿戴与普通人全无两样，人家没有私利可图，心里装的只有普天下的穷苦百姓。那么大的学问，却和蔼平实，全无高人一等以势压人的架子。越看越觉得可敬，越看越觉得可亲。

杨协中下决心要彻底革命，他把自己的戒指、手镯和其他值钱的东西"全部献给革命"，自己只留下一个装着衣服和日常用品28斤重的小包包。在国民党军队，营长是一级很威风的官了，家当自然不少，他全不要了。革命，就是要铲除私有制，就是追求广大劳动人民的利益。干革命，就要献出自己的一切，这些东西，都是在反动派的军队里得到的，就更不能要了！

上缴东西第二天，指导员陈田夫将其中一枚戒指交还杨协中："这个戒指是你妈给的那只吧？你拿回去。妈妈给的，家里传下来的，革命队伍允许留下。"

戒指在贴身衣袋里装了一个星期后又交了上去："我杨协中什么都不要了，只要彻底革命。"

也有不交"财产"的——暂编二十一师某少校，起义前曾任长春警备司令部巡查队长。起义后奉命带一辆大汽车回长春市内接运留守眷属时，发现很多军官去吉林市卖东西。一位同学还提醒他："你那个包袱还不拿去甩呀！当解放军，可跟国民党不一样喽！穿的在身上，吃的在肚里，一尘不染，说走就走，说干就干，哪让你拖拖拉拉带根尾巴呢！"于是，该少校留下两皮箱随身物品，领着传令兵，带上其余财物直奔吉林市。到吉林市的市场上一看，到处都是国民党军官的太太、士兵在卖衣服、被褥、毯子等。无奈，只好把未卖脱的四皮箱财物寄存吉林市的老房东家中。一年后，听说这四皮箱财物被起义后离队定居吉林市的一位中学同学全部骗走。

控诉运动之后，是土地改革教育，校方组织起义学员到农村实地考察"土地还家"。杨协中所在连队被带到一个村子，指导员宣布："大家随便走走，愿去哪家考察，就去哪家。"

共产党的方法真绝。在旧军队，国民党对共产党攻击最多的就是土地改革，什么"共产共妻","扫地出门","杀人灭族",等等。往日耳听是虚,如今共产党让你眼见为实。大家都是土地养育出来的农家子弟,对中共谜一样的土地改革,谁不想一睹"庐山真面目"?更重要的是,出于切身利益的考虑,每位学员都格外关注自己家庭的未来。

这是对学员阶级觉悟的实践启蒙,也是对学员阶级立场的实地考察。中共的土地改革运动有着层次丰富的景深,参加实地考察的起义学员就像焦距不一的镜头,在拍摄同一对象时,根据不同的取景需求,选取不同的清晰与模糊。

果然有的学员扎到贫农、雇农堆里,有的钻进了地主、富农家中,还有人专找中农、富裕中农。

回到军政大学,热闹了。一些钻进地主、富农家庭的学员成了众矢之的:考察农村土地改革是为了让我们了解中国历史上空前的大革命,转变我们的阶级立场。你不关心广大贫下中农如何彻底摆脱剥削和压迫,却一头扎在地主、富农家里,安的是什么心?我们都参加革命了,你为什么还念念不忘老家的那份田产,难道你还想继续剥削农民吗?从前你是假进步!

认识提高之后,是"自报公议"划阶级成分。每位学员都要自报家中有几口人、几亩地、几间房、雇没雇工等生活状况和生活来源情况,而后以班为单位对照土改政策评定个人成分,再报上级审批。这时,又有人糟了,原因是"对组织不老实",犯了隐瞒成分的错误。于是,在批判斗争会上受到了严厉的斥责:

"你家里的田不止十亩,五十亩也有了。谁不知道,你们连的士兵就有几个是你家佃户!"

"在旧军队,你吃喝嫖赌花钱像流水,贫农家庭?不可能!"

"参加革命前,你到处吹嘘家里雇了多少个长工,如今怎么又成了中农?"

因隐瞒成分被批判斗争的学员中,也有大呼"冤枉"的:"我家确确实实没有几亩地,在旧军队我是乱吹的。你们不是不知道,不这样吹,自己没面子!"

东北军大的每一个教育阶段,都有少数学员成为大家批判的对象。今天的积极分子,明天就可能成为批判的靶子,过一段时间,摇身一变,走马灯似的又成为更积极的积极分子。往往搞一个教育阶段,就得撤换几个班、排长,然后在积极分子中重新选举班、排长。杨协中是第二班班长,班里学员军衔最高的是少将。别看是个小班长,能像杨协中那样连任到毕业的不多。

从东北军政大学毕业后,杨协中被分回解放军第五十军。杨协中说,起义前，自己虽然没有打过士兵，但存在军阀作风，对士兵态度粗暴。他怕回原单位，却偏偏被分回原来的炮兵营。

出乎意料，士兵们对老营长很友好。杨协中十分感动，主动在全营军人大会上反省、汇报了自己的历史及学习和改造的情况。

杨协中除了参加过"各为其主"的反共战争外，没有什么个人罪恶。他从此只有一个念头："立功赎罪，彻底革命。"他真心实意这样想，脚踏实地如此干，一如既往几十年。根本原因还是东北军大刻骨铭心的思想改造！

杨协中后来参加了抗美援朝，在战场上被提升为第一四八师炮兵主任，由师长赵鹤亭、师参谋长吕兆宣介绍加入了中国共产党。1965年从部队转业回云南，离休前为云南省铁路建设工程公司副经理。

杨协中离休后，担任云南省黄埔同学会常务副会长兼秘书长。一次，当他听到曾在昆明某中学任教的某黄埔同学宣称"中国最好的时期是抗日初期"时，当即理直气壮地批驳："好坏要看全国人民，而不是看少数人，抗日初期你是地主家庭，当然生活好，贫雇农在过困难日子，你不了解，你立场还没有转到广大群众立场！……建议你加强学习，改造思想，要与人民大众在一起。"

3 思想还家运动

东北军大的起义学员都说：开展思想斗争最激烈的，是控诉运动之后的思想还家运动。

所谓"思想还家"就是说，起义官兵多数虽然来自劳动人民家庭，但由于参加了旧军队，受反动思想和封建道德的长期毒害，不仅参加过反共反人民的战争，其中一部分人，特别是一部分军官，还不同程度地干过欺辱老百姓、虐杀战俘、压迫残杀士兵、吃空贪污、走私贩毒等坏事，并沾染了吃喝嫖赌的恶习。起义，只是形式上回归人民阵营，灵魂深处旧社会、旧军队的那一套并没根除，因此，要真正从思想上回归人民阵营，就必须与旧我、与旧军队彻底决裂。

与旧我决裂，要求每位学员都要写一份自传，交代自己的全部历史，尤其是在反共内战期间做过哪些对不起人民的事情，必须一件不落写上去。

与旧军队决裂，要求每位学员在猛烈批判旧军队封建忠义道德的基础上，毫不留情地揭发他人在旧军队的一切罪恶，包括自己曾效忠过的长官。

思想还家运动的政策相当明确：在思想领域，共产党不搞既往不咎，不管是谁，历史上的罪恶，以往的丑事陋习，必须从思想认识上做彻底清算，在此基础上，不管有多大历史罪恶，只要自己主动坦白了，就不再追究。

学员们被昭示：只有放下包袱，轻装上阵，才能真正回到人民的怀抱。

学员们被告之：思想还家运动在部队和军政大学以不同的方式同时展开，并定期交换揭发材料。

学员们被提醒：群众发动起来了，人间什么丑事、恶事都掩盖不住！

经历了泪血大控诉之后，所有的学员都领教了中国共产党驾驭群众运动的娴熟技巧，都感受了群众发动起来后那排山倒海、翻天覆地的伟力。谁能抗拒？谁敢抗拒？谁愿抗拒？

抗拒的基本上绝迹了，但仍有少数学员过不了关。

思想还家运动的"关"，通常是这样设置的：本人的反省自传写好后，先提交班务会初评；初评通过了，交连部审批；若初评没通过，本人需针对存在的问题重新反省，再提交班务会复评；若复评还没通过，那么领导就要出面到尉官连队和士兵连队请来一二十名知根知底的老部下帮助你反省，一次不行两次，两次不行三次，直到你彻底坦白，低头认罪。

不论是初评、复评，还是请老部下来帮助反省，通常都在宿舍里，大家盘腿坐在通铺上与当事人围成一圈。发言提倡摆事实，讲道理，以理服人，但当时所用的言辞今天的人们是承受不了的。

有一位姓赵的团长，在自己的"思想历史自传"中，对家庭的经济状况、本人在旧军队的历史罪恶都作了详细交代，然而初评他就未能通过，问题出在认识上和态度上。

同班一位学员一针见血地批评他：在长春时，你曾枪毙过一名企图向解放军投诚的士兵。起义前，你还做过突围和死守的准备，可你却说自昆明军分校毕业后，你曾想去陕北投共产党，这不合情理，是伪造历史，掩饰自己的反动思想！

赵团长只好实话实说。原来，他在昆明军分校毕业后曾留校工作，他的顶头上司平时爱唱"生活要清高"之类的高调，私下却经常支使他去买东西，又不给钱，他看不惯，便托人另找出路。这时，一个姓王的同学告诉他，滇系老三军在陕北需要人，陕北八路军的抗日军政大学也在招生，两处都可以去。当时自己之所以动心赴陕北，并非为了参加革命，而是想找个人出路。在老三军能升官发财就去老三军，投"八路"能升官发财就去延安。后来因为打听到自己的远房姑父殷伯良在龙云的大公子龙绳武手下干事，所以才没去陕北。这段历史被用来掩饰自己的反动思想了。

赵团长"没交代清楚"的问题多了：

"两个老婆，要哪个没说！新社会是一夫一妻制了嘛。"

"1946年，你去南京以私人身份拜见龙云时，龙云让你转告陇耀和曾泽生：'六十军和九十三军两军联合起来，像一八四师那样起义或退出内战圈子，走中间路线。'这话，你没转达。此前此后的思想动机是什么，也没交代。"

"你在军官训练大队曾宣扬'只有实行希特勒、墨索里尼式的法西斯主义，中国才能强盛，帝国主义才不敢欺负我们'。这种反动思想你批判得还不够！"

"升任团长的主要原因，还需要再批判一下。"

还有因"隐瞒历史罪行"而过不了关的。李团长就是其中之一。其实李团长最初根本就没意识到他隐瞒两百余颗人头的血案是自己的罪恶。

抗战中期，李团长担任滇东护路营营长时，奉命在云南宣威一带"剿匪"。鉴于当时日寇已陈兵滇越、滇缅边境，虎视眈眈，上级下达了限期清剿的严厉命令。这位少校营长三十出头，接到命令，率全营在地方民团配合下，对"匪患"严重地区逐乡挨户搜剿，将该地区"土匪"一网打尽。为了震慑"顽匪刁民"，"剿匪"一开始，每逢赶场日，都要在县城当众杀几十个"土匪"，而后将人头悬挂在城门附近的杆子上。

据宣威籍官兵和李团长护路营的老部下揭发，当年的"剿匪"，多是当地乡长、保长带路去抓人，贪官污吏、土豪劣绅趁机挟嫌报复那些抗租、抗捐、抗税、抗丁的贫苦农民，抓走人后，狠狠地向家人敲一竹杠子，敲不出油水的，便拖去杀头。被抓的确有土匪，但多是因为不堪忍受高额地租沉重剥削和苛捐杂税残酷压榨，被逼上梁山铤而走险的。被杀的也确有土匪，但真正的匪首并不多，往往沾上一个"匪"字，便砍下一颗人头。

李团长知道这两百多人有冤杀的，但大敌当前，不可能按部就班逐一细细审理多如牛毛的"匪案"，为了早日恢复抗战后方的安定，为了保障滇贵运输线的畅通，冤杀几人并不为过。李团长的想法没敢说出来，原因是那场惊天动地的泪血大控诉震撼了他阴冷的心灵，唤醒了他麻木的良知。那次控诉，李团长就站在主席台前接受批判斗争，而其中的控诉内容，就有这次草菅人命的"剿匪"。

心路沧桑
从国民党六十军到共产党五十军

李团长害怕了,他极力辩解道:"是下面的人杀的,不是我杀的。"

为了帮助他提高认识,校领导从尉官连队和士兵连队抽调了一二十名学习积极分子,在双层大通铺的下层围成一圈坐着,你一言我一语地帮助"李同学"。有几位副排长曾跟随李团长参加过抗战,对李团长的这段历史最清楚:

"你没杀人?不对,在宣威,我亲眼看见你在杀人现场!"

"杀那么多人你不知道?不可能,你如何下达剿匪命令,难道忘了吗?"

"身为一营之长,对手下官兵滥杀无辜,你有无可推卸的责任!李同学,你应该知道,抵赖自己的罪恶,绝没有好下场!"

在思想还家运动中受到批判斗争的,还有那些军阀习气比较重的学员,其代表是邓团长。

思想还家运动一开始,邓团长就拿出了往日视死如归的横劲,痛痛快快地交代了自己在国民党军队里的罪恶:"八路"战俘我活埋过,开小差的官兵我下令用刺刀挑死过,老百姓的粮食我下令抢购过,房子我下令扒过,吃空贪污我都干过。

交代完后,邓团长心里"哼"了一声:既往不咎?我倒想看看共产党到底说话算不算数!

大大咧咧的邓团长没有意识到,自己应该交代的事情还有很多,相当一部分"小事"自己根本就没放在心上,于是只好老老实实地接受开导与批判:"邓同学,刚进军政大学时你说:'共产党都是些农民,农民能治理天下?'这种歧视劳动人民的剥削阶级思想,你为什么不清算?"

一位军直属队的军官在抛弃了封建义气后批评道:"你还有两条黑枪,没登记上册,藏在我的武器库里,你怎么不说?起义后再这样做就不对了嘛!至于解放军会不会清查收缴是另外一回事,你自己应该主动交代嘛!"

对这类批评,邓团长从不喊冤。好汉做事好汉当!

也有喊冤枉的。

张官迎,起义前为国民党第六十军直属第五十一兵站上校支部长,在思想还家运动中,他接受了小范围的帮助批判,要让他交代"在旧军队的贪污问题",根据是"国民党军队无官不贪,你掌管全军的给养物资,不贪污不可能"。

张官迎反复申辩:"我在五十一兵站时间不长。再说,我这人胆小,所以没贪污。不信,你们可以查嘛!"扯来扯去,张官迎"贪污问题"不了了之。张官迎毕业后，分回第五十军，并在改造陈克非兵团中挑起了重担，这是后话。

原国民党军暂编五十二师少将副师长欧阳午也一直喊冤，他的问题是另一种性质——"特务"问题。在思想还家运动中，数他被批判斗争得最厉害。批判前几位，常常还用一个"请"字："请某同学对某某问题进行深刻批判。"对欧阳午，是吼，大家全在吼！对来自嫡系部队的"特务"，滇系官兵们起义前就恨。

"欧阳午？怎么不认识，他和师长李嵩都是蒋介石安插在六十军的大特务！"不少起义官兵一直这样认为。

欧阳午至死都不承认。也难怪，他的个人经历太复杂了。

欧阳午是黄埔军校第六期生，参加过三青团、国民党、青洪帮，是正宗的嫡系。1934年10月中央红军长征后，宋希濂率国民党军第三十六师进入中央苏区"清剿"，欧阳午时任该师机枪连连长。此后，他经常向人乱吹："中共早期领袖瞿秋白是我那个师抓到的。毛泽东的小弟弟毛泽覃是我那个营打死的。宋希濂曾当面表扬我说：'阻击红军，机枪连有功，欧阳午能打。'"[1]

暂编五十二师划归第六十军建制后，负有监视该军任务，欧阳午和李嵩经常私下向兵团司令官郑洞国汇报第六十军的情况。

欧阳午的问题远远不止于此。曾泽生动员起义那天晚上，先行扣押了暂编五十二师师长李嵩等人，而后用电话传来欧阳午，令其率部随军起义。欧阳午当面答应了，但回到师部就用电话报告了郑洞国。据一位亲近欧阳午的人揭发：欧阳午起义后，曾写信给他在国民党军队的同学，内容反动。

所以，任凭欧阳午怎样解释自己既没参加过特务组织，也没受领过特务任务，学员们说什么都不信：本来就是蒋介石派来监视我们六十军的，又经常打小报告，还告密，出卖起义，不是特务是什么？

当年的学员说："那时，大家真吼欧阳午呀！一大群学员围着他一个人使劲吼。吼啥？还不是'老实交代''低头认罪'一类的口号，就像"文化大革命"群众批斗'走资派'时那样。"

个别往日趾高气扬威风凛凛的上校、少将长官甚至被批斗得"号啕大哭"。

---

[1] 据江西省瑞金县毛泽覃烈士专案调查组1969年6月整理的《关于毛泽覃同志壮烈牺牲情况的调查结论》，毛泽覃是毛炳文部第二十四师汤团某连枪杀的，引自《毛泽覃》，《中共党史人物传》第3卷，中共党史人物研究会编，陕西人民出版社1981年版，第329~331页；据宋希濂回忆，瞿秋白被福建保安第十四团截俘后，东路军总司令蒋鼎文即命该团将瞿秋白解送到长汀第三十六师师部，引自宋希濂：《鹰犬将军——宋希濂自述》，中国文史出版社1986年版，第116~117页。

在付出了"文化大革命"的泪血代价后,不少中国人对"文革语言"有一种发自心底的厌恶,然而,如果把"文革"语言的产生、发展看作一个完整的历史过程,就不难发现其必然的历史传承。阴在阳之对,更在阳之内。

如今,有人走到了另一个极端,指责当年的思想斗争——"革命就是'整人',原来它是这样的无情,这样的残酷,这样的猜忌,这样的分裂……个人的一切就没有了。"

对此,有必要反问:旧军队"整人"又是怎样一种"残酷"?被旧军队"整"的人没有了什么?推翻旧军队"整人"所依赖的制度还能有更好的方法吗?

对于新中国之初的思想改造运动,时下一些"知识精英"持否定态度的思维模式,是先将具体的历史事件游离出历史大背景,再将其形式抽象出来,然后用西式的"普世价值"去批判。而笔者我,偏要还原草根大众腥血酸泪书写的阶级压迫史,在此基础上,叩问压迫者阶级思想改造的具体内容!

说到思想还家运动,亲历者们无一不感慨万分。陇耀师长的上尉副官龙鹏腾当时是一营四连学员,毕业后分配到解放军第四十军,1954年入党,1964年转业。晚年龙鹏腾说:"那时候,有啥讲啥,面子全撕破了!"

"面子全撕破了!"——龙鹏腾无意间触及中华民族心理深层的一块痼疾。

林语堂先生在《中国人》(学林出版社1994年版)中说:"除非这个国家的每个人都丢掉自己的面子,否则中国不会成为一个真正的民主国家。"

中国人一般都有过分依赖他人评价的心态。面子,由于融汇了一个人的社会地位、财产、名誉、活动能力、与尊者的亲疏等诸多的主观评价内容,所以,构成了人际交往的基础,进而成为独特的东方人格。在旧中国,面子中起主要和决定作用的主观评价内容,是与半封建半殖民地社会剥削制度和专制政体相适应的权势和财产。面子的这种鲜明的阶级属性,为旧中国有钱、有势者种种践踏人权的恶习,奠定了得以畅行无阻的旧道德基础。所以,林语堂又说:"老百姓本来就没有什么面子,问题是,当官的什么时候才愿意丢掉自己的面子呢?"

在旧军队,军官可以打士兵,上级可以打下级,被打者不丢面子,因为受虐与自己的社会地位相符。相反,士兵对军官,下级对上级,只能趋炎附势,不能反驳、顶撞,更不能像共产党军队那样提意见,否则就要伤害长官的面子。

面子,甚至可以超越法律决定人的生命。当张队长为了几两大烟土企图索去罗珠成的小命时,小文书是没有资格去劝解的,因为面子不够。倘若王仕乾营长的那番话由小文书去说，不但救不了罗珠成，反而要使张队长大丢面子。正因为面子有如此社会功效，东北军大开学之初，不少起义士兵才趋之若鹜"认主子"。

虽然林语堂期待的不再讲面子的民主社会离我们依然久远，但不可否认，以"撕破面子"为特征的思想还家运动所代表的新中国思想改造运动，在帝国主义及其喉舌的叫骂声中，对中华民族的民主进程发挥了前所未有的革命性推进作用。

在九台的起义部队中也搞思想还家运动，但名称不同，叫阶级自觉运动。

在阶级自觉运动中，各级政治工作干部不仅鼓励起义官兵大胆揭发旧军队的坏人坏事，还引导每一位官兵反省自己在旧军队的所作所为。由于多数士兵是文盲，阶级自觉运动主要以讨论的方式进行。

运动之初，相当一部分人满不在乎。

第四四五团一营某战士起义前，曾借站岗机会诬陷一位老百姓是"共军便衣"，然后图财害命。他在反省酝酿阶段却说："这事不怪我，怨旧社会。在旧军队，许多坏事都是当官的叫我干的。"

第四四四团九连某战士说："我过去抢人杀人的事情上级都知道了，坦白有什么用？坦白也是扛枪，不坦白也是扛枪。"

个别老兵油子讲述自己调戏奸污妇女、嫖宿娼妓的时候津津有味，引得参加讨论的战士哄笑一堂。

这种苗头刚出现，各级政治机关马上组织政工干部采取措施把苗头压了下去。办法还是诉苦——在旧社会，你的家人，包括你的母亲、姐妹是怎么受苦的？在旧军队，你自己又是如何给人民群众带来灾难的？这不是忘本是什么？所做的坏事全推给旧社会、旧军队行吗？自己就一点责任没有吗？

各营、连均推荐了认识好的典型登台示范发言，然后，每个连队成立由起义官兵民主选举产生的讲评组，逐一讲评每个人在运动中的认识、态度和决心，以及揭露、反省问题是否彻底等等。

这样一对比，没人敢笑了。

第四四三团七连某战士反省："当兵前，父母再三嘱咐我不要干坏事。可我曾亲手杀死了两名'共军'俘虏。还用铁条把一名'共军'俘虏的耳朵穿起来，再用火烤死。我在长春时，拆房子，打老百姓，把一户老百姓的粮食全部抢走后，这家两口人都饿死了。我犯下滔天罪行，应该受到人民法律的处罚！"

第四四三团三连某班长在旧军队时就军阀作风严重,学习改造中曾不满大家对自己的批判,骂共产党,甚至扬言要上吊。在诉苦运动中,他想起自己被地主逼死的姐姐,感慨道:"我现在才真正认识了共产党!"

第四四四团九连某战士坦白强奸民女等罪恶时,狠狠打了自己四个耳光,放声大哭。该团直属连某战士坦白抢劫、强奸等罪恶时痛哭流涕,当场咬破手指,写下血书,保证痛改前非,重新做人。

据阶级自觉运动中的坦白情况统计,有2585人曾打算开小差,有529人曾打算携枪械叛变,有489人曾打算杀害政工干部,有4008人曾辱骂中共及其领袖;有1550人交代了起义后违反群众纪律及地方政府法令的行为;还有402人坦白了在旧社会的政治身份,其中特务81人、宪兵15人、警察44人、便衣侦探26人、胡匪129人、乡保长49人、汉奸17人、叛徒22人、乡保丁19人。

在阶级自觉运动中,解放军第五十军各个连队从士兵中秘密发展了第一批中国共产党党员。

第四四四团一营机枪连的徐树礼说,自己是在指导员汪斗南一步步启发下,才控诉旧社会、控诉旧军队的。邓团长残杀逃兵、活埋战俘、毒打士兵的事情,最初,自己并没有意识到是罪恶,以为这是扛枪打仗吃皇粮的规矩。听了指导员汪斗南上课才懂得,人应该平等,士兵也是人,士兵的权利也应得到保障。

觉悟了的徐树礼成为政治整训的积极分子。一天,指导员找他谈话,开口就问:"你愿不愿入党?"

"那当然了!"徐树礼的话刚出口,马上又把脑袋摇了起来,"不行,不行,不行!我哪够格呀?起义前,我参加过部队的抢粮行动。在长春市郊搞战术训练时,当官的把我们带到一块瓜田后,我和大家一样摘吃了老百姓的西瓜!"

指导员汪斗南微微一笑,问道:"那你说,共产党员应该是个什么样?"

"就像那位被活埋的共军,死到临头也不暴露党的秘密,土埋过头顶,还在下面使劲拱!"徐树礼斩钉截铁地回答。虽然,徐树礼对这位"共军"战士一无所知,甚至不知道姓名,但他认定这人就是共产党员,就是自己的人生楷模。

据第四四四团团长赵国璋日记记载,1949年5月23日该团批准17名起义官兵首批加入中国共产党。

控诉运动、诉苦运动和阶级自觉运动后,部队又开展了战争观念教育、团结内部教育和政策纪律教育,边改造,边建设。

起义前，徐树礼所在团曾两次进驻九台，其中一次执行"扫荡"任务，徐树礼所在连还到金沙乡抢过老百姓的粮食。

起义后刚进驻九台，一些官兵依旧耀武扬威。这种态度随着一个个运动逐步展开，渐渐消失。取而代之的是恐惧：怕赶集时被受害的老百姓认出来，挨打。

起义官兵挨打的事始终没发生。原因很简单，他们不怕群众时，群众不敢惹他们；他们怕群众时，群众已经爱上了他们。

徐树礼说，每个连队都成立了民主选举的士兵委员会，内设民运工作组，每天都要检查驻地的群众工作，收集好人好事，然后代表士兵委员会在全连讲评。大家为老百姓做好事真积极呀，抢着干，抢不到活儿干的还有意见。驻地的老乡家里什么时候都看不到半缸水，街道、院子始终干干净净。连队还办了墙报，用废报纸、烟盒纸，什么纸的都有。内容也简单，都是三言两语的话，捧出一颗赤诚火热的心。徐树礼还在墙报上画了一个战士举枪射击，居然使本连墙报在全团评比中获得了第一名。

起义后，连队官兵一视同仁，每月分点"伙食尾子"。徐树礼攒了半年，买了一支自来水钢笔。革命了，不加强学习咋行？

玩也玩得痛快。隔几天就教一首歌。那时候的歌真多，搞什么运动唱什么歌。每逢集会，连队之间都要拉歌，拉得热火朝天。指导员还组织大家扭秧歌，成立秧歌队，从这个村扭到那个村。各秧歌队之间还比赛呢！

不但歌多，深得民心的运动也多。鉴于部队改造之前纪律很差，给驻地群众造成了不小的损失，政治整训后期，军政治部发起一个全军性的彻底清查赔偿运动，对部队改造前损害群众利益的事，政治上赔礼道歉，经济上按价赔偿。

与此同时，又开展了人民军队爱人民运动。仅据1949年3月23日至4月15日23天的统计，3个师的官兵为群众扫院子7万余次，担水13万余担，起粪600余次，铡草3000余次，扒炕30余铺，修房7处，打场200余次，推磨40余次，劈柴100余次，喂马1700余次，做豆腐10余次，挖厕所200余次，拉锯15次，理发300余人，掏粪9500余担，运粮20余次，搓苞米90余次，淘井2次。此外，还为群众做纺车、编席子、种牛痘、治病、干杂活等等。

起义官兵都说，这辈子，第一次感受到这么好的军民关系。

第四四五团六连驻地有一位姓田的老乡患了重病，士兵委员会立刻出面号召全连指战员每人每天节省半斤粮。一周后，士兵代表为这位老乡送去了400斤高梁米。后来六连换防,群众主动套大车为他们送行,全村男女老少全聚在村头,分手时,六连指战员和老百姓都洒下了依依不舍的泪水。

部队南下时,九台县的县委书记在欢送大会上,留下了天壤之别的对比评价:"你们刚来时,群众怕你们,恨你们,盼你们快点离开。现在,我们爱你们,亲你们,真舍不得你们走哇!"

第四四二团八连排长杨金荣说:"过去,我怕实行民主后不好管理,现在我看到,实行民主后反而好管了,不用说,大家也能自觉遵守纪律。"

4 孕妇不敢吃豆腐

当初,东北军大第五团召开控诉大会时,坐在主席台上的主席团成员有两位女生大队学员,一位姓钟,是一队革命军人委员会主任,另一位是二队革命军人委员会主任赵玉燕。

赵玉燕有一个很要好的朋友叫巴桂卿。讲到她俩的经历,有一个在志愿军第五十军首届党代会上流传的笑话。那是一次分组讨论,时任第一四九师通信科科长的林家保听说军工兵室主任王立中要调走,感叹了一句:"王立中这位老同志真好,工作踏实啊!"

一旁的军政治部组织处处长李竞点了点头:"老王的确是个好人。不过,你们都没我了解他。"李竞说到这,冷不丁吐出一句使举座皆惊的话来:"我给他当过勤务兵。当初他老婆叫我给她洗衣服,老子说什么也不干!"

原来,1947年5月,刘浩率工作人员携带电台再次进入国民党军第六十军,其中译电员由东北军区联络部干部李竞担任。到达吉林后,李竞和报务员张文喜被安排在军修械所少校所长、地下党员王立中家里,以勤务兵身份潜伏下来。

勤务兵每天的工作是侍候长官全家。李竞是"三八式""老八路",干别的活儿还将就,给军官太太洗衣服,坚决不干!

王立中回家后,巴桂卿告了李竞一状。没想到,丈夫反而把她骂了一通。

巴桂卿的眼泪顿时扑簌簌地滚落下来,委屈万分:我刚嫁你的时候,也不习惯,是你叫我处处跟人家学的嘛!

王立中确实骂得"没道理"。其实王立中是有道理,但说不出口。王立中是抗战初期入党的。那段时间,从延安等地来了一批地下党员,传授了八路军的传统和作风，虽然将第一八四师政治工作搞得热火朝天，却差点暴露了地下党组织。从此，党支部规定了一条严格的地下工作纪律：生活上必须与周围的人"同流"，绝不允许有半点革命化的"特殊"！

1948年3月7日夜，第六十军从吉林市紧急撤往长春市。经地下党组织批准，王立中率修械所留了下来。赵玉燕是巴桂卿十分要好的邻居，赵玉燕的丈夫封维然是军辎重团的营长，是地下党的交友对象，经王立中、李佐的劝说也留了下来。

天亮后，赵玉燕听到院子里有人高喊："赵玉燕，赵玉燕！"她出门一看，门口戴狗皮帽子的"八路"，竟是往日曾侍候她们打麻将的勤务兵李竞！

王立中和封维然后来被安排在吉北联络处做滇军的策反工作。赵玉燕和巴桂卿被送往设在哈尔滨的东北军区联络部总部。

赵玉燕说，从这时起，我俩天天想去学习。为啥？还不是那个李竞，见面就批评我们："解放区的妇女都参加工作了，你们不能像过去那样除了串门就是打牌。找个机会学习吧！"

一到哈尔滨，她俩就请求去学习，联络部的王央公副部长立刻答应："我马上让秘书林枫同志为你们联系报考大学。"

赵玉燕一听，吓着了："我只读了几天初中。"

"入学考试不会很难。过去的大学是为少数富家子弟开的，现在共产党当家，要培养为劳动人民而不是为少数人说话、做事的知识分子。"王央公安慰道。

赵玉燕、巴桂卿第一次报考的是哈尔滨大学，就是以后的"哈工大"。入学考试题不多，也不难。有一道是"鸡兔同笼"：十只鸡和兔子关在一个笼子里，共三十条腿。问其中有几只鸡、几只兔？

二人扳起手指头算了半天也没算出来。

还有一道题：一斤棉花，一斤铁，哪个重？

二人思量半天，都不敢确认，全被这"深奥"的考题难住了。尽管二人持有林枫开具东北军区联络部的介绍信，并且注明"该两位同志政治可靠"，但还是名落孙山。回到联络部，她俩把考试情况一讲，笑得林枫一伙儿前仰后合。

赵玉燕说，那个时代，人的头脑简单，也单纯。虽然考"糊"了，但一个心眼儿还要学！不学啥都不懂，怎么干革命？

于是，联络部安排一位叫方垠的女同志专门帮助她俩补习文化。补习后，又

去投考。结果考吉林大学落榜,考东北大学还是没考上。后来,又介绍她们上医科大学,说入学比较容易,入学后还补习文化。两人一听学制六年,不干了:"六年?学到毕业,革命早成功了!我们也老了!"她俩想进杨滨妻子李静梧进的那类"青年干部培训班",学3个月就出来工作,但始终没遇到这种机会。

11月,刘浩、杨滨、李竞来哈尔滨,一见赵玉燕、巴桂卿,都埋怨了起来:"你们还没去学习?落后了,落后了!六十军都起义了,到时候,别人都参加工作了,你俩还没有工作,好吗?"

听他们这么一说,赵玉燕和巴桂卿更是急得要命。在刘浩安排下,她俩进了东北军大,成为第十一期第五团女生大队二队学员。巴桂卿将孩子送往舅舅家。赵玉燕在东北没亲戚,只好带着三个孩子入学。其中最小的女儿还在喂奶。联络部副部长特批:"准予赵玉燕带保姆一名入学。"

组织起义眷属进东北军大学习,体现了开国领袖们高瞻远瞩的社会理想。在1948年11月召开的全军干部家属代表会议上,军委副主席周恩来明确指示:"要把所有家属队变成职业学校……我们要提高她们,使她们变成革命工作的干部,这是我们的责任。要使她们在战争胜利后个个站起来,既带了孩子,又有一门本事。经济独立,才是妇女解放的基础。"①

女生大队的大队长是湖南籍长征干部余伟,教导员谢文参加过"一二·九"学生运动,二队队长张素梅,指导员岳明,都是女同志。

刚入校时,女生只有一二十人,队干部也只有教导员谢文一人。正式学习没开始,每天只是学学时事,念念报纸。

正式学习开始后,一下子就紧张了。每天早晨起床号一响,十分钟就要穿上衣服,打好绑腿,扎上腰带,叠好被子,跑出宿舍,整队后出操跑步。吃饭、上课、集会、看电影、看剧,都要集合站队,还要唱歌。室内、室外、食堂、厕所的卫生都得学员打扫。白天上课,晚上自习。熄灯号一吹,晚半分钟关灯,第二天黑板报就登出了批评。都是些官太太,从前家务活由勤务兵代劳,哪受过这番折腾?最初几日,牢骚怪话特别多,叫苦连天的。

各学员队每天晚上都要召开队务会,由各班班长汇报当天学习情况和学员的言行表现。汇报内容当晚汇总到校部。常常是刚刚发的牢骚,第二天就被队领导

---

① 《康克清回忆录》,解放军出版社1993年版,第376~377页。

当典型教育：有人问，共产党不是讲妇女解放吗？怎么让我们过这种根本不是女人过的日子？那好，我也问问，国民党统治区广大劳动妇女过的是什么日子，你想过吗？中国共产党领导的妇女运动，与中国历史上的任何一次女权运动有着本质的不同。以往的女权运动始终没跳出上层妇女和知识妇女的狭小圈子，根子，就在于他们割裂了妇女解放与阶级解放的必然联系。只有实现了阶级解放，妇女的社会解放才不会成为空话。要投身于解放千百万受苦受压迫劳动姐妹的伟大革命，就不能图个人享受，就要有不怕苦、不怕累、不怕脏、全心全意为劳苦大众服务的精神。在共产党的天下，衣来伸手，饭来张口，尿盆都得让下人倒，寄生虫式的官太太、贵夫人的生活，一去不复返了！

赵玉燕回忆，那时学习真紧张呀！三个孩子不要说照顾，每天去看上一眼都难。一两个月下来，孩子身上的虱子那个多呀，根本抓不过来，脱下来的小棉袄，得用老乡扫炕的小扫帚往火盆里扫虱子，烧得"噼里啪啦"的。

女生大队在学习内容上与男生队有所不同，简化了控诉封建军阀制度的民主教育，增设了妇女解放课程。

女学员中，团级以上军官眷属很少，多数是营以下军官眷属，东北人居多。有明媒正娶的妻子，有"讨"来的二房妾、三房小，还有买来的"烟花"。有一位女生长了一身梅毒大疮，谁见谁怕，入校不久就被送进了医院。还有越南人、日本人。日本女人很快被遣送回国了。

这批女生学员多数文化程度不高，思想不怎么复杂，所以听什么课都新鲜。也难怪，在国民党军队，连三民主义都没人给她们讲过。

赵玉燕记得，学习中国近代史和社会发展史，争论不多，但还是有。一次讨论共产主义的理想制度时，一位女学员对那些抽象原则十分茫然，问赵玉燕："你说，共产主义是个啥样子？"

"汽车火车，楼上楼下，电灯电话。"班长赵玉燕未加思索地作了最直观的回答。在当时，这可是一种非常美妙动人，又似乎异常遥远的"大同"理想生活。

谁知，这位女学员小嘴一噘："吹牛！能坐上大牛车、大马车就不错了。"

把赵玉燕气得七窍生烟："上了这么多天的课，你怎么还这么落后？"

进入第三单元土地改革教育后，争论逐渐激烈起来。有的女生公开表示不服："我家是地主，但没剥削农民。农民没地，我家给他们地种，他们种了我家的地，难道不该交租子？"

遇到这种情况,积极分子就和她辩论:"你不劳动,一天到晚光吃现成的,这种不劳而获的寄生生活,不是剥削是啥?"

赵玉燕说:"那时我们的革命态度特别坚决,领导说啥,书上讲啥,我们就信啥。谁怀疑,我们就跟谁辩论。"

这种争论,通常很难争出个所以然来。共产党的老办法是深入实际,到群众中去。东北军大将女生大队全体学员全部带到黑龙江省讷河县翻身屯。下了火车,背着背包又步行了三四十里。大部分女学员有生以来头一次负重远行,脚上都打了泡。到了驻地,以班为单位集中住老乡家,学"老八路"作风,给老乡挑水、扫院子。助民劳动的情况还要集中讲评。

每天吃过早饭,学员们背上背包集合,选一处避风的院坝,将背包放在雪地上,然后,整整齐齐地坐在上面听贫下中农的诉苦报告,参加贫农协会组织对恶霸地主"王老狠"的斗争大会,听村干部介绍"土地还家"的情况。

10天后,从讷河县回来,就是控诉运动。东北军大特意安排了几位勤务兵到女生大队,有的控诉自己如何为当官的一家人端屎倒尿,又如何挨打受骂;有的控诉当官的搂着个不三不四的女人躺在床上睡觉时,罚自己跪在床边。

作为军官眷属的女学员也控诉。

一位尚未成年的女学员控诉自己被某上校长官强行"娶"去当了姨太太。

另一位女学员控诉了当初自己被人用一头抢来的小毛驴换去当老婆。

还有一位越南籍学员控诉丈夫被长官残杀,随后自己被另一位长官霸占为妾。这位女学员到将校官连去控诉时,几乎无人不落泪,包括指导员陈田夫,学员肖湘贤甚至冲过去狠狠地踢了被控诉军官几脚。

二队三班徐班长在控诉了自己不幸婚姻的遭遇后,毅然宣布:"现在我解放了,独立了,妇女自由了,我决不再当他的奴隶!"徐班长毕业后,与丈夫办理了离婚手续,随东北军大总校入关。据说她后来在湖南分校担任了区队长、副指导员,成为一名优秀的妇女干部。还有一位姓沈的女学员也因同样情况而离婚了。

和男生队一样,所有对抗情绪和对立观点都在泪血大控诉后烟消云散。

土改教育进入"定阶级、划成分"阶段后,轮到另一部分女学员哭鼻子了。有的是不想把自己的成分定得太高;有的是不愿意和剥削阶级家庭"划清界限":"我是父母生养的,总要报答养育之恩,这界限我划不清!"于是受到了批判:

"参加革命，就要彻底推翻剥削制度，不与你自己的剥削阶级家庭划清界限行吗？界限划不清，到时候你遇到啥问题，就站不稳阶级立场，革命意志就不坚决。不坚决，你革命就不能成，就会出问题、当叛徒！"

经历了异常痛苦的思想改造后，这些往日的"官太太"绝大多数的思想和感情都发生了根本转变。

据女生大队教导员谢文回忆，这批学员临近毕业时，东北军大正随第四野战军南下。到达武汉后，她因多日行军劳累，突然小产并大出血。对女人的事情，那时多数共产党干部知之甚少，第五团政委甚至"把女人小产看成老母鸡下蛋那样简单"，幸亏担任副团长的起义干部魏瑛提醒："小产搞不好是要死人的，必须赶快送医院！"这才把谢文送进汉口协和医院，救了她的命。

由于失血太多，谢文急需大量输血，女生大队得知后，来了一二十人，多数是学员，争着献血。最后，医院选中了其中三人，一位是校部宣传部的女干部洪流，另两位是学员沈雪珍和陈爱真。医院的医护人员和病员看了都很受感动，一个劲儿地说："你太幸福了，这么多的人争着给你献血还不要钱！"当他们得知学员们从前的身份后，更是惊异得目瞪口呆。

1949年5月，完成了政治整训任务的解放军第五十军，奉中央军委命令，准备入关参加解放大西南的作战。正在东北军大第一团学习的封维然等接到上级调令，要他们提前毕业，赶回部队。为了照顾夫妻关系，学校特意安排巴桂卿和赵玉燕同时提前毕业，回第五十军。

巴桂卿和赵玉燕闻讯不干了，先找队长张素梅、指导员岳明哀求："让我们学到毕业再分配嘛！"

"你俩提前毕业是校领导特批的，算正式毕业，到时候毕业证章我们会给你们寄去。"队长、指导员安慰道。

两人又去软缠硬磨大队长余伟、教导员谢文："学校不是也要进关吗？我们跟着学校一块进关还不行吗？"

"不行，照顾你们夫妻关系是组织的决定，要服从组织！"

服从组织，在那个年代是一条神圣的原则。百般无奈的赵玉燕甚至想到离婚：对，走徐班长的路，参加工作就没阻碍了！

赵玉燕的念头理所当然受到了严厉批评："胡闹！人家老封革命那么坚决，长得又精神，对你又好，离什么婚？革命就不要家庭啦？有家庭就不能革命啦？

不要胡思乱想,服从组织!"

巴桂卿、赵玉燕对组织决定无条件服从了,因为组织决定比个人需要更神圣。

临别前,赵玉燕买了一个精致的小笔记本,请队领导为自己留言。

大队长余伟赠言:"坚决将革命进行到底,做一个勇敢的妇女革命英雄!"

教导员谢文赠言:"加油,前进!大西南的姐妹们在盼望着你,等候着你!"

队长张素梅、指导员岳明、区队长蔡文和姜毅、干事顾正等人也为赵玉燕留下了满腔激情的赠言。

巴桂卿、赵玉燕到九台后,接待她们的军组织部科长李竞通知她俩:"带上孩子,到设在河北沧州的军留守处报到。"

"上留守处?那不又成家属啦?不去!我们提前毕业是回来分配工作的!"因为军大教员上课讲过,要使妇女不再成为男人的附庸,就得参加工作,这是妇女解放的先决条件。更何况大西南的姐妹们在等待着解放呢!

"部队每天步行百十里路,还要打仗,你们哪成?况且还拖儿带女。"

"我们不怕吃苦,能走路。孩子交给留守处好了。"

"那不行,你们的孩子太小、太多。女同志别说有孩子,只要身体不好的都上留守处去了。留守处现在对外叫妇女干部学校,要组织家属学习,改造思想,很需要人,特别需要你们这样从军政大学毕业的同志。"李竞怕两位思想还不通,又补充了一条神圣的理由:"照顾好革命后代也是革命工作。"

长春起义后,多数随军眷属随夫进东北军政大学编入女生大队学习,少数随夫留队的眷属则集中到哈尔滨,进入由军留守处副主任王政(王振乾夫人)兼任校长和政委的"妇女干部学校"学习。第一四八师政委陈一震夫人王坪、军组织部长苏民夫人张煜等老八路,也在"妇女干部学校"任职、任教。

赵玉燕和巴桂卿归队时,哈尔滨"妇女干部学校"学员也结业归队。第五十军沧州留守处以3个师和军直属队为单位,分设4个队,巴桂卿到军直属队家属队、赵玉燕到第一四八师家属队,都担任了班长。

此时的赵玉燕和巴桂卿,审美观念也发生了变化,身着肥大的双排扣列宁装,腰扎宽大的军用皮带,戴军帽,打绑腿,从头到脚一副土里土气的"女八路"形象。在她们看来,旧社会富家女穿高跟鞋,着旗袍,戴项链,做头发,涂脂抹粉,那是丑!雍容华贵富丽娇艳的着装,是等级压迫的标志,是剥削财富的张扬，是人格特权的昭示！而这一切，都要以劳动人民的苦难做铺垫、做衬托。

服饰，具有象征特定社会角色的功能，使服饰的这种象征意义不再具有等级歧视和阶级压迫的政治含义，是服饰史上的一场空前的伟大革命。赵玉燕、巴桂卿是这场革命的先进分子。

先进，不仅仅表现在穿着上。赵玉燕说："分到留守处后，工作劲头大呀，学习、劳动，啥都带头。学《将革命进行到底》，学社会发展史，读报。谁缺课了，就主动去帮助补课。谁的孩子病了，就主动帮人家抱到医务室去看病。还帮老乡到河边挑水，半里的路程，每天要挑十来担，也不知哪来那么大的力气。不管干啥，天天扎着根军用腰带。大家都夸我把军政大学的作风带到留守处来了。"

1949年夏，赵玉燕又怀孕了。有孕期反应的赵玉燕想吃豆腐，炊事班不做，大锅里没有，吃集体伙食的赵玉燕萌发了自己买豆腐吃的念头。岂知，话刚出口，就成了家属学员们的众矢之的：

"你是个班长，怎么能带头搞特殊化呢？"

"大家都吃食堂，你却想自己买豆腐吃，这是脱离群众！"

"你不是不知道，讲究吃喝玩乐是资产阶级的生活方式！"

对于这次批评，赵玉燕没有感到不痛快。她认为：干革命就要吃苦在前，享受在后，就要和群众打成一片。"搞特殊"是错了。错了咱就改，豆腐不吃了！

不久，赵玉燕又受到一次更严厉的批评。原来，赵玉燕怀孕后，怕生下来影响工作，服了打胎药。这一次，是更大范围的批评：偷偷吃药打胎，你知不知道，你打的是革命后代，是将来新中国的建设者。未经组织批准，擅作主张，你的组织纪律性哪去啦？赵玉燕同志必须在班务会上深刻检讨自己的错误！

大会批评完，领导又下来单独做工作：孩子生下来，组织上会照顾的，每个孩子除了衣食之外，每月还有两万元钱（相当于币制改革后的两元）的保育费。我们的津贴每个月才几千元钱，师级干部也不过1万元多点，你3个孩子就是6万元钱，多有钱呀！

这次批评，赵玉燕也没有感到不痛快：人家是为我好嘛！

经组织派来的医生采取保胎措施，孩子保住了。次年4月，第四个孩子出生了。因为连续几天行军，赵玉燕抱大女儿坐在卡车大厢里的小板凳上，途中颠簸得很厉害，孩子早产了一个月。

这次生孩子没再受批评。因为生下孩子的第二天，留守处主任就把思想工作做到了前头：这孩子不准送人啊！要是送出去了，人家会说共产党干部连自己的孩子都养不起，丢咱们党的面子。你要工作，我们考虑，等坐完月子给你安排，可不准你再无组织无纪律啦！

不久，部队北上准备抗美援朝，赵玉燕继续留在留守处家属队，还当她的三班长。她说，因为在部队没安排"工作"，心里一直不痛快，遗憾了一辈子。

抗美援朝结束后，赵玉燕随丈夫转业到山东菏泽，先在供销社工作，后调人民剧院当会计，工龄从转业到地方时算起，一直勤勤恳恳干到退休。她自己也认为，在东北军大和部队的那段历史，不算"参加工作"。

退休好几年了，赵玉燕偶然从熟人处得知，按规定，自己参加工作的时间和军籍的取得均应从进入东北军大算起，应该享受离休待遇。赵玉燕这才揣上毕业证章和写有毕业赠言的笔记本赶往成都，找到当年家属队领导出具了证明，再回菏泽补办了离休手续。

采写本书时，封维然早已去世，在菏泽地区棉麻公司家属宿舍一栋平房内享受儿孙满堂天伦之乐的赵玉燕，讲起往事，一种实实在在的真诚依然映在她珍珠般的泪花中。

"孕妇不敢吃豆腐"故事意味深长：

孤立地看，这似乎是"左祸横行"。然而，若回归当年历史变革的大环境，我们不能不感叹革命前辈颠覆阶级压迫秩序、重建伦理规范的巨大成就，不能不感叹他们献身沧桑巨变的无我境界。

静止地看，这段沧桑心路在思想史上有着无与伦比的辉煌，但若延伸这条心路轨迹，为追求"大义"而压抑"小我"的思维惯性，有可能把曾经合情合理的思想斗争引向极端。

阴在阳之对，更在阳之内。机械主义和唯心主义的思想方法，只能把历史研究导入歧途。

5 "你指导员还打人？"

控诉运动不仅是为了割断起义官兵之间的封建关系，其根本目的是要让起义官兵实现前所未有的大觉醒。这觉醒，并非个人权利意识的顿悟，而是被压迫阶级权利意识的猛醒，是社会底层群众抛弃祖祖辈辈遗传下来的奴性积习后，麻木灵魂的大梦初醒。这整整一代人的思想裂变，在中国的人权演进史上，具有划时代的里程碑意义。

站在这一历史高度就可以进一步发现，除少数心理变态的施虐狂外，多数军官恶习的根子不在个人品质上。剥削制度、专制压迫和封建礼教同时扭曲了统治者与被统治者的人格。"治人"者的"兽性"与"治于人"者的"奴性"并存，阿Q"在狼面前现羊相"的"不幸"与"在羊面前现狼相"的"不争"共生，结构了人间不平的完整画面。因为不平，"治人者"和"治于人"者之间才"没有多少道理可讲"。因为"没有多少道理可讲"，才有了"不狠，吃不开"的残暴。

中国共产党领导的人民军队则不同。全心全意地为人民服务是这个军队的唯一宗旨，由此出发，早在井冈山时期，我军就在实行官兵一致原则的基础上，废除了枪毙逃兵和肉刑制度，明确了"不打人骂人"等纪律，建立了以士兵委员会为组织标志的一系列民主制度。以井冈山改造旧军队为起点的人民军队建设，到解放战争后期，已经达到了炉火纯青的境界。

在九台改造起义部队第一线，拓展这一境界冲锋陷阵的战士，是连队的指导员。浦绍林，是其中的代表。

浦绍林在暂编五十二师完成了为期1个月的组织清理后，于正式整训前，调回改编后的解放军第一四八师四四三团，任三营机枪连指导员。

与暂编五十二师相比较，滇系部队单纯多了，士兵以云南人居多，基本上都是从贫苦厚道的山区农民中强征的壮丁，兵油子不多见，土匪、逃亡地主更少。

浦绍林上任没几天，就赢得了士兵的感情。说起来很简单，就是"废除繁缛礼节"，平等待人。这本是人民军队天经地义的带兵原则，但在习惯于挨打受骂的起义士兵眼里，却是义海恩山。

面对"废除繁缛礼节"带来的从未有过的人格尊重，士兵李开国感叹："感情的感化力不得了哇，比什么都厉害！"

短短几日，浦绍林不仅赢得了士兵的感情，还赢得了士兵的信任，说起来依然简单：现身说法。

浦绍林告诉士兵：你们在旧社会、旧军队吃的苦头我都吃过。两年前我还不是和你们一个样？有人说共产党乱杀人？胡说！你们看我，不但活着，国民党的上等兵还当上共产党的指导员。有人说，共产党先处理当官的，再收拾当兵的。瞎扯！你们打听打听，咱们团各连指导员有几个不是海城起义过来的？

士兵多是苦出身，道理一讲就通。军官也服气：你看共产党派来的小指导员，就这么几天，既不用大洋，也不用大棒，就能把大伙儿拢住！

面对他人的夸奖，浦绍林总是说："我有多大本领？还不都是跟老指导员曹一民学的？"这是实话。这批指导员，海城起义前懂啥？来九台之前会啥？是共产党发掘了他们内在的潜能，又带领他们去开垦更大一片心灵上的沃土。

浦绍林说：我是硬着头皮去当指导员的，干不下来也得干，但我记住了师政委陈一震交代的三条——"老八路"作风，现身说法，依靠士兵。我就是凭这三条把工作干下来的。

通俗简洁的三条，包含了中国共产党民主理论和民主实践内涵丰富的三条！

对人民军队的民主传统，起义官兵十分生疏。时任第四四二团一营政治教导员的刘进昌记得，开展民主运动之初，一些起义军官很不以为然，副营长刘连科就大大咧咧地告诉刘进昌："民主？哦，我们团原来的团长也讲民主。"

刘进昌一听，好生奇怪：这可是闻所未闻见所未见的新奇事。国民党嫡系部队、地方部队和保安团我都待过，别说实行民主，就是挂在嘴边提一句都没有，不乱打滥杀士兵就不错了。

出于尊重对方，刘进昌请教："你们那个团长是怎样实行民主的？"

刘连科出身于贵州山区一个苗族土司家庭，耳濡目染的是专制统治方式，他一本正经十分认真地告诉刘进昌："打仗前，团长把连以上军官找去，让大家都谈谈这个仗该怎么打。"

"然后呢？"刘进昌追问。

"唉！每次都闹得乱哄哄的，公说公有理，婆说婆有理。"

"再后来呢？"

"团长把桌子一拍：你们都是放屁！老子说……"

"就这个民主？"

"是啊！难道这还不算民主？"刘连科大惑不解起来。

这类笑话不多见，但笑话中折射出来的思想状态，却很有代表性。

在改造起义部队的初期，对于部分旧军官的抵触情绪及对立言论，没有简单地压制。第四四二团三营教导员王世臣记得，当时师政委陈一震曾说：你们不要给旧军官压力，要允许他们暂时不检讨、不认罪，允许他们思想转变有个过程，但不准他们压制士兵控诉旧军队。群众发动起来了，问题就会迎刃而解。

浦绍林说，建立士兵委员会很费了一番唇舌。你要打消士兵的顾虑，因为士兵当奴隶惯了。你还得打消军官的猜疑，告诉他们，成立士兵委员会不是和军官作对，解放军所有连队都要成立这个组织，这是人民军队性质决定的。

经过充分的思想动员和酝酿，按指导员的要求，全连官兵先就士兵委员会委员候选人提名，再组织差额选举。那时，连队士兵没几人识字，选票只好用黄豆代替。在全连军人大会上，候选人一律背向全连官兵坐在一排板凳上，每人背后放一个空碗，指导员端来一小盆黄豆，按应选人数发给每个官兵相应数量的黄豆做选票，选举人依次从候选人身后经过时，想选举谁，就在谁背后的碗里丢上一颗黄豆。投票完毕，再由监票人当众数黄豆，得黄豆多的当选。

士兵委员会成立后，先实行经济民主，由经济委员协助干部管理连队的伙食，监督收支，并定期检查，每月公布账目，节余下来的"伙食尾子"分给大家。指导员介绍说，这是毛主席、朱总司令二十多年前在井冈山上定的规矩。

第一次领到"伙食尾子"，钱不多，士兵那个激动啊，一个劲地说："共产党好，共产党好，共产党就是好！"

军官也感慨："就凭这一件事，国民党军队也该败给解放军！"

在经济民主中发挥作用的士兵委员会，在政治民主中发挥了更大的作用。整个控诉运动的摸底、发动工作，指导员都得到了士兵委员会的有力配合，各级召开的控诉大会一律由士兵委员会或士兵委员会主任联席会议主持。从前见了当官的就像老鼠见了猫似的士兵，如今理直气壮地主持控诉旧军队的军人大会。变化，如同地覆天翻。

这最大的变化，是士兵有了"言论自由"。第四四三团迫击炮连士兵任成说："我五十多岁了，当了三十多年兵，想不到今天也能说心里话了！"

士兵的"言论自由"是有制度保障的。各连队士兵委员会全部建立后，再以师为单位召开士兵代表大会，隆重庆祝广大士兵群众的翻身解放。

放手发动群众，让群众自己解放自己，自己教育自己，自己管理自己，是毛泽东历来的革命主张，也是中国共产党扭转乾坤的力量源泉。

对于控诉运动中士兵群众可能出现的过火行为，军党委部署政治整训之初，即明确提出："耐心说服干部要团结士兵，士兵要团结干部，干部有错误和罪行的要诚恳热情反省自己，做到对人民负责，对自己负责，对共产党负责。党的政策是，挽救和改造干部，使之成为革命的好干部。因此，要保护干部，引导士兵

把仇恨记在军阀制度的账上,不搞个人报复,不侮辱别人人格。个别矛盾一时不易解决的,把干部调开原位,实行回避政策。"

既要控诉封建军阀制度的黑暗,又要避免官兵矛盾激化,军党委的规定似乎是个两难选择。浦绍林在床上辗转反侧,终于琢磨出一个主意:用新旧社会、新旧军队对比的方法贯穿整个控诉运动始终,运动一开始,就把士兵群众的仇恨引导到旧制度上去。毕竟当初带着士兵回归人民阵营的是军官。

与浦绍林搭档的连长张经武生性开朗、豪放、不拘小节,由于在延吉解放团受过教育,起义前后表现都比较好。政治整训期间,他更是活跃,尤其喜欢指挥连队唱歌,打起拍子,两只手就像是在空中抓蚊子,一只脚还在地上一呼扇一呼扇的,随别人怎么笑,他都不在乎,大家越笑,他越认真。当听到浦绍林的想法,张经武一拍大腿:"好,我带头先控诉!"

在士兵委员会主持的控诉大会上,张经武的控诉留下了起义军官向旧制度反戈一击的思想转变印迹:"有人说我军阀作风不多,那是不了解我张经武。被解放军俘虏前,我打过士兵,我的长官也打过我。旧军队讲究的就是这一套,让你身不由己。上军校时,军校教官不但打我们这些学员,还公开灌输'兵是打出来的,不打不成兵'。在座的有几人愿意套上这身二尺五的黄皮?还不是出于无奈,被抓来,被逼来,被骗来的?来了又怎样?一不能升官,二不能发财,依然是当牛做马的命。命贱不说,脑袋别在裤腰带上,鬼晓得哪天会丢到荒郊野岭喂野狗,有啥干头?当官就不同了,官越大油水越多。部队是长官的家当,长官是说一不二的一家之主。握住了枪杆子,不愁捞不到银毫子。官兵之间根本想不到一块。带兵只有靠打、靠杀。不听话的兵不打,交给你的队伍,你吼得住,带得了?开小差的兵你不杀一两个镇一镇,都跑光了,你拿啥向长官交代?丢了乌纱帽不说,你也得挨打,甚至被杀。旧军队士兵是牛马,军官也不能算个人!排长、连长是营长、团长的狗腿子,营长、团长是师长、军长的狗腿子,师长、军长是卢汉、龙云、蒋介石的狗腿子!解放军就不靠打人、杀人带兵,也不靠赏钱带兵。你看指导员,做事从不考虑为自己捞一把,衣食住行和士兵一个样,你不服不行!为啥?共产党反对谋一己私利,主张为劳苦大众谋幸福。官兵目标一致了,谁敢搞压迫?谁敢在士兵鼻子底下贪污?像士兵委员会这样的组织,开展的这些工作,在旧军队,借你一百个胆子,你也不敢动一丝念头!"

就在这时,师政委陈一震悄悄来到会场,听完张经武发言,就地召开了座谈会,搜集了官兵们的思想反应。几天后,陈一震主持了全师政治工作会议,及时总结推广了浦绍林连的经验:"控诉运动是整个政治整训的重心,是启发士兵阶级觉悟的突破口。单纯为控诉而控诉,容易煽起狭隘的个人复仇情绪,不是我们的目的,也不符合军党委要求。四四三团三营机枪连按上级要求将新旧社会、新旧军队的对比贯穿控诉运动始终,很好!通过对比讲出的道理,战士最容易懂。通过对比激发出来的仇恨,也最有利于汇集到旧制度上去。而一旦明白了旧制度是穷人、士兵的苦根所在,也就解决了为谁扛枪,为谁打仗这个根本问题……他们还有个特点,就是军官带头控诉。这几天,我到各团转了一下。士兵群众发动起来后,旧军队官兵之间的矛盾暴露无遗。面对士兵的控诉,有的军官担心士兵报私仇,吓得吃不下饭,睡不着觉;有的军官因此不辞而别,开了小差。师通信连连长就吓跑了。个别军官甚至产生了抵触情绪。四四四团的一位连长在连队的武器被统一收存之后,经常藏着一把刀子,随时准备以命相拼。上述情况的出现,提醒我们注意,控诉运动不仅是为了启发士兵的阶级觉悟,也是为了教育、团结军官,转变他们的阶级立场。实践证明,动员军官带头控诉军阀制度,既有利于教育军官,又可以使他们变被动为主动,化解矛盾。士兵还是通情达理的。"

浦绍林连的经验很快得到推广,各团相继召开"团结大会",示范典型,而后以连为单位吃"一条心饭"。新型官兵关系随之建立。

然而,浦绍林却没能在三营机枪连待下去。一天,师政委陈一震、团政委唐钧将浦绍林找了去:"组织决定将你和本营八连王指导员对调工作。"

"为什么?"

"八连的控诉运动没搞好。前两天,八连士兵集体到团里请愿,非要把他们原来的洪连长揪回连队,面对面地斗争。"唐钧说话比较直率。

陈一震是多年的"老政工",看问题习惯做细致的思想分析:"请愿事件说明,八连的控诉运动未能将士兵的仇恨引导到军阀制度上去,偏了。当然,王指导员是位参加过海城起义的好同志,只不过人老实厚道,办法少了点。你去了以后,八连的控诉运动一部分要重搞,一定要在根本问题上深入下去。"

浦绍林走马上任,背包刚一放下,士兵就围了上来,七嘴八舌。

这个说:"洪连长从当排长时起,全连哪个士兵没挨过他打?有没有道理他都要打,下手特别狠!"

那个讲:"这家伙克扣军饷,克扣伙食,从不让我们吃上一顿饱饭!"

勤务兵尤其恨他:"连长每到一地都要弄个女人来,老婆不是老婆,太太不是太太,部队一换防就把人家一脚蹬了。弄来的女人什么活都不干,裤衩也懒得洗。我侍候他们做饭、洗衣服、端屎、倒尿,稍不如意就是一顿拳打脚踢。"

浦绍林心里明白,士兵们的仇恨是控诉运动激发出来的。这仇恨是改造起义部队根本的内在动力,只能引导,不能压制。他索性放下别的事情,做起士兵们的思想工作:"在旧军队,欺压士兵,喝兵血的,就他一个洪连长吗?"

"岂止他一个?当官的好人不多!"士兵们几乎嚷了起来。

"那么,你们说句良心话,在旧军队,要是你们也当上了军官,能不能做到不打骂士兵,不贪污粮饷?"浦绍林的这一问,与鲁迅在《狂人日记》中批判国民性相通的——"自己想吃人,又怕被别人吃了"。

士兵们哑然了,舌头全短了一截。

浦绍林不再发问,耐心劝说道:"你们大家,包括我本人受的苦,根子在旧制度上。旧制度在,官大一级压死人,没有洪连长,会有张连长、李连长。旧制度在,相当一部分受压迫的士兵一旦混上个一官半职,保不准也会变成人人痛恨的'洪连长'。在旧军队,士兵受压迫,但士兵并非仅仅受压迫,班长打士兵,老兵打新兵,当兵的打老百姓,少见吗?我们控诉旧军队不是为了报私仇。仇恨应该集中到旧的社会制度和军阀制度上去。"

这么一说,大家的气顺了许多,但还有人不服:"难道他就没责任了?"

"不!"浦绍林斩钉截铁地回答:"他有无法推卸的责任。但共产党有政策,'既往不咎'。处置他对解放全中国不但无益,反而会产生很坏的影响。日后谁还敢率部起义?你们要相信组织会教育他认识自己的错误。你们也要相信洪连长会交代罪行提高认识的。至于他将来如何分配,要看他的表现,若能回来,我敢说,经过脱胎换骨的改造,他不会再是从前的洪连长了。"

"士兵厚道啊!这么一解释,大家都接受了,个人恩怨一笔勾销,请愿事件也平息了下来。"浦绍林也是过来的人,士兵受的苦、遭的罪,他完全理解。

八连的控诉运动经浦绍林补课后转入正轨,连队面貌焕然一新。不久,浦绍林在八连发展了第一批中共党员。

在起义部队发展新党员最初是秘密进行的,一个一个发展,只与指导员保持单线联系。等到每个连队发展到三五个党员以后,团政治处举办新党员训练班,对外称政治训练班,成批地培训新党员和积极分子。到政治整训后期,党的各级组织已经自上而下全部建立，连有小组（整训结束不久，支部开始建在连上），营设支部，团设党委，整个起义部队完全置于中国共产党的绝对领导之下。

焕然一新的起义部队在全国解放战争胜利形势的鼓舞下，全军上下摩拳擦掌，求战热情日益高涨。

1949年6月，第五十军在九台誓师南下，开赴河南商丘。

在商丘集结期间，适逢中国共产党建党28周年纪念日，部队开展了一次拥党运动。先学党章，让官兵们明确什么样的人才能入党。然后告诉大家，经过政治整训，各连队秘密发展了一批共产党员，现在上级党委要求各连队将党员全部公开，在公开之前请大家评议一下本连队谁够党员条件？

评议由士兵委员会主持，公布党员名单是让大家都看看，党组织发展的党员和全连指战员心目中的党员是不是一个样？

评议之前，党员那个紧张呀：要是评不上，多丢脸！

浦绍林连评议结果，全连140人，有40人被提名，21名党员全在其中，内有一半多的党员得了满票。得票多的都是那些吃苦在前，享受在后，工作积极，团结同志，遵守纪律的党员。党员名单和评议结果在全连军人大会上一并公布。21名党员除浦绍林外，全部登台戴上大红花。

台下掌声一片，台上泪花闪闪。党员们激动呀：跟着共产党干，不但不挨打受骂，反而给这么高的荣誉，受这么多人尊敬！

也有个别党员得票比较少。有的连队对得票少的党员暂不公布。不是指导员不愿公布，是战士党员不干：公布这种党员给党抹黑！什么时候不被群众戳脊梁骨了，什么时候公布！

浦绍林连得票少的党员也公布了。公布后，得票少的党员羞得满脸通红，从此换了个样子。

各级党组织公开后，党员队伍迅速发展壮大。在改造之初全军仅有党员651名，拥党运动前发展到1297名，占全军总人数的6%，到鄂西战役前党员占全军总人数的20%。

不久，部队整编，浦绍林所在团补入了原第一五〇师一个营，浦绍林连被划归第二营建制，改称第四连。

浦绍林说："南下时，仗打得不多，路走了不少。一天走个百十里路是常事，顶风冒雨，跋山涉水，翻山越岭，真累哇！党员作用就是在这一阶段发挥得最突出,尤其是那些参加长春起义的云南兵,真能吃苦,身上不是两杆枪,就是俩背包,每到驻地,放下行装,抢着挑水、打扫院子,帮助老乡干活。"

党员的作用还发挥在巩固部队上。

自部队准备入关那天起,部队开小差的就多了起来。先是东北兵,家里分了土地,"三十亩地一头牛,老婆孩子热炕头"的生活渴望了一辈子,不享受享受太遗憾。入关后是南方兵,从前想回家没机会,如今有了机会就不想放过。几乎每个连队都有开小差的。开小差的多数是士兵,也有个别干部。

浦绍林的四连例外,不但没有开小差的,行军掉队的也很少。于是,团政治处主任李维禧安排浦绍林在全团政治工作会议上介绍了经验。

浦绍林的经验,就是发挥党支部的战斗堡垒作用和党员的先锋模范作用。每到一地,指导员都要向党员收集干部战士们的思想反映,谁怕苦怕累了,谁想家了,谁发牢骚了,谁患病了,谁体质差了,掌握得清清楚楚。然后,布置每一位党员都要分片包干一部分群众,开展思想互助和体力互助。

对那些不安心部队的人要讲道理:共产党把我们解放了,大西南还没解放,做人不能光顾自己,对共产党更不能忘恩负义!

对行军掉队的人要多关心:组织体力互助组,先把他的枪接过来;再走不动,就帮他背背包;再下一步,替他背米袋子;若还走不动,就派人搀着他走。反正不能掉队。

党员的作用发挥得好不好,就看你的互助对象有没有开小差的,有没有行军掉队的。

部队进入鄂西后,有一个湖南兵整天唉声叹气:"本来越走离家越近,现在越走离家越远了,唉!一进大山就回不了家了。"班长是党员,云南人,怎么劝,他都听不进去。

一天行军,湖南兵说要拉屎,一头钻进玉米地。因为指导员有交代,班长就停在路旁等他,等了一会儿,觉得不对头,钻进玉米地一看,背包和枪都放在地上,人不见了。班长顺着脚印追出玉米地,好在人没跑远,追了回来。

湖南兵知错了,浦绍林还得给他留点面子:"拉屎就拉屎,跑那么远干啥?"

浦绍林在全团介绍经验没多久,自己就犯了一次"错误"。

那是鄂西战役的行军途中。连续几日,每天翻山越岭一百多里强行军,非常疲劳,行军掉队的又多了起来。从吉林榆树补入的翻身农民小崔是个平脚板,没走过远路，南方的大山更没爬过，几天走下来，脚板痛得钻心，又逢下雨，在山路上走几步就要"啪"地摔一个跟头，几乎天天掉队。

指导员通常走在全连行军纵队最后。那天，小崔又掉队了，先是班长接过他的枪，继而是副班长扛上了他的背包，再后来米袋子落到了浦绍林肩上。小崔还是走不动，特别是过河，脚一浸到冷水里就抽筋。没办法，只好让别人背着过河。

小崔越走越慢，离队伍越来越远。鄂西是新区，土匪多，浦绍林心里那个急呀！越急，小崔走得越慢，终于当浦绍林亲自把他背过一条小河后，小崔开始耍赖了："指导员，我实在走不动了，不走了！"

心急如焚的浦绍林忍无可忍，上前两步，飞起一脚踢在小崔的屁股上。

"你指导员还打人？"小崔嚷了起来。

"打人？"浦绍林先是一怔，随后一肚子不满脱口而出："这几天，你的枪谁在扛？你的背包又是谁帮你背？你的米袋子落在我肩上的时间还少吗？背你过河我有二话嘛？你是人，我们共产党员就不是人啦？"

"你是人，我们共产党员就不是人啦？"今天某些共产党员也这么说过，但变味了。当时，在刚刚被改造过来的国民党起义部队中，这话却有着极为深刻的历史内涵。

浦绍林那天没想什么"历史内涵"，他只想着不能让战士掉队。越说越气的浦绍林抄起路边一根树棍，大吼一声："你不走？你不走我还打！"

没等树棍落下，小崔起身走了，没再让人搀。

当晚，指导员打人的事在连队传开了。针对个别"群众反映"，严于律己的浦绍林在鄂西战役结束后的休整期间，就自己的"残余军阀作风"问题，主动在全连军人大会上作了一次深刻的检讨。

各班讨论时，对指导员的检讨产生了截然对立的两种意见。

"干部打人是军阀作风，应该受到批评。"持有这种意见的主要是新补入的翻身农民，但在连队战士中占少数。

起义士兵听了很反感，一群云南老兵嗓门吼得老高：狗屁军阀作风！军阀作风你见过？指导员剥削谁了？压迫谁了？当官的帮当兵的背东西，背当兵的过河，有这样的军阀吗？打人？该打！我说打轻了。那天指导员打他是为他好。在大山里行军掉队后，被土匪剥光衣服弄死在路边的，我们又不是没见过。一个家庭,老子还打儿子呢!不该打?那你说怎么办?他身上的东西全让别人帮他背走了,道理也讲够了,难道让他一人在河边坐到天黑?或者让指导员陪着不走?

浦绍林制止了起义士兵理直气壮的反驳,明确支持了对自己的批评,这不仅仅是高姿态,重要的是,他要维护自己呕心沥血向起义官兵灌输的民主思想和民主制度。

都说,那个年代战士给干部提意见,面对面,真尖锐啊!第四四五团炮连副连长杨宗仁回忆,鄂西战役的一天,本连驮炮的马摔下了山,杨宗仁见到下山找炮的战士就问:"炮摔坏没有?"炊事班长听到这话就提出意见:"怎么不问人摔坏了没有?说明你的立场还没转变!"杨宗仁后来感慨:"这是我一辈子的教训。"

被浦绍林、杨宗仁们视为政治生命的"群众反映",曾是毛泽东时代共产党队伍用以评价干部、约束领导并且使用频率很高的一个流行词语,如今,已趋于消失,取而代之的是贬斥"冒杂音"。

干部队伍流行词语的这一更替,有着深刻的制度根源——1965年毛泽东重上井冈山时曾说:"在井冈山时期,我们摸索了一套好制度、好作风,现在比较提倡的是艰苦奋斗,得到重视的是支部建在连上,忽视的是士兵委员会。"①

士兵委员会制度是保障底层士兵切身利益的"草根民主"。在各级党组织领导下的彻底的"草根民主"面前,部分旧军官曾经有过的抵触情绪及对立言论,用不着"压制",便销声匿迹。

---

① 马社香:《前奏:毛泽东1965年重上井冈山》,当代中国出版社2006年版,第174页。

第八章
南下参加解放战争

1949年4月21日,毛主席、朱总司令发布《向全国进军的命令》。消息传来,正在九台进行战争观念教育的第五十军指战员欢呼雀跃,纷纷请缨参战。

1 轻取蒋介石御林军

1949年6月8日,第五十军在九台召开了南下誓师大会。14日起,分批乘火车开往河南商丘地区集结。为加强第五十军的战斗力量,南下前后,中央军委和东北军区为部队补充了大批的有生力量:3月上旬,将由1948年2月营口起义的国民党军整编五十八师改编的东北人民解放军独立第五师,改称步兵第一六七师,编入第五十军建制,师长王家善、师政委张梓桢。5月,从辽北学院、长春青年干校、东影训练班招收青年知识分子600人到部队,将长春地区5400名翻身农民补入部队。6月初,由牡丹江解放军官教导团分配来原国民党军第九十三军467名初、中级云南籍军官,其中校官11名,该军暂编十八师通信集训队陶权等士兵学员等亦随之抵达。三个月后,东北军政大学第十一期第五团毕业的,575名学员分回第五十军,其余毕业学员分配到第四野战军其他军。

8月,第五十军从河南商丘出发,于9月开进到湖北当阳地区集结待命。为适应作战需要,中央军委决定:撤销步兵第一五〇师,其所属按营、连建制,分别拨补第一四八师和第一四九师,将第一六七师改为第一五〇师。任命王家善为师长,李冠元为师政委。

10月,第五十军进军鄂西,战至11月23日,先后追歼国民党军第二军、第一二四军、第十五军、第七十九军、第四十一军、湖北保安第二师各一部,俘敌第七十九军代军长肖炳寅以下7000多人。初战告捷,受到第四野战军两次通令

嘉奖。

11月25日,毛泽东复电第四野战军:"同意五十军入川作战。"① 三天后,第五十军转隶第二野战军,进军四川。12月20日,进至遂宁、射洪一线,完成阻敌南逃任务。12月25日11时,第五十军奉命参加合围胡宗南集团的成都战役,先头部队28小时急行军150公里,于27日进抵成都外围简阳、金堂淮口一线。当日,成都宣告解放。

第五十军南下作战,士气极高,大家都是一个愿望:全国解放指日可待,再不建功立业,以后就没有"立功赎罪"和"报仇"的机会了。

第四四三团三连湖南衡阳籍战士蒋太利,当兵前,母亲因放牛吃了地主的庄稼赔不起,被逼上吊。父亲为了埋葬母亲,借了地主的钱还不起,服毒而亡。两个哥哥被保长抓了壮丁后,嫂嫂生活无奈摘了邻居的一个瓜,被游街后跳池塘自杀。还在吃奶的小侄子在没娘之后,活活饿死。一家人只剩下蒋太利和年幼的弟弟流落街头,四处讨饭。1947年蒋太利被抓壮丁后,苦命的哥俩天各一方。南下作战后,蒋太利非常积极:"这回仇可以报得成了!"

第四四七团机枪二连饲养员杨凤鸣虽然已经42岁,但他决心"革命不成功不回家,一定要给自己和家人报仇"!

像蒋太利、杨凤鸣这样渴望打大仗、打硬仗、立功心切的指战员太多了,可偏偏国民党军兵败如山倒,一触即溃。第五十军在鄂西打的最大的一仗是攻占要隘野三关,对手是宋希濂集团第二军一六四师,别看他是老蒋的嫡系,一样草包。入川后,本指望打大仗,谁知,在川东打宋希濂残部像撵鸭子;打到川西,胡宗南集团40万大军更不中用,或纷纷起义或溃不成军。

正遗憾,碰上一次机会。12月30日,第一四九师四四五团得到群众报告:中江清溪场发现敌人大队人马。

团长一面向上级报告,一面部署部队投入战斗。先头第一营4小时急行军30公里赶到清溪,营长杨福、教导员林家保用望远镜一看,山上敌人已构筑了工事,于是立刻分兵,林家保率第三连从正面攻击,杨福率第一、二连从东南向敌侧后迂回。

第三连在距敌200米处的一道田坎刚刚展开,敌警戒哨兵的枪声响了。对敌

---

① 中国人民解放军陆军第五十军军史编写组:《中国人民解放军陆军第五十军军史》,1987年12月,第24页。

喊话无效后，林家保下令："敌人不投降，就坚决消灭他们！"随即八班长张正太喊了一声："八班跟我来！"率先带着全班冲了上去，不料头部中弹，光荣牺牲。机枪射手王长贵冲上敌机枪阵地，连缴两挺崭新的加拿大重机枪，腿部负伤不下火线。仅20多分钟，三连便攻占了山头。

第三连发起进攻时，敌大部正在山后老百姓家里煮吃耕牛。敌军组织兵力反扑，只进到山腰，就被三连的火力压住。接着是战场喊话："蒋军弟兄们，你们被包围了，投降吧，解放军宽待俘虏！"

喊话真灵，不一会儿，敌人的枪声稀稀落落下来，摇出了一面白旗："我们同意放下武器，请贵军派一位长官来谈判！"

"你们掌握部队，我去。"林家保起身下山。三连连长邹伯林和指导员顾建新喊来五名战士，提着冲锋枪，跟着去了。

谈判地点在山腰附近的一座民宅里。林家保进屋就问："你们谁是这里的最高指挥官？"

立刻，几个人抢着介绍："我们师长昨天走了，这是副师长。"

林家保吓了一大跳：原来我一个营打他一个师！

该师是国民党军第四十一军六十师，由"国防部"警卫团改编，官兵为清一色的蒋介石浙江同乡。招兵时，没文化的不要，有初中以上学历才收；小伙子长相丑陋的不要，要了给蒋总裁丢脸如何得了？虽说实际兵力只有一个团，但武器装备没人能比，每位士兵都配备了一支德国造二十响驳壳枪和一支美国卡宾枪，军官用的是加拿大手枪。枪一色崭新，弹药充足。这支部队准备经雅安撤往西康，等候第三次世界大战爆发时，东山再起。

林家保镇定住自己的情绪，装作满不在乎："你们已经钻进解放军的天罗地网，走这条路算你们聪明。说吧，有什么要求？"

副师长叹了一口气，提了三条："不要杀我们；不要搜我们腰包；我们都是子弟兵，不要编散了。"

林家保觉得好笑："你们到现在还不懂得解放军的规矩？不虐待俘虏、不搜俘虏腰包是我军的一贯政策，前两条没问题，但属于公家的财产一定要上缴。第三条不是你我能说了算的，编不编散是以后的事。"

无可奈何的副师长又长长叹了一口气，答应了。随之，落下两行眼泪。

这时，东南方向的枪声响了，是杨福带着营主力在进攻。本团主力也到达

了。林家保急忙告诉通信员:"赶快联络营长,上来收缴武器就行了。"

第四四五团一营以亡11人、伤7人的代价结束了一个营全歼敌人一个师的战斗,历时40分钟。

从民宅出来,林家保屁股后面跟上了一位校官,软磨硬缠:"解放军长官,我们师的官兵都是浙江同乡,乡里乡亲的好照顾,最好不要把我们编散了。"

见此人形迹可疑,林家保心里猜想:"这小子是不是要和我同归于尽?"

正猜着,校官从兜里掏出一块半盒火柴大小的金砖,嬉皮笑脸地往林家保口袋里面塞。

林家保一愣,回过神来,勃然大怒:"拿回去!你把老子当成什么人了?"

把校官撵回俘虏队伍之后,林家保思忖了好一阵子:"这些家伙到底要搞什么名堂?"思来想去,就是解不开这个谜。他更不明白:这么好的武器装备怎么这么不经打?老蒋如此关照的这帮"子弟兵",竟然也不给他老人家争个面子!

这时,他意外发现,水塘里有许多老百姓,好像在水下摸什么东西。水塘附近的树下、竹丛、坟包等地物标志明显的地方,都有老百姓拿着锄头乱刨。

林家保走近一问,老百姓告诉他:"这帮龟儿子富得很呦!"

找来几个俘虏兵再问。老蒋待他的家乡子弟兵还真不薄,每个士兵身上都有两块小金砖、40枚银圆。打仗的时候,他们纷纷把黄金和大洋丢进水塘,或找地方埋起来。难怪这支"绣花枕头"部队给老蒋打仗既不卖命,也不争脸。

"通信员,你马上通知部队:所有俘虏统统到前面坝子上集合,一个人也不准放走。"恍然大悟的林家保一面向上级报告,一面紧急安排了部队的行动。

集合俘虏的坝子,林家保先向"蒋军弟兄们"宣讲解放军的俘虏政策。这叫先礼后兵。你不把道理讲透,人家会误解共产党的政策。道理讲够了,林家保才把话题一转:"不搜俘虏腰包是解放军的政策,但是,人民的财产就不能装在你们私人腰包里了,必须交出来,一个子儿也不准少!"

金砖和银圆全交出来了。还交出来不少大烟土。

团政治处主任刘判江带着团政治处保卫干事来了,先清点登记,然后用从全团调来的骡马将金砖和银圆驮走。黄金全上交了,银圆师里留了一部分,给师宣传队购置了一批演出用的服装、乐器和腰鼓。过去穷兮兮的,买不起呀!

林家保为自己换上了加拿大手枪,让通信员换上了二十响驳壳枪:"仗是我们营打的,先换上新家伙再说。"又说:"对那些金银财宝,没人打个人的小主意。不是不敢，也不是没有机会，是天理良心不愿意。"

自 1949 年 10 月进军鄂西时起，至 1950 年 1 月 1 日成都外围战斗结束止，第五十军进入鄂、川作战，历时 65 天，共解放城市 8 座，毙伤敌 573 人，俘敌 27022 人（含起义、投诚 13790 人），缴获大量武器、装备和军用物资。

鄂、川作战表明，经过九台政治整训和解放大西南的实战锻炼，这支起义部队已经成为一支全新的人民军队。

2 整编蒋介石嫡系陈克非兵团

成都战役，包围圈里几十万国民党军多数相继起义投诚了。当时西南地区解放军才 60 万人，而需要消化、改造的国民党官兵达 90 万人，任务相当繁重。第五十军摊上了陈克非第二十兵团。

第二十兵团是嫡系的嫡系。1925 年，蒋介石将黄埔军校的两个教导团扩编为两个师，再改编许崇智部为 1 个师，合并组建第一军，亲自兼任军长。1928 年，第一军第一师改称第九师。两年后，以该师为基础组建第二军，军长蒋鼎文，副军长陈诚。

陈克非系浙江省天台县人，毕业于黄埔军校第五期，1944 年任第九师师长，1948 年升任第二军军长。1949 年 9 月，第二军在湖北巴东、建始地区扩编为第二十兵团，辖第二军和第一二四军，陈克非升任兵团司令官，仍兼第二军军长。

第二十兵团组建之初，归宋希濂指挥，布防鄂西，把守川东门户。从鄂西败退到川东南后，蒋介石非但没有追究陈克非战败责任，反而安排蒋经国于 11 月 17 日抵达武隆江口镇，慰问陈克非等嫡系将领。四天后，第二十兵团主力西撤之路被解放军切断，改道南窜，陈克非仅带着兵团部直属队和三个新兵补充团逃往成都。12 月 4 日，陈克非在成都军校又受到了蒋介石的召见。这一次，蒋介石依然没有责怪他，问明部队情况后，当即将宋希濂所辖部队划归他"收容调整"。

本来，节节败逃几近光杆司令的陈克非已心若死灰，他认定："以袁世凯为首的北洋军阀系统是三十年完蛋的，以我们校长为首的黄埔系也快三十年了。三十年一轮回，是天命，也是气数。"蒋介石的再次嘉许和信任，驱使陈克非又拉开了为行将灭亡的蒋家王朝殉葬的架势。

经收容调整，宋希濂残部第十五军和第一一八军划归第二十兵团。

陈克非想重整旗鼓，但青天白日旗帜下的旗手、鼓手改行敲丧钟的已日甚一日。12月9日，川军将领刘文辉、邓锡侯、潘文华在成都附近的彭县率部起义。同日，卢汉在云南率部起义。

15日，解放军解放简阳、仁寿，开始合围成都之敌。

这时，陈克非的部下也想改换门庭了。第十五军二四三师师长段国杰、第十五军参谋长廖传枢、第二军副军长段成涛先后向陈克非进言，劝其"当机立断"，段国杰还请军界前辈张钫来劝说陈克非。第一一八军军长方噉甚至背着陈克非开始派人联络起义。

陈克非知道，此时手下带兵将领已非亲信，自己纵使有心报主，也无力回天。他顾虑重重地告诉段、廖等人："局势危难，我和大家同感。不过，与共产党敌对近二十年，怨恨很深，那边情况也不清楚。"为摸清情况，21日，举棋不定的陈克非派段成涛去刘文辉等人处试探联系。

促使陈克非下最后决心的是胡宗南。21日上午，胡宗南命令陈克非第二十兵团和罗广文第十五兵团于24日向重庆方向进击，吸引解放军第二野战军主力回头，掩护胡宗南部主力向西康方向逃窜。开完作战会议，胡宗南便于次日晨坐飞机溜了。

胡宗南此举激怒了陈克非：你逃之夭夭，叫我们当替死鬼？没门！

陈克非与罗广文沟通意见，分头疏导各自部属后，24日，借刘文辉的电台发出起义通电。不久，已在郫县宣布起义的陈克非与逃往川滇黔边界的部属恢复了电台联系，并按贺龙的指示下达了"就地起义"命令。第二军九师和一六四师、第十五军六十四师弃暗投明，第二军七十六师抗命脱逃。

鉴于起义投诚的国民党军队太多了，成都战役结束后，部队传达了刘伯承、邓小平、贺龙的指示：起义部队这么多，这个"包袱"要大家分担"背"走。

因为第五十军准备回师湖北，归还第四野战军建制，所以，最初的任务是"背"10万人的起义部队。许多亲历者说起来就笑：国民党自报的兵员数啥时有准头儿？其实没有10万。

陈克非部起义后，奉命移驻乐至县。

1950年春节前，第五十军政治部副主任张梓桢率工作团第一批成员40余人到达陈克非兵团驻地。按最初设想，陈克非兵团及其所属第二军、第十五军、第一一八军残部1.2万余人，改编成解放军的1个师，所部多数军官调离部队，进军教导队学习。同时，从解放军第五十军抽调几百名干部（多数为起义人员）分任各单位军政主官、机关干部和部分排长。其中3个团的团长分别由参加长春起义的代团长周庆三、兵站支部长张官迎、副团长王伟略担任。

旧军队过来的人最熟悉旧军队，让起义官兵改造新起义部队最轻车熟路。

第一批派入干部到达该兵团后，陈克非不干了：1个兵团缩编成1个师，众多的将领怎么安排？把我的干部调走，安你们的人，这支部队不就成你们的了？我起义是为弟兄们的前途着想，职位都丢光了，我拿什么话对他们说？

鉴于部队刚起义，"稳定压倒一切"，原整编方案暂缓实施。改造部队的干部已经来了，总不能打道回府吧？于是，三名非中共党员团长被任命为团政治处主任，其余干部一律下去当"干事"。

1950年2月，第五十军奉命归建，"背"陈克非兵团回师湖北。第一五〇师两个团一前一后"护送"该兵团，由张梓桢带一部专用电台直接指挥。

据张梓桢回忆，回师途中，经常遇到土匪破坏公路，迟滞我军行动。我军干部很辛苦，曾有同志在后面收容掉队官兵时，被土匪枪杀。特别是乘船顺江而下时，由于各船几乎都是独立行动，通信联络困难，令人提心吊胆。有1个营乘船行至万县以下的一个小渡口时，突然停船靠岸。随后，营长集合全营宣布，要拉进山里。该营只有一名我军政工干部，他再三劝说，营长非但不听，还要"干掉"他。后来两位连长出面说情："难为人家干什么？一无仇二无冤的，放了他吧！我们走我们的。"200多人的1个营，就这样，被营长拖进了深山。

据记载，回师途中，有1个营另两个排在巫山叛变（已被友军消灭）。伤我干部3人。另有第十五军1名团长叛变未遂。

2月底，第五十军抵达湖北沙市地区，陈克非兵团进驻天门县，政治整训随即展开。

陈克非兵团政治整训试点，选取蒋介石、陈克非起家的第二军九师的一个营。离休前担任解放军第一四八师副政委的海城起义士兵李继先，是当年试点营的政治教导员。他说："对陈克非兵团的改造，远比九台整训轻松得多。在九台改造曾泽生部派去多少人？每个连通常只派去指导员一人。一人改造百十名官兵，你能不提心吊胆？陈克非兵团咱就不虚他了。每个连队都派去了连长、指导员和排长，有三五个人呢！营部除了营长、教导员外，还配了干事，带去了通

信员。"

陈克非虽然在乐至阻止了解放军干部去他的部队任职,但这批干部没闲着,团以上领导做将领的工作,营以下"干事"全部撒到士兵中间。从四川回师,一路走一路做工作,与士兵同吃同住,到了天门,对陈克非部队了如指掌。

军队的基础在士兵。依靠群众,是共产党打天下的绝活儿。

全营控诉大会的会场设在一片树林边。临时搭起的主席台上,扯起一块很大的篷布,上面书写着一条醒目的标语:"控诉旧社会,控诉旧军队,控诉旧军官!"今非昔比,物换星移:一年前的九台整训只有前两个控诉,三年半前的安东整训基本没控诉。

开大会那天,部队的政工干部和团以上主官都到了,全坐在主席台下,共产党的高级将领徐文烈和张梓桢、起义将领陈克非也不例外。就座主席台的,只有李继先一名干部,其余都是民主选举产生的士兵委员会主席团成员。

那年月,基层士兵群众的政治地位就是高。

著名学者田力为从管理科学角度将这种毛泽东自井冈山时期建立起来的民主制度,称之为颠覆传统科层制管理体制的"扁平化管理"——管理层的利益通过官兵一致被向下压缩,被管理层的权力通过一系列民主制度被向上提升。也正是在管理层与被管理层之间的权益和权力被"扁平化"过程中,从前当牛做马的士兵,才有了做人的真切感受,才有了发挥人之潜能的历史舞台。

要做人,首先要从"不被当作人"的历史中觉醒。被控诉的典型,李继先早就在自己身边物色好了。本营副营长,安徽人,起义前是机枪连连长,得过天花,士兵背地里都叫他"麻子连长"。此人不但贪污多,打士兵也狠。

上台控诉的真不少。

机枪连士兵马树林,湖北老河口人,最初是被抓来背子弹箱的。国民党军队从鄂西向川东溃退时,一路翻山越岭,马树林是个平脚板,上山还将就,下山就打滑,走两步就要摔个跟头,常常掉队。每次掉队,只要被"麻子连长"发现,少不了挨一顿拳脚。

机枪连还有一个湖北籍士兵,一次,因为发高烧没起床出操,想请假,"麻子连长"非但不准,还大发淫威,将他一把拖起来,然后就是一顿毒打。

被控诉的典型还有团长。他的主要问题是贪污。公开的贪污是吃空额,半公开的贪污是克扣兵饷、侵吞粮代金。士兵的伙食糟透了,常年吃不饱,蔬菜也很少吃到，只能用盐水下饭，有时连下饭的盐水都没有。

团长伙同团部军需主任的贪污，一笔不少全抖落在光天化日之下。起义过来的人对国民党那一套太熟悉了，派"老八路"来，未必有此驾轻就熟的功夫。

控诉团长的时候，爱凑热闹的团长太太也来了，在小树林边看稀奇。她哪里想得到，往日窝窝囊囊俯首听命的士兵，一个个诉起苦来竟是那样悲愤不已，恨不得把"麻子连长"和她的丈夫撕成碎片！

虽然士兵委员会主席团主席一再宣讲"要文斗不要武斗"一类的道理，但会场气氛还是把团长太太吓哭了。这一哭，转移了大家的视线。恼羞成怒的团长上前就骂："哭，哭，哭你妈个×！老子贪污还不是为了你！"

典型示范后，陈克非兵团各单位掀起了轰轰烈烈的控诉运动。所有的士兵都发动起来了，包括知识分子成堆的野战医院。在旧军队，能在长官面前保持人格尊严的军官为数不多，野战医院是个例外。野战医院的军医都是国防医学院毕业的，本事一个比一个大，傲气一个比一个足，可是，轮到"没文化的人"领导他们"学习"时，谁的尾巴都翘不起来。最狼狈的是野战医院院长，要在斗争大会上当众交代自己的贪污问题，面子全丢光了。

在四川乐至，陈克非怕共产党把他苦心经营的队伍吞了，说什么也不让他的军官离职学习。在湖北天门，陈克非的军官怕昔日唯唯诺诺的士兵把自己吞了，说什么也要离职学习。经过控诉运动，这支部队他们的确没法带了。恼怒的陈克非一状告到中南军区：我的部队是起义过来的，凭什么斗争我的干部？

陈克非不高兴，长春起义官兵也不满：他们的控诉运动怎么那么简单？军官做一次检查就完了？比我们当初的思想还家运动差远了！有些军官在大会上检讨自己的罪恶，一副满不在乎的样子，根本没触及灵魂！

两相比较，似乎欠公允。实际上，共产党之所以"苛求"长春起义的军官，是因为共产党打算在曾泽生的部队中尽量多留用军官，并让他们在打回云南老家时发挥作用。而留用，就必须经过脱胎换骨刻骨铭心的改造！

陈克非的干部还是留下一小部分。李继先营有五名军官不但留了下来，还参加了抗美援朝。

陈克非兵团先被缩编为三个师。1950年5月又被正式整编为中国人民解放军步兵第一六七师，划入第五十军建制，下辖第四九九团（由第二军九师缩编）、第五〇〇团（由第十五军二四三师缩编）、第五〇一团（由第一一八军二九八师缩编），方暾任师长，段国杰任副师长，傅碧人任师参谋长，彭少臣任师副参谋长。陈克非被任命为中南军区高参兼第五十军副军长。

共产党对起义将领的安排是很有意思的：四年前敌强我弱，师长潘朔端海城起义后，官升军长；一年半前敌我大体势均力敌，军长曾泽生长春起义后，官职基本未变；如今，起义将领是兵团司令官当副军长，军长当师长。

当然，安排第二十兵团的起义将领，还是区别考虑了他们对起义的贡献，以及对部队改造的态度。

3　融编袍哥舵把子范哈儿"挺进军"

近年，一位川籍历史人物走红，电视连续剧从《傻儿师长》《傻儿军长》一直播到《傻儿司令》，书市上也出了本《山城教父》，讲的都是新中国成立前川东袍哥山堂舵把子、国民党川鄂绥靖公署副主任兼国防部挺进军总指挥范绍增。

旧中国的袍哥是发源于四川的帮会组织。范绍增曾是四川袍哥界的"教父"级人物，他和上海青帮头子杜月笙各踞一方，开钱庄，做生意，养打手，设赌场，包娼妓，办吗啡厂，走私贩毒，联手控制了长江中下游一带黑社会的"码头"。

范绍增有一个叫得很响的绰号——"范哈儿"。"哈儿"在四川方言中是傻瓜的意思。范哈儿"哈"还是不"哈"，均能在民间找到众多广为流传的佐证。不管怎么样，反正人家能把袍哥的"码头"开到"神圣"的"国民大会"上。

1946年11月，国民党召开第一届国民大会，上海青帮头子杜月笙想入选大会主席团露露脸。选举前一摸底，差四票，于是请范绍增帮忙。范绍增在朋友面前一向很大方，一张口就给他六张选票。果然开票时有人临时拉后腿，杜月笙又少了两票，范绍增多给的票正好补上。杜月笙感激万分，回上海后，亲自招待了投他票的两位黄色工会负责人。

由于范绍增能控制不少四川"国大"代表的选票，后来竞选时，蒋介石特别召见了他，为孙科竞选副总统拉票。范绍增也够"哈"的，他直言禀告：自己已经答应李宗仁了，不好说了不算。

蒋介石不"哈"，他明确指示：你自己的一票可以投李宗仁，其余的选票一律投孙科。

领袖的账范绍增之所以不买,是因为老蒋"耍"过这位浴血沙场的袍哥大爷。

七七事变后,范绍增于1938年1月被委任为第八十八军军长。基于民族大义,他拿出私蓄购买武器,以袍哥舵把子身份回乡招集旧部,组建了1.2万余人的4个团在合川训练,至1939年1月正式编成新二十一师,出川抗战。岂知,没过几年,一腔热血的范绍增就被老蒋一盆冷水浇了个透心凉。1941年10月,国民党第三战区发动"双十总反攻",据称,参战部队仅第八十八军收复余杭。战后,第八十八军获军政部明令嘉奖及军委会颁布的勋章、奖章数十枚,长官部还调第六十二师、第六十三师划归该军,使其升格为辖3个师的甲种军。范绍增正春风得意,突然一纸调令将他"荣升"无实权的第十集团军副总司令,第八十八军移交给蒋介石的嫡系何绍周。范绍增一气之下,离开战场,返回四川老窝做生意发国难财,吃喝玩乐去了。

抗战胜利后,范绍增和杜月笙联手做的鸦片生意空前兴旺,其灯红酒绿、纸醉金迷的生活也登峰造极。

1948年冬,国共两军战略决战进入尾声。见国民党败局已定,在上海的达官显贵纷纷撤离这座昔日的冒险家乐园。范绍增自沪返渝前,国民党元老李济深告诉他,共产党很快会取得全国胜利,劝他赶快回四川,相机拉起队伍,响应解放大军。范绍增一盘算:对呀!若能拉起一支队伍交给共产党,保全自己就有了政治资本。若不成,再逃往香港当寓公也不迟。

由于竞选的事开罪了蒋介石,范绍增便找抗战时期的长官顾祝同出面说情,想要一个兵团或集团军的番号,再回家乡拉队伍。可蒋介石一向对江湖帮会怀有戒心,没答应范绍增的请求。

1949年9月,解放军由湖南、贵州向四川迂回,国民党"大西南防线"告危。迫于形势需要,蒋介石同意了参谋总长顾祝同的再次请求,让范绍增出山,回乡组建编制10万人的国防部挺进军,遂行滋扰解放军后方的游击任务。

出身土匪的范绍增早年打家劫舍时,曾抢掠过家乡人的钱财。他被招安当了团长后,专门回乡宴请了被抢人家,加倍偿还其损失。这一豪举立刻改变了家乡人对他的看法,笼络了人心。

范绍增这次回到四川大竹老家,即四处招集旧部,八方网罗党羽,于自己苦心经营30余年的"码头",扯起招兵买马之旗。蒋介石任命其为国民党川鄂绥靖

公署副主任兼国防部挺进军总指挥的委任状一到,仅一个来月,就拉起了号称由10个纵队、10个独立支队编成共4万余人的队伍。

范绍增部的兵源,多为家乡一带的县自卫团和乡公所武装,少数是收编溃散的国民党正规部队,及利用旧属及袍哥的关系临时招募的散兵游勇和无业游民,还有强征的贫苦农民。多数军官和不少士兵都参加了袍哥组织。部队骨干多为退役返乡的范绍增旧部。这些人返乡后,多数成了当地的地主、士绅或袍哥大爷,有的在地方政府任事,有的利用袍哥关系操纵乡政,也有人成了横行乡里血债累累的豪门恶霸。除了旧部,范绍增还延揽了一些失意军人。

蒋介石虽然给了范绍增一个兵团建制的番号,但还是不信任。为了监视、控制这支袍哥部队,蒋介石通过顾祝同安插了少数特务在该部任要职。对这号人,范绍增有的是办法,拿出大把大把的钱供他们吃喝玩乐,敞开"码头"帮他们做生意。于是,大大地感动了其中的总务处处长文介夫。文介夫也是江湖场上过来的人,受义气驱使,悄悄将中统局交给他的任务向范绍增和盘托出。

范绍增拉起队伍刚半个月,解放军第五十军一四九师就从丰都过江,一路势如破竹直抵范绍增老巢。

范绍增的副总指挥柏良是国民党非常委员会委员,也是顾祝同特意安插进来的。柏良见解放军先头部队不多,曾一度主张向广安出击。手下东拼西凑来的人马有多大的战斗力,范绍增心里明明白白:拿着鸡蛋往石头上碰,我再"哈"也"哈"不到如此自不量力的程度。再说,当年在浙江打鬼子,老蒋不但不论功行赏,反而剥夺了老子的兵权。如今,我凭什么为他卖命?

范哈儿是个粗人,腹不盛墨水,胸不怀主义,"有枪就是王,有奶便是娘"是他的生存准则,反蒋起义主要出于政治投机。在通行弱肉强食的黑暗社会,他从不相信人世间还有什么真理和正义,只认江湖场上一个血淋淋的"义"字。当混世魔王,战场倒戈,他是行家里手。

范绍增不"哈",但他手下有人"哈"。第一纵队包司令官是邻水县一方豪强,共产党来分地主的田产,他怎能心甘情愿俯首称臣?于是,率部在渠县顶了一下解放军第一四九师的先头部队。刚刚从江湖场上东拉西扯起来的袍哥队伍哪里是解放军的对手,在解放军第四四七团二营的迅猛攻击下,还没来得及拆掉渠江上的浮桥,便一触即溃,逃之夭夭。逃跑途中,一路丢弃了不少行李和武器弹药,还撒了一地大洋,企图用军阀混战的伎俩迟滞我军追击。

随同二营行动的团宣教干事艾维仁还记得，这一仗共俘虏500余人。有意思的是，有几位俘虏手拎皮箱，交枪不交皮箱。打开一检查，原来里面装满了用来招兵买马的委任状和印章。

面对我军势如破竹的攻势，识时务的范绍增决心再来一次摇身一变。他派出一位姓杨的使者前往第一四九师接洽起义。

据当年第一四九师政委金振钟回忆，接到范部的起义请求，他当即派出作战科科长丁永年、军务科科长王岳亭前往接洽。第二野战军首长接到关于范部请求起义的报告后，发来一道指示。第五十军根据该指示，下令范部先交出武器。但很快刘邓首长又发来第二道指示：首先将其拢住，不使扰乱我后方，起义的具体问题以后再谈。

不"拢住"，散了，上山为匪危害地方，比正规军更难收拾！

共产党太了解他"范哈儿"了。当年"范哈儿"当土匪时招安他的团长王维舟，此时已随贺龙入川并担任第一野战军解放成都前进部队副司令员。第二野战军司令员刘伯承，则在1916年的护国战役期间，为回报范部让出夔府防地，以护国军团长身份酬谢过他5万发子弹。第二野战军政委邓小平就更不用说了，他的家乡广安县与范绍增的窝子大竹县相邻。

就这样，范绍增这位旧社会的帮会头子，于1949年12月12日宣布起义，"城头变幻大王旗"，魔术师般地成了解放军将领。

鉴于部队要西进参加成都战役，第五十军根据第二野战军首长的指示，要求范绍增：原地驻防，维持社会治安，不得扰害民众，随时听候招呼。

成都解放后，第五十军奉命回师，同时受领了改造范绍增部的任务。受命后，军政治部副主任张梓桢由所属第一四八师四四二团三营教导员王世臣带领两个步兵班护送，乘两辆吉普车先期到达渠县，正式接洽有关收编事宜。随后，第一四八师派出以海城起义、长春起义官兵为骨干的工作团，进入范部。

说起来真有点好笑，第一四八师的干部一去，不管是解放军干部还是海城起义、长春起义官兵，全炸锅了："这叫什么部队？稀烂一团，解散算了！"

刘邓首长有"拢住"范部的指示，于是，军、师领导亲自做工作：就是因为烂，才不能解散。

范绍增部除了由国民党军第三六一师残部改编的第九纵队和独立第七支队外，其余部队真乱！尤其是利用袍哥组织临时拼凑的部队，士兵穿便衣，缠包头，有的还着长袍，军民无分，年纪大的五十来岁，年纪小的不到十四岁，抽鸦片、狎妓、打架斗殴、惹是生非的多了，相当一部分人白天在队上吃饭，晚上回家睡觉，根本就没个部队的样子。

"吃空"，是国民党军各部队的通病。第一四八师派去的干部都经历过旧军队改造，多数又是国民党军起义过来的，对国民党军内部的贪污把戏再熟悉不过了，清查"吃空"本是行家里手，可在袍哥的窝子里一个个全犯难了：明明知道军官浮报人数，趁机贪污粮食，点名的时候，利用地方关系拉人凑数，以每人半升米的价钱冒名顶替，但就是难以彻底查清。

即便如此，对"范哈儿"的兵还是查了个清楚：号称4万，报称10800人，实际只有6972人。

第一四八师的干部派入后，本以为范绍增会像多数国民党起义将领那样，对改编有所抵触，出人意料，他又犯"哈"了，提出：希望部队尽早改编，本人亦愿意交出部队。至于职务，安一个有职无权的高参即可。

有人说：那是因为"范哈儿"有自知之明，能掂出手下兵马的分量。

其实不尽然，11年前，范绍增军长招募1.2万家乡子弟兵出川抗战，也是这号人，秣马厉兵没多久，就在浙北、苏南等地鏖战鬼子兵。范绍增被剥夺兵权后，1944年8月，范绍增旧部新二十一师曾血战丽水。已攻占丽水的日军北撤后，是役被捧为"我国东战场的'斯大林格勒'之战，转守为攻的开端"。

促使范绍增主动挂甲交印的，主要是一系列令他瞠目结舌的强烈反差。

范绍增是很会享受的，从当师长时起，就只在打仗的时候来部队，平时部队交副手罗君彤整理、管束，自己或上山打猎，或赴十里洋场吃喝玩乐。他弄钱多，花钱亦多，个人生活挥霍无度，赏部下钱、给朋友好处也相当大方。

有些文艺作品把范绍增描绘成吞云吐雾的瘾君子和贪杯的酒徒。与范绍增相识的人说：不对，人家烟酒都不沾，范绍增的四大嗜好是赌、嫖、打猎、打网球。

范绍增13岁时就天天泡在赌场上，书也不读了，屡屡被爷爷捉住，总免不了挨打受骂。他不但不改，反而在一次被捉时失手将爷爷的眼睛打伤。爷爷身为一方袍哥山堂舵把子，盛怒之下要活埋这个伤风败俗的孽孙，亲友做了手脚，瞒天过海，才保住他一条小命。从此，他浪迹江湖出入赌场再也不受人约束了。范绍增赌博在上海达到高峰，他陪杜月笙小赌"挖花"，每次输赢上千块银圆，大赌"推牌九"，每场输赢几万到几十万银圆。据说，他一天晚上曾输掉三个钱庄。

这位豪赌之徒嫖的故事也不少，以至于有人在香港乱编他"十七姨太"的小说，有人在大陆演义他"泡洋妞儿"的反帝爱国"壮举"。

为了个人的嗜好，范绍增还专门养了一支狩猎队和一支网球队。

起义之初，范绍增以为"共军"和"国军"没啥区别：人为财死，鸟为食亡嘛！所以，当解放军干部张梓桢、王世臣初到范绍增的驻地渠县时，范绍增马上送去华丽的滑竿，一人一乘，还配了抬滑竿的轿夫。

坐滑竿，在习惯于被人侍候的范绍增眼里，不仅是身体上的享受，也是达官显贵身份和地位的炫耀。张梓桢、王世臣这些共产党员却坚定地认为：那是好逸恶劳的剥削阶级恶习！

范绍增送去的滑竿张梓桢他们不要，再送手表，还是不要。

面对当年正气一身清风两袖志在四方的共产党人，挥金如土嫖赌成瘾的范绍增不能不敬而畏之。他在袍哥"码头"上，在国民党官场里，用来对付官僚、军阀的那一套，在当年九死一生的共产党人身上，全行不通。

的确，在共产党的队伍里，大家都从骨子里看不起范绍增。政工干部还好些，多少注意点党的统战政策。军事干部没有那么多顾忌。军参谋长舒行就公开对帮会头子"范哈儿"嗤之以鼻，不屑一顾。这位1930年参加中国工农红军朴朴素素的老干部，感情上硬是转不过弯子：这号人还配当解放军？

范绍增是很讲义气的，在国民党那里，义气说得通，却常常行不通，他在前方冲锋陷阵，总有人背后算计他，蒋介石及其嫡系尤甚。所以，起义后，绿林出身的范绍增总要揶揄黄埔将领陈克非是"海盗"。陈克非自知代蒋校长受过，便不与"草寇之辈"一般见识，似乎谁是"海盗"，自有公理。

用一个"义"字，范绍增可以评价蒋介石及其嫡系，却难以丈量共产党。袍哥讲义气为谁？为兄弟伙儿。共产党反对讲江湖义气为谁？为几万万老百姓！

袍哥人家就喜欢一个"讲"字，讲义气，讲交情，哥子伙儿有矛盾时"吃讲茶"，讲来讲去，就是没法讲过共产党。因为共产党讲的，是多数人的利益，这才是真正的大义！

范绍增服共产党，更怕共产党，怕廉洁清明的共产党把他当作社会渣滓抛弃，怕天翻地覆的人民革命将他无情地扫进历史的垃圾堆。那时的共产党人太正派了，太受人民拥戴了！

从不"拉稀摆带"的范绍增，以一种复杂的心态，痛痛快快地敲开了改造部队的大门。这种心态，在他闯荡江湖几起几落几十年的历史上，还从没有过。

范绍增的国防部挺进军经收拢后的7个纵队、2个独立支队，被缩编成3个"解训团"，编余军官编成军官大队。

《红楼梦》中的贾雨村有个"护官符"，随时随地都要仰"四大家族"之鼻息。新中国成立前，在范绍增的家乡做官也要有"护官符"，这就是大竹地区广为流传的"四不得"："清河场的饭吃不得，石桥铺的梦做不得，永兴乡的钟敲不得，蒲包山的龙要不得。"因为范绍增在家乡不置家产，所以，这"饭"，是指范绍增在国防部挺进军任副总指挥的侄子范楠煊；这"梦"，是指国防部挺进军的孟副总指挥；这"钟"，是指国防部挺进军第八纵队的钟司令官。

鉴于范绍增的袍哥骨干太复杂，留下来可能会成为当地土地改革运动的障碍，部队缩编后，只进行了几天的政治教育，便调离家乡，向湖北开拔。

范部士兵多系当地自卫团和乡公所的团丁、乡勇，为逃避兵役才扛枪，听到消息后，开小差的接连不断，军官也跑，还有携枪叛变的。解训二团三连连长莫焕章叛变，带走兵8人、枪8支。该连排长谢季良叛变，带走兵13人、枪15支。该团二连连长甚至拖走1个排。想在范绍增麾下混个一官半职的惯匪张文彬，也带人叛变了。张文彬、莫焕章等叛变后，纠集土匪袭击人民政府，活埋解放军战士，抢劫民财，奸淫妇女，无恶不作，被人民政府缉拿归案，公审枪决。

部队途经大竹、梁山时，一些士兵的父母妻子纷纷上路，死活拉着士兵不让走，哭天喊地的，与国民党抓壮丁的场景没啥两样。气得解放军干部跺脚直骂："范哈儿"这小子乱抓丁，害得我们背黑锅！

范绍增部起义不久，就自行散去2000多人，缩编期间编余了600余名军官，精简了400余名老弱病残，行军途中又逃亡1000余人，带到湖北仅2611人。到湖北没多久，范绍增部便被全部打散，融编到第一四八师所属几十个连队中。

对范绍增的部队没搞控诉运动。当年的指导员说：咱们几个人夹带他一个人，要不了几天就教育过来了，用不着控诉。

1950年初整编后，范绍增被任命为第五十军高参兼第一四八师副师长。

范绍增当上了解放军将领后，给他送钱的人仍旧很多，每次少则几千，多则上万。"改朝换代"了，有钱人家谁不指望有个靠山？范绍增花钱依然似流水，每次别人送来的钱，没几天就花光了。

当年范绍增的手下曾对这位袍哥舵把子称颂不已，说他走到哪里，哪里都有他的钱庄，都有他的"干女儿"。这话，还真让解放军指战员长了见识。

军部驻湖北沙市聚兴诚银行时，范绍增喜欢拉着几位戏迷看京剧。剧院老板不管范绍增是否临场，都要给他留出前三排座位。一旦到场，剧院门口就要有好几个人站成一排，对他低三下四点头哈腰。一次看剧，范绍增落座后，突然一帮花枝招展的女人一拥而上，争先恐后地喊他"爸爸"。遇到这种场面，范绍增就要喊来随从，掏出一卷卷银圆，掰开，一人塞一把。

当然，范绍增更在乎共产党干部对自己的评价。第一四八师政委陈一震的夫人王坪时任该师宣传科副科长兼军留守处妇女干部学校教育主任，她记得，范绍增曾坦言：自己没有传说那么多的姨太太。虽然送了某明星一幢房子，但没娶她。

对众多的"干女儿"，范绍增是用旧道德规范为自己开脱的："四川有不少女孩子长得很漂亮，但家里很穷，所以就跟了我。这都是两相情愿，我没干坏事！"

范绍增还是有变化的。起义前，范绍增喜欢让手下的人喊他"大哥"，以示江湖义气。起义后，范绍增改口了：现在是新社会，不兴过去那一套喽！

第五十军北上准备抗美援朝时，范绍增正儿八经地和陈克非等将领提出了参战请求，想"立功赎罪"，但未获批准。

在抗美援朝战争中，不少原范部官兵经受了战争考验，加入了中国共产党，有的还提升为干部。多年后，仅第四四二团就有三人担任了营级领导职务。

范绍增自幼厌恶读书，几乎把爷爷气死。在共产党领导下，范绍增进了社会主义学院。1954年，他告诉一位朋友："最初奉调学习时，有些人不愿去，我想，共产党一直教导我们要听党的话，学习也是一个考验，所以，接到命令就走。学习结业时，要求每个学员都写总结，挖思想。自己没有文化，费了好大的劲才写了几百个字，视同珍宝，向别人征求意见时郑重说明：'可以提意见，但不能改动我的底稿，因为别人改的，就不是我自己的思想了。'"

范绍增的思想总结，是在深刻反省自己血淋淋的阶级压迫历史，认真清理自己乱糟糟的吃喝嫖赌恶习基础上写出来的，其中有这样一句传世之话："旧社会把人变成鬼，我就是鬼；新社会把鬼变成人，我算是重新做人了。"

第九章
抗美援朝，壮怀激烈五十军

第五十军基层指战员娴熟的军事技术是国民党残酷的军阀制度训练出来的，高度的政治觉悟是起义后控诉运动激发出来的，是共产党全新的民主制度教育出来的。二者的有机结合，构成了这支部队非同寻常的战斗力。

1 曾军长负气要当炊事员

1950年6月25日，朝鲜战争爆发，美军随即封锁台湾海峡，并打着"联合国军"的旗号介入这场内战。"联合国军"于9月15日在仁川登陆扭转败局后，越过"三八线"向北进犯。

8月上旬，中央军委开始增调部队加强东北边防军力量，并拟调第四十八军北上。9月6日，中央军委根据第四野战军建议，临时改调刚经过精简整编由5.8万余人减至3.3万余人不久的第五十军。接到军委命令后，第五十军紧急收拢分散在湖北、河南等地执行水利、生产、剿匪、营房建设等任务的部队，乘火车仓促北上，于10月中旬到达吉林西丰、辽源、海龙、磐石地区，编入东北边防军序列，转入临战准备。其间，所属第一六七师番号撤销，其指战员被分别编入第一四八、第一四九、第一五〇师。

战后，"联合国军"第二任总司令李奇微在其回忆录《朝鲜战争》中说，他的前任麦克阿瑟"深信中国的老百姓随时都欢迎蒋（介石）打回去"。这话，像是童话故事里"狼外婆"说的。

第一四九师四四五团二营指战员记得，当年教导员李荣贵战前动员：旧社会，大家都被地主狼、军阀狼咬过，现在美国狼来了，要把国民党弄回来，你们说，是放进来打，还是堵在门外打？

战士们"嗷嗷"叫：决不让美国鬼子把国民党弄回来！

当年的第一四八师炮兵营营长杨协中记得，部队一到辽宁苏家屯，军部文工团就演出了活报剧《打败美帝野心狼》。剧情简单——狼来了，要吃人，人团结起来后把狼打死。杨协中和战友们牢牢记住了这个简简单单的活报剧，即使在战争最残酷的时候，也死死坚守着一个并非简单的信念：咱中国人团结起来，就一定能打败美帝野心狼！

10月19日，首批入朝参战的志愿军部队跨过鸭绿江。

按照最初的计划，第五十军抵达东北后，当年不参战，准备成建制地改为炮兵。由于战场形势急剧变化，部队刚刚开始上交现有装备，10月24日22时，军政委徐文烈接到东北军区司令员兼政委高岗的电话，命令第五十军马上恢复原装备，即刻乘已派来的火车向中朝边境紧急开进。第一列火车刚到辑安（今集安），第四四四团团长赵国璋就接到高岗司令员的电话，随即，部队在缺少地图、缺少翻译、没来得及做作战动员、没有相应供给准备的情况下，又接到上级的命令：立刻过江，参加第一次战役。

随后几日，第五十军全部渡过鸭绿江，参加抗美援朝战争。

杨协中说，跨过鸭绿江第一印象，一座几十万人口的新义州城经美军飞机狂轰滥炸，已无一间完整的房屋，残垣断壁，满目疮痍。废墟里，尸体随处可见。干部战士一路行军一路破口大骂美帝野心狼：比国民党还坏！

10月29日，担任战役预备队的第五十军进入指定战区，敌之大部已被友军歼灭。11月3日，敌全线败退。

11月24日，"联合国军"发起打算在圣诞节前结束朝鲜战争的"最后攻势"。25日黄昏，西线敌军被诱至我预设战场，志愿军发起战役反击。第五十军因遭敌阻击、行动迟缓和兵力不集中等原因，连续三夜扑空，错过了歼敌机会。

第二次战役结束后，第五十军领导赴"志司"（即志愿军司令部）开作战总结会是准备挨骂的。前车之鉴，早在第一次战役，第三十八军执行迂回敌侧后任务时，因顾虑敌军空袭、相信错误情报而贻误战机，军长梁兴初被彭德怀司令员当众骂得如坐针毡。出乎预料，重蹈覆辙的第五十军没有挨骂。

不挨骂比挨骂更难受。

还有比不挨骂更难受的。

在一面山坡的树林里，第五十军的作战总结会就像开了锅，人们的情绪相当激烈，尤其是军部的同志，没有几句好话。

"打的什么仗？连美国佬的一根毛都没抓到，太窝囊了！"

"打定州、纳清亭三次丧失战机的责任不在下面，命令下晚了嘛！整个战役，军部既不靠前面的一四八师和一四九师，也不靠后面的一五〇师，下达命令总要等'志司'的电报，每次都是深夜两三点钟才往各师发报，一级一级传到连队已经快天亮了，部队顾虑空袭，白天要隐蔽，只能夜间行军，怎么不扑空？"

"我看是部队首长右倾！'志司'战役之初就指示过：'不怕敌人西进，就怕敌人东撤。'我们完全可以据此主动寻求战机。"

"三十八军有彭总1928年平江起义时的老底子，第一次战役没打好，挨骂！第二次战役穿插三所里打得漂亮，全军通报嘉奖，当'万岁军'！想想吧，彭总宽容我们能是好事？"

"我们是什么部队？想挨骂都挨不上边！"

本来，会议是让大家提意见，总结作战的经验教训，可意见提着提着，民主精神就"发扬"到牢骚怪话上去了。一位干部冲着徐文烈政委就翻开了陈年老账："当初，我不愿意调来，硬要'个人服从组织'，现在倒好，没脸见人了！"

"没脸见人"的人启发了一位想有脸见人的人，他没好气地提出："这个部队我是不想待了，我要求调回老部队！"

启发是连锁的，参加会议的，只要是老部队来的，几乎都提出了类似要求。

军政治部的一位干部甚至提出："把这个部队编给人家算了！"

曾泽生的脸一阵红，一阵白。这是一支他从国民党阵营拖过来的队伍，如今这段历史却成了如同19世纪美国著名作家霍桑笔下的耻辱标记"红字"。虽然发牢骚的人并未存心不敬他人，但曾泽生还是感受了从未有过的难堪。

曾泽生的难堪不仅仅于此时此事。

在中国人民解放军序列中，第五十军实行特殊的领导体制：曾泽生可以列席参加的军党委常委会，领导曾泽生参加的军政委员会。

对党指挥枪原则，曾泽生最初很不适应，但他没说啥。既然部队交给共产党了，理应守共产党的规矩。曾泽生不是中共党员，这事他没话可说。

有话可说的，曾泽生也没说。两个多月前，部队在湖北接到了北上备战的紧急命令时，徐文烈曾经找曾泽生征求意见：近半百的年纪，又患多种疾病，是不是留下来，不去了？

从国民党六十军到共产党五十军

基于民族大义和个人荣辱，曾泽生一口谢绝。可没几天，他不知道从哪误听，徐文烈他们半个月前就知道这消息了。曾泽生异常恼火：是不是信不过我曾泽生，才不告诉我？才劝我留下？

曾泽生憋着一肚子火，但又很有涵养：是骡子是马，咱们战场上遛遛看！

岂知，远赴朝鲜打老美，错失了两次战机，曾泽生的气还有不顺：怎么每道命令都要经过政委徐文烈过目？一军之长有这么指挥打仗的吗？

还没等把气顺过来，一个令曾泽生更异常痛苦的事实不由分说地从人们意识深处蹦出来，摆上桌面：大家看不起这支起义部队！

心理学的精神分析学派认为，人为了摆脱心灵痛苦，通常借助"自卫机转"，其中有潜抑、升华、外射、内射和反向作用等形式。曾泽生选择了以责备别人掩饰自己尴尬的外射形式。他铁青着脸，冷不丁从嗓子眼儿里挤出一句低沉却掷地有声的牢骚："五十军军长我也不想干了，情愿到三十八军当一名炊事员！"

一言既出，举座皆惊，会场气氛瞬间被曾泽生从未流露过的情绪凝固了！

公平而论，曾泽生发牢骚是不对的：仗没打好，气可鼓而不可泄，一军之长责任非同寻常！然而，曾泽生发牢骚亦并非偶然：这是他思想境界升华过程中，再自然不过的一个时代性的表露。

两年前，曾泽生率部撤出长春投奔共产党的头个晚上，与潘朔端同睡一铺炕，彻夜长谈，通宵达旦。潘朔端向曾泽生和盘托出了第一八四师起义、改造的全部经历，敞开心扉畅谈了自己的全部感受。曾泽生吃了26年国民党的饭，到46岁时，突然换了胃口，一时有些消化不良，但他还是悟出了一些与切身利益关系密切的趋势：自己再也不能像从前那样独揽军权了。

起义后，对共产党政策似懂非懂的曾泽生想到了老长官卢汉抗战胜利后的"舍军从政"对策，于是，郑重地向共产党代表刘浩提出：部队全交给共产党，军长我也不当了，希望能安排我任安东省省长。

经耐心劝说，曾泽生收回了上述意见，明确表态：一切听从共产党的安排。

两年后，曾泽生食言了。此"言"，"食"得高尚！

中将军长要求当炊事员，在国民党军队无疑是天方夜谭的疯人胡话。官就是官，兵就是兵，尊卑有序，贵贱有别。对官长要称"官"尊"座"，什么司令官、长官、值星官，什么委座、钧座、总座、局座，什么军座、副座、参座，甚至营座、连座等等，不如此就是不敬。当苦力服劳力的只配叫"夫"，什么脚夫、轿夫、伙夫、马夫，等等，不如此就不能显示役使苦力者的高贵。

共产党就没有那么多的讲究，炊事员、饲养员、值班员、司令员、政治委员，都是人民的勤务员。民主精神的标志！

也许，曾泽生是想借题发泄不满，但不可否认，共产党的民本意识和平等精神已在短短两年时间里，渐渐植入了他的潜意识。曾泽生以其非常态的表达方式，向人们展示了他人格追求的常态飞跃。

一阵沉默后，军司令部副参谋长李佐苦笑了一下："你们都有地方去，我能回到哪去呀？"一句不言而喻的提问，把众人逗笑了。

见缓和了气氛，李佐推心置腹地对大家说道："国民党打仗，消极避战保存实力比比皆是。今天大家的情绪反映了截然相反的精神，怕打不着仗，怕打不好仗。我看，只要在共产党的领导下，认真总结经验教训，就一定能打胜仗。失败是成功之母嘛！"

由于部队仓促出国参战，思想工作未摸底，思想动员没跟上，政治工作一度"陷于停顿"，以至于指战员中"右倾保命、短工帮工思想"有所抬头，"走糊涂路，吃糊涂饭，打糊涂仗，糊里糊涂在朝鲜"之类的怨言，一度流行。

针对存在的问题，第二次战役结束后，军党委决定，利用作战间隙，全军上下普遍开展为期一周的思想整顿，通过"批判右倾思想"，检查"战斗意志和战斗积极性"，总结经验教训。同时，调整了个别"思想右倾"的团以下带兵主官。

经过整顿，部队求战热潮空前高涨，全军指战员憋足了劲，一定要打个翻身仗！

2 血肉之躯拼坦克

"联合国军"经志愿军第二次战役沉重打击，被迫撤至"三八线"及其以南地区，建立从临津江到洛东江六道大纵深防线。在出现"美国陆军史上最大的败绩"后，1950年11月30日，美国总统杜鲁门公开发表对中朝方面使用原子弹的恐吓讲话。

出于政治斗争需要，12月15日，根据毛泽东的战略意图，刚成立的中国人民志愿军和朝鲜人民军联合司令部（简称"联司"）决定改变原休整过冬计划，提前发起第三次战役，进至"三八线"和"三七线"之间寻歼敌主力，为彻底解决朝鲜问题奠定基础。28日，第五十军奉命秘密前出至开城以东地域，进行战役准备。部队战前动员口号："敢与敌人见面就是胜利！"

12月31日战役开始，第五十军自茅石洞至高浪浦里地段强渡临津江，战至1951年1月2日，"联合国军"一线阵地被全面突破，开始总退却。志愿军和朝鲜人民军转入战役追击。

1951年1月2日晚，第一四九师奉命向高阳攻击前进。攻击高阳，既可断西北方向议政府英军之退路，又能向南直插汉城。

3日2时，第一四九师前卫四四六团一营配属师侦察连，在高阳以北的碧蹄里将执行掩护任务的美二十五师第三十五团1个营击溃。随后，该营向仙游里搜索前进，并于5时攻占英军第二十九旅来复枪第五十七团掩护分队据守的195.3高地，俘敌37人。

英二十九旅是第二次世界大战名将蒙哥马利的队伍，参加过诺曼底登陆，装备有最先进的"百人队长"式坦克，很有名气。拂晓后，英军在飞机、坦克和火炮的掩护下，发起了七次反扑，该营在付出重大伤亡代价情况下，死死咬住逃敌，为主力抓住战机创造了有利条件。

当晚，担任战役掩护任务的英二十九旅从议政府向汉城撤退。19时，第一四九师首长急令第四四六团二营和第四四五团一营插入仙游里至梧琴里以西谷地，截击敌人。

这场战斗，1951年2月26日《人民日报》曾以三分之一版面予以过精彩报道。当年第四四五团一营教导员林家保和第四四六团二营营长杨树云讲述了这其中从未报道过却又是最为惨烈的一幕。

那天晚上，两个步兵营以急行军速度刚刚插到仙游里以南的佛弥地，便听到了马达声，爬上附近高地，看见谷地北口射来几道光柱，后面一大串车灯像一条长蛇顺着蜿蜒曲折的公路往南移动，一支装甲部队正轰轰隆隆地开了过来。

抵达127高地的第四四五团参谋长林长修立即命令林家保营第一连在佛弥地以北公路东侧迅速展开，第二连穿过公路占领127高地对面的无名高地，从两翼夹击逃敌，迫击炮和重机枪分队在127高地两侧占领阵地，第三连为预备队。

命令下达后，林家保喊了一声："二连跟我来！"带着部队趁夜暗跑步横穿公路，直扑对面无名高地。

英国人打仗真怪，汽车一路开着大灯不说，天上还打着照明弹，好像生怕别人不知道他从哪儿逃出来，又逃往哪里去似的。

第二连正好借光，不到3分钟，百十号人全部穿过了公路。

19时30分，围歼逃敌战斗打响。

第四四五团二连正准备依托无名高地回头卷击敌人，忽然发现无名高地有敌掩护分队，索性一鼓作气攻了上去。敌人立足未稳的一个排大部当了俘虏。二连指战员费了好大的劲才把俘虏赶到一堆，还得抽出十几个人去押送他们。等他们回过头来，仅两平方公里谷地打坦克的战斗已经白热化。

担任"拦头"任务的是第四四六团二营。那天晚上刚开战，营长杨树云和教导员高振聪就宣布："打掉一辆坦克立小功，打掉两辆坦克立大功，打掉三辆坦克当英雄！"口号一提出，士气大振。第五连连长阎世宝、指导员赵谦带领全连冲上公路。这个喊："大功来啦！"那个吼："这个大功我包了！"担任掩护任务的第四连在高地上也待不住了，纷纷冲了下来。第四连爆破手顾洪臣，首先将先头两辆坦克炸毁在佛弥地公路转弯处的垭口。英军的机械化行军纵队随即大乱，汽车全部停在公路上，坦克、装甲车跃下公路，在稻田地里乱窜。

多数指战员第一次见到坦克，所有的人都是第一次打坦克。部队的装备真差，不但没有反坦克火炮，就连火箭筒也没有，每个班只有一根爆破筒和一个炸药包，再就是每人背着的四枚手榴弹。

杨树云说：坦克刚开过来时，每辆上面都坐着几个英国兵，天黑，我们没注意，爆破组一上去，就被坦克上的步兵打掉了。吸取教训后，我们先组织机枪和步枪火力，把坦克上的步兵赶下来，然后，再把爆破组派上去炸坦克。

爆破筒和炸药包用光了，再把四五枚手榴弹捆在一起做集束手榴弹用。

林家保营第三连九班班长王长贵是长春起义的云南禄丰籍老兵，新中国成立前，父亲的腿都叫地主打折了，控诉运动时，曾哭得两天没吃饭。在歼灭蒋介石警卫团的战斗中，王长贵连缴获两挺重机枪，遂以鄂川战役战斗英雄身份，于1950年9月进京出席全国战斗英雄代表大会，见过毛主席，激动得热泪横流。

战斗中，王长贵心里只有一个念头，一定要以自己的实际行动报答党和毛主席的恩情！他爬上坦克，揭开炮塔上的盖子，刚要把手榴弹塞进去，坦克车内的轻武器响了。王长贵身中三弹，掉下车来。

王长贵牺牲后，爬坦克的人还是接连不断。那一夜，"揭盖盖"的喊声在谷地夜空此起彼伏回荡着。

夜间伏击战，通常派上一个爆破组，最多两三个爆破组，就能收拾一辆坦克，不算太难。因为战士们拼得太顽强了。难打的是一辆"喷火坦克"。那天晚上，部队对付那个家伙，吃了大亏。

打坦克的战场是一道谷地。从议政府到汉城 30 余公里的乡村公路，沿谷地蜿蜒南下。公路挨着一条小河，反坦克手多隐蔽在小河沟附近的土坎下。

从议政府沿着乡村公路撤下来的英军坦克，过来一辆，河沟里跃出一个爆破组炸一辆。连炸几辆后，敌人发现了反坦克手埋伏地点，调上来一辆"喷火坦克"开路，沿着河道"嗯——嗯——"地喷起火来。那是一条几十米长的火带，只要在它的射界内，躲都没法躲。

被它烧着的时候，如果能引爆身边的爆破器材，死得能痛快些。若一下死不了，呈现你面前的就是一个活生生的火人，先在火海里又跑又跳，跌倒后，满地打滚，越滚速度越慢，滚不动了，就开始抽搐、痉挛，直到咽气，火还在燃。

眼睁睁地看着生龙活虎的战友被熊熊烈焰一口口吞噬，苦苦挣扎，在剧烈的痉挛、疼痛中惨死，在场人又束手无策，心里的滋味真不好受！

被烧死的指战员遗体要等"喷火坦克"开走了，才敢去拖。拖下来一看，真惨！身上的肉都烧没了，焦黑焦黑的，胳膊、腿、身子蜷缩一团。

林家保老人咬着牙骂道："真他妈的歹毒！……他们仗着科学技术发达，总是把最歹毒的武器最先用于战场，等到别人刚刚研制同类武器时，他们又打出人道主义的旗号，去制止别人。真他妈的虚伪！"

帝国主义虚伪之处多了！他们的飞机侵入我国领空，轰炸我边境城市，却诬蔑我们侵略。他们拿原子弹恐吓我们，却咒骂我们野蛮。他们摧毁一座座城市，杀死无数平民百姓，残害战俘，却时时处处以人权卫士自居。

面对蛮横无理的敌人，志愿军指战员没有别的选择，只有以命相拼，血沃大地！自盘古开天辟地，中华儿女代代相承的遗传基因，历来不缺刑天断首、共工触山的冲天豪气，不缺神农尝草、精卫填海的献身精神，不缺女娲补天、夸父追日的拼搏气概，不缺大禹治水、愚公移山的众志成城！

敌"喷火坦克"在前面喷火，爆破手就从后面上。它在后面喷火，爆破手就从侧面上。一个爆破组通常有五人，两名冲锋枪手负责掩护，切断敌步兵和坦克的联系，其余人员为第一爆破手、第二爆破手、第三爆破手，前仆后继！

惨啊！林家保营三连，整整一个第三排，死的死，伤的伤，基本打光。被活活烧死多人。

"喷火坦克"后来被第四四六团二营五连副班长李光禄炸毁了。四川三台籍的李光禄是鄂川战役补入部队的解放战士，苦大仇深，他一共炸毁三辆坦克。

炸头一辆坦克时，李光禄爆破组的第一爆破手杨厚昭先上。他从沟渠里跳出来，把爆破筒往坦克履带里一插，没插稳，爆破筒在履带里"咯咯嘎嘎"地响了几声，被甩下公路爆炸了。第二爆破手刘凤岐抱起炸药包再上，由于10厘米的导火索过长，放在公路上的炸药包在坦克隆隆驶过后才爆炸，腾起一根令爆破手们捶胸顿足的烟柱。

李光禄没时间思索了，他果断地将导火索截短。这意味着李光禄必须在几秒内完成炸药包的点火、投送等动作，并迅速转身、撤离、隐蔽。前面是敌人的火力网，后面是坎坷不平的稻田地。更为困难的是，点火没有拉火索，火柴又在行军中被汗水打湿了，李光禄和刘凤岐是将棉大衣上的棉絮扯下来，到公路边被燃烧弹打燃的草地上点着，捂回隐蔽爆破手们的沟渠里，再把火种藏在棉大衣下。不但麻烦，还相当危险。

李光禄什么都不顾了，只想打坦克。

当一道炫目的闪光和震耳欲聋的巨响把坦克车乘员送上西天的时候，李光禄也被热浪狠狠地推倒在稻田地里，随后，就是一块冻土重重地砸在后背上。

李光禄醒来的时候，谷地四野弥漫着浓烈的硝烟。他吐了两口黏糊糊的浓血，费了好大的劲才撑起右肘，侧过身子，把冻土块从后背掀了下去。

接着，李光禄又在营长杨树云的指挥下，炸毁了第二辆坦克。这一次，炸药包是用绑在上面的两枚手榴弹引爆的。他又一次被震晕在坦克车旁。

熊熊燃烧着的坦克将附近的冰烤化了，冰水浸到了李光禄的后脑勺，昏昏沉沉的脑子才渐渐清醒了。醒了的李光禄又听到了战场的枪声炮响，以及那些听得懂和听不懂的叫喊声。"坦克还没打完呢，我不能在这躺着。"李光禄强忍剧痛，硬撑起身子，踉踉跄跄地去取炸药包。

这时，一位战友告诉他没有炸药包了，大家正在全力对付"喷火坦克"，已经搭进去好几个爆破手了。

李光禄一听，提起手榴弹重新跃入谷地。他先匍匐前进到"喷火坦克"必经之路附近隐蔽下来，待它开过来时，突然跃起，抓住履带上的叶子板，纵身一跳，登了上去。随即掀开炮塔上的盖子，把手榴弹塞进了车内，然后翻身跳下。

"轰！"的一声，一根火柱从"喷火坦克"内腾空而起，接着一团一团火球从天而降，散落四周。如坠火海的李光禄冲出危险地带，往雪地上一扑，就势猛滚，才把身上的火滚灭。

打扫战场时，营长杨树云看到，脸部被烧伤的李光禄正背着腿部负伤的战友刘振富撤离战场。

经3小时激战，第一四九师两个步兵营共歼灭英军第二十九旅皇家来复枪第五十七团一部和第八骑兵（坦克）团直属中队（即"皇家重坦克营"①）全部，炸毁敌坦克和装甲车27辆、汽车3辆，缴获坦克4辆、装甲车3辆、汽车18辆、榴弹炮2门，毙、伤敌200余人，俘少校营长柯尼斯以下官兵227人。

八天后，彭德怀、邓华、朴一禹、洪学智、韩先楚通令表彰了第四四六团②。

再后，英军战史将葬送"日不落帝国"皇家铁骑的这道谷地称为"死谷"。

然而，上述战绩上报后，志司首长最初就是不相信，彭总甚至"发火了"。战斗结束第二天，在军部担任摄影记者的胡宝玉被军政委徐文烈喊去："一四九师歼灭英军皇家坦克营的战果，我们向志司报告了两次，他们还要我们再核实一下。你马上去实地拍一些照片回来。"

在第四四六团二营五连李光禄所在排的协助下，胡宝玉拍摄了一组传世的经典照片，包括李光禄排和朝鲜人民军在汉城"国会议事堂"前跳舞联欢的那张。

与胡宝玉同时赴战地核实战果的第五十军司令部作战参谋郑竹书讲述了他亲眼所见的一幕战场往事——在一辆被炸毁的英军坦克上，趴着一位流尽了最后一滴鲜血的志愿军战士。烈士伸进敌坦克窗口的一只手已经被炸断，坦克内，四名坦克兵尸体东倒西歪。由于要防敌空袭报复，打扫战场必须尽快完成，他没来得及查询这位战士所在单位及姓名。等到他完成清查战果任务时，烈士遗体已经被打扫战场的同志抬走。为这事，郑竹书后悔了一辈子。

原志愿军外俘管理处第一团二中队教育中队长苏峥嵘也有一段回忆：

英军少校营长柯尼斯进了战俘营后，仍然死要面子不服气："是你们使用了

---

① "皇家重坦克营"，是当晚仅有高中学历的第一四九师政治部敌工组副组长莫若健（其英语老师是著名语言学家吕叔湘）带着南开毕业的孙崇山担任翻译，捧着《英汉词典》突击审讯200余名战俘时仓促命名的，随即被战地记者李庄、超祺采用，并通过《人民日报》1951年2月26日刊登的《"皇家重坦克营"的覆灭》传开。所以，规范的军史著作在使用"皇家重坦克营"称谓时，都要加上引号。

② 转引自军事科学院军事历史研究部：《抗美援朝战争史》第二卷，军事科学出版社2000年版，第183页。

反坦克炮,打坏了我们的坦克,我才被你们俘虏的。"

苏峥嵘实情相告:"那天晚上,参战的两个志愿军步兵营没有配备任何反坦克炮,他们炸坦克的武器只有爆破筒、炸药包和手榴弹!"

这话,对绅士般的柯尼斯来说,无疑是奇耻大辱,他几乎跳了起来:"你是吹牛!用手榴弹、爆破筒、炸药包能炸毁我们的重型坦克吗?在我们英国的军事教科书上,从来没有这样的说法!"

3 第四四二团最先攻占汉城

就在围歼英军"皇家重坦克营"的同一天晚上,第五十军一四八师四四二团一营由副团长陈屏率领,为全军前卫,直插汉城。

1951年1月4日,我军攻占南朝鲜首府汉城。

我军夺取汉城,在国际上引起了极大的震动。时任南朝鲜第一师准将师长的白善烨(四星上将退役)将这次汉城失守称之为"最忧伤最痛苦"的"一·四"大撤退。消息传回国内,北京天安门广场祝捷群众彻夜狂欢。

最先攻占汉城是一项载入史册的荣誉,这支部队是谁?

战后很长一段时间,以志愿军第二副司令员洪学智和志愿军政治部主任杜平的回忆录为代表的多数志愿军战史,如是排序占领汉城的部队:"志愿军第五十军、第三十九军一一六师和朝鲜人民军第一军团。"[①]

然而,近年出版的一些志愿军战史却推翻了当年志愿军总部首长陈述的这一史实。他们新考证的结论——"1月4日下午,第三十九军率先进入汉城。当晚,第五十军一四九师也进入汉城。"

志愿军总部首长洪学智、杜平的记忆没有错。

当年的第四四二团副团长陈屏,晚年定居沈阳军区司令部第二干休所。当年的第四四二团一营政治教导员刘进昌,晚年定居四川省农业厅宿舍。两位率部攻占汉城的亲历者强调:第一,在这三支部队中,最先攻入汉城的是我们五十军一四八师四四二团一营;第二,占领汉城的方式不是"进入",而是攻入,第四四二团一营攻入汉城不但付出了重大伤亡代价,还取得了歼敌成果,并圆满完成了

[①] 洪学智:《抗美援朝回忆》,解放军文艺出版社1990年版,第108页;杜平:《在志愿军总部》,解放军出版社1989年版,第121页。

预定的作战任务；第三，我军攻占汉城的时间不是1月4日晚上或下午，而是1月4日凌晨攻入，当日上午占领；第四，由于上级没给我们配备电台，攻占汉城的战况向上级报告晚了。三十九军的一支侦察队在五十军之后的1月4日下午进入汉城，他们带了电台，报告及时，所以，志愿军总部关于占领汉城的通报，最初只提到了三十九军。

1950年1月3日晚23时，陈屏接到上级命令，要他率领第一营为全军前卫，突破敌防线后，急行军35公里直插汉城，于天亮前控制汉江大桥。

美军是1月3日开始仓促撤离汉城的，留在汉城担任掩护的是美第一军二十五师二十七团。陈屏他们的对手，正是这支第二次世界大战名将麦克阿瑟麾下曾驰骋西太平洋战场的劲旅，号称"狼狗团"。

压在陈屏肩上的担子重啊！他们不仅要突破敌人在高阳、议政府一线的既设阵地，还要夜间急行军35公里实施穿插，并控制汉江大桥。任务必须在拂晓前完成。天一亮，敌机就来了，我方没有防空火器，干挨打不说，任务也甭想完成。

整整一夜急行军，部队遇到敌人不恋战，走累了也不停，不顾一切地直插汉城，就怕敌人跑掉包不成"饺子"。部队没有向导，按图行进走了一大半路程，一看："怎么走到了汉江江边了？"部队掉头再顺着公路沿江而上，一路小跑。因为走得太急，一些体质较弱的同志掉了队。抵达汉城时，天刚蒙蒙亮。

汉城黎明的寂静给部队造成了错觉，想到美国鬼子全线溃逃，都以为汉城已经一撤而空，没想到美国鬼子还有一个营留在汉城执行掩护任务。自然，"狼狗团"的大兵也没想到，中国军人的两条腿竟然追上了他们的汽车轮子。

与美军接火的地方在汉城的延禧里。汉城地处浅丘，延禧里有一个小山包，下面有一个隧道。当副营长刀剑明率领前卫第一连抵近延禧里时，小山包上的美军居高临下突然开火，火焰喷射器喷出的火舌立刻吞噬了尖兵班，机枪、自动步枪、卡宾枪的火力像弹雨一样铺天而下，将前卫连死死压住。随后，敌人迫击炮、榴弹炮和坦克炮的炮弹像冰雹一样倾泻过来。

前卫连数次反击未果，伤亡惨重。

陈屏指挥部队就地紧急展开。这时才发现，经过一夜急行军，各连队均不同程度走乱了。有的机枪射手跟上了队伍，副射手背着弹药箱却没有跟上来。有的六〇炮班炮手把炮身扛上来了，扛炮座钣的却掉了队。步兵连还能打，营属机炮连基本不能发挥作用。此时，前卫连正被敌人压制在小山包前的开阔地。躲？无处可躲。退？无路可退。绝处求生，只有一拼！

第一连在副营长刀剑明和连长李仲文的指挥下，就地散开，继续以火力从正面还击敌人。

跟在第一连后面的副团长陈屏果断下令：营长李永福带领二连，从右侧向小高地发起冲击；教导员刘进昌带领三连，从左侧向小高地发起冲击。

说到这次冲锋，陈屏老人扬着岁月霜雪浸染的剑眉，眼眶里闪耀着战火硝烟熔炼的炯炯目光，至今还在为那高昂的士气骄傲着："大家都是喊着'杀'声冲上去的，'嗷嗷'的！"

就这一冲，敌我双方"粘"到了一起，美军炮火随之失去了优势，临空助战的美军飞机也无可奈何地在头上盘旋着，始终不敢丢下一枚炸弹。

在伴着嘹亮军号的"嗷嗷"吼声中，美国大兵被冒着弹雨冲锋的志愿军指战员吓破了胆，纷纷撤下高地，跳上早已备好的汽车，向汉江南岸仓皇溃逃。

冲上小高地的指战员一边喊着"杀"声，一边紧紧咬住逃敌，实施火力追击。第二连副连长李德枝带着二排率先追上公路，硬是抓住一名没来得及爬上汽车的美国白人大兵。当时，他是跪在地上举着双手乞求饶命的。

当美军俘虏被送到副团长陈屏跟前时，美俘没再下跪，而是掏出一叠美元，并摘下手腕上的手表递了过去，然后，向陈屏伸出了大拇指，再用小拇指指着自己，一边比画，一边叽里咕噜地说了一大堆西洋"鬼话"。

陈屏说："那小子可能是想贿赂我，怕我们虐待他。我们没有英语翻译，也听不懂他讲了些啥，没理他，更不能要他的东西，马上派人把他送往后方了。"

《第五十军军史》记载：经一小时激战，共毙伤敌50余人，俘虏美军1人、南朝鲜军2人，缴获火箭筒1具、自动步枪14支，击毁通信车1辆。

这一仗，虽然第一连伤亡较大，但攻占了汉城，控制了汉江大桥，完成了上级交给的任务。

当天下午四五点钟，第一营奉命从汉江大桥上跨过汉江，继续担任全军前卫，向南追击敌人。行军途中，在团长石子河的安排下，七八十名团部勤杂人员被补充到第一连，恢复了一连的战斗力。

陈屏说："三十九军的侦察队有百十号人，我们与他们相遇是在过了汉江以后。在前往水原的路上，有时他们走在前面，有时我们走在前面。他们到达水原

就停止前进了。我们则前出到水原以南 70 里的地方。是团部派骑兵通信员传达了上级的命令，我们才返回水原的。"另据该团文化干事冉刚 1951 年 1 月 10 日的日记记载："据传，我先头连队抵达平泽一线。"

陈屏率第四四二团一营在第三次战役最后阶段的追击战中，"续渡汉江解放水原，直逼平泽、安城之线，迫敌退守三七线"，进而成为整个战役打得最远的部队。

关于第三十九军首先占领汉城的通报，陈屏、刘进昌他们是在战场上得知的。为这事，第五十军专门向志愿军总部作了汇报。志愿军首长对这支新部队不但一视同仁，而且非常尊重。经过核实，志愿军总部在后来的战役总结关于占领汉城部队的叙述中，补上了第五十军，并把第五十军排在了第三十九军之前。

由此，后来的志愿军战史说到最先占领汉城的部队时，才有了依据不同的表述。

4　战场记过处分

1951 年 1 月 5 日，第五十军各师跨过汉江，继续向南追击逃敌，并歼敌一部。

第五十军停止追击并令前卫分队由平泽撤回水原后，奉命"控制和巩固汉江以南滩头阵地作为下一战役的前进基地，掩护志愿军主力休整并确保汉城"。其中，第一四八师部署修理山、帽落山、内飞山区域，在修理山、帽落山构成前沿防御地带；第一四九师部署白云山、光教山、文衡山、国主峰区域，在白云山、光教山、文衡山构成前沿防御地带；第一五〇师前出至东鹤山、金良场里、阳智里地带，第四四二团和各师侦察分队等部前出至七宝山、发安场地带，设置警戒阵地，在乌山、水原间与敌保持接触。全军于 1 月 10 日部署就绪。部队动员：我们在前面顶着，掩护主力整补，准备打大仗！

志愿军粮弹携行和补给仅能维持一周进攻的弱点，被新上任的美第八集团军司令官李奇微发现。美军迅速从日本、欧洲和本土驻军调集大批老兵补充部队，将原驻防釜山的美第十军调至"三七线"附近，随后，于 1 月 15 日以"磁性战术"组织机械化小部队在水原至利川之间实施名为"猎犬作战"的试探性进攻。

战斗首先在金良场里打响，第四四九团一场伏击战，歼灭美三师侦察连 60

余人，缴获侦察通信吉普车7辆，俘虏美军上士隆·沙瓦德。接着第五五〇团七连在阳智里256.2高地，第四四二团二营在七宝山，以及其他警戒部、分队，分别击退敌多次进攻。

美军吸取前三次战役的教训，白天在飞机、坦克掩护下攻击我警戒阵地，凭借其地、空火力的绝对优势，像磁铁一样"吸住"我军，使我军难以实施反攻。傍晚，又像磁铁磁性相同的两极，迅速脱离接触，跳上汽车，后撤一二十里，安营扎寨。中国军队不是喜欢夜战吗？他先算计好了，你一个来回几十里，不等你撤回阵地就已经天亮了，那时，再派飞机来轰炸。他们谅志愿军没那个胆量。

狗眼看人低！

前线部队几乎每晚都要派小分队袭扰敌人。林家保营从1月15日到30日，先后出击七次。几个连队轮着来，较着劲，比着干。那时，指战员的革命英雄主义情绪特别强，尤其是长春起义的老兵，觉悟高，技术好，胆子也大。出去，能抓着俘虏就抓，抓不着，缴几支枪，炸几辆汽车或坦克，狠狠地捞一把再回来。万一遭遇不测，就拼，杀一个够本，杀俩赚个垫背的！

有位美国总统曾说中国人把人的生命看得"一钱不值"，"会不惜牺牲成千上万的生灵"，去执行"好战的侵略政策"。

这位洋鬼子没来过中国，没听过中国人的泪血大控诉，尽管可以胡说八道，并为自己胡编一堆"盗亦有道"的混账逻辑。令人难以忍受的是，如今的中国，有那么几个没流淌过屈辱眼泪，没有经历过泪血大控诉，也没体验过被奴役者身心解放的酸秀才，跟在美国佬的屁股后，学着布尔乔亚的绅士腔调，自以为是地责怪志愿军前辈打仗是"人海战术"，"不珍惜人的生命"。

狗屁！

如果像美国大兵那种打法，我们的前辈有那么多飞机、大炮吗？有那么多汽车、坦克吗？有那么多美元、钢铁吗？

没有！

没有，就得靠血肉之躯拼！不拼，列强欺负弱国的淫威怎么打下去？不拼，志愿军不甘屈辱的军威如何打出来？不拼，一百多年来几代中国人被几百个不平等条约压弯了的腰杆哪辈子能挺起来？

落后是要挨打，但落后的中国决不能忍受挨打！

每每论及此类话题，林家保总要痛斥"王连举式的汉奸谬论"，余怒久久难消。他忘不了被喷火坦克烧死的烈士遗体，忘不了战斗英雄王长贵打坦克使用的手榴弹，更忘不了为了一个"拼"字，他亲自宣布的一次战场记过处分。

记不清是第几次了，轮到第二连出击。带队的是该连二排长王宏升，云南宜良人，长春起义前是个士兵，觉悟没说的，不然，出击的任务他抢不到手。那时，干部战士都盼立功。不立功，没面子，尤其在家乡父老面前没面子。都说，打头号帝国主义军事强国，比当年打日本鬼子还光荣！

王宏升排是上半夜摸出去的，一个个眉开眼笑返回阵地时，已临近拂晓。

林家保问的第一句话是："有没有伤亡？"

"没有。"王宏升嘴巴一咧，憨厚地"嘿嘿"一笑。

"消灭了多少敌人？"营长杨福问。

"天太黑了，没数。"王宏升依然咧嘴笑着。

杨福火了："没数？那你叫我们拿什么往团里报战果？"

见营长动了气，一位班长凑过来为排长解围："我们确实消灭了不少敌人，不信你们看我们缴获的战利品。"

林家保和杨福这才注意到地上乱七八糟的东西，除了卡宾枪、轻机枪和子弹外，还有面包、饼干、花生米、罐头、香烟。

善解人意的班长补充一句："我们排长说了，抓紧时间弄点吃的是正事。"

王宏升的话一点也不假。部队进至"三七线"附近后，由于战线拉长，后方补给十分困难，附近的老百姓又一逃而空，难以就地征粮，战士们常常是一把炒面一把雪。能让战士们填饱肚子，的确是各级干部心里装的"正事"。杨福和林家保对视了一下，没再说啥。

说到这，王宏升本来已经没事了，偏偏好心的班长多了一嘴，他得意地伸出大拇指往身后指了指："营长，你猜，我们这几包好吃的从哪儿弄来的？"

"哪儿？"

"坦克里！"

"什么？"

"坦克里！"

"敌人呢？"

"跑啦！枪声一响，一个个吓得屁滚尿流，除了被打死的，跑了个精光。"

"坦克呢？"

多嘴的班长一下子没话了。

"坦克没炸？"杨福、林家保几乎异口同声地追问。

王宏升"哎哟"地叫了一声，一拍脑袋："忘了！"

王宏升这一"忘"，源于夜袭战斗中喜出望外的一"望"。本来，远距离夜袭敌营是一种危险性极大的战场博弈，随时随地都潜伏着难以预测的战场险情。出发前，王宏升作了最坏的打算：大不了有去无归！

万万没想到，美国大兵竟如此关照王宏升这位大老实人，让二排畅行无阻摸到自己的营地不说，接火后，几乎没怎么抵抗，就丢下武器装备逃之夭夭。黑暗中，战士们发现了坦克，小心翼翼摸了过去，定睛一望，空无一人，一个个都大惑不解起来：守着这么好的装备，怎么也像蒋介石的御林军那么"粪草"？

打扫战场时，王宏升出于习惯，吩咐一位战士："进去看看里面有没有枪。"

战士打着电筒钻了进去。一会儿，从炮塔里伸出了头："排长，枪没有，罐头要不要？"

王宏升一听，大喜过望："怎么不要？这帮兔崽子吃的都是好东西，全给我划拉出来，都带回去，让同志们打打牙祭，也让营长、教导员开开洋荤。"

这一"望"，把炸坦克忘了个干干净净，也呆呆怔怔地"望"来了营长杨福的勃然大怒："叫你带人去摸营，报不上来战果不说，明摆着的坦克也不炸！你这个排长怎么当的？炸它一辆坦克，我们拼一个班也合算，你又不是不知道。要是在旧军队，老子非揍你不可！"

林家保也严肃地批评："我们在敌人坦克面前付出的代价，你忘了？光想着吃，那是享乐主义！"当天，林家保宣布了对王宏升的记过处分，通报全营。

事后了解到，王宏升那天晚上表现相当勇敢：行军，他在最前面探路。作战，他带头冲锋。撤退，他殿后掩护。王宏升汇报也相当诚实。他可以估计出来战果，但他没做估计。他可以编一套没炸坦克的理由，但他没编。

勇敢、诚实的王宏升冒着生命危险打了胜仗，不但没立功，反而受处分，现在看来，似乎过分了，但我们若置身当年敌强我弱的险恶环境，去掂量鲜血和生命的代价，就不能不感叹前辈们舍生取义的壮烈！

晚年的林家保感慨：不是我们愿意用血肉之躯拼坦克，是我们不得不以血肉之躯拼坦克。我们没有现代化的武器装备，更没有生产现代化武器装备的重工业。在前线作战的日子里，虽然生死难卜，但没有一个指战员不心悬祖国的社会主义建设。大家都有一个共同心愿,为了不再受帝国主义的欺负,为了不再以血肉之躯拼坦克,我们必须建立强大的国防,建立自鸦片战争以来几代中国人梦寐以求的民族重工业,哪怕勒紧裤腰带也在所不惜!

5 十八勇士夜袭水原城

美军经试探性进攻摸清我军困境后,1951年1月25日集中了5个军16个师、3个旅、空降兵1个团共23万余人的地面部队,在远东全部航空兵、装甲兵掩护下,由西至东全线发起名为"闪击作战"(又称"雷击作战")的大规模进攻。这次反扑,美军主力集中于西线,重点在野牧里至金良场里约30公里正面展开,沿"京釜国道"向水原、汉城方向,也就是向第五十军的正面,实施主要突击。

为查明敌情,打乱敌进攻部署,1月26日夜,第五十军一四九师四四七团三营副营长戴汝吉奉命率该营第八连和师侦察连、团侦察排200余人,夜袭水原城。

水原,是汉城的卫星城,位于汉城市南44公里处,现有百万人口,当时没那么大,是一座空城。

说起这次夜袭,八连二排副排长吴亮多少年后还觉得好笑,因为夜袭水原的前一天,八连九班奉命进城侦察,结果全城空无一人。见城内仓库里堆满了军需品,好多白面、罐头仓库里放不下,就堆在仓库外面的屋檐下,九班长李影朝索性让大家背点吃的东西回来。吴亮记得,每个班分了一筒七八斤重的大罐头。团里知道后,通知各连队准备次日派人进城扛战利品。春节快到了,我军补给尚未跟上,食品奇缺,这真资格的"洋落儿"不捡白不捡。没想到,26日天亮后,吴亮正准备带人下山发"洋财",大批敌机突然临空,一阵狂轰滥炸后,敌坦克引导步兵对我前沿的警戒阵地发起了进攻。中午12时,敌推进到我前沿阵地前,攻势被我阻止。17时,当面之敌撤出战斗,退缩回水原城一带。

此时,水原城内已进驻美二十五师一个营和宪兵一部,附近高地亦有敌人部队。

夜袭水原城的任务,是插入敌人心脏,杀杀美国鬼子的锐气,再逮个"舌头"回来问问:两个来月三次溃不成军的美国佬,现在要搞什么名堂?

水原城距我前沿一二十里，我方唯一的优势，就是一个"敢"字，敢近战夜战，敢刺刀见红！

戴汝吉是一条纳西族汉子，受领任务时，只提了一个苦苦追求近两年未能遂愿的要求："如果我牺牲了，请组织追认我为共产党员！"

据吴亮回忆，按协同计划，团侦察排在水原城南门外实施佯攻，把敌人的注意力吸引过去；戴汝吉率八连为突击分队，由北门插入水原城；师侦察连为掩护分队，在北门城外占领水原城东北侧岘南山高地，负责掩护和接应八连。

夜幕下落后，戴汝吉率领夜袭分队出发了。

据八连一排排长王洪信回忆，摸黑行军一段时间后，队伍前面的副营长戴汝吉传令各排长上来。由于尖兵组走失，边走边分配战斗任务的戴汝吉，不知不觉地带着队伍接近了敌人。

"哈罗"，敌哨兵发现了。

借着星空的微光，抬眼望去，大家这才发现，已经抵达水原城北门之外。水原的城墙不高，城外多是些低矮的平房。北门外有一座小桥，敌人第一道哨兵就在附近。机枪手倪玉成正要开枪，被戴汝吉按住："别管他，抓紧时间往里插！"说罢，带着队伍冲了过去。

见口令对答不上来，敌轻重机枪一起开火，把戴汝吉身后的突击分队主力死死压在城外小平房一线。

戴汝吉等冲到距城墙约五十米处，又被城墙上的哨兵发现。戴汝吉果断下令转入强攻："陈有智，快把城墙上的敌机枪火力干掉！"三排长陈有智掏出两枚手榴弹，纵身越过公路，只见红光闪处，敌人的机枪哑巴了。

王洪信记得，此时的北门有一辆坦克把守，正用机枪向城外射击。黑暗中，不知是哪位战士悄悄摸上了坦克，他正要揭坦克炮塔上的盖子，却被开足马力的坦克甩了下来。见敌坦克掉头逃进城内，戴汝吉大吼一声："同志们，跟我来打坦克！"带着人跟在坦克后面，从北门冲进城内。随即身后枪声大作，周围的探照灯也陆续打开，几道火舌把北门封住。

戴汝吉带着王洪信等冲到一处十字路口，发现一座"大洋楼"，楼四周被树丛和铁丝网围绕着，楼内灯火通明，人声嘈杂，像是指挥机关。院子里停着7辆吉普车，正在发动。戴汝吉迅即下令："一班长，你带着倪玉成机枪组封锁住各个街口；廖忠良，堵住院门；王洪信砍断楼房周围的电话线；其余的人往里

猛打！"

一阵密集的射击并投掷出几枚手榴弹后，王洪信等冲进院内。

院内的敌人被打了个措手不及，有的逃进"大洋楼"，有的就势钻到了吉普车下。王洪信跳上一辆吉普车，用冲锋枪往车下连打了几个点射。立刻，从车下连滚带爬地钻出来一个双手举着卡宾枪的敌人。

王洪信跳下吉普车，缴下他的卡宾枪，再用战前突击学的朝鲜话告诉他："朝鲜撒拉密，中国撒拉密，卡太巴力卡架！"然后，将这名俘虏拖到院外树林处，交给副营长戴汝吉。经过简单审讯，得知这名俘虏是美军的朝鲜语翻译。

考虑到攻击兵力不足，戴汝吉吩咐王洪信："你回去联络一下，看看后面的同志怎么还没上来？"王洪信原路折返，一看，北门已被敌人重新把守，后续分队上不来了，于是，返回报告。

就在戴汝吉焦急等待增援几乎无望的时候，北门方向几个黑影出现了。

与美军无线电对讲机装备到步兵排不同，志愿军的通信联络设备极为简陋，无线电台只配备到团以上领导机关，营以下分队全靠军号、小喇叭以及步（骑）兵通信员联络。戴汝吉随身携带了一个牛角喇叭，他赶紧吹了一长两短。

对方随即回了一长一短小喇叭声。

是自己人！戴汝吉急切地问道："哪一个？"

"我是吴亮。"

戴汝吉兴奋了："你们赶快过来，敌人的指挥部被我们包围了！"

原来，戴汝吉带着先头几名干部战士冲进北门时，吴亮的二排还没来得及跟进，就被敌人的火力压在了公路旁边的水沟里。

八连副连长柴华清摸上来后，问吴亮："你的人呢？"

"我的人还在。"吴亮回答。

柴华清下令："副营长已经跟着敌坦克冲进去了，你赶快带人跟上去！"

在柴华清组织的火力掩护下，吴亮等八人跃身而起，冲进北门，然后，一鼓作气登上城墙，将敌人赶走。下了城墙，又冲进了敌人刚刚逃跑的发报机房，用枪托将敌人的发报机捣烂。

见连主力未能跟进，有人慌了，主张退回城外。吴亮断然拒绝："不行！我们的任务是从北门突进去，夜袭敌人。副营长已经进城，我们一定要冲进去找到他。"随即派人出城，请求连长迅速派一个排的兵力，前来控制城北门。

吴亮等人与戴副营长汇合后，戴汝吉掌握的兵力增至18人。

"大洋楼"内的敌人几次往外冲，都被打了回去。街口那边，几度增援"大洋楼"的敌人也被打了回去。激战中，一班长张培光被敌自动步枪击中。

得知张培光牺牲，戴汝吉喊来王洪信："一排长，你带两个人去把一班长抬回来，机枪也取回来，不能落在敌人手里。"

王洪信带着两名战士贴着墙根摸了过去，正要抬张培光，突然发现不远处还有个活着的敌人，于是喊道："哈罗，恩提阿克特，爱附体里斯！"

在朝鲜，第一四九师指战员学习对敌喊话，先由师政治部敌工组副组长莫若健负责培训全师各连队文化教员，再由文化教员培训连队指战员。据莫若健回忆，培训完毕他下连队检查时发现，有些连队指战员学的英语喊话走样得很厉害。尽管如此，基层指战员的战场喊话还是起了作用。

对面敌人站了起来，向王洪信走了过来。警觉中，王洪信发现对方的枪平端在手里，没有举过头顶。"这家伙是不是诈降？"王洪信没敢多想，按照"先敌开火"的遭遇战原则，一枪把他崩了。

院内的战斗越打越激烈。冲进院子的三排长陈有智先用冲锋枪封住"大洋楼"的正门，李春成敏捷地从侧面接近门口，朝里面扔了两枚手榴弹，趁爆炸瞬间，另一位战士冲了进去，不料被楼梯旁射来的子弹击中。

吴亮立刻报告："副营长，敌人火力太强，冲不进去！"

戴汝吉回答："我马上组织火力掩护，你们再冲！"

这一次，吴亮刚冲进楼，又被敌人的手榴弹炸了出来。戴汝吉见吴亮抱着右小臂，鲜血顺着袖管直往下流，关切地问道："吴亮，能行吗？"

右小臂骨头已经被打碎的吴亮回了一句："行！"和战友又冲了进去。

吴亮带着伤和战友在楼里搜索了一圈，没找到活的，返回大门口时，发觉一间像是收发室的屋子里面有动静，于是，用生涩的英语喊了几句。

也许是怕扔手榴弹，话音刚落，一名美军就被喊了出来，跪在地上，双手将卡宾枪举过头顶。吴亮缴下卡宾枪，把俘虏押往门外，交给了一名浙江兵。

借着敌人的探照灯，戴汝吉发现俘虏的臂上带着"MP"字样的臂章，兴奋地喊了起来："同志们，我们抓到敌人宪兵了。这是敌人的指挥所！"

当另一位同志从楼里押出一名俘虏时，枪声再起，浙江兵应声倒下。

吴亮以为是浙江兵看押的俘虏打的，火冒三丈，冲上前就用冲锋枪对准了俘

房的脑门:"老子毙了你!"

俘虏一边摆手,一边叽里呱啦地求饶。受伤的浙江兵捂着肚子,一只手向右侧的屋子指了指。

见楼内守军还在顽抗,一名不知道谁抓的俘虏,趁枪战混乱逃回了楼内。

戴汝吉喊来王洪信和吴亮:"冲进去,一定把他给我抓回来!"

吴亮冲进去,见俘虏已从后门跑掉,喊道:"老王,后门开了。"随即跳出窗外。他双脚刚落地,便发现了敌情,又喊道:"屋檐下有敌人。"

戴汝吉将九班长李影朝派了过来。

吴亮先找到一名趴在地上的美军,把这家伙翻过来一看,没有血迹,显然是装死。装死的俘虏不好带,吴亮索性照他脑门就是一枪,让他弄假成真。

混战中,王洪信先期抓到的朝鲜语翻译又跑回院内,钻到一辆吉普车下面。吴亮跳上吉普车,趁他一露头,一枪就把这家伙的脑袋打烂了。在楼外的另一处,李影朝也打死一名敌兵。

在王洪信的记忆中,"大洋楼"像是一所学校。冲进楼后,他和吴亮是一间一间教室推开门,王洪信先用冲锋枪打上一梭子子弹,然后,吴亮打开手电筒在教室里照,看看有没有人。在其中一间教室里,王洪信发现一名美国兵端着枪,藏在桌子底下,于是,躲开枪口扑了上去,先夺下枪,再将这名魂不附体的美国大兵从桌子底下拖了出来,押到院外树林处,交给了戴副营长。

"大洋楼"战斗很快结束了。见战利品一大堆,有人"见财眼开":"派人回去叫部队来拿吧?"

吴亮一听这话,急了:"副营长,你听这枪炮声,敌人已经把北门封住了,晚了,我们就出不去了。"

"从哪条道撤?"戴汝吉问。

"北门是出不去了。从东门打出去,再往左转向北走,就能回到我们阵地上了。"王洪信和吴亮提议。

"好,吴亮在前面开路。王洪信押着俘虏跟在后面。陈有智将汽车和不能带走的军用物资全部烧毁。"戴汝吉捡了一双长筒毛线袜子,一边穿一边吩咐,然后带着队伍朝东门方向撤离战场。

吴亮带着尖兵组,先把电话线剪断,再指挥机枪组冲上多处坍塌的城墙,把敌人赶走。夜袭分队押着俘虏,翻过城墙,进入成片的稻田。在一栋独立家屋处，一名俘虏乘乱拔腿就跑，机枪手迅速开火，把逃俘送回了老家。

击毙逃俘的枪声暴露了夜袭分队。正在右侧山头挖工事的敌人问起了口令。

吴亮吹响小喇叭，尖兵组迅速成战斗队形散开，向右边的山头冲了上去。

山头上的敌人撒腿就跑，一大堆武器弹药遗弃在尚未挖好的阵地上。

枪声没停，趴在稻田地里的王洪信不敢起身，只能匍匐前进。俘虏也跟着往前爬。激战中，王洪信的右小臂被敌人机枪射中，鲜血浸透了袖管和前襟。不远处的三排长陈有智，被敌人的子弹击中腹部，说了声"我不行了"，就断了气。

又爬过一个山脚后王洪信发现，夜袭分队被打散了。正着急，前方响起了牛角喇叭声——是戴汝吉的集合令。

带着机枪组接连攻上两座山头的吴亮见好就收，迅速与敌人脱离接触。与王洪信会合后，吴亮把急救包递给俘虏，用枪逼着俘虏为王洪信胡乱包扎了伤口。

随后，夜袭分队顺着雨裂沟，接连翻过几座山梁，才摆脱了敌人的火力。坐下来休息时，戴副营长清点了人数，查看了伤员，并为王洪信重新包扎了伤口。

至此，敌人才如梦初醒，组织炮群朝着北门方向乱轰一气。

半个多小时后，夜袭分队胜利回到自己的营地。据王洪信回忆，十八勇士只回来三分之二，这当中还包括伤员。

军史记载，十八勇士夜袭水原城全歼美二十五师直属宪兵连1个排，毙敌60余名，俘回宪兵1名，烧毁装有物资的汽车10余辆，缴获自动步枪1支、卡宾枪4支、轻机枪1挺、电台1部。这次夜袭战打乱了美军的进攻部署，致使其步兵进攻推迟了一日，为第四四七团白云山艰苦卓绝的防御战赢得了宝贵时间。

这些年来，笔者费尽周折寻找十八勇士，但只找到三人：

吴亮，伤愈后被评为三等甲级残废，转业回昆明任昆明凉亭轧钢厂车间支部书记，2008年底病逝。

王洪信，1948年1月参加革命，1949年1月调入第五十军四四七团八连任副排长，同年10月升任排长，伤愈后因胃炎（后穿孔）等病回乡休养，1952年重新参加工作，1987年因病提前退休，定居沈阳市。

戴汝吉，1961年从部队转业，离休前任黑龙江省绥棱县电业局副局长。1982年，戴汝吉终于实现了他梦寐以求的人生理想，加入了中国共产党，一年后，因急于赶回单位参加党小组会，突发脑溢血，经抢救无效，于1983年11月3日去世。十八勇士夜袭水原城的事迹，家乡人民是通过1951年3月31日《人

民日报》得知的。戴汝吉病逝后，云南省丽江县人民政府根据父老乡亲的强烈要求，将戴汝吉生前资助过的母校改名为"汝吉小学"，并在校园内建亭立碑纪念，以"赫赫功勋光史册"，让"巍巍形象铸童心"。

6 十八忠骨白雪埋

一将功成万骨枯。英雄的身前身后，有着更多的无名英雄做铺垫！

就在十八勇士夜袭水原城后的一个晚上，第四四五团一营教导员林家保奉命率所属第二连，加强一个重机枪排，插进敌后攻占381高地，再次袭扰敌人。

当夜24时，当夜袭分队抵近一座山头前，林家保觉得有点像381高地，于是，传令停止前进，招呼身边的人扯开棉大衣把自己和第二连连长苏绍卿围在里面，用手电筒看地图。

"对，就是这个高地。"林家保手指地图告诉苏绍卿。

苏绍卿把头往外一探，自言自语地嘟囔了一句："怎么没有敌人呀？"

"哈罗！"高地上的美军哨兵叫了一声，距离只有七八十米。

通信员赶紧关闭手电筒。林家保迅速收起地图。

"嗒嗒嗒……"高地上的枪声响了。

此时，连队正处在两山之间的鞍部，撤，没希望，一旦敌人打开探照灯，几挺机枪一扫，就全完了。狭路相逢勇者胜，林家保心一横："拼了！拿下381高地。"说罢，提着手枪带头冲了上去。

"杀……"一百多条血性汉子漫山遍野地狂吼，压住了咆哮的北风，也压垮了美国大兵用飞机、大炮勉强垒起的精神支柱。

当林家保接近敌主阵地时，探照灯亮了。林家保高喊一声："卧倒！"没等林家保自己卧下来，前面十几米处的一个暗堡喷出一道火舌，"嗒嗒嗒"一个短点射，三发子弹射穿了林家保的右肩。他一头栽倒，昏迷过去。

很快，林家保醒了。他习惯地坐了起来，想摸枪，可右手怎么也抬不动，这才知道自己负伤了，于是，又用左手摸枪。还没等摸到枪，"嗒嗒"，前方的暗堡又喷出一道火舌，将两发子弹又射到了林家保的胸上。他再次昏迷过去。

不一会儿，林家保恍恍惚惚感觉到有人在抱自己，使劲睁开眼睛一看，是从蒋介石御林军解放过来的浙江籍战士、营部通信员钱善灏。也就在看清钱善灏的一瞬间，暗堡里又喷出一道火舌，一发打中钱善灏脖子上的动脉，三发射进林家保的左肩。钱善灏一头倒在林家保身上，滚热的血喷向林家保的脖子和前胸，两人热血汇成一道血流，染红了身下一片莹莹白雪。

前几次出击因为没派钱善灏参加，他还闹过情绪，可这一次，却成了诀别。

林家保正想着："这下子我俩死到一起了。"突然，又听到后面一个声音在喊："教导员负伤了！"是营部通信员马建昌，一位长春起义的云南籍老兵。

林家保急了："前面有暗堡，不能上来救我，得先派人用手榴弹把暗堡炸了。"他想把这话喊出来，但他哪里知道，美国兵的机枪子弹已在自己身上捣了八个窟窿，胸上中的两弹从后背穿出后，将一片肺叶带离胸腔，吊在体外。他一憋气，气从身上的枪眼儿冒了出来，再一憋气，一股热血随着气体涌出弹洞。

喊不出话来的林家保，眼睁睁地看着马建昌冲到离自己两三米的地方，身中数弹，晃了两下，倒在地上，再也没起来。

接着，身后又传来一位叫谢正治的安徽合肥籍战士的声音，越来越近。林家保更急了："你们都上来干什么呀！为我一个要死了的人，已经搭上两条命了，还嫌不够？"林家保又急又气，真想把他们痛骂一顿。

钱善灏还压在林家保身上。猛然，前方暗堡又传出"嗒嗒嗒"的机枪声，谢正治的声音消失了。林家保脑袋"轰"的一声，只觉得肚子上又冒出一大股血气，再就什么都不知道了。

谢正治牺牲后，第四个冲上来救林家保的第二连指导员史述宽，也饮弹身亡。史述宽是与林家保一同参加海城起义的老战友，云南同乡，他冲上来的时候喊了一句："无论如何也要把教导员抢下来，死的活的都要抢下来！"

林家保醒来时，战斗已经结束。他躺在担架上，一头由两人抬着，另一头放在山坡上往下拖。高地比较陡，这一拖，坡上冰冷的雪落进了林家保衣领里，把他激醒了。"也不能光抢我一个人呀！"喊不出声、双肩受伤的林家保急中生智，用脚蹬了几下前面抬担架的营部文化教员杨平波。

杨平波回头一看，赶快招呼："教导员醒了！"随即放下了担架。

"把，二连，连长，找来。"林家保的声音很轻，断断续续的。尽管林家保的枪伤还没包扎，但此刻他关心的并不是自己。

苏绍卿从高地上跑了下来。

"高地，拿下，没有？"林家保问。

苏绍卿握着林家保的手："教导员你放心，381高地已经被我们占领了。"

"抓到，几个，敌人？"

"敌人从暗道跑了，没抓到活的。战果正在清点。"

"我们，伤亡，多少？"

"牺牲了18人。伤员全都撤下山了，连队在高地上没动。"

"教导员，快两点了，18位牺牲的同志……"苏绍卿欲言又止。

林家保听出来了。按战场规定，烈士应该抬回去，不能暴尸荒野。可眼下深入敌后作战，返程要走两三个小时。一副担架至少要四人抬，伤员有十来个，若安排战斗员来抬烈士，就算不遇到敌人，恐怕也很难在天明前返回阵地。而天亮后，敌人的飞机一出现，或者坦克追上来，伤亡会更大，还不如多保存点有生力量，下次和敌人拼！

林家保明白，把18位曾朝夕相处的战友遗体扔在荒郊野岭，天理良心，谁心头的滋味都不好受，更何况有4名指战员是为了救自己才献出了宝贵生命。没有选择余地的林家保痛苦地闭上双眼，两行热泪夺眶而出，过了好一会儿才说："算……算了。"

十八烈士被抬到谷地，白雪掩埋。

清晨前，第二连返回原阵地，投入新的战斗。

7 战士，让怯战者无地自容

美军1月25日发起"闪击作战"，开始攻击志愿军第一道防御地带的前沿阵地。配属美二十五师的南朝鲜第一师第十五团，其作战任务是夺取志愿军第一四八师四四三团据守的扼"京釜国道"咽喉的帽落山。

战至第5天，第四四三团三营防守的第一线阵地被敌人突破。15时，帽落山的前出阵地236.5高地失守，团首长遂令在第二线阵地待命的第四连（欠第二排）由连长赵其忠、指导员浦绍林率领，以第一排从正面、第三排从左后侧，对236.5高地实施反击。

浦绍林记得，按协同计划，第四连反击时，团迫击炮连应予以火力支援，但实际上没打几炮。

据第一四八师炮兵营营长杨协中回忆，师炮兵营编制3个炮兵连，汉江阻击战时，美式 4.2 英寸化学迫击炮连配属第四四三团，该连携行的炮弹不多，主要靠在安养里的缴获，自 1 月 15 日敌军发起"磁性战术"攻势起，这些炮弹"省吃俭用"打了 15 天，29 日支援四连反击 236.5 高地时确实没打几发。

有没有火炮掩护都要反击。第一排喊着"杀"声，从正面攻了上去，刚到半山腰，敌人一道弹幕拦阻射击将 10 多名战士炸倒。

连长赵其忠指挥第一排再次攻击，夺下了 236.5 高地。可没等站稳脚跟，敌军坦克炮、榴弹炮"叮叮咣咣"打了过来，接着两架飞机轮番扫射，236.5 高地一片火海硝烟，第一排又伤亡 10 余人，赵其忠也被炮弹炸伤，屁股上一道一指宽的大血口子鲜血直流，被抢救下阵地。副连长王建书主动接替指挥，但很快也身负重伤。

炮火急袭后，敌军由数辆坦克掩护，重新发起冲击。一排穆排长见势不妙，未经请示，带着剩下的 10 余名战士撤出了阵地。

团首长见阵地得而复失，遂令团警卫连再次实施反击。这时，由左侧出击的四连三排从敌人侧面攻了上去。17 时，阵地失而复得。接着又打退敌人一次反扑，一直坚守到天黑。当夜 24 时，团里考虑到部队伤亡较大，决定收缩防御，让四连撤回原阵地。

穆排长带着人一直跑到帽落山背后，被在后方组织运送伤员的团保卫股股长张民权撞上："穆排长，你跑到这儿干什么？"

保卫股管战场纪律，穆排长被吓住了，结结巴巴地回答："我们连，被，被打光了。"

"胡说！四连还在阵地上，你赶快把人给我带回去！"

穆排长见张民权走了，刚刚抬起的屁股又坐了下来。

机枪班班长王明学着急了："排长，快走啊！"

"就是，在这儿待着太丢人！"一班班长张顺成也着急。

穆排长没动，半晌，嘟囔道："回去？现在回去找不着连队。"

张顺成火了："你他妈的平时自恃'老八路'，看不起我们这些起义的，当不上连长还发牢骚，怎么一打仗倒要熊了？"

穆排长确实不如战士。反击 236.5 高地时，党员，不论干部战士都冲锋在前。机枪班战士胥正午是排里的党小组长，大腿动脉被敌人炮弹打断后，推开来救护他的同志："不要管我，夺回阵地消灭敌人要紧！"然后，爬上一道土坎，架

上机枪，掩护其他同志继续冲锋，直至流尽最后一滴血。

唯独穆排长，反击236.5高地时，始终落在后面。穆排长真的怕死。好不容易死里逃生，返回连队岂不又去送死？任凭班长们怎么说，他就是纹丝不动。

王明学见劝说不成，恼怒地朝着张顺成把头一甩："走，我们走！看他还有没有脸见人？"两位班长鄙视地瞥了他一眼，转身带着人走了。

一排10余名战士主动返回阵地后，被缩编成1个班，王明学任班长，张顺成任副班长。

1月30日，敌在飞机和坦克的掩护下，向帽落山主阵地全面进攻，从8时50分一直打到17时30分，战斗异常激烈。

第四连据守帽落山主峰以东的无名高地，负责屏障主峰，保障与左邻第四四七团的战斗接合部。这天上午，打退敌人第一次进攻后，指导员浦绍林派通信员前往营部，请示将第三排排长张正昌提升为连长。还没等上级答复，浦绍林就拉着张正昌查看阵地，准备调整部署。

张正昌长春起义时是个班长，个子高，胆子大，从堑壕内伸出脑袋就东张西望。浦绍林急忙提醒："低一点，低一点！"

"没事，没事！"正说着，对面高地"哒哒哒"一个点射，击穿张正昌头部。

张正昌牺牲后，穆排长上来了。自王明学把全排战士带回阵地后，穆排长的心情七上八下，左右为难：上阵地吧？怕丢命。不上阵地？怕丢脸。没脸的人活着更难受，众人的口水能淹死人！

穆排长一上阵地又傻眼了，山上的树全被炸倒了，到处是弹坑，烈士遗体在高地反斜面上摆了一大排，还没来得及送下去。他又动摇了：命丢了，留着脸还有啥用？

浦绍林见穆排长回到阵地，以为他幡然悔悟，马上吩咐："一排长，你回来得正好，阵地上只有我们两个干部了，你去检查一下三排阵地，看看有没有需要调整的，再督促他们抓紧抢修工事。"

穆排长起身不到两分钟，又转了回来："对面机枪打得很紧，过不去。"

浦绍林火了："那你就到一班当战士。你不去，我去！"

浦绍林正要走，被身旁的王明学拉住："指导员，你留下指挥，我去！"

王明学下去时，被敌坦克发现，一炮打中，滚下山坡。未竟之事由浦绍林亲自完成。连部勤杂人员和六〇迫击炮班人员一律补充下去，全连调整为3个班，并且任命了新的正、副班长和党小组长。

第四连调整后，又顶住了敌人整整两天的狂轰滥炸。2月1日，前沿阵地被敌军突破，全连仅剩不到20人，全部退守连主阵地。忧虑兵力不足的浦绍林再次做穆排长的工作："你是共产党员，不能总待在工事里，得参加战斗呀！至少给战士们指点指点。这样下去要受到军法制裁的！"

穆排长的头低了下去。他何尝不怕军法制裁？每次作战前，部队都要进行革命气节教育，道理他都懂。但此刻，穆排长打的是另一番主意：老美这么多飞机、大炮，志愿军恐怕打不赢了。一旦战败，谁追究谁呀？

他寻思半天，终于开口了："指导员，咱连处于两个师的接合部，东面有条小公路，敌人很可能沿小公路从后面迂回上来。"

浦绍林以为穆排长要提出调整兵力部署的建议，问道："你的意思是……"

穆排长神秘地压低声音："我们不能太死心眼儿了，得留条后路。不然的话，敌人一旦从小公路绕到高地背后攻上来，我们一个也跑不掉。不信你看，到时候，团里肯定把我们留下来掩护他们撤退。"

浦绍林本来已经急得火烧火燎，听他这么一说，气得额角上的青筋暴跳："你这是什么意思？这不是动摇军心吗？你胆小了？我们的战士那么英勇顽强，你说这些泄气话不觉得羞耻吗？害怕了就一边待着！"

这时，浦绍林发现，穆排长穿的朝鲜人民军大衣袖口上作为干部标志的红布条被拆掉了。显然，他在准备当俘虏。于是，喊来文化教员："看着他，别让他跑了，也不许他去影响战士们的士气。"

穆排长害怕不是没有根据。第四连不仅前沿阵地失守，左邻第一四九师四四七团的白云寺阵地也告失守，侧翼暴露，三面受敌，处境的确困难。

敌人又进攻了。有人喊指导员。没等浦绍林应答，又惊叫起来："指导员不在了。"

浦绍林急了，跳出掩蔽部吼道："哪个说我不在了？"

几个党员一听，也跟着吼："往前传，指导员还在阵地上！"

浦绍林把战士的情绪稳定下来后，写了个条子："请营里把担任营预备队的二排归还我连建制。"交给通信员，送往营部。

当天中午，浦绍林率领归建的第二排对敌实施反击，一鼓作气打过公路，夺回了失守的前沿阵地。敌人丢下十来具尸体，狼狈地逃了回去。反击中，二排长

杨文明被敌坦克机枪打穿腹部，前后都是拳头大的窟窿，当场壮烈牺牲。

第四连夺回前沿阵地后，发现敌人弃置的两块四五米长红色的对空联络布板，是敌军用来向飞机指示己方位置和作战方向的，第四连指战员无一人"识货"。浦绍林"见多识广"，于是，又写了一张条子："四连收复前沿阵地，缴获敌军旗两面。"然后，派通信员一并送往营部。

通信员刚走一会儿，又转回来了："指导员，后面上来一个干部要找你。"

来人胡子拉碴，一身泥巴："你们这里谁是指挥员？"

"我。我是指导员。"21岁的浦绍林回答。

"连长呢？"来人对"嘴上没毛"的小指导员不放心。

"连长、副连长都负伤了，我是这里的最高指挥员。"

"那好，我是四四七团三营副营长戴汝吉。上级要我组织兵力依托你们的阵地，对白云寺突入之敌实施反击。"

"有什么要求？"浦绍林问。

"第一，借我两挺机枪，再给我点儿子弹。"

"没问题，机枪我送你，再送你两箱子弹。"四连伤亡此时已过大半，机枪不缺，子弹也有。

"第二，我反击时，你从侧面组织火力支援我一下。"

"应该的。"夺回白云寺阵地，四连翼侧就有了保障，浦绍林求之不得。

"第三，如果我牺牲了，请代我向上级报告，就说我戴汝吉不是贪生怕死之辈，对得起祖国人民。请求追认我为中国共产党党员！"说完，转身就走。

"只要我活着，一定办得到！"浦绍林明白了，这是戴汝吉窝在肚子里两年的一块心病。他喊住戴汝吉，关切地问道："你没吃饭吧？"

"两天没吃了。拿下白云寺再说。"戴汝吉抬腿又要走。

"不行！不吃饭我不给你机枪。"浦绍林把戴汝吉按在地上，得意地告诉他："我这儿有炒面，还有水。你用水和上炒面吃，就不噎嗓子了。你知道我的水是从哪里来的吗？是通信员把雪装进水壶，再放到朝阳的地方让太阳把雪晒化。"

戴汝吉看了浦绍林一眼，也没说个"谢"字，先把满是泥巴的双手在满是泥巴的棉大衣上擦了两下，再抓起一把炒面放在左手心上，倒上点水，和巴和巴就塞进嘴里，狼吞虎咽地吃了起来。

半小时后，戴汝吉率部反击，夺回了白云寺阵地。

2月3日午夜，四连完成预定阻击任务，奉命撤下阵地。上阵地时148名指战员，撤下阵地时仅剩28人。

穆排长的战场表现，营、连领导通过保卫股长张民权向团首长作了汇报。鉴于战场动摇分子虽然不多，但不止一人，而穆排长最为严重，张民权建议：对穆排长执行战场纪律！

据说，团首长当场一拍桌子，怒不可遏："毙，毙，毙！"

四连撤到二线阵地后，营教导员鲁桂先把浦绍林找来："今晚要对穆排长执行战场纪律。"

穆排长被带到营部时，已经猜出了几分，一见鲁桂先就战战兢兢地先开了口："教导员，我错了！"

"你不仅有错，还有罪！把他给我绑起来！"

早有准备的营部文化干事赵国成，带着几个战士三下五除二地将穆排长捆了起来。

接着鲁桂先义正词严地宣判："第一，反击236.5高地时，你贪生怕死，畏缩不前；第二，夺回236.5高地后，你未经批准擅自带队撤离阵地，致使部队再次组织反击，增加了伤亡；第三，你违抗命令，脱离战士，长时间滞留后方；第四，坚守无名高地时，你再次违抗命令，拒不上前沿检查阵地；第五，你散布失败言论，有意动摇军心；第六，你私自扯掉干部标记，准备叛变投敌。根据团里的指示，现在立刻对你执行枪决！"

事后，全团召开干部大会进行教育：战争越残酷，执行战场纪律越要严格，否则，就会付出更大的代价！

第四连出了个穆排长，丝毫未影响该连荣获"能攻能守连"称号。

8 血战白云山

抗美援朝战争期间，经志愿军总部批准，志愿军第五十军一四九师四四七团被授予"白云山团"荣誉称号。在众多的参战部队里，享有如此殊荣的团一级单位，唯此一家。

白云山，是"京釜国道"东侧的一个制高点。在白云山地域担任防御任务的第四四七团，将第二营部署在白云山主阵地上，其中第六连以海拔440米的兄弟峰及其以南的328高地、西南的263.5高地为依托,配置在最前沿;第四连配置在海拔588.6米的光教山,担任营的预备队;第五连和营指挥所配置在海拔550.8米的核心阵地白云山上。

1月26日9时至17时,美军第三步兵师对二营前沿阵地进行了8小时的空、炮火力突击。27日拂晓,美第三师在1小时空、炮火力急袭后,出动了1个营的兵力,由坦克引导,分三路向第六连防守的兄弟峰前沿阵地发起进攻。

为使兄弟峰前沿阵地不过早暴露并迟滞敌人的进攻,第六连派步兵两个组配属轻机枪一挺,前出设伏,待敌人进至距我伏击组百米时,突然开火,以伤1人的代价,毙伤敌20余人,将敌击溃。

美军溃退后,恼羞成怒,出动飞机对我阵地又是一阵狂轰滥炸,并投掷了大量的凝固汽油弹。阵地一片火海。

为打乱敌进攻部署,当夜8时,二营副营长李盖文率第四连和配属的第二连各一个排,由兄弟峰前沿出击,分三路袭击退守杜陵之美军营部,经20分钟激战,以伤2人代价,毙敌30余人,俘敌1人,缴获卡宾枪2支、望远镜1具、无线电台1部、烧毁吉普车5辆及部分物资,余敌狼狈溃逃。

与此同时,六连连长郭嘉兴率该连第三排袭击佛堂洞以东之敌。被敌发现后,郭嘉兴带头突入敌群,边扔手榴弹边打驳壳枪,子弹打光了,就抡起步枪向敌人砸去,直至中弹牺牲。此次夜袭,又歼敌20余人。

夜袭行动,打乱了美第三师的进攻部署,28日整整一天,敌人只以猛烈的空、炮火力压制我阵地,步兵未采取行动。

29日和30日两天,敌人在飞机、坦克和火炮强大火力的掩护下,对兄弟峰前沿实施了反复攻击,我第六连坚守的263.5高地和328高地等前沿要点多次失守,多数失守阵地又多次被反击夺回,战斗异常激烈。经过敌人连续5天的狂轰滥炸,兄弟峰上,所有树木被炸断烧焦,所有工事被轰塌埋平,只剩下累累弹坑,但兄弟峰阵地依然巍然不动。战斗最激烈时,李盖文用电话向营长孙德功报告:"放心,有我李盖文在,兄弟峰丢不了!"

31日,是兄弟峰争夺战最激烈的一天。8时,敌两个营在强大空、炮火力的掩护下,分三路对兄弟峰诸阵地发起一波又一波全面进攻。被打退后,于13时再次发起猛攻,六连终因伤亡太大,兄弟峰主峰被敌人攻占。六连指导员熊家兴带着3名战士(含1名重伤员)退至反斜面继续抗敌。

当日午夜，为保持有生力量，巩固阵地，第四四七团调整了防御部署：坚守兄弟峰 5 昼夜击退敌人 20 余次冲锋的第六连撤出兄弟峰及其东西两侧阵地，第二营集中兵力固守光教山、白云山阵地；将左翼第三营阵地移交第四四六团，第三营调至白云山西南的白云寺一带组织防御，并以该营第八连两个排占领白云寺北侧高地。

当第三营八连进入白云寺阵地时，已是 2 月 1 日清晨 7 时，正抢修工事，敌机临空，在一小时空、炮火力急袭后，敌一个营分两路向白云寺阵地实施进攻。八连指战员被迫卧于雪地激战 3 小时后，阵地被敌人占领。12 时许，第三营副营长戴汝吉率该营的一个机枪排赶到，实施反冲击，夺回了左翼高地。13 时许，敌人在坦克、榴弹炮的掩护下，再次对白云寺阵地发起猛烈攻击，激战半小时后，八连被迫转移至帽落山第四四三团四连阵地。

白云寺阵地失守后，白云山主阵地右翼完全暴露，团政委卢昭接通二营的电话，提醒孙德功营长"唇亡齿寒"的战场态势，并要求二营组织兵力依托白云山对白云寺阵地实施反击。

孙德功本来一肚子意见，谁丢的阵地就该谁来反嘛！但孙德功的不满没有发泄，因为这是战争。他没好气地对着电话话筒嚷了一句："好嘛，我亲自带着人去把白云寺阵地夺回来！"嚷完，不等卢昭答复，就把电话撂下了。

孙德功放下电话，正要离开营指挥所，被教导员杨明一把拉住："营长，你留下，我去！"

这是个"找死"的差事，要是"让"给教导员，面子上也说不过去。孙德功坚决不干，执意要亲自带队。二人你拉我扯，几乎"打"了起来。杨明抓住孙德功死不放手："营长，谁都可以去，就你不能去！"

这一嚷，孙德功愣住了："我为啥不能去？"

"阵地上可以没有我，但不能没有你！你不在，阵地丢了怎么办？"

孙德功后来说：当时，杨明几乎快给我跪下了。他的话没说透，但我心里明白，这批起义干部经历了控诉运动后，个人的觉悟和勇敢精神都没啥说的，就是带兵缺乏一个"狠"劲，有点迁就部队，尤其对那些战场动摇分子，心太软。

反击白云寺阵地的任务终于被杨明抢去了。14 时，杨明带领团里加强给二营做预备队的第二连 1 个排、三营教导员率领的第七连、转移到帽落山的第八连余部，乘敌立足未稳，同时从三个方向对敌人实施反击，并于 15 时 30 分恢复了

白云寺阵地。

同日，敌依托我主动放弃的兄弟峰，向四连防守的光教山进攻。由于光教山是个石头山，构筑工事异常困难，敌人又投掷了大量的燃烧弹，加之敌我力量悬殊，激战至16时，光教山失守。

当日，团、师逐级上报了白云山守备分队浴血厮杀的战况，以及营长孙德功和教导员杨明抢着带人反击失守阵地的情况。若干天后，《人民日报》头版刊登了著名记者林韦根据师、团战报采写的一篇战地报道，表彰了孙德功和杨明的事迹。

晚年的孙德功，讲到这场九死一生的战斗，自然要联想到电影《上甘岭》和《英雄儿女》在银幕上展现的战争场面："电影演得不对，导演没有上过这样的战场，山顶上根本不可能有整块的大岩石。我们白云山经过敌人10多天的狂轰滥炸，山上成片的大树全被炸成丝丝了，裸露的岩石全被炸成渣渣了，随便抓一把山上的土，少说也有三五块弹片。"

老人绷着他那布满皱纹的脸，瞪着铜铃般的双眼射出刚直锋利的目光不减当年："战争残酷啊！没有亲身经历的人，完全想象不出来战场是个啥样子。意志不坚强的人根本挺不下来！"

沉思良久，老人讲了一段关于战斗意志的战场经历。

光教山失守后，白云山阵地形势十分严峻。光教山主峰与白云山主峰水平距离1000多米，海拔比白云山高37.8米，敌人占据光教山后，可以居高临下直接威胁白云山。为稳定白云山阵地，孙德功命令第四连剩余战斗人员缩编成1个班，由四连程副连长带队，统归第五连穆家楣连长指挥，穆家楣再带上本连两个班，加强轻机枪两挺，于当夜向光教山实施反击。

穆家楣受命后，命令所有参加反击的人员一律左臂扎白毛巾作为识别记号，由熟悉光教山的程副连长带四连1个班为前卫，穆家楣带五连两个班跟进，约定进至光教山山腰时，再展开队形实施反击。

当反击分队进至两山鞍部时，前卫班突然停止前进。穆家楣上前询问缘由。

程副连长坐在地上，磨蹭了好一阵子，才支支吾吾地说："我们带队任务已经完成，准备回营。"

穆家楣一听，不高兴了："营长交代得很清楚，你率四连战士由我指挥反击光教山嘛！"见程副连长低头无语，穆家楣断定强留有害无益，说道："你若坚持要走,我不强留。"说罢,回头命令本连二排副排长:"你率1个班为前卫,继续前进。"

孙德功和杨明向穆家楣、程副连长交代完任务后,趁夜暗将全营阵地巡视了一遍。清晨,二人刚回到营部,早已等候在掩蔽部里的程副连长上前报告:"营长,我来向你汇报情况。"

孙德功一愣,突然勃然大怒,上去就抽了个嘴巴子:"我要你回来汇报?老子刚从你那里交代任务回来,要你汇报个鬼!"

此时的孙德功,虽然没问程副连长要汇报什么,但他知道战场上最基本的常识:指挥员未经上级批准,不得擅自丢下战士跑到后面去。危难时刻,指挥员若随意离开指挥岗位,很容易动摇军心。战士知道你是"汇报",还是逃跑?

人,都有求生的欲望。任何一支军队都有勇敢者和怯懦者,往往介于两者之间随大流者占多数,而一支部队是勇敢还是怯懦,很大程度取决于指挥员的意志。作战,不怕敌人狂轰滥炸,地动山摇,就怕内部情绪不稳,军心动摇。

火冒三丈的孙德功咬牙切齿地厉声喝问:"你的人呢?"

"在,在山后面。"程副连长被营长的威严震慑住了,结结巴巴地回答。

"那你回来干什么?"

"我,我回来是向营里汇报一个情况,我们没弹药了。"

"发给你们的弹药呢?"

"打光了。"

"放你娘的屁!你们连才打几仗就没弹药了?想拿国民党那套来对付我?"

孙德功越问越火,索性喊来营部通信班班长:"把程副连长的枪给我下了,绑起来!"

程副连长见营长怒不可遏,急忙改口:"营长,我们的子弹还能找到。"

果然,教导员杨明到四连一查,一位班长站出来揭发:四连的弹药全被程副连长藏在高地反斜面的大石头下面。

孙德功向几位营党委主要成员征求意见后,将这一情况向团政委卢昭作了汇报,然后建议:"为严肃战场纪律,将程副连长就地处决。"

电话那一头,卢昭想调查一下,并请示了上级再说,于是吩咐:"对程副连长先不要枪毙,押送到团里关起来,待战斗告一段落时再解决。"

孙德功一听,当场顶了起来:"你们团里已经关了一名排长,还要关多少?

要关,干脆把我一起关起来,战后一块解决算了!"

原来,29日那天,第六连二排才打了两小时,二排长就擅自下令放弃最前沿的328高地,把全排带回兄弟峰。孙德功接到第六连指导员熊家兴的电话,对着听筒立刻咆哮起来:"这怎么行?阵地想丢就丢,这是临阵脱逃!问题这么严重,'严肃批评'就能解决啦?革命军队平时是铁的纪律,战时是血的纪律。一个人怯战,可能影响整个部队的军心。一个阵地失守,可能导致整个阵线的动摇。阵地上出现第一个怕死鬼你不把他压下去,就会出现第二个、第三个。你马上派人把他押到营部来。"

随后,孙德功向团里请示:要对该排长执行战场纪律!

卢昭没有同意孙德功的请求,只是在当晚派团保卫股将这位排长押回团部,禁闭了起来。

这一次,卢昭还想像上次那样谨慎一点,但孙德功毫不相让:"反正这个人不处决,我这个营长肯定是当不下去了,你另派人来吧,我绝对不当!"

二人正僵持不下,师政委兼代师长金振钟在电话里接上了话茬。主要防御方向第一线营的电话直通师指挥所,金振钟不吭不响听得差不多了,才冷不丁地在电话里发话:"孙德功!你发什么疯嘛?"

金振钟当年在东北大学读书流亡期间,加入中共外围组织并投身"一二·九"运动,之后加入中国共产党。1936年西安事变不久,受党派遣回北平组织抗日游击队。他学历高,资历老,有水平,有威信,又风趣,虽然只比孙德功年长11岁,但还是被尊称"老金头儿"。此时,孙德功以为"老金头儿"不同意自己的意见,立刻嚷了起来:"师长,我可不是发疯啊!这是个大是大非问题。战场形势这么严峻,再有几个这样的人,我还守不守阵地了?"

见孙德功嚷了起来,金振钟换了个口气:"啊!既然你认为是大是大非问题,就按你的意见办。我看没啥了不起的,打仗嘛!"

卢昭没再说什么。

放下电话,孙德功还没来得及安排,敌人一枚炸弹落在掩蔽部出口,炸塌了掩蔽部,也炸断了程副连长右腿。负了重伤的程副连长还是没逃脱战场纪律的制裁。当晚,孙德功召集全营排以上干部,当众宣布了程副连长的罪状后,执行了战场纪律。

枪毙程副连长后,五连班长施汝玉提升到四连当排长,四连又能打了。

程副连长不敢去占领的光教山阵地，穆家榾带着两个班趁夜暗没费一枪一弹，一举收复。原来，敌人攻占光教山后，见天色已晚，山上又不好构筑工事，夜幕一降，就撤了回去。

收复光教山后，穆家榾派二排副排长带着一个班防守在光教山南端的小高地上，其余兵力部署在光教山主峰。穆家榾在阵地上一个一个地明确射击地段和掩蔽位置，待回到自己的指挥位置时，天已放亮。没等穆家榾屁股坐热，小高地的那个班退回来报告："敌人一个连摸上来了！"

穆家榾来不及细问，吼了一句："跟我来！"带着这个班跑步返回了原阵地。这时，敌人已爬到阵地前 100 米处。穆家榾一声令下，全班齐射，打得敌人抱头鼠窜。打退敌人后，穆家榾下令阵地上留一名战士观察敌情，其余人员一律退至高地反斜面，以防敌火力报复。

果然，当敌人退后 500 米时，重新组织了空、炮火力急袭。

穆家榾说，在光教山上修掩蔽部本来就不容易，此时也来不及了，只好靠躲。但是炮击好躲，飞机不好躲啊！那家伙可以从任何一个方向飞过来，扫射阵地，丢炸弹。没办法，只有和它在山顶上"捉迷藏"：飞机从东面飞过来的时候，穆家榾就带着战士们往西坡跑；飞机从西面飞过来的时候，穆家榾再带着战士们往东坡跑。好在敌人空袭的时候不炮击，否则全完了。

敌人第二次攻击光教山增加了一倍的兵力，又被穆家榾他们打退了。

14 时许，营长、教导员派营部通信班班长送来半口袋炒黄豆、一小篮手榴弹，还特意给穆家榾带来四张白面饼和一包香烟。

穆家榾回忆说："直到这时，大家才想起整整一天没吃饭了。见生死关头领导还这么关心我们，比较在旧军队的官兵关系，不少同志都流下了热泪。"

当穆家榾把炒黄豆、香烟和白面饼分给大家时，战士们都说连长比我们更辛苦，只接炒黄豆，说什么也不要白面饼。劝了半天，穆家榾只好自己先吃掉一张饼，然后，才把其他三张白面饼分下去。阵地上活跃起来了，战士们一边吃，一边议论："前几天，看见兄弟峰战斗那么激烈，心里直发怵。这两天轮到我们，也不过如此。"

15 时许，敌人在空、炮火力急袭后，一改以往的打法，炮火延伸的同时，以 6 挺重机枪封锁光教山的山脊棱线。躲在高地反斜面等着战场观察员报告情况的穆家榾，看着不断从山脊棱线穿越过的子弹，心里一琢磨：不对头，敌人是在

阻止我实施战场观察和进入阵地,有鬼!

警觉之后的穆家楣再凝神一听:不好,高地右侧有动静!

穆家楣起身正要去观察,被陕西籍战士张孝仁拉住:"连长,敌人机枪封锁!"随即张孝仁越上山脊棱线,探头一望,喊了一声:"敌人上来了!"话音未落,被敌重机枪子弹打中头部,他"唉"了一声,栽倒在地,光荣牺牲。

"进入阵地!"穆家楣一边下令,一边带头跃上山脊,先往山下丢出一枚手榴弹,再探头观察。这一看,吓了一大跳:敌人黑压压一大片,已进至三四十米处了。

在穆家楣的带领下,五连战士先是一顿手榴弹,把敌人撵下去,然后端起机枪和冲锋枪以火力追击逃敌。待敌人撤至四五百米处时,留一人观察,其余人员迅速退回反斜面继续隐蔽。

黄昏时分,五连奉命撤回白云山。

是日,为了加强白云山防御,第四四七团派二连、八连增援白云山。出发前,团政委与二连指导员艾维仁、连长蒋开泰商量:"团部的警卫、勤杂人员都补充下去了,你们能不能给我留下一个班?"

当夜,八连和二连对光教山实施反击,一举将1个排的守敌击退,毙敌10余名,缴获重机枪1挺、步枪和手枪3支,我无一人伤亡,夺回了光教山。

2月3日是战斗最激烈的一天。敌实施了一小时的火力急袭后,以坦克掩护步兵,一路攻击光教山,两路攻击白云山;另有一路向白云寺阵地攻击。防守光教山的八连连续击退敌人四次冲锋,终因伤亡过重弹药耗尽,于14时失守阵地。防守白云寺的七连两面受敌夹击,干部全部牺牲、战士大部伤亡后,阵地落入敌手。16时,团派一营营长率一连对白云寺实施反击,经连续三次冲击,夺回了阵地。不料,敌迅即实施火力急袭,将立足未稳的一连大部杀伤。17时,白云寺阵地得而复失。

是日,敌在空、炮火力掩护下,以两个营的兵力向白云山阵地连续组织了七次攻击,均被击退,阵地岿然不动!

鉴于汉江南岸阻击战已经10天,第一线部队伤亡、消耗很大,2月3日,第五十军奉命调整防御部署:留少量分队扼守第一线防御要点,军主力转移至第二线阵地,在内飞山、果川、鹰峰、国主峰地带继续组织防御。

孙德功记得,这一天,二营接到上级命令:死守白云山,与阵地共存亡!

面对这可能没有生还希望的命令，孙德功只向师长提出了一个要求："能不能给我几箱手榴弹？"

当晚，第二营在白云山阵地营指挥所内召开有排以上干部和党员骨干参加的营党委扩大会议，由教导员杨明做悲壮的坚守赴死动员："同志们，为了彻底打败美帝野心狼，现在祖国需要自己的儿子献出生命，这是我们全体指战员莫大的光荣！我们一定要让亲爱的祖国人民，让伟大领袖毛主席，让敬爱的金日成首相放心，以一当十，奋勇杀敌，血战至最后一人，决不投降！"

接着营长孙德功调整防御部署，并且宣布战场纪律。

就在与会人员唱着《国际歌》结束会议的时候，金振钟派师司令部、政治部、后勤部的三位科长带人来到阵地，慰问二营。慰问组带来了用两个军用水壶装的国产60度烧酒和在军铺里车站缴获的六大筒牛肉罐头，并转达了"老金头儿"的口信："你孙德功要的，我金振钟没有，师机关不但自有弹药早就补充下去了，人也正往下补充。这酒，就是给你孙德功的'原子弹'。"

孙德功接过"原子弹"，豪气勃发，当众宣布："罐头每连一筒，营部不留。酒，在场的一人一口，剩下的归我独吞！"

慰问组走后，二营即失去了与上级的联系，陷入敌军重围。连续两天，敌人对白云山阵地整日炮击，攻击不断。

穆家楣记得，经过连续几天的狂轰滥炸，阵地表层的土全被炸泡了，烤干了，每一次火力急袭，阵地上都是尘土飞扬，遮天蔽日，十米开外都看不见人。阵地上的机枪要用布或毯子裹上，不然，落下的沙土就会影响枪机润滑，导致故障。特别是陷入敌重围后，原来比较隐蔽的反斜面也受到敌火力威胁。五连在白云山阵地反斜面的一个掩蔽部，就是被进至原团后勤所在地板桥里的敌坦克，在空中校射机的指挥下用坦克炮炸塌的，七班长朱殿弼就牺牲在里面。

穆家楣说："那个朱殿弼，胆子大啊！4号那天，敌人的攻击刚被打退，炮击已经开始了，他竟然冒着敌人的炮火跳出战壕，捡回一支卡宾枪和一袋子弹。回到阵地上还满不在乎地对火冒三丈的排长张兴仁笑着说：'你处分就处分！'"

2月5日晚，孙德功派营部管理员徐福祥带4名炊事员下山，到没有被炮击过的沟里弄点积雪回来，给全营同志润一润嗓子。几天不吃饭还能挺过来，不喝水怎么行？徐福祥带人下山后，意外地在古风砚附近的山沟里发现了团侦察连的李永生和通信连的小刘。李永生从怀里掏出一个小纸条，徐福祥借着敌照明弹一

看,是团副政委吕品抄写的一份上级电报。46年后,孙德功依然记得电文大意:你营已光荣完成了白云山阻击任务。我军二线阵地布防已经就绪,党和祖国人民相信你们一定能够撤出美李军重围。纸条末尾,吕品注明:"团在院基接你们。"

孙德功说,白云山是整个战役的防御要点,二营打得十分顽强,在各级领导机关挂上了号。军主力完成第二线阵地防御布防后,上级立刻撤销了"与阵地共存亡"的命令,要其撤出阵地。

徐福祥回到山上,二营立刻召开了排以上干部紧急会议,传达了上级的命令,布置了撤退行动。此时,阵地上仅剩下161人,包括55名轻伤员和18名重伤员。

当夜23时20分,孙德功和杨明带着全营,抬上重伤员,扶着轻伤员,趁夜暗隐蔽突围。与此同时,穆家楣带领五连1个班进至白云山和光教山之间占领阵地,掩护营主力突围行动。

穆家楣等人坚守至凌晨1时方才撤退。回撤途中,在上谷里附近,由于踢响了一根铁丝,惊动了敌人,被敌机枪火力压制。穆家楣派出机枪射手颜世竹匍匐占领一座小土包,用机枪把敌人火力引开后,全班才得以脱身转移。

清晨5时30分,白云山守备分队撤抵院基。1个小时后,穆家楣掩护分队也安全抵达。天亮时,他们从远处观赏了敌军对空无一人的白云山整整1个小时的狂轰滥炸。至此,白云山阻击战胜利结束。

二营到达院基时,团主力已经撤离。原来,第五十军奉命撤至二线阵地继续组织防御后,鉴于汉江已经开始解冻,彭德怀司令员提出,将汉江南岸背水作战之五十军主力撤回江北,得到毛泽东主席的批准。第五十军奉命调整了防御部署,决定除留第一五〇师四五〇团和四四八团一营在广州附近控制山城里要隘,继续抗击敌人,保障左邻第三十八军的右翼安全,并以第一四九师四四五团在清潭里、宣陵、奉恩寺地区占领滩头阵地外,军主力转移至汉江北岸继续防御。

就在二营继续撤往江北途中,遇到了前来迎接他们的副团长王光炳。王光炳带来了上级机关给营长孙德功、教导员杨明记大功的立功喜报。然而,喜报,孙德功板着铁青的脸硬是不接!

孙德功72岁那年,对自己当年拒绝接受立功喜报是这样解释的:"我们那时脑瓜子简单呀!一点都不懂立功可以往自己脸上贴金,可以为自己升官铺个台阶。这不是瞎话,是真不懂啊!那个时候,就知道听党的话,服从命令。如果说,上级党委叫我孙德功肚子里怀上个孩子生出来,我都得想办法去完成任务,那没二话的。咱们那时就是这样一种人!"

然而,脑瓜子不再简单,看破立功"门道"的孙德功依然无悔当年:"仗是谁打的?真正在第一线浴血厮杀的是战士,是那些连排干部!全营伤亡那么大,那么多好同志都献出了生命,上阵地七八百人,到最后就只剩下88人,我们营长、教导员有多少功劳?怎么把功劳记到我俩头上了?我们营4个连的建制还在,兄弟单位配属我们的人还在嘛!我要是贪天之功为己有,不好说话嘛,没脸见人嘛!"

老人光濯濯的头顶上,虽然挂不住多少在流逝年华中霜染的银发,但圆盘大脸仍然要挂着自己视为比生命还重要的面子。这面子不仅挂在老人的脸上,也铺在弥漫硝烟浸透鲜血的阵地上:"这玩意儿,你没在战斗第一线待过,你没这个体会,这要影响战斗情绪的,以后不打败仗才怪了!"

血战白云山受到各级领导机关的高度评价,第四四七团因战功卓著,经志愿军总部批准被授予"白云山团"荣誉称号。

45年后,孙德功和杨明去辽宁阜新看穆家楣。三人一见面没说上三句话,杨明和穆家楣就泣不成声:"白云山打得太惨了!"

穆家楣边哭边说:他的副连长代学友,是个起义军官,在白云山上被敌机投下的一枚重磅炸弹炸中,炸得连巴掌大的肉都找不到了,硬是粉身碎骨。牺牲后,不知哪个王八蛋怎么搞的,消息传到他云南老家时,却说他"叛变投敌,跑到台湾去了",害得家人替他背了多年"反革命"的罪名,直到他牺牲40年后才平反。

年纪越大越伤感。自然,两人也伤感自己的命运:海城起义的士兵杨明和长春起义的军官穆家楣,后来都离开了第五十军。他们太留恋这支起义部队了,都是古稀老人,真哭啊!

唯有孙德功,铜铃大眼依旧虎目圆睁:"老子没流泪。不管他娘的怎么说,这一仗我们打赢了嘛!"

9 中美战史聚焦"血岭"

写入外军战史的"血岭",是位于汉城以南30公里的修理山,主峰海拔

473.8米，由于扼"京釜国道"咽喉，成为第四次战役敌我必争之战役要点。

在汉江南岸阻击战中，坚守"血岭"10昼夜让美国大兵刻骨铭心的团队，是志愿军第五十军一四八师四四四团。是役，该团浴血苦战顽强阻敌，获得了志愿军司令员彭德怀的通令表彰。①

据军史记载，最初的作战部署，第四四四团以第二营加强八二迫击炮两门，占领槐谷、道藏洞、龙虎洞地域组织防御；以第三营加强八二迫击炮两门，占领速达一里、速达三里、修理山、修理寺地域组织防御；以第一营（欠第二连及第三连1个班）为团预备队，配置在光亭里、山本里地域；以第二连占领速达二里；以第三连1个班占领衿井里西侧高地，控制铁路；团指挥所设在山本里。左邻是第四四三团，以铁道为界；右翼无友邻。

进攻修理山之敌为美第一军第二十五步兵师，辖第二十四团、二十七团、三十五团并加强了土耳其旅和南朝鲜步兵第一师第十五团。美二十五师进攻修理山的一线部队由西向东并列展开了土耳其旅和美三十五团。该部战斗得到美第八十九坦克营直接支援，以及美第九九九装甲炮兵营的优先火力支援。至2月初，第六十四重型坦克营也加入了其战斗序列。

在夺取我军警戒阵地后，美二十五师按其师长基恩"直线战术"平行推进的作战要求，于1月26日推进至棠树里、草平里、杨村之线。

1月27日，美军在航空兵火力突击后，以30多辆坦克为先导，分三路攻击修理山前沿阵地，其中1个营由棠树里向我二营的龙虎洞阵地进攻，另外两路分别由杨村、半月场东向我三营速达一里阵地进攻，均被击退。当晚18时，师属炮兵营营长杨协中奉命率领装备有4门75毫米口径的美式山炮第二连配属第四四四团修理山防御作战，在山本里西南设置阵地。

1月28日，美军设在棠树里、半月场、水原北的3个榴弹炮营先对我修理山前沿实施火力急袭，随后，22辆坦克引导1个步兵营从杨村、马桥里之线，向我八连坚守的速达一里阵地发起六七次攻击，均被击退。

杨协中精湛的炮兵技术和战术是抗战期间在滇南由美军顾问教的。他记得由于炮弹太少，每次作战只在炮兵阵地上展开两门山炮。战斗打响后，他亲自指挥山炮试射，测准距离后，命令各炮手用四号装药，向敌坦克、汽车群直瞄开火，

---

① 中国人民解放军陆军第五十军军史编写组：《中国人民解放军陆军第五十军军史》，1987年12月，第36页。

打得敌人汽车掉头鼠窜，坦克手也纷纷龟缩坦克之内。敌步兵发起冲击后，杨协中下令山炮转向敌步兵群发射榴弹。在我山炮、八二迫击炮的精确打击下，敌进攻分队曾一度被压制在我阵地前七八百米处。打到最激烈的时候，炮兵观察所电话里不时传来马占伟副团长转达"八连要求缩近100米射击"的声音。

打仗是很残酷的，但也有笑话。时任第四四四团四连文化教员兼文书的秦琅记得，他们四连在前沿阵地的一天，看到美军坦克太猖狂了，指导员高承舜忍无可忍，冲着六〇炮班的射手吼了起来："张照久，你把那辆狗×的坦克给老子打回去，我给你记一功！"

这话，若拿到军校课堂上去说，准能招来满堂哄笑。六〇迫击炮是曲射火炮，靠爆炸的弹片杀伤步兵，威力只比手榴弹大一点，炮弹只要不落在坦克油箱上，等于给坦克"挠痒痒"。

阵地上的同志也觉得好笑，可没等笑出来，张照久连打三发还真有一发砸在了坦克上面，硬是把坦克吓了回去。顿时，阵地上欢腾起来："打得好！打得好！"

1月29日9时30分，美军以两个营的兵力，在榴弹炮、坦克和飞机的掩护下，分别向八连坚守的速达一里、七连坚守的266高地和风岘西南高地等阵地进攻。

击退敌第一次攻击时，八连副连长和副指导员牺牲。击退敌第二次攻击时，八连指导员负伤，排干部大部分伤亡，弹药消耗殆尽，重机枪也被打坏。敌发起第三次攻击时，八连已伤亡三分之二，在连长的指挥下，又一次将敌人击退。至此，八连连长负伤，全连手榴弹全部打光。15时，敌人从三个方向又发起了一次攻击后，八连阵地失守。

趁敌立足未稳，第四四四团急令第五连两个排依托二营阵地，从东北方向对突入之敌实施反击，迫使敌人退出刚刚攻占的部分高地。由于遭到敌强大炮火的拦阻射击，八连阵地未能完全恢复。18时30分，二连奉命出击，恢复了速达一里阵地。

电影《英雄儿女》中的王成是握着爆破筒跃进敌群与美国鬼子同归于尽的。第四四四团的志愿军老战士都说：电影里面的王成就是我们团的王英！

1月30日上午9时30分至11时，美军先出动飞机对我二连恢复并坚守的速达一里阵地狂泻炸弹，随后是炮火急袭。由于经验不足，仓促上阵的二连将主要兵力摆在山顶，连夜加修的工事又插了过多的松枝，结果在敌猛烈的空、炮火力急袭下，工事全被炸塌，连长阵亡，指导员负伤，全连伤亡惨重。

第四四四团二连三排排长伤愈归队后，告诉战友：四川巴县（今重庆市巴南区）籍的王英本来不是机枪手，因为机枪手牺牲了，他才让王英去接替。机枪在王英手中重新咆哮起来后，引起敌人的火力注意。劈头盖脑的炮弹，倾盆般的弹雨，不停地追打王英。给王英配上1个弹药手，被打掉1个，再配1个，又打掉1个。打到最后，阵地上只剩下王英一人。子弹打光、手榴弹扔光后，王英抱着炸药包冲进蜂拥而上的敌群，与敌人同归于尽。

战役结束后，王英被追记特等功、追认中共党员，王英生前所在班被上级命名为"王英英雄班"。

王英牺牲那天，王英所在营的机枪连班长徐树礼正带着1挺机枪，由营长唐绍雄直接掌握，配置在营部阵地上。营部右前方的速达一里阵地由二连坚守，左前方的高地由一连一排坚守。

徐树礼古稀之年坐在轮椅上，回忆了另一位英雄的悲壮："一连的阵地离我们只有三四百米，我和唐绍雄营长都看得真真切切。一连一排长董老亮提着汤姆森冲锋枪，打光子弹后，正要换弹夹，来不及了，他抄起了一位牺牲战士的七九步枪，装上刺刀，与拥上来的美国兵白刃格斗起来。在连续刺倒了两个美国兵后，一个美国兵突然在他身后出现，跪在地上瞄准，用卡宾枪'嗒嗒嗒……'射向董老亮。董老亮应声倒下的同时，唐绍雄营长一拳砸在观察所的掩体上：'哎呀，又牺牲了一个，我那个好排长！'当着我们的面哭了。"

王英与敌人同归于尽后，12时20分速达一里阵地再陷敌手。为稳住我防御态势，团急令第三连1个排迅速进占253.3高地，阻敌向我纵深推进。同时以另1个排配合第二营的1个排从北及东北两个方向对突入之敌实施夹击。经1小时激战，敌人弃尸30余具，退出阵地，速达一里阵地失而复得。

就在第四四四团八连阵地遭到攻击的同时，七连坚守的266高地和凤岘西南高地也遭到了1个营的敌人连日攻击。据我军战史记载，直到1月30日中午之前，敌人对七连的进攻都是"佯攻"。

然而，在外军战史中，美二十五师"修理山决战"是一线平推，美第八十九坦克营所属各连分别配属在修理山和帽落山一线作战的土耳其旅、美三十五团和南朝鲜军第十五团，并无"主攻""佯攻"之分。

对于我军战史著述的"误判",解释起来或许是个笑话:进攻266高地的部队是土耳其旅。这支被南朝鲜将军誉为"骁勇善战"的部队,在基恩将军的眼皮底下打了个滑头仗。

也许是因为美第八集团军司令官兼"联合国军"地面部队司令官李奇微将于次日前来视察,土耳其旅从1月30日中午开始,加强了攻势。激战5个半小时后,防守266高地的我七连连长所率第二排几乎全部伤亡,266高地南无名高地失守。危急关头,八连1个加强班前来增援,占领266高地制高点后,在不到百米的距离实施火力突袭,将立足未稳之敌赶了出去。

土耳其旅的另一路,从三个方向攻击风岘西南高地。在我三营高副营长和七连指导员的指挥下,七连一排和三排经6个小时的激战,打退敌八次攻击,阵地岿然不动。

在风岘西南高地,轻机枪射手钱树俊和战友们摸准了敌人进攻老套路——狂轰滥炸之后,步兵在坦克、机枪的掩护下,先推进至山腰一片岩石下隐蔽,到发起冲锋时,还要吹一阵哨子。所以,敌人不露头,距离远了,他们都不打。等到敌人从那片岩石后面爬出来,进入到最有效射程内,才突然开火。

敌人对钱树俊的机枪火力恨透了,火炮和机枪总在追着他打。钱树俊不断变换机枪射击阵地,躲过了敌人一次次的火力追杀。

战后,钱树俊被军授予"修理山英雄机枪手"称号。

1月30日晚,鉴于一线分队已伤亡过半,能用于反击的预备队兵力已越来越少,弹药将尽,补给全无,阵地间隙越来越大,敌装甲分队多次插入我第四四四团和第四四三团接合部的谷地,从侧后炮击我修理山阵地及团指挥所,大有合围我修理山防御部队之态势,第四四四团调整了防御部署:原设在三本里的团指挥所移至修理山;放弃前沿速达一里阵地;266高地由八连1个加强班继续坚守;风岘西南高地仍由第三营高副营长率原部继续坚守,并在风岘西北高地新构筑1个加强班的工事,由七连副连长王金山负责坚守;253.3高地由三连继续坚守;机枪三连的弹药手补充到八连当步兵,坚守修理山以南小高地;已打光炮弹的师山炮二连归建,团直属炮连抽1名排干率步枪手1个班补入一连当步兵,其余人员撤至原团指挥所三本里附近待命,两门八二迫击炮移交二线部队;各分队将轻重伤员送至山本里;迅速沟通各级之间的电话联系。

据志愿军第五十军战史记载,1月31日和2月1日连续两天,美军仅向我修

理山阵地实施炮击，未发起步兵攻击行动。

耐人寻味的是，对于美二十五师步兵这连续两日的休战，外军战史也有记载，但具体日期却不同。按照他们的说法，美二十五师基恩师长于1月28日重新制订了作战计划，经过两天的充分准备，该师于1月31日"揭开了为期六天的修理山决战的战幕"，并于当日攻占了250高地等我方阵地。

从双方战例图指示的方位及等高线分析，外军战史所称美军1月31日攻占的250高地很可能在志愿军第四四四团八连、二连先后坚守的速达一里阵地范围，因为后面高地的海拔逐渐增高，至修理山主峰海拔473.8米。

事实上，美军从1月27日起，连续四天每日都对我八连防御的速达一里阵地实施反复攻击，阵地几度易手。战至1月30日夜，也就是二连战士王英抱着炸药包与敌人同归于尽的当晚，第四四四团为收缩防御阵地，主动放弃了多次失而复得的该阵地。而1月31日，速达一里阵地无战事。

平心而论，对这两天步兵作战间歇日期，我志愿军第四四四团毫无篡改之必要，因为这两天不管怎么算，对他们在规定时间内完成坚守任务，都不构成任何战绩上的影响。相反，按照外军战史的记载，第四四四团放弃速达一里阵地的具体日期，还要推迟1日。

美军则不同，若按我军战史的记述，他们牛皮烘烘自称的"修理山决战"就不应该是6天，而应该从1月25日算起，至2月5日结束，改写为12天。即使去掉"闪击"我警戒阵地的两天，也还有10天！

一个加强师倚仗优势的兵力和武器装备，攻击一个"穷光蛋"步兵团的野战阵地，竟然"决战"了10天，还自诩为"闪击作战"，丢人！显而易见，这支第二次世界大战中曾驰骋南太平洋战场并被美国陆军部授予"热带闪电师"称号的劲旅，这一仗打得并不光彩！

更耐人寻味的是，战史尘封了一件让攻防双方都难以启齿的战况：2月1日3时至当日黄昏，我方整个修理山阵地竟成"真空"。

据时任第四四四团团长赵国璋、副团长马占伟等回忆，1月31日夜，鉴于十分严峻的战场形势，团政委提出：将全团撤出修理山阵地，向师的二线阵地转移。

最初，团政委的意见受到其他团首长的一致反对：没接到上级命令，我们怎么能撤？

团政委火了：部队打了这么多天，没增援一兵一卒，没补充一枪一弹，部队减员过半，弹药也要打光了，我们拿什么守阵地？现在我们三面受敌，被敌人包了"饺子"怎么办？与上级的通信联系又中断了，天一亮，就是美国佬飞机的天下，部队想撤都撤不下来！我们得对即将弹尽粮绝的全团指战员负责！

团政委是一位老红军，他反驳团长也带有浓厚的经验色彩："你就懂得国民党那套，我们过去打鬼子，打得赢就打，打不赢就跑。我们的任务，是在修理山坚守七天。现在时间过了，还待在这干啥？打仗，哪有你们这么死板的！"

这是一支来自于两年前长春起义的新部队，在改造过程中，政治委员举足轻重。赵国璋团长虽然在起义前就已经是中共党员了，但一直在国民党军队从事地下工作，作为国民党军校第十一期炮科优秀毕业生，曾两次在美军顾问教授下系统学习过阵地防御战的"排兵布阵"，但对我军传统的战略战术却不熟悉。见政委如此坚持，大家不再反对。

2月1日凌晨3时，第四四四团悄然撤出修理山阵地。

2月1日上午，第四四二团七〇炮连连长刘水清在师的二线阵地突然发现第四四四团撤了下来，马上报告了上级。师首长随即通过第四四二团的电话，严厉批评了第四四四团首长。

随后，第四四四团党委四名常委和当时尚未入党的副团长在一份"检讨书"上主动签名，集体承担了责任，并立即部署部队恢复修理山阵地。

2月1日下午，第四四四团带上从师机关和二线部队紧急搜集上来的弹药，顶着敌机的轰炸，返回修理山。由于美军步兵休战两日，我第四四四团这次行动没被发觉，恢复阵地期间，部队基本没受什么损失。

第四四四团擅自撤离修理山阵地，事后并没有受到任何追究。3个多月后，蔡正国副军长2万余字的《入朝作战以来几个问题的初步总结》虽然检讨作战问题毫不留情，但对此事却只字未提。一向对干部要求非常严格的军政委徐文烈，在他主持整理的两份共4万余字的入朝作战政治工作总结中也是如此。

解开尘封半个多世纪的历史谜团，需要还原历史的原生态。

从敌我攻防部署上看，美第一军（辖美二十五师、美三师、土耳其旅、南朝鲜第一师）沿"京釜国道"向汉城方向实施主要突击时，其进攻重点在"京釜国道"西侧的我修理山阵地。志愿军第五十军部署一线兵力时，在"京釜国道"西侧美二十五师的主攻地段上只摆了第四四四团1个团。

我军不仅兵力部署薄弱,弹药也奇缺。经过第一、二、三次战役消耗后,部队携行弹药早已不够一个基数,军、师后勤携行弹药不够半个基数,没有预备基数。

炮弹更少。据记载,第四四四团在修理山防御作战10天,共消耗山炮炮弹116枚、八二迫击炮弹124枚、七〇炮弹32枚,平均每门炮只有15枚炮弹,且全在1月27日至30日期间打光了。这四天,平均每门炮每天打4枚炮弹,在一线作战的步兵营每天只能得到30枚炮弹的火力支援。

据记载,在汉江南岸半个月的阻击战中,上级给全师补给弹药只有3次:

第一次,在第四四四团撤离修理山那天晚上,军后勤送来手榴弹、反坦克手雷、地雷和六〇炮弹4000余枚。师里见补给的弹药太少,只好命令机关和二线部队只留三分之一的手榴弹、子弹,其余的一律收上来,送往一线部队。

第二次,在第四四四团返回修理山的当日,师里得到上级补充子弹2.9万余发(全师指战员人均3发多一点),随即将其中2.3万发子弹补充到一线的第四四四团和第四四三团,将3000发子弹补充给二线的第四四二团,师里只留3000发子弹作机动。

第三次,在2月2日,军后勤又给全师补充六〇炮弹350发、地雷67枚、手榴弹610枚。

相比较,进攻修理山的美二十七团L连(含南朝鲜军共189人)1天的弹药消耗量就有:步枪平均每支60发,轻机枪平均每挺1000发,重机枪平均每挺1500发,M—16自行高射机枪5辆共52000发,八一迫击炮4门共499发、一〇七迫击炮4门共550发。此外,还有榴弹炮、坦克炮及航空火力支援。

弹药补给跟不上,只好取之于敌。四连副连长邓惠生回忆,敌人每次进攻,都是先用炮火猛轰我阵地,步兵在其炮火延伸时,发起冲击。摸到敌进攻规律后,在敌进攻前,阵地上除观察员外,所有指战员都躲到山头的反斜面隐蔽,等敌炮火一延伸,迅速跃出隐蔽部,占领阵地,先投出手榴弹,再用步、机枪火力将敌打退。美国兵打仗,只要有伤亡,就停止进攻,往山下救伤员、拖尸体。这段时间,敌人有十来分钟的火力间隙,得赶快跳出工事,下去搜集敌人丢弃的武器弹药,特别是手榴弹。

有些情况现在说起来恐怕不少人都不信。数九寒天风雪交加,参战指战员露宿阵地甚至棉鞋都穿不上。战役之初,军后勤汽车大队拉来5卡车棉鞋,准备发给一线部队，由于美军飞机轰炸封锁，在汉江北岸转了三天，没敢过江。军后勤部刘峰政委亲临江边，将汽车大队长就地撤职后，运送棉鞋的汽车队才强行过了江。自然，也付出了惨重代价：汽车被美军飞机炸毁两辆，损失棉鞋2000余双。

粮食也奇缺。为保证一线作战分队的口粮，政治机关主动提出每天只吃两顿饭，早晨一顿吃稀饭，晚上要运送伤员，抬担架往返五六十里路，所以吃干饭。

被敌人围歼的危险也不是没有。据外军战史记载，美二十五师作战参谋曾向基恩师长建议，反正中国军队没有反坦克火器，干脆组织装甲纵队，让坦克搭载步兵向纵深突进，需要时，再回过头来扫荡修理山，但被基恩师长拒绝。

上述情况仅仅是战场客观情况，团政委的意见还有更深层次的主观原因：我军自井冈山起，主要作战形式是运动战和游击战，即便防御也多为运动防御。作为抗美援朝战争中第一次大规模的防御作战，修理山阻击战的这场争论表明，我军传统的作战指导原则正面临一个前所未有的转变——阵地战，特别是阵地战中的坚守防御，已经开始成为我军在朝鲜战场上的主要作战样式。

而这一点，就是志愿军总部也有一个认识的过程——战役发起第三天，彭德怀鉴于面临的困难，曾打算暂时放弃仁川及汉江南岸，但毛泽东次日复电没同意。① 于是，在战役过程中，最初担负警戒防御任务的第五十军指战员硬是于艰苦卓绝的条件下，靠英勇顽强和灵活机动的作战行动打出了个坚守防御。

据记载，战役之初，志愿军首长曾担心第五十军在汉江南岸顶不住，把第三十八军放在第五十军侧后，准备随时加入战斗，同时，给了第五十军"每天500码的机动余地"。然而，不仅在部队负指挥责任的副军长蔡正国和副参谋长李佐没有向下传达，在志愿军总部参加中朝两军高级干部联席会议的军长曾泽生、政委徐文烈也于1月29日20时来电，要求"在全军中必须贯彻积极防御、寸土必争的思想与坚决行动"。

战役打到第七天，见第五十军顽强坚守一线阵地岿然不动，志愿军总部首长通令表彰了第五十军特别是坚守修理山和帽落山阵地的第一四八师，并告之，已"严令三分部速将弹药前运"。②

---

① 转引自军事科学院军事历史研究部：《抗美援朝战争史》第二卷，军事科学出版社2000年版，第223～224页。

② 转引自军事科学院军事历史研究部：《抗美援朝战争史》第二卷，军事科学出版社2000年版，第229页。

据李佐回忆，不久，志愿军副司令员韩先楚来电话，询问第五十军"能不能再守几天"？蔡正国坚定地回答："你让我们再守几天都行，只是汉江快解冻了，什么时候让我们撤到江北，得提前告诉我们。"

再后，2月3日、4日连续两天，志司电示第五十军："你们已苦战10日，希望军再收缩阵地，再坚持数天，主力才可能出击……"①

第四四四团政委是从老部队调来的，眼下与以往运动防御截然不同的坚守防御，在他20年戎马生涯中未曾经历过。

战役结束后，蔡正国副军长在《入朝作战以来几个问题的初步总结》中，虽然对第四四四团2月1日凌晨撤离修理山只字不提，但却大段宣讲一些作战指导原则需要转变："游击战争是从情况出发，以情况来改变决心。今天的战争则是从任务出发，不能因局部情况而改变整个决心……"

显然，第四四四团撤离修理山不是怯战，是在朝鲜半岛现代战争条件下，其作战指导原则未能及时转变的结果。这个结果，从一个极为独特的角度，向后人展示了这支部队艰难困苦的战争经历，英勇顽强的战斗作风，以及严格律己感天恸地的人格境界！

这人格境界，能穿越时空，给子孙后代留下一笔宝贵的精神财富，更能超越国界，向帝国主义及帮凶显示中华民族不屈的脊梁，并且赢得战争对手永恒的尊敬！

2月2日，美军经过两天休整，重振精神，于7时30分开始空、炮火力急袭，然后兵分五路，西面一路，由东谷里向秀岩峰进攻；南面一路，向修理寺进攻；南面另一路，由353高地向修理山制高点473.8高地（即外军战史上提到的474高地）进攻；东面两路，则由山本里、光亭里、鸣鹤里，向修理山主峰侧后第一营的防御阵地进攻。

东路之敌进攻出发地的山本里和光亭里在修理山侧后，战役初期曾是第四四四团团指挥所和团预备队配置的地域。返回修理山的第四四四团再次陷入了三面被围的险境。

进攻修理山473.8高地的是美军第三十五团二营E连。战至当日14时，坚守473.8高地的我五连1个排大部伤亡，473.8高地失陷。与此同时，473.8高

---

① 转引自王顺才、申春：《汉江血痕——解放军第五十军征战纪实》，云南人民出版社2005年版，第272、273页。

地西侧440高地和431高地也被土耳其旅的1个营攻占。

当晚19时，我第四四四团九连及团侦察排由东向西，四连1个排、五连两个排、六连1个排在二营营长的指挥下由西向东，趁夜暗对突入之敌实施反击，在弹药短缺、减员严重的情况下，战至次日0时30分，恢复了阵地，缴获电台1部、无线电话1部、火箭筒1具、自动步枪3支。

据秦琅回忆，他们四连参加这次夜间反击战的是第一排。命令，是连长让他去传达的。阵地上的部队一天没吃饭了，连长交给秦琅一袋炒黄豆带去，叫一排的同志找点干净的雪就着吃。粮食一时运不上来，全营只找到了这两百斤黄豆，先紧着反击分队把肚子填饱。

第一排受领反击任务像往常一样，先集合、报数、整队，然后由指导员高承舜做战斗动员，接着分班吃黄豆、擦枪、整理装具，做好战斗准备。天一黑，指导员高承舜便带领第一排消失在茫茫黑夜中。

1小时后，宁静的夜空被漫山遍野的军号、小喇叭声划破，反击战打响了。

天亮后秦琅得知，第一排完成了反击主峰的任务，恢复了阵地，但付出了巨大的伤亡代价，全排算指导员在内仅剩两人。第一排反击恢复的阵地，第四连又坚守至2月4日凌晨。

据外军战史记载，志愿军这场夜间反击战到次日0时30分时并未结束，打了整整一夜。志愿军各反击分队先摸到距离目标15～20米处隐蔽起来，准备好手榴弹，待军号、哨子一响，一齐投向敌人的阵地。攻击行动是一波接一波，前仆后继。"中国军队好像取之不尽地投掷手榴弹"。

440高地和431高地上的土耳其营最不经打，在第一波反击中就全部被击溃。溃退速度之快，连他们的旅长都不敢相信。

据守修理山制高点的美军E连受到的攻击也极其猛烈，其右翼第一排的阵地和左翼第二排的阵地相继被突破。2时15分左右，"中国军队像潮水般地进攻到第二排前面，其一部突破了第二排和第三排之间的接合部，达到了山顶。在结冻的474高地的山顶上，开始了非常激烈的白刃战。"美军E连虽然向后收缩了阵地，但中国人的反击，到3时左右才平静下来，而从美军侧后实施的反击，一直持续到凌晨6时。

"血岭"峰巅上的这场刺刀见红的肉搏战，志愿军第五十军所有战史资料均无记载。当年在第四四四团前方指挥所指挥作战的副团长马占伟，只记得白刃战

发生在185高地、226高地、速达里、龙虎洞之线,对于外军战史记载的修理山主峰上的白刃战,他也没听说过。

对此,如果不是外军战史误记,那么,我们只能作出这样的解释:一部分志愿军指战员趁夜暗奋不顾身突入敌群,弹尽粮绝后,拖着伤残的肢体,用刺刀,用枪托,用修工事的铁锹、洋镐,在"血岭"之巅与敌人肉搏,全部流尽了最后一滴血,无一人生还。

美国大兵对我志愿军的夜战,特别是对刺破夜空的冲锋号,怀有一种难以平抑的恐惧。在主峰南侧一个高地上的E连连长格兰特,目睹了主峰上的厮杀,绝望之中,他以一种几近哀求的声调,向麦利特营长紧急呼救:"阵地被突破了!我连的两翼已经被摧毁,没有指望再继续固守下去了!"

九死一生的格兰特连长战后披露,挽救E连免遭全连覆没命运的"决定因素",是一五五榴弹炮向山顶上空发射的照明弹。那天晚上,持续不断的照明弹,将战场方圆几公里的范围照得如同白昼,随同E连行动的炮兵观测官,正是借着照明弹的光亮观察到我军的行动,随即用电台呼来了美军炮兵密集的火力支援。铺天盖地咆哮而至的炮弹,有的集中炸在我反击分队的集结地内,有的以弹幕拦阻射击在我后续梯队的面前,筑起了一道道难以逾越的火墙。

在后方强大火力的掩护下,美军E连向后收缩了阵地,逃脱了彻底覆没的打击。

天亮后,伤亡过半的美军E连,撤离了让他们心惊肉跳的"血岭"。

2月3日,已血战10天并付出重大伤亡代价的第五十军奉命向志愿军第三十八军和朝鲜人民军第一军团移交部分一线防御地段。当日凌晨3时,奉命前来接替志愿军第四四四团修理山防御的朝鲜人民军第一军团第八师第一联队的1个营进入修理山二线阵地,另一部进至秀岩峰。据四连副连长邓惠生回忆,接防的朝鲜人民军指挥官是一位少校,所属分队有女兵。

鉴于朝鲜人民军进入阵地后对敌情、地形不熟,上级命令第四四四团再坚守一天。

2月3日天亮后,美军分三路继续对修理山阵地实施进攻,左路是土耳其旅一部,企图夺回夜间被第四四四团收复的440高地和431高地;中路是美军第三十五团G连,接替已经失去战斗力的E连;右路是美军第三十五团三营,继续由东北方向对修理山的侧后实施攻击。

从上午10时激战至16时，敌人多次进攻均被打退，我第四四四团修理山阵地岿然不动。

2月4日凌晨2时，第四四四团奉命向朝鲜人民军移交修理山全部阵地，转移至军的二线防御阵地领受新的任务。

10 汉江50昼夜阻击战感动统帅

毛泽东曾说：志愿军抗美援朝"我们方面发生的问题，最初是能不能打，后来是能不能守，再后是能不能保证给养，最后是能不能打破细菌战。这四个问题，一个接着一个，都解决了。"①

解决第二个问题的奇迹，由第五十军和第三十八军一一二师于第四次战役并肩在汉江南岸创造的。

作为我军第一次大规模防御作战，其激烈程度和全新特点在我军20多年的战争历程中史无前例。这次战役，美军主力集中于西线，由美第一军于1951年1月25日在野牧里至金良场里约30公里地段首先发起，沿"京釜国道"向水原、汉城方向实施主要突击；28日，美第九军在金良场里至骊州约38公里地段展开，向礼峰山方向实施突击。

我军恰恰相反，按照彭德怀"西顶东放"的部署，西线第一线只展开第五十军和第三十八军一一二师，以少量兵力阻击敌主要进攻集团，争取时间，掩护东线我军先诱敌深入，而后集中主力实施反击。

这其中，第五十军奉命在野牧里至庆安川以西40公里地带展开，依托修理山、帽落山、光教山、文衡山等要点构成第一道防御地带，依托博达里、内飞山、鹰峰、国主峰等要点构成第二道防御地带，于敌主要突击方向上，扼"京釜国道"咽喉，抗敌进攻。

战役之初，相当一部分人担心这支起义部队顶不住。然而，第五十军顶住了，并且在汉江两岸坚守了50昼夜。

志愿军第二副司令员洪学智在他的回忆录中评价道：

---

① 毛泽东：《抗美援朝的伟大胜利和今后的任务（一九五三年九月十二日）》。

从国民党六十军到共产党五十军

我担任西线防御的 50 军和 38 军 112 师，在天寒地冻、粮弹供应困难、工程器材极缺乏的情况下，依托野战工事进行坚守，战斗进行得异常艰苦。……50 军是长春起义的国民党第 60 军改编的。这次正好和 38 军这样的主力配在一起，不甘示弱，打得非常英勇。

在中国人民解放军各野战军中，对第五十军这位"小老弟"，有着"万岁军"美誉的第三十八军一直特别关照，从不摆"老大哥"架子，更不歧视这支起义部队，这真诚、深厚、长久的友谊，始建于他们并肩血战美国大兵的汉江两岸。

从朝鲜回国养伤期间，有两位第三十八军的干部告诉林家保："哎呀呀，过去我们对五十军认识不够啊！说句老实话，汉江阻击战刚开始时，我们都以为起义部队的战斗力很有限，一直担心你们顶不住。没想到你们还真能打！五十军不能小看，不能小看！"

汉江 50 昼夜阻击战，第五十军确实打得"异常艰苦"。

穿啥？浦绍林说："我那一身，从 1950 年 10 月出国，到 1951 年 4 月回国，一天都没换过。里面的虱子用东北老百姓的话说，'老鼻子'了。几个月下来，身上的棉衣、棉裤全'开花'了。下了战场的部队就像一群'叫花子'"。

部队回国一过鸭绿江，国内夹道欢迎的老百姓一看到这支英雄部队指战员个个面黄肌瘦衣衫褴褛，都哭了。

浦绍林说到洗澡："到哪洗？能抓一把干净的雪把脏兮兮泥猴般的脸蛋擦一擦就不错了。这是打仗！谁有心思讲究那么多？"

时任第四五〇团政委的张立勋晚年谈到，他回国在澡堂里洗澡印象最深的，不是一池脏水，而是水面漂的一层虱子。

住啥？"说天寒地冻风餐露宿一点也不夸张。"

房子呢？"全叫美军飞机炸了！美军飞机太猖狂了，见到房子，不是丢炸弹，就是丢燃烧弹，明摆着的老百姓住宅，照丢不误，半间也不留。老百姓真惨，有的是一家一家的全炸绝了户；有的炸得老人、孩子无依无靠，无家可归。"

怎么露营？每到一地，领导用红铅笔在地图上一圈："一连在这，二连在那，……"然后，各连来到"圈地"里，就地疏开，分头去挖掩体。老兵有经验，一般都在掩体里抠个洞，铺点干草，既安全，晚上睡觉的时候又保暖。

被子？"刚入朝时轻装，没带，以后运输没跟上，拉倒了。"

毯子？"我们哪有那玩意儿？战场上缴获了点，够几个人盖？"

大衣？干部每人有1件，战士每个班1件，站岗时换着穿。

天气不冷？"冷不冷，我说一件事给你听。"孙德功回忆起他渡大同江的经历：

第三次战役发起之前，部队奉命进至平壤、中和地区。担任第一四九师管理科科长的孙德功负责师部设营。那天晚上8点过大同江，正下着大雪，江桥已被美机炸断，江面还没封冻，江水也不深，孙德功一行脱光衣服，刚徒涉过江，就接到报告，说后面冻死两人。孙德功只好徒涉回去处理后事。

孙德功再次过江时，刚走到江中心，江北岸又有人报告，后面又冻死了一人。没办法，只好再返回北岸。第三次徒涉过江之后，孙德功身上的热量已经散发将尽，脸色苍白，浑身上下无一点血色，冻得话都说不出来了。幸好卫生员有经验，找来6件大衣，把孙德功裹住，半个多小时后才渐渐暖和过来。

"第四四六、四四七团是后半夜过江的。他们过江时，雪停了，有一尺多厚，江面全部封冻，人员、骡马全是从冰上走过去的。前后只有几小时，你说有多冷？"

白云山防御战时，孙德功营五连二排排长李国栋坚守光教山硬是冻得站不起来了，据五连副指导员尹维传等回忆，李国栋双脚从此残废。

据军部报社记者张子琳回忆，幸亏部队一接到北上命令，军政委徐文烈就立刻赶赴武汉，与中南军区后勤部长杨至诚督促赶制了全军几万套御寒的棉衣，部队才免于更多的冻伤。

"那时候，天真冷，人也真能吃苦。现在说起来就像神话。"

至于吃的，"一把炒面一把雪"再平常不过的了。不打仗还好，能吃上点热乎的东西。后面运上来啥吃啥。有时天天吃高粱米。有时天天啃窝窝头。有时天天嚼黄豆，吃得臭屁连天。

打仗的时候就苦了，只能"一把炒面一把雪"。白云山战斗后期，山上的雪全炸光了，吃炒面就跟吞沙子似的。由于部队长期吃炒面，吃到最后，不少人吃得体内维生素奇缺，有的连队一半以上的人员都害了夜盲症。据说，这事后来反映到中央，毛主席非常关心，周总理亲自找了几个食品专家攻关，研制了一种"肝精"，连同鸡蛋粉和辣椒送往前线后，才初步解决了问题。

亲历者们还说，在吃、穿、住上，我们和美国兵没法比。人家每个班都有1

顶帐篷，每个人都有1个背囊，里面装着鸭绒睡袋。睡觉的时候，帐篷一支，四周摆上坦克，探照灯开起，几公里范围如同白昼，闭着眼睛还牛皮烘烘的！吃的，人家有给养车，天天烤面包，罐头是现成的，牛肉、蔬菜、水果罐头都有。单独执行任务的还配有酒精炉，热罐头用的。简直过的是少爷日子。

孙德功说："白云山防御时，每次反击都要弄回来点吃的东西。有一次，还捡回来一壶酒精。连队的同志知道我贪杯，送我解馋，我叫通信员化了点雪水兑进去，当酒喝了。工业酒精？有毒？打仗还管那些？照喝不误！"

那滋味，比喝茅台、五粮液还香！那豪气，"貂裘换酒"也为之逊色！

汉江50昼夜阻击战，第五十军打得非常艰难！

老人们都说，缺衣少食，风餐露宿，算不上什么，中国人吃苦吃惯了，难以忍受的是受欺负。

飞机，他欺负我们没有，更欺负我们连高射机枪都没有，不是一般的猖狂。飞机飞得真低呀，有时都能看见机舱里的驾驶员。俯冲下来的时候，先用机枪扫，然后头一抬，屁股对准阵地就丢下几枚炸弹，跟拉屎一样准。

飞机投掷的炸弹，小的几十公斤，大的三四百公斤。一个弹坑，小的，一米来深，两三米的直径；大的，有三五米深。炸弹掀起来的土能把掩体里的人埋住。第四四三团七连战士田文富就被"活埋"过一次。

最讨厌的是凝固汽油弹，白云山战斗的头几天，美军飞机每天都要投10多枚。那个东西爆炸时的局部火苗是黄色的，一坨一坨的火苗像仙女散花飞到半空，由黄变绿、变白，绿白色的，就像一把大伞罩在头上，和放礼花一样好看。但好看不好受。凝固汽油弹以高温火焰杀伤有生力量和烧毁装备物资，燃烧时产生1000℃的高温。爆炸时，凝固汽油溅开面积大，杀伤半径达200多米，黏附性强，燃烧时间长，对阵地威胁特别大。孙德功说，那几天，因为阵地上有猫耳洞，人没被直接烧着多少，但由于山上到处都是油松，整个阵地被凝固汽油弹烧得一片火海！

美军飞机还搞精神轰炸。那是一架双翅膀的飞机，飞得不高，也飞得不快，就在头上转悠，边转悠，边撒传单，边用高音喇叭播放录音喊话。经常是个妖里妖气的女人声音："五十军的弟兄们，你们受骗了！曾泽生、白肇学、陇耀骗你们投共产党，他们有官当，你们吃苦受累、流血送命。你们打不赢联合国军，投降吧！自由世界这边要官有官，要钱有钱，要女人有女人。"

当时，阵地上流传着一首顺口溜："中国撒拉密，来到朝鲜地，吃的天噶叽，受的飞机气。"在朝鲜语中，"撒拉密"是中国人的意思，"天噶叽"是辣椒。

战士们最恨的，就是飞机！天天念叨："要是我们自己也有飞机就好了！"

对低飞的飞机，开始没人敢打，怕打不着反而暴露目标。据时任第五十军一五〇师四四九团代理政委的张春榆回忆，在汉江北岸，该团五连机枪射手刘群芳、朱景禹自发组织对空射击组，于3月5日用了3挺轻机枪、1支步枪以交叉火力击落美P-51战斗机1架。当美机拖着滚滚浓烟一头栽下时，阵地上一片欢呼声！此后1周，他们用同样的武器和战法又创造击落美P-51战斗机2架，击伤美广播机、侦察机、战斗机各1架的辉煌战绩！

老美还欺负我们火炮少。美军步兵师通常装备各种坦克70余辆、装甲车35辆、各种炮959门，其中70毫米以上口径火炮（含坦克炮）330余门。

志愿军第五十军有多少火炮？两年前，曾泽生率部起义时从兵团司令官郑洞国手里骗来的榴弹炮营在1949年南下鄂川山区作战时，轻装处理了。进军四川作战得到的无后坐力炮连，回师湖北后，支援华东部队解放舟山群岛去了。到抗美援朝时，全军总共只有山炮16门、美式4.2英寸化学迫击炮10门、八二迫击炮45门，反坦克火器和高射火器基本没有，和人家比起来就像"叫花子"。

第四四七团坚守白云山时，师里支援孙德功营2门山炮，十多天防御，总共只有93枚炮弹，因为怕右翼暴露，多数炮弹都用在战斗前两天支援右邻第四四三团弥勒洞附近的防御作战了。

等到白云山战斗最紧张的时候，代师长金振钟打电话问师炮兵营长："你还有几发炮弹？"

"三发。"

"打两发，给老子留一发。"

几乎是同一天，第一四八师代师长赵鹤亭抓起电话就吼第四四三团团长："朱光云，你给我省着点打炮，不要像国民党打仗那样！"

气得朱光云眼泪都流出来了：我入党都一年半了，怎么还把我往国民党那里扯！

老美的坦克更欺负人。进攻时，欺负我军没有反坦克炮，就摆在距我前沿几百米处，掩护步兵冲锋，那边"咚"一声，这边"咣"一炸，没有打不准的。机枪、迫击炮对付它，就像给它挠痒痒。大白天，步兵又不能越出掩体去送炸药

包，拿它一点办法也没有。

美军的飞机和远程火炮还封锁我军后方，让我军每前运一箱弹药、一袋粮食都要付出沉重代价。

汉江50昼夜阻击战，第五十军打得非常英勇！

坚守帽落山前沿的113.8小高地的第四四三团七连三排机枪班机枪射手田文富记得，上阵地后，班长余达洪组织全班讨论如何完成防御任务，弹药手孙文楷第一个发言："在清川江我们都看到了，敌人撤退时将朝鲜人民军军属金玉祥大爷用刺刀捅死了，小孙子也给摔死了，全家只剩一人。这帮畜生如果打到中国，我们的家人都要遭殃。我只要还有一口气，就决不让敌人上来！"孙文楷后来被炸断了右腿，仍然坚持战斗，他和他的战友都实现了自己的诺言。

七连三排最后只剩田文富一人，依然独自坚守阵地。他将伤员、烈士的武器弹药收集起来，摆在阵地的不同方向上，待敌人进攻时，一会儿跳到这头打一梭子，一会儿又滚到那头扔几枚手榴弹。战后，田文富的帽子和大衣被博物馆收藏，上面留有53个弹孔。

特等功臣郑恩喜生前告诉儿子郑连军，他在二圣山反击战中，与战友连克几个山头，都是趁夜暗先摸到敌人的火力点下面，然后，猛投几枚手榴弹，再一鼓作气攻上去的。有一次，当他摸到敌人机枪阵地下面二三十米处时，被敌人发现，一梭子子弹贴着头皮打了过来，头皮都能感觉到子弹气浪的灼热。

如此近战夜战，怎能不让对手胆寒？

第五十军主力撤到汉江北岸后，各师均派出少量兵力过江前出，阻敌进攻，掩护主力江北布防。

据第四四七团三连指导员张殿英回忆，该连奉命在汉江浮里岛上坚守了25天，战斗最激烈的时候，登岛送饭的炊事班长付德高都提起手榴弹冲向敌群。

据时任第五十军司令部营职作战参谋郑竹书回忆，第四四二团一连奉命前出汉江南岸占领88.3高地后，连续几天遭受美军猛烈攻击。军主力在汉江北岸布防完毕后，一天，副军长蔡正国问："88.3高地还在不在我们手里？"郑竹书回答："88.3高地上的枪声还在响。"蔡正国下令："叫他们赶快撤回北岸。"

第四四二团一连连长刘水清是郑竹书的云南同乡。该连撤回江北后，郑竹书见面就问："88.3高地阻击战打得这么好，你是怎么指挥的？"

刘水清平静、坦然相告："战斗打响后，我就没怎么指挥了，都是战士们各自为战打的。"

李继先是在汉江北岸接任第四四五团一营教导员的。当他根据上级指示下令撤出阵地时，突然一位战士号啕大哭："不撤，不撤，就是不撤！那么多同志都牺牲了，我们回去干啥？要撤你撤，我就在这里，和敌人拼了！"

阵地上不少同志都哭了，就像久违了的血泪大控诉。李继先边哭边劝："要相信上级，撤，是为了更好地报仇。留得青山在，不怕没柴烧！"

汉江 50 昼夜阻击战，第五十军打得非常惨烈！

时任第一四八师副师长的戴天翔记录了一组惊天地泣鬼神震撼后人心灵的数据：在汉江 50 昼夜阻击战中，全军与阵地共存亡的分队有 7 个整连、31 个整排、138 个整班，都打光了！入朝时全军 3.3 万余人，经过一至四次战役，减员 10033 人！

浦绍林连上阵地 148 名指战员，只撤下来 28 人。

林家保营加上配属分队近千人，林家保伤愈归队后清点发现，本营干部战士仅剩四十来人。

孙德功营血战白云山后，仅剩 88 人。

田文富所在营也只剩 50 余人。

第一线连队打得差不多了，组织机关人员补充下去继续打。第一四八师组织科科长胡俊人负责兵员的战场补充。他说，补充下去的有师部的警卫员、炊事员、驭手，有机关的参谋、干事、助理员，还有打光了炮弹的炮兵。

没有撤退命令，就是拼光了，也决不后退一步！

在那场尸首横陈血流遍地异常残酷的阻击战中，发誓要"和美国佬拼了"的指战员为数不少，但并不是蛮干。

汉江 50 昼夜阻击战，第五十军打得非常成功！

李佐晚年说："把五十军摆在美军的主要突击地段上阻敌进攻，表明彭总很会用兵。"

起义前的国民党第六十军就擅长防御作战。1938 年 4 月，卢汉率该军打日本鬼子，于台儿庄会战后期坚守禹王山 20 昼夜，伤亡逾半，阵地岿然不动。在国民党军队里，第六十军起义前一年的战绩被评为"甲等"。

共产党对这支部队战斗力的评价也不低。1947 年 5 月 30 日中共在晋绥整理的《滇军概况》评价滇军：

……重制式教练,缺乏政治教育,黑暗专制,绝对服从,带兵老一套,阶级服从严格,长于阵地战和山地战,士兵均经过严格的训练,军事技术训练极好,能吃苦耐劳,善爬山,能死守阵地,在严重情况下,没有命令,能死守不退,缺乏灵活性和机动性,作战团结,乡土观念重。一般说来,部队战斗力是很好的,中、下级军官和士兵都是特好的,最大的缺点,是高级指挥员太差。①

在抗美援朝战争中,凡是从老部队调来的干部,不论是哪个野战军的,对起义官兵防御作战中娴熟的军事技术和丰富的战术经验,无不备加赞赏。也难怪,在长期的革命战争中,为了扬长避短,共产党军队一直"力求在运动中歼灭敌人",即使防御,也多为运动防御。

第五十军入朝作战后,特别注重构筑工事,每到一地,只要住下,再累也要把工事挖好,至少把警戒阵地上的工事挖好。老大哥部队看了都笑:有你们这么打仗的吗?岂不白费力气!

汉江50昼夜阻击战,第五十军以极少兵力分散配置的警戒阵地,发挥了不可替代的作用。

由于指战员懂得为谁而战,由于运用了人民军队的战略战术,这支起义部队防御作战不再死板,突击、伏击、反击,特别是利用夜暗的小分队反击,在50昼夜阻击战中发挥了巨大作用。

团政委卢昭说:白云山防御战期间,团和一梯队各营均掌握了三分之一以上的预备队,成功实施了九次连以上规模的反击,两次(三处)阵前出击,不断补充了兄弟峰、光教山、白云山等防御支撑点的防御力量,掌握了作战的主动权。特别是1月27日晚上的阵前出击,打乱并制止了敌人次日的进攻部署,为整个阵地的防御赢得了整整一天的宝贵时间。

营长孙德功说:在白云山战斗中,不少阵地都是白天丢了,晚上组织兵力实施反击,夺回阵地后,迅速恢复工事,第二天,在大量杀伤敌人的基础上,相机撤出已经被敌人空、炮火力完全破坏了的阵地,夜间再组织反击。仅光教山的争夺,阵地得失达5次之多。通过反复的阵地争夺战,以空间换取时间,迟滞敌人的攻势;以时间换取空间,巩固我防御态势。

---

① 《滇军概况(1947年5月30日)》,中共云南省委党史研究室编:《中国共产党在滇军的工作》,云南人民出版社1993年版,第43页。

战史记载，打到最艰难的时候，第四四九团团长何尔寿亲自率领两个警卫班实施反击！

第四次战役第一阶段，我军在150公里正面上展开8个军，第五十军防御正面即40公里，且在美军主力的主要突击方向上。

战役开始不久，"志司"即通报了第一四八师的防御作战经验，及时向部队发出了战术指示，有力地指导了我军汉江南岸的防御战。1月31日，彭德怀通令表扬了第五十军特别是第一四八师，以及坚守帽落山的第四四三团、坚守修理山的第四四四团、坚守白云山的第四四七团。①

2月4日13时30分，已血战10余日并付出重大代价的第五十军，根据"联司"首长的命令，将南泰岭、果川、军浦场一线以西14公里正面的防御阵地移交人民军第一军团。

从2月5日起，第五十军主力转移至第二道防御地带继续阻敌进攻。此时，汉江已开始解冻，粮弹补给、伤员运送因背水作战更加困难。2月7日，第五十军奉命除留少数兵力扼守汉江南岸部分要点外，主力撤至江北继续防御。

第五十军留在汉江南岸的部队自军主力撤至江北后，在极端困难的情况下，扼守广州、二圣山等阵地，顽强防御十昼夜，大量杀伤敌人，圆满完成任务后于17日撤至江北归建。

在汉江北岸，第五十军继续英勇抗敌，又创造了第四四七团三连浮里岛25昼夜坚守战、第四五〇团三营礼峰山反击战等一系列辉煌战例。

3月15日，第五十军完成汉江两岸防御任务后，奉命撤离前线，于4月中旬回国整补。从1月25日至3月15日，第五十军在汉江两岸50昼夜的防御战中，毙敌1.1万名，俘敌61名，缴获各种枪支1800支、汽车17辆、火炮34门及其他大量军用物资，击落击伤敌机15架，击毁击伤敌坦克和装甲车40辆、汽车20多辆、牵引车10辆，沉重打击和消耗了敌有生力量，钳制了敌主要进攻集团，保证了志愿军主力的休整、集结和补充，以及后续兵团的开进，为我军准备和实施战役反击争取了时间，做出了贡献。

全军在第一次入朝作战期间，涌现出一大批英雄集体：所辖3个师9个团

---

① 中国人民解放军陆军第五十军军史编写组：《中国人民解放军陆军第五十军军史》，1987年12月，第36页。

中,有1个师4个团受到志愿军总部的通报表彰①,第四四七团经志愿军总部批准被授予"白云山团"称号,第四四三团四连、第四四四团四连、第四四五团八连、第四四七团三连、第四四八团四连、第四五〇团七连分别荣获"能攻能守连""修理山连""英勇顽强连""浮里岛连""东鹤山连""战斗英雄连"称号。

还涌现出一大批战斗功臣:战斗英雄王长贵(烈士)、舍身炸敌群的特等功臣王英(烈士)、舍身炸敌的二级战斗英雄特等功臣鲍清芳(烈士)、炸毁敌3辆坦克的特等功臣顾洪臣(烈士)和李光禄、反击二圣山的特等功臣郑恩喜、反击礼峰山的特等功臣李德贵、英雄驾驶员特等功臣刘静波和刘金生、修理山英雄机枪手钱树俊、帽落山英雄机枪手田文富、首创轻机枪击落敌机的刘群秀,等等。

汉江50昼夜阻击战,第五十军打得非常荣耀!

敌人在发起"闪击作战"之初曾扬言:"3天之内,联合国军坚决收复汉城。"

著名作家魏巍亲临前线采访,写下了著名通讯《汉江南岸的日日夜夜》,其中对美国人所吹的"牛皮"是这样驳斥的:

敌人离汉城最近处不过十五公里,离汉江还要近些。美国侵略者的指挥官们早就可以从望远镜里看见汉城了,如果开动吉普车,可以用不到二十分钟。可是他们不是用了二十分钟,他们是用了九个多师的兵力,用了二十天的时间,用了一万一千多名暴徒的血,把这些银色山岭上的冰雪涂成了红的,可是他们从望远镜里所看到的汉城,并不比二十天以前近多少。

3月20日,《志愿军报》发表社论《向防御战的英雄部队致敬》。3月23日至4月3日,《人民日报》在"朝鲜通讯专栏",以大版面连续刊登了六篇关于第五十军和第三十八军一一二师的"汉江南岸战斗纪实"。5月19日又追记1篇。

著名诗人凌子风和著名音乐家郑律成深入部队后,为代号"梁山部"的第五十军谱写了一首《汉江小唱》:

一唱汉江江水长,梁山部天下把名扬,

---

① 第三次战役期间的第四四六团,第四次战役期间的第一四八师及四四三团、四四四团和第四四七团,分别受到志愿军总部的通报表彰。

汉江五十天防御打得响，国内国外都夸奖；
二唱汉江江水深，江岸阵地如山稳，
……

著名作家刘白羽和著名音乐家郑律成深入第四四七团，在该团尚未撤出汉江阻击战前线之时，为英勇善战的指战员们谱写了一首《歌唱白云山》：

高高的白云山，矗立在朝鲜汉江南。
麦克阿瑟要从这儿进犯，我们的英雄叫他停止在山前。
炮弹炸翻了土地，我们说不准你侵犯！
大火烧红了山岩，我们说不准你进前！
英雄昂立在山巅，英雄的鲜血光辉灿烂。
中朝弟兄齐歌唱，世界人民记心间。
汉江的流水滔滔，永远流呀流不尽。
万恶的美帝国主义胆战又心寒。
白云山，白云山，高高的白云山，
让我们高唱着你的英名冲向前！

第五十军指战员唱着歌，热血沸腾，意气风发，斗志昂扬！

可惜，《汉江小唱》后来徐文烈政委不让唱了——我们是新部队，要夹着尾巴做人。在安东授予第四四七团称号时，奖旗上的"白云山英雄团"，也临时改为"白云山团"。

第五十军在汉江南北两岸 50 昼夜阻击战，感动了志愿军统帅和党的领袖们。

曾泽生在国民党军队时，最怕部队被蒋介石编掉。汉江阻击战后，溃逃台湾的国民党当局及其喉舌以己之心度人之腹，纷纷鼓噪：曾泽生的变节部队被蓄意牺牲掉了！

高度评价第五十军战绩的志愿军司令员彭德怀告诉曾泽生军长："有我彭德怀在，五十军不但不会编散，而且优先换新装备！"[①]

彭德怀一言九鼎！

[①] 转引徐焰：《第一次较量——抗美援朝战争的历史回顾与反思》，中国广播电视出版社 1990 年版，第 74 页。

曾任志愿军第一四九师和一四八师后勤部副部长的尹俊山记得,军参谋长舒行回国参加志愿军后勤工作会议期间,周恩来总理在会议上一次又一次地反复表扬第五十军,使得舒行都不好意思了:在座的还有那么多的老部队,不能老表扬我们啊!

据毛泽东身边的一位工作人员回忆,当年毛泽东在中南海曾说到第五十军:"没想到一支起义部队抗美援朝打得这么好!"毛泽东在两次接见曾泽生军长时,也给予第五十军以很高的评价。[1] 1952年12月,毛泽东就朝鲜西海岸防御部署指示志愿军"要有四个有经验的军,划定防区,坚决阻敌登陆"[2] 后,第五十军和第三十八军再次奉命并肩布防。

1964年,当叶剑英元帅准备前往第五十军视察"大比武"时,朱德委员长特意叮嘱:"五十军是起义部队的一面旗帜,一定要把这支部队建设好!"[3]

---

[1] 何义:《回忆对曾泽生军长的一次采访》,《吉林市文史资料》第二辑,1984年,第202~203页。
[2] 毛泽东对邓华1952年12月4日报告的批语,转引自逄先知、金冲及主编《毛泽东传1949—1976》,中央文献出版社2003年版,第177页。
[3] 刘哲:《光明之路》,《吉林市文史资料》第二十二辑,吉林文史出版社2005年版。

第十章
心路缘何苍茫

起义官兵的潜能得以充分发挥,源于脱胎换骨的思想改造。

不同的身世、地位,不同的秉性、操守,不同的社会经历、历史作为,铸就了起义官兵思想改造不同的心路轨迹。

历史苍苍,心路莽莽。

1 准尉未了情

现在的共产党干部,执着地热爱思想政治工作的不多。林家保负伤致残后,却为离开思想政治工作岗位遗憾了一辈子。

在汉江南岸,林家保身上被美国大兵的子弹捣了8个窟窿16个眼儿,右肺一片肺叶被子弹带出体外,吊在后腰,不少人都以为他活不成了。被抬回阵地的林家保先经救护所医生包扎,天黑后送过汉江,转到设在汉城的朝鲜人民军医院,由两位日本医生为他做了切除肺叶的手术。

一二十天后,林家保回到了祖国。运送伤员的列车一驶进海滨城市大连,自发接站的群众人山人海。林家保的担架被20多人抬着、拥着。从车站抬到医院的一路上,不断有人给伤员献花,往担架上一把一把地撒糖果。

在大连,检查伤情的专家是一位50多岁的苏联医生。他告诉林家保:"你在汉城的手术总的说很成功,但你的两片肺叶被切除后,胸腔大量瘀血,需要手术清除。考虑到你已经做过全身麻醉,再做一次对脑子恐怕有影响。"

林家保一听不干了:"脑袋要是整坏了,我就不能为人民服务了,那活着还有啥意思?手术不做了!"

翻译把林家保的话一翻,苏联医生乐了,立马伸出大拇指,说了一大堆林家

保一句也听不懂的"叽哩咕噜"。

第二天,苏联医生提出了个新方案:"不开刀也可以,但瘀血必须排出。还有个办法,就是用针管插进你的肺部,把瘀血抽出来。不过,你要遭点儿罪。"

林家保说:"没关系,不就是扎一针吗?"

扎针那天林家保吓了一大跳,针头有筷子那么粗!说出去的话就是泼出去的水。他硬着头皮告诉护士:"你们抽吧,美国鬼子的飞机大炮我都不怕!"从后背一针扎下去,脑袋像炸开了,痛得浑身大汗淋漓,塞进嘴里的毛巾也咬烂了。一共抽了两次,每次300cc。

经过苏联医生的精心治疗,林家保负伤4个半月后就能下床了。

一天,医院蔡院长和孙政委来看林家保,一进病房就夸:"大家都说你有水平,伤这么重,还坚持学《列宁选集》。"

"我参加革命晚,不学跟不上啊!"林家保虽然已任营职领导两年,但投身这场天翻地覆的社会大革命,他不能不感觉到迫切的理论饥渴。

蔡院长和孙政委找林家保,是想请他出任伤病员管理委员会主任。

志愿军抗美援朝让受了100多年窝囊气的中国人痛痛快快地出了一口气,从此开始扬眉吐气。为民解气、为国争气的志愿军指战员的士气更是为之大振。自然界的空气由多种气体混合。共产党军队的士气也不可能百分之百纯净,阴在阳之内,高昂的士气通常伴有盲目的傲气。抗美援朝初期,志愿军指战员中居功骄傲的思想情绪在少数伤员身上尤其突出:"子弹打了个眼儿,比毛主席小一点儿,比朱总司令大一点儿。"

傲气一膨胀,难免滋生目无法纪的"匪气"。在医院,有的闹伙食,动不动就摔盘子摔碗;有的闹评残,不遂意就打骂医务人员。有的坐公共汽车不买票,还对售票员发脾气:"买票?想要钱就跟我们到朝鲜去取!"还有买东西少给钱的。

共产党的绝活儿历来是依靠群众,伤病员自律性管理组织应运而生。

开始,林家保一推再推:"不行,不行,还是让老大哥部队的同志来当主任!"

架不住蔡院长和孙政委一劝再劝:"行了,行了,大家都说你行,就别推了,支持一下医院的工作吧!"

志愿军战士真好啊!"伤委会"开个会,把发扬光荣传统、爱护志愿军荣誉的道理一讲，再发动伤病员讨论讨论，出几期墙报板报，"闹事"的一下子就少了，各医院都涌现了一大批"模范休养员"。

也有"闹事"的，但与从前不同了。一天，医院总务科李科长找来："老林，有一位姓彭的小战士闹待遇，你去做做工作吧。"

林家保一去，小战士就嚷嚷开了："我不是闹待遇，是他们不公平！女同志发卫生费，我们怎么没有？"

当着那么多人的面，林家保实在不好意思把话说白了，只好把他拉到一旁，悄悄解释："女同志定期来一种例假病，男的没有，所以要照顾。"

小战士虽然似懂非懂，但很听林家保的话，不闹了。

林家保带兵有一条很深的感受：战士的要求并不高，你只要平等相待，他们就会对你推心置腹。自己负伤时，那么多干部战士冒死来救，除了阶级感情，平时建立起来肝胆相照的真诚友谊，也是一个重要原因。

九死一生的林家保依恋朝夕相处的士兵兄弟，更思念九泉之下的战友。他在一篇日记中"咬着牙"向为抢救自己而牺牲的烈士发誓："我一定归队，将自己的一切贡献给革命，多杀几个美国鬼子，为千千万万的兄弟报仇！"

林家保的归队请求被医院领导一口驳回："不行！你的右肺被切掉了两叶，回去给部队添麻烦，还是转业吧。"

"不行，我要回部队。死了我也不怕！"林家保的决心毫不动摇。

不久，林家保被分配到大连第十医院任政治处副主任。

在第十医院当了两个月副主任的林家保不死心，正要往朝鲜跑，听说因车祸负伤的曾泽生军长在大连疗养，于是找了去，自报姓名、单位、职务和简历后，请求归队。

曾泽生开始很高兴："好嘛！部队正需要你们这样的骨干。"一问伤情，二等乙级残废，于是改口了："回部队你适应不了。"

林家保软磨硬缠，逼得曾泽生喊来秘书，给了林家保50万元（相当于币制改革后的50元），吩咐："你先去我们军在黑龙江双城的留守处再说。"

到了双城县，留守处主任梁同生高兴了："老林，你来得正好，留守处正缺个协理员。"

林家保老大不高兴："在你这管家属，不如留在大连管伤员，不干！"又要了50万元，独自一人直奔中朝边境的安东市。

到了安东,找到志愿军办事处,一问,人家只管食宿,不管找车。不管拉倒,自己找车。每天吃完饭,林家保就跑上鸭绿江大桥,见车就问:"是不是五十军的?"没几天,等来了第一四九师拉服装的车,于是爬上了卡车。

回到部队,师、团领导一个个大喜过望,握着林家保的手摇了又摇:"哎呀呀,伤那么重,都以为你牺牲了,不少干部战士还哭了。没想到,真没想到!"

半个月后,师长金振钟把林家保喊来:"你不是天天吵吵要分配工作吗?师部通信科缺个副科长,你干怎么样?"

"还是让我干我的老本行吧!"此时的林家保已将军队的思想政治工作融入了自己的生命之中,他固执地要"下去当教导员"。

金振钟摆了摆手:"你当副科长要兼党小组长,协助科长做思想工作。师通信连的思想政治工作也需要你们通信科指导嘛。"

林家保一想:"不就等于一个大指导员嘛,行啊!"答应了。

不久,师里举办通信训练队,下设一个20人的无线通信班和一个80人的有线通信班,叫林家保负责。

林家保在旧军队参加过3个月的有线通信集训和8个月的无线通信集训,都是美军顾问教的,技术不差,但他不敢露底,因为部队缺少专业人才,若露了底,将来拴在技术岗位怎么办?

不想露底的林家保还是主动露底了。因为他实在忍不住,几次主动纠正了教学中的错误。结果,两个班的学员都嚷开了:"你们说副科长是教导员出身,不懂技术,不对!人家有线、无线都懂,是内行、老手!"

求贤若渴的科长杜英知道后,告了林家保一状。随后,师长把林家保叫去熊了一通:"原来你懂通信。搞技术就没前途啦?共产党员,组织需要你干啥你就得干啥!"打这以后,林家保再也没有回到他无限眷恋着的思想政治工作岗位。

林家保热爱思想政治工作有一个过程。

1946年海城起义不久,林家保所在连来了个指导员叫曹一民。大家第一印象:共产党的政治工作干部挺和气,把士兵当人看,讲出来的话也很中听,什么官兵平等啦,尊重士兵人格啦,不打人骂人啦,句句说在士兵心坎上。

一天,为一件小事,连长李荣贵又拿扁担把一名士兵打了一顿。这事若放在以往,不是忍气吞声的问题,根本就麻木不仁。赵霖芝、林家保等几位连队骨干想起了指导员讲的"八路军实行官兵平等,不打人骂人",几人凑到一起:"起义了，怎么还打人？对，写信给军首长，告他一状！"

告完状后，几人等着李荣贵报复。没想到李荣贵反而一本正经地作了自我批评。更没想到，从李荣贵的口中，大家听出来了，促使李荣贵作自我批评的，主要不是来自潘朔端军长的压力，而是指导员苦口婆心耐心细致的开导！

八路军会讲道理，挺好！

半个多世纪后林家保才得知，这次"告状"，在当年军政治部主任徐文烈心目中留下了极为深刻的印象，以至于把"依靠士兵群众的进步来推动军官的进步"，作为改造旧军队的一条成功经验总结了出来。这是后话。

经过兴隆整训，林家保又发现："八路"的政工干部威信高！

入党后，林家保进一步发现：在谁服从谁的问题上，国民党讲盲从，对不对都得听。在八路军，凡大事都要经过党支部讨论。

海城起义部队组建第三支队参战不久，林家保由排长提升副连长。两个月后，支队副政委兼营教导员卢昭和营长李维禧找林家保谈话，要他改任副指导员。连队的突击排通常由副连长带队，副连长等于一个敢死队长。林家保听说改行，犯疑惑了："是不是认为我怕死？或者认为我打仗出了什么问题，指挥不当？"

两位"老八路"告诉他："指导员、副指导员的工作就是党的工作。党内经常开会传达上级指示，需要记录，你识字，又是支部委员，若没这几条，你还没资格呢！"

副指导员好当，大事有指导员顶着。可没两个月，第三支队又扩编，林家保提升为指导员，大事、小事都得自己顶了。

连长钟毓芳也是刚提的，海城起义时是个士兵，他的水平和林家保差不多，大事、小事都往林家保那里推："指导员就是党，党指挥一切，指导员说了算！"

弄得林家保很不好意思："什么事都是我这个党说了算，要你连长干什么？"

不懂，问领导。副营长李德送来《中国共产党连队支部工作条例》："学嘛！"

两人捧起《条例》，把脑袋一拍：啊？指导员不是党！哦，原来……

林家保边学、边摸索，越干越觉得党支部这个核心重要，不管什么事，开个支委会，统一思想后，布置党员带头，没有干不好的，士气"嗷嗷"叫。

长春起义部队改编后，林家保担任第四四五团一营教导员，党内职务是营党委书记。这时，他对军队政治工作有了进一步的感受：党的基层组织是克服党内

第十章　心路缘何苍茫　343

和部队中错误思想的战斗堡垒。

1949年11月，第五十军南下鄂西作战。一次，在野三关附近追击逃敌，一连副连长高兆松误报敌情，致使全营急行军几十里白跑一趟。营长杨福赶到后，暴跳如雷，当场叫人把高兆松捆了起来。

林家保一看不对头，急忙制止："老杨，要不得哟，批评一下就行了嘛！"

"他谎报军情，有啥子要不得的？"杨福见教导员干预，老大不高兴。

林家保忍了又忍，继续劝道："高兆松不是故意的，属于误报军情。"

"误报军情也不行，部队白跑一趟，往返耽误多少时间？"

"部队又没受到损失，对整个战局也没有什么不良影响。"

"那也得严格执行纪律！"

林家保见说服无效，马上召集营党委紧急会议。果然几位指导员一致反对杨福的做法：这又不是旧军队，怎么能乱捆人呢？乱捆人是军阀作风！

杨福怒目圆睁："我是营长，有权执行纪律！"还是不放人。

林家保实在憋不下去了，也气冲冲地吼了起来："营党委决定，必须放人！"

杨福解开腰带，取下手枪，往桌子上一摔："营党委的决定我也不执行！"

林家保气得青筋暴胀，瞬间明白过来，从口袋里掏出党章，也往桌子上一摔："党的纪律是个人服从组织，少数服从多数！"

杨福争的是维护纪律这个理，在党的纪律面前，他低头了。

林家保和杨福真是一对"冤家搭档"，两人经常吵架，吵一次架，营部党小组长就要劝一次："你们营长、教导员吵架叫部队看见了，影响多不好！"

党管干部，小组长的批评得听呀！找杨福谈吧。两人一谈就好，好了没几天又吵！工作上的分歧，真没办法避免。

1950年2月，第五十军由四川回师湖北后，在钟祥至旧口一带修筑汉水大堤，垦荒生产。由于地处洪泛区，连年灾荒战乱，方圆几十里水塘星罗棋布，四野荒芜，春草繁茂，野兔多，人烟少。

部队筑堤、垦荒期间，劳动热情很高，就是节假日的生活太枯燥。林家保是政工干部，深入群众、联系群众是他的职责，"枯燥"问题战士虽然没提，但挂在了林家保的心上：总得想点办法让战士们快活快活吧！

一个星期天，林家保集合全营："今天，我带着大家打野兔。每人准备一根棒子。"话音刚落，掌声骤起，经久不息，战士们那个高兴啊，甭提了！

4个连队各有两百来人，带到野外，围了个方圆二三里的大圈，号声一响，战士们就"噢——噢——"地往圈里赶野兔。圈越围越小，围到最后，野兔不是在人群里乱钻，就是往人群外乱跳。小半天，打了80多只野兔，分给各连打牙祭。回来的路上，小伙子们拎着棒子，提着野兔，说啊，笑啊，队形全乱了。

打了两次野兔，杨福不干了："连队这样子搞法，作风稀松的，咋要得？"

反正野兔打得差不多了，不打就不打。林家保又想了个主意：下水塘摸鱼！

年轻人又欢腾起来了。一个连一个水塘，先用洗脸盆把塘里的水舀干，再下去摸鱼，每个连都能摸到百十来斤，美美地吃一顿。

摸鱼，杨福还是反对："这样下去，嘻嘻哈哈打打闹闹的，把连队作风搞得稀稀拉拉松松垮垮的怎么办？"

林家保下去征求意见。长春起义的连长支持营长，但态度不坚决。海城起义的指导员都支持教导员："团结紧张严肃活泼是'八路'的传统，打仗执行命令要严肃，平时要活泼，带兵整天死死板板的咋行？水塘的鱼是野的，不存在与民争利问题。再说，又改善了伙食，有啥不好？"

问战士，战士们说："这样玩儿大家很开心。心情舒畅了，对执行命令、维护部队的作风纪律会有好处。"

林家保把多数人的反映一说，杨福不但不接受，反而对林家保经常深入士兵群众的做法很看不惯："你这一套，官不官，兵不兵的。"说着说着，又搬出了他的那套老话："兵要有兵样！我就佩服日本人。几个国家比赛队列，法国兵、美国兵走到悬崖边，都停下来了。唯有日本兵，没有指挥官的命令，就往悬崖下跳！日本兵为什么能打仗？靠的就是这一条！"

对杨福认的死理，平时当着战士的面不好驳他，但私下，林家保没少和他争："解放军是为人民服务的，带兵原则和旧军队不一样嘛！为人民服务就要服从真理，不是真理你服从它干啥？你不能把战士都训练成木头！"

按说，两人的带兵方法之争，林家保一直占上风，但这回杨福道出了个林家保难以反驳的理由："战士打打闹闹的，有损军容风纪，老百姓看见影响不好！"

关系到解放军的形象，是大面子，不能不顾。林家保想了想，让步了。

野兔不打了，鱼也不抓了，但也不能让部队整天死气沉沉的呀！一天，林家保又集合全营："今天，我们玩个游戏。我哨子一响，各连成两路纵队绕着我转，互相插，你插我，我插你，哨子再一响，就停下来。懂了没有？"

"懂了!"回答虽是异口同声,但谁都不懂教导员的葫芦里卖的是什么药。

哨声响了。稀里糊涂围着林家保转的几支行进纵队里,不时传出嬉笑打闹的声音。

哨声又响了,所有的人都停了下来。林家保下口令:"坐下!"

"哗",围着林家保一圈的指战员全坐了下来。

"听口令,一连的,起立!"

第一连的站了起来,这三五个,那七八个,全乱了。

"大家看看,这就是一连的队形!大家看清楚没有?"

"看清楚了!"一阵哄笑。

第一连亮完相,再让第二连、三连亮相,队形和一连差不多,都像"仙女散花"。唯有机枪连,队形虽说拐来拐去,但战士一个个跟得紧,队形没断。

游戏做完了,林家保现场总结:"看出什么问题没有?为什么机枪连的队形不散?平时他们组织纪律性就好!行军时,排长跟连长,班长跟排长,战士跟班长,掉队的就少。我们有些连队鄂西战役时不就出洋相了嘛?六〇炮上来了,炮弹掉队了。耽误战机不就是犯罪嘛?所以,各级要加强部队的管理教育。"

这一次,杨福比较服气,但面子上还是有点过不去:"老林呀,今天下午你是不是在批评我?你这个游戏我完全同意,这样对部队有教育,但你最后把问题归结为管理教育不严,好像你负责的思想工作就没什么问题啦?"

这次游戏,后来挂上了杨福的嘴边:"行军,就要像教导员组织我们做游戏那样,加强组织纪律性,一个跟一个,看谁跟得紧,串不乱!"日本兵跳悬崖的故事,逐渐讲得少了。

"我就喜欢往战士堆儿里钻。和朴实的人在一起,可以纯洁灵魂。"林家保的感受。

做思想政治工作,一次谈话,林家保居然救人一命!

有一位云南籍班长,少数民族,姓杞,一天找上门来:"教导员,有个问题我想了好久没想通。我曾经不打算活了,想用手榴弹把自己炸死,但又想到这样不明不白地死,对不起领导,对不起教育、改造我们的首长。你就像我们的父母,所以,想找你谈谈,你看我该怎么办?"

"为啥不想活了?"林家保有点紧张。

"我申请入党都一年多了,到现在也没解决,还有啥脸见人?"

原来为这个！林家保动气了："入不了党你就想自杀？胡闹！自杀是什么行为？是叛党！敌人会怎么宣传？敌人会说你对共产党不满！你对哪个人有意见可以提出来，但绝不能损害党的形象，更不能以自杀的方式帮助敌人！"

全营的班长林家保都熟悉，杞班长作战勇敢，工作积极，行军时经常扛双枪或背俩背包，就是有时有点心胸狭隘，稍不遂意就和别人吵架，党员们对他都有看法，不愿介绍他入党。而杞班长越入不了党，脾气越焦躁。

林家保批评完杞班长，又找连队干部交代："这事，你们可不要小看了！"

杞班长在连队党支部的帮助下，脾气改了不少，后来由排长等人介绍加入了党组织，并在抗美援朝战争中提升为干部。负伤转业到东北后，一直念记着当年严厉开导自己的老首长林家保。

林家保说："能把人的思想工作做通，是莫大的精神享受！"

在中国这块土地上，带兵方法由"杨福式"的尊卑有序，到"林家保式"的亲如一家，是一个了不起的人权大革命。林家保他们的老师，是老八路曹一民、老红军徐文烈。徐文烈们的老师，是通过三湾改编、古田会议等一系列改造工作开创人民军队建设千秋伟业的人民领袖毛泽东。

在改造百万国民党起义部队的宏大社会工程中，仅就认识人的价值、发掘人的潜能而言，中国共产党人有着"西方精英"无法企及的伟大成就：30多名"徐文烈"于敌强我弱的1946年，改造了来自敌对营垒的数千名海城起义的"林家保"，发掘了他们的人生潜力；两年多后，带着数百名老"林家保"，再激活长春起义数万名新"林家保"的人生能量；又过了一年，数百名新老"林家保"，又使几万名郫县起义和渠县起义的"林家保"们进入了"六亿神州尽舜尧"的境界！

除了中国共产党，谁有这个本事？

2 团参谋长末了路

人生如戏。生活中每个人都力图导演自己如戏的人生，先做人生梦，再推演似梦非梦的现实生活。

像惊涛骇浪中的一叶扁舟，有的鼓起意志之帆，闯旋涡，越急流，抵达彼岸；有的把握理智之舵，避礁石，绕险滩，直济沧海；有的或升帆不力，或掌舵

不灵,在怨天尤人的叹息中,随波逐流,听天由命。也有人迷失于雨遮雾罩的激流,在汹涌澎湃的洪涛中,用生命之舟去撞击阻拦江水直行的巍巍石崖。曾与林家保搭档过的杨福,就是这样选择了人生的末了路。

在相当一段时间里,都说杨福是混进我们革命队伍中的反动分子。

当人们判断是非的视野由习惯的阶级斗争定义扩展到更大范围时,一个个未解之谜便不由分说地摆了出来:这位"混"进来的"阶级敌人",也有过一段有功于人民的历史!

1947年10月,国民党军第六十军五四五团一营营长杨福率部驻防吉林郊外的口前。东北民主联军发起吉林战役后,第六纵队十七师奔袭六七十公里,于19日天亮时一个冲锋,将杨福营收拾干净。

配合第六纵队打口前的民主同盟军第三支队营长李维禧记得,当时杨福夫妇被堵在家里。听说屋里有个国民党营长,李维禧带人闯了进去。一进门,除了李维禧,其他人都愣住了,不但彼此认识,还曾在杨福手底下当过兵。排长李盖文最先反应过来,上前问了一句:"老连长,你还认识我吧?"人熟就好办。杨福经"老部下"劝说,情绪慢慢安定下来,两天后被林家保等押送移交给哈尔滨解放军官教导团。又过了半年多,杨福等人被派回长春做策反工作。

杨福随军起义后,鉴于他是我党派遣人员,九台整训时以"搬家"方式调换了个单位,留下来随队改造,在整编后的解放军第五十军一四九师四四五团一营营长的位置上,与教导员林家保成了搭档。

据林家保回忆,由于离开了原来带兵的窝子,杨福的历史问题和军阀作风在控诉运动中基本没怎么触及。不过,还是有人检举了杨福,说他在旧军队里曾经杀过逃兵,还枪毙了两名被俘的"八路"。杨福杀战俘的事,林家保报告了上级政治机关。师政委金振钟答复:"你们反映的问题组织上都知道,你们就不要再管了!"显然,这事杨福自己有过交代,组织上不打算追究了。

熟悉杨福的人认为:主动交代自己的罪恶,杨福有这个胆量。

在杨福看来共产党不是有政策吗?我就坦白给你们看看。要是说话算数,我杨福决不忘恩负义。要是不算数,砍头不过碗大的疤,我自认倒霉。

对政治整训,杨福还算支持。只是有一点他不满意:我是一营之长,怎么有些事情要你们营党委研究了才算数?

最初他装糊涂,有些事情明明事先与他通过气,向他征求过意见,甚至和他一起研究过，一到具体执行，他就打哈哈："可能教导员晓得，找他去吧！"

林家保没少和他讲有关党委集体领导下的首长分工负责制，他就是听不进去，工作起来总是别别扭扭的。时间一长，杨福也觉得不是个事，好多战士都是党员了，自己继续留在党外，面子不好看，带起兵来气也不壮。一天，杨福主动找来："老林呀，我参加组织生活行不行？"

林家保一听，挺高兴：这家伙总算要求进步了！

同时又好笑：没入党就想参加组织生活？比我当初还无知！

怎么办？从入党 ABC 讲起吧！没等林家保把大道理讲完，杨福不耐烦了，硬插上一句让林家保没法继续说下去的话来："老林呀，我已经入过党啦！"

林家保马上想起自己当初的洋相，于是学着老指导员的口气耐心追问。

殊不知，杨福的回答让林家保吃惊不小：原来，1948 年 4 月底，杨福等人在被派回长春策反前，已经被东北军区联络部前方办事处秘密发展为中共"特别党员"了。

林家保没辙了，只好将杨福自诉情况向上级政治机关报告。

几天后，师政委金振钟和军政治部组织部部长苏民分别打来电话："杨福是特别党员，你们吸收他过组织生活就是了。"

当林家保在营党委会上一宣布，指导员们都嚷开了："他哪够得上共产党员？"

杨福的"毛病"真不少，什么军阀作风、命令主义、个人主义、个人英雄主义、心胸狭隘、脱离群众啦，等等。大家最看不惯的是，这人不管什么时候，都要在部下面前拿个架子。给全营讲话的时候，他一定要骑在马背上。

林家保也曾劝过他："骑什么马呀？你下来讲嘛！"

杨福头一撇："不！我要锻炼我的马，让它学会站着不动。"

林家保知道杨福爱面子，就让他把威风抖个够。回到宿舍里再批评他："拿破仑讲话也没有非骑马不可，你一个小营长骑什么马呀？不尊重战士嘛！"

对他不肯深入到战士当中，批评意见更多：高高在上，算什么共产党干部？

杨福的毛病有的改了，有的想改也难，但打仗，大家还是服他。

当年的副团长王伟略记得，抗美援朝第三次战役期间，第一四九师在高阳附近遇到美军阻击，抵近观察，发现敌人阵地附近有对空联络布板。杨福知道那是美军向飞机指示敌我方位和攻击目标的，于是，他带一个搜索班摸了上去，把两

块布板划拉到手。部队发起冲锋后,敌机来了,看不到对空联络布板,盘旋了好一阵子,一枚炸弹也没敢丢,飞回去了。当天晚上,杨福和林家保又带着全营,参加了打英军二十九旅"皇家重坦克营"的战斗。

对于一个只晓得恩怨分明的人来说,一旦个人的付出和收获失衡,个人主义情绪常常会急剧膨胀。杨福居功自傲的情绪很快流露出来,平时给团里打电话只找王伟略,不找别人。王伟略劝他:"咱俩都是起义的,你该多找团长、政委才是。"

杨福不听,依然我行我素。

第四次战役后,军里决定提升一批经受战争考验的起义干部,杨福是其中一位。为提升杨福的事,林家保出院后,曾找团政委张士远说:"杨福狭隘的个人主义思想、军阀作风残余、旧习气都还没有改正,提起来恐怕不太合适吧?"

张士远回答:"经过战争考验啦,组织也需要提拔一批起义干部嘛!"

由于杨福的毛病大家都知道,提升他时还真费了点周折。按照上级最初的打算,杨福回他的老窝子第四四三团当副团长。最先反对的,是杨福在旧军队的老长官朱光云:"杨福这小子在旧军队就搞封建会道门,是个三番子,不要!"

杨福后来被提拔到第四四四团当参谋长。四年后,杨福出事了。

1955年全军开展了轰轰烈烈的肃反运动,已经回国并驻防辽宁通元堡的第四四四团也不例外。根据团党委常委会的部署,对每一个人的书信、笔记都要审查,所有的人都要接受审查,先从团政委马耀龙和参谋长杨福开始,他俩过关后,马耀龙负责抓部队的肃反运动,杨福负责抓训练,然后,再审查其他团首长。为搞好这项工作,团里专门成立了一个由二营副教导员邱文彩任组长的"搜缴组"。

常委会做出决定的次日,邱文彩带着"搜缴组"先检查了政委马耀龙的办公室和宿舍,接下来就到参谋长杨福的房内翻箱倒柜。据邱文彩等人事后回忆,杨福当时虽然说不上怒目切齿,但一脸愠色。

第二天,全团在礼堂召开肃反运动动员大会,由团政委做动员报告,杨福没参加。散会后,不知道从哪钻出来的杨福提着一支冲锋枪直奔礼堂。途经团政治处办公区时,迎面碰上俱乐部主任杨玉清,还没等他反应过来,冲锋枪就响了。

二营教导员开完大会正在团政治处小坐,听到枪声,急忙跑出来:"谁行凶了?"

血泊中的杨玉清指了指正冲进礼堂的杨福背影："不要管我，快去找政委！"

很快，政委马耀龙带着团警卫排包围了礼堂，喊话未奏效后，一场枪战打开了。难以隐蔽的杨福被迫退守舞台一侧的小阁楼。鉴于小阁楼是木质地板，政委调来几挺机枪，隐蔽接近后，从几个方向对准小阁楼的地板猛扫，穿透地板的子弹终于将杨福击毙。

杨福除了打死杨玉清外，还打伤了几名干部战士。此案，定性为反革命凶杀案，通报全军。

杨福为什么行凶？事后分析，很可能是因为他怀疑肃反运动将整到自己头上。杨福在旧军队杀过我军战俘，虽然杨福参加革命后得到过"既往不咎"的政治承诺，但这人命关天的大事不能不是长期压在他心头的一块巨石。肃反运动开始后，由于杨福不是团党委常委，没参加部署运动的常委会，自然不知道运动的具体对象和实际部署。偏偏杨福正在和团里主要领导闹矛盾，便神经过敏地猜疑自己会在运动中挨整。于是，心一横，走上鱼死网破的绝路。

杨福行凶后，作为"混进革命队伍的反动军官"成了阶级斗争的典型。

如今，以往的铁案定论随着解放思想的历史潮流受到了重新审视。似乎，杨福的"特别党员"经历并非"混"进革命队伍；似乎，杨福在鄂西捆绑副连长高兆松，在朝鲜汉江南岸痛骂排长王宏升，不足以说明他"一贯反动"；似乎，杨福行凶更多地应归因于心胸狭隘；似乎，对杨福，缺少一次推心置腹的恳谈。

从经历看，杨福跟共产党走的想法不是没有，但更重要的是，杨福的立场并没有彻底转变，他心目中第一位的东西，始终是他个人的荣辱得失。

杨福凡事"义"字当头，但当"义"字头的，是个人的荣辱得失，哪怕小似一点，也要放在"义"字的头上：当共产党对他有不杀之恩时，他能知恩图报；当领导对他有知遇之恩委以重任时，他能感恩戴德；一旦他的个人利益可能受到威胁，其狭隘意识和悲观情绪甚至可以驱使他把枪口对准无辜的战友，对准他曾经信服并为之效命的人民事业！

这，就是杨福，就是杨福以"核算"个人利益为重的义气！

在社会变革翻天覆地的大潮中，杨福的义气有其可用之处，但本质上不能不是对历史的反动。

杨福参加过九台政治整训，出事后，人们通常归咎于杨福"拒绝接受改造"。

王伟略说了这样一句话："进没进过东北军大学习的人，大不一样。杨福没

这个经历。"几乎完全一样的话，杨协中、张官迎等起义军官都说过。

东北军大对起义军官的改造，特别是"思想还家运动"对起义军官讲究个人利益、维护封建义气的旧思想的猛烈批判，在触及灵魂上，要比在九台的部队剧烈得多。又是一个需要心理学家、管理学家、社会学家解析的学理难题。

在经历了"拨乱反正"的历史大潮后，不少当代知识分子对当年剧烈的思想改造运动持有否定态度，似乎这划时代的灵魂洗礼应该以一种布道式的温柔说教来完成。然而，这种以超然态度对已然历史表示的了然，仅仅是一种想当然。已然的历史，有着历史的必然。

像一出戏，杨福的义气，有着厚重的历史文化底蕴。正因如此，新中国对人的改造，对人心的改造，才有了后人难以想象、难以理解的曲折心路。

3　军长终身憾

每个人的心路历程都有遗憾。每个人内心的遗憾都能折射出他的人格追求。

曾泽生军长的遗憾是什么？

有人说，是他的人格追求有善始，能善终，未善其中。这话不无道理。

1902年，曾泽生出身于云南省永善县大兴镇一户地主家庭。父亲病故后，曾泽生母子在家族内外的地位一落千丈。1922年，曾泽生弃学从军，考入云南省都督唐继尧的军士队。

曾泽生从军士队毕业后，被免试保送进入第十八期云南讲武堂。入校一年后，因当局欠饷，曾泽生鼓动学潮，打闹校宿，被校方追究，乃逃离学校。

1925年5月，曾泽生投奔黄埔军校，被任命为第三期学生队上尉队附。11月，调教导师第三团任连长。未及一年，因厌恶"军官们只知嫖赌，不问营事"，乃坚决辞职回黄埔军校。1927年，曾泽生由黄埔军校高级班毕业，调往前方，因"看到国民党军队克扣军饷伙食比比皆是，士兵不堪其苦"，而官长们却积重难返，遂不屑为伍，辞职赴上海学工。

1929年龙云上台后，为培养干部改造滇军，派卢浚泉赴上海将曾泽生等20余人请回昆明，举办军官候补生队。曾泽生一伙年轻军官凭着一股热情，创办《新武力》校刊，鼓吹"发扬革命精神，反对封建专制，铲除贪官污吏"。未及数月，蒋介石派王柏龄来滇查办，先将军官候补生队缴械，再将曾泽生等打入牢狱。

这次入狱，曾泽生差点被杀，经卢汉力保，禁闭数月后才获释。面壁反省，曾泽生终于领悟了国民党军队的"生存真谛"：长官意志就是真理，唯命是从才有出路。从此，曾泽生了结了血气方刚的"革命精神"，时时处处"以服从为天职"约束自己，埋头苦干，终于迎来了他梦寐以求的时来运转、平步青云。

曾泽生想"各人自扫门前雪，休管他人瓦上霜"，在坚守人格与追求地位之间寻求两全。然而，青天白日下的军旅仕途月黑风高，想"洁身"未必能"保身"，想"自好"未必能"得好"！

曾泽生自1925年当连长掌握经济权，即"反对剥削士兵伙食薪饷之恶习"，1937年开赴抗战前线时虽已升任团长，但他只能给寄养在丈母娘家里的老婆孩子预支几个月的薪水，自己过着行装一被一褥，衣服不破不添，不抽烟，不喝酒，不打牌，不跳舞，不玩女人的平常生活。

打碎曾泽生"洁身梦"的，是抗战中期令他无地自容的家庭窘境。

抗战初期，曾泽生团长的薪水是少尉排长的6倍，若在一般人家是很宽裕的，但在讲门面、比排场、摆阔气成风的国民党官场，根本撑不起什么面子，加上物价上涨，曾泽生家人的日子过得相当窘迫，连岳母家的积蓄也全部用光。

1940年初，已升任副师长的曾泽生由江西请假回昆明，打算将度日艰难的老婆孩子送回永善老家。行前，夫人李律声分娩难产，住院手术，钱花得囊空如洗不说，还有两百余元的住院费无钱结算。经向朋友借贷，虽结清欠款出院，可回老家的路费又没了，把家里所有家具和多余衣物尽行卖出，还是不够，只好再向卢汉告借。更使曾泽生伤心的是，他未满月的婴儿因冻而病，死于途中。

曾泽生寄希望于故乡的家人。谁知，任凭怎么解释，亲友全然不信："人家当官都捎钱给家里盖房置地。你这副师长的官也不小了！"言外之意，责怪曾泽生小气、装穷。果然曾泽生走后，家人只给李律声送点大米，别的一概不管。李律声在老家住了一年，又返回昆明。

身为副师长，养家糊口要寄人篱下仰人鼻息，治病还乡要四处借贷八方求人，在旧军队里是很丢脸的。没人会同情曾泽生，相反，别人还要百般耻笑：当了那么大的官还不会捞钱，太窝囊了，太没本事了！

蜚短流长，众口铄金。极爱面子的曾泽生要顾面子，就不能不随风转舵，随波逐流。从此，曾泽生随俗沉浮滑入一条他原本厌恶的歧途，一边抗日救国，一

边捞钱养家。但此后捞钱,已远远越出了"养家"范围。

曾泽生捞钱见之于他的《自传》:

一九四三年,我由一八二师师长调任一八四师师长时……向银行借款陆百万元,开始做囤积生意。

一九四五年日寇投降,我随军入越南受降……再从银行借款,筹集两千万元本金,做金子生意,由越南利用飞机来往,几天一转,可免税收及运费,时仅数月,我除将银行之本利付清外,尚余金子三百余两。

《自传》落笔之处,曾泽生有意回避了一些在新社会难以启齿的往事。

曾泽生升任师长后,秉承了老长官的衣钵,于入滇各部队的走私风潮中,也干起了走私贩毒行当。那年冬天,曾泽生派本师第五五〇团少校团附李峥先带1个排,赶公家的军马,假"赴墨江磨黑盐井驮公盐"之名,以团里数万发七九步枪子弹和自己交来的一部分现款为本钱,去购买大烟土。

李峥先第二次替曾泽生做走私生意途经峨山时,遇数十名土匪拦路抢劫,经李峥先率马帮护卫士兵拼死保护,虽付出了几匹军马和一名士兵生命的代价,总算保住了两千余两大烟土。不料,由于烟贩太多,烟价大跌,交货没两天,不识货更不会"吞云吐雾"的曾泽生,把为自己赚钱险遭不测的李峥先叫去痛骂了一顿:"你李峥先死无良心,给我买的大烟土尽是假货!"

经历了思想改造的曾泽生,在他撰写的《自传》中,有一段发自肺腑的感叹:"旧社会有官必贪,有地皆豪,无绅不劣,无商不奸,在污水盆里共浴,哪里还有一个干净人?"

洗涤灵魂上的污秽,曾泽生历经了一个过程。新中国成立后,他在一次座谈会上说:"我和陈××不同,我是拥护改造起义部队的。"

曾泽生的基本态度毛泽东早就估计到了。早在长春起义的次日,毛泽东就在为中央军委起草的致东北局和东北野战军首长的电文中指出:

根据曾泽生最近数日各种表现比较吴化文要好,你们应对他及其所部采取欢迎帮助态度,云南军队被迫来东北作战,又在长春受了苦楚,可能争取改造成为较好的部队。改造是必须坚持的方针,但不应操之过急,应依据情况逐渐进行之，首先注意取得曾泽生及其较好干部对我党的信用，以利协同进行部队的教育工作。①

在对待改造起义部队的态度上，曾泽生虽然"和陈××不同"，"较吴化文要好"，但并非彻底，因为"不同"还表现为曾泽生与潘朔端思想觉悟上的差距。

潘朔端的起义部队进驻北满巴彦县兴隆镇后，部队开展了以诉苦为主要内容的政治整训。据潘朔端的副官赵霖芝回忆，潘朔端经常对身边的工作人员说："你们也下去听听战士诉苦，这样对提高思想觉悟是会有启发的。"

曾泽生率部进驻九台整训时，就没有潘朔端那般洒脱了。

最初的控诉运动，多是揭发控诉下级军官的罪恶，随着运动不断深入，上层将领的一些历史问题也陆续被揭发出来，有些甚至是令人震惊的历史罪恶。

第五十军首任政治部主任王振乾回忆："在整编改造中，困难最大、工作最难做的还是一些上层人物。"

中、下级军官的思想改造好办，他们在部队或东北军大都直接参加了控诉运动，涕泗滂沱的失声痛哭、声嘶力竭的齐声怒吼、捶胸顿足的失态痛悔彻底动摇了军官们旧我的道义根基，虽然，这心路历程异常痛苦，这改造途中有人落伍，但绝大多数人实现的转变却十分迅速、彻底。

对上层将领，既要强调"彻底摧毁、改造旧军队反共反人民的立场观点和思想作风以及旧军队的各种制度"，又要"多做疏通引导工作，务使大家心情舒畅"。虽然，军政委徐文烈和军政治部主任王振乾对曾泽生等起义将领少有自我批评的态度很有看法，但还是给予了耐心帮助，以期待他们能主动反思自己的历史，否定旧我，重铸新我。可是，在最初一段时间，他们死要面子，历史罪恶讲得少，历史功绩讲得多。也难怪，旧军队压根就没有"批评与自我批评"一说。

改造起义的高级将领——一个天大的难题！

要坚持彻底改造方针，就不能不无情揭露旧军队的历史罪恶，就不可能不涉及起义将领的过去。更何况，鼓励起义官兵揭发将领们的历史罪恶，有助于割断他们之间基于人身依附的封建关系，有助于解构他们之间基于小团体利益的价值

---

① 《军委关于对长春取胁迫政策争取郑洞国起义的指示（一九四八年十月十八日）》，《中共中央文件选集》第十七册，中央档案馆编，中共中央党校出版社1992年版，第404页；逄先知主编：《毛泽东年谱》下卷，中共中央文献出版社2002年版，第407页。

判断,有助于为彻底改造起义部队奠定坚实的思想基础。

尽管士兵和中、下级军官的控诉运动与起义将领"背靠背",尽管对揭发出来的问题共产党干部闭口不谈,更不予以追究,但曾泽生他们还是风闻到了一些只言片语的情况。如此一来,"心情舒畅"得了吗?

曾泽生"于沉闷中"留下的一篇日记颇能说明他当时的心境:

我自己因参加国民党军队,有过压迫人民等种种罪恶,对于有些过失,曾经做过思想斗争,从严要求自己,多作自我批评和反省检讨,向真理低头,唯求宽大谅解,使我参加革命。但是,除上级领导以及党的政策本身实属宽大外,下面一般执行者往往老以反革命的皮给我披上。

我也愿意离开军事工作岗位,以免影响干部、战士和革命前途……只要是干革命工作,为人民服务,无论是工厂、农场或是公务员皆不择之,这是我的愿望和要求。如果此种要求都有所不容,那是我已走到山穷水尽,人生到此也就完了。

曾泽生的心境不佳,徐文烈、王振乾他们更为难:总不能为顾及他们的面子,放弃思想改造吧?

剩下的办法就是谈心和读书,但需要时间,更需要耐心。

控诉运动进入高潮后,曾泽生提出:"鉴于风湿性关节炎严重发作,希望组织能批准自己赴辽宁五龙背做温泉疗养。"就这样,曾泽生不仅免除了面对控诉运动的尴尬,还有了闭门读书、静心反省的安谧条件。

从1949年4月17日到8月4日疗养期间,曾泽生如饥似渴地读了几十本书,有经典深奥的马恩列斯原著,有深入浅出的中共延安整风文献,有面向大众的社会主义普及读物,都认真拜读,并写下大量的读书笔记和日记。若干年后,曾泽生坦然告诉一位采访者:"自己真正觉悟,还是在起义之后,经过学习马列主义和毛泽东思想,再回顾历史,对一些重大问题认识更清楚了。没有党的关怀,自己会成为历史罪人而遗恨终生。"

曾泽生的思想改造没有经历中、下级军官的那种短时剧痛,但在新型人民军队中,他还是因为价值观念上的差距,不断感受到一些并非恶意的难堪。

1951年,曾泽生因车祸负伤从朝鲜回国治疗,夫人李律声前来探望。一天,李律声因私事外出，向管理部门要了一辆小车。回到驻地，李律声一下车，随手从坤包里掏出钱，一边客客气气地道谢，一面带笑容地把小费塞给驾驶员。

在旧军队，长官坐车于公于私都有天经地义的资格，不需要给任何小费。家眷因私乘车一般要给小费。付小费，在一定程度上，是太太们为老公绷面子。

李律声以贤内助著称，平时处处注意维护丈夫的面子。她初次付小费，本以为驾驶员能为自己出手大方而笑纳，不料，面有难色的驾驶员说什么也不要。

按以往的经验，拒绝接受小费通常是嫌钱少，而一旦出现这种情况，相当扫面子丢脸。李律声立刻收敛了笑容，脸涨得通红，她一声未吭，又掏出一把钱，数都没数，"哗"地一下，撒到车上，扭头离去。

驾驶员望着车上东一张西一张花花绿绿的钞票，不知该说啥，手足无措，像木头一样戳在车旁，呆了！

管车的干部发现军长夫人动了气，上前就要训斥驾驶员，没等开口，驾驶员两串眼泪"噗噜噜"地掉了下来，只好和言细语问道："怎么回事？"

一问才知道，军长夫人是为驾驶员拒收小费怄气，而满腹委屈的驾驶员又另有一番道理："你们领导上课不是讲过了嘛，职务大小都是人民的勤务员。我的津贴是国家发，再收他们的小费，不就又成他家的用人了吗？"

管车的干部哑口无言，只好把钱一张一张捡起来，上交领导。据说，有关领导为还钱的事煞费苦心：既要还钱，又不能伤军长的面子，还要讲清道理。

李律声和驾驶员的委屈各有"道理"，其冲突从社会学角度解释，源于中国革命颠覆了旧伦理道德存在的社会基础，进而改变了原有的社会行为规范和价值准则。

给曾泽生当了八年侍从副官的乔景轩曾写过一篇《回忆曾泽生军长》的文章，其中评价曾泽生在旧军队时"很讲旧道德"。当这篇被认为相当客观的文章编入某书时，编辑将"很讲旧道德"一句中的"旧"字删掉了。一字之删，将往日效劳于阶级压迫制度的曾泽生抬上仙境，将曾泽生痛苦却又有价值的思想转变过程一笔抹杀，也将晚辈对历史人物的认识导入迷途。

据乔景轩回忆：曾泽生"对部下他比较宽厚，不苛求，不打骂，能经常帮助解决些困难，旧军阀作风比较少，在六十军官兵中有一定威望"。

曾泽生在旧军队中的仁义有目共睹，但这毕竟建立在等级森严的阶级压迫制度基础之上。把"天赋人权"作为恩典赏赐给下人，实际上是先巧取豪夺下人经

济上和政治上的权利,再挥动手中至高无上的权柄,恩赐给对自身权利麻木不仁的下人,以之为"仁义",并通过旧道德倡导"忠义"这张无形的网,拢住人心,进而强化维护等级压迫制度的人身依附关系。

以人权平等的新道德取代人身依附的旧道德是一场伟大的革命,但革命的历程何其艰难。

不管别人怎么说,曾泽生朝着一个远大目标坚定不移地迈去,一步一个脚印。每迈一步,都有将军们真心诚意的帮助,都有战士们默默无声的影响,还有领袖的谆谆教诲、殷殷期望。

1951年,曾泽生从朝鲜前线回北京,受到毛泽东主席的接见。他又遇到一次尴尬。这次尴尬,比士兵拒绝接受他夫人的小费还有过之而无不及。

本来,在旧军队别说晋见最高统帅,就是见了"云南王"龙云、卢汉,曾泽生都要毕恭毕敬,唯唯诺诺,这是规矩,也是习惯。但在毛泽东那里,曾泽生的习惯却成了尴尬。

见曾泽生局促不安,毛泽东有意识地向他询问起汉江50昼夜阻击战的情况。这是第五十军最辉煌的战史,更是曾泽生的终身骄傲。毛泽东从战役之初五十军坚守的前沿阵地修理山、帽落山、白云山、文衡山,问到第二道防御地带的防御要点内飞山、鹰峰、国主峰,一直问到团的布防、营的作战经过。

越问,曾泽生越惊叹:身为三军统帅,日理万机,竟然连我们五十军作战分队的情况也要细细过问,了如指掌!

越问,曾泽生越紧张:主席再这样问下去,我这个一军之长要是被问住了,答不上来,那多丢脸!

果然,当毛泽东问到二线部队某营驻地时,曾泽生被问住了。若仅仅是一问还好受些,偏偏他老人家记忆超群,突然想起了一个地名,问曾泽生是不是?

曾泽生答不上来,顿时窘得面红耳赤,汗颜无地,羞愧难当。

毛泽东见状急忙宽慰曾泽生:"我只是随便问问。你们在朝鲜还是打得不错嘛!"①

回到家里,无地自容的曾泽生告诉对自己体贴入微的夫人:北京,我一天也不多待了,马上回朝鲜,下基层,上阵地!

---

① 何义:《回忆对曾泽生军长的一次采访》,《吉林市文史资料》第二辑,1984年,第202~203页。

1955年4月第五十军由朝鲜撤回国内后，毛泽东又一次接见了曾泽生。这一次，曾泽生将基层情况摸了个滚瓜烂熟。遗憾的是，毛泽东这一次没问。毛泽东谈的几乎全是战略上高屋建瓴的大问题，如醍醐灌顶，甘露洒心。

面子，是"中国精神的纲领"（鲁迅：《说"面子"》），也是压在中国人心头上沉重的大山。顾及面子又执着追求弃旧图新的曾泽生，绕过了心灵上的重重山峦，于山重水复之间，走出了让他碰壁不止的迷宫，寻求到了柳暗花明的新天地。他似乎意识到，在天宽地广的无垠寰宇中，只有努力把自己同人民的安乐，同国家的强盛，同领袖的思想融为一体，才能上升到最有面子的"天人合一"的无我境界。

万象更新的时代推动着焕然一新的曾泽生向一个全新的目标迈进了新的一步。他十分谨慎却又十二分郑重地向领袖提出了一个深思熟虑已久的真诚请求："主席，我想申请入党，不知行不行？"

毛泽东微笑着点了点头："曾军长要求入党，说明已经有了共产主义觉悟。"

一股暖流霎时间热遍了曾泽生的全身。一个在控诉运动中曾经被众多部下贬斥为"反动封建头子"的旧军队将领，若能加入中国共产党，失去的面子就能全部挽回，若能得到最高领袖的认可，那便有了天大的面子。这面子，是曾泽生革故鼎新的标志，是曾泽生彻底献身于人民事业的明证！

毛泽东还在微笑，但接下来却道出了一个表转折意味的连词："不过……"

本来就忐忑不安的曾泽生，心一下子收紧了：难道难容我的过去？难道还要交代历史？难道读书太少？难道深入群众不够？难道……

没等曾泽生高速运转的思维将更多的"难道"从脑海深处搜索出来，毛泽东在"不过"之后，接出了一句令曾泽生丈二和尚摸不着头脑的幽默："你们那个党，可是个大党呦！"

如堕五里雾中的曾泽生瞪着大眼开动了高速运转的思维机器：我那个党？国民党？长春起义后，我已经声明退出来啦！退出后，国民党又把我开除了。再说，人心丧尽众叛亲离的国民党溃逃台湾后，哪还算得上什么大党？

谈笑风生的毛泽东笑得更厉害了，边笑边在半空中打着手势："你看，无党派人士全国有多少？同共产党比，那还不是个很大的党吗？"

曾泽生也乐了：原来领袖和我开了个玩笑，真不可思议！

在国民党那里，领袖召见部属，必是正襟危坐，龙骧虎视，正颜厉色。就是在云南晋见龙云，从卫兵室大门起，就一直有人高喊："某某入府！"如此派头，不由得你不唯唯诺诺顿生臣服意识。

面对毛泽东的玩笑，你即便有仰之弥高的主观意念，也身不由己地缩短与领袖之间的心理距离。

曾泽生在感情上不知不觉地又靠近了领袖一步，但他还是不得其解：共产党是无产阶级先锋队组织，这先进分子的大门，难道要把我关在外面不成？

毛泽东收住了笑容，像游龙戏水，将刚才的玩笑自如地导入一个很严肃的话题："你的志愿是好的，但就目前情况看，你不入党比入党作用还大。为了统一祖国的利益，是否再等一段时间？"①

指破谜团，恍然大悟，曾泽生欣然同意。

从那以后，曾泽生经常向亲友念叨："主席向我说了……"

从那以后，曾泽生坚定地信守一个责任："不入党比入党作用还大！"

从那以后，曾泽生望眼欲穿地期待着祖国的统一，期待那一天能光荣地加入中国共产党。了此夙愿，死而无憾！

1973年2月22日，曾泽生病逝。国防部副部长萧劲光代表中共中央、国务院、中央军委在追悼大会上致悼词，给曾泽生将军以很高的评价。

曾泽生将军临终遗言：希望台湾早日获得解放，实现祖国统一。

曾泽生将军终身遗憾：他的骨灰盒上没有覆盖中国共产党党旗。

曾泽生将军后嗣有继：他的六个子女，长子曾达明、长女曾达媛、次子曾达仁、次女曾达莉、三子曾达康、四子曾强都光荣地加入了中国共产党。

4 团长半个世纪的人生梦

人，都有自己的人生梦。人生梦的编织折射了人的生活理想，人生梦的解析则需还原人的心路轨迹。

云南元江籍的李峥先，他的人生梦是加入中国共产党。为了圆梦，这位时年已近九旬的老人竟真诚期待苦苦努力了整整半个世纪。

"我那时反动得很啊！"谈起往事，李峥先心情坦然、平静。

---

① 何义：《回忆对曾泽生军长的一次采访》，《吉林市文史资料》第二辑，1984年，第203~204页。

1947年7月17日拂晓，奉命赴吉林双阳地区"扫荡残共"的国民军党第六十军一八二师五四四团，在烧锅街受到"残共"的突然袭击，副团长李峥先提着一支卡宾枪正招呼从山上溃退下来的部队，被一颗子弹射穿膝弯，倒在地上。他把卡宾枪和一支派克钢笔交给团长岳嘉祥："我负伤了，你们走吧。"

不一会儿，两名民主联军战士冲过来，见李峥先负了伤，安慰道："你不用怕，我们宽待俘虏。"

话，和蔼得出乎意料，完全没有刚才穷追猛打时那么可怕，李峥先听了却很反感：哪家军队"宽待"过俘虏？骗人！

他没好气地说："要杀就杀，补我一枪就是了，讲那么多空话干什么？"

两位战士没生气，拿出一个半新的口罩，解下李峥先身上的裤腰带，给李峥先包扎了伤口。

当晚，李峥先躺在一副担架上被送到磐石野战医院，住上了单间，有专人照顾。李峥先心想：监视也罢，反正人家照顾得挺周到。

住院那段时间，医务人员和八路伤兵对李峥先真不错，客客气气的，还送书给他看，有毛泽东的《论持久战》《论联合政府》，有朱德的《论解放区战场》，还有苏联作家奥斯特洛夫斯基的《钢铁是怎样炼成的》。

两个月后，李峥先的枪伤基本痊愈。一天，东北民主联军吉林军区联络部部长陈方又来了："李副团长，你看了书，有什么感想啊？"

"我很佩服保尔·柯察金。在昆明读书时，我看见共产党员临刑时高呼'共产党万岁'，当时觉得不可思议。"

陈方点了点头："以后有什么打算呀？"

"反正，国民党的官我是不干了。"

"为啥？"

"别的不说，凭你们的俘虏政策，就能打败国民党。"

"那你准备干啥？"

"还能干啥？回家种老干田去呗！我这样的人你们能要？"

陈方笑了："有啥不能要的？革命的大门随时敞开的嘛！"

李峥先一惊，又意外了，意外得不知所措："那我咋办？"

"先到后方去看看，学习学习再说，如何？"

面对陈方指明的前程，李峥先嘴上应酬，心里却犯嘀咕。李峥先出身地主家庭，父亲曾任团防局教练、团首、区乡长等职，外公家也一样。这样的家庭背景，加上本人在国民党军队的职级，就算你死心塌地跟共产党走，人家能信任你吗？本来军人当俘虏就够可耻的了，再去当"叛逆"，那脸，不就丢光了吗？后又一想，反正人家暂时不会放我回家，到"八路"后方看看也好，见识见识。

经长途跋涉，李峥先被送到延吉解放军官教导团。一到驻地，一条醒目的标语跃入眼帘："向真理低头是光荣的！"

当年的共产党人够得上心理学大师，就这简简单单的八个大字，立刻感化了许多被俘官兵，卸去了他们心头上的重负：对啊，向真理低头就不丢脸了嘛！

放下行装，马上有人去招呼炊事班："客人到了，快做点饭。"

李峥先再一次被感动了。不是因为把他这个俘虏当"客人"才感动，在医院，这类尊重人格的事早有所见。让李峥先感慨不已的，是他看见了几个炊事员围成一圈学习。学啥不知道，反正学得津津有味。旧军队哪有这事？不是出去嫖女人，就是在家赌钱、抽大烟。不偷，不抢，不惹是生非就不错了，哪还有学习这一"景"？更何况还是些在国民党军队最被人瞧不起的"伙夫"。

就凭这个，你就不敢说共产党手里没有真理！

在解放团，李峥先进步很快，才3个月，就当选学习小组长了。他记得，对自己启发最大的，是社会发展史教育。自己就是从中认识到了共产党战胜国民党、人民军队消灭旧军队、新社会取代旧社会的历史必然和历史意义。

1948年3月，为配合解放战争新的一轮攻势，根据东北军区政治部的指示，各解放团在学习较好的学员中动员参军，执行派遣回国民党军的策反任务。最初，李峥先有些犹豫：我这样的人报名，人家不信任怎么办？再说，参军就要真干革命，我行吗？

经解放团政委贺群多次动员，并经滇军老长官张冲谈话，李峥先填写了参军志愿书，表示了"永远跟共产党走"的革命态度。

4月初，经批准参军的李峥先等人，被接到东北军区政治部联络部。派遣工作准备就绪后，于4月下旬赴吉林九台。4月28日，在东北军区政治部前方办事处，由处长刘浩和副处长杨滨介绍，报东北军区政治部副主任兼联络部部长周桓批准，李峥先加入了中国共产党，为"特别党员"。随后，受派遣回长春做国民党军第六十军的策反工作。

在策动、联络起义的过程中，李峥先不负所望，做出了贡献。

长春起义后,李峥先奉派暂编五十二师第一团任代理团长。在九台整训的控诉运动中,他经历了一场真正的灵魂洗礼。李峥先回忆道:"控诉出来的事真是惨绝人寰,令人毛骨悚然。直到这时,才彻底觉悟到国民党反动派坏透了!"

如果说,李峥先此前的革命态度还不很坚决,那么,自目睹了士兵群众于控诉运动瞬间迸发出来的排山倒海的力量后,放在心头上的,是另外一种难安的思绪:怕革命队伍不要自己,怕自己跟不上人民翻身解放的历史大潮!

果然考验接踵而至。控诉运动后,团政委华文找他谈话,要他重新履行入党手续,填表,写自传。

面对考验,李峥先却想:表好填,就那么几个字,填就是了。自传咋写?写少了,说不清。写多了,说得清吗?敢说清吗?反正已经是"特别党员"了,再说,工作又忙,索性就拖吧!

一拖,拖到了1950年9月,已调任第一四九师四四七团团长的李峥先,实在拖不下去了,写了一份自传,经团政委卢昭和副政委吕品介绍,再次履行了入党手续,成为中共候补党员,候补期两年。一些历史罪恶,李峥先还是回避了。党组织以多于一般候补党员候补期一倍的时间,继续等待他的坦白。

1951年底,部队在抗美援朝期间,组织镇压反革命运动的学习。这一次,李峥先终于坐不住了,主动向党组织交代了自己历史上的两件血案:

18岁那年,一天,李峥先跟随任团首的父亲下乡征收税款,强拉来的背夫途中逃跑,李峥先的父亲举枪就打,连射三发子弹未中。李峥先见状也举起枪来,一枪击中头部,将背夫打死。

李峥先正要表功,父亲大发雷霆:"你不晓得打死人要填命吗?"

愕然一惊的李峥先慌了:"我看你打了三枪没打着,我才接着打的。"

"粪草!我打枪是吓唬他。"一顿破口大骂后,父亲告诉儿子:"对外,就说是我误伤的。"此案后来以撤了李峥先父亲的官职,罚了一些钱,了事。

另一件血案发生在1946年冬,李峥先时任国民党军第五四四团二营营长,该营奉命到吉林桦甸扫荡时,所属第四连俘获东北民主联军两名赶大车的战士。团长岳嘉祥当即命令补入第四连当兵。

四连连长犯难了:不补吧,团长有令。补吧,万一跑了怎么办?只好平时找人看着,行军时,叫他俩背六○炮炮弹,每天都累得筋疲力尽,让他俩想跑也跑不动。

连长担心，团长岳嘉祥更不放心，见到李峥先就问："两个'八路'愿不愿意干？"

一天，岳嘉祥索性吩咐："两个'八路'要是不愿干，就把他俩杀了算了！"

岳嘉祥的指示李峥先没有传达，结果真的跑了一人。这一回，岳嘉祥直接命令四连连长："出去找个机会，把剩下的一个整掉！"

不久，部队从磐石移驻靠山屯，向辉南中央堡一带活动。一天，全营分两路出去，李峥先带队的一路转回时，接到报告："有一个被杀了十七八刺刀又复活了的'八路'，在村后大骂国民党！"

李峥先估计是四连杀的，心里好一阵埋怨："要杀就杀死嘛，留个活口叫'八路'知道了还了得！"他边走边吩咐营部副官："去，带两个传令兵，补他一枪。完了，挖个坑把他埋掉。"

在讨论李峥先候补党员转正的支部大会上，已调任第一五〇师作教科科长的李峥先，受到党内同志异常严厉的批评：

"李峥先同志，你以为你的历史罪恶自己不讲，组织上就不知道吗？错了！经历了控诉运动，群众发动起来了，人间什么坏事都会暴露在光天化日之下！"

"向党坦白不是为了清算你的历史罪恶，而是要你彻底割断与旧社会、旧军队千丝万缕的联系，特别是思想上的联系。连自己反人民的历史都不敢正视，又如何能全心全意为人民服务？"

对李峥先的历史罪恶，党组织不予清算，但思想上的清算却让李峥先更难受！

李峥先抗美援朝战争中的一些表现，也被兜了出来。

头件事发生在第二次战役中的定州战斗。当时，师里命令第四四七团在猫头山南侧龙登里派出一个排，向纳清亭方向警戒。接到命令时，天已快亮，团长李峥先正要派人，被团政委拦住了："洋鬼子能爬上那座大山？算了！这几天行军作战太疲倦，抓紧时间让部队休息吧。"李峥先没再坚持。

天亮后，已向南撤退的英军第二十九旅为迟滞我军攻势，派来一个搜索连，登上高地后，以无线电台呼来轰炸机，轰炸了部队的一处驻地，造成一定损失。

这件事情，团政委主动承担了全部责任并多次检讨。然而，任凭团政委怎么说，李峥先都无法推卸其"身为团长应负有的一定责任"。的确，不管怎么说，团长都有履行指挥作战的职责，上级指示执行不下去时，有向上级报告的责任，李峥先没有做到。

40多年后,当年的团政委得知李峥先为自己的疏忽最后还是承担了"一定责任",吃惊之余,愧窘不安,回首往事,感慨难尽:"李峥先也难啊!"

作为一名起义干部,当还不懂"解放军的规矩"时,李峥先带兵敢"杀鸡给猴看"。经历了控诉运动后,他茫然了:什么是首长负责制和主观武断的界限?什么是严格管理和军阀作风的界限?什么是执行战场纪律和滥杀部属的界限?

有些事情搁在"老八路"身上算不了个啥,对起义干部未必就不算问题。就拿一些人习以为常的口头语来说吧,管他是"国骂",还是"村骂""街骂",军人,有几个不整天把裤裆里的家伙吊在嘴边?"老八路"如此,人们会因为工农出身而原谅他,即便提了意见,他改不改也无关紧要。起义干部就不同了,骂人,必和你在旧军队的历史及军阀作风联系起来,你非改不可!

此事,有人替李峥先抱不平:怎么能让人家起义干部承担责任?

当时就这样。若是一般的起义干部也就算了,你李峥先是共产党员嘛!共产党员随时随地都要以党和人民的利益为重,将个人荣辱得失置之度外。思想患得患失,工作畏首畏尾,还叫什么共产党员?

李峥先太难了!他每靠近党组织一步,党组织对他的要求就严格了一层。他越向党组织靠近,前行的步履越艰难。在奔向无产阶级先锋战士目标的征途中,李峥先一步一个跟头,爬起来,也不管痛不痛,同志们"噼里啪啦"地帮他拍打掉他身上的灰尘,然后,再推他继续前行。

鉴于李峥先主动交代了自己的历史罪恶,党组织从轻处理,仅延长他一期候补党员的候补期。

仿佛在劫难逃,两年多后,李峥先又面临了一次更严格的政治审查。审查结论:李峥先"隐瞒了家庭的重大政治问题"!

入党时,李峥先填报家庭成分是富农。经向地方党组织调查:李峥先家土改前系当地大地主。更为严重的是,李峥先的父亲1944年去世后,母亲当家,成了全区的"大恶霸","民愤极大",于1951年被镇压。其五弟云南解放后因"勾结匪首企图于因远乡一带暴动",也被地方政府镇压。这两件事,李峥先只向党组织交代了后一件。

对于党组织的审查结论,李峥先申辩过:"抗战结束后,六十军赴越受降,从那时起,我快10年没回家了。富农成分是在解放团评的,入党时我交代的家庭经济情况,全凭过去的记忆,以后家里买地置房并没告诉我。1952年底,我到中南地区接新兵,与家里恢复了通信联系,才得知家中变故,经过激烈的思想斗争,为了站稳阶级立场,我主动向党组织作了汇报,并请求更正了家庭成分。至于母亲被镇压,家里来信确实没讲,我自己也没想到。因为出国抗美援朝前,我和六弟李崇岱分别将自己的革命军人证明书寄回家中,不久,六弟在汉江南岸阻击战中光荣牺牲,想必家乡已接到了六弟的《革命烈士通知书》。"

李峥先的申辩没有被接受。1955年5月4日,中共第五十军委员会做出决定:取消李峥先的候补党员资格。

李峥先在给党组织的一份材料中写道:

为了党的利益,为了发动群众实行土地改革,我应该大义灭亲,拥护党的政策……若为纯洁党的队伍,需要停止我的党籍,我将照常向自己已经确定的革命方向坚定地干下去,一直到盖棺论定前,若够党员条件,我仍要申请组织追认我为中共之一员。总之,党救活了我,把我从黑暗的歧途引向光明正道。我决心为实现伟大的共产主义事业奋斗不懈!

杨福行凶杀人后不久,一批起义干部脱下了军装,李峥先是其中之一,转业到山东省菏泽地区商业局任副局长。也许是因为自己向党组织作了毫无保留的彻底交代,李峥先仿佛卸去了千斤重负,开始了他努力实现人生理想的真正飞跃。

1957年4月27日毛泽东亲自为中央起草的《关于整风和干部参加劳动》等文件发布后,全国近百万干部下放农村和工矿企业参加体力劳动。

报名到下属饭馆当服务员后,李峥先心想:"不就是穿上白大褂,干点杂务活儿嘛!"等到真穿上白大褂,往饭馆里一站,心里那个不是滋味呀。怕见熟人,更怕熟人笑话:一个堂堂的县团级领导,竟干起了"伙夫""跑堂"的差事!

没办法,既然要随时随地用共产党员的标准严格要求自己,就得听毛主席的话,深入工农,和群众打成一片。硬着头皮,厚着脸皮,咬着嘴皮,干吧!每天一大早,店门没开,李峥先就去了,扫地,擦桌子,揉面,洗菜,什么都干。顾客来了以后,李峥先又是端菜送饭,又是收拾碗筷,打扫卫生,话不多说,只埋头苦干。没干两天,就听到了顾客对自己的议论。

"现在的事情都新鲜,你看,那么壮实的汉子,竟然在饭店里当跑堂的!"

"嘘——小点声。人家是地区商业局新来的副局长！"

"什么？"

"刚从军队下来，以前是个团长，还参加过抗美援朝呢！"

"这么大的官，又是功臣，怎么……"

"哎！我早就说过你不爱学习是不是？现在是啥年月？新社会啦！毛主席说了，干部不参加劳动就可能变成国民党。当官的下来干点体力活儿，体察体察小民的疾苦，就不会欺负老百姓喽！"

酒桌上的两个顾客后头说了些啥，李峥先已全然不晓，只觉得通向玉宇天堂的人生路忽然熙熙攘攘起来，潮水般的人流裹着自己，一浪高过一浪地涌向一个共同的、崇高的目标。

李峥先的视野抬高了，拓宽了。从敌对营垒趔趔趄趄走过来的李峥先终于大彻大悟：共产党员的人生，只有和千千万万的老百姓唇齿相依共苦同甘，才值！从此，李峥先在为人民服务中找到了无穷无尽的人生乐趣。

都说李峥先性格豪爽、开朗、豁达大度。李峥先也赋诗自娱："从来不觉老，自诩是青年，尽管亦耄耋，童心终未泯。"靠乐天性格，靠对理想的执着追求，李峥先熬过了十年"文革"的艰难岁月，继续他百折不挠的人生飞跃。

"文化大革命"开始后，李峥先去看大字报，别人以为他会是一副战战兢兢的哭丧脸，没想到他边看边"咯咯"地笑了起来。

"有啥好笑的？"

"上面说我是傅作义的狗腿子。"

"难道不是吗？"

"我是曾泽生的狗腿子，不是傅作义的狗腿子！"

还有一件最能体现李峥先人生追求和思想飞跃的事发生在老伴逝世前，但话要从李峥先刚从部队转业时讲起。

李峥先被取消候补党员资格后，他向组织表示："我的候补党员资格虽然被取消了，但我还是要用共产党员的标准严格要求自己。"

听了这话，在场的人都鼓励李峥先："对，就是应该这样！"

这话一具体化，把鼓励李峥先的人全难住了。李峥先提出："我要继续交党费，以表明我对党的忠诚和对共产主义事业的信念！"

"没这个规定呀，你叫我们怎么收？"

到地方后，李峥先决心不改，还要交党费。党小组长不敢要，他就找支部书记。支部书记不敢要，他就找党委书记。党费交上去，退回来，再交上去，再退回来。李峥先仍不死心：你们不收，我自己先替党收着。每月工资一领到手，他第一件事，就是把党费抽出来，塞进一个牛皮纸信封里，再把信封放到箱子中。

月月，年年。

"文化大革命"开始后，李峥先的工资停了，存款也被冻结，只有少量的生活费。一天，李峥先的女儿帮母亲晾晒冬衣，打开箱子，发现了装党费的信封，她想起自从父亲的工资被停发后，母亲一直为家里突然收紧了的开支发愁，便朝院子里喊了一声："妈，这个信封里还有钱！"

"放下！"像平地一声炸雷，女儿被父亲勃然而起的吼声吓了一大跳。李峥先从堂屋冲进卧室，将女儿手中的信封一把夺下，"啪"摔进箱子里，再"咣"的一声把箱子重重地盖上。随即一屁股坐在椅子上后，两行眼泪夺眶而出。

母亲赶紧把女儿拉到院子里，悄悄告诉她："那是你爸的党费，谁都不能动！"然后，长长地叹了口气："唉，揪你爸心的，只有这件事了！"

原菏泽地区商业局第一副局长魏长太说："我和李峥先相处了几十年，我很钦佩他。我认为他是'老八路'作风，工作一丝不苟，对自己要求也严，一直到离休都清清白白。他在位的时候是计划经济，凭票供应，好多票都是商业局管，他自己一张不要，别人要他也不给。对家人要求也严。金平那孩子上大学，每月只给二十元。金平背心上的洞都破成拳头大了，还舍不得丢。老嫂子见了心痛，想给儿子添一两块钱，李峥先就是不干，还说：'和工农子弟比，他已经很不错了！'"又说："李峥先虽然不是党员，但他思想、工作、生活，哪一条不够共产党员条件？我看完全够！原来班子里的一把手张宪尧和我看法一样。"

说到李峥先入党问题，魏长太似乎有点愧怍："我们在台上时，是阶级斗争的年代，他有历史问题，不敢啊！"

李峥先72岁那年，老家的地方政府为他1951年被错误镇压了的五弟平了反。当年李峥先被取消候补党员资格的一个重要原因就是"隐瞒家庭重大政治问题"。五弟平反后，苦苦期待回到党内的李峥先心中掠过一丝希望，因为母亲被镇压是在五弟之后，受了五弟错案的影响。然而，古稀老人千里迢迢地奔波，依然未圆他的世纪梦！

86岁那年，李峥先将自己的全部历史向晚辈和盘托出："我的历史早就向组织作了彻底交代，没什么可保密的，拿去教育后人吧！我只有一个希望，就是我死了以后，请组织对我做一个审查结论，看我够不够一名共产党员！"

耄耋老人，半个世纪前曾提着脑袋以中共"特别党员"身份回敌营策反，此时，却捧着一颗被中共历次政治运动洗涤得干干净净的赤诚之心，昂首肃立在中国共产党的大门之外，以"党外布尔什维克"的圣洁身份，倾其绵薄之力，尽心竭虑地维护着正在被党内少数远不及自己赤诚的党员践踏的事业！

1997年11月3日，菏泽地区商业集团总公司党组织接受李峥先加入中国共产党。1998年3月5日，梦寐以求并终于回到无产阶级先锋队行列的老人，在党旗下第三次举起了右拳："我自愿加入中国共产党……"这一年，李峥先88岁。菏泽电视台、《菏泽日报》均报道了这罕见感人的场面。

李峥先的梦圆了。由于当年深入虎穴的"特别党员"身份未被承认，作为中共预备党员，年近九旬的李峥先需要在预备期中按党章规定继续接受党组织对他已经持续了半个世纪的考验。有关党组织专门做出决定：李峥先提前转正。

梦，以虚幻形式折射了人的生活理想。李峥先圆梦，以实实在在的人生轨迹向当代人昭示了前辈们坎坎坷坷的心路历程。

第十一章
人生何以沧桑

中国共产党对国民党起义部队的改造，在取得了辉煌成就之后，又经历了落实政策的曲折。一些人认为，这是"左祸横行"的又一例证。然而，当我们把这一历史曲折放到历史进程的大背景中，面对部分起义人员历史罪恶的复杂性，面对起义官佐成分的复杂性，面对起义人员历史罪恶追究过程的复杂性，面对起义官佐历史功过评价的复杂性，面对官佐队伍清理工作的复杂性，结论又会如何？

对于前辈落难无悔，一些书斋秀才依据西方的"人性论"将其主观地诠释为愚忠、愚懦、愚昧。历史的原生态果真如此吗？

1 少将的死刑与撤判

自然界的江水发生转折，遵循"湾道环流"规律——含有少量泥沙的表层水主流借洄湾水势的离心力，自动流向凹岸，再沿着新的方向曲折前行。夹带大量沙石的底层水主流受重力作用，自然而然地流向凸岸，并把其中相当一部分难以带走的沙石沉积在凸岸沙滩上，让它们等候未来洪水的冲击。

中国共产党领导的人民革命是中国历史上前所未有的大转折，同样遵循了"湾道环流"规律，不仅有意识地夹带一部分"杨福"曲折前行，也无情地把另一些人抛弃到历史大潮后面。

一部完整的历史有"宠儿"，也有"弃儿"。历史"弃儿"的完整历史，可以向我们展示历史的另一个层面，一个有助于完整感知和思辨历史的层面。对于当代人来说，历史"弃儿"李嵩的历史，是一部社会变革的教科书，是一支人生哀怨的变奏曲，也是一张走出历史迷宫的导游图。

1948年10月16日夜，国民党军第六十军军长曾泽生向所属第一八二师、暂编二十一师及军直属队营以上官佐当面部署反蒋起义。当夜22时，所属暂编五十二师少将师长李嵩接到曾泽生军长电话，要他于23时带3个团长到军部开会。李嵩带着第一团团长胡家驹、第二团团长周曙初和第三团副团长熊国桢（团长谢绍贤生病）提前到达军部后，被军部副官处处长张维鹏引到楼上军长卧室等候，由张维鹏、政工处主任姜弼武和副主任张第东作陪。

张维鹏一直让李嵩等人焦灼地等到23时整，才按预定计划将曾泽生的手令交给李嵩，正式传达军长命令：暂编五十二师随军起义，服从指挥。如破坏起义，就先枪毙李嵩等人，然后剿灭全师。

李嵩拿着曾泽生的手令，神色惶遽。他极力控制惶恐不安的心神，表示："我们一定遵命照办！"

按照张维鹏的要求，李嵩接通了与副师长欧阳午的电话："欧阳兄吗？你马上带各团副团长到军部来，有要事相告。"

欧阳午带着第一团副团长贺良汉和第二团副团长王鹏驱车赶到军部后，见李嵩等人坐在沙发上低垂着头，一声不响，便把探询的目光投向张维鹏。

张维鹏发话了："军长要我转告你们，六十军已经决定反蒋起义。希望欧阳副师长对上对下负责，服从指挥，随全军一起行动。"稍事停顿，又调过头对李嵩说："李师长，请你同欧阳副师长谈谈吧！"

李嵩向欧阳午交代："千万要听从军长的命令，起义，保全我们的性命……"

交代完，张维鹏把欧阳午和三个副团长放回，并再次提醒："军长要我转告，如果你们跟新七军跑，我们就消灭你们。我们有'八路'做后盾，你们不要执迷不悟。"

欧阳午唯唯诺诺："请转告军长，我们暂编五十二师听从指挥，拥护起义。"

在血腥的战场上，向昨日效命的营垒反戈一击是要冒风险的。曾泽生为保障顺利起义，先行扣押自己不放心的李嵩等人，强迫暂编五十二师随军起义十分必要。然而，智者千虑必有一失，曾泽生忽视了对欧阳午的监视与控制。

欧阳午与李嵩虽然是黄埔军校第六期同学，两人之间又有为时一年的隶属关系，但分属蒋介石嫡系将领中不同的人事系统，无人身依附，少袍泽情谊。

李嵩来自国民党军五大主力之一的第七十四军（1946年整编为陆军整编第七十四师）。1929年底，李嵩由军校毕业后，分配到浙江省保安第三团机枪连任中尉排长。1932年，蒋介石的奉化同乡俞济时由第八十八师师长调任浙江省保安处处长后,李嵩由此进入俞济时的人事圈子。

欧阳午来自第七十一军,是宋希濂的旧部。1934年宋希濂率所部第三十六师"围剿"中央苏区时,曾当面夸奖时任机枪连连长的欧阳午:"机枪连有功,欧阳午能打!"欧阳午自己也曾乱吹:"毛泽东的弟弟、红军师长毛泽覃是我那个营打死的,共产党领袖瞿秋白是我那个师抓到的!"

欧阳午平时如此自吹自擂,此时再去"投共",自然要担心共产党饶不了自己。回到师部,他偷偷接通了与兵团部的电话。

据郑洞国回忆,10月16日深夜,电话突然铃声大作,拿起听筒,是欧阳午的声音:"喂!司令官吗?六十军已经决定起义了,今夜就行动!"郑洞国正要问个究竟,电话断了。

放下电话,郑洞国心头一阵紧张:"欧阳午的话若是真的,让共军不放一枪占领半个长春,后果不堪设想。"但转念一想:"我一向待曾泽生不薄,曾泽生不是那种薄情寡义之辈。李嵩、欧阳午素来与曾泽生等滇系将领不和,欧阳午会不会有意夸大其事?"想到这里,郑洞国给兵团副参谋长杨友梅打了个电话,让他查证一下。

史实表明:欧阳午当年未成气候的插曲,为曾泽生扣押李嵩等人之举,为新中国成立后处理部分起义官佐的曲折历程,提供了毋庸置疑的历史注脚。

长春城内一场血腥的火并虽然没有发生,但欧阳午为自己逆时代潮流毫无价值的片刻选择付出了历时不短的人生代价:在东北军大学习期间,欧阳午被当作"特务"受到起义学员激烈的批判斗争。学习结业时,欧阳午被转至解放军官教导团继续接受审查,1956年3月又被转到抚顺战犯管理所,1960年11月被特赦。改革开放后的1980年,最高人民法院重新审理决定:"撤销原特赦决定,对欧阳午按起义人员对待。"欧阳午随后被安排为南京市中山陵管理委员会委员、南京市玄武区政协委员,按新中国成立前参加革命享受离休待遇。

曾泽生率部起义的次日,派军部董副官带武装士兵一个班,将先行扣押的军参谋长徐树民、暂编五十二师的师长李嵩和团长胡家驹、周曙初、谢绍贤送往兴隆山,交给解放军。1951年11月8日,李嵩于镇压反革命运动中被原东北军区军法处判处死刑。12月,李嵩于执行前病故。

中共十一届三中全会后,华夏大地"落实政策"潮起潮涌。1984年3月,李嵩的发妻蔡凤仪由李嵩之侄李济时代笔,向有关部门提出申诉,要求为李嵩落

实起义人员政策。

最初两年,蔡凤仪的申诉没有被接受。一个重要原因,是李嵩的政治身份介于两可之间:起义前被先行扣押,可视其被俘;被扣押后,向所属部队下达了"随军起义"的命令,也可视其起义。

而"两可"之天平,一旦血渍斑斑,倾斜,也就在所难免了。

李嵩历史的血腥,是从土地革命战争时期开始散发的。

1934年12月至1935年1月,浙江省保安处处长俞济时指挥浙江7个保安团及王耀武的第一补充旅等部,围剿抵达浙赣交界地区的中央红军北上先遣队,致红十军团副总指挥兼红十九师师长寻淮洲阵亡,闽浙赣苏维埃政府主席方志敏、红十军团总指挥刘畴西、红二十一师师长胡天陶等一批红军指战员被俘后惨遭杀害。李嵩时任浙江保安补充第二团三营营长。

李嵩被追究的历史罪恶均发生在解放战争时期,仅残杀战俘和中共地下工作者一项就足以触目惊心。

1946年1月,国民党军第一百军奉命以"受降"名义进至江苏泰州一带后,对新四军苏中根据地实施"扫荡"。据李嵩部下揭发:在此期间,时任第一百军十九师副师长的李嵩率部在青龙一带"清查户口"时,下令将查出的三女两男共5名共产党工作人员全部活埋。1947年5月,李嵩任国民党吉林省警务处处长期间,其部属将一名被俘的女性解放军工作人员脱光上衣用皮带毒打后,处理不详。同年9月,在吉林杨家店战斗中俘虏共产党地方武装双阳大队32人,李嵩下令全部集中用机关枪扫射至死。

虐杀下级官兵和老百姓,手也不软。

据李嵩部下揭发:1947年7月,吉林警务处在吉林铁道口抓住10余名无证明的老百姓,李嵩下令关进地下室,未几,全部折磨而死;1947年9月,部队驻防杨家店子,有1名士兵战场投诚,李嵩下令按照"连坐法"将排长、班长和该班士兵共7人全部枪杀;1948年3月,部队由吉林撤往长春途中,李嵩下令将混入部队的老百姓全部枪杀,他自己亦亲手枪杀两人;同年5月在长春二道河子,李嵩下令将解放军释放回来的1名排长和1名班长枪毙。

除此之外,还有参加反人民内战、抢劫民财、贪污等其他罪行。

如果仅仅是血债,不足大虑,因为多数参加过反共内战的国民党带兵将领都有直接或间接的类似血债,但李嵩不同,他有着更为复杂的"特务"嫌疑。

李嵩的军旅生涯依附的俞济时、冯圣法，抗战期间曾分别调任蒋介石的侍从室侍二处副主任兼侍卫长、侍一处第三组组长，是蒋介石的"近臣"。1935年，俞济时被任命为第五十八师中将师长不久，将其原属3个浙江保安团调湖北与第五十八师并编。李嵩随队入编，改任第五十八师三四七团三营营长。1937年8月，第七十四军组建，辖第五十一师和第五十八师。同年底，俞济时的姻亲冯圣法升任第五十八师师长，李嵩随之升任该师第三四四团上校团长。1939年6月，王耀武由第五十一师师长升任第七十四军军长后，于1940年冬将第五十一师的步兵指挥官张灵甫调任第五十八师副师长，并于一年后让其接任师长。李嵩于1944年5月升调第一百军十九师少将副师长。

1946年5月，第一百军十九师被改编为整编第八十三师十九旅，李嵩改任第十九旅旅长。同年7月，新四军粟裕部发起"苏中战役"，整编第八十三师十九旅两个团及旅直属炮兵营被歼。不久，对整编安排不满意且刚打败仗的李嵩，得知国民党军委会军务局局长俞济时正在南京为接收东北铁路招兵买马，并已任命冯圣法为东北交通警察总局局长，于是回到老长官麾下，于1946年9月出任吉林铁路警务处简任四级（相当于少将）处长。随后，带着一批原第十九师旧属，组建了辖3个警务段（相当于团）、3个独立大队（相当于独立营）编制数千人的护路武装。

国民党交通部交通警察部队，是1946年由军统特务武装改编的。虽然李嵩曾申辩"我们是装备很差的路警，不是交警"，但他身上还是被打上了"特务"的印记。

李嵩的老长官俞济时，曾长期任职于国民党军事委员会委员长侍从室。侍从室是军统和中统特务组织的上级。1945年侍从室撤销后，国民党政府在侍从室一处、二处的基础上组建了部级特任机构的参军处和文官处。此后，中统归文官处政务局管，军统归参军处军务局管。军务局长俞济时还可秘密派遣"视察官"，督察各地的军统特务组织。也正是因此隶属关系，俞济时的亲信冯圣法才得以接替军统沈阳组组长夏松原先负责的接收东北全境铁路警察工作，夏松转任吉林警务处长。

据国民党"国防部二六〇组"组长冷克回忆，1947年上半年，他被军统派到暂编五十二师，配备电台，遂行监视任务。到职未久，便将师长刘伯中在当年4月塔其木战斗中对所属陈团被围坐视不救，在该团被歼灭后又"借机侵吞全团粮饷达两个月",并且"枉杀士兵多名"等罪状电报南京,使其被"撤职押办"。随后,暂编五十二师与吉林铁路警务处并编,师长"由军统忠实可靠的李松(嵩)少将充任,达到了并编裁汰的目的"。

据揭发,李嵩组建吉林警务处之初,曾在吉林市成立"警谍训练班",有64人接受训练,毕业后,分派各部从事特务活动。俞济时每次来信,李嵩看完就烧了,十分诡秘。暂编五十二师撤退到长春后,李嵩与保密局长春站站长、中共叛徒项乃光等军统特务关系密切,经常在一起吃喝玩乐。

据军统上校关梦龄回忆,军统特务项乃光还通过保密局局长毛人凤转报蒋介石:李嵩已经"与我说好了",暂编五十二师是"必要的时候,我们可以掌握三个部队"之一。关梦龄还交代,该师参二科少校科长王彬是军统派去的。王彬手下的谍报队,有30人左右。

在国民党军队,李嵩的背景是很让人眼热的,以至于第六十军起义前,军参谋长徐树民曾力劝曾泽生军长讨好下属师长李嵩,以期在官场能"走俞济时路线"。

像李嵩这样有特务嫌疑的"战争罪犯",起义时又被先行扣押,要想"落实起义人员政策",自然很难,但蔡凤仪还是不懈努力。

1986年初,李嵩的湖南同乡、老长官郑洞国在全国政协的一次会议上反映:我们党在新中国成立初期的政策有些"左",个别的起义师长都被杀了,至今还没落实政策。郑洞国的发言被刊登在全国政协会议的简报上,印发了下去。

不久,沈阳军区联络部和军事法院本着中央关于落实国民党起义投诚人员政策"宜宽不宜严"的政策精神,进一步审理了李嵩一案,并且找到了从宽处理的事实依据:李嵩被追究的罪行均发生在起义前,起义之时和之后均无抗拒表现。更重要的是,李嵩被扣押后,当即表示"拥护起义",并向所属部队下达了随军起义的命令。

为慎重起见,沈阳军区落实起义投诚人员政策办公室出面,就是否可以为李嵩落实政策,向唯一留任解放军部队并健在的起义将领李佐发函征求意见。

李佐当年参加长春起义时任国民党军第六十军一八二师副师长,该军成建制改编为中国人民解放军第五十军后,历任第五十军一五〇师师长、军副参谋长、副军长,以及全国政协委员、辽宁省人大代表、四川省政协常委等职。此时的李佐,虽然已经从成都军区后勤部副部长的职位上离休,享受副兵团级待遇,但还是忙于落实起义人员政策的大量工作。老人为来函谦逊、诚恳、负责的态度所感动，当即抱病查阅资料，提笔回信，表明了赞同态度并回忆了两件颇能说明问题的往事：

暂编五十二师退守长春拨归第六十军建制后，虽然可以监视和牵制第六十军，但李嵩此时已对国民党丧失信心，对部队的前途更感绝望，故曾向曾泽生军长提出迫望准予"长假"，回籍养病并侍奉母亲的请求。

第六十军起义后，李嵩曾被送回在九台县的军部，移交军务。其间，曾泽生就暂编五十二师人事安排征求李嵩的意见。李嵩不但不建议起用他的部下，还坚决反对欧阳午代理师长，连说："不行，不行！欧阳午掌握不了部队。我看李佐合适。"李嵩与李佐并无私交，他力荐李佐是为了稳定部队，由此，可以说明李嵩在部队起义后的表现是好的。

李佐还告知，在暂编五十二师"起义官佐登记簿"的"长假官佐名册"中，李嵩名列第一，可见，当年解放军第五十军是把李嵩视为长春起义人员的。

据说，在发函征求李佐意见之后，案件承办人员又向全国人大常委会副委员长萧劲光发出了请示信，并得到了萧劲光关于同意落实政策的批示。

经反复慎重的调查审理，1986年11月17日，沈阳军区军事法院作出再审判决：一、撤销原东北军区军法处1951年11月8日对李嵩的判决。二、对李嵩以起义投诚人员对待。

在为李嵩落实政策的过程中，李佐说了一句耐人寻味的话："李嵩这个人，不像人们想象的那么坏！"这话，并非无稽之谈。李嵩的人格印记，可以从他一生三次痛哭中得到历史的投影。

1906年，李嵩出身于湖南省安化县的一户贫苦农民家庭。最初几年，一家六口靠父亲耕种祖产五斗山田和佃种儒公祠堂几斗公田维持生计。因为地租高，收获不丰，父母常为一家人的衣食愁眉不展。后来由于父亲读过几年书，精明能干，农忙时辛勤劳作于田间地头，农闲时借高利贷做倒卖竹木、茶叶等小本生意，加上母亲勤俭持家，若干年下来，家境好转，退掉佃种的公田，自己购置了些田地，请了一个工钱不多的跛脚长工，父亲则专做自己的生意。

父亲对家庭的责任感和不辞辛劳的奋斗，为幼年李嵩树立了榜样。家庭步入小康后，李嵩有了读书的机会。虽然私塾教学方法落后，难以提起学习兴趣，但他却牢牢记住了父亲的嘱托："像长工那样泥手泥脚的光眼瞎子是最苦的。读书

明理，才能在社会上为一家人求得好生活。"

李嵩的功课得到了先生的好评，又强化了他蒙蒙眬眬的责任感，引发了李嵩懂事以后的第一次痛哭。

那一次，邻居办喜事，因私塾先生外出无人写对联，想起了平常大家总在夸李家的"伢子"字写得好，便上门相求。李嵩的父亲一口应承下来。

一般的孩子能写则写，不能写则一推了事，不会挂在心上。李嵩不然，他内心感受了一种无法推卸的心理压力：要是写不好，岂不辜负邻居的一番厚望？岂不丢了父亲的老脸？越想越愧，越愧越急，百般无奈又急又愧的李嵩最后竟伏在桌上号啕大哭。

邻居不再勉为其难，小李嵩却为了将来给邻居"写好对联"，为了使全家维持长工之上的"好生活"，更加发愤读书。

上中学后，正赶上新文化运动席卷全国，置身于救国图存热浪之中的李嵩和许多同学一样，一边努力完成学业，一边如饥似渴地阅读宣传新思想的书刊，国民党的《三民主义》《建国方略》他读，共产党的《向导》《独秀文存》他也读。

新知识的灌输，使父亲言传身教培养起来的责任感融入了更神圣的内容。李嵩追求人生理想的视野从此越出了生育他滋养他的小山谷，越出了凝聚了父亲一生心血的家业，越出了乡间邻里婚丧嫁娶所求的笔墨功夫。他看到了社会天灾人祸民不聊生，看到了军阀杀伐连年横征暴敛，看到了帝国主义的野蛮侵略及经济掠夺。特别是沙基惨案和五卅惨案，从感情上极大地刺激了李嵩，激发了他报国救民的人生志向。李嵩不顾父兄规劝，投身如火如荼的学生运动。

1926年，李嵩中学毕业，家里无力继续供其读大学。正痛苦彷徨之时，北伐革命军占领长沙，带来了黄埔军校招生的消息。李嵩不顾父亲强烈反对，毅然前往广东，于当年9月考入黄埔军校第六期入伍生队，开始了他的戎马生涯。

不久，中国历史发生了转折。1927年4月12日，蒋介石打着"清党"旗号，向共产党人举起了屠刀。正在入伍生队学习的李嵩亲眼看见一批批优秀同学被五花大绑押上远去的卡车，投入大牢，其中不少人倒在血泊之中，都是些忧国忧民志向远大品学兼优的好青年，有的甚至与李嵩情同手足。

21岁的李嵩百思不得其解：既然要革命，为什么以血腥手段摧残有胆有识有志向的热血青年？

几乎在一夜之间，血淋淋的现实封死了李嵩追求新思想之路，使他从美好理想的云端，跌入阴霾笼罩的深谷。逮捕同学的卡车驶离校园后，他拖着沉重的脚步回到宿舍，一头栽倒在床上，扯开被子，蒙住脑袋，偷偷哭泣起来。

留在国民党营垒里的李嵩看不到人民的力量，自然找不到求解中国革命道路的答案，思想上的空白从此于青天白日大旗下，逐渐被诠释"清党"暴行的国民党"正统"理论所充填：中国为什么受尽列强的欺凌和宰割？还不是因为自己四分五裂，一盘散沙！帝国主义是一条"饿狼"，实行封建割据的军阀和"共匪"是家里的"疯狗"，"疯狗"乱咬人，"饿狼"就要乘虚而入，所以，"攘外必先安内"。要结束分裂统一中国，只能实行"一个主义、一个政党、一个领袖"。特别是"一个领袖"，那是凝聚人心的旗帜，就像德意志的希特勒、意大利的墨索里尼、大和民族的天皇。中国要想不受列强欺负，唯有此路！

李嵩第三次痛哭时，脑袋里已装满了国民党的"正统"观念。

1936年12月12日，张学良将军和杨虎城将军在西安发动了震惊全国的兵谏，扣押了蒋介石。消息传来，李嵩似万箭穿心，悲愤交加，止不住的泪水顺着掩面的手指怆然而下。

他痛苦万分：领袖被扣，会落在共产党手里，定难生还！

他绝望异常：领袖蒙难，中国必将四分五裂，亡国无日！

李嵩的三次痛哭，虽然为了截然不同的对象，但鲜明地表现了华夏儿女世代传承的人生道义责任。肩扛着炎黄子孙义不容辞的人生重负，西安事变和平解决后，有着中国男子汉阳刚血性和中国军人救亡图存抱负的李嵩，义无反顾地投身炮火连天横尸遍野的抗日救国战场。

1937年"八一三事变"爆发后，时任第七十四军五十八师三四七团三营中校营长的李嵩经历了他"一生最痛快的时刻"——奉命开赴上海前线，参加进攻大小川沙战斗。此后，又参加了南京保卫战、徐州会战、九江战役、第一次长沙会战、上高会战、第二次长沙会战、浙赣会战、常德会战、长衡会战和湘西会战，其职务也逐渐升至第一百军第十九师少将副师长。

时下中国内地影视、文学作品对国民党军人的描述，多打着"揭示人性"的旗号，想当然地简单推理，从"人格丑化"跳到"政治美化"的另一极端。显然，这依然没有跳出"不是好人就是坏蛋"的脸谱化思维泥淖。

在阶级社会中，"人性"和"人品"都是具体的。臧否20世纪中国历史人物的准绳，不应该是超阶级的"人品"，更不应该是个人的恩怨得失和写作者的自我感受，因为脱离草根大众的"精英主义"狭隘的"人性论"视野只能最终落脚于"君子将相才子佳人"的利益，而紧扣残酷的阶级压迫和民族奴役、激烈的阶级斗争和民族反抗、艰难的阶级解放和民族独立这一20世纪的历史主题，以是否顺应民族独立和劳苦大众翻身解放这一浩浩荡荡的历史潮流为标准，才是解读20世纪中国历史人物的正途。

正所谓阴在阳之对，更在阳之内，李嵩确有令人尊敬的"救亡图存"人生抱负以及为之出生入死的抗战经历，但这又基于特定的社会基础。

李嵩认同的，是父亲挣扎于现实生活所体现的阶级秩序及人权差距。

父亲在儿子身上寄托的生活理想，有着延续千年的社会根基和思想渊源。李嵩没有辜负父亲的期待，他担任暂编五十二师师长后，仅"特账"收入，就为其提供了可以任意开支的数额不菲的财富。

基于官兵切身利益的对抗性分离，国民党军队要驱使广大士兵投身战场，只能凭借血腥的"强迫纪律"。据部下周更生回忆，李嵩在第七十四军五十八师的上司张灵甫治军严苛，手段暴戾，时常杀一儆百，曾对他手下的团长刘光宇说："明天纪念周[①]，你团里有几个（他的惯用术语，就是有几个要枪杀的官兵）？"刘团长说："我团里没有。"张灵甫说："你们团里总是没有。明天一定要替我找出几个来。"刘又说："只有拿我去枪毙吧。"

张灵甫式的"暴戾"，在国民党军队绝非特例。在国民党军五大主力之一新一军当过兵的容业回忆，其所在的新三十八师一一二团为了防止士兵逃跑，每次移防前两三天都要枪毙几个逃兵，以杀鸡吓猴。如果团禁闭室没有现成的逃兵，长官就派人出去捉一两个回来，再绑到全团集会上枪毙。至于捉回来的是不是逃兵，甚至是不是兵，都很难说。

也正是大量耳闻目睹了"老百姓被当兵的欺负，当兵的又被当官的欺负"并有过挨长官打或受长官欺辱后又接受长官跪求饶恕经历的蒋介石次子蒋纬国，才深刻感悟到国民党军队抗战一再丧师失地的内在原因："我看清楚了中国的军队是怎么样的一批人组成的，要带着这么一批人去打仗，还要面对如此精锐的日

[①] "纪念周"又称"总理纪念周"。1926年2月12日国民党中央党部议决公布《纪念周条例》，明确举行纪念周的目的是"为永久纪念总理，且使同志皆受总理为全民奋斗而牺牲之精神，与智仁勇之人格所感召，以继续努力，贯彻主义"，规定"每周之月曜（星期一）日上午九时至十二时"举行纪念周仪式。

军，还要打胜仗，实在是不容易。"他甚至断言：国民党军队"冤死的人不计其数"。①

公道地说，蒋介石父子及其属下有志之士也想革除国民党的军政积弊，但利益之争如同与虎谋皮，他们所依靠的阶级内部"人情"泛滥，不允许。

显然，推翻阶级压迫制度的暴力革命不是纯主观意志的产物，被某些"知识精英"指责的"暴民"是"暴主"及其"暴政"逼出来的。存在决定意识。

在旧中国民族存亡关头，阶级矛盾可以被民族矛盾暂时挤到次要和从属的地位，但这并不能否定剥削制度固有的残酷性、腐朽性和没落性。

李嵩原本纯洁的性情被"金字塔"上的权力扭曲了，原本善良的心肠被"金字塔"中的利益钙化了。由于缺少与广大劳苦大众的共同利益基础，李嵩的嘴里不能不经常喷出一些子虚乌有的谎话、瞎话："共产党卖国，把东北一百多万青年送到苏联当劳工，结果冻死了二十多万。""八路的大炮都是用东北女人向苏联换来的。""八路军抓住俘虏不但不给饭吃，还要挖眼睛，剁脚杆，砍脑壳。"

虽然，李嵩的人性被他效力的旧制度异化了，但他的良心没有彻底麻木，良知没有完全泯灭。在解放战争后期，李嵩确确实实对国民党失去了信心。据曾泽生著文记载，起义前几次谈话，"李嵩表面上表示亦不满现状"。

也正是不满国民党腐败和没落，加上自己患有严重的胃病和肺病，李嵩才下决心提出请"长假"辞官返乡的要求。

郑洞国为控制部队，极力挽留这位得力干将。几经努力，李嵩只获得两个月的短假。这时，飞机已不能在长春降落，未能成行。蒋介石为了嘉勉、安抚这位"抱病服务"的黄埔学生，派飞机专门给李嵩空投了药品、罐头及亲笔慰问信。

就这样，李嵩身不由己地做了行将就木的旧制度的陪葬品。

在解放军官教导团学习期间，由于李嵩有求知欲，看了些理论书籍，肯研究问题，在后期当选为学习组长，认识也有所转变。

然而，李嵩还是于长春起义三年后，被判处了死刑。

对李嵩之死，有人归因于阶级复仇：血债血还，欠命偿命，情理之中。

其实不然。中国共产党在漫长的革命道路上，曾经创造性地驾驭了被压迫阶级的仇恨心理，并把亿万劳动人民的阶级仇恨汇聚成不可抗拒的历史洪流，掀翻

---

① 蒋纬国口述、刘凤翰整理：《蒋纬国口述自传》，中国大百科全书出版社2008年版，第161、第274~277页。

了压在他们头上的帝国主义、封建主义和官僚资本主义三座大山。然而，中国共产党的宗旨不是复仇，多少年来，其成功的战略、策略特别是敌军政策，一直反对狭隘的复仇意识。

也有相当一部分人将之归因于中共历史上的"左"。"左"是一个筐，似"左"非"左"随意装！

李嵩的死刑，是在新中国镇压反革命运动中被判处的。

西方权威的《剑桥中华人民共和国史》称：包括镇压反革命运动在内的"几次运动都是在1950年后期中国人参加朝鲜战争以后发动的，它们的激烈程度无疑与朝鲜有关。党的领导人看到了保持警惕的真正必要性，这不但是由于美国进攻的危险性，而且是由于国民党重返大陆的可能性"。该书还特别注意到："从毛泽东对反革命分子的评论中可以看出在介入朝鲜战争时领导态度的转变。1950年9月后期，在决定介入之前不久，毛泽东宣称，不杀一个特务是必须坚持的政策；到1951年初，他力主：'要坚决杀掉一切应杀的反动分子。'"

《剑桥中华人民共和国史》的基本判断大体没错。抗美援朝之初，全国各大军区尚有未经处理的国民党起义与投降军官3万余人。这些人的情况非常复杂，经过一两年的教育，大部分得到了初步改造，消除了敌对思想，但仍有一部分人反动思想浓厚，朝鲜战争爆发后甚至非常狂妄。对此，中央军委总政治部于1950年12月发出《对起义与投降军官处理办法的指示》，要求各大军区"在实现我军政治诺言及安定社会秩序两个原则下，根据不同情况按量才选用，组织生产，资遣回乡，长期管训及惩办首恶之方针，分别予以处理"。[①]

虽然，地球那一头的"老外"对毛泽东态度变化的叙述毕竟是猜测，但他们看到了镇压反革命运动与麦克阿瑟压向中国边境的坦克、飞机、大炮，乃至于杜鲁门1950年11月30日的原子弹恐吓，与蒋介石企图派出第五十二军先遣赴朝参战的反攻大陆喧嚣之间的必然联系，无疑要比脱离历史环境批"左"走极端的某些中国"知识精英"要深刻得多！

新中国建立初期的镇压反革命运动不是新中国的复仇祭祀，它是在受到严重外来侵略威胁的历史紧要关头，为了避免更多流血的一次"社会减震程序"。以小震，释放大地震的破坏性能量。以少数历史罪人的流血，避免广大人民群众的

---

① 长舜、荆尧、孙维吼、蔡惠霖：《百万国民党军起义投诚纪实》，中国文史出版社1991年版，第1632页。

大量流血。

把李嵩推向断头台的,是历史。

当然,李嵩生命的终结也有个中缘由。由于起义前被先行扣押,丧失了起义人员身份,在国民党战俘、战犯堆里,李嵩比其他国民党将领处于一种更危险的境地:暂编五十二师被成建制地改编为人民解放军后,开展了轰轰烈烈的控诉运动,故李嵩被广大起义官兵揭发、控诉出来的罪恶,较之其他被俘后所属部队随即被分散消化的国民党将领,内容更多,事实更清晰,证据更充分。

李嵩被判死刑的个中缘由还有:在押期间,他对自己的历史罪恶只作原则批判,没有具体交代,特别对残杀平民、屠杀战俘一类的战争罪行,以及贪污吃空、虐杀士兵,更是只字不提。这要发生在一般战俘将领身上,也不足为奇,但李嵩有"特务"嫌疑,对他的高度警觉与戒备,是有理由的。

反思李嵩死刑案及撤判,有着思想方法上的意义:

秉持机械论者习惯于孤立地、静止地看问题——把撤判当作平反,认为是纠正"左"的错误。

显然,这种非此即彼的机械评判没有深入历史——当年追究李嵩的历史罪恶,是巩固新生政权的政治需要;后来撤判,则是因为需要结束"文革"期间已经趋向极端的"阶级斗争",调动一切积极因素建设社会主义现代化强国。

然而,这种基于现实主义合理性的评判仍有囿于现实而未能企及未来的视野局限——判处李嵩死刑时,没人能想到35年后会撤判;该案撤判时,没人能想到20多年后会有人借此指责甚至否定新中国初期的镇压反革命运动。

可见,评判李嵩死刑案及撤判,还有超越现实主义历史合理性的更高的非凡视野——在新中国的镇压反革命运动中,能超越现实洞彻未来的,唯有独具慧眼开创死缓刑名的毛泽东。①

也正是从这个意义上讲,我们没有资格苛求前人。换一句大白话来说,如果叫当代人主持新中国之初的镇压反革命运动,肯定不如已在腥风血雨的战争年代付出了血的代价并积累了丰富实践经验的前辈。特别是那些自命不凡的坐而论道

---

① 抗战末期美军驻延安观察组成员约翰·斯图亚特·谢伟思后来回忆,当他向他所接触的中国朋友打听,为什么毛泽东能够成为共产党内公认的领袖时,回答都是一样的:"他目光远大。"(转引自李肖伟:《超堡队B-29 IN CHINA——美军陆军第二十航空队赴华作战史料集(二)》,[香港]天马图书有限公司2005年版,第247页。)

的当代书斋秀才，如果叫他们来干，或者是右倾，给新生政权带来隐患甚至更多的流血；或者比他们自以为是责难的做法更"左"。

2　副师长苦拉板车

在新中国建立初期的镇压反革命运动中，还有一些人，他们参加了起义，甚至有贡献，却也被追究了刑事责任。李树民就是其中的一个。

1947年6月，暂编二十一师败退吉林后的一个傍晚，该师第三团团长李树民接到陇耀师长的电话："你马上来，有要事相商。"

李树民立即赶往师部，上楼相见后，陇耀屏退左右，单刀直入地告诉李树民："潘朔端介绍一个人来找我，估计是哈尔滨方面的，我约他明天上午9点来师部。见面时，我叫龙鹏腾副官和卫士杨光华带枪在楼上游廊守候。考虑到他们对军部的军官不好挡驾，请你在楼下会客室值班，不准任何人上楼。"

第二天，军部副官处处长杨重将中共东北局滇军工委副书记刘浩带来后，李树民守候楼下，至密谈结束。

1948年10月16日晚，曾泽生来暂编二十一师师部动员起义结束后，即向李树民交代："你设法利用你的关系策动新七军同我们一块起义，若不行，至少要稳住他们。另外昨天，我从兵团部要来一个榴弹炮营，你马上派人控制他们。完成上述任务后，团长职务交副团长周庆三代理，你立刻到军部代理军参谋长。"

新七军的工兵指挥官姓向，湖南石门人，是李树民的军校同学。利用这层关系，17日凌晨，李树民接通了与新七军副军长史说的电话，转达了曾泽生、陇耀请新七军将领前来商讨"共襄义举之事"后，新七军派了两位副师长来到设在李树民团团部的暂编二十一师临时指挥所。这一次商谈，新七军代表虽然没有接受曾泽生、陇耀的建议，但彼此约定不以武力干涉对方行动。这未付诸文字的战场协议，对第六十军的顺利起义，对长春的和平解放，具有重要意义。

就在策反新七军将领的同时，李树民把一营李营长找来："你带两个连马上把兵团部配属我们的榴弹炮营包围起来，收缴武器，卸掉炮栓，清点并控制全营人员、车辆和油料，然后集合全营，就说军部代理参谋长要来训话。"

20分钟后，李树民站在炮场的汽车上，将曾军长起义动员内容传达给了榴弹炮营官兵，并且宣布了战场纪律。

完成上述任务后，李树民赴军部履职，协助曾泽生军长于17日午夜组织全军向解放军移交防地，撤出长春城。

部队起义不久，东北军区指示抽调一批起义军官赴东北军政大学学习，李树民奉命带队前往。1949年1月2日，中国人民解放军总部发布整编令，李树民被任命为解放军第五十军一五○师副师长。

此后，发生了李树民始料不及的命运逆转。

在东北军大，李树民因为在旧军队欺压下属严重，民愤较大，以及不主动反省抗战期间在云南宣威率部"剿匪"时滥杀无辜的历史血债等问题，受到起义学员们激烈的批判斗争。

1949年9月，东北军大第十一期第五团结业，绝大多数起义学员都毕业分配了工作。李树民等少数学员未准毕业，转入延吉"解放四团"，同辽沈战役被俘的国民党军官一起继续学习，接受进一步审查。

1950年12月，"解放四团"奉命迁往佳木斯并将全部人员处理完毕。李树民领到一张"蒋军官兵李树民资遣证"，被资遣回云南昆明。不久，赶上镇压反革命运动，李树民于运动后期被逮捕、判刑。

追究起义人员，特别是追究像李树民这样有功人员的刑事责任，令人费解，毕竟共产党有过"既往不咎"的政治承诺。尘封已久的史实表明：追究少数起义投诚人员的历史罪恶，是出于建国初期严酷的政治斗争的需要。

解放战争期间，国民党军队起义、投诚和接受和平改编人员共有188万人[①]，其中少数人（主要是军官）的政治背景和个人历史太复杂了。

最普遍的问题是家庭出身。国民党军官多系富家子弟，其中有些军官的家人又是为富不仁横行乡里的土豪劣绅。这部分人虽然在战场上掉转了枪口或放下了武器，但让他们心悦诚服地接受共产党的土地改革，谈何容易？

吃喝嫖赌相当普遍。就说抽大烟的，在刘文辉的第二十四军中"双枪兵"（步枪和烟枪）约占三分之一。

血债也多。起义士兵几乎无一不诅咒旧军队："太黑暗了，军官杀当兵的就像杀个小鸡！"对共产党的地下工作者和解放军俘虏就更不当人对待了，像邓团

---

① 据中国人民解放军公布的战绩，三年解放战争期间国民党军起义投诚177万人，从1945年8月15日日本投降到1946年过渡时期内还有11万人起义、投诚，两项合计为188万人，引自蔡惠霖等：《百万国民党军起义投诚纪实》续集，中国文史出版社1999年版，第5页。

长活埋战俘、张处长拷打"八路探子"致死一类的事情,不胜枚举。

最让人不放心的,是潜伏特务。

据时任长春市警备司令部督察处督察长的军统上校关梦龄回忆,军统在第六十军有两套组织,一是随军督察组,归东北行辕第二处直接指挥,成员有阎崇德、杨海亭、杨均、丁燕萍等10人,组长国致中是军统特务骨干,1946年派来,1947年8月离任;二是军部参谋处第二科,科长黎家树上校毕业于军统局参谋训练班,1945年派到第六十军,1948年8月调至某师。

另据国防部二六〇组组长冷克回忆,第六十军起义后,军统电台还在密报:曾泽生军长在动员起义时曾"痛哭流涕地说:我为了数万官兵的生命,忍痛牺牲在北平的妻子儿女,我想他们决不会放过我的家属的"。

政治背景最复杂的是政工人员和谍报人员。

这类人员在任何一支国民党军队中都能手眼通天。其中有些人本来就是特务,不要说共产党视他们为大敌,滇军将领对他们也存有很大戒心。曾泽生为了挤走国民党中央派来的高级政工人员,曾费尽心机。陇耀更绝,连曾泽生安插的政治部主任都不信任,只让他在报表上盖章,别的事一概不许过问。

一些中、下级军官对政工人员戒心也不小:"这些人可了不得,他整死你,连根骨头都找不到。"一些官兵因"通共"罪名被杀多是这号人干的。

还有土匪。有个姓陶的土匪头子叫"青山好",青帮骨干,长春被围困前曾在长春市郊抢劫一家老百姓三匹马,打死两人,在抢了许多钱后,跑到长春市内投到暂编二十一师当了连长。

有起义后逃回国民党军队的,还有起义后叛变的。

潘朔端部起义后,有整团叛变的。曾泽生部起义后,有整排叛变的。陈克非部起义后,有整营叛变的。范绍增部起义后的叛变分子,甚至成为当地无恶不作的"巨匪"。

还有"起义"后叛变,叛变后又"起义"的。

1946年10月,杨朝纶、陈家兴、张文蔚等率部叛变逃回国民党军队后,所部被编为独立第五团。1947年5月,重建的第一八四师在梅河口被歼灭后,杨朝纶奉命以独立第五团为基干再次重建第一八四师,并任师长。该师于锦州战役被歼灭后,杨朝纶等人逃到天津,收容辽沈战役后逃回关内的云南籍残兵败将六千余人,又重建了第一八四师。杨朝纶是云南祥云人,所部在平津战役被全歼后,他带人回云南又重建了新的第一八四师,不久升任第九十三军副军长,随所部参加了卢汉在昆明举行的反蒋起义。

卢汉率部在昆明起义时,解放军第五十军正参加成都战役,消息传来,海城起义官兵纷纷对军政委徐文烈说:"绝不能饶了杨朝纶那小子!"

据马逸飞回忆,昆明解放不久,军事管制委员会立即逮捕了杨朝纶,陈赓司令员和宋任穷政委就如何处理杨朝纶,向潘朔端并通过潘朔端向马逸飞和魏瑛郑重地征求了意见。三位起义将领不提杨朝纶则已,一提恨得咬牙切齿:我们好不容易带出来的那么多家乡子弟却叫他毁了,留他做啥?杀!

杨朝纶的叔父是卢汉的重臣,曾为其侄子说情。然而,昆明解放不久,昆明市市长潘朔端亲自主持了对杨朝纶的公判大会,将其处决。

不管杨朝纶是不是混进起义部队的,他毕竟是新中国第一个被杀掉的参加起义的高级将领。需要注意的是,力主杀掉杨朝纶的,主要是对共产党"既往不咎"政治承诺极为重视的起义官兵。

还有拒不悔罪,抗拒改造的。

原国民党军第六十军军部副官处董副官,1947年任军部"青训队"上校大队长期间,负责关押、审查解放军释放的国民党被俘官兵300余人,以及解放军被俘人员和"共党嫌疑分子"200余人。据揭发,董副官不仅在释俘中组织"反斗争会",还将其中"受赤化"较深的20余人送往沈阳。有一位排长和一位班长只因为说了一句:"在解放团挺好,回来倒受罪,不如不回来了!"董副官知道后,硬说他俩是给"八路"做工作的,夜间抓出去毙了。更为严重的是,董副官利用职权大肆贪污,虐待解放军被俘人员,以至于"经常看见'八路'被冻死在关押他们的破庙里"。

由于曾经是国民党高级政工人员,董副官起义后,被送往"解放团"。学习、审查期间,董副官不但不改造思想、交代自己的历史罪行,反而以执行过押送李嵩等人的任务有功自居,埋怨"解放团""不执行政策",经常泡病号,敷衍学习。

上述人员,特别是其中没改造好的,虽然不很多,但鱼龙混杂,若不加区别地"既往不咎"留用于军队,或安置在地方工作,不仅会为其提供继续借势欺人的机会,在人民群众中造成极坏影响,也会给新生政权的巩固带来极大的隐患。当时,许多人都担心,一旦国际国内形势发生变化,其中少数反动分子会啸聚山

林余,卷土重来。这种顾虑在朝鲜战争爆发后得到了强化。

刚刚取得执政地位的中国共产党脚跟还没站稳,就遇到了一个近乎水火不相容的两难选择:一方面,执政党"既往不咎"的政治承诺应该具有法律效力;另一方面,起义、投诚人员中的政治隐患关系到政权巩固这个大局。

1950年12月,即志愿军出兵朝鲜两个月后,中央军委总政治部出于政治斗争的需要,发出《对起义与投降军官处理办法的指示》。在历史转折的大潮中,口子一开,难免泥沙俱下。就这样,李树民被历史大潮的浪头,毫不留情地打到了社会底层。

1951年底,李树民被资遣回到昆明不久,于镇压反革命运动后期被捕。也许是考虑到当年"剿匪"的历史背景,也许是考虑到反蒋起义的功劳,李树民被从轻判处有期徒刑3年,监外执行。

李树民回家后,为了糊口,四处奔波,八方求职。别人一听说他是资遣回来的"旧军官",又是监外执行的犯人,没有一个单位敢要他。无奈,只好东一头、西一处干杂活,筛沙子、扛大包、挖地基、糊纸盒、运垃圾,只要能挣到糊口的钱,啥都干。好的时候,一天能挣块把钱;孬的时候,一天只有几角钱。多数时间找不到活儿干,就在家做饭、带孩子。

李树民当过国民党军的上校团长,当过解放军的副师长,落到这步田地,心里自然不是滋味。头两年,只有一两个孩子,靠妻子马素梅的工资,生活还能对付。生了老三后,日子越发艰难了。

一日,李树民从外面回来,一扫往时的忧愁,欢天喜地地告诉妻子:"有办法了,我去拉平板车,一个月能挣六七十块钱呢!"

"一辆平板车要多少钱?"马素梅的工资本来就不高,一家人用,常常捉襟见肘,根本没有积蓄。

"百十块钱。"李树民说得似乎有些轻松。

相当于两个多月的工资呢!马素梅犯愁了。

为了给妻子解愁,李树民厚着脸皮,几乎跑遍了整个昆明能求的人家,这家三五块,那家七八块,最多一家借十元。两三天下来,钱还没凑齐。回到家里,李树民一咬牙,把家里暂时不用的家什杂物全拿出去卖了,连装米的铁筒也不留,勉强凑足了买平板车的钱。

平板车买到了,头一个月下来,辛勤汗水换来六十多元工钱,收入也比老婆高出一半，李树民高兴啊，就像得了一座金山。

望着丈夫消瘦的脸庞上挂着美滋滋的笑容，马素梅仿佛咽下一颗苦胆。苦涩麻痹了她的双唇，也收紧了她的心。直到李树民逝世若干年后，讲起这段拉平板车的经历，马素梅依然止不住的泪水扑簌簌地滚下脸颊：李树民的平板车拉得太艰难了。一个富家子弟，有生以来哪干过这么重的体力活？在军队那阵子，啥事不是勤务兵侍候？他一车拉多少说不上来，反正不比一头牛拉的少。每天拉多少趟也没一定，反正早上出去，下黑回来，一天到晚都在拉。回家吃饭，说句不好听的，就跟猪吃食似的，一顿要吃满满一盆，狼吞虎咽，嚼都不咋嚼。吃完晚饭，倒在床上就睡大觉。一觉醒来，嘴里塞几个馒头又去拉车。

日复一日，年复一年。

最让马素梅心痛的，是李树民右脚踝在海龙撤退时曾受过贯通性枪伤，每逢阴雨天都要隐隐作痛。马素梅劝过："不要太拼命了，少拉几车吧，咱有多少钱就过多少钱的日子，身子板要紧，别累坏了！"

李树民不听。再劝，就发脾气："老子愿拉多少就拉多少，不要你管！"

马素梅理解丈夫——他要通过自食其力的劳动承担起养家糊口的责任。

李树民也在社会角色的转换中进一步理解了中国革命——让劳动不再受歧视，让民众不再受压迫，是草根大众的迫切要求，是社会变革的必然趋势。

对城市手工业和资本主义工商业实行社会主义改造后，李树民加入了昆明市搬运公司板车合作社，月工资56元。李树民的板车一直拉了13年。

1969年底，全国各大城市疏散"黑五类分子"。李树民被判过刑，属于"历史反革命"，被下放到滇西临沧县澜沧江旁大山上的一个小山村。

接着下来，就是知识青年上山下乡运动。李树民的儿子1965年初中毕业，未能升入高中，在亲友的帮助下，到铁路部门当上了临时工。两个女儿分别到中缅边境的盈江县、腾冲县山区农村插队落户。

李树民下放不到半年，一次出工，不小心失足摔下山去，右大腿骨折。

一年后，李树民被批准回昆明家养伤。经过一年的努力，李树民和回城治病的二女儿的户口相继转回昆明。李树民也在板车合作社落实了每月14元的生活费。又过了将近一年，板车合作社为李树民恢复了56元的工人工资。

1974年李树民的户口和工资问题解决后，他还要继续上访。最初一段时间，李树民的落实政策问题卡在了其"资遣"身份上。当年的资遣对象太庞杂了，有国民党零散人员被收容后资遣的,有投降、投诚后被资遣的,有政工人员和特务嫌疑被清洗资遣的,有老弱病残不适合留队工作被资遣的,有本人不愿意留队被资遣的,所以,当时的政策明确规定,起义、投诚后按当时有关规定资遣回家的,不再重新安排,年老体弱丧失劳动能力无人赡养的,给予社会救济。

1977年,在刘浩、李佐等人的证明下,李树民的起义人员身份得到确认,有关部门将其从板车合作社调到云南省人民政府参事室任参事,工资待遇比照原工人工资套定为国家行政21级。不久,晋升到18级。

恢复了国家干部身份的李树民依然不服:1949年1月2日,邓应斌、任孝宗和我同时被解放军总部分别任命为第一四八师、第一四九师、第一五〇师的副师长,他们两人在起义时的贡献都不如我大,但如今工资级别和政治待遇都比我高。任孝宗随军南下后,从湖北沙市请假回云南老家省亲,再未归队,1951年转业到地方,现任云南省人大常委会委员、民革云南省委宣传部部长,行政12级。邓应斌与我同入东北军大学习,也因历史问题被转到"解放四团",之后,被判刑15年,1974年沈阳军区为其改正错判,恢复军籍,定行政13级,退休(后改为离休)后被安置在云南省蒙自县政协任副主席,同时担任省政协委员。

有关部门也在做李树民的工作:云南情况复杂,一些地下党和边纵游击队的同志都还没落实政策,你一个起义人员政策落实到这个程度,已经很不错了。

但李树民百折不挠。

那几年,中央对于落实起义投诚人员政策非常重视,始终保持了一个非常重要的意见渠道——每年召开全国人大和全国政协会议时,中央领导和军委领导都要宴请参加两会的原国民党将领,并征求意见。李树民等起义人员落实政策的问题,就是全国政协委员李佐借此机会多次反映上去的。

1989年,有关部门终于为李树民落实了副厅级的待遇。三年后,69岁的李树民与世长辞。

对李树民的评价,不管是板车合作社,还是李树民下乡的生产队,还是他的家人,都异口同声地说他"太老实了",单位上的人叫他干啥就干啥,与世无争。他们甚至奇怪:这么个大老实人,怎么当上了国民党的上校团长?

一位往日的同僚在摆了不少往事后,感慨道:"李树民过去可不这样!"

厄运,改变了李树民的生活境遇,也改变了他的人生态度。在李树民自己的"政策"还没有落实的时候,他就开始帮助一些同僚、旧属,只要有人相求,李树民总是拖着残腿，竭尽全力帮他们一把，从不计较什么回报。

李树民为了自己的权利申诉了半辈子，尽管厄运由控诉运动引出，但他无悔当年历史转折时刻"走投无路求新生"（李树民回忆文章的标题）的人生抉择，更不否认自己的"历史罪恶"。

李树民的儿子说："父亲落实政策的事都是他自己写材料，自己跑，一般不对我们子女讲。我们兄妹都是在党的教育下长大，从小就觉得父亲的历史不光彩，也不过问。父亲提过那段往事，他说，土匪泛滥是国民党政治、经济腐败造成的，官逼民反，自己当年率部'剿匪'虽是奉命，但多杀了一些基本群众。"

李树民的命运，是与他"身份"变迁相联系的。

不可否认，新中国成立后实行"有成分论，不唯成分论，重在政治表现"政策与当年国民党大量诛杀"共匪"亲属相比，不能不说是天壤之别——起义时被先行扣押的原国民党军第六十军少将参谋长徐树民，新中国成立后死于关押之中。他的儿子1956年考入云南大学，毕业后担任家乡师范学院中文系副主任、教授，讲授的鲁迅作品和毛主席诗词等课程深受学生欢迎。他的小女儿被评为"全国十佳少先队辅导员"、优秀共产党员。

也不可否认，新中国成立后实行"成分"政策过程中，确确实实伤害了一些起义人员及其亲属。我曾采访过多位"落难"的起义军官，虽然他们在新中国成立后曾作为"历史反革命"被管制过，但他们教育子女认同中国革命却有着惊人的一致。我的一位同龄人在为父亲申诉的信中，甚至如是责问："凭什么剥夺我父亲参加抗美援朝的权利？"

改革开放后，在一定程度上淡化阶级斗争史的宣传，有助于建立最广大的爱国统一战线，但问题是新中国成立后一直有人否定中共领导亿万劳苦大众翻身解放的人民大革命，时下最甚。阶级革命，是阶级压迫逼出来的。宣传阶级斗争史，是否定阶级压迫史的思潮逼出来的。

反思中国革命历史中的个案，不能游离于残酷的阶级压迫、激烈的阶级斗争、艰难的阶级解放这一20世纪中国的历史主题。评说错综复杂的中国革命史，切忌简单化、想当然的逻辑推理，警惕借检讨"左"的错误走向右的极端，是为了中国不再回到洒满草根大众腥血酸泪的老路上去。

李树民坎坷的命运还能从一个极为特殊的角度透视出值得心理学家、社会学家深入研究的社会改造——李树民那一代人曾经推崇的歧视劳动民众的旧秩序、

鄙视民众劳动的旧道德、轻视劳动实践的旧习气,被一场天翻地覆的社会大革命彻底埋葬了,以至于为当代人所陌生。也正是因为陌生于新中国宏伟的社会改造工程,当代一些影视作品对国民党官兵形象的塑造,在西洋化的"人性论"误导下,远离了历史本质的真实。

从推进社会进步的一个重要方法上看,新中国的社会改造,特别是新中国对旧中国等级秩序、等级观念的彻底颠覆,是以解放团干部自觉与战俘一同搓煤球、李峥先响应号召下饭馆打杂、李树民苦拉板车这样的事件为标志,由社会各阶层普遍参加劳动并与亿万民众打成一片后,共同完成的。

因为,劳动创造了人,也改造了社会。

3 副军长代诉疑案

新中国成立初期被追究刑事责任的起义人员,不仅成分多样,罪行繁杂,对其历史罪恶的追究过程也具有难以想象的复杂性。

原国民党军第六十军改编为解放军第五十军后,虽几经政治风暴,虽几历领导更迭,始终保留了一批起义干部,尽管人数越来越少,但起义时的军、师、团、营长都有,直到他们服役期满,离职休息,颐养天年。这些老人,在起义30多年后落实起义人员政策的工作中,发挥了他人难以替代的历史作用。

李佐——首屈一指的历史见证人。

离休后的李佐,居住在成都的一座幽静的军队干休所内。小楼不大,栽满了花草的庭院,八平方米的书斋,一张写字台,一把开了线的老式皮椅,两个旧书柜,一对旧款但铺有整洁沙发巾的单人沙发,再加上一个普普通通的小纸箱,结构了李佐晚年生活的一块特殊领地。

在这块特殊领地,小小纸箱领受了李佐赋予它的特殊使命,里面装满了几百件、50余万字有关起义官兵落实政策的申诉书、求助信、取证公函和复信底稿。这些年来,靠着惊人的记忆力和严谨负责的态度,老人戴着老花镜,手持放大镜,字斟句酌地为150余人出示了数百份有关他们起义情况的书面证明,为起义政策的落实提供了可靠依据。

细心的老人将纸箱内的材料按人编号,再分门别类装订、装袋。仿佛在整理一段段历史,每每小纸箱里幻化出一副副熟悉的面孔,老人内心世界总有一种难以名状的悲凉与惆怅。李佐告诉落实起义人员政策办公室的同志：在原国民党军第六十军起义官佐中，最冤枉的恐怕就是暂编二十一师第三团团长赵时雍了。

赵时雍与李佐不在一个师，但赵时雍在第六十军很出名。李佐说："像他那样的团长，在旧军队很少见。"

为啥少见？王伟略起义时是赵时雍的副团长，他夫人邢忠仁回答得十分爽快："不吃喝嫖赌呗！"

陇耀的副官龙鹏腾说："赵时雍这个人一直是朴朴素素的，穿戴和士兵没啥大的区别，也从来没听说过他贪污。"

当过传达兵的刘云涛评价："赵时雍？那人不像多数当官的那么凶，待人挺和气，和地下党的赵国璋差不多。"

1948年底，赵时雍赴东北军大学习后，李佐曾断言：此人经过学习、改造，一定会成为解放军的好干部。

殊不知，36年后，李佐收到了赵时雍二弟赵时和寄来的一份令他目瞪口呆的某炮兵学校政治部1982年9月4日《对赵时雍问题的复查处理决定》，上面宣布：撤销该校原军法处对赵时雍的判决，为赵时雍"恢复起义人员名誉"。

从这份《复查处理决定》中得知，1951年，该校军法处追究了在校部担任保管员的赵时雍"起义前任国民党军六十军二十一师上校团长时，在吉林磐石一带抢掠粮食，拆毁民房，破坏植物园，没收商人药房，逼死经理"等历史罪恶，将其"判处有期徒刑十五年"。

看了赵时和的来信，了解到赵时雍亲属在落实政策过程中的曲折经历后，李佐马上回复了赵时雍亲属：赵时雍72岁的原配妻子赵金玉就不要赴北京、沈阳上访了。一个小脚女人，这么远的路，怎么走？又是白族人，听不懂外面的汉族话，路上出事怎么办？别人也不要去了，路上开销大，你们承担不起。申诉的事，我来替你们办。

从此，李佐开始了颇费周折的代诉，整整两年。

1984年9月22日、1985年1月3日和3月15日，李佐以长春起义人员和解放军第五十军副军长的双重身份，分别写了3封代诉信，通过有关部门转给某炮校。信中，李佐以严密的逻辑推理对赵时雍案提出了一系列置疑：

原判认定犯罪地点"在吉林磐石一带"，是指吉林省磐石县，还是从吉林市到磐石县百余公里的地段？六十军在东北确实有过抢购粮食、拆毁民房和破坏林木等行为,但不在磐石,而在吉林市和长春市。1946年12月至1947年5月,磐石县为第六十军军部驻地,赵时雍当时不是团长,是暂编二十一师炮兵营长,该师各部驻地均不在磐石县。1946年6月第六十军移防吉林市后,赵时雍升任上校团长,但由于其一直负责轮训基层军官,没参加过"抢掠粮食"行动。说他"没收商人药店,逼死经理"更难以置信,一个临时到磐石县城办事的炮兵营长,在军部眼皮底下"没收药店",即使在祸国殃民的国民党军中,也为军法难容。

一个严肃的判决书竟把被判刑者的籍贯都弄错了,说明原判是多么轻率和不负责任。可以断定,原判决书并未给赵时雍本人看过或念过。至于赵时雍的死因,不外自杀、他杀、病死、饿死、冻死,五者必居其一。30多年后的复查仍以判刑"第二年死于狱中,原因不明"相搪塞,怎能令人信服?

对这冤、假、错三者兼而有之的人命案件,该复查处理决定只字不提原判决书失误之处,仍坚持"起义前所犯罪行事实存在"。死者家属拿到无法让地方政府认可的一纸空文,政治上享受不到革命军人家属待遇,经济上得不到分文抚恤和生活困难救济,这样撤销原判,又有什么实际意义?

作为代诉人,李佐的要求并不高,只有两条:第一,鉴于磐石县位于铁路线上,交通方便,虽事隔37年,但"没收商人药店,逼死经理"这样的人命大案在一个县城里还是查得清的,建议调查核实,重新做出复查决定,并更正死者的省籍、县名;第二,对74岁的死者遗孀赵金玉生活上的困难,酌情给予救济。

在连续三封信石沉大海整整一年后,李佐索性致信中共中央书记处、中央军委、中央统战部、中国人民解放军总参谋部和总政治部首长,5封信同时发出。

一个月后,赵时雍亲属收到某炮校保卫科来信,被告之:将对赵时雍案重新作出复查决定,并给予遗属一定的生活补助。

又过了一年,赵时雍案改由中国人民解放军沈阳军区沈阳军事法院作出再审判决:"一、撤销原中国人民解放军炮兵学校军法处一九五一年六月二十三日对赵时雍的判决。二、宣告赵时雍无罪。"再审判决书由炮校政治部派人专程送往赵时雍家,同时带去给赵时雍遗孀"一次性抚恤、生活补助费壹仟元整"。此时,赵金玉已经带着失望离开了喧嚣纷争的人世。

李佐还能说啥呢?并非无话可说。私下分析那份漏洞百出的《对赵时雍问题的复查处理决定》,李佐等人猜测:赵时雍很可能是在镇压反革命运动中被屈打成招,把国民党军在战争年代发生的一般破坏行为和他人的罪恶揽到了自己头上，在刑讯逼供中屈死。而炮校政治部只不过是欲盖弥彰。

然而，李佐他们猜测错了。当然，责任不在李佐等人。是某炮校政治部工作人员拟制《对赵时雍问题的复查处理决定》时的文字性错误，误导了李佐思维严谨的逻辑判断。

赵时雍的历史罪恶，是他在东北军大"思想还家运动"中自己坦白出来的。

赵时雍任团长后，曾奉命率部在吉林附近"扫荡共军"，"征购粮食"。由于国民党统治区物价飞涨，更由于部队内部各级官佐层层贪污，"购粮"行动落实到基层，自然而然地就变成了低价"抢购""强购"，乃至于分文不给的"抢掠"。赵时雍团在吉林附近"购粮"时，抢过老百姓粮食四五万斤、肥猪三四十头、鸡一二百只、牛四五头，还有一部分豆饼和豆油。

防守长春时，为执行郑洞国关于加修工事和准备过冬燃料"自行设法解决"的指示，军部副官处直接指挥赵时雍团在二道河子、南岭等地拆毁民房100多间，还强运自来水厂的水管做工事材料，并在修筑工事中毁坏了植物园。

"没收商人药店，逼死经理"也发生在长春二道河子。长春被围困不久，一天，赵时雍接到谍报组报告，说二道河子有一家西药店给"八路"送药，遂下令将该药店查封没收。以后听说药店经理在家中自杀了，但仅仅是听说。

上述历史事件之所以被安在一年前的磐石，是因为1947年5月暂编二十一师由海龙向吉林撤退，途径磐石时，发现磐石东南村落有"八路"，时任师炮兵营营长的赵时雍指挥炮兵对该村落实施集中射击，致使民房大量起火，但伤亡不详。某炮校工作人员在对原判决书认定的历史罪恶做文字整理时，删去了在磐石发生的炮击事件，保留了发生炮击事件的县城地名，于是，有了令人哭笑不得的"嫁接"。赵时雍籍贯的表述，也属类似笔误。

不少当代人以"文革"时"横扫一切牛鬼蛇神"的情形推断：新中国建立之初，政治动荡，百废待兴，镇压反革命运动一定十分草率。

其实，"然"还是"不然"，我们从当年赵时雍案留下的历史痕迹，可以找到某些有代表性的答案。而答案，并非我们想象的非此即彼那么简单！

1951年上半年，赵时雍在镇压反革命运动中被逮捕后，原校部军法处对其历史罪行进行了一系列调查。

"没收药店，逼死经理"一事，到长春市一了解，二道河子老百姓因战乱、饥饿，至长春解放时，早已十室九空，寥寥无几的幸存者没有为调查者提供什么

证据。然而,当地居民却向调查人员倾吐了他们对当年国民党军队种种劣迹的切齿痛恨!

"抢掠粮食"一事,到吉林附近调查,永吉县公安局长王景林介绍:"蒋匪六十军在本县下洼子、九站、二台子、三台子、四台子、大荒地、孙家店等地抢粮、抓鸡、抓鸭特多,根本无法计算,老百姓不但被抢,还挨打受骂,苦不堪言,人人切齿痛恨。"当地群众得知要调查国民党军罪行时,声泪俱下的诉苦、举证十分踊跃,纷纷要求政府为民做主,坚决镇压国民党反动军官!

40多年后,当赵时雍当年的副手得知,为核实赵时雍的罪行,某炮校军法处工作人员曾经去二道河子、永吉县等地调查时,脱口就是一句:"老百姓哪里知道是哪支部队干的?"末了,接上一句哀叹:"那还有他的好?"

赵时雍的副手没猜错。当地群众受国民党军劫掠之苦不止一次,根本闹不清国民党军众多的番号及隶属关系,调查时,只要是国民党军的罪行,就很自然地推到赵时雍身上,以致把他们最痛恨的蒋介石嫡系第七十一军二六三团的罪行也归并到赵时雍所在师的名下。这些历史罪行,在起义部队众多的将佐中并不少见,但由于赵时雍任职的炮校是解放军老部队,自然格外醒目。

赵时雍的历史罪行没有完全查清,但长春、吉林两地人民群众的强烈呼声被带回了炮校。在最初一段时间,顺应民意杀掉赵时雍的主张曾一度占了上风,经几番讨论,考虑到赵时雍是起义人员,才统一为从轻判处的意见。

赵时雍在起义前,曾被飞机空投的米包砸伤了脚,引发破伤风,肺部严重感染。由于没有完全治愈,在东北军大学习时还吐过血。虽然,其治疗一直没有中断,但终因"忧伤肺",于入狱的次年,旧疾加剧,病死狱中。

李佐对赵时雍的断言已无从验证,但赵时雍确有可以被改造好的条件。

赵时雍出身于云南大理洱海旁一户贫苦农民家庭。为了摆脱贫困,靠父亲做泥水匠、母亲摆小摊挣来的一点钱,一家人节衣缩食,先后卖了三亩地,供他读书。18岁那年,家乡发大水,全家人辛辛苦苦种出来的粮食给地主交了租子后,所剩无几,只好野菜充饥。三弟赵时泰年纪小,吃了一段时间就咽不下去了,又哭又闹,非要吃大米。正闹着,被一户姓李的富裕邻居看见了,不但不同情,反而耻笑他们。赵时雍没有顶撞邻居,他含着眼泪把三弟紧紧搂在怀里,低声哄着:"莫哭,莫哭,等哥哥念完书,一定挣很多很多的钱,买很多很多的地,让你天天吃饱饱的大米饭。"

在中学读书期间，校长滥用私人，让他的外孙当庶务主任。可此人生性好赌，把学生的伙食费拿去赌博。赵时雍和同学们知道后，大闹校园，上街游行，高呼"打倒某校长"一类的口号。

由于厌恶学阀专制，赵时雍初中毕业后，放弃了当小学教员的职业，于1934年7月，带上全家仅有的8块钱，步行到昆明，考入警察学校。次年毕业后，当了3个月的警察，由于对待遇和内部腐败不满，又考入国民党中央军校昆明分校第十一期炮兵科。

1937年赵时雍从军校毕业，因成绩优异，留校任职、任教。赵时雍想寻求一块既能改变自己社会地位又无贪污腐败的净土，却不料，留任军校期间，一位提携过自己的顶头上司，平时唱着"生活要清高"的高调，私下却经常支使赵时雍给自己买东西，又不付钱。赵时雍最初并不介意，但时间一久就厌烦了，尽管此时已任上尉队附，是全校闻名的"模范"干部，但还是执意另谋出路。

当赵时雍打听到远房姑父殷伯良任暂编十九师军需主任时，便投奔了去。

为了外甥的前程，殷伯良推心置腹传授了国民党官场的真谛：在这世道上混，得好处的乌纱帽是亲信戴，卖力气的"模范"由傻瓜当。没有靠山，你就是干再多的工作，评再多的"模范"，有狗屁用处？到头来还不是为他人作嫁衣裳？官场上的官，是个人就能当，李鸿章都说过"世上的事情只有当官最容易"。要想当官，本事不在台上，而在台下、台后，最重要的不是看你有没有能耐，而是看你有没有靠山，靠山硬不硬。你看我，在龙绳武师长手下管经济，龙绳武是龙主席的长子，一旦他升任军长，我就能跟着他当上军部的军需处长。

靠着殷伯良的关系，赵时雍在暂编十九师当上了上尉营附兼迫击炮连连长，继而，升任少校营长、中校营长。但好景不长，抗战一结束，蒋介石就把龙云撵下"云南王"宝座。不久，暂编十九师被撤编，赵时雍随队编入第六十军一八二师。

靠山倒了，但赵时雍没忘记姑父传授的官场真谛。在第一八二师，赵时雍思忖，白肇学师长虽然也是从暂编十九师过来的，但他最亲近的是朱光云，一旦有团长的缺要补，肯定轮不到自己。赵时雍听说陇耀师长豪爽仗义，喜爱延揽人才，暂编二十一师又有一个炮兵营长的位子，便投奔了过去。

赵时雍对陇耀能收留自己这个非亲非故的"外来户"，并且安插在令人眼热的直属营营长的位子上，十分感激，使出了浑身解数训练部队，使之大为改观，进而得到陇耀进一步的赏识。

可没等报答陇耀，赵时雍就在1947年6月初的海龙败退中，战败被俘。

赵时雍约了几位军官打算逃回去。这时，东北局和东北军区接到了刘浩会见陇耀后的报告，同意了陇耀关于尽早释放被俘军官的请求。很快东北民主联军副总司令兼吉林军区司令员周保中带大量慰问品赶到磐石，亲自做120余名被俘军官的工作并同大家一起会了餐，然后派武工队护送他们回吉林。

释俘中有赵时雍。由于教育的时间太短，赵时雍对共产党的了解尚很肤浅，在他头脑中盘根错节的依然是国民党的"正统"观念。

从1934年到1941年，赵时雍先后在国民党的警察学校、中央军校昆明分校、贵州都匀炮兵学校接受了整整7年的反共"正统"教育。

1946年4月，第六十军由辽西葫芦岛登陆，参加东北内战。在前往抚顺的路上，不断看到铁路、桥梁被破坏，一问，都说是"八路"干的。到抚顺后，又看到工厂里的许多机器都被苏联人拆走了，留下来的也残破不堪，赵时雍十分愤慨：这就是"扒路军"勾结"老毛子"（苏联人）出卖主权的铁证！

这种根深蒂固的认识，使得赵时雍在被俘期间，表面上表示了"愿意回六十军策反起义"，但心里却依然反感周保中的"赤色宣传"：国民党出卖国家主权？没那回事！你们"共匪"勾结"老毛子"，东北才有今天！曾泽生为了升官发财才带六十军到东北？胡说！你们"共匪"闹得国家不得安宁，我们才来到这个鬼地方！

虽然，赵时雍曾告诉陇耀，"八路是一支仁义之师"，但占据他心中"正统"地位的还是国民党。共产党再好也是"匪"。

赵时雍没有回心转意，"面子"也是个重要原因。打败仗，丢武器，当俘虏，是军人的奇耻大辱。对赵时雍来说，把恩人陇耀师长的脸都丢了，更令知恩图报的赵时雍"面子"上过不去。要做人，就必须向共产党"雪耻"，为长官陇耀，也为自己，挽回失去的"面子"。

由此，他积极向陇耀进言：要避免重蹈咱们滇系"老三军"受嫡系排挤自生自灭的覆辙，必须训练好自己的干部，包括学科、术科、忠勇团结精神，一样都不能少！再也不能像从前那样打野蛮仗了。只要我们训练有素，内部团结，自身不腐败，会有出路的。

经陇耀力荐，当过战俘的赵时雍回来后被提升为暂编二十一师第二团团长兼军部军官训练大队大队长。为了报答陇耀的栽培，赵时雍倾其在军校所学的全部知识，一连办了3期训练班，总共训练了1500名军官和军士。赵时雍还身体力行，倡导廉洁作风，带头穿土布衣服，粗茶淡饭，不吃喝嫖赌，不克扣士兵粮饷。乘车从外面回来，先下车，再步行进营房，以示和大家同甘共苦。

暂编二十一师第二团是陇耀的老底子，该师主要干部多是从这个团提拔起来的。第二团内部有一个以李副团长为核心的小圈子。尽管陇耀有意提携赵时雍，但赵时雍始终未能被圈里的人接纳。陇耀为了摆平权力之争，后来只好把赵时雍调任第三团团长，给李副团长腾出了升任本团团长的位子。

赵时雍调任第三团团长不久，一次抢收空投大米时，被米包砸伤左脚，感染破伤风住院，陇耀知道赵时雍没几个钱，拿出20两黄金让人到黑市上买了些盘尼西林，救了他的性命。

起义后，赵时雍进了东北军大，被编入第十一期第五团一营一连。学习期间，赵时雍一直是被帮助的对象。据经常帮助赵时雍的军大同学回忆：赵时雍的问题主要是认识上的。

刚入校时，学校组织政治常识测验，有一道题问："世界上有哪些民主国家？"赵时雍填写的是"美国"。还有一道题问："世界上哪些国家侵略过中国？"赵时雍答的是"苏联"，而不是"沙俄"。对苏联赶走日本人后仍不向中国交还旅顺港、"中长铁路"等国民党政府认可的做法，他也统统算到共产党账上，所以，自然而然对共产党那套反帝爱国的政治宣传持怀疑态度。

最让赵时雍难以接受的，是动员学员揭发自己顶头上司的历史罪恶。在他看来，那太不仁义了！没有陇师长，我赵时雍不但当不上团长，这一百多斤早就丢在长春了，哪还有今天？

赵时雍后来反省这段心路历程时说：自己思想的转变是从学习社会发展史开始的，而触及灵魂的，是控诉运动。

当三连一位学员在大会上声泪俱下地控诉母亲和妹妹在旧社会的悲惨遭遇时，会场上连成一片的哭声冲开了赵时雍灵魂深处"正统"观念和"忠义"道德两道抵御立场改造的思想大堤，引出了赵时雍几十年来压在心底视为耻辱的一肚子苦水。他想起了自己苦难、屈辱的母亲和妹妹，忍不住泪如泉涌，掩面啜泣。

也怪，当赵时雍被泪水的波涛冲回被压迫阶级立场上的时候，以往共产党的逆耳宣传，再听起来，就容易接受了。

张冲来校讲话："苏联拉走东北的机器设备对中国人民有利，不然，被国民党利用了会加重人民的痛苦。新中国成立后，这些机器设备会陆续拉回来的。"这种解释，赵时雍听进去了，仇视苏联心理也逐渐消除了。

到哈尔滨参观监狱，见里面关押了几个外籍人，其中有俄罗斯人，赵时雍立刻有了对比联想：当初美国人在昆明，汽车碾死中国人，没人问一声，还不如碾死一条狗。在街巷拉中国妇女强奸，国民党官员不但不让管，还说美国的风俗就这样，不要以此为耻。

学习毛泽东的著作，赵时雍对中国共产党在抗日民族统一阵线中的地位和作用，也有了比较深刻地认识。

然而，赵时雍还是没有被信任。他觉悟太晚了是一个原因；对他人的历史罪恶揭发得不够是一个原因；他被认为对自己的历史罪恶坦白得不太彻底可能也是一个原因。除此之外，还有一个很重要的原因——赵时雍"欺骗"过共产党。

据地下党员赵国璋当年的手稿，1947年8月，第六十军地下党接到上级通知：不久前被俘的暂编二十一师代参谋长杨肇骧、营长赵时雍等军官在被释放回来前，"周保中同志曾解决他们加入（中国共产党）组织的手续"。要求第六十军地下党同志"必要时看情形可以把政治面目和他们暴露"并"接近"他们。

遗憾的是，回到国民党军队的赵时雍立场如故，尤其是升为上校团长后，更是要在大荒地与民主同盟军第三支队拼个横尸遍野，血流遍地。是役，赵时雍获"干城奖章"一枚。

1949年9月，东北军大第十一期第五团结业，赵时雍未准毕业，转入牡丹江"青干一团"继续学习。在"青干一团"，赵时雍自愿报名参加经济建设班并当选学习小组长。为了将来参加社会主义建设，他自费买了不少有关农业知识的书籍，供大家一起学。学习期间，他还研究出一种使用三匹马拉的拖拉犁。

鉴于赵时雍熟悉炮兵专业，在"青干一团"表现较好，四个月后，调往东北军区炮六师担任教员，不久，转入某炮兵学校。

赵时雍是在朝鲜战争爆发后的镇压反革命运动中被关押的。其间，他多次提出：起义后，我对人民没有什么贡献，一直羞愧不安，总觉得将来没脸见家乡父老。我在国民党军校专门学过炮兵，一直想把炮兵计算尺改进一下，使之计算简便、快捷，希望组织能给我点时间和条件，以便为我军的炮兵事业做点贡献。

历史没给赵时雍革旧履新的机会，而失去机会的赵时雍却给后人反思历史提供了颇为广阔的空间。

沈阳军事法院再审判决"宣告赵时雍无罪",主要依据当年"既往不咎"的政治承诺,对原案认定的"历史罪恶"并没有重新查证。对此,有人认为,新中国成立之初,一支刚从白山黑水农村根据地走出来的军法机关,很难一下子改变战争年代特殊环境下清匪反霸、锄奸肃特时形成的思维习惯和工作方法。其实不尽然,原案对赵时雍的调查、处理,其理性程度已经大大出乎不少起义将领的意料。

也有人认为,新中国成立之初满目疮痍,百废待兴,国民党留下来的党政军人员有数百万之众,其军队征战万里,战败后,官兵又散落四方,调查得过来吗?物力、财力、人力、精力许可吗?其实也不尽然,这其中还有更深层次的原因。

范忠信、郑定、詹学农合著的《情理法与中国人——中国传统法律文化探微》(中国人民大学出版社1992年版)指出:中国地处东亚大陆与外界隔绝的环境,生长出一种重视血缘伦理的宗法文化,也由此形成了以宗法观念为基石、核心的法观念。与西方人不同,中国人心目中理想的法,是三位一体的"人情""天理"和"国法"。情、理、法三者结合起来通盘考虑,才是判断是非善恶、衡量应否负法律责任最根本的依据。"合情、合理、合法"这个常用语的语序,则进一步表达了中国人对三者轻重关系的把握:"合情"为首,"合理"次之,"合法"更次。

中国人的"人情"和"天理"内容并不恒定,各时代、各阶级都曾给予过不同解释,而其内容的不断更新,常常推动中国人法观念的不断变革。新中国是中国历史上第一次劳动人民当家做主的社会,顺应时代要求,反映人民群众的强烈愿望,维护被压迫阶级来之不易的权利,也就构成了那个时代中国人法观念中最大的"人情"和"天理"。

阴在阳之对,更在阳之内。由此法观念引导,新中国的司法实践创造了令中外反对者们大跌眼镜的国泰民安的历史奇观,也酝酿了此后阶级斗争扩大化时漠视专政对象合法权益的习惯性错误。

处理赵时雍等起义人员,按说,中共当初"既往不咎"的政治承诺应该具有法律效力,但是,与新中国最大的"人情"和"天理"相比,又不能不退居从属和次要地位。赵时雍作为"历史罪人"的权利被顺理成章地忽视了。由敌视到忽

视，赵时雍被推上历史的审判台。由忽视到漠视，导致出了某炮校笔误连连的《对赵时雍问题的复查处理决定》。

赵时雍一案，浓缩了新中国法治运行的必然轨道、曲折历程和艰难步履。

新中国法治的运行有着深厚的社会基础，其运行轨道的偏离也离不开这个基础，非到广大人民群众不付出泪血代价是难以校正的。是十年政治动荡以公众认可的极端的"人情"和"天理"彻底摧毁了现存法制后，于"无法无天"的历史代价中，才为中国人法观念的又一次变革，为改革开放后"程序正义"的"法治"，准备了必然的社会历史条件。

"天若有情天亦老，人间正道是沧桑。"

4 保护小丰满电站的历史功臣

小丰满电站位于吉林市南24公里处松花江上，是当年亚洲最大的水电站。

半个多世纪前，蒋介石曾下令小丰满电站守军将其炸毁，然而，历史却让它保存了下来。这其中的功臣是谁？

20世纪80年代初，原国民党第六十军一八二师五四六团上校团长邓应斌等起义人员酝酿了一次联名上书活动，拟请求政府有关部门褒扬起义前保护小丰满电站有功人员。这涉及的是一段扑朔迷离的如烟往事，也是一段沉甸甸难以简单评说功过的无情历史。

1946年5月29日，国民党军接管小丰满电站后，为配合其军事行动，曾两次开闸向下游排放库存积水。1947年5月，东北民主联军获悉：为阻止我军即将发起的攻势，国民党吉林省主席梁华盛再次亲临小丰满电站布置放水并准备随时炸毁水闸。

针对国民党当局的破坏企图，1947年6月20日和11月10日，新华社两次奉令"通牒小丰满守敌六十军一八二师五四四团团长胡彦"，警告："倘使蒋匪竟敢以此举世闻名之电源作其残酷的殉葬品，对其加以丝毫破坏，则我军纵使追至海角天涯，亦必将下令指使及直接毁闸之战犯匪首，速交人民法庭，严厉惩办，决不宽贷。"

1947年10月，东北局召开了一次关于保卫吉林小丰满电站的专题会议。会议提出，在加强政治攻势的同时，要想尽一切办法做好守军将领的工作，不惜一切代价，即使花费一千两黄金也要全力保住电站。据参加会议的刘浩回忆：这一千两黄金怎么花，东北局没明确指示，只是说，只要能保住电站，怎么花都行，包括收买敌方人员。

中共中央委员、中共东北局敌工部部长李立三还亲临吉林外围，直接指挥保护电站的政治攻势。在外线，东北局滇军工作委员会吉南联络处负责人左仲平起草了一份关于保护电站致国民党军第六十军官兵的警告信，连夜油印后，以多条渠道送达吉林市和小丰满电站，以至于连曾泽生军长的书案上也出现了这份警告书。在内线，第六十军地下党组织一面搜集有关电站的情报，一面在部队内部广泛宣传炸毁电站是千古罪人的道理，扩大影响。

1947年底，东北民主联军发起冬季攻势，次年2月底，作战目标指向长春和沈阳之间的四平。

为防止长春、吉林两地守军被各个击破，3月7日清晨，国民党东北"剿总"副总司令郑洞国和参谋长赵家骧携蒋介石手令飞抵吉林市，向第六十军下达当夜紧急撤往长春的命令，并且要求部队撤退前务必销毁不便携带的辎重、粮秣和弹药，炸毁火车站和小丰满电站、水坝。

3月8日凌晨，数万吉林守军一夜撤空，小丰满电站未炸。当日，吉林市宣告解放。

蒋介石炸毁小丰满电站的命令为何没有执行下去？

新中国成立后，丰满电厂整理了一篇《智保电厂》，如实截取了一个历史片段：

1948年3月7日晚，张文彬等三人正在电厂值班，突然，一个"大个子斜眼军官"带着一帮"匪军"闯了进来："哪个负责？"

张文彬回答："是我。"

军官将其他人撵走后，用左轮手枪戳了戳张文彬的胸脯："负责的，你要老老实实地告诉我，发电厂什么地方最重要？"

张文彬见军官是个外行，就把他领到配电房，说："这里最重要。"

在军官的指挥下，一名士兵往里面扔了一枚手榴弹，不料，被配电盘后背板崩了回来，将士兵炸伤。军官喊来两个士兵把受伤的士兵抬走后，亲自把几枚手榴弹捆成一束，丢了进去，随即一声轰响。急中生智的张文彬趁机溜进水轮机

从国民党六十军到共产党五十军

室,一脚踢开继电器,厂内所有照明顿时全部熄灭,然后糊弄军官:"这下子电厂彻底完蛋了,大水一会儿就冲进来,快跑吧!"

军官跑到电厂门口收发室,拿起电话刚向吉林报告,就招来听筒里的一顿臭骂:"放屁!吉林市的电灯还在亮着!"

放下电话,军官气冲冲地追问张文彬:"怎么回事?"

张文彬灵机一动,继续诡骗:"发电设备坏了,存电还能用一会儿。"说完,把军官领到给吉林市送电的松花变电所,指着一个变压器:"就是这个黑东西。"

于是,军官又让士兵用枪把变压器打穿。

吉林市的供电被切断了,电站被"智保"了下来。

国民党军第六十军起义不久,曾泽生在哈尔滨留下一段文字:"我们有一段回忆,深深地知道蒋介石是一个杀人的屠夫,是一个凶恶的刽子手。当我们在永吉撤退的时候,他叫我们破坏小丰满电厂,烧毁火车站,爆炸弹药库。这三件事假如我们做了,十多个县要变成泽国,若干万人要被残酷地毁灭。我们宁受蒋贼处分,并不曾照着做。"

事实确实如此。那天,郑洞国和赵家骧向曾泽生传达"剿总"命令,要求当夜全部撤退。由于太突然,曾泽生愕然一惊:"这,这太紧张啦!我们没有一点准备,能不能宽限一下时间?"

郑洞国正要驳回曾泽生的请求,话被赵家骧接了过去:"不行!曾军长,吉林距长春两百余里,周围有共军出没,万一走漏风声,你们就出不去了。"

"剿总"的撤退命令确实难为了曾泽生。第六十军驻守的吉林市是省会,不像打野战,说走就能走,几万大军"大搬家"不说,有两个团刚刚派往乌拉街、江密峰"移兵就食"执行征粮任务,还有一个团在小丰满,都需要收拢,吉林省政府所属党政军警宪人员也要随行撤退。好在曾泽生比较细心,时间虽然仓促,但总算把千头万绪的撤退行动部署了下去。自然,也遵照"剿总"命令安排了小丰满电站的命运。

曾泽生是以服从为天职的标准型军人,繁忙杂乱的撤退工作和紧迫的时间限制,使他无暇掂量毁坝后果,然而,历史还是为他安排了一次审慎决策的机会。

就在这一天,暂编二十一师师长陇耀和第一八二师副师长李佐率所属各一个团经一天多的行军,上午刚刚到达乌拉街,下午4点就接到了要部队火速撤回吉林的命令。于是，陇耀、李佐和暂编二十一师第一团团长李树民三人乘车先于部队返回吉林市。

这三人中，陇耀在几个月前曾秘密会见了中共代表刘浩，他虽然没有答应起义，但通过"搭桥"，为自己，也为部队准备了后路。李树民是陇耀的亲信，陇耀密见刘浩，李树民就在楼下守候。李佐就更不用说了，地下党负责人杨重被曾泽生清洗调离时，专门把自己的卫士留给了李佐并嘱咐："需要的话，可以通过他来找我。"他们都留心过共产党关于保护电站的宣传。

返回途中，三人都猜到要放弃吉林。李佐由放弃吉林想到小丰满电站，便问陇耀："师座，这次放弃吉林，对小丰满电站怎么处理？建这么一座大电站不容易啊！一年多前共军从吉林撤退时都没破坏，我们骂人家是'匪'，自己号称是国军，要是破坏了，日后怎么向国人交代？"

李树民也在一旁附和："是啊，要是破坏就太可惜了！"

陇耀点了点头："我同意你们的看法，回去问明情况后，再向军长提出我们的意见。"

车子一到吉林市，陇耀先回师部，李佐直接去军部向军长汇报部队返回情况。李佐汇报完，曾泽生把撤退命令和行动部署扼要地讲了一下，但没提小丰满电站。李佐料定必有隐情，追问了一句："他们对小丰满电站有何指示？"

"要炸毁。"曾泽生面无表情地回答。

李佐当即把三人在车上的议论禀告了曾军长并提醒："下游有十几个县，毁坝可要祸国殃民的！"

李佐前脚走，陇耀风风火火赶来，从曾军长手里接过"剿总"的命令一看，果然要炸毁电站，立刻嚷了起来："小丰满电站是东北最重要的动力基地，修建时死了上万东北同胞，日本人投降时没破坏，共产党撤退时完好无损，我们为啥要炸毁？军座，我们千万不能做黄河决堤那样的千古罪人啊！"

李佐后来听曾军长身边的人说，曾泽生幡然醒悟后，拨通了给胡彦团长的电话，强调"执行命令"的同时，暗示他：不能做"黄河决堤"那样的千古罪人。

据原军部参谋处作战一科科长何贤回忆，送走郑洞国等人后，曾泽生立即开会传达"剿总"命令，口述撤退部署，并且安排何贤起草命令。何贤拿起笔就犯难了："剿总"要求破坏电站和火车站，怎么破坏，军长在会议上没交代呀？

于是，接通曾泽生的电话："军座，作战命令中关于破坏电站和火车站一段，

写到什么程度为宜?"

电话那一头,曾泽生支支吾吾了半天,始终没有一个明确的"说法"。见军长未置可否,何贤顾不得礼节,索性明确请示:"那破坏的事,是写还是不写?"

这一问,把曾泽生问得很不耐烦:"以后再说吧!"说完,就把电话撂下了。

何贤糊涂了:先头部队已经开始行动,哪儿还有什么"以后"?

何贤更为难了:事关重大,写吧?军长没交代。不写吧?"剿总"的命令就在自己的皮包里。

思来想去,干脆整个作战命令都不写了。

事后,曾泽生未予追究,也没过问。

然而,蒋介石并未罢休!第六十军到达长春不久,蒋介石派了一名姓方的将级特使飞抵长春,下了飞机,便乘坐郑洞国兵团部的轿车直奔第六十军军部。军部人事课课长尹秉义将方特使引进会议室,与曾泽生军长寒暄刚完,方特使便迫不及待地兴师问罪:"曾军长,委员长要六十军紧急撤退的命令,是不是郑司令官亲自向你下达的?"

"是的,这还用说!"曾泽生早有思想准备,平静地回答。

方特使骄横武断,愤然发问:"既然如此,为什么不执行?"

曾泽生一听脸色都变了:"不执行命令六十军怎么会到达长春?岂不笑话!"

方特使毫不相让:"我问的是你为什么没有按照委员长的命令,彻底破坏小丰满发电厂设备,炸毁堤坝,烧毁不能携带的武器、弹药、装备、粮食和辎重?"

曾泽生反问:"方特使,委员长的命令是不是要我军迅速、秘密、安全、全部撤出吉林?既然如此,就不能走漏一点风声。如果我们销毁不能带走的武器弹药,这爆炸声,岂不等于向共军通风报信?又如何做到'行动迅速、保密,不得有任何泄露'?"

"难道不可以丢到松花江里吗?"姓方的总想找点茬压住曾泽生。

曾泽生反唇相讥:"说得轻巧!那不是扔一块石头,那是弹药,是成千上万袋给养!要人搬,要车拉,老百姓瞧见了,还不起疑心?你保得了密?"

"白天不行,夜里总可以嘛!"方某人依然揪着曾泽生不放。

"上峰命令我军当夜行动,限两天到达长春。时间如此紧迫,我根本无法两头兼顾,能把部队安全带出来就不错了。"

方特使重提炸毁电站一事,一定要讨个说法:"小丰满电站离吉林市几十里,白天、晚上均可着手破坏，这又作何解释？"

曾泽生泰然自若，对答如流："方特使，你去过小丰满电站没有？没去过。那好，我告诉你：小丰满电站水坝高百米，厚数十米，发电机四周钢骨水泥砌筑。要彻底炸毁电站，得多少黄色炸药？既然叫我们炸毁电站，请问，上峰给过我们几十斤、几百斤烈性炸药？靠我军库存的那点地雷行吗？再说，如果真用几吨炸药去破坏电站，如何不惊动几十里外的吉林市民？如何不惊动四周的共军？就算你不怕惊动他们，吉林市就在电站下游几十里的松花江边，这从天而降灭顶之灾的大水首先淹没的是吉林市，老百姓遭灾不说，部队也撤不出来！"

曾泽生一番唇枪舌剑，有理有据，驳得气盛而来的"钦差大臣"张口结舌，半响，才勉强给自己找了个台阶下："反正许多事情我还是不明白，回去呈报委员长再说吧！"

"智保电站"35年后，李佐的一篇《国民党六十军长春起义纪实》，披露了当年电站何以被"智保"的另一个历史剖面。

3月7日入夜后，曾军长在电话上对驻守小丰满电厂的第五四四团团长胡彦暗示："我们绝不能做黄河决堤那样的千古罪人。"几乎与此同时，胡彦又接到军参谋长徐树民的电话，严令其必须执行"剿总"指示，炸毁电站。

在解放军长期宣传警告影响下，胡彦考虑再三，最后下了"宁愿冒违抗军令的生命危险，也要把电站保护下来"的决心，与副团长黄宗尧商定：部队撤离后，派团侦察排（一说是工兵排）排长带着几名士兵用集束手榴弹爆炸电站非要害部位并引爆弹药库，造成破坏电站假象，了此任务。

李佐的叙述得到了丰满电厂厂长杨德玉的证实：这次破坏电站的行动总共爆炸了几枚手榴弹，打了几发子弹，仅仅把配电盘铁板崩了个洞，炸坏一个电力表的玻璃罩，打坏一台变压器，除此整个电站完好无损。

一个步兵团团长，安排不到一个班的兵力，提着几枚手榴弹，去爆破"亚洲第一"水电站，显然是为了敷衍自己的上司。

胡彦的顶头上司是曾泽生，似乎有了曾军长的"暗示"，胡彦所冒风险不会很大。其实不然，胡彦的的确确冒了很大的生命危险：曾泽生向胡彦下达过炸毁小丰满电站的手令！

应该说，曾泽生没有追究胡彦的责任，还算仗义。旧军队的忠义道德只通行于特定阶层的小圈子。而小圈子利益的保障，通常以践踏圈外人的利益为代价。

在旧军队，上司掌管生杀予夺，出了事，找个替罪羊，司空见惯，情理之中。

据传，第六十军某团在吉林战区走私军火，上级查处时，该团军需主任当了替罪羊被枪毙，而团长仅以"辞职"一走了之。

曾泽生完全可以依据一纸手令将未炸电站的责任完全推卸给胡彦，并且让他无话可说，但他没有这样做，而是在"钦差大臣"面前把责任全部揽给了自己。

未炸电站受到蒋介石"钦差大臣"追查之事，胡彦并不知道。他只晓得那天中午接到了曾泽生军长手令后，自己压根没有做炸毁电站的准备工作，直到部队撤退前，才与副团长黄忠尧商量了个办法，把团部侦察排排长喊来匆忙交代：带几个兵，用手榴弹把电站送电的地方炸坏，切断电源。完成任务后，用电话直接向军部报告，再追赶部队。

这位排长就是《智保电站》里说的那位"大个子斜眼军官"。

胡彦没有当曾泽生的替罪羊，但侦察排长却当了胡彦的替罪羊——由于未执行炸毁电站的命令要被追究责任，胡彦让侦察排长悄悄离开了部队。

蒋介石派员追查未炸小丰满电站责任的风波平息了。

虽然曾泽生军长对上承担了责任，侦察排长在下面一走了之，但胡彦并不轻松。胡彦保护小丰满电站的功劳远远高于曾泽生等人，按说，他不该怕共产党追究，但对国民党穷途末路已有预感的胡彦，确确实实为自己日后面对人民法庭准备了后路：他把曾泽生的手令悄悄保存下来。起义后，又把手令打进背包，背到东北军政大学并在思想还家运动中，把它交给了共产党。

历史的剖面，有的裸露在社会的表层，有的深埋在人的心底。众多不同的历史剖面连接了历史的完整过程。胡彦的反常，似乎可以从一件至今尚未揭秘的历史事件中，揣摩出他的心态。

据曾任该团副团长的李峥先回忆：1948年4月，东北军区派遣他和另外五名被俘军官回长春做策反工作时，军区政治部周桓副主任曾经提醒：你们回去以后，讲话不要太直率了。六十军在吉林时，我们曾派去一位原一八四师的副营长，做保护小丰满电站的工作。这位同志说话太不谨慎，结果在小丰满被杀害了。

这位副营长是谁？

在对地下党员俞光（俞建昌）、原第五四四团一营营长杨锡培（起义时为该团副团长）、原第一八四师五五二团副团长万炳麟的采访中逐渐揭开了谜底。特别是万炳麟在信中介绍了1952年胡彦来昆明时亲口讲述的那愧疚难安的往事：

1947年9月，东北民主联军发起秋季攻势。为配合攻打吉林，确保小丰满电站安然无恙，东北军区联络部在仔细研究有关情报后，决定从解放军官教导团被俘军官中派遣一位与胡彦私交颇深的人，前往小丰满做保护电站的工作。

此人叫孙立民，云南宣威人，四个月前与万炳麟一同在梅河口战役中被俘，是胡彦的军校同学。

孙立民一到，胡彦立刻设宴招待。殊不知，几杯二锅头刚下肚，孙立民就高兴得昏了头，不但拿出民主联军宣传保护小丰满电站的资料给胡彦看，还滔滔不绝地向胡彦高谈阔论"参加解放军好"。胡彦顾虑隔墙有耳，一再把话岔开，孙立民就是满不在乎。

对孙立民的到来，胡彦内心充满了矛盾：于"公"，大敌当前，本该"大义灭亲"，将"共匪"的说客绳之军部，以正视听，但用老同学的血染红自己的"顶戴"，无论如何都不仗义，更何况人家也是为我安排一条后路；于"私"，国共两党争社稷是你死我活的殊死搏斗，是非之人是非之时来是非之地，袍泽兄弟情同手足，理应催促孙立民赶快离开这虎狼之地，可自己又无此胆量，一旦有人告密，私放"奸细"岂不是死罪？

思前想后考虑再三，胡彦悄悄拨通了曾泽生的电话，向军长如实禀报了孙立民的情况。胡彦之所以越过白肇学师长，是因为抗战时期曾泽生曾担任过第一八四师副师长、师长，是胡彦和孙立民共同的老长官，如此一来，既可以向老长官表达我胡彦的忠诚，又可以借机替老同学求个情。

曾泽生也不傻，你胡彦怕人说你"通共"，难道我就不怕？军部的耳目更多。本来，潘朔端出事后，人家就对我们六十军不放心，这事要是传出去了还了得？再说，我这又不是共产党的客栈，说来就可以来，说走就可以走。孙立民是来煽动军心瓦解士气挑唆叛变的，放走了，日后军心如何稳定？当即曾泽生语气异常坚决地指示："将孙立民就地枪决！"

为保护小丰满电站，孙立民虽惨死在老长官和老同学的枪口之下，但其苦口婆心的开导、推心置腹的恳谈、设身处地的忠告，却将共产党的警告和期望深深地刻在胡彦的心头上。也正是铭记了这血的忠告，胡彦才鼓足勇气，冒着生命危险，阳奉阴违，在小丰满电站导演了一出敷衍蒋介石和顶头上司关于炸毁电站命令的"闹剧"。

长春起义后，胡彦进东北军大学习。在控诉运动中，受到心灵震撼的胡彦不但揭发了长官的问题，也坦白了自己的历史。据起义部队在政治整训期间汇集的材料，胡彦在旧军队里军阀作风比较严重，在他任团长的那个团里，参加政治整训的军官没挨过打的只有一人，士兵挨打就更不用说了。在吉林战场，该团抓住逃兵，当场用铁丝穿进逃兵的锁骨，再绑到大树上。

从东北军大毕业后，胡彦被分配到解放军第十四军四十一师，随部队进军云南。离开了起义部队，胡彦保护小丰满电站的功绩因为他的"反动历史"被顺理成章地忽视了。

1951年，胡彦复员回乡。回到云南凤庆家乡不久，妻子便离他而去，胡彦拖着6岁的儿子胡念忠，靠种菜、砍柴的微薄收入维持生活。1956年，胡彦因病（可能是被毒蛇咬伤）去世。

胡彦去世后，民政部门曾有过照顾遗孤的指示，但由于胡念忠是"伪军官"的儿子，下面没有执行。21岁那年，胡念忠被耿马县财办招收为基建工人。可好景不长，在随后的"四清运动"和"文化大革命"中，胡念忠被打成"反革命"，投入监狱。后因无现行罪证，被遣返回农村老家强制劳动。

胡念忠不服，层层上诉，一直告到国务院。1968年8月8日，在国务院干预下，行使司法权的云南省临沧专区革命委员会保卫组为胡念忠正式下达了"平反证明书"，宣布：

> 胡念忠同志经我们多方查证核实，其在1966年4月被资产阶级反动路线迫害，打成"反革命"，按毛主席"有反必肃，有错必纠"的教导，现给予平反，烧毁全部黑材料，补发工资，恢复政治名誉，特给予平反证明书。

在"支左"军代表的直接干预下，胡念忠被安排在云南省大理白族自治州汽车运输公司当驾驶员。

"文革"一结束，胡念忠又开始了他百折不挠的上访：父亲是起义人员，又是保护小丰满电站的功臣！

1982年2月，中共凤庆县委统战部正式发文，明确了胡彦的起义人员身份。1984年10月，中共凤庆县委统战部再次发文，肯定了"胡彦拒绝执行炸毁小丰满电站的命令，为保护当地人民的财产有过功"，并且决定"经济上给予家属一次性补助费两百元"。

20世纪90年代初，电视台播放长春起义历史题材的电视连续剧《长夜春晓》，胡念忠看后，给已经离休的李佐写了一封信，问道："保护小丰满电站是我父亲，电视连续剧怎么说成朱光云了？"

李佐回信替编剧、导演解释："文艺作品中的人物形象有时以一人为原型，有时把几个人的事迹集中在一人身上体现出来。人家有创作自由。不管怎么说，肯定了这段历史，也就肯定了你父亲。"

功臣遗孤没再说啥，把政府发的"一次性补助金"给李佐寄去："请李伯伯帮助录制一套，以作永久纪念。"不久，又把中共凤庆县委统战部为胡彦恢复政治声誉的文件全文刻在了父亲的坟碑上并上了红漆。

胡彦不算最惨。当年保护小丰满电站时的副团长黄忠尧，由东北军政大学毕业后，分配到第四野战军某军工作，1951年被处理复员，回云南建水老家。当时，家乡正在开展土地改革和镇压反革命运动，两个月后，出身于地主家庭的黄忠尧于运动中被镇压。

1981年，中共建水县委为黄忠尧平反昭雪，补发了400元人民币的抚恤金。

几百元人民币，抚恤也好，生活困难补助也好，对于在贫困线下挣扎多年的功臣遗属、遗孤来说，无疑杯水车薪，邓应斌等起义人员看了"心寒"，才萌发了"联名请愿"的念头。

请愿被李佐劝止了。当时是低薪制，补发抗美援朝烈士的抚恤金，志愿军第五十军副军长蔡正国只有600多元，毛泽东的长子毛岸英也才300多元。[①]

为了安慰、鼓励胡彦的遗孤，曾活埋过"八路"并坐过一二十年共产党大牢的邓应斌，在一封信上写道："过去的事已经一去不复返了，向前看。冤死的人不单独你爸爸，连那些开国元勋、老元帅、老前辈，包括他们的子女，冤死的何止万千？你还活着嘛！为社会主义四化建设，不要气馁，鼓足干劲，力争做先进模范！"

胡彦、黄忠尧还算"幸运"，因为有人替他们说话。

孙立民呢？据说，至今连烈士都不是！

"大个子斜眼军官"呢？恐怕连下落都找不到！

---

① 马晓丽、蔡小东：《阅读父亲》，解放军文艺出版社2007年版，第256~258页。

中国人喜欢《渴望》：谁能告诉我，是对还是错？过去，未来，共斟酌。

幼儿园的孩子习惯于"不是好人就是坏蛋"式的人物评价追问。孩子长大后如果不学点并且学懂历史辩证法，一旦进入史学领域，很容易演化成"不是历史功臣就是历史罪人"脸谱化的思维逻辑。

历史的复杂性是天然的。用"幼儿园"式的思维方法解读历史人物，必定迷失于历史的迷宫。要释然误读历史带来的茫然，有必要展示已然历史的历史必然。

5 军政委"文革"蒙难

中国共产党对国民党军第六十军的工作历经了两个阶段：前期为影响和争取阶段，后期为改造和建设阶段。将一支来自敌对营垒的旧军队完整地改造、建设成为一支新型的人民军队，中国共产党人有过许多成功的实践，其中，从国民党军第六十军到共产党第五十军，又以其独特的历史，在中国人民解放军军史中，占据了举世无双的一席之地：

这是唯一一支成建制改造过来并长期保留原建制的野战军：解放战争期间，我军对国民党起义部队的改编通常有成建制改编、合编、融编三种方式。当年解放军第十八兵团政治部主任胡耀邦曾经生动形象地将其分别比喻为"水里放糖精""面包夹火腿"和"牛肉泡馍"。① 三种改编方式，以"水里放糖精"即成建制改编难度最大。在中国人民解放军的序列中，保留到20世纪80年代中期百万大裁军时有起义成分的野战军，多数都是以合编或融编方式吸收起义成分的，唯有第五十军，没有合编进来任何一支解放军老部队，基本保持了原建制，其留用起义军官也最多。

这是唯一一支以国民党起义官兵为骨干滚动改造过来的国民党起义部队：1946年，徐文烈、李毅等带着30多名老红军、老八路改造了海城起义的国民党军第一八四师；两年多后，徐文烈、王振乾等带着第一八四师起义官兵改造了长春起义的国民党军第六十军；又过了一年，徐文烈、张梓桢、陈一震等带着第六十军起义官兵，又改造、消化了蒋介石嫡系第二十兵团和范绍增的袍哥武装。

---

① 黄忠荣、蔡远：《教育改造起义部队二十四军追记》，《成都文史资料》总第二十二辑，1989年，第169页。

这是唯一一支中国人民解放军野战军序列中与美军劲旅较量过的起义部队：其顽强作风及辉煌战绩，获得了毛泽东主席、周恩来总理和彭德怀司令员交口赞誉。后来又被朱德委员长誉为"起义部队的一面旗帜"。

创造这历史奇迹的，是一个名垂青史的英雄群体，而首屈一指的历史功臣，是中国人民解放军第五十军首任政治委员徐文烈。

徐文烈1909年出身于云南宣威板桥镇一户贫苦农民家庭，7岁时，被父亲送进学堂读书。跳级读完小学后，考入省立第三师范学校，由于家境贫寒，他一边读书，一边利用星期天上山砍柴，再挑进城换取微薄的收入，以维持学业。

1928年，在省立第三师范学校学习的徐文烈秘密加入了中国共产党。1930年夏，徐文烈参加中共云南省委领导的陆良暴动，并且在暴动中编成的红三十八军担任第三师负责人。暴动失败后，徐文烈等转移到宣威县继续从事革命斗争。不久，中共云南省委被破坏，徐文烈与党组织失去了联系。

1935年4月，红九军团长征途经宣威，担任县立中学教师的徐文烈找到军团长罗炳辉，提供了宣威县城的防务情况并带着几十名学生参加了红军。同年8月，徐文烈重新入党。之后，历任红九军团政治部宣传干事、红三十二军政治部宣传部部长、八路军第一二〇师政治部宣传部部长、教导团政委、晋西北抗大七分校政委、抗大总校政治部副主任、东北军政大学总校政治部主任等职。

以1946年改造国民党军第一八四师为开端，整整八年，徐文烈为改造和建设主要由家乡子弟组成的起义部队，贡献了他全部的热血、精力和才华。如果说，改造旧军队是开天辟地以来的人间奇迹，那么徐文烈就是毛泽东旗帜下创造奇迹垂名千古的大师。

然而，一旦用某些当代人的眼光审视，徐文烈似乎很不完美，有些事情说起来，甚至让人感觉不近情理。

20世纪80年代总结九台政治整训经验教训时，有人认为：不足之处，主要是对起义干部的团结教育工作上，调出部队学习改造后，回队的少了些。此外，在部队中精简清洗政治上的复杂分子做得不够。

有的同志甚至批评当时的组织调整：虽然是稳定和改造部队的需要，但是现在看来，是有点过急了、过"左"了，特别是对有些人的处理不够妥当，给以后的部队工作造成了一些麻烦。

以"现在看来"，徐文烈纯洁干部队伍的一些工作似乎真有点说不过去：人

家已经掉转枪口起义了，又经过了学习和改造，还不相信人家，过分了嘛！

电视台播放电视连续剧《长夜春晓》时，一位知悉起义将领落实政策情况的人，曾愤愤地为命途多舛的个别起义将领打抱不平："徐文烈太'左'！人家早知这样，当初还不和共产党拼了？"

对徐文烈的"左"，绝大多数改造起义部队的亲历者认为，应该把它放到当年的历史大环境中来评价，并且另有一种说法。

马逸飞多次强调：石人车站叛变事件最大的教训之一，就是起义后，部队仍由旧军官掌握，特别是军官中的反动分子没有清洗。

当初的指导员们如此解释：九台整训之初，哪天晚上我们不搂着枪睡觉？都把那家伙当老婆啦！经过多次清洗，留下来的起义军官中还是不断有出事的嘛！在朝鲜，汉江阻击战时跑过去几个，知道不？这事过去保密，说出去了，大家脸上都不光彩！伪满帝国医学院毕业的某军医，就是在汉江南岸让一位从汉城逃出来的日本娘儿们勾引到美国鬼子那边去的。第二天一大早，美军飞机就来轰炸师部，差点没把师长老金头儿炸死！人心隔肚皮，你知道哪个是真改造好了，哪个是假改造好了？杨福算好的，又怎么样？还不照样行凶！有这几个已经够受的了，战争年代，谁有那个胆量敢多留用起义军官？

一位当初的教导员反问：急了？哪能不急？部队将南下参加解放战争，准备打回云南老家。起义军官多是富家子弟，要面对胜利后的土地改革运动。拿枪杆子的，有些事不怕一万，就怕万一。这也是避免他们中的一些人走回头路，保护他们嘛！

一位当初的团政委感触万分：说良心话，现在看来，有几位知识分子出身的长春起义团职干部当时是真觉悟了。那时候，他们话不多说，埋头工作，但我们就是不敢完全信任人家，因为不知道他们整天想些啥呀！如今真觉得对不住人家。杨福那样的人就容易得到信任，管他说大话也好，爱表现自己也好，心胸狭窄也好，"匪气"十足也好，这种人肚子里装不住话，脸上倒能挂得住情绪。唉，我们经历了杨朝纶叛变事件，让那帮坏蛋搞怕了！说老实话，多留用起义干部和保证部队纯洁，在当时的历史环境下，你没办法完全兼顾，只能从大局着眼，差不多就行了。

一位当初的营长甚至唱了个反调："左"了？那是用现在右的观点得出的结论！我看不"左"。不但不"左"，反而有些右。怎么右？不该用的人用了。杨福和那几个叛变的军官就不说了。有的军官明摆着的梅毒病，留下来了，经费那么紧张，还得拿出来一大笔钱给他买盘尼西林。还有一位职务不低的军官，直到南下鄂西时还偷偷抽大烟，叫老百姓瞧见了，你看多丢咱们解放军的脸！至于隐瞒个人血债和家庭重大政治问题的就更不用说了，来一次运动就要清出去几个，折腾了多少回？

尘封的历史档案和亲历者积淀的记忆，还为我们展示了另一个错综复杂的历史剖面。

一些起义军官后来的遭遇，多是在他们离开第五十军后发生的。而他们的离去，又涉及一段难以逾越的历史过程。

第一批被清洗出起义部队的，主要是少数特务、国民党政工人员、谍报人员、土匪、宪兵、警察和逃亡地主。不少当年的政工干部都说，这部分人是万万留不得的。留下来，会成为改造起义部队的障碍，像杨朝纶，一个老鼠就能坏一锅汤。当然，这其中也有好人，多数是可以改造过来的，但在当时的历史条件下，为了整个部队的顺利改造，你没时间没条件也没办法逐一细细甄别、慢慢教育。与这部分人同时离队的，还有一些老、弱、病、残人员。

第二批离开第五十军的，主要是从东北军大毕业的学员。

曾泽生1949年5月10日的日记曾记载："上级允由军大五团和牡丹江教导团调部二千多干部，并拟将军教导队扩充为教导团，将调来干部大部分集中在团内继续训练，到将来部队扩大时，军事干部即可自行解决。"

6月初，原国民党军第九十三军在锦州战役被俘的中、下级云南籍军官经牡丹江解放军官教导团学习、改造后，东北军区选取其中较好的467名（含中校1人、少校10人、上尉64人、中尉88人、少尉150人、准尉154人），分配给第五十军。

可是，原定的干部调用计划很快发生了变化。政治整训开始前送东北军大学习的2490名起义官兵1949年9月毕业后，仅分配回557人，其余人员编为10个连，每连100多人，分别编入第四野战军其他10个军。

导致这一变化的背景，是第五十军受领了解放大西南的作战任务并已开赴战场。按原定计划，部队要打回云南老家。让众多富家子弟出身的起义军官带着部队在家门口过"战争关""土改关"，潜伏的危险难以预料，也难以控制。由此，有了调整干部调用计划之必要。

起义军官第三次大批离开起义部队,是在部队结束汉江阻击战由朝鲜回国整补期间。本来经过连续四次战役全军减员三分之一,可是,由于战争期间叛变投敌和在"联合国军"战俘营里为非作歹的,有相当一部分是伪装进步隐藏下来的国民党起义投诚及被俘人员,所以,第五十军按上级部署,在干部奇缺情况下,调离、转业了一批起义军官。所缺干部,再从第一野战军和第三野战军所属部队调入。

即使这样,徐文烈还是受到了批评。一次,解放军总政治部干部部和志愿军干部部领导来检查干部工作时,就严肃提出了第五十军"干部成分中'旧军官'所占比例较大"的问题。

起义军官第四次成批离开第五十军,是在1955年肃反运动结束不久,因为有杨福行凶事件的教训,又有一批起义军官转业到地方工作。自然,其中也有一些老、弱、病、残。

据记载,20世纪50年代,军党委几乎每年都要召开起义军官座谈会,征求意见。那时,起义军官意见最大的,一是入党难,对起义军官的考察期太长;二是"我们已经起义参加革命了,个人成分应该是革命军人,不应该再填'旧军人'"。对起义军官被大批资遣、复员、转业而留用偏少,基本上没有提及。

然而,部分起义军官回乡后,未能适应家乡土地改革运动和镇压反革命运动而导致处境急剧逆转的情况,以徐文烈为首的军党委还是意识到了。也正因如此,抗美援朝后转业的起义军官多数都没能回云南老家,而是被安排到山东、东北等地工作。转业之前,他们被告之:山东等地的物资、粮食系统缺干部,上级要我们军支援三千干部,我们没那么多,只能输送几百人。

参加了抗美援朝战争的转业军官到地方工作后,多数都安排了相应的职务。

对徐文烈的意见还有一条:压着五十军的干部不用,总从外面要人。

这是事实,包括压了一些曾鞍前马后追随徐文烈的老部下。真压呀,在九台建军之初,有些干部甚至降职使用。

杨滨,抗战前的地下党员,撤回解放区后担任东北军区政治部前方办事处副处长,副师职,徐文烈安排他当团长。

张波,红军干部,抗战时期就是某根据地中心县的县委书记了,来之前,据说原准备安排当师领导,可徐文烈却让人家当团政委。

左仲平,曾任中共东北局滇军工作委员会吉南联络处处长,"三八式"的老干部，团职，到营里当教导员。

华文，七七事变前参军，安东整训、兴隆整训都参加了，跟着徐文烈经历了改造国民党军第一八四师的全过程，当过民主同盟军第一军保卫科科长兼混成团政治处主任，九台整训期间，先任暂编五十二师第三团代理政委，该师第一团发生叛变后，又把两个团的政委对调，让华文去第一团"回锅夹生饭"。由暂编五十二师改编的第一五〇师撤销后，工作很有成效的华文被安排到第一四八师四四三团任副政委，并且在此位子上辅佐了两任外单位调来的政委。

地下党员俞光撤回解放区后，据说定为副营级，徐文烈还曾经把这位云南老乡请到家里吃过饭，可到了使用的时候，却安排人家当军警卫营的连长。

就连不归徐文烈安排的军首长也有职务安排偏低的情况——副军长叶长庚1929年参加红军，长征前曾任红军团长、师长，调来前任黑龙江省军区司令员。

说到徐文烈，老人们的感触如出一辙："是个好人啊！"但至今不明白他当初安排干部的想法。他们就知道，当时徐文烈只是强调："基层需要，共产党员要以党的利益为重！"别的，什么都不讲。

徐文烈早已去世，要刨根问底，只能依据现有资料和访谈，推本溯源，以寻求更接近史实的合理解释。

九台整训期间，东北军区先后从所属各部队分批调来410名干部，其中军职3人、师职11人、团职28人、营职26人、连职136人、排职206人，基本配齐了单职的政治干部、部分后勤干部和少数机关干部，由此奠定了改造起义部队的组织基础。

然而，徐文烈对上级派来的干部总体上并不满意。

病号太多——190名团、营、连级干部中，难以坚持工作的有27人，团以上干部有的带病坚持工作，有的刚来报到又回去了。

机关干部缺员太大——军司令部各科应配参谋20人，实际只有5人；军政治部应配各部正副部长9人、干事17人，实际只配了正副部长3人、干事6人；师、团机关缺员更大。

最让徐文烈不满意的是基层政治工作干部的素质——122名连队政治指导员中，由军事干部或后勤干部改行的68人，新提升的38人，原做政治指导员工作的仅16人；24名政治教导员和政治协理员中，由军事干部或后勤干部改行的4人，新提升的15人，原做政治教导员或政治协理员工作的仅5人。有些政治工

作干部甚至是文盲，自己没法看文件。

连、营政治工作干部在改造起义部队的第一线，力量弱了行吗？

何以出现上述情况？林家保叹道："唉！还不是有些老部队搞本位主义？"

国民党这军第六十军起义后，徐文烈坐镇东北军区总部，从有关部队调集海城起义干部。接到调令，原第三支队干部150余人、原第六支队和第九支队干部100多人陆续前来报到，加上东北军区联络部下属单位的人员，共调回海城起义干部250余人。他们绝大多数被分配到改造起义部队的第一线。

按说，共产党在海城起义的官兵中培养干部下了很大的本钱，应该回第五十军的不止这个数。从1946年7月起，先后有500多名起义官兵接受过系统培训。此外，还有一些没经过培训就提拔起来的官兵，如林家保、尹大忠等。起义官兵都是国民党残酷的军阀制度训练出来的，军事技术比较好，服从性强，经过共产党的教育，提高了政治觉悟，到哪里都很受欢迎。

正是因为好，有些人才回不来。第三支队回来的人最多，但还是有人被留下了。林家保营部的书记是一个很好的指导员料子，硬是要不回来。最"大方"的第六纵队都如此，别的部队就更不用说了。当然，也有本人不愿意回来的。

海城起义的干部不够用，只得向各老大哥部队求援。从老部队调来的干部，有好的，也有差的。孙德功是从老部队调来的，他记得：部队南下时，在河南商丘，第四四八团一晚上有5名干部开了小差，全是老部队调来的，在部队中影响糟透了。

从老部队调来的干部，还有一些是背着"包袱"的。

30多年后，一位参加落实政策工作的干部有机会查阅历史档案。他万万没想到，有好几位他敬慕的父辈，档案里竟然记载着当年"不予重用"的政审结论。这其中，有的是因为在校读书时加入过三青团，有的是因为参加"八路"前组织过自立门户成分复杂的抗日武装，有的是因为被俘过，有的是因为复杂的家庭问题，等等。然而，就是这些前辈，背负的，是人生"十字架"；抛弃的，是个人的荣辱得失；义无反顾地投身的，是改造旧军队的伟大实践。

有人曾这样评价："老部队来的确实有'呱呱叫'的，但总体比较，就是不如我们海城起义的。后来犯错误受处分的，我们海城起义的有几个？还不是老部队来的占多数！这话不能讲，讲了影响不好。"

"这话不能讲"，徐文烈当时可能也这样想。但是，现在不能不讲了。遮盖多了，徐文烈为了"基层需要"而"压干部"的事情就无从解释。更重要的是，同时也遮盖了几百名前辈改造起义部队的实际难度和历史深度！

对徐文烈的意见还有。

有一位老人念叨："净讲原则，在九台，团以上干部穷得叮当响，请军里给每人买一支最普通的自来水钢笔他都不干！"听得出来，是说徐文烈太"抠"。

戴天翔是当年军后勤部的副部长，知道其中的底细。他讲了这样一件事：

1949年6月，第五十军南下参加解放战争，行前徐文烈赴沈阳开会，曾泽生在辽宁五龙背治病疗养，军里的工作由副军长叶长庚主持。当时，各师领导请求带一部分物资进关，叶长庚同意了。

叶长庚年长徐文烈六岁，长征前就担任了红八军二十三师师长等职。徐文烈回部队后，根本不管什么资历不资历，毫不客气地批评道："第四野战军总部早有指示，为减轻东北人民的负担，各部队多余物资一律不准带进关内。我们做领导的怎么能不掌握原则呢？"

"我们和老部队不同嘛！曾泽生把部队拖出长春的时候，要粮食没粮食，要冬装没冬装，这半年，我们好不容易攒下来点家当，又值几个钱？底子够薄的了！再说，部队干部战士的生活也需要调剂嘛！"叶长庚反驳。

徐文烈知道自己的脾气不好，他放缓了语气："我们军是特殊，就是因为特殊，才更不能带！这支部队进驻九台后，在改造之前，曾给当地老百姓带来很大损失，虽然政府出面赔了一部分，我们也赔了一部分，但没赔够啊！我们是人民子弟兵，应该时时处处为老百姓着想嘛！"

站在一旁的戴天翔也挨了徐文烈的批评。作为"管家"，这事他最清楚。

戴天翔是首批调来的。他来的时候，部队尚未开始改造，起义官兵的思想相当混乱，部队的管理也松懈，违反群众纪律私自到群众家里拿粮食、抓小鸡、杀猪的很普遍。好的，打个白条，"让共产党来还"。差的，不但白拿，还打人。特别是被裹胁起义的暂编五十二师，有些人不仅违反群众纪律，甚至胡作非为。

为这事，徐文烈让戴天翔专门把九台县公安局局长请来共同研究解决办法。经九台县政府调查，在起义部队进驻的头两个月，由于采取"住在哪，吃在哪"的临时办法以及部分官兵私自乱拿、乱抓，甚至偷、抢，致使该县九个区的群众共损失粮食19.3万斤、生猪900头、鸡1.69万只，仅此三项约值17亿元（旧币），其他如油、盐、柴、草、衣服、被褥等零星损失不计其数。

政治整训后期，军政治部发动了一次全军性的彻底清查赔偿运动，除各单位拿出公款赔偿外，还号召全军干部战士节约伙食费捐献赔偿。这次运动，全军共赔偿东北流通券约6亿元。此外，地方政府还以公粮抵补形式赔偿，折合约7亿元。因为"没赔够"，第五十军南下参战前，各师及军供给部将剩余物资统一交地方政府，再次抵补了群众的损失。

那时，军首长每月只有两三万元（相当于币制改革后的两三元）零花钱。戴天翔记得，徐文烈在民主生活会上常说："自己连买一根冰棍吃的念头都没有过，更不敢浪费公家一分钱。"

说到这里，戴天翔又是一番感慨："跟你们聊聊往事，我心里畅快。可说这些事就像说古，现在的人，有几个相信？"

都说徐政委坚持原则铁面无私，批评人一点都不客气。

徐文烈也知道下面的同志多埋怨他"净讲原则"，但他执意不改布尔什维克的本色："共产党员，不讲党的原则讲什么？"

1954年4月，第五十军在朝鲜召开第一届党代会，此时，徐文烈已在两个月前接到调离第五十军的命令。按说，应该"多栽花，少栽刺"，拍屁股走之前，多送点顺水人情才是。可他不，偏偏要在大会上指名道姓毫不讲情面地得罪人：

"……自以为资格老，对工作就可以挑挑拣拣，三心二意？井冈山的骡子老不老？还不照样为革命驮炮！"

"……水原城尸骨未埋，汉江岸鲜血未干，就想向党伸手要地位，要待遇，情理何在？良心何在？党性何在？"

"……调到五十军工作是组织屈了你的才吗？没有一定的水平，想来还没资格呢！嫌起义部队'出身不好'？南昌起义部队是什么'出身'？我告诉你：起义官兵流的血可以把那些瞧不起五十军的人淹死！"

每每说到徐文烈的这些话，林家保眼睛里总要闪动着晶莹的泪花："徐政委讲的都是事实啊！就说我那个营，在381高地，丢下了十八烈士遗体；在汉江南北两岸，几百人流血牺牲。天理良心啊！从那以后，每当涉及名利、地位、待遇时，我耳边总要回荡徐政委那掷地有声的批评，一辈子也忘不了啊！"

党代会后，徐文烈奉调回国，离开了这支凝聚了他全部心血和才华的部队。整整8年，徐文烈在这支起义部队没有培养一个"亲信"，他一心一意培养的，是共产主义事业的忠诚战士！

徐文烈离开第五十军后，在南京军事学院担任政治部副主任，工作了5年。1959年12月，又调任中国人民解放军总政治部副秘书长。

徐文烈的厄运是在"文化大革命"中发生的，但厄运的种子却早已种下。当年陆良暴动失败后，与党组织失去联系的徐文烈于1932年2月考入云南省立师范学院（云南大学的前身）文史专科。不久，徐文烈和几位同学被人告密，国民党当局以"共产党嫌疑"罪名将他们逮捕，关押两个月后，因为找不到定罪证据，由校长何瑶保释出狱。

对于这段被捕经历，徐文烈1935年4月参加红军后，已经向党组织作过汇报。不料，新中国成立后有人揭发，徐文烈当年出狱时曾在当地报纸上刊登"启事"称："年幼无知，误入歧途……"

对此，徐文烈在接受组织审查时陈述：该启事不是我写的，我也没签过字。

审查结果，对于有关揭发材料，组织上未予认定。

1966年以"整党内走资本主义道路的当权派"为重点的"文化大革命"发动后，政治风暴于次年1月席卷解放军总政治部。与许多单位运动之初都要先"揪"出一些有"历史问题"的人一样，很快，总政一批有"历史问题"的干部被点名关押审查，总政副秘书长徐文烈亦在其中。

1971年2月18日，中央专案审查小组将徐文烈定为"叛徒"，宣布：开除党籍、军籍，每月发20元（后提高到50元）生活费，遣返回云南宣威农村老家。

徐文烈被定为"敌我性质"后，定性材料分别装入全家每个成员的档案袋里，使之尽受株连。妻子王特成了"叛徒家属"，虽患心脏病和腰椎间盘突出症，但还得捆着钢围腰到"五七"干校劳动。在解放军外语学院读书的女儿徐燕和在空军当飞行员的儿子徐子进，被按战士退伍处理。另外两个儿子徐子非、徐子刚则背上"叛徒子女"身份，被上山下乡运动的洪流分别卷到内蒙古大草原和延安农村。

徐文烈多年患有风湿病，在朝鲜作战时，成天都要扎紧裤管以防灌风。回国后，又积劳成疾患上多种疾病，这些疾病在他被关押期间相继恶化并导致瘫痪。然而，重病缠身拄着拐棍的徐文烈还是被发配回乡。在宣威老家，徐文烈被姐姐徐莲贞收留。由于山村生活条件艰苦，缺医少药，徐文烈的病情加剧，又患上了严重的糖尿病和肺结核，不到两年开始咯血。

1973年4月，徐燕和徐子非冒着风险将病入膏肓的父亲接回北京。在一些老战友的帮助下,徐文烈穿着一身洗得发白了的旧军装和一双旧解放鞋,挂着拐棍住进了解放军第三〇九医院。

1976年12月28日,运用政治运动创造政治奇迹晚年在政治风浪中却遭政治劫难的徐文烈,因病情加剧并发心肌梗死,告别人生与政治,与世长辞。

对共产党披肝沥胆,对共产主义事业殚精竭虑的徐文烈,虽金石不渝,鞠躬尽瘁,却至死未能卸去被强加的"叛徒"罪名。

蒙难之中,徐文烈郑重叮咛子女:"伟大的毛泽东思想无往不胜,是祖国人民的命根子,是我们一家的命根子。"

面对家人的关怀,徐文烈一次又一次回避了子女们关于是否受过刑讯逼供的追问。

若干年后说到父亲挨打,徐燕倾吐的是一辈子难以消解的愤慨:父亲被关押审查时,专案组个别人逼迫父亲认罪,父亲死不相从,被打倒在地。最后,他们强拉着父亲的手在伪造的"供认材料"上按下手印。可父亲被关押期间,见到家人总要说上一句:"我很好,他们没打我。"

说到父亲忍耐,徐燕咽下的是常人难以感受的苦涩:父亲总认为,专案组违反党的政策,要是传到社会上去,会影响党的声誉,因此,自己宁肯忍辱负重。后来当他不得不向子女袒露真情时,还要特别嘱咐:"不要向外界扩散!"

1979年3月15日,中国人民解放军总政治部党委决定:"撤销一九七一年二月十八日中央专案审查小组将徐文烈同志定为叛徒,开除党籍、军籍的决定",为徐文烈"公开平反昭雪,恢复名誉"。

4月10日,徐文烈同志追悼会和骨灰安放仪式在北京八宝山革命公墓礼堂隆重举行,八位中共中央政治局委员送了花圈,其中四位参加了追悼会。徐文烈的光辉历程和卓越贡献,在悼词中终于得到了组织的肯定。

2009年夏,徐子非回云南家乡搜集史料时,意外发现父亲历史问题的一个细节:参与父亲案件审理的昆明市市长熊从周,原来是1928年由唐用九介绍、经中共云南省委书记王德三批准入党单线联系的中共秘密党员。熊从周1928年底担任陆良县县长后,曾暗中支持地下党开展活动,并且在1930年的陆良暴动失败后掩护暴动骨干秘密出境。1932年徐文烈等在昆明被捕后,熊从周又疏通审判官,使徐文烈等地下党员和进步青年得以释放。熊从周1946年7月14日被国民党军统特务毒杀后,一直被当作民主人士,直至改革开放后,其中国共产党党员身份才因入党介绍人的证明等材料的披露,被公开确认。①

徐文烈被地下党同志营救出狱的史实,说明徐文烈当年没有暴露中共党员身份,旁证了他接受组织审查时的陈述。② 也正因如此,徐文烈的历史得到了云南党史界的高度评价——不止一位党史工作者告诉徐子非:"陆良寨动失败后,不少党员消极了,甚至叛变了革命。而你爸爸却一直坚持革命斗争并在革命低潮时带着几十名学生参加了红军。"2006年云南省委发文,在党史工作规划中,将周保中、罗炳辉、徐文烈等10人列为重点研究的"云南党史人物"。③

从领导起义官兵的"泪血大控诉",到自己历尽屈辱和苦难的申诉,徐文烈从高耸入云的峰峦跌至霾遮雾罩的谷底,仍然念念不忘上书毛泽东主席:"……深盼能还我历史以真实面目,则职三生有幸,誓当衔环结草,殊死以报党和人民!"

对于徐文烈晚年蒙难后的执着,一位曾经被他严厉批评过的下级噙着泪花说:"徐政委这个人,党性观念太强了!"

徐文烈一生最光辉的篇章,是他在毛泽东的旗帜下成功地领导并实现了数万国民党起义官兵脱胎换骨的思想改造。创造这人间奇迹,徐文烈运用的法宝是群众运动。然而,阴在阳之内,群众运动即使成就最辉煌的时候,也有其自身难以克服的弊端。

1946年的安东整训基本上采取正面教育的方法,但由于正面的说理教育难以把"在旧军制下军官压迫士兵、士兵盲从军官的反动思想传统"彻底打垮,这种温和的改造方法很快被杨朝纶率部叛变无情地批判了。随后的兴隆整训是旧军队改造史上的一个决定性转折,徐文烈带着一批老红军、老八路在总结"倒过来讲"的实践经验基础上,把发动广大士兵群众控诉旧社会,控诉旧军队作为改造起义部队这场政治战役的突破口,从此,探索出改造旧军队的康庄大道。

---

① 中共云南省委党史研究室:《中共云南地方史》,云南人民出版社2001年版,第152页;侯方岳等:《悼念熊从周殉难40周年》《熊从周入党的证明材料》,《熊从周在陆良》,中共陆良县委史志办公室1986年7月编印,第1~6页、第26页。

② 《中共中央关于处理建国前党员脱党期间党籍、党龄问题的几点补充规定》(中发[1982]24号),"党员被迫脱党,后又回到革命队伍,过去审查时,因客观原因,脱党期间的情况无人证明而暂按重新入党处理的,现已查清其脱党期间曾积极找党,继续进行革命活动,每段都有可靠证明的,可以改为恢复党籍,党龄连续计算"。

③ 《中共云南省委办公厅关于转发省委党史研究室〈云南省2006年至2010年党史工作规划〉的通知》,云厅字[2006]2号。

就是这次兴隆整训，士兵群众发动起来后，很快进入难以抑制的激愤状态，进入高潮后，一些分队始料不及地发生了"反动分子"被吊打、被罚跪炭渣等过火行为。然而，政工干部没有立刻当众阻止。两年后，这批起义官兵作为共产党干部被派去改造长春起义部队时才明白：中国人的封建传统根深蒂固，要发动群众很难，而群众一旦发动起来了，就不能"泼冷水"，有问题事后解决。

徐文烈一辈子为党的纯洁做事，一辈子为自己的清白做人，一辈子与不清不白的人和事作对。当年，毛泽东亲自发动的史无前例的群众运动，祭起的是防止党和国家变质这面"反修、防修"的大旗，基于已被革命实践证明了的信仰，作为在思想改造领域里擅长驾驭群众运动并无坚不摧的共产党战将，有着常人难以理解的坚定信念，即使被政治运动无情抛弃之时，严于律己的徐文烈也时时处处将个人权利无条件地置于党的事业之下，置于"人民利益高于一切"这神圣的党性原则之下。历史，如实凸现了徐文烈献身理想而压抑"自我"的思想境界，也如此诠释了这位开国将军晚年备尝屈辱后执着的人格追求！

徐文烈的人格理想折射了中华民族源远流长的"义务本位"价值观。在中国近现代史上，正是这种迥异于西方的价值观念，神通广大地引导华夏儿女戮力同心走出了百年耻辱的困境，登上了举世瞩目的高程并在取得辉煌成就之后，又鬼使神差地驱使亿万人民跌入无视个人权利的政治动荡谷底。

阴在阳之对，更在阳之内。在一定条件下，弊端的必然常常导致必然的极端。

今天，当我们为了重振民族精神，寻着前辈的心路轨迹，去发掘历史沉淀下来的思想资源时，必须辩证地认识我们民族的根性，否则就有可能重蹈历史的覆辙。

跋
历史的曲折应该历史地反思

作为梳理全书主旨的本文，初稿形成于1997年，至2007年6月北京大学中国与世界研究中心（主任潘维教授）汪卫华博士来信约稿时，已修改六七十遍。此后，本文2007年稿的刊用情况大体如下：

2007年7月，北京大学中国与世界研究中心《观察与交流》第7期发表。

2008年2月，经新华社特稿社熊蕾副社长推荐，中国人权网"学术成果"栏目刊用。

2008年至2009年，经新华社熊蕾、云杉同志介绍，军事科学院刘源政委将本文推荐给《中国军队政治工作》等并亲拟编者按："《心路沧桑——从国民党60军到共产党50军》（解放军出版社2004年版）一书和本文，提出并解答了一个重要问题：为什么成百万的国民党军队，眨眼就被共产党改造为英勇善战的人民军队？作者从无可辩驳的史实中自然导出毋庸置疑的精辟结论，从一个被遗忘的侧面、一段感人肺腑的缩影中，展现出中国革命的伟大、辉煌与曲折。如果我们军科的某位同志能在这方面下下功夫，不仅可独树一帜，补上我军历史上的一个重要空白，而且极具现实意义。"

2008年4月，改革开放后首批著书系统批判市场原教旨主义的海归剑桥博士王小强主编的《香港传真》2008年第22期刊登。

2009年5月25日，中国社会科学院朱佳木副院长安排笔者将本文主要内容在当代中国研究所国史讲座厅作了"第五十二次国史讲座"。

心路沧桑
从国民党六十军到共产党五十军

1 反思的前提：正视两个基本的历史事实

中国共产党对国民党起义部队的改造，呈现了辉煌，也经历了曲折，由此组成了一个完整的历史过程。要正确反思这段历史，首先必须正视旧军队阶级压迫的残酷和阶级解放的艰难这两个最基本的史实。

坦白地说，最初我是为了打发闲暇，才把工余精力投入这部著作的创作。由于远离了"泪血大控诉"的年代，创作前，我耳闻目睹多是落实起义人员政策情况，所以，曾带着先入为主的成见，企图从最后一章落实起义人员政策走笔，评说前辈们的"左"和"封建主义"并试图剖析中国的法律文化：情重于法的亲情（阶级）复仇意识，理高于法的"义务本位"观念，权大于法的人治传统思想。

然而，当我这不知天高地厚的思绪沉浸于当年的泪血环境和荣辱氛围，沿着前辈们的心路轨迹延伸到旧中国的三座大山之下时，我却茫然了。

茫然的我，不能不一次又一次扪心自问：我若当初又若何？

有关旧军队内部残酷的阶级压迫，虽然史料已有记载，但是，就像当初的我，不少当代人还是持怀疑态度。

截至 2013 年 10 月底，在我采访的 230 名历史亲历者中，有 135 名国民党起义官兵，包括师职 2 人、团职 8 人、营职 4 人、连排职 22 人、士兵 99 人，另有随军眷属 6 人。凡是从旧军队过来的人，无人否定旧军队内部的阶级压迫，甚至一些坐过大牢的起义人员也不例外。

原国民党军暂编二十一师中校副团长马占伟说："虽然不是所有的军官都'喝兵血'，但旧军队内部的阶级压迫千真万确！"这位参加过抗美援朝战争的老人转业到地方后，被打成右派，开除公职，劳动教养 3 年。然而，69 岁那年，他还是要求加入中国共产党，了却夙愿！

对国民党军队内部的阶级压迫，起义士兵几乎无一不恨入骨髓。云南省石林县的起义士兵符启元、张珩等，说到在旧军队挨打，古稀之年依然哽咽难言泣不成声。半个多世纪了，张珩当年被军官用扁担打折了的手指至今不能伸直。老人被泪水浸泡的心灵感受，有两句很值得回味。一句虽然低语轻声，但却是从牙缝里挤出来的："国民党太坏了！"另一句虽然也声轻调平，但却是从内心深处流淌出来的："不管怎么说，毛主席太伟大了！"

有人猜测：残酷欺压士兵的，是地方军阀部队。国民党嫡系部队的军官多出自黄埔军校，是有知识的人，不会那么残忍吧？

哲学家和音乐家的故乡德意志，曾经哺育过"有文化"的法西斯巨魔。背弃了孙中山三大政策的国民党军校也不例外。胡宗南可谓黄埔出身蒋介石的嫡系，据其所属第七兵团的起义士兵揭发，该部一些军官残杀士兵更令人发指：

第五十五师一位姓朱的参谋主任曾命令直属连连长："凡是士兵犯了错误，一律活埋！"此人曾在一次处罚士兵时，当场挖出士兵的心脏，挂了两大串。士兵揭发他"常有吃不完的人心"。

据统计，在旧军队期间，第一四四师2451名士兵中有345人被吊打过，289人被捆打过，1238人被棒打过，13人被刺刀打过，677人被枪托打过，1362人被打过耳光，945人被皮带打过，991人被拳打脚踢过，53人曾被打得昏死过去，20人被打吐血，22人被打残废，1298人被罚跪，535人被罚冻，128人被罚晒，1302人被罚挨饿，1人被罚喝尿，1人被罚吃地痰，被枪毙未死的有33人，被活埋未死的有24人……

该兵团的控诉大会开得撕心裂肺、惊天动地，有的士兵哭得痛不欲生，有的士兵哭得口吐白沫死去活来。第四七二团二营召开控诉大会，第一次就哭昏倒了31人，第二次大会又昏倒了35人。

对于国民党军内部的阶级压迫，在大洋彼岸，在国民党官方文献中，都能找到确凿证据。

费正清主编的《剑桥中华民国史》记载："1944年10月，魏德迈将军最初担任蒋的参谋长职务时，他了解到士兵因太虚弱而不能行军，并且不可能有效地打仗，原因多半在于他们是半饥饿的。因为长官们习以为常地为自己'克扣'很大一部分。"

美国著名记者、普利策新闻奖获得者白修德1939年赴重庆报道中国抗战，他在《中国的惊雷》中记载："整个中国都沸腾于征兵拉丁的浪潮中，而征兵之残暴野蛮，冷酷无情以及贪污舞弊，就算在中国最黑暗的史迹上这也是恶劣透顶的……当欧洲贝尔逊和布钦华尔德集中营的惨绝人寰的故事传来的时候，那时正是中国这种征兵的高潮。在成都参加壮丁营工作的医生对于德国的这种恐怖手段却并不觉得惊讶，他们说，一切关于纳粹集中营的描写，简直就和他们所工作的壮丁营一式一样。靠近成都的一个壮丁营要接受四万个壮丁来受训入伍，但是在来营途中有许多人就已死了,能够活着拖到训练终了的,结果只有八千人。"白修德还判断:"死在路上,死在征兵过程中,死在野蛮的新兵训练处及长途行军中的人,要比进入军中后死的人还多。"

抗战中期,北京大学校长蒋梦麟以中国红十字会会长的身份对兵役状况做过一次实地考察,结果触目惊心:从韶关解来300名壮丁,至贵阳只剩27人;从江西解来1800人,至贵阳只剩150余人;从龙潭解来1000人,至贵阳仅余100余人。新征壮丁因徒步远行、饥饿、疾病而死于路途者十之八九。

蒋梦麟在其兵役状况的视察报告中写道:"战事起后数年中,据红十字会医生经验,四壮丁中一逃一病一死,而合格入伍者,只四分之一,是为百分之二十五。以询之统兵大员,咸谓大致如是。若以现在之例计之,恐不及百分之十矣。"① 蒋梦麟述及的比例与当年英美贩卖黑奴能活着抵达美洲的比例,相差不多。②

蒋介石看了蒋梦麟的报告后,亦深感震惊,"觉得无面目做人,觉得对不起我们民众"并承认"兵役办理的不良,实在是我们军队纪律败坏,作战力量衰退的最大的原因"。③

抗战八年,国民党政府公布的实征壮丁数为1405万人,军队减员总数为417万人(含逃亡32万人,不含投降日军后被改编为伪军50万人),抗战壮丁命运之惨,非正常减员数目之大,触目惊心。

面对国民党军队种种劣迹,美国驻华大使司徒雷登甚至"恶心透了"!

对此,美国作家布赖恩·克罗泽在《蒋介石》中有过经典结论:"即使把其他一千种原因都撇在一边,光这一点就能解释为什么共产党的军队能最后取胜。"

一叶知秋。

解读旧军队改造史,还要正视旧军人阶级解放的艰难性。

在20世纪的中国,曾经被压迫的广大人民群众同仇敌忾的阶级仇恨,是由

---

① 蒋梦麟:《西潮·新潮》,岳麓书社2000年版,第294~300页。
② 西方学者指出,由于在非洲抓捕过程中被打死,在远洋航行过程中被虐待致死或起而反抗被镇压致死等原因,活着抵达美洲的黑人仅占被捕捉、被押运的黑人总数的三分之一到四分之一。因此,整个非洲由于英、美等国资产者所从事的这一罪恶活动而损失的人口至少达6000万人之众。转引张木生:《改造我们的文化历史观》,军事科学出版社2011年版,第269页。
③ 蒋介石:《知耻图强》,刊于《中华民国史事纪要》"中华民国三十三年七至九月份",第151~152页,转引自王奇生:《湖南会战:中国军队对日军"一号作战"的回应》,刊于《抗日战争研究》2004年第三期。

轰轰烈烈的控诉运动引发的。就社会心理而言，这种普遍的社会情绪与后来的阶级斗争扩大化有着"源"与"流"的必然联系。由此，一些有责任感的中国学者开始反思中国走过的革命道路。

20世纪末，这种反思引发的思想界争论空前激烈。

1995年，一位曾被称为"20世纪80年代中国思想界的领袖"和另一位著名学者在境外出版了一部《告别革命》的对话集，批判中国在20世纪选择革命道路而没有选择改良道路，"是令人叹息的百年疯狂与幼稚"。

还有一位学者试图从半个多世纪前中国出现的自由主义运动，寻找走"中间道路"的思想资源，并为当年民主同盟"出色的社会民主主义纲领无法获得其实践的机会"，感到由衷的"可惜"。

无巧不成书，中国共产党改造海城起义部队的过程，恰恰提供了与民主同盟"中间道路"密切相关，需要中国当代思想家予以理论解析的"实践机会"。

国民党军第一八四师起义后，被整编为民主同盟军第一军。中共中央当年之所以同意这一命名，主要出于统一战线的策略考虑，但原因又不仅仅于此。据记载，当时确有不少起义军官主张"请民盟来领导这支部队"，一位将领甚至宣称："我们不参加国民党，也不参加共产党，我们是中间派。"

20世纪40年代，昆明城聚集了一批赞赏欧美民主制度的爱国知识分子，其党派社团以"三党三派"联盟组成的民主同盟影响最大。当时，民主同盟虽然在国事主张上旗帜鲜明地支持中国共产党，坚决反对国民党独裁专制，但在社会理想及实现道路上，其"许多领导人物代表着中产阶级的想法，企图在国共对立的纲领之外，寻找出第三条道路"。[①]

当年地方军阀的官佐阶层迎合"第三条道路"绝非偶然，除了其固有的政治立场，以及顾及"前途"外，根本原因在于改良主义能保全压迫者在"主奴秩序"中的既得利益。

也正因如此，不少军官虽然在起义后提升了职务，但仍不满意：当"八路"只升官不发财！

士兵吴荣珍回忆，他的连长在军官中属于少数思想比较开明的，但起义后也顾虑重重："当八路也好也不好。好，就是平等。不好，就是穷。"

[①] 周恩来：《关于当前民主党派工作的意见（一九四八年一月）》，《周恩来选集》上卷，人民出版社1980年版，第284页。

同其他旧军队一样，第一八四师起义前，相当一部分军官打骂士兵、残杀逃兵现象十分普遍。有的甚至一边殴打士兵，一边公开宣称："这叫黑暗专制！"士兵刘绍云所在连队从云南开赴越南受降途中，军官只要发现士兵走不动路了，就用刺刀捅死，再一脚踹下红河。士兵江源涛亲眼所见，一名士兵因骂了营长，军官便"集合全连实行千刀万剐，先刮眼皮，再挖眼、耳、鼻……"士兵刘家禄在云南路南时，连长曾逼迫他吃逃兵肉，刘家禄不肯，连长就威胁："你们当班长的不吃，就吃你的肉！"

基于这种残酷的人身压迫，官长对士兵经济上的盘剥就更不在话下了。

面对延续数千年的社会基础，别说企望压迫者大发慈悲主动革除维持其统治地位的旧制度是天方夜谭，就是通过外力实施温和的改造也阻力重重。与后来兴隆整训发动士兵群众开展轰轰烈烈的控诉运动相比较，最初只采取正面说理教育的安东整训是温和的，但这种温和的改造却开展得异常艰难。

在起义将领中，潘朔端、马逸飞虽然思想基础较好，但最初并没有完全掌握控制部队的实权。

安东整训之初，为了避免"影响部队的整个改造"，辽东军区曾要求起义部队抽调一批军官特别是一些思想反动的带兵主官赴东北军政大学辽东分校学习，为从组织上改造起义部队创造条件，但由于部分起义将领辨别是非的旧思想未变，起义部队基于人身依附的"人事独裁"旧传统未变，想调的军官就是调不出来，甚至"明知是特务"也调不出来，结果只送去八十多名书记官和有文化的士兵。后来再抽调八十来人，结果还是这样。

要推行八路军那套基于官兵平等原则的政治民主和经济民主也难。不少军官习惯旧军队的"人事独裁"和"经济独裁"，反对经济公开，强调"绝对服从"。

军官吃喝嫖赌抽等恶习也十分严重。在400多名军官中，公开要求治疗梅毒病花柳病的就有30多人。在参谋处和医务处，抽鸦片的军官甚至公开摆灯。

最初一段时间，共产党部分政治工作干部与起义军官经常发生矛盾。混成团政治处蒙主任对旧习气严重的起义军官看不惯，合不来，没干几天就赌气回老部队了。为这事，徐文烈、李毅等领导专门对政工干部进行了教育：在我党尚未完全掌握起义部队的情况下，稳定军官队伍对稳定整个起义部队至关重要，帮助教育起义军官要有耐心，要讲究方式方法。

政治工作干部后来"讲究"起来的"方式方法"说起来还真有点好笑，叫

"疲劳麻烦政策"——旧军官带兵特别关注巩固部队，因为兵跑光了，自己的官位也就保不住了。但他们又很官僚，不愿深入士兵群众做艰苦细致的思想工作。针对这些特点，政治工作干部就从关心军官自身利益的角度，来宣讲共产党军队中带兵的民主传统，让他们高兴。一些军官听了虽然同意，但嫌麻烦，于是，就把工作推给政治工作干部。旧军官越推，政治工作干部就越是要"疲劳麻烦"他们，特别是在他们急于去抽、赌、嫖，暂时还无法制止的时候。

对士兵启蒙也不容易。士兵的奴性根深蒂固，认命，习惯于盲目服从。

安东整训虽然在起义部队中初步推行了民主制度，争取了部分官兵，但整体改造效果并不理想。所以，当国民党军大举进攻南满解放区时，我军领导曾预料起义部队可能"翻船"，在其向北满解放区转移途中最危险的宽甸以东地段，安排四分区的部队作了预先戒备。不料，杨朝纶却在另一处策动了大规模的叛变。

石人车站叛变事件发生后，从反面促使共产党人认真反思：用温和的正面教育的方法改造旧军队即便可行，也需要足够的时间和空间条件，这在战争年代极为困难。要克服困难，就不能不去寻找改造旧军队更有效的方式。

据记载，为寻找这场政治战役的突破口，早在安东整训后期，徐文烈等政工干部就通过调查发现，多数士兵对国民党统治集团无敌意，却痛恨乡、保长和恶霸地主。鉴于从正面宣讲国民党"卖国独裁""压迫人民"，不但与起义士兵亲身感受距离太远，还与其"正统"观念相冲突，于是，尝试"倒过来讲"——先让起义士兵控诉家人受乡、保长和恶霸地主的剥削、压迫，控诉本人在旧军队受长官打骂、欺压，再宣讲国民党政权维护这一旧制度。

不料，我政工干部刚"摸到一些头绪"，"反省诉苦坦白综合性的大会""正轰轰烈烈起来"，就被国民党大举进攻打断了。虽然，此时已在整编后的五名军、师起义将领中发展了两名中共党员，还争取到15.6％的中下级军官为"进步分子"，但由于对军官争取不够，对反动分子的清洗更不够，"旧制度旧纪律军官压迫士兵，士兵机械盲目执行命令的反动思想传统未打垮"，石人车站叛变事件还是发生了。

鉴于安东整训的经验教训，海城起义部队剩余两千余人到达北满根据地巴彦县兴隆镇后，徐文烈等政治工作干部改用"倒过来讲"的办法改造起义部队。

果然兴隆整训—"倒过来讲"，几乎是瞬间，广大起义士兵就彻底觉悟了。

自然界的石墨和金刚石都是由碳原子构成的，但硬度却有着天壤之别，原因就在于它们各自的空间结构不同。徐文烈等我军政治工作干部在改造海城起义部队的实践中，发现政治教育内容和形式的排序直接影响教育效果，终于在"倒过来讲"的这一体现毛泽东"群众路线"思想精髓并具有当代管理学、心理学、社会学深刻学理意义的尝试中，找到了改造旧军队最有效的形式——控诉运动。由此引发了广大起义士兵内心深处能排山倒海翻天覆地的灵魂裂变。

一位叫谷德贵的起义人员经历了控诉运动后感慨承认："在安东时，谁最反动，谁怪话最多，那他在群众中的威信就最高。现在呢？谁要反动，谁不进步，谁就被大家看不起！"

改造滇军的成功经验，在解放战争后期，毛泽东主席曾亲拟电文予以推广。① 徐文烈也因此于成都战役结束后，被其他野战军改造起义部队的工作团请去作了专题报告。后来西南军区第二工作团改造胡宗南系统第七兵团又创新出公祭宣誓活动，隆重祭奠起义官兵在旧社会、旧军队里屈死的亲人。据记载，该兵团感天动地、盛况空前的公祭宣誓后，有92%的起义官兵递交了请求参加解放军的决心书，内有44.1%的起义官兵在决心书上用鲜血签名或按下血指印，有7.3%的起义官兵递交了血书。

已然的历史有着历史的必然。

对民主同盟的盟员来说，是国民党的黑暗统治及特务暴政，打碎了自由主义的海市蜃楼幻想，才有了民主同盟一届三中全会决议对"中间路线"的彻底抛弃。对部分起义军官来说，是受压迫士兵群众的泪血控诉，批判了"中间道路"的政治选择，才唤醒了施压者曾经扭曲的灵魂。他们殊途同归，最终都汇集到镰刀铁锤的红旗之下。

龚自珍在《古史钩沉论二》中说："灭人之国，必先去其史。"

立国正史，人间正道！

2 反思的关键：掌握三个基本的思想方法

反思旧军队改造史，需要历史的、唯物的和辩证的思想方法。

当代思想界的一些"知识精英"对中国革命责难最多的，是阶级斗争扩大化

---

① 1949年5月25日毛泽东电示华中局：对张轸部"按照改造曾泽生、吴化文等部的方法加以改造"，《毛泽东军事文集》第五卷，军事科学院出版社、中央文献出版社1993年版，第594页。

问题。这种唯心主义的符号化归因也曾感染过我，因为我最初也曾把有关起义人员落实政策的历史问题，统统归咎于中共"左"的错误。

从局部看，起义人员中的"冤假错案"确实存在，但若整体评价冠之以"左"，势必远离了历史本质的真实。

一位原国民党军上校团长，在起义两年多后的镇压反革命运动中，因既往的历史罪恶受到追究，被判处死刑缓期两年执行。改革开放后，该团长被撤销原判，落实了起义人员政策，之后享受共产党县团级干部离休待遇。

这事，我询问过许多人：当年的共产党人是不是"左"了？

开始的回答，几乎是异口同声对中共"左"的讨伐。

的确，孤立地看这一人一事，当年的共产党似乎真的"错"了。

然而，当我介绍了这位团长被追究的主要历史罪恶：其一，1947年他任营长时，曾两次战败被俘。共产党对他不杀、不辱，热情款待后，发路费释放回家。然而，他回到国民党军队后，却置共产党的忠告不顾，先后将其俘虏的一名解放军北安军校学员、两名侦察员严刑拷打，下令枪杀。其二，他任团长时，曾下令捕杀十余名误入阵地的老百姓，并且用刺刀挑死其中1人。其三，起义前，此人看中手下机枪连连长从越南带来的漂亮妻子，便"杀夫霸妻"。

然后发问：对这样的起义官佐，谁敢把他留用于解放军部队？谁愿意在新生的地方政权中给他安排个一官半职？放他回家行吗？他的家乡刚解放，匪患未平，土地改革尚未开始，他回去后能不能成为家乡贫苦农民翻身解放的障碍，能不能被暴风骤雨的群众运动埋葬，谁敢无所顾忌？

得到的回答，多是直面沧桑的感叹："共产党留他一条命，已经很不错了！"

反思旧军队改造史中的曲折，是信奉唯心主义标签化的主观臆断，还是秉持还原客观历史大背景的唯物主义方法，导出的结论截然相反。

起义人员的成分、历史太复杂了，类似情况不胜枚举。

在政治承诺与政权稳定的两难选择中，最初，对这类起义人员，中国共产党并没有追究他们的刑事责任，而是把他们集中起来"管训"。

导致少数起义人员被追究刑事责任的直接历史原因是朝鲜战争。面对世界第一流军事强国的侵略威胁，面对蒋介石集团倚仗美国的支持跃跃欲试要出兵朝鲜反攻大陆，为维护劳苦大众来之不易的翻身成果，中国共产党当年选择镇压反革命运动来巩固新生政权是迫不得已的。

在泥沙俱下的历史大潮中,必要的全局性的阶级斗争常常难免出现局部错案。由此,才有了"拨乱反正"时期"落实起义投诚人员政策"的历史曲折。

我曾采访过一位知识分子出身的老干部,说到落实起义人员政策,他最初也很生气:"我们这个党呀,就是'左'!"

可当我问道:"你们当年改造旧军队,有没有更好的办法?"

这位亲历安东整训、兴隆整训和九台整训的老干部望着天花板,过了好一阵子,才自言自语地反问:"是啊,还能有什么更好的办法呢?"

历史进程总是曲折的,没有坦途。在旧中国,即便自由主义的"改良道路"走得通,也不能不付出社会代价。这个代价,就是在相当长的"改良"过渡期内,亿万劳动群众继续司空见惯地面对地主恶霸扎进齐开文父亲胸膛的那根血淋淋的梭镖,数百万国民党士兵继续麻木不仁地面对长官殴打林家保、黄金明、田文富的那根杀气腾腾的扁担或青枫棒,就像美国《黑奴解放宣言》发表百年间,广大黑人民众依然要继续忍受残酷的种族压迫那样!

面对无情的历史选择,人们完全有理由设问:主张中国走"第三条道路"的书斋秀才,如果能回归当年,也被国民党军用一根绳子捆去当壮丁,整日挨打受骂,其改良主义大旗还能打多久?

航空工程学有一个著名的"墨菲定理":凡是有可能出现差错的地方,迟早会出现差错。

某些"知识精英"习惯于将当代人难以理解的历史曲折都归咎于共产党的"左"。历史曲折的本原存在于物质世界之中,不是主观想"左"就"左"得起来的。

在中国共产党改造旧军队的过程中,有的"差错"可以预料,但难以避免。

这其中有一个鲜为人知的史实:最先、最强烈要求追究个别起义人员历史罪恶的,不是中共干部,而是觉悟后的广大国民党起义官兵。

经历了那场惊天地泣鬼神的泪血大控诉后,由于不可避免地引发了"夺过鞭子揍敌人"的阶级仇恨,不少起义部队官兵都曾纷纷要求共产党枪毙几名罪大恶极的军官,以平民愤。胡宗南部一位姓杨的副师长,起义前曾经利用职权鸡奸了89名部下,在控诉运动中,义愤填膺的起义官兵甚至强烈要求把这位杨副师长裤裆里的那个玩意儿割掉!

尽管自改造海城起义部队起,中国共产党就对开展控诉运动作出了"不准打人"的纪律规定，但由于派入的政治工作干部政策水平参差不齐，有的甚至是文盲，一名指导员要负责改造百十人的一个连队，更由于底层民众难以发动，而控诉运动激发出来的义愤又常常带有爆发性，众怒难平，所以，打人的事情很难完全避免。

有的"差错"，事前难以预料。

最典型的，是个别起义军官离职返乡或被资遣、复员回乡后，正赶上土地改革和镇压反革命运动，面对家人被斗、家产被分，本人对过"土改关"又缺少思想准备，于是，被群众运动的大潮吞没。

还有一种"差错"，则基于特定历史时期稳定全局的政治需要。

国民党各部队编制序列都有政工系统，高级政工官员均由国民党中央直接委派，其职能带有特务性质。但是，具体到个人头上就不同了。在长春起义的国民党第六十军政工官员中，确有特务分子，但也有曾泽生军长为了抵制国民党中央对杂牌部队的控制而掺进去的"沙子"。还有一些青年学生于长春被围困期间，为了"找碗饭吃"才当兵干政工的，特别是军政工处陆续招了一批学生专门从事演出等宣传工作，与特务没有瓜葛，没干多久就随军起义了。

然而，在历史转折的大潮中，要准确区分敌友，谈何容易？国民党军队中有受嫡系排挤的杂牌军，杂牌军中有归属国民党中央的政工系统，政工系统中有涉世未深的青年学生，青年学生中又混杂有学生特务。区别敌友的政策宽了，会放过一些潜伏特务，给革命事业带来隐患；紧了，则会扩大伤害面。

基于复杂的政治背景，国民党军第六十军起义后，为了稳定部队防止叛变，原军政工处处长姜弼武少将和副处长张第东少将、暂编五十二师政工室主任杨河清上校等政工官员被迅速调送军政大学，边学习，边接受考察甄别。新中国成立后，对这部分国民党政工官员的甄别有了结果，问题严重的人被留了下来，不是服刑，而是继续"管训"；问题不大的人，被资遣回乡。

新中国成立初期对起义的国民党政工官员的处理是温和的。对他们处理的升级是在志愿军出兵朝鲜之后：留在黑龙江的一部分接受"管训"的人员，被追究了刑事责任；被资遣回乡的人员，则因其有"特务嫌疑"的历史，被当地群众"管制"。

而即便"升级"，中共领袖也留下了严防"捕人杀人失控"的法制创新印记。

前面提到的那位被判死缓的上校团长，就是在今天，不少国民党起义人员及其后人都说此人"该杀"，但很少有人能想得到，他的救命恩人是毛泽东。

该上校团长是1951年4月26日被逮捕的。4天后，毛泽东在一份文件上作出了"杀人不能太多"的批示，并且创建性地提出了"死缓"的刑名设想。5月初，毛泽东从外地刚一回京，马上找来公安部部长罗瑞卿，强令立即召开全国公安会议，部署全面收缩，同时电告中南、西南等区的负责人，要求他们"严重注意"镇压反革命运动捕人杀人失控情况。在1951年5月8日代中央起草的《中央关于对犯有死罪的反革命分子应大部采取判处死刑缓期执行政策的决定》中，毛泽东干脆明确提出了"保全十分之八九的死罪分子不杀"的政策要求。①

西方现代管理学有一个"容错"原则，承认局部错误难以避免，在此基础上设计"容错程序"。

毋庸置疑，当年主持地方镇反运动的中南局第一、二、三书记林彪、邓子恢、叶剑英，西南局第一、二、三书记邓小平、刘伯承、贺龙，以及公安部部长罗瑞卿，都是基于现实主义合理性的"下马治国"天才。但毛泽东不是。毛泽东"是洞彻以至试图掌握更遥远的历史未来的神灵"（何新），由此才成为绝大多数中共天才不计个人恩怨得失毕生追随的超级天才。正如英国史学巨匠汤因比赞誉"毛泽东比我们时代先进五十年"②那样，毛泽东以其超量胸怀、超凡气魄和超级视野，通过预设"死缓"刑名，以当代管理学定义的"容错程序"，为几十年后"落实政策"，保全了一大批"敌对分子"的性命，更为社会进步留下了浓墨重彩的一笔。

中国共产党夺取政权后开展的阶级斗争不是纯"意志"的产物，它决定于当年客观存在的阶级状况和国内外复杂的政治、经济和文化环境，在这难以逾越的历史阶段，局部的阶级斗争扩大化在所难免，合理的"容错"也就成为历史前进的必然代价。

也正是在特定时期合理"容错"的基础上，整个社会才产生了思维和行为的惯性，推动着阶级斗争扩大化错误愈演愈烈到非理性的极端。

历史的辩证法就是这么复杂。矛盾着的对立面相辅相成，相反相成。

---

① 罗瑞卿同志在第一次全国宣传工作会议上的报告，1951年5月19日；《毛泽东提出"死缓"一词》，《党史博采》2005年第5期；《中共中央关于对犯有死罪的反革命分子应大部采取判处死刑缓期执行政策的决定（1951年5月8日）》，《建国以来重要文献选编》第二册，中共中央文献研究室编，中央文献出版社1992年版，第256～258页。

② 转引自程世平著《文明之源——论广泛意义上的宗教》，四川人民出版社1997年版，第237页。

面对哺育赤县神州的母亲河，如果有人站在若尔盖草原指证黄河之水向西流，如果有人站在黄淮平原腹地指责黄河决口害中原，似乎，我们不能说"这不真实"，但这仅仅是表象的、局部的真实，而非本质的、整体的真实；如果有人叹息黄河九曲无常，没能"直济沧海"，这也确实是一种良好的愿望，但这种愿望却是主观的、学究的、脱离实际的。

评说中国革命改天换地的辉煌历程与沾血带污的曲折路径，何尝不是如此？

旧军队改造史是中国革命史的缩影。从国民党军第六十军到共产党第五十军又是改造旧军队的典型范例。然而，当我涉足这尘封已久的历史时，有人劝道："控诉运动就不要写了。写了，有些起义人员不高兴。"还有人提醒："落实起义人员政策的情况也不要写了。写了，有些共产党干部不高兴。"

如果听劝，只有放弃写作，因为回避前者将掩盖改造旧军队的历史必然，回避后者将掩盖改造旧军队的艰难，而这两者又结构了旧军队改造史的完整过程。

中国人习惯于整体思维，其长处是善于把握事物的本质和主流，但相随的思维定式又容易以偏概全，形成非此即彼非黑即白二元分离的机械思维，把辩证的"一分为二"方法误认为是"一个西瓜切两半"。"为尊者讳"就是由此而生的"戒条"。

改造旧军队是一段震撼心灵的不朽历史，半个多世纪的尘封，在一些人看来，似乎可以简化为一个"讳"字——为国民党起义人员"讳"，为中国共产党"讳"。

其实不然，已然的历史有着历史的必然。就像太极图，阴在阳之对，更在阳之内。

国民党军队改造史被尘封半个多世纪，曾经是政治斗争的策略需要。

解放战争期间，对改造起义部队的控诉运动是不能大张旗鼓宣传的，因为那时策反工作的重心在国民党军队的上、中层，而国民党军官对中共策反工作抵触情绪最大的，是"共军要兵不要官"的传言。率部起义前，曾泽生请求不要"编散部队"，陈明仁提出"不能在整编部队后进行清算和斗争"，范绍增顾忌"军官都送去集中学习"，这些都反映了对改造工作的误解。

新中国成立之初，面对帝国主义的武装干涉威胁，刚刚执政的中国共产党在政治承诺和政权稳定的两难之间作出被动选择，于镇压反革命运动中追究了少数起义人员的历史罪恶，加上"解放台湾"政治攻势的客观需要，宣传旧军队改造史依然不宜。

中共十一届三中全会后，共和国从极端的阶级斗争中解脱出来，进入了"拨乱反正"的年代。据介绍，当年落实起义人员政策工作本着中央"易粗不易细，易宽不易严"的精神，几乎是"一风吹"。在长春起义部队中，血债累累的，有特务背景的，起义时作为"反动分子"被先行扣押的，甚至破坏起义未遂的，基本上都落实了有关政策。此时的大局是"团结一致向前看"，宣扬旧军队改造史仍不合时宜。

历史发展是辩证的，不能静止地看一时一刻。回避旧军队改造史的合理性是一个动态过程，当执政党了结了"落实起义人员政策"这一历史"债务"后，其合理性也随之消失。

落实起义人员政策情况作为"拨乱反正"的成就公之于世了。以"拨乱反正"姿态展示国民党军队的史学、文学和影视创作，也活跃了起来。在这种情况下，如果我们继续淡化、回避改造旧军队的辉煌历史和曲折历程，必然欲盖弥彰，在人们"文过饰非"的抱怨中，铸成适得其反的政治错误。

旧军队改造史存储了一组可以解读中国革命史的密码，这就是必须把中国革命的曲折和挫折放在残酷的阶级压迫和民族压迫、激烈的阶级斗争和民族反抗、艰难的阶级解放和民族独立这一20世纪的历史大背景中去认识。

这个密码，只能用历史的、唯物的、辩证的思想方法来破译，别无他途。

这里还需要指出的是，思想方法上的唯心主义和机械论是某些当代人曲解中国革命的重要主观原因，但我们不能做简单的主观归咎，存在决定意识。

与一些中青年人不同，说到旧军队改造史，亲历者们几乎无一不在整体上给予肯定，即使是坐过大牢的人。对此，有人主观地认为，这种政治态度是劫后余生的人格扭曲。

其实不然，从总体上看，不同年龄层的人对旧军队改造史的不同评价，也体现了一种历史的必然。

任何人对历史的评价，都要依赖本人记忆库的现成贮存，而对记忆资源的检索、提炼和使用，则受制于记忆规律。现代心理学告诉我们：人的记忆受"序位效应"影响很大。所谓"序位效应"包括"初始效应"和"时近效应"，就是说，最初和最临近的事情最容易记忆。

中国现代史对中青年人来说，留在"初始"记忆中的，是完美的理想主义教育，发生"时近效应"的，多是对"阶级斗争扩大化"的批判，而受制于思维惯性，其历史观很容易延伸至对整个阶级斗争历史的全面否定。老年人虽然有着与中青年人相同的"时近"记忆，但他们多数人"初始"记忆烙印在心中的，却是"泪血大控诉"的人生感受。

认知上的规律，也支配了不少天真的"老外"。一位华侨告诉我：在国外，你讲中国的"旧社会"，人家根本不懂，也不信。因为在他们眼里，共产党取代国民党执政，就像美国的共和党取代民主党、英国的工党取代保守党、法国的左派取代右派一样，社会制度不会有什么变化。

"老外"不懂旧社会，除了政客刻意的舆论误导，有其历史成因。

在新中国成立前后的移民大潮中，移居国外的，有几人是翻身解放的工农群众？即使少数仆人随主子出逃，他们又掌握了多少知识分子特有的话语权？

随后的移民，受"时近效应"的支配，向"老外"讲述的中国国情，多是共产党执政后的失误。劳苦大众翻身解放的大历史，便自然而然地在"老外"短浅的视野里消失了。

这说明，当下对误读或否定中国革命史思潮的正本清源，不能简单地回避历史曲折，而解读历史曲折的正途，是运用历史的、唯物的、辩证的思想方法，把历史曲折放到历史的大背景中去反思。

还需说明的是，某些否定中国革命的学者除了缺少超越当代人恩怨得失和视野局限的大历史观，以及缺少正确的思想方法外，还有立场问题。

对此，我曾著文批评过某著名作家借党报等主流媒体指责一些革命文艺作品是在"诽谤旧社会"之言论。这些言论不仅错误，而且有其历史渊源。

从常理上看，情感生成于交际圈子，视野受制于生存环境，存在决定意识，我也不例外。

我对旧军队改造史认识上的变化，得益于我对不同阶层起义人员的全面采访。最初，我接触的多是落实起义人员政策的情况，考虑问题自然站在"落难"军官的角度上，而一旦把采访面从"有头有脸"的将佐圈按旧军队各阶层的大体比例扩展开来，进而采访到广大士兵群众的泪血大控诉时，审视历史的立场就不能不发生位移。

立场，是一个历史话题，由此出发，我们不难设想：如果没有毛泽东时代发动的知识分子思想改造运动，狂飙般地扫荡傲视民众、鄙视劳动、轻视实践的千

年积习，时下的知识界，又能有多少人能替占人口绝大多数的草根民众说话？

3 反思的价值：发掘三个领域的思想资源

新中国成立后，反映解放战争期间百万国民党军起义、投诚的书很多，但是，对这些来自敌对营垒的官兵是如何消化改造的，公开的史料鲜见，专题的史学研究和纪实文学基本上也是空白。作为中共党史和中国人民解放军军史的一个独特的组成部分，这段历史有如下特点：

一是改造量大：解放战争期间，国民党军先后起义投诚188万官兵，其中绝大多数被我军消化改造。

二是改造能力强：对昔日的战场对手，派去一名指导员，往往枪都不带，仅凭一张嘴，就能改造百十人的1个连。派去几百人的工作团，就能改造几万人的1个军或1个兵团。

三是改造全面、迅速、彻底：改造对象，不仅包括军官和士兵，还包括随军眷属。改造内容，不仅是组织整编，更重要的是政治和思想上的改造。改造之初，起义官兵多有抵触，甚至发生叛变，一经涕泗滂沱的泪血大控诉，几乎是瞬间，他们就与国民党反动派不共戴天！

四是用起义官兵滚动改造起义部队：以改造滇军为例，解放战争初期，30多名老红军、老八路改造了海城起义的第一八四师；两年多后，他们带着海城起义官兵又改造了长春起义的第六十军；又过了一年，再带着海城起义和长春起义官兵又改造了蒋介石嫡系第二十兵团和范绍增袍哥武装。

昭示这段尘封半个世纪的史实，在政治领域有着诸多不可低估的价值。

如今的中国，否定中国革命的并非个别，有人甚至认为：若无西安事变，国民党会把中国建设得比现在好！

"国民党能不能救中国"这个认识上的大是大非问题，关系到当代中国的政治走向，关系到两岸和平统一的政治基础。对此，国民党起义官兵最有发言权。

张官迎在国民党军队里是管后勤的上校兵站支部长，采访中，开始他不满某些文艺作品过分丑化国民党官兵，讲了不少滇军将士英勇抗战的事迹，还讲了抗战期间安恩溥师长因为发现部队没给老百姓上门板、捆铺草，而鞭打营、连长的故事。可是，当我告诉他有人认为"若无西安事变，国民党会把中国建设得比现在好"时，老人的态度猛然急转："不对，不对，不对！国民党哪能救中国？国民党净祸害老百姓！抗战也是绷面子，部队是私人的财产，将领净打保存实力的小算盘。不对，不对，不对……"

作为本书稿的第一位读者且对本书稿评价很高的起义将领李佐听了以后，笑得几乎气都喘不过来了，半响才大感不解地问了一句："他们怎么会有这样的想法呢？"

老人提醒我：众叛亲离的国民党败退台湾后，政治上，其党政军警官员与当地封建地主阶级之间已不再有天然联系，经济上，他们把大陆几亿人民的巨额财产裹胁到了小岛，基于独特的社会历史条件，才得以进行台湾式的改革和建设。

至于为什么"只有共产党才能救中国"，我在一个偏远的小镇上曾采访过一位耄耋老者，这位曾在镇反运动被判处死缓的原国民党军上校坚定地告诉晚辈："国民党是悬吊在半空中的，没有基础，完全从个人利益出发，不像共产党扎根于人民群众之中。共产党发动的，那才真是个力量！"然后，盛赞中共十六届四中全会"密切联系群众"的政治决议。

即便是某些当代知识分子指责的"个人崇拜"，起义官兵的沧桑心路也能展示历史大潮的必然。

原国民党军第五五二团二连士兵雷昌说起国民党军队就要痛斥："那些当官的，拿当兵的不当个人！"海城起义后，雷昌被培养成共产党干部，并且在改造长春起义部队的九台整训中担任了连指导员。抗美援朝战争结束后，雷昌回乡探亲。当母亲告诉儿子，50里外有个"总山神"，给"总山神"上供可以保平安时，雷昌坚定地回答："妈，你白扯！我的命是共产党给的。是毛主席救了我，共产党救了我。你要贡，就把毛主席像贡上，给毛主席磕头去！"

研究中国共产党对旧军队的改造，在文化传统领域，还有助于反思我们民族文化传承过程中的复杂性，有助于理解中国共产党改造民族精神的成功实践。

如今的中国，有那么一些书斋秀才指责中国共产党领导的中国革命导致了中华民族文化传统的"断裂"。其实新中国成立前国民党就是这样骂共产党的。

国民党军队也有政治教育，如"三操两讲"，"总理纪念周"等，都要有长官训话，其内容时不时地要有"三纲五常""四维八德"一类训词。

共产党改造国民党起义部队，不但少有国民党那样四言八句朗朗上口的"文化道统"说教，还要"废除繁缛礼节"。似乎，当年的共产党真的像国民党攻击的那样——用西方的马克思主义取代了中国的传统文化。

其实不然,1946年改造海城起义部队的安东整训遇到的情况是,宣讲马克思主义阶级压迫的大道理,听进去的人不多,反倒是发生叛变后,在"倒过来讲"的实践中,把士兵"本身及其家庭曾亲身经历、耳闻目睹的被压迫剥削的痛苦事实"当作"教育内容",才顷刻发生了翻天覆地的变化。

国民党以"文化道统"说教军队而最终的失败表明,中国的传统文化确有糟粕,其核心问题,是维护根植于私有制的阶级秩序,也就是鲁迅先生曾猛烈抨击的封建礼教。就拿旧军队说教最多的忠义道德来说,在有阶级压迫的社会,这个忠义道德的受益体呈金字塔状,越往上,受益人越少;而受益量则呈倒金字塔状,越往上,受益量越大。金字塔式的权力结构,靠本阶层通行的忠义道德来编织。倒金字塔式的利益结构,靠全社会推行的忠义道德来伪装。旧军队推行旧忠义道德的实质,是将基于军权私有的官场"恩情核算",代入为剥削阶级效力的战场"生命公式"。

虽然,中国共产党曾猛烈批判过封建礼教,但没有抛弃中华民族的传统文化,在改造国民党起义部队这一局部却有代表性的工作中,扬弃并改造我们延续千年的军旅道德,主要体现在以下方面:

其一,彻底颠覆了"尊卑有序、贵贱有别、长官至上"的旧道德秩序。广大士兵群众的控诉运动发动起来后,前所未有地觉醒到,士兵不卑微,不下贱,也能做个顶天立地的人!从此,"革命队伍只有分工不同,没有贵贱之别"的新道德规则深入人心。

其二,彻底摧毁了封建礼教赖以存在的经济基础。封建礼教的虚伪,在于它遮蔽了不合理的利益归属。虚伪的封建礼教得以畅行,在于利益归属的驱动。人民军队奉行"全心全意为人民服务"之唯一宗旨,军权不再私有,利益不能私吞,这种有着所有制及分配关系性质的改造,不仅摧毁了旧忠义道德维系人身依附关系赖以存在的经济基础,也奠定了官兵一致新道德得以确立的利益根基。

其三,彻底置换了忠义道德受益体的社会成分。旧军队的忠义观念服务于谁?受益体是少数官佐阶层。起义部队改造成为人民军队后,旧的忠义观念注入官兵一致的平等内涵,从此,广大官兵忠诚的对象,不再是人身依附的长官,不再是为少数人谋利的专政机器,而是草根大众自己当家做主的国家,是养育军队的人民。仁义的实施,也不再是居高临下的虚伪施舍,不再是少数将佐的利益交换，而是人格平等的互相帮助。由此，忠义道德受益体得到了前所未有的扩张。

其四，彻底调动了忠义道德施行体的主观能动性。在军权私有的旧军队，忠义道德在习惯人身依附的将佐阶层中说得通，在毫无人身权利的底层士兵中却行不通。整日挨打受骂的士兵，谁心甘情愿为长官效忠？广大士兵群众当家做主后，不仅解决了"我为谁扛枪，我为谁打仗"之利益归属问题，还通过建立以士兵委员会为标志的民主制度，抑制了管理层对被管理层活力的压抑，使注入平等内涵的新忠义道德的推行变成广大基层指战员的自觉行动，进而将传承千年的华夏传统文化改造、升华到了一个崭新的境界。

由此"精神变物质"，开创了炎黄子孙重新崛起于世界民族之林的新纪元。

对传统文化"去其糟粕，取其精华"之扬弃过程，有辉煌，也有苦涩。

徐文烈曾经这样评价国民党军官："旧军阀军队是以私人为中心的部队，军官特别喜欢讲感情，不论哪一级，只要你把主官关系搞好了，取得他对你的一定信赖，一切工作就谈得通，行得通。感情搞不好就阻碍重重。"

"不讲感情"，"不要亲情"，曾经是国民党诋毁共产党的一个经常性的话题。当年的共产党人在改造旧军队的过程中，也确实猛烈地批判过"只讲同乡、亲戚、故旧等封建拉扯的坏习气"。如今，就在当代一些共产党领导干部"痛改前非"热衷于称兄道弟认"干亲"的时候，一位前国民党军长官却固守着半个世纪前曾经煎熬过他的道德原则。

他，就是李峥先。老人于近九旬高龄加入中国共产党的消息被媒体披露后，哈尔滨一位67岁入党的退休教授出于敬佩和仰慕，千里迢迢要认李峥先为"义父"。面对人之常情，曾为亲情所困更渴望亲情的李峥先，却执意相劝："不行，不行！我们现在都是共产党员，党内是纯洁的同志关系，做同志不是更好吗？"

从文化传统的角度看，国民党和共产党奉行的道德准则"本是同根生"。在国民党军队，做人的第一要义就是讲义气。要想吃得开，就得把袍泽之情、团体利益放在首位。在共产党内，高于一切的党性原则是人民利益，个人的权利也排在后面。也正是基于"同根"的道德坐标系，许多起义官兵才义无反顾地抛弃了有情的"小义"，认同了共产党无私的"大义"。

然而，阴在阳之对，更在阳之内。当年，批判旧军队"特别喜欢讲感情"，李峥先认同了"大义"，却付出了"灭亲"的代价。之后，共产党人在人民的利益高于一切的党性原则下，把党内斗争和阶级斗争推向了极端。如今拨乱反正，

为人情"正名",却又难以遏制私情泛滥。

面对当今共产党内的徇私问题,我请教经历沧桑巨变耄耋之年的李峥先:"共产党会不会像当年国民党那样垮台?"

老人的回答是坚定的,坚定得令我这个党龄长于他多年的晚辈自愧弗如:"不会,不会!为什么?共产党一雷天下响,谁能做到?只要共产党的大旗不倒,共产党就不会垮台。共产党的力量在人民群众中!"

华夏五千年的文化传统根深蒂固,只要中国人的价值取向还是"义务本位",在960万平方公里的大地上,中国共产党旗帜上昭示的"为人民服务"这一"大义",就一定能汇聚亿万人民群众对历史无以抗拒的推动力。也正是基于这种对传统文化的感知,我赞同某著名作家的一个认识:中国人是天生的社会主义者。

反思旧军队改造史中的民族文化传统蜕变,在"为什么人"的问题上是有现实意义的。

文化传统的核心是价值观。东西方文化的价值取向是相反的:西方人奉行"权利本位",主张义务服从于权利,高扬"工具理性"的旗帜,更关注个人的权利;东方人奉行"义务本位",主张权利服从于义务,高扬"价值理性"的旗帜,更关注整体的利益。

改革开放以来,由于大量引进西方社会科学的研究成果,我国思想界进入了一个空前繁荣的时代。然而,阴在阳之内,我们在借鉴西方社会科学优秀成果的同时,西方借助其"话语霸权"的势能,也在影响着东方的"知识分子立场"并通过思想界的争论,企图影响中国改革开放的走向。在当代中国,评价历史,相对而言,有人只重视贵人、文人的"自由"状况,无视草根大众的生存状况;研究现实,有人只重视"金领""白领"阶层关注的"权利平等",漠视"蓝领""圆领"(农民和下岗工人)阶层企盼的"事实平等",就是一个例证。

用西方的道德准则去度量中国民众的心灵感受,用西方价值取向的函数关系去求解中国社会历史变量的函数题,又如何不推导出错位的题解?

远离劳苦大众的书斋秀才对中国革命的评价是荒谬的,但他们在中国思想界的作用却是复杂的。他们对中国革命的否定性评价之所以流行,在一定程度上,也是对僵化理论和极端实践的报应。真理,只要陷入单一的理论环境,就必然要走向极端。正是从"思想生态"的意义上,应该肯定反面教员在新中国思想史上的历史贡献。

也正是在此"思想生态"的环境中，我们才有所感悟：批驳对中国革命的曲解，不能局限于形而上层面，堕入任西化理论"忽悠"大众的学理陷阱，应该让更多的人了解旧中国草根小民备受欺压的生存状态，以及底层民众翻身解放艰难的启蒙过程。

昭示、研究旧军队改造史，在社会学、心理学、管理学等社会科学领域，还有着发掘思想资源实现本土化学理创新的学术意义。

20世纪西方社会科学的研究成果可谓之群星璀璨，让人目不暇接，其中行为科学的创立具有里程碑意义。当年，美国国家科学院为了探讨如何调动人的工作积极性，选择西方电器公司的霍桑工厂为实验基地，进行了照明度、福利、访谈等一系列实验，其间差点宣告失败。整整九年后，美国国家科学院的精英们才恍然大悟：金钱，不是刺激工人生产积极性的唯一动力。人，有着更重要的追求。

由此开端，1933年，心理学家梅奥提出了"社会人"的人性假设；1943年至1960年，马斯洛、阿基里斯、麦克雷戈等学者提出了"自我实现的人"等人性假设；1965年至1974年，薛恩、莫尔斯和洛希等学者又提出了"复杂人"的人性假设。

然而，就发掘人的能量而言，无论是发掘的广度、深度，还是能量转换程度，西方任何一位学者的心理学实验都远远无法与中国共产党改造旧军队的伟大实践相比拟：早在20世纪20年代后期，毛泽东领导的中国工农红军就有了"支部建在连上"和建立士兵委员会等深刻理论和成功实践；到20世纪40年代后期，中国共产党于昔日的战场对手中，培养了数百万忠诚的革命战士，其中不少人成为思想政治工作干部后，于同时代西方凤毛麟角的大心理学家、社会学家、管理学家才敢涉足的领域，又一展才华！

可惜，一方面，由于政治偏见或文化差异等原因，当代西方现成的理论难以从心理学、管理学、社会学上全面、深入地解释中国那场翻天覆地的大革命，难以解释百万国民党起义官兵几乎是瞬间的灵魂裂变；另一方面，这段鲜为人知的历史却久久尘封，有关史料几乎无人抢救，有关文献似乎无人专题整理，有关文物搜集、收藏和展览也几乎为零，这空前绝后独一无二的珍贵思想资源，在学术创新领域，极少有人问津。

当今世界正处在大发展大变革大调整时期，制定国家发展战略，不能不考虑本民

族的认知模式、心理特征、价值取向及行为规律,不能不遵循其内在的必然逻辑。

遗憾的是,我国社会科学不少学术领域长期笼罩在欧美学术霸权的阴影之下。比如社会心理学教科书,"内容几乎只能算是用中文转述美国和欧洲社会心理学的理论及研究成果"①,以至于将底层民众贬斥为"乌合之众"的西方"大众心理学研究"以"经典读本"或高校社会心理学教科书"推荐阅读书目"的"身价",在学术界流行并向社会广为传播。而这正是中国心理学界、社会学界守着珍贵的思想资源却至今出不了中国版的《旧制度与大革命》的症结所在。

值得警惕的是,美国自1951年起就一直将"利用社会科学的专业知识使美国的冷战心理宣传更见成效"作为心理战略"学说宣传项目"中的重点项目执行。②

中国的社会科学需要全面吸收外来营养,但是,如果我们不尽快实现社会科学相关学科的本土化重建,任由西化理论掌握话语霸权,危及的将是我们整个民族的百年命运。比如当下主流社会心理学对"群众"的认知,是迎合西方的"乌合之众"之说,还是坚持"群众是真正的英雄",就关系到对执政方向的学理支持和学术指导。

张维为先生在《中国震撼》(上海人民出版社2011年版)一书中说:当今世界最激烈的竞争是标准的竞争,无论是经济、科技还是政治标准,都是如此。一个"文明型国家"的最大特征之一就是它具有巨大的标准原创能力。在国际政治中,西方一贯奉行领导者战略,一直在全球范围内推动"西方政治标准",为自己的战略利益服务。因为西方有话语权,即使把别的国家弄得民不聊生,它也不用道歉,因为它推动的是所谓"普世价值"。

中国的政治标准,是中国共产党人在毛泽东的旗帜下,继承中华民族优秀传统,总结几十年革命斗争血的经验教训基础上,逐步建立起来的。中国政治标准原创过程的历史必然,浓缩于旧军队改造史中,为巩固人民群众当家做主的红色江山,为当今国际反霸斗争及海峡两岸的和平统一,为中华民族文化传统的发扬光大,也为社会科学的本土化学理创新,提供了极为丰富的思想资源。

---

① 方文:《社会心理学的演化:一种学科制度视角》,《中国社会科学》2001年第6期,转引自《普通高等教育"十一五"国家级规划教材:社会心理学》,全国13所高等院校《社会心理学》编写组编,南开大学出版社2008年版,第28页。

② 于群:《社会科学研究与美国心理战略——以"学说宣传项目"为核心的探讨》,《冷战史研究:美国的心理宣传战和情报战》,于群主编,上海三联书店2009年版,第128~149页。

也正是基于这望眼欲穿的期待，自创作本书以来，我曾有过一个梦：在我采访两百多位历史亲历者的过程中，能有影视工作者同步完成对他们口述历史的影像记录及编辑，能有社会科学工作者同步完成有关心理学、社会学、管理学的学术研究及学理创新。①

可惜，人微言轻。

4 反思的感喟：心路沧桑，奠定辉煌

面对父辈的沧桑心路，面对前驱的旷世奇功，面对至今闲置的珍贵遗产，作为晚辈，我不能不油然而生一言难尽的心灵感慨。

中国革命历史的辉煌与曲折是一个完整的过程。这个过程的完整，不但决定于我们民族完整的根性，还决定于我们民族完整的生存环境和生存状态。翻开一部前辈泪血凝写的中国革命史，不难看出，在中国革命的历史长河中，层层叠叠阻挡中国人民翻身解放滚滚洪涛东行流向的，是帝国主义、封建主义和官僚资本主义三座大山，把历史洪流逼向险象环生百折九曲回湾的，还是这三座连为一体的大山！

两百多年前，美国《独立宣言》郑重宣告："人人生而平等，他们从他们的'造物主'那里被赋予了某种不可转让的权利，其中包括生命权、自由权和追求幸福的权利……如果任何一种形式的政府变成了损害这些目的的政府，人民有权利来改变它或废除它。"

据此，我们不能不问：

在中国千千万万个"齐开文"的亲人被土豪恶霸侮辱、残害的年代，美国政府及其喉舌为什么不替几万万劳苦大众讲讲"人权"？凭什么维护那个腐朽的制度？凭什么阻挠中国人民翻身解放的伟大革命？

当国民党军队中千千万万个"罗珠成"被官长克扣粮饷、毒打、残杀的时候，美国政府及其喉舌为什么不替几百万士兵讲讲"人权"？为什么不"制裁"

---

① 圆梦的另一方案，是创作《攻坚力之源——华野十三纵战时基层政治工作纪实》。这支英雄部队之所以刚组建一年，就能成为华东野战军的头等攻坚主力，并将解放战争期间中央批准授予团级单位英雄称号仅有的两面红旗之一扛到自己的肩上，其被史学工作者长期忽视的战时基层政治工作是一个根本原因。

心路沧桑
从国民党六十军到共产党五十军

那个腐败的政府、残酷的军队？凭什么支持国民党政府反人民的内战？

是美国政府"大规模地出钱出枪出顾问人员帮助蒋介石"，延长了中国的内战，致使中国劳苦大众流淌了更多的腥血酸泪！

1946年10月，在石人车站，杨朝纶等就是因为倚仗美国后台老板，才把一千多三迤子弟拖入深渊，以致多少人流光了死无葬身之地的一腔污血，多少人淌不完愧悔当初的满面眼泪！

1947年6月，在吉林市，义薄云天于旧军队的陇耀师长，就是因为掂量了对垒两军力量对比的天平上压着的"美援"筹码，才踌躇于光明与黑暗的岔路口上，以致日后说起无谓丧命流血的家乡子弟，总有止不住的泪水滴洒衣襟。

1948年12月，在吉林九台，高汝云连二十多名士兵叛变，就是因为相信了"美国支持国民党打回东北"的谣言，四人才送掉性命！

20世纪50年代初，当美军坦克碾向中国边境，杜鲁门总统和麦克阿瑟将军以原子弹相威胁，"联合国军"高级官员狂妄否定鸭绿江是两国的国界时①，中国人民不得不以几十万优秀儿女的血肉之躯"筑起我们新的长城"。数万参加抗美援朝的国民党起义官兵之所以同仇敌忾，舍死忘生地拼出汉江50昼夜阻击战等辉煌战绩，就是因为大家都有一个共同心愿：决不让美国鬼子把国民党弄回来！

论激励作用，这话，绝不亚于1775年打响列克星敦枪声时，北美人民反抗英国殖民统治的口号——"不自由，毋宁死！"

面对世界第一流军事强国一如既往的威胁、干涉和侵略，亿万刚刚脱离苦海的中国人民敢不"绷紧阶级斗争这根弦"？能不滑入"阶级斗争扩大化"的深渊？

中国人民选择革命道路没有错，只是在该转折的时候，朝着阶级斗争扩大化方向"多走了一步"②。

许多饱尝"阶级斗争扩大化"苦楚的国民党起义人员始终无悔义举当年，这绝不是忍辱偷生蝇营狗苟。

为什么？

---

① 国际新闻社东京10月31日报道："该高级官员指出……在历史上说来，鸭绿江并不是把两国截然分开的一道障碍。"转引自军事科学院军事历史研究部：《抗美援朝战争史》第二卷，军事科学出版社2000年版，第30页。

② 列宁在《共产主义运动中的"左派"幼稚病》中说："只要再多走一小步，仿佛是向同一方向迈的一小步，真理便会变成谬误。"（《列宁选集》第四卷，第257页）

因为马克思主义化的"大同"理想对价值取向偏重人生责任的炎黄子孙,有着不可抗拒的感召力!像华夏大地百川归海,这感召力,能将亿万甘洌的清泉、高悬的飞瀑、阴沟的污水、恬静的小河、咆哮的山洪,汇聚成烟波浩渺一往无前的滚滚洪涛,挟石裹沙,绕过崇山峻岭层峦叠嶂,穿过礁岛险滩荒原旷野,历尽跌宕起伏蜿蜒曲折,向着理想的"大同"目标奔涌不息。

聚集在毛泽东旗帜下的中国人民,正是在这汹涌澎湃的历史大潮中,荡涤了世世代代逆来顺受的奴性,凝聚了全民族曾一盘散沙的人心,挺起了一百多年来被几百个不平等条约压弯了的腰杆,建立了使帝国主义不敢再欺辱我们的强大国防,奠定了中共十一届三中全会后改革开放得以腾飞的经济基础、社会基础和思想基础!

正是基于中华民族的千秋大业,我们才能真正理解包括起义人员在内的不少前辈以超越自我为代价,来认同社会进步、国家富强、人民安康并让子孙后代永世景仰的人格境界。

这,也是那些沉溺于小我得失和小资情调者永远无法理解的人生情怀。

我们会深刻反思自己的历史,特别会深刻反思自己"多走了一步"的历史,但决不割断历史葬送我们民族的前途。

改革开放以来,在赤县神州生机盎然的土地上,一批又一批有志振兴中华的学者,从政治学、史学、文学、艺术、文化等多视角,探寻苦难祖国为"九九归真"实现"大同",历尽"八十一劫难"的真正原因。

寻觅前辈们的心路轨迹,反思中国革命的泪血历程,回溯时差几十年的历史原生态向我们展示的,是一幕幕完全陌生的历史画面。我们不能用今天建造三峡电站的科学思想和技术条件,去苛求两千多年前伟大的都江堰水利工程。更何况,都江堰水利工程有着三峡电站无可比拟的"天人合一""道法自然"的崇高境界。同理,反思历史也不能脱离当时的历史背景、历史局限和历史作用。

当前,某些作品在论及中共历史上"左"的错误时,或停留于对主观指导的批判,或沉溺于游离历史大背景的"人性"剖析,缺少对历史环境全面、系统的客观展示,更缺少对历史本质的深刻挖掘;另一类作品在肯定国民党军抗战功绩的同时,或抹杀或回避或忽视了其赖以存在的社会基础,即对内残酷的阶级压迫。这在客观上会误导人们对中国革命史的评价,进而动摇中华人民共和国立国的道义根基。而"没有共产党就没有新中国"的历史一旦被否定,势必影响当代中国改革开放的正常走向,势必解构两岸和平统一的政治基础,并且有可能使我

们再次付出泪血代价。

因为，在当代中国，一方面，被新自由主义者奉若神明的资本的本性依然是攫取剩余价值，而不良资本所有人和资本不良所有人又常常通过依仗权贵榨取草根小民的泪血，来实现资本的积累与增值；另一方面，毛泽东的旗帜过去曾经今后也能够聚集亿万底层民众争取自身权利的斗争，而不同阶层的利益之争一旦白热化、规模化，毛泽东生前担忧的"血雨腥风"，不是不可能发生的。

祭奠无数前辈的亡灵和泪血，应该向使我们付出泪血代价的帝国主义政府及其喉舌"讨个说法"，但重要的是借以巩固无数先驱者用泪血浇注的共和国大厦，更重要的是，决不能让我们的后代重蹈浸透了前辈腥血酸泪的覆辙！

反思中国革命的泪血历程，还将有助于为全人类的文明事业发掘东方文化的宝贵精神财富。

改造旧军队，中国共产党对昔日战场对手潜能的苦心发掘，百万起义官兵于历史瞬间展示的灵魂裂变，在一部世界史上，空前绝后，举世无双！梅奥、马斯洛、麦克雷戈等学界泰斗若还活在人世，真该来到这片值得正直的社会科学专家开垦的沃土地，为全人类汲取历史的思想营养。我敢说，其社会价值、其历史意义、其学术收获，决不会在当年著名的"霍桑实验"及以后的一系列实验之下！

本书，我不刻意要渲染什么，也不试图回避或掩饰什么，我要奉献给读者的，是一部尘封半个多世纪的真实历史，是一条奠定共和国辉煌的沧桑心路。

本书不是中国人民解放军第五十军全史，也没有走"歌德文学"或"伤痕文学"的老路。从国民党第六十军到共产党第五十军，虽然只是中国革命的微小缩影，但蕴含的思想资源却博大精深。回溯这段历史，我自度，以个人阅历和水平，难以驾驭这一重要的历史题材，无论记述的广度和认识的深度，都颇感力不从心，但有一点是明确而坚定的——本书记述的真实历史，反映了历史本质的真实，展现了中国革命百折九曲不改万众同归的历史发展趋势。

引用、参考的主要史料目录

（大体按使用先后在分项中排序）

一、领袖文集、文献汇编

《毛泽东军事文选（内部本）》，中国人民解放军军事科学院编，中国人民解放军战士出版社1981年版

《毛泽东选集》合订本，人民出版社1966年版

《毛泽东军事文集》第五卷，军事科学院出版社、中央文献出版社1993年版

《毛泽东文集》第七卷，中央文献出版社1993年版

《朱德选集》，人民出版社1983年版

《周恩来选集》上卷，人民出版社1980年版

《建国以来重要文献选编》第二册，中共中央文献研究室编，中央文献出版社1992年版

《中共中央文件选集》第十七册，中央档案馆编，中共中央党校出版社1992年版

二、综合性党史、军史、国史著作

《中国人民解放军陆军第五十军军史》，陆军第五十军军史编写组1987年编印（含初稿）

《中国人民解放军全国解放战争史》第一至五卷，军事科学院军事历史研究部编著，军事科学出版社1996年版

《中国人民解放军政治工作史》，姜思毅主编，解放军政治学院出版社1984年版

《国民革命军沿革实录》，戚厚杰、刘顺发、王楠编著，河北人民出版社2001年版

《东北解放战争纪实》，刘统著，东方出版社1997年版

《抗美援朝战争史》第二卷，军事科学院军事历史研究部著，军事科学出版社 2000 年版

《朝鲜战争》，[日] 陆战史研究普及会编，国防大学出版社 1990 年版

《抗美援朝敌军史料：朝鲜战争》第一卷，固城、齐丰、龚黎译编，黑龙江朝鲜民族出版社 1988 年版

《中国人民解放军英模辞典》，陈建宇、化冰主编，四川文艺出版社 1991 年版

《汉江血痕——解放军第五十军征战纪实》，王顺才、申春著，云南人民出版社 2005 年版

《第一次较量——抗美援朝战争的历史回顾与反思》，徐焰著，中国广播电视出版社 1990 年版

《中国人民解放军历史上的 70 个军》，赵功德、张明金编著，天津人民出版社 1993 年版

《中共云南地方史》，中共云南省委党史研究室编著，云南人民出版社 2001 年版

《中共曲靖地区党史大事记（1926.7—1950.3）》，曲靖党史资料第五辑

《剑桥中华民国史（1912-1949）》，[美] 费正清、费维恺编，刘敬坤等译，中国社会科学出版社 1994 年版

《剑桥中华人民共和国史（1949-1965）》，[美] 麦克法夸尔、费正清编，谢亮生等译，中国社会科学出版社 1990 年版

三、传记、回忆录

《朱德传》，金冲及主编，人民出版社、中央文献出版社 1993 年版

《龙云传》，谢本书著，四川民族出版社 1988 年版

《卢汉传》，谢本书、牛鸿宾著，四川民族出版社 1990 年版

《张冲传》，谢本书著，四川民族出版社 1993 年版

《我的一生》，卢昭著，1999 年编印

《萧劲光回忆录》，萧劲光著，解放军出版社 1987 年版

《熔炉生辉——我的生命足迹》，杨协中著，2008 年编印

《抗美援朝回忆》，洪学智著，解放军文艺出版社 1990 年版

《在志愿军总部》，杜平著，解放军出版社 1989 年版

《朝战纪实文学：书剑魂》，张子琳著，中国文联出版社2003年版

《步兵第一四九师战斗历程的回忆》，金振钟著，1987年12月打印稿

《我的回忆》，孙德功著，1998年5月手稿

《白云山阻击战》，穆家楣著，1990年8月手稿

《中共党史人物传》第三卷，中共党史人物研究会编，陕西人民出版社1981年版

《我的戎马生涯——郑洞国回忆录》，郑洞国著，团结出版社1992年版

《黑皮自白——一个军统上校的笔记》，关梦龄遗稿，新华出版社2007年版

《昨天走过的路》，容开业著，2006年编印

《蒋梦麟自传：新潮与西潮》，蒋梦麟著，团结出版社2004年版

《熊从周在陆良》，中共陆良县委史志办公室1986年7月编印

四、文史资料

《昆明文史资料选辑》第一、二辑

《文史资料选辑》第二十三、六十、八十六辑

《长春文史资料》1987年第三、四辑

《云南文史资料选辑》第一、二、三、八、十三、二十三辑

《吉林市文史资料》第二、三、二十二辑

《抚顺文史资料选辑》第二辑

《重庆文史资料选辑》第三十二辑

《文史资料存稿选编——特工组织》下册，全国政协文史资料委员会编，文史出版社2002年版

五、党史、军史文集

《中国共产党在滇军的工作》，中共云南省委党史研究室编，云南人民出版社1993年版

《徐州会战——原国民党将领抗日战争亲历记》，政协全国委员会《徐州会战》编审组编，中国文史出版社1985年版

《辽沈战役亲历记——原国民党将领的回忆》，政协全国委员会《辽沈战役亲历记》编审组编，中国文史出版社1985年版

《党在长春的地下斗争1945-1948》，宋国琛主编，张树范副主编，中共长春市委党史研究室编印

《走向光明——长春国民党军投诚史料》，吉林省军区政治部《长春国民党军投诚》编写组编，吉林教育出版社1990年版

《云南大学志·英烈传》，《云南大学志》编审委员会编，云南大学出版社1993年版

《光明之路——原国民党一八四师海城起义始末》，中共鞍山市委党史资料征集委员会1987年编印

《海城起义》，王元辅主编，陆廷荣副主编，云南民族出版社1999年版

《吉北的曙光》，李连钧、刘东明主编，中共吉林省委党史研究室1990年出版

《光荣的抉择——原国民党起义将领回忆录》上、下册，蔡惠霖、孙维吼编，国防大学出版社1986年版

《百万国民党军起义投诚纪实》上、下册，长舜、荆尧、孙维吼、蔡惠霖编，中国文史出版社1991年版

《战斗在汉江两岸》，中国人民志愿军第五十军政治部1951年编印

《志愿军一日》，志愿军一日编委会编，人民文学出版社1956年版

《志愿军英雄传》第一集，《志愿军英雄传》编辑委员会编，人民文学出版社1956年版

《绿水硝烟——纪念中国人民志愿军出国作战50周年》，丹东市关心下一代工作委员会2000年编印

《百万国民党军起义投诚纪实（续集）》上、下册，蔡惠霖、桑伯、鲁宁、穗蓉、碧蓝主编，中国文史出版社1999年版

六、档案资料

《民主同盟军一年来的改造工作》，民主同盟军政治部，1947年

《中国共产党第五十军第一届党的代表大会文件汇编》，中国人民志愿军第五十军政治部1954年编印

《政治干部业务学习参考材料之一：三个月政治整训材料汇编》，中国人民解放军第五十军政治部1949年编印

《向西南挺进》，中国人民解放军第五十军政治部1950年编印

《第一次在朝作战中政治工作领导上几个问题的总结》，中国人民志愿军第五十军政治部，1951年9月

《对王洪信同志参加抗美援朝战斗和立功问题的调查报告》，中共辽宁省工业安装公司委员会组织部，1960年12月26日

《中国人民志愿军一四八师炮兵战斗总结》，中国人民志愿军第一四八师司令部，1951年底

蔡正国：《入朝作战以来几个问题的初步总结》，中国人民志愿军第五十军司令部1951年9月印发

《改造起义部队第七兵团半年工作总结》，中国人民解放军西南军区第二工作团，1950年

七、私人收藏的历史资料、日记、重要信函

《赵国璋地下工作汇报稿（底稿）》，现存于赵国璋之子赵俊达家中

《赵国璋1949年日记》手稿，现存赵国璋之子赵伟达处

《转哥日记》，冉刚著，1999年编印

《林家保日记》，林家保著，1950年代手稿

马占伟1998年5月23日和2006年2月21日致高戈里的信

杨协中2006年1月6日致高戈里的信

万炳麟1998年10月6日和2001年5月19日致高戈里的信

戴天翔1989年5月20日致徐燕的信

八、报刊

《云南文史丛刊》1985年第一、二、三期，1990年第二期

《解放日报》，1943年8月13日

《东北日报》，1949年1月6日